貴志祐介

신세계에서 1

From the new world

신세계에서 1

기시 유스케 장편소설

이선희 옮김

차례

1권

2권

『신세계에서』의 밑바닥에 있는 것은 인간이라는 존재 자체가 가지고 있는 일종의 '업(業)'입니다. 태고 시대의 인류는 가냘프고 나약한 존재에 불과했지만, 다른 수많은 생물들이 '악(惡)'으로 여기는 특성으로 세력을 확장하면서 오늘날의 번영을 이루었습니다.

21세기에 접어든 지금도 인간은 그 '악'에서 벗어나지 못하고 있습니다. 그것은 현대에 수많은 문제를 일으키는 원흉이 되었고, 인류가 여기서 더 발전할지 멸망할지도 그것을 어떻게 바라보느냐에 달려 있다고 해도 과언이 아닙니다.

그 '악'이란 과연 무엇일까요? 대답은 이 책에 쓰여 있습니다.

그렇다고 해서 『신세계에서』가 딱딱한 철학서란 이야기는 아닙니다. 오히려 SF 전성기의 흐름을 잇는 엔터테인먼트 소설이라고 자신 있게 말씀드릴 수 있습니다. 무서운 운명에 맞서는 사키와 친구들의 모험에 몰입하여 같이 울고 웃다 보면 마지막에는 커다란 감동이 기다리고 있을 것입니다.

어느 시대나 그렇듯이 낡은 인습을 깨부수고 새로운 세계의 문을 여는 것은 아이들의 유연한 사고방식이며, 우리 희망도 그곳에 있습니다. 되도록 띄엄띄엄 읽지 말고 따로 시간을 내어 단숨에 읽는다면 지금부터 1,000년 후의 다른 세계를 들여다볼 수 있는, 특별한 시간을 즐길 수 있지 않을까요?

『신세계에서』의 무대는 일본의 가미스 초(현대의 가미스 시)와 간토 지방 근교입니다. 일본인의 정신세계에 조금이라도 관심이 있는 분이라면 틀림없이 많은 것을 발견하실 수 있을 겁니다. 또한 마지막 부분에 이르러서는 일본 열도가 세상의 전부라고 믿어 의심치 않았던 사람들에게도 어떤 새로운 변화가 찾아올 것입니다.

한국 독자 여러분도 이 책의 배경과 같은 시기에 한반도에서 비슷하면서도 완전히 다른 모험이 있었을 것이라고 상상해보시기 바랍니다. 가슴 두근거리지 않습니까?

이 책이 한국 독자의 손에 전해졌다는 데, 마음 깊은 곳에서 진심으로 기쁘게 생각합니다.

기시 유스케

일러두기
주석은 모두 옮긴이의 것이며, 본문 하단에 각주로 표기했습니다.

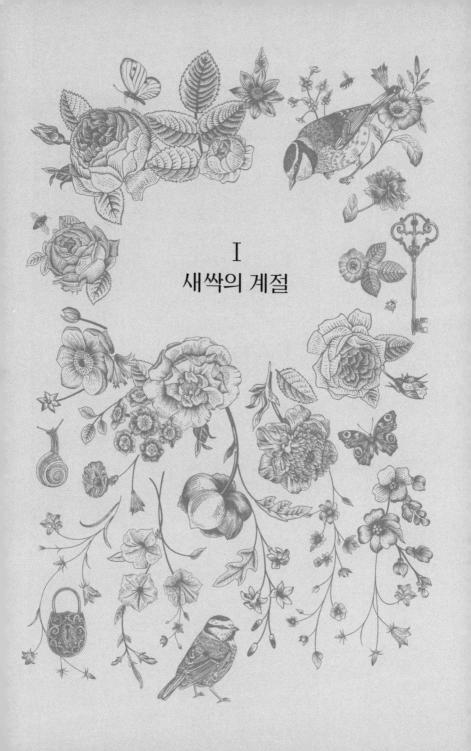

I
새싹의 계절

1

깊은 밤, 주위에 고요한 정적이 흐를 때면 의자에 깊숙이 걸터앉아 눈을 감곤 한다. 그때 떠오르는 건 도장이라도 찍은 듯 항상 똑같은 광경이다.

법당의 어둠을 배경으로 호마단* 위에서 활활 타오르는 불꽃. 깊은 땅속에서 울려퍼지는 진언**에 장단을 맞추듯 탁탁 튀는 오렌지색 불티.

그때마다 왜 이 광경이 떠오르는지 이상해서 견딜 수 없다.

내가 열두 살이었던 그날 밤에서 벌써 23년의 세월이 흘렀다. 그동안 참으로 많은 일이 일어났다. 상상조차 하지 못했던 슬프

---

* 護摩壇, 불 속에 공양물을 던져 태우는 의식을 행하는 단.
** 眞言, 만트라, 영적 또는 물리적 변형을 일으킬 수 있다고 여겨지는 발음, 음절, 낱말. 진언의 용도와 종류는 해당 진언을 사용하는 종교나 철학 학파에 따라 서로 다르다.

고 무서운 사건도……. 내가 그때까지 믿었던 것이 근본부터 전부 뒤집혀버렸다. 그런데 왜 지금도 그날 밤의 일이 가장 먼저 떠오르는 걸까?

나에게 주어진 최면 암시가 그토록 강력했던 걸까?

나는 지금도 세뇌에서 완전히 벗어나지 못한 게 아닐까?

이제 와서 일련의 사건들을 기록할 마음이 든 데에는 한 가지 이유가 있다. 많은 것이 잿더미로 변한 그날로부터 어느덧 10년의 세월이 흘렀다. 10년이라는 단위에 별다른 의미는 없다. 다만 산더미처럼 쌓여 있던 현안이 정리되고 새로운 체제가 궤도에 오르자 마치 운명의 장난처럼 미래에 대한 의혹이 싹튼 것이다. 얼마 전에 잠시 시간을 내서 과거의 역사를 헤집어보고 새삼 한 가지 사실을 깨달았다. 인간은 아무리 많은 눈물과 함께 삼킨 교훈이라도 목구멍을 통과한 순간 잊어버리는 생물이라는 사실이다.

도저히 말로 표현할 수 없는 그날의 아픔과, 그렇게 끔찍한 비극은 두 번 다시 일으키지 않겠다는 맹세를 물론 누구 한 사람 잊을 리 없다. 나는 그렇게 믿고 싶다.

하지만 사람들의 기억이 비바람에 씻겨 사라진 아득한 미래에, 어리석은 인간은 다시 똑같은 전철을 밟지 않을까? 나는 그런 기우를 완전히 버릴 수 없다. 그래서 황급히 펜을 들고 수기의 초안을 쓰기 시작했는데, 도중에 수도 없이 당혹감을 느껴야 했다. 벌레가 갉아먹은 것처럼 기억이 군데군데 빠져 있어서 중요한 세부 사항을 떠올릴 수 없는 것이다.

당시의 몇몇 관계자들을 만나 기억을 확인한 순간, 나는 깜짝 놀랄 수밖에 없었다. 원래 인간의 기억 중에 빠져 있는 부분은 날조로 채워지는 것일까? 어떻게 공통의 체험에 모순되는 부분이 이렇게 많은 걸까? 가령 내가 쓰쿠바 산에서 '유사(類似)미노시로'를 발견할 수 있었던 건 그 직전에 눈이 아파서 빨간색 선글라스를 쓰고 있던 탓이었다. 그것은 지금도 선명하게 기억하고 있는데, 사토루는 내가 그런 걸 쓰고 있지 않았다고 자신만만하게 단언했다. 뿐만 아니라 그때 유사미노시로를 발견한 건 자신의 수훈이라고 넌지시 말하기까지 했다. 물론 그런 일은 결단코 있을 수 없지만…….

오기가 생긴 나는 내 기억에 있는 모든 사람들을 만나 모순점을 대조했는데, 그 과정에서 한 가지 깨달은 사실이 있다. 자기에게 불리한 쪽으로 기억을 왜곡시킨 사람은 한 명도 없다는 것이다. 쓴웃음을 지으며 인간의 어리석음에 관한 새로운 발견을 노트에 쓰는 순간, 문득 이 법칙에서 나 자신만을 제외할 근거는 없다는 사실을 깨달았다. 다른 사람의 눈으로 보면 나 또한 나에게 유리하도록 기억을 바꾸고 있을 테니까.

따라서 이 수기는 어디까지나 나의 일방적인 해석으로, 자기 정당화를 위한 왜곡된 이야기일지도 모른다는 말을 덧붙여두고 싶다. 특히 우리 행동이 나중에 엄청난 생명을 잃어버리는 계기가 되었다고 할 수 있는 만큼, 역시 무의식중에 그렇게밖에 할 수 없는 동기가 있었으리라. 물론 어떻게든 기억을 파헤쳐 내 마음과 진지하게 마주함으로써, 되도록 사건의 세밀한 부분을 충실히 묘사할 생각이다. 또 고대 소설의 수법을 이용해서, 그 당시에 무엇을 느끼고 또 생각했는지 조금이라도 재현할 수 있길 바라고 있다.

이 초고는 산화하지 않고 적어도 1,000년은 간다고 하는 종이에, 색이 바래지 않는 잉크로 쓰고 있다. 글이 완성되면 누구에게도 보여주지 않고(어쩌면 사토루에게는 보여주고 의견을 물을지 모르지만) 타임캡슐에 넣어서 땅속 깊숙이 묻을 생각이다.

그때 별도로 두 부를 복사해서 모두 세 부를 남기려고 한다. 미래에 예전 체제나 그에 가까운 시스템이 부활하여 모든 서적을 검열하는 사회가 다시 온다면, 이 수기의 존재는 되도록 비밀에 부쳐야 한다. 세 부는 그런 상황까지 고려한 최소한의 숫자다. 즉 이 수기는 1,000년 후의 동포에게 보내는 기나긴 편지로, 그들이 이 편지를 읽을 때쯤이면 우리가 과연 진정한 의미의 변화를 이루었는지, 새로운 길을 걸을 수 있었는지 알게 될 것이다.

그러고 보니 아직 내 소개를 하지 않았다.

내 이름은 와타나베 사키. 210년 12월 10일, 가미스 66초에서 태어났다. 내가 태어나기 직전 100년에 한 번 꽃을 피우는 대나무에서 일제히 꽃이 피고, 석 달 동안 비가 한 방울도 내리지 않다가 갑자기 한여름에 눈이 내리는 등 온갖 이상 기후가 나타났다. 그리고 12월 10일 밤에는 천지가 칠흑 같은 어둠에 휩싸이더니, 황금색 비늘로 뒤덮인 용이 번갯불을 받으며 구름 사이로 헤엄치는 모습을 많은 사람들이 목격했다고 한다.

……이런 일들은 일어나지 않았다.

210년은 매우 평범한 해로, 나는 그해 가미스 66초에서 태어난 다른 아이들과 마찬가지로 지극히 평범한 아이였다. 하지만 내 어머니에게는 그렇지 않았다. 나를 가졌을 때 어머니는 이미 30대 후반에 접어들어서, 앞으로 아이를 가질 수 없다고 비관했던 모양이다. 우리 시대만 해도 30대 후반이면 상당한 노산이다. 머나먼 미래에는 어떻게 될지 모르겠지만.

더구나 어머니인 와타나베 미즈호는 도서관 사서라는 요직에 있었다. 어머니의 결정으로 초의 미래가 좌우될 뿐만 아니라 경우에 따라서는 많은 인명을 잃어버릴 가능성도 있다. 매일 그런 중압감에 시달리면서 태교에 신경을 쓰는 것은 보통 어려운 일이 아니었으리라.

같은 시기에 아버지인 스기우라 다카시는 가미스 66초의 수장을 역임하고 있었다. 따라서 아버지도 나름대로 바빴으리라. 하지만 내가 태어난 무렵, 도서관 사서에게는 초의 수장과는 비교가 되지 않을 만큼 커다란 책임이 따랐다. 지금도 그렇긴 하지만 그때만큼은 아닐 것이다.

어머니는 새로 발굴된 서적을 분류하는 중요한 회의 도중에 심한 진통에 휩싸였다. 예정일보다 일주일이나 빨리 양수가 터지자 사람들은 즉시 초의 변두리에 있는 출산원으로 어머니를 데려갔다. 세상에 나의 첫 울음소리가 울려퍼진 건 그로부터 불과 10분 후의 일이다. 하지만 운이 나쁘게 탯줄이 목을 감고 있는 바람에 나는 보랏빛으로 변한 얼굴로 제대로 울지도 못했다고 한다. 아이를 처음 받아보는 출산원의 젊은 직원은 하마터면 패닉 상태에 빠질 뻔했지만, 다행히 탯줄이 쉽게 벗겨진 덕분에 나는 간신히 이 세상의 산소를 받아들여 힘찬 울음을 터뜨렸다.

그로부터 2주 후, 똑같은 출산원 겸 탁아소에서 또 한 명의 여자아이가 태어났다. 나중에 나의 둘도 없는 친구가 되는 아키즈키 마리아다. 그녀는 거꾸로 태어난 미숙아에다 나처럼 탯줄이 목을 감고 있었다. 나보다 훨씬 심각한 상태로, 태어났을 때는 가사 상태였다고 한다. 하지만 나를 받아낸 경험을 통해서 출산원 직원은 침착하게 대처할 수 있었다. 그때 판단을 잘못해서 탯줄을 늦게 벗겼다면 마리아는 틀림없이 죽음에 이르렀으리라.

그 이야기를 처음 들었을 때는 간접적으로 친구의 목숨을 구한 것에 커다란 기쁨을 느꼈지만, 지금은 그 기억을 떠올릴 때마다 복잡한 심경에 휩싸인다. 만약 마리아가 태어나지 않았다면 결과적으로 그렇게 많은 사람이 목숨을 잃지 않았을 테니까…….

다시 원점으로 돌아가자. 어쨌든 나는 고향의 풍요로운 자연 속에서 행복한 유년 시절을 보냈다.

가미스 66초는 사방 약 50킬로미터에 점재하는 일곱 개의 마을로 이루어져 있다. 외부 세계와 66초를 가로막는 것이 팔정표식이다. 1,000년 후의 세계에는 팔정표식이 없을지 모르니까 여기서 간단히 설명해두기로 하겠다. 이것은 종이를 잔뜩 매단 금줄로, 밖에서 나쁜 것들이 초 안으로 들어오지 못하도록 단단히 막는 역할을 하고 있다.

어른들은 아이들만 보면 팔정표식 밖으로 나가서는 안 된다고 입에 침이 마르도록 말하곤 했다. 바깥 세계에는 사방팔방에 악령이나 요괴가 어슬렁거리고 있어서, 어린아이가 혼자 밖으로 나가면 무서운 꼴을 당한다고…….

어느 날 나는 아버지에게 물어보았다. "이 세상에 그렇게 무서운 게 또 뭐가 있어?"

아마 예닐곱 살 때였으리라. 어쩌면 조금은 혀 짧은 소리로 물어보았을지도 모른다.

"여러 가지가 있지."

아버지는 서류에서 고개를 들고는 손으로 긴 턱을 받치고, 자애에 가득 찬 시선으로 나를 쳐다보았다. 아버지의 다정한 갈색 눈은 지금도 망막에 뚜렷이 새겨져 있다. 아버지는 한 번도 나를 엄격한 눈길로 본 적이 없다. 딱 한 번 큰 소리로 호통친 적이 있는데, 그것은 멍청하게도 내가 다른 곳을 보면서 걷는 바람에 들판에 뚫린 커다란 구덩이에 빠질 뻔했기 때문이었다.

"사키, 너도 알지? 요괴쥐라든지 거짓고양이라든지 풍선개 이야기는……."

"그런 건 전부 옛날이야기에 나오는 거고, 실제로는 없다고 엄마가 그랬어."

"다른 건 몰라도 요괴쥐는 분명히 있어."

아버지가 너무도 태연하게 말해서 나는 큰 충격을 받았다.

"거짓말!"

"거짓말이 아니야. 요전의 토목 공사에도 요괴쥐를 많이 동원했거든."

"난 한 번도 본 적 없어."

"아이들 눈에는 띄지 않도록 해서 그래."

아버지는 그 이유를 말해주지 않았지만, 아마 요괴쥐가 어린아이에게 보여줄 수 없을 만큼 추악하게 생겨서일 거라 짐작했다.

"하지만 사람 말을 잘 듣는다면 무서울 거 하나도 없잖아."

아버지는 검토하던 서류를 좌탁 위에 올려놓고 오른손을 위로 치켜들었다. 그러고 입 안으로 나지막하게 주문을 외자 종이가 서서히 변하더니 불에 탄 것처럼 복잡한 문양이 나타났다. 초의 수장이 결재했음을 나타내는 문양이다.

"사키, 면종복배라는 말을 알고 있니?"

나는 말없이 고개를 가로저었다.

"겉으로는 복종하는 체하면서 속으로 딴생각을 하고 있다는 뜻이란다."

"겉과 속이 다르다는 거야?"

"상대를 속이면서 배신할 계획을 세우는 거지."

나는 멍하니 입을 벌렸다.

"이 세상에 그런 사람이 어디 있어?"

"그래, 사람은 사람의 신뢰를 배신하지 않아. 하지만 요괴쥐는 사람과 달라."

나는 처음으로 요괴쥐에 대해 두려움을 느꼈다.

"요괴쥐는 사람을 신으로 숭배하면서 절대복종하지. 그게 다 사람이 주력을 가졌기 때문이야. 하지만 아직 주력이 없는 어린아이에게는 어떤 태도를 보일지 몰라. 그래서 어린아이는 가능한 한 요괴쥐를 만나지 않도록 피해야 하는 거야."

"……하지만 일을 한다는 건 마을 안으로 들어온다는 거잖아."

"그럴 때는 반드시 어른이 감독하고 있으니까 괜찮아."

아버지는 서류를 책궤에 집어넣고는 다시 오른손을 들었다. 눈 깜짝할 사이에 책궤와 뚜껑은 하나로 붙어서, 안이 비어 있는 옻칠의 나무 덩어리로 변했다. 주력을 사용할 때 어떤 이미지를 떠올렸는지 다른 사람이 모르기 때문에, 책궤 뚜껑을 부수지 않고 열수 있는 사람은 아버지 말고 없는 것이다.

"어쨌든 팔정표식 밖으로 나가면 안 돼. 팔정표식 안에는 강력한 결계가 쳐져 있어서 안전하지만, 한 발짝 밖으로 나가면 어느 누구의 주력도 널 지켜주지 못하니까."

"하지만 요괴쥐는……."

"요괴쥐만이 아니야. 학교에서 악귀나 업마에 관해서 배웠지?"

나는 순간적으로 말문이 막혔다. 발달 단계에 따라서 악귀나 업마 이야기는 귀에 딱지가 앉을 만큼 듣고 또 들었다. 본인도 모르는 사이에 잠재의식에 깊숙이 새겨지도록 한 것이다. 우리가 학교에서 들은 것은 유아용이지만 그래도 밤에 악몽을 꿀 정도로 무서웠다.

"팔정표식 밖에는 진짜로 악귀나…… 업마가 있어?"

"그래."

아버지는 나의 공포를 완화시켜주려는 듯 다정하게 미소 지었다.

"그건 옛날이야기이고, 지금은 없다고 하던데……."

"물론 지난 150년 동안은 한 번도 나타나지 않았어. 하지만 만일이라는 게 있잖아. 약초 캐는 소년처럼 갑자기 악귀를 만나긴 싫지?"

나는 말없이 고개를 끄덕였다.

여기에서 악귀 이야기와 업마 이야기를 대강 소개해두기로 하자. 단, 유아용 옛날이야기가 아니라 전인학급에 입학하고 나서 배운 완전판 쪽이다.

악귀 이야기

지금으로부터 약 150년 전 일이다. 산속에서 약초를 캐던 한 소년이 있었다. 소년은 정신없이 약초를 캐는 사이에 팔정표식의 금줄이 있는 곳에 도착했다. 금줄 안쪽에 있는 약초는 거의 다 캤다. 우연히 시선을 돌리자 금줄 바깥쪽에는 많은 약초들이 여기저기에 남아 있었다.

예전부터 팔정표식 밖으로 나가면 안 된다고, 어른들에게 귀가 따갑게 들었다. 꼭 나가야 할 때는 반드시 어른과 함께 나가야 한다. 하지만 아무리 둘러봐도 근처에는 어른이 없다. 소년은 망설이다 잠시 나갔다 오면 괜찮으리라고 생각했다. 팔정표식 밖이라고 해도 바로 코앞이다. 약초만 캐고 금방 돌아오면 된다.

소년은 살며시 금줄을 통과했다. 종이가 흔들리며 사락사락하는 소리가 났다. 이때 꺼림칙한 기분이 온몸을 휘감았다. 어른들의 명령을 어긴 것에 대한 죄책감과 함께 지금까지 한 번도 느낀 적이 없는 불안이다. 괜찮을 거라고 스스로를 다독이면서 소년은 약초로 다가갔다.

그때 앞쪽에서 악귀가 다가왔다. 악귀의 덩치는 소년과 비슷했지만 눈을 감고 싶을 만큼 무섭게 생겼다. 모든 것을 태울 듯한 분노가 악귀 뒤에서 불꽃처럼 빙글빙글 소용돌이치고 있었다. 악귀가 지나갈 때마다 근처에 있는 풀과 나무들은 모조리 쓰러지고 폭발했으며 활활 타올랐다.

소년은 온몸에 소름이 끼쳤지만 가까스로 비명을 지르지 않고 조용히 뒷걸음질 쳤다. 금줄을 통과해서 팔정표식 안으로 들어가면 악귀의 눈에 자신의 모습이 보이지 않을 것이다.

그때 소년의 발밑에서 뿌지직하는 소리가 들렸다. 마른 나뭇가지가 부러진 것이다. 악귀가 무표정한 얼굴을 돌렸다. 그리고 겨우 분노의 대상을 발견했다는 표정으로 소년을 뚫어지게 노려보았다.

소년은 금줄을 통과하자마자 쏜살같이 도망쳤다. 팔정표식 안으로 들어왔으니 이제 안심해도 되리라. 하지만 그때 놀라운 일이 벌어졌다. 악귀도 금줄을 통과하여 팔정표식 안으로 들어오는 게 아닌가!

그때 소년은 자신이 되돌릴 수 없는 일을 저질렀다고 생각했다. 팔정표식 안으로 악귀를 불러들인 것이다. 소년은 울음을 터뜨리며 산길을 달리고 또 달렸다. 악귀는 계속 소년의 뒤를 쫓아왔다.

소년은 금줄을 따라 마을 반대쪽에 있는 계곡을 향해 달렸다. 뒤를 돌아보자 덤불 사이로 악귀의 얼굴이 보였다 안 보였다 했다. 두 눈은 번들번들 빛나고 입가에는 미소가 매달려 있다.

이대로 가면 안 된다. 이대로 가면 악귀를 마을로 데려가는 격이 된다. 만약 악귀가 들어가면 마을은 쑥대밭이 될 것이다.

마지막 덤불을 빠져나가자 눈앞에 깎아지른 절벽이 나타났다. 깊은 계곡 밑에서 우르릉 쾅쾅 강물이 흐르는 소리가 메아리쳤다. 협곡에는 만든 지 얼마 되지 않은 새 줄다리가 걸려 있었다. 소년은 줄다리를 건너지 않고 깎아지른 절벽을 따라 계곡물의 상류를 향해 달렸다. 뒤를 돌아보니 악귀가 줄다리 앞에서 소년의 모습을 발견하는 참이었다. 소년은 눈을 질끈 감고 달리고 또 달렸다.

잠시 지나자 앞쪽에 다른 줄다리가 나타났다. 오랜 세월 동안 비바람을 맞고 너덜너덜해진 줄다리는 먹구름이 잔뜩 낀 하늘을 배경으로 새카만 그림자가 되어서, 어서 오라는 양 음침하게 흔들리고 있었다. 줄다리는 지금이라도 끊어질 것 같았다. 이미 10년 넘게 누구 한 사람 건너지 않았고, 어른들은 절대로 이 줄다리를 건너서는 안 된다고 말했다.

소년은 천천히 줄다리에 발을 내디뎠다. 그러자 밧줄에서 끼익끼익 음침한 소리가 들렸다. 발밑의 널빤지는 거의 썩어서 지금이라도 부서질 것 같았다. 줄다리 중간쯤 왔을 때, 갑자기 줄이 크게 휘었다. 뒤돌아보자 악귀가 줄다리를 건너려고 하고 있었다.

악귀가 가까이 다가올수록 줄다리는 점점 더 크게 흔들렸다. 소년은 현기증이 날 만큼 아찔한 계곡 밑을 쳐다보았다. 고개를 돌리자 악귀는 이미 소년의 옆까지 다가와 있었다.

저주스러운 얼굴이 똑똑히 보인 순간, 소년은 숨기고 있던 낫을 휘둘러 줄다리를 지탱하고 있던 한쪽 밧줄을 단숨에 끊었다. 줄다리의 바닥이 수직으로 떨어지면서 소년은 하마터면 밑으로 떨어질 뻔했지만, 가까스로 다른 한쪽 밧줄에 매달렸다.

악귀는 계곡 밑으로 떨어졌을까? 하지만 악귀도 소년과 똑같이 줄에 매달려 있는 게 아닌가. 악귀는 천천히 소년 쪽으로 무서운 눈길을 향했다. 낫은 계곡 밑으로 떨어져서, 나머지 밧줄을 자를 수 없다.

어떻게 하면 좋을까? 소년은 절망에 휩싸여 하늘에 기도했다.

"저는 죽어도 좋습니다. 하지만 제발 악귀가 마을로 들어가지 못하도록 해주십시오."

소년의 기도가 하늘에 닿은 것일까? 아니면 너덜너덜해진 줄다리의 나머지 밧줄이 두 사람의 무게를 견딜 수 없었던 것일까?

이윽고 줄다리가 끊어지면서 소년과 악귀는 어두운 계곡 밑으로 떨어졌다. 잠시 후, 그들의 모습은 새까만 점이 되어 완전히 사라졌다. 그때부터 오늘날에 이르기까지 악귀는 한 번도 나타나지 않았다.

이 이야기에는 몇 가지 교훈이 담겨 있다.

우선 아무리 철없고 어리더라도 팔정표식 밖으로 나가서는 안 된다는 사실이다. 그리고 조금 더 자라면 자신보다 마을을 걱정하는 희생정신을 깨달을 수 있을지도 모른다. 하지만 아무리 총명한 아이라도 그 안에 담긴 진정한 교훈은 깨닫기 힘들다.

악귀가 실제로 존재한다는 걸 가르쳐주기 위해서 이 이야기를 만들었다는 사실을, 누가 상상이나 할 수 있으랴.

업마 이야기

지금으로부터 약 80년 전에 한 소년이 살고 있었다. 소년은 매우 총명했지만 한 가지 단점이 있었다. 그 단점은 소년이 성장함에 따라 누구나 알아볼 수 있을 만큼 뚜렷하게 나타났다.

자신의 총명함을 과신한 나머지 다른 사람을 무시한다는 것이다. 겉으로는 선생님이나 마을 어른들의 가르침을 잘 듣는 척했지만, 중요한 충고나 조언은 결코 소년의 마음속으로 들어가지 않았다.

소년은 어리석은 어른들을 무시하고, 이 세상의 윤리까지 비웃었다. 오만은 업의 씨를 뿌리는 법이다. 소년은 점차 친구들과도 멀어지게 되었다. 고독만이 그의 친구가 되고 이야기 상대가 되었다.

고독은 업의 온상이 되게 마련이다.

외톨이가 된 소년은 사색에 잠기는 일이 많아졌다. 그러는 사이에 생각해서는 안 되는 걸 생각하고, 의심해서는 안 되는 걸 의심하게 되었다. 나쁜 사고는 원래 업을 널리 퍼지게 만든다.

소년은 자기도 모르는 사이에 업을 쌓으며, 점차 인간이 아닌 업마로 변해갔다.

업마를 두려워한 사람들이 하나둘씩 빠져나가면서 마을은 어느새 텅 비게 되었다. 업마는 숲속에서 혼자 살았는데, 어느새 숲속에서도 모든 생물들이 자취를 감추었다. 업마가 걸어가면 주위에 있는 식물들이 기이하게 뒤틀리고 상상을 초월한 모습으로 썩어 들어갔으며, 업마가 만진 음식은 즉시 치명적인 독으로 변했다. 업마는 기이한 죽음의 숲을 혼자 방황하는 신세로 전락했다.

오랜 세월이 흐른 후, 업마는 자신이 세상에 존재해서는 안 된다는 사실을 깨달았다. 업마는 어두운 숲을 빠져나갔다. 그러자 눈앞이 트이면서 아름다운 빛이 온몸을 감쌌다. 산속에 있는 깊은 호수에 도착한 것이다. 업마는 호수 안으로 들어갔다. 청징한 물이 모든 업을 씻어주길 바라며. 하지만 업마 주위의 물은 순식간에 거무칙칙하게 변했다. 무서운 독에 의해 호수의 물까지 바뀐 것이다.

업마는 이 세상에 존재해서는 안 된다. 그 사실을 깨닫고 업마는 조용히 호수 밑으로 모습을 감추었다.

이 이야기의 교훈은 악귀 이야기보다 단순 명쾌하다.

하지만 당시에는 이 이야기의 진정한 의미를 이해할 수 없었다. 그날, 한없는 절망과 슬픔 속에서 업마의 진정한 모습을 우리의 두 눈으로 똑똑히 보기 전까지는…….

펜을 들고 글을 쓰고 있노라니 너무나 많은 생각이 한꺼번에 밀려들어서 수습이 되지 않는다. 다시 어린 시절 이야기로 돌아가자.

앞에서 말한 것처럼 가미스 66초 안에는 일곱 개의 마을이 있다. 가장 중심에 있는 마을은 초의 행정기관이 전부 모여 있는 도네 강 동쪽 기슭의 이엉마을이다. 북쪽에는 숲속에 커다란 저택이 드문드문 있는 솔바람마을이, 동쪽의 탁 트인 바닷가 옆에는 흰모래마을이, 그리고 이엉마을의 남쪽에는 물레방아마을이 자리하고 있다. 도네 강을 사이에 둔 서쪽 해안에는 마을이 세 개 있는데, 북서쪽에는 조망이 좋은 전망마을이, 남쪽에는 논이 펼쳐진 황금마을이, 그리고 가장 서쪽에는 상수리마을이 자리 잡고 있다.

나의 생가가 있던 곳은 물레방아마을이다. 이 이름에는 약간 설명이 필요하리라. 가미스 66초에는 도네 강에서 물을 끌어오는 수십 개의 수로가 종횡으로 달리고, 사람들은 배를 타고 수로를 따라 왔다 갔다 한다. 사람들의 부단한 노력으로 수로의 물은 세수는 괜찮아도 마시기에는 망설여지는 정도의 청정함만 유지하고 있었다.

우리 집 바로 앞에도 빨간색과 하얀색이 뒤섞인 잉어가 헤엄치고, 물레방아마을이란 이름의 유래가 된 물레방아들이 돌고 있었다. 물레방아는 어느 마을에나 있지만, 물레방아마을에는 특히 수많은 물레방아가 장관을 이루고 있었다. 디딜방아, 통방아, 연자방아 등…… 이것이 내가 기억하고 있는 물레방아 종류다. 어쩌면 더 있었을지도 모르지만. 각각의 물레방아는 쌀을 찧거나 밀가루를 만드는 등, 의식을 집중하기에는 너무나 단조로운 노동에서 사람들을 해방시켜주었다.

그중에서 특히 큼지막한 금속 날개가 달려 있는 것은 각 마을에 하나밖에 없는 발전용 물레방아였다. 그곳에서 얻은 귀중한 전력은 시민회관의 지붕 위에 있는 확성기에서 안내 방송을 내보낼 때 사용한다. 그 이외의 목적으로 전력을 사용하는 건 윤리 규정으로 엄격하게 금지하고 있었다.

매일 해가 지기 조금 전에는 확성기에서 똑같은 멜로디가 흘러나온다. 「집으로 가는 길」*이라는 제목으로, 드보르자크라는 기묘한 이름의 작곡가가 까마득한 옛날에 만든 교향곡의 일부라고 한다. 우리가 학교에서 배운 가사는 이러했다.

머나먼 산으로 해는 떨어지고
별들이 하늘을 수놓네
오늘의 일을 마치고
마음 가벼이 쉬면
바람은 시원하도다, 이 저녁에
모든 게 즐겁고 행복하도다,
행복하도다

---

* Going Home, 일본은 家路, 한국에서는 「꿈속의 고향」으로 번역되었다.

끊임없이 불타오른다, 화롯불은
지금은 불꽃이 잠잠해졌네
편안히 잠들라고
재촉하듯 사라지면
그대의 따뜻한 손길을 느끼며
이제는 즐거운 꿈을 꾸네
꿈을 꾸네

「집으로 가는 길」의 멜로디가 흘러나오면 들판에서 놀던 아이들은 일제히 집으로 가는 것이 규칙이었다. 그래서 이 곡을 떠올릴 때마다 뇌리에서는 조건반사적으로 저녁때의 광경이 떠오른다. 황혼에 물든 거리. 모래밭에 기다란 그림자를 떨군 소나무 숲. 옅은 먹빛 하늘을 비추는, 물을 잔뜩 머금은 거울 같은 수십 개의 논들. 새빨간 잠자리 떼. 하지만 뭐니 뭐니 해도 앞이 탁 트인 언덕에서 바라보는 저녁놀이 가장 인상에 남았다.

조용히 눈을 감으면 하나의 광경이 떠오른다. 여름의 막바지 무렵이나 초가을이었으리라. 어느새 공기가 차가워지고 있었다.

누군가가 말했다. "이제 그만 집에 가야 해."

귀를 기울이자 바람을 타고 희미한 멜로디가 가볍게 귀를 때렸다.

"그럼 무승부야."

사토루가 그렇게 말하자 아이들은 숨어 있던 곳에서 나와 삼삼오오 모여들었다. 모두 여덟 살에서 열한 살 사이로, 아침부터 제법 큰 규모의 땅빼앗기 놀이를 하고 있었다. 한겨울에 하는 눈싸움 같은 게임으로, 두 팀으로 나눠서 상대의 땅을 빼앗고 마지막으로 진영의 맨 뒤쪽에 있는 깃발을 빼앗는 팀이 승리하는 것이다. 그날 우리 팀은 초반에 저지른 실수로 패색이 짙었다.

마리아가 입술을 삐죽 내밀며 투덜거렸다. "비겁해. 우리가 이긴 거나 마찬가진데."

마리아는 다른 아이들보다 피부가 하얗고, 눈매는 또렷하지만 홍채 색깔은 희미하다. 무엇보다 불타는 듯한 새빨간 머리칼이 그녀에게 특별함을 안겨주었다.

마리아 옆에서 료가 기세등등하게 말했다. "너희들, 어서 항복하시지."

"그래. 우리가 거의 다 이겼다고."

그 무렵부터 마리아에게는 여왕님의 소질이 있었다. 내가 발끈해서 되받아쳤다.

"왜 우리가 항복해야 하는데?"

료는 질리지도 않고 똑같은 주장을 반복했다.

"당연하지. 우리가 이기고 있었다니까."

"하지만 아직 깃발을 빼앗지는 못했잖아."

내가 그렇게 말하며 쳐다보자 사토루가 엄숙하게 선언했다.

"무승부야."

마리아가 사토루에게 달려들 것처럼 소리쳤다. "사토루, 넌 우리 팀이잖아. 왜 저쪽 편을 드는 거야?"

"규칙이 그런 걸 어떡해? 해 지기 전까지 하기로 했잖아."

"아직 해는 지지 않았어."

나는 최대한 감정을 억누르며 마리아를 타일렀다. "괜히 억지 부리지 마. 그건 여기가 언덕 위이기 때문이야."

평소에는 누구보다 마음이 잘 맞는 친구이지만, 이런 때의 그녀에게는 조바심이 치밀어오른다.

레이코가 불안한 얼굴로 말했다. "얘들아, 그만 집에 가자. 「집으로 가는 길」이 나오면 곧장 집에 오라고 우리 엄마가 그랬어."

료가 마리아의 말을 되풀이했다. "저쪽이 항복을 하면 집에 갈 수 있어."

"고집 그만 부려. 야, 심판!"

사토루가 더 이상 참지 못하고 화난 표정으로 순을 불렀다. 순은 아이들과 조금 떨어진 곳에서 넋을 잃고 언덕 밑의 경치를 바라보고 있었다. 옆에는 불도그 '스바루'가 오도카니 앉아 있었다. 한 박자 지나고 나서 순이 뒤를 돌아보았다.

"왜?"

"왜는 무슨 왜야? 심판이 확실히 말해줘, 무승부라고."

"그래, 오늘은 무승부야."

순은 그렇게 말하고 다시 경치에 눈길을 돌렸다.

"우린 집에 갈래."

그렇게 말하고 레이코와 아이들이 우르르 언덕을 내려갔다. 삼삼오오 모여서 자기 마을로 가는 배를 타야 했기 때문이었다.

"잠깐, 아직 안 끝났어."

"집에 갈래. 계속 여기 있으면 거짓고양이가 나올지 몰라."

마리아와 몇몇 아이들의 얼굴에는 불만이 가득 찼지만 게임은 이미 막을 내렸다.

"사키, 우리도 집에 가자."

사토루의 말을 귓등으로 흘려들으며 나는 슌의 옆으로 다가갔다.

"집에 안 가?"

"갈 거야."

그렇게 말하면서도 슌의 눈은 무엇엔가 홀린 듯 앞을 바라보고 있었다.

"뭘 그렇게 보는데?"

"얘들아, 집에 가자니까!" 뒤쪽에서 사토루가 초조한 듯이 소리를 질렀다.

슌이 말없이 경치를 가리켰다. "저거 보여?"

"어디?"

슌은 멀리 떨어져 있는 황금마을의 논과 숲의 경계선 부근을 가리키고 있었다.

"저기에 미노시로가 있어."

어릴 때부터 어른들이 눈을 소중히 하라고 말해준 덕분에 우리는 다들 시력에 자신이 있었다. 이때도 수백 미터 떨어진, 저녁놀의 빛과 그림자가 엇갈리는 장소에서 논두렁 위를 어슬렁어슬렁 기어가는 새하얀 생물을 알아볼 수 있었다.

"정말이다!"

"미노시로가 뭐가 그렇게 신기하다고 그래?"

뭐 때문인지 평소에 냉정한 사토루의 목소리에 불쾌함이 잔뜩 묻어 있었다. 하지만 나는 움직이지 않았다. 움직이고 싶지 않았던 것이다.

미노시로는 달팽이처럼 천천히 논두렁에서 풀밭을 가로질러 숲 속으로 모습을 감추었다. 그동안 내 눈은 미노시로의 모습을 좇으며 의식은 옆의 순에게 향해 있었다.

내 안에 있는 감정이 무엇인지는 아직 알 수 없다. 하지만 순과 함께 꼭두서니 빛에 물든 경치를 바라보고 있노라니 가슴이 달콤하고 애절한 기분으로 가득 차는 것이다. 어쩌면 이것 역시 기억이 날조해낸 광경이 아닐까? 몇 개의 비슷한 일화를 뒤섞어 각색한 뒤, 감상(感傷)이라는 조미료를 뿌린…….

만약 그렇다고 해도 이 광경은 지금도 나에게 특별한 의미가 있다. 완전무결한 세계에 살았던 시절의 마지막 기억. 모든 것이 정확한 질서에 따라 움직이고, 미래에 대해 한 조각의 불안도 없었던 시절의…….

그리고 첫사랑의 추억은 지금도 역시 저녁놀처럼 찬란한 빛을 뿌리고 있다. 이윽고 모든 것이 바닥을 알 수 없는 허무와 슬픔 속으로 빨려 들어간다고 해도.

2

어린 시절의 이야기를 조금 더 하려고 한다.

가미스 66초에서는 어린아이가 여섯 살이 되면 초등학교에 다녀야 한다. 내가 다닌 곳은 '와키엔'이었다. 초에는 그밖에 '유아이엔',

'도쿠이쿠엔'이라는 초등학교가 있었다.

당시 가미스 66초의 인구는 3,000명이 약간 넘었다. 나중에 고대의 교육제도를 조사해보고 알았는데, 그 정도 규모에 초등학교가 세 개나 있는 건 이례적이라고 한다. 하지만 이것이야말로 내가 자란 사회의 본질을 대변해주는 가장 큰 특징이다. 다시 말해, 사회를 구성하는 성인의 과반수 정도가 이런저런 의미에서 교육에 종사했던 것이다. 이는 화폐경제 사회에서는 상상도 할 수 없는 일이다. 하지만 상부상조와 무상봉사를 기반으로 하는 우리 초에는 애초에 화폐라는 것이 존재하지 않고, 필요한 분야에 저절로 인재가 가는 시스템이 만들어져 있었다.

와키엔은 우리 집에서 도보로 20분 정도 걸리는 곳에 있었다. 수로를 이용하면 더 빨리 도착할 수 있지만, 배를 움직이려면 크고 무거운 노를 저어야 해서 어린아이에게는 걷는 것이 훨씬 편했다.

세 개의 초등학교는 전부 초의 중심에서 조금 떨어진 조용한 곳에 자리 잡고 있었다. 와키엔이 있던 곳은 이엉마을의 남쪽 변두리였다. 검은빛이 감도는 낡은 목조의 학교 건물은 A 자 모양의 단층 건물이었다. A 자의 가로 막대에 해당하는 현관으로 들어가면 맨 처음 눈에 띄는 것은 정면의 벽에 걸린 액자의 '이화위귀(以和爲貴)'라는 글자다. 쇼토쿠태자*라는 고대 성인이 만든 17조 헌법 중 처음 1절로, '화합을 귀하게 여긴다'는 뜻이라고 한다. 그것이 와키엔이라는 이름의 유래라고 하는데, 유아이엔과 도쿠이쿠엔에 어떤

---

* 聖德太子, 574~622, 일본에 불교를 중흥시킨 인물.

글자가 걸려 있었는지는 모르겠다.

가로 막대를 따라 교직원실과 교실이 있고, 오른쪽으로 걸어가면 오른쪽 세로 막대에도 여러 교실이 나란히 자리 잡고 있다. 전교생을 합쳐도 150명밖에 안 되지만, 교실은 전부 20개가 넘었다. 왼쪽 세로 막대는 관리동으로, 학생들의 출입은 금지되어 있었다.

앞쪽 교정에는 운동장과 철봉 같은 놀이기구 외에 여러 동물들을 기르는 울타리가 있었다. 당시에는 닭과 오리, 토끼, 햄스터 등을 길렀는데, 동물은 당번제로 학생들이 돌보게 되어 있었다. 교정 한쪽 구석에는 새하얗게 칠한 백엽상*이 우두커니 놓여 있었다. 용도는 분명하지 않아서, 와키엔을 다니던 6년 동안 사용하는 걸 한 번도 본 적이 없다.

교사에서 세 방향으로 둘러싸여 있는 정원은 수수께끼처럼 이해할 수 없는 장소였다. 학생들의 출입은 엄격히 금지되어 있고, 그곳에 가야 할 일도 없었다. 관리동 이외에 정원 쪽을 향한 창문은 하나도 없어서, 정원을 훔쳐볼 기회는 선생님이 정원으로 통하는 문을 열었을 때 우연히 그 자리에 있는 것뿐이었다.

"……정원에 뭐가 있었을 것 같아?"

사토루가 음침한 웃음을 지으며 둘러본 순간, 우리는 모두 긴장한 얼굴로 마른침을 삼켰다.

"사토루, 네가 직접 본 것도 아니면서 뭘 그렇게 거드름을 피워?"

사토루가 긴장 상태를 질질 끄는 걸 보고 나는 더 이상 참을 수

---

* 百葉箱, 기상 관측을 위해 옥외에 설치한 상자.

없어서 비아냥거렸다. 말허리를 잘린 그는 발끈한 표정을 지었다.

"물론 내가 직접 본 건 아니야. 하지만 똑똑히 본 사람이 있어."

"그게 누군데?"

"넌 모르는 사람이야."

"우리 학교 학생 아니야?"

"우리 학교 학생이지만 이미 졸업했어."

나는 불신을 감추지 않고 다시 한 번 물었다. "누군데?"

"그런 건 아무래도 상관없으니까 뭐를 봤는지 빨리 말해봐."

마리아가 그렇게 말하자 주위에서 동의하는 웅성거림이 일었다. 사토루가 빈정거리는 눈길로 나를 쳐다보았다.

"뭐 듣고 싶지 않은 사람은 안 들어도 되지만……."

나는 그의 눈길을 못 본 척했다. 이 자리를 떠날 수도 있었지만 나 역시 그다음 이야기를 듣고 싶었던 것이다.

"선생님은 학생이 있을 때는 절대로 정원으로 들어가는 문을 안 열잖아. 관리동 앞쪽에 있는 떡갈나무 문 말이야. 하지만 그때는 뒤쪽에 사람이 있는 걸 확인하지 않고 문을 열었대."

겐이 사토루의 뒷말을 재촉했다. "그 말은 좀 전에 들었어."

"거기에는 말이지…… 무덤이 무지무지 많았대!"

빤한 거짓말이었지만 아이들은 감쪽같이 넘어갔다.

"우아아!"

"설마!"

"무섭다!"

마리아는 두 손으로 귀까지 막았을 정도다.

나는 어이가 없어서 되물었다. "누구 무덤인데?"

"뭐?"

거짓말이 예상 이상의 효과를 올려서 히쭉거리던 사토루가 허를 찔린 표정을 지었다.

"그렇게 많은 무덤이 다 누구 거냐고?"

"그걸 내가 어떻게 알아? 어쨌든 무덤이 엄청나게 많았대."

"왜 학교 정원에 무덤이 있는데?"

"그것까진 못 들었다니까 그러네."

그는 비겁하게도 설명할 수 없는 건 모두 다른 사람에게 들어서 잘 모른다는 말로 일관할 생각인 듯했다.

"……혹시 학생의 무덤 아닐까?"

겐의 말에 모두 쥐 죽은 듯 조용해졌다.

마리아가 나지막한 목소리로 물었다. "학생의 무덤이라고? 언제 적 학생? 왜 그렇게 많이 죽었는데?"

"잘은 모르지만 와키엔을 졸업하기 전에 도중에 없어지는 사람이 있다고 하던걸……."

우리 초의 초등학교는 입학하는 시기는 똑같지만, 나중에 설명할 이유로 졸업 시기는 제각기 달랐다. 어쨌든 다음 순간, 우리는 모두 할 말을 잃어버렸다. 겐의 말이 금기를 건드렸다는 생각이 들어서였다.

그때 조금 떨어진 자리에서 책을 읽고 있던 슌이 우리를 쳐다보았다. 창문으로 새어 들어오는 빛을 받고 그의 기다란 속눈썹이 깜빡였다.

"정원에는 무덤 같은 거 없었어."

한순간 순의 말에 안도의 한숨을 내쉬었지만, 바로 커다란 의문이 솟구쳤다.

"없었다니, 그게 무슨 말이야? 네가 어떻게 알아?"

내가 대표로 그렇게 묻자 순은 태연하게 대답했다.

"내가 봤을 땐 그런 거 없었어."

"뭐?"

"너 봤어?"

"정말이야?"

"거짓말이지?"

봇물 터진 것처럼 여기저기서 일제히 질문이 쏟아졌다. 주인공 자리를 빼앗긴 사토루만이 부루퉁한 표정을 지었다.

"내가 말 안 했던가? 작년에 과제물 내라고 할 때, 내지 않은 사람이 있었잖아. 과학의 자유 관찰 과제물. 선생님이 전원의 과제물을 다 받아서 가져오라고 해서 관리동에 들어간 적이 있어."

다들 숨 쉬는 것조차 잊고 다음 말을 기다리는 동안, 순은 천천히 읽고 있던 책 사이에 책갈피를 끼웠다.

"책이 산더미처럼 쌓인 방의 창문에서 정원이 보였는데, 거기에 이상한 게 있었어. 하지만 무덤은 아니었어."

순은 그것으로 이야기를 마칠 생각인 듯했다. 나는 열 개 정도의 질문을 단숨에 하려고 한껏 숨을 들이마셨다. 그때 나보다 한발 빨리 사토루가 그때까지 들어본 적 없는 험악한 목소리로 입을 열었다.

"헛소리 그만해. 이상한 거라니, 그렇게 말하면 어떻게 알아? 제대로 설명해야지."

자신은 제대로 설명하지 않은 주제에. 하지만 순의 대답을 듣고 싶은 마음에 나는 사토루의 말을 반박하지 않았다.

"으음, 뭐라고 해야 좋을까? 넓은 정원 안쪽에 벽돌로 지은 창고 같은 게 다섯 개 정도 나란히 있었을 뿐이야. 앞에는 커다란 나무 문이 붙어 있고⋯⋯."

순의 대답은 아무런 설명도 되지 않았지만 기묘하리만큼 진실이 느껴졌다. 사토루가 더 이상 파고들 수 없자 혀를 끌끌 찼다.

"그나저나 사토루, 너 아까 누가 뭘 봤다고 했지?"

내가 꼬치꼬치 캐물으려고 하자 그는 상황이 불리하다고 생각했는지 재빨리 말을 얼버무렸다.

"나도 다른 사람에게 들어서 자세한 건 몰라. 그 사람이 잘못 봤을지도 모르고, 어쩌면 그때는 무덤이 있었을지 모르지."

이런 걸 스스로 무덤을 판다고 하는 것이리라.

"그러면 무덤이 왜 없어졌는데?"

"그건 잘 모르지만⋯⋯ 그런데 너희들 알아? 그 사람이 본 건 무덤만이 아니었어."

궁지에 몰린 사토루는 교묘하게 화제를 돌렸다. 예상한 대로 마리아가 어리석은 물고기처럼 덥석 미끼를 물었다.

"또 뭘 봤는데?"

"그렇게 금방 달려들면 어떡해? 사토루가 무서운 얘기를 생각해낼 때까지 기다려줘야지."

내가 그렇게 놀리자 사토루가 발끈했다.

"거짓말 아니야. 그 사람은 분명히 무서운 걸 봤다고 했어. 정확하게 말하면 정원이 아니지만……."

"네네, 알겠사옵니다."

"무서운 거라니, 그게 뭔데?" 겐이 더 이상 참을 수 없다는 표정으로 재촉했다.

사토루는 내심 히죽거렸지만 반대로 무표정하게 내뱉듯이 말했다. "무지막지하게 큰 고양이 그림자!"

주위는 일시에 찬물을 뿌린 것처럼 조용해졌다. 그의 교묘한 화술에는 감탄할 수밖에 없었다. 만약 공포 이야기를 만들어내는 직업이 있다면 그는 틀림없이 일인자가 될 수 있으리라. 물론 어떤 사회에서도 그런 말도 안 되는 직업은 있을 수 없지만…….

"그거, 거짓고양이야……?"

마리아가 하지 말아야 할 말을 입에 담자 그 자리에 있던 아이들이 일제히 떠들어댔다.

"거짓고양이는 초등학교 옆에 자주 나타난대."

"왜?"

"그걸 몰라서 물어? 당연히 어린아이를 잡아먹기 위해서지."

"계절은 가을이고, 저녁때쯤 나온대."

"한밤중에는 집까지 따라온다고 하던걸……."

우리는 늘 어둠을 두려워하고, 그와 동시에 끊임없이 매료되었다. 온갖 귀신들이 등장하는 이야기에는 항상 가슴이 두근거렸는데, 그중에서도 거짓고양이는 온몸에 소름이 돋게 만드는 무서운 존재였다. 입에서 입으로 전해지는 사이에 여러 가지 꼬리가 붙었겠지만, 거짓고양이의 기본은 고양이와 똑같이 생기고 어른처럼 덩치가 큰 괴물이다. 기이하리만큼 사지가 긴 괴물이 자신이 점찍은 아이의 뒤를 그림자처럼 따라가, 인적 없는 장소에 도착하면 뒤에서 몸을 길게 뻗어 앞발로 어깨를 누른다. 아이의 온몸이 최면술에 걸린 것처럼 마비되면 괴물은 180도 벌린 입으로 아이의 머리를 물고 어딘가로 사라진다. 그 자리에는 피 한 방울도 남지 않고, 끌려간 아이는 시체조차 발견되지 않는다…….

"그래서? 그 사람은 거짓고양이를 어디서 봤대?"

사토루는 조금 전의 당황한 모습을 말끔히 씻어내고 자신만만하게 대답했다.

"거짓고양이인지 아닌지는 몰라. 그 사람이 본 건 그림자뿐이니까. 하지만 그림자를 본 건 정원과 가까운 곳이래."

"가까운 곳 어디? 밖에서 정원으로 들어갈 수 있는 데는 없잖아."

"밖이 아니야."

"뭐?"

나는 원래 사토루의 말을 회의적으로 듣는 습관이 있었는데, 이때는 왠지 등줄기가 서늘해지는 느낌을 받았다.

"그림자를 본 건 관리동으로 가는 복도 끝이야. 그런데 정원으로 가는 문 근처에서 사라졌대…….'

이 말에는 다들 한마디도 할 수 없었다. 분하긴 하지만 사토루의 예상대로 되었다고 할 수 있으리라. 어쨌든 이것은 아이들 사이에서 떠도는 시시한 괴담에 불과하다. 그때는 그렇게 생각했다.

돌이켜보면 그래도 와키엔에 다녔던 날들은 행복했다. 학교에 가서 친구들을 만날 수 있다는 것만으로도 매일매일이 즐거워서 견딜 수 없었다.

아침부터 국어, 수학, 사회, 과학 등 따분한 수업이 이어졌지만, 교실에는 학과를 가르치는 선생님 말고도 한 사람 한 사람의 이해도에 따라 꼼꼼하고 세심하게 가르쳐주는 지도교사가 있어서 뒤처지는 사람은 아무도 없었다. 반면에 시험이 아주 많아서, 사흘에 한 번꼴로 시험을 봐야 했다. 대부분은 학과와 상관없이 '나는 슬프다, 왜냐하면……'이라는 종류의 문장을 완성시키는 것이라서 큰 부담은 되지 않았다.

가장 힘든 건 자기표현의 과제였다. 그림을 그리거나 찰흙으로 모양을 만드는 건 즐거웠지만, 거의 매일 작문을 해야 하는 것은 지긋지긋했다. 그때 열심히 글을 쓴 덕분에 지금 별로 고생하지 않고 이 수기를 쓸 수 있는 건지도 모르지만.

따분한 수업과 과제를 마치면 오후에는 즐거운 시간이 기다리고 있었다. 더구나 주말의 이틀은 쉬는 날이라서 마음껏 야외에서 뛰어놀 수 있었다.

와키엔에 처음 입학했을 무렵엔 완만하게 구부러진 수로를 따라 이엉으로 엮은 집들을 바라보는 정도였지만, 어느덧 멀리 떨어진 황금마을까지 가게 되었다. 가을에는 벼 이삭이 들판을 가득 메워서 황금마을이란 이름이 붙었는데, 재미있는 건 오히려 봄에서 여름 사이였다. 논을 들여다보면 물 표면에서는 소금쟁이가 달리고 물속에서는 미꾸라지나 모기고기가 헤엄치며, 논바닥에는 흙탕물을 일으켜 잡초가 생기지 못하게 하는 투구새우가 꿈틀거리고 있었다. 농업용 수로나 저수지에는 물장군이나 물방개, 물사마귀, 장구애비 같은 곤충과 붕어 같은 물고기도 있었다. 고학년 선배가 가재 잡는 방법을 가르쳐주어서, 하루 종일 양동이에 가득 찰 만큼 잡은 적도 있었다.

황금마을에는 여러 종류의 새들도 찾아왔다. 봄에는 하늘 높은 곳에서 춤추는 종다리 울음소리가 메아리치고, 벼가 자라는 여름까지는 미꾸라지를 노리고 따오기들이 찾아온다. 따오기는 겨울에 교미해서 가까운 나무 위에 둥지를 만들기 때문에, 가을이 되면 어린 새들이 모두 둥지를 떠난다. 울음소리는 별로 예쁘지 않지만 옅은 복숭아색의 어린 따오기들이 일제히 날아오르는 장면은 장관이 아닐 수 없다. 그밖에도 좀처럼 땅으로 내려오지 않는 커다란 솔개나 참새, 그리고 박새, 직박구리, 산비둘기, 까마귀 등도 자주 볼 수 있었다.

새는 아니지만 가끔 미노시로를 보는 일도 있었다. 이끼나 작은 짐승을 잡는 사이에 자기도 모르게 논두렁으로 기어나온 것이리라. 어른들은 미노시로를 토양을 개량하고 해충을 구제하는 좋은 짐승이라 여기고 보호할 뿐 아니라 농가에서는 신의 심부름꾼, 또는 행운의 상징으로 소중히 대하곤 했다. 보통이라도 수십 센티미터에서 1미터에 이르며, 도깨비미노시로 중에는 2미터가 넘는 것도 있다. 수많은 촉수를 움직이고 긴 몸을 꿈틀거리며 나아가는 모습은 신령스러운 짐승이란 뜻의 신수라고 부르기에 어울리는 위엄을 갖추고 있었다.

미노시로처럼 사람들이 신처럼 모시는 생물 중에는 구렁이의 백화형인 백사나 흑화형인 줄뱀이 있는데, 미노시로는 어느 것을 만나도 그들의 머리를 잡아먹는다. 당시의 민간 신앙에서 그 사실을 어떻게 받아들였는지는 지금도 수수께끼다.

고학년이 되면 서쪽 끝에 있는 상수리마을이나, 흰모래마을의 한참 남쪽인 아름다운 모래 언덕이 펼쳐진 하사키 해안, 1년 내내 꽃이 흐드러지게 피는 도네 강 상류의 해안까지 원정을 갔다. 강가에는 해오라기나 넓적부리도요가 유유자적하게 거닐고, 때로는 두루미도 날아오곤 했다. 강변의 갈대 사이에서 개개비 둥지를 찾거나, 산에 올라가 참억새 들판에서 띠둥지만들기의 둥지를 발견하는 건 커다란 즐거움이었다. 특히 띠둥지만들기의 가짜 알은 장난을 좋아하는 개구쟁이들에게 반가운 장난감이었다.

하지만 아무리 다양하게 보여도, 팔정표식의 안쪽에 있는 것은 어차피 순수한 자연이 아닌, 구태여 비유하자면 상자 안에 있는 정원이나 마찬가지였다. 그런 의미에서 보면 옛날에 우리 초에 있던 동물원과, 그 동물원의 철책 바깥쪽은 본질적으로는 아무런 차이가 없었다고 할 수 있으리라. 우리가 보았던 코끼리와 사자, 기린은 사실 주력으로 만든 가짜 코끼리, 가짜 사자, 가짜 기린에 불과해서, 만일 철책 밖으로 빠져나와도 사람들에게 해 끼칠 가능성은 하나도 없었다.

팔정표식 안의 환경도 철두철미하게 사람들을 위해서 만들어져 있었다. 오랜 세월이 흐른 후에는 뼈저리게 알게 되지만, 그 당시에는 아무리 야산을 뛰어다녀도 독뱀에 물리기는커녕 벌레에게 찔리지 않는 것조차 아무도 이상하게 여기지 않았다. 팔정표식 안쪽에는 독니를 가진 살무사나 유혈목이는 한 마리도 살지 않고, 아무런 해가 없는 구렁이와 줄뱀, 능구렁이, 줄꼬리뱀, 대륙유혈목이 뿐이었다. 또 숲에 사는 노송나무나 편백나무는 지나칠 정도로 강력한 냄새를 내뿜어서 우리의 건강에 유해한 미세한 포자와 진드기, 세균, 털진드기 등을 없애주었다.

어린 시절을 이야기할 때 빼놓을 수 없는 것이 연중행사다. 우리 초에는 대대로 내려오는 축제와 행사가 많아서, 사계절의 생활 리듬을 만들어냈다.

대강 나열해도 봄에는 쓰이나*와 모내기 축제, 진화제.** 여름에는 괴물 축제라고도 하는 여름 축제와 불 축제, 정령회.*** 가을이 되면 팔삭제****와 신상제.***** 마지막으로 겨울에는 눈 축제와 설날 축제, 사기초****** 등이 있었다.

어린 시절에 나의 뇌리에 가장 깊숙이 새겨져 있던 것은 쓰이나 의식이다. 쓰이나는 '귀신쫓기'라고도 하는데, 유래는 분명하지 않지만 2,000년의 전통을 가지고 있는 가장 오래된 의식이라고 한다.

그날 아침에는 아이들도 모두 광장에 모인다. 완전히 마르지 않

---

* 追儺, 입춘 전날에 볶은 콩을 뿌려서 악귀를 내쫓는 행사.
** 鎭花祭, 벚꽃 지는 계절에 활동하는 역병의 신을 쫓아내는 행사.
*** 精霊会, 쇼토쿠태자 기일인 음력 2월 22일에 하는 법회.
**** 八朔祭, 음력 8월 1일, 햇곡식을 추수하여 축하하는 행사.
***** 新嘗祭, 11월 23일에 일왕이 햇곡식을 천지의 신에게 바치고, 또 먹는 궁중 제사.
****** 左義長, 정월 보름날에 악귀를 쫓는 행사.

은 찰흙에 호분*을 칠한 '무구**의 가면'을 쓰고, '신시'*** 역할로 의식에 참가하는 것이다. 나는 어릴 때부터 이 의식이 너무나 무서웠다. 의식에 등장하는 두 개의 귀신 가면이 너무도 추악해서였다.

두 개의 귀신, 즉 악귀와 엄마 가면 중 악귀 가면은 입을 크게 벌리고 웃는 사악한 얼굴이다. 후에 의식에 관한 지식을 볼 수 있게 되어 유래를 조사해보았는데, 가면을 왜 그렇게 만들었는지는 결국 알 수 없었다. 가장 흡사한 건 고대의 노**** 가면에 있는 '뱀'이다. 인간이 귀신으로 변하는 과정을 나타낸 세 개의 가면 중 하나로 나마나리*****에서 반야,****** 그리고 뱀으로 변하는 최종 단계의 모습인 것이다. 한편 그와 대조적으로 엄마 가면은 무서운 고뇌로 인해 흐물흐물 녹아내리듯 일그러져서, 거의 사람의 형태를 유지하지 못했다.

쓰이나의 중심 의식은 다음과 같이 시작한다. 새하얀 모래를 깔고 동쪽과 서쪽 광장에 화톳불을 켜놓은 후 일단 20~30명의 신시가 나타나 "귀신은 가라! 귀신은 가라!"라고 독특한 가락으로 소리치며 천천히 걷는다. 그러면 위쪽에서 귀신을 쫓는 방상씨*******가 등장한다. 방상씨는 고대 의식에 따라서 손에 커다란 창을 들고 있다.

---

* 胡粉, 조가비를 태워서 만든 백색 안료.
** 無垢, 불교 용어, 더러움이 없는 청정한 상태이자 순진무구한 모습.
*** 侲子, 귀신 쫓는 역할을 하는 관리 옆에 있는 사람.
**** 能, 일본의 전통 무대 예술의 하나.
***** なまなり, 뿔이 있고 머리가 흐트러진 여자 가면.
****** 般若, 만물의 실상을 깨닫고 불법을 꿰뚫는 지혜.
******* 方相氏, 쓰이나 의식을 할 때 악귀를 쫓는 역할.

하지만 뭐니 뭐니 해도 가장 시선을 끄는 건 네 개의 눈이 달린 황금 가면을 쓰고 있다는 것이다.

방상씨는 신시들과 함께 "귀신은 가라!" 하고 외치고 빙글빙글 돌면서 재난이나 사악한 기운을 내쫓는다는 콩을 사방에 뿌린다. 콩은 구경꾼에게도 뿌리는데, 사람들은 합장하면서 정중히 콩을 받는다. 그때부터 무서운 장면이 시작된다. 방상씨가 돌연 신시들을 쳐다보며 손에 들고 있던 콩을 모조리 뿌리는 것이다. 방상씨가 목이 터져라 "더러움은 안으로!"라고 소리치면 신시들도 "더러움은 안으로!"라고 일제히 합창한다. 그러면 미리 신시들 사이에서 귀신 역할을 하던 두 사람이 무구의 가면을 벗어던진다. 그 밑에는 조금 전에 말한 악귀와 엄마 가면을 쓰고 있다.

신시의 한 사람으로 의식에 참가했던 내가 가장 두려워했던 것은 이 부분이다. 한 번은 바로 옆에 있던 신시가 별안간 악귀로 변했다. 신시들은 두 귀신을 남기고 새끼 거미가 흩어지듯 도망쳤는데, 다들 공황 상태에 빠져서 한동안 꼼짝도 할 수 없었다.

그 이후 방상씨는 "더러움은 밖으로!"라고 소리치면서 창으로 두 귀신을 내쫓는다. 귀신들은 정해진 대로 저항을 하는데, 전원이 "더러움은 밖으로!"라고 외치는 가운데 보이지 않는 장소로 쫓기면서 의식은 대단원의 막을 내린다. 그때 신시 가면을 벗은 사토루의 얼굴을 보고 등골이 오싹해졌던 걸 지금도 똑똑히 기억하고 있다.

"얼굴이 새하얗게 질렸어."

내가 그렇게 말하자 사토루는 푸르죽죽한 입술을 바들바들 떨며 대꾸했다.

"너도 똑같은데 뭘 그래?"

우리가 서로의 눈동자 안에서 본 것은 스스로의 내부에 깃든 공포였다. 그때 사토루가 눈을 크게 뜨고 턱으로 내 뒤를 가리켰다. 돌아보니 무대 뒤쪽으로 돌아온 방상씨가 황금 가면을 벗는 참이었다.

쓰이나에서 방상씨 역할을 하는 사람은 자타 공히 최강의 주력을 가진 인물이어야 한다. 그리고 내가 아는 한 가부라기 시세이 씨는 한 번도 그 자리를 다른 사람에게 양보한 적이 없었다. 그는 우리의 시선을 알아차리고 가볍게 미소를 지었다. 그런데 기묘한 점은 그가 방상씨 가면 밑에 얼굴의 윗부분을 덮는 또 다른 가면을 쓰고 있었다는 것이다. 소문에 따르면 그의 맨 얼굴을 본 사람은 한 명도 없다고 한다. 코와 입술은 평범했지만, 두 눈이 새까만 선글라스 밑에 숨겨져 있어서 음침한 위압감이 느껴졌다.

"무서웠니?"

그가 나지막한 목소리로 또박또박 말하자 사토루는 경외의 표정을 지으며 고개를 끄덕였다. 이어서 그는 시선을 나에게 향했는데 왠지 그사이가 몹시 길게 느껴졌다.

"넌 새로운 걸 좋아하는구나."

뭐라고 대꾸해야 좋을지 몰라서 나는 딱딱하게 굳어 있었다.

"그게 길일지 흉일지는 모르지만."

그는 기묘하게 경박한 웃음을 남기고 그 자리를 떠났다. 우리는 한동안 그에게 매료된 표정으로 우두커니 서 있었다.

이윽고 사토루가 혼잣말처럼 중얼거렸다. "저 사람의 주력은 진짜로 정신을 집중하면 지구를 두 동강 낼 수 있을 정도래······."

그의 헛소리에 신빙성이 있다고 여긴 건 아니지만, 그때의 일은 그 후에도 줄곧 마음 한구석에 남아 있었다.

행복한 시간은 언젠가 끝을 맞이한다.

나의 어린 시절도 예외는 아니었지만, 당시의 내 고민은 그 기간이 너무 길다는 것이었다. 앞에서 말했듯이 와키엔을 졸업하는 시기는 개인마다 각각 다르다. 우리 반에서 맨 처음 졸업한 사람은 순이었다. 누구보다 성적이 좋고 총명하며 눈길이 어른스러웠던 순이 어느 날 갑자기 사라진 뒤, 담임인 사나다 선생님은 남은 학생들을 향해 자랑스러운 표정으로 그의 졸업을 알렸다.

그 후에는 한시라도 빨리 졸업해서 순과 같은 학교에 다니고 싶다는 것이 내 유일한 희망 사항이었다. 그런데 친구들이 한 사람, 두 사람 빠지는 동안에도 내 차례는 좀처럼 오지 않았다. 가장 친한 마리아까지 졸업하고 혼자 남았을 때의 심정은 어떤 말로도 표현할 수 없으리라.

벚꽃이 지고 25명 있었던 반 친구들이 다섯 명으로 줄었을 때도 나와 사토루는 아직 남아 있었다. 평소에 입만 열면 큰소리치던 그의 얼굴에서도 역시 활기를 찾아볼 수 없었다. 그 이후 우리는 매일 아침 낙오자인 서로의 얼굴을 확인하며 안도의 한숨을 내쉬는 나날을 보냈다. 가능하면 동시에 졸업하고 싶다, 만약 그렇지 않다면 먼저 졸업하고 싶다고 은밀히 마음속으로 기도하면서······.

하지만 나의 소박한 바람은 철저하게 무너졌다. 5월에 접어들면서 마지막 기둥이었던 사토루까지 졸업한 것이다. 그로부터 거의 시간을 두지 않고 두 사람이 연이어 졸업하면서, 결국 나를 포함해 두 사람만 남게 되었다. 이상하게 여길지 모르지만 또 한 사람의 이름은 아무리 머리를 짜내도 기억나지 않는다. 분명히 무엇을 해도 가장 느리고 눈에 띄지 않는 사람이었겠지만, 아마 원인은 나스스로 무의식 속에 기억을 봉인해버린 탓이리라. 집에 와서도 현저하게 말수가 줄고 방에 틀어박히는 나날이 이어졌다. 부모님도 그런 나를 많이 걱정하셨으리라.

그러던 어느 날, 어머니가 내 머리를 어루만지며 말했다. "사키, 조바심 낼 필요 하나도 없단다. 빨리 졸업해봤자 아무런 의미가 없으니까. 친구들이 먼저 졸업해서 외롭겠지만 금방 또 만날 수 있어."

나는 침대에 엎드린 채 말했다. "하나도…… 안 외로워."

"사키, 빨리 졸업했다고 해서 훌륭한 건 아니야. 주력의 질과 위력에도 관계가 없고. 너, 알아? 나와 아빠도 그렇게 빠른 편이 아니었어."

"하지만 꼴찌는 아니었잖아."

"그건 그렇지만. 하지만……."

"난 낙오자가 되고 싶지 않아."

그러자 어머니는 보기 드물게 날카로운 말투로 소리쳤다. "그런 말을 하면 안 돼! 그런 말을 누구한테 들었어?"

나는 말없이 베개에 얼굴을 묻었다.

"졸업 시기는 신께서 정하는 법이야. 넌 그냥 기다리면 돼. 지금 늦은 건 금방 회복할 수 있어."

"만약……."

"응?"

"만약 졸업하지 못하면 어떻게 되는데?"

어머니는 한순간 말문이 막힌 표정을 지었지만 즉시 얼굴을 풀며 부드러운 미소를 지었다.

"어머나, 바보처럼 그런 걸 걱정했어? 걱정할 필요 하나도 없어. 꼭 졸업할 수 있으니까. 단지 조금 빠르냐 늦냐의 차이일 뿐이야."

"끝까지 졸업하지 못하는 사람도 있어?"

"그래. 하지만 너에겐 절대로 그런 일이 일어나지 않아."

나는 침대에서 몸을 일으켜 어머니의 눈을 똑바로 바라보았다. 어머니는 왠지 안절부절못하는 것처럼 보였다.

"엄마, 만약에 졸업하지 못하면 거짓고양이가 데리러 온다는 거 정말이야?"

"말도 안 돼! 이 세상에 거짓고양이가 어디 있어? 다 큰 사람이 그런 말을 하면 다들 비웃어."

"하지만 난 봤어."

그 순간, 어머니의 눈 속에 공포의 빛이 내달렸다.

"아니야, 잘못 봤을 거야."

"분명히 봤어."

나는 다시 한 번 주장해서 어머니의 반응을 확인하고 싶었다. 거짓말이 아니다. 본 것 같은 생각이 든 것은 사실이다. 하지만 너무나 순식간에 벌어진 일이라서, 스스로도 잘못 봤으리라고 생각하고 있었다.

"어제저녁에 집에 올 때였어. 네거리에서 뒤를 돌아봤더니 거짓 고양이 같은 게 길을 걷고 있었어. 금방 사라지긴 했지만."

어머니는 한숨을 쉬었다. "원래 무섭다고 생각하면 억새풀도 귀신으로 보이게 마련이야. 네가 본 건 평범한 고양이나 족제비였을 거야. 해 질 무렵에는 뭐든지 크게 보이는 법이니까."

어머니는 다시 평소의 침착한 태도로 돌아갔다. 어머니가 잘 자라고 말하고 나서 불을 끄자 나는 안심하고 잠의 세계로 들어갔다. 하지만 한밤중에 눈을 떴을 때, 평화로운 기분은 어딘가로 날아갔다. 심장이 빠른 종처럼 세차게 치고 손발은 차가웠으며 온몸은 땀으로 흠뻑 젖었다. 기분 나쁜 끈적끈적한 땀이었다.

천장의 나무 위에서 사악한 존재가 꿈틀거리는 듯했다. 들릴락 말락 하는 소리. 마치 날카로운 발톱으로 판자를 긁는 듯한······ 거짓고양이가 온 것일까?

나는 한동안 쇠사슬에 꽁꽁 묶인 것처럼 꼼짝도 할 수 없었다. 잠시 가만히 있자 속박이 느슨해진 것처럼 자유가 돌아왔다. 나는 침대에서 살며시 빠져나와 소리가 나지 않도록 문을 열었다. 그리고 창문으로 새어 들어오는 달빛을 받으며 복도를 걸어갔다. 계절은 이미 봄이었지만 맨발에 닿는 나무 바닥은 차가웠다.

조금 더, 조금만 더 가면 된다. 복도만 구부러지면 부모님의 침실이다.

침실의 문틈으로 인광등(燐光燈) 불빛이 새어나오는 것을 보고 나는 가슴을 쓸어내렸다. 손잡이를 잡으려고 했을 때 안에서 목소리가 들렸다. 어머니의 목소리였다. 지금까지 한 번도 들어본 적이 없는 심각한 말투였다. 내 손은 손잡이에 닿기 직전에 허공에서 멈추었다.

"걱정이야. 만약 이대로……."

"당신이 불안해하면 오히려 사키에게 좋지 않아."

아버지의 목소리도 몹시 우울하게 들렸다.

"하지만 이대로 있으면……. 여보, 교육위원회에선 이미 움직이고 있을까?"

"잘 모르겠어."

"도서관에서 교육위원회에 영향력을 행사하기는 힘들어. 당신은 결재권자니까 마음만 먹으면 어떻게 할 수 있잖아."

"교육위원회는 독립된 곳이야. 내 직권으로는 조사할 수 없고, 더구나 사키 아버지란 입장으로는……."

"난 이제 아이를 잃고 싶지 않아!"

"목소리가 너무 커."

"사키가 부정(不淨)고양이를 봤대!"

"잘못 봤을지도 몰라."

"만약 정말로 봤다면 어떡하지?"

나는 조용히 뒷걸음질 쳤다. 부모님이 무슨 이야기를 하는지는 이해할 수 없지만, 들어서는 안 될 이야기를 들었다는 것만은 분명했다.

나는 갔을 때와 마찬가지로 소리를 내지 않고 침실로 돌아왔다. 유리창 바깥쪽에 산누에나방이 앉아 있었다. 내 손처럼 큰 물색의 나방이 불길함을 알리는 저승사자처럼 느껴졌다. 춥지는 않았지만 조금 전부터 온몸의 가느다란 떨림이 멈추지 않았다.

나는 어떻게 되는 것일까?

태어나서 처음으로 이 세계에 알몸으로 내던져진 듯한 불안이 피부 속까지 파고들었다.

나는 정말로 어떻게 되는 것일까?

그때 천장의 나무에서 삐걱하고 꺼림칙한 소리가 들렸다.

무언가가 다가온다…….

무서우리만큼 거대한 존재가 바로 옆까지 와 있는 것처럼 느껴졌다.

아아, 이제 곧 여기로 온다.

산누에나방이 황급히 유리창에서 떨어지더니 어둠 속으로 사라졌다. 다음 순간, 바람도 불지 않는데 창틀이 덜컹덜컹 흔들렸다. 흔들림은 집요하게 이어지더니 가라앉기는커녕 점점 더 심해졌다. 마치 밖에 있는 자가 창문을 떼어내려고 하는 것처럼.

갑자기 문이 저절로 열리는가 싶더니 격렬한 소리를 내며 닫혔다.

나는 숨을 헐떡이며, 어떻게든 폐 안쪽으로 공기를 빨아들이려고 했다. 아아, 이제 틀렸다. 온다. 온다. 온다…….

돌연 방 안에 있던 모든 물체가 엄청난 기세로 움직였다. 의자와 책상이 사나운 말처럼 날뛰고, 필기도구가 화살처럼 날아서 문에 꽂혔다. 침대도 천천히 허공으로 떠올랐다.

나는 목이 터져라 비명을 질렀다. 그때 복도를 뛰어오는 발소리와 함께 내 이름을 부르는 부모님의 목소리가 들렸다. 미닫이문이 튕기듯 열리고, 부모님이 앞다투어 내 방으로 뛰어 들어왔다.

어머니가 나를 껴안았다. "사키, 이제 괜찮아. 걱정하지 마!"

"이거…… 뭐야?"

"걱정 안 해도 돼. 축령(祝靈)이야! 마침내 너에게도 온 거야."

"이게 축령이라고?"

눈에 보이지 않는 괴물이 방 안에서 난동을 부리는 현상은 부모님이 오고 나서 천천히 가라앉았다.

아버지가 안심한 듯 미소를 지었다. "이제 너도 어른이 된 거야."

"그럼 난……?"

"와키엔은 오늘로 졸업이야. 내일부터는 전인학급에 갈 수 있어."

허공을 둥둥 떠다니던 책이 생명력을 잃고 바닥으로 떨어졌다. 침대가 기울어지더니 그때까지 매달고 있던 실이 끊어진 것처럼 털썩 내려앉았다. 어머니는 아플 정도로 나를 꽉 껴안았다.

"아아, 다행이다! 이제 걱정할 건 아무것도 없어!"

어머니의 따뜻한 눈물이 내 목덜미를 적시고, 나는 마음 깊은 곳에서 안도의 한숨을 내쉬며 조용히 눈을 감았다. 하지만 귀 안쪽에서는 연신 "난 이제 아이를 잃고 싶지 않아!"라는 어머니의 비통한 외침이 메아리쳤다.

3

고대 문헌을 통해 '폴터가이스트'란 걸 알게 된 것은 최근의 일이다.

지금 내 손에는 어머니가 사서로 일하던 도서관의 잔해에서 발굴한 서적이 있다. 표지에 찍힌 낙인은 '요(訞)'라는 괴이한 글자다. 와키엔이나 전인학급에서 열람할 수 있는 건 제1분류인 '천(薦)', '우(優)', '양(良)'이라는 낙인이 찍힌 책뿐으로, 이것은 본래 일반인의 눈에 띌 기회가 없었던 제4분류에 속한 책이다. 사람들이 볼 수 없도록 지하실 깊숙한 곳에 보관해놓은 덕분에 대화재를 피할 수 있었던 것이다.

이 책에 따르면 대부분의 사람들이 주력을 가지고 있지 않은 고대에도 종종 유령의 노크 같은 이상한 소리가 나거나 식기가 허공으로 떠오르거나 가구가 춤을 추거나 집 안에서 괴이한 소리가 나는 현상이 있었다고 한다. 더구나 이런 현상이 일어난 집에는 대부분 사춘기 아이가 있었다. 그래서 사춘기에 답답한 정신적, 성적 에너지가 무의식의 염동력으로 나타난 것이라고 분석했던 모양이다.

반복성자발적염력이라는 이름의 폴터가이스트와, 그때 나를 찾아온 축령이 본질적으로 같다는 것은 두말할 필요가 없으리라.

그날부터 사흘 동안 여러 가지 일들이 일어났다. 부모님이 내 주력의 발현을 신고하자 즉시 교육위원회 사람들이 집으로 찾아왔다. 하얀 옷을 입은 중년 여성과 학교 선생님 같은 젊은 여성, 그리고 스님 옷을 입은 눈빛이 날카로운 중년 남성 등 세 사람이다. 중년 여성을 주축으로 그들은 충분한 시간을 들여 나의 건강과 심리 상태를 자세히 조사했다. 그 후에는 당장 전인학급으로 들어갈 수 있다고 생각했지만, 그것은 내 착각에 불과했다.

나는 한동안 집을 떠나야 했다. 중년 여성은 전인학급에 입학하기 위한 과정이니까 하나도 걱정할 필요 없다고 몇 번이고 다독였다. 부모님도 내 손을 잡고 웃는 얼굴로 배웅해주었지만, 그때의 불안감은 말로 표현할 수 없을 정도였다.

그들은 나를 창문이 없는 가옥형 배에 태웠다. 그때 뱃멀미 약이라고 하며 밥그릇에 담긴 액체를 주었다. 처음에는 흑설탕처럼 단맛이 났지만 뒷맛은 얼굴이 찡그려질 만큼 썼다. 그 약을 먹고 얼마나 지났을까, 갑자기 머리가 몽롱해졌다.

가옥형 배는 상당한 속도로 나아갔지만 어디로 가는지는 알 수 없었다. 하지만 도중에 파도의 흔들림이 바뀌고, 배에 부딪히는 바람 소리가 들린 걸 보면 운하가 아니라 넓은 장소로 나간 것이리라. 어쩌면 도네 강의 본류로 들어간 것이 아닐까? 물어보고 싶었지만 쓸데없는 말은 하지 않는 편이 좋다고 생각해서 잠자코 있었다. 그동안에도 옆에 있는 젊은 여성이 끊임없이 질문했는데, 이미 귀가 따갑게 들은 내용인 데다 내 대답을 받아쓰지도 않았다.

가옥형 배는 몇 번 방향을 바꾸며 세 시간이 넘게 달리더니, 겨우 울타리가 에워싸고 있는 선착장에 도착했다. 역시 울타리가 시야를 가로막고 있는 계단을 올라가서 절 같은 건물 안으로 들어갈 때까지 주변 경치는 전혀 보이지 않았다.

우리를 맞이한 사람은 먹빛 옷을 입은 젊은 승려였다. 머리 깎은 자국이 파르스름했다. 나를 데려온 사람들은 여기서 전부 발길을 돌렸다. 젊은 승려는 나를 텅 빈 일본식 방으로 안내했다. 방 안에는 붓 자국이 선명한 족자가 걸려 있었는데, 뭐라고 쓰여 있는지는 모르지만 와키엔의 액자 글자와 비슷한 것 같았다.

젊은 승려는 무릎을 꿇고 앉은 나를 보더니 결가부좌로 하라고 말했다. 양발을 교차시켜 각각 다른 쪽 허벅지 위에 올려놓는 자세다. 명상을 통해서 마음을 안정시키라는 것이리라. 와키엔에서는 매일 참선 시간이 있어서 결가부좌에는 익숙했지만, 좀 더 편한 바지를 입고 올 걸 그랬다는 후회가 밀려들었다.

깊은 복식 호흡을 통해서 되도록 빨리 마음을 안정시키려고 했지만, 조바심 낼 필요는 없었다. 적어도 그로부터 두세 시간은 기다려야 했으니까. 그러는 사이에 해가 기울었다. 여기서는 시간이 평소와 다르게 흐르는 듯했다. 생각이 정리되지 않고 자꾸 산만해졌다. 왠지 의식을 집중할 수 없는 것이다.

하지만 방 안이 어두워짐과 동시에 작은 위화감이 팽창되었다. 처음에는 이유를 알 수 없었지만 이내 일몰 시간이 지나도 「집으로 가는 길」이 들리지 않아서라는 사실을 깨달았다. 이 시간이면 가미스 66초에서는 어느 마을에나 똑같은 멜로디가 흘러나온다. 그런데 「집으로 가는 길」이 들리지 않을 만큼 멀리 왔다면 나는 지금 팔정표식 밖에 있다는 것이다.

그렇게 말도 안 되는 일이 있을 수 있을까?

나는 화장실에 가고 싶어 자리에서 일어섰다. 누구 없느냐고 소리를 질렀지만 대답하는 사람은 아무도 없었다. 나는 할 수 없이 방을 나섰다. 나무 복도에서는 걸음을 내디딜 때마다 귀에 거슬리는 소리가 났다. 복도의 막다른 곳을 돌아가자 다행히 화장실이 있었다.

볼일을 보고 돌아오니 방에 불이 켜져 있었다. 안으로 들어가자 허리가 굽고 새하얀 수염을 길게 늘어뜨린 승려가 단정히 앉아 있었다. 당시 열두 살인 나보다 체구가 작았지만 나이는 상당히 많은 것 같았다. 누더기를 이은 듯한 허름한 가사를 입고 있었으나 형용할 수 없는 온화한 풍격이 느껴졌다. 나는 그가 권하는 대로 맞은편에 무릎을 꿇고 앉았다.

새하얀 수염의 승려가 빙긋이 웃으면서 물었다. "어때요? 배고프신가요?"

"네, 조금요."

"모처럼 오셨으니까 정진요리*를 대접하고 싶은데, 유감스럽게도 내일 아침까지는 금식해야 합니다. 견딜 수 있겠어요?"

실망이 온몸을 휘감았지만 나는 간신히 고개를 끄덕였다.

"나는 이 누추한 절의 중으로 있는 무신이라고 합니다."

나는 무의식중에 앉은 자세를 바로 했다. 가미스 66초에서 무신 대사의 이름을 모르는 사람은 아무도 없었다. 가부라기 시세이 씨가 최강의 주력으로 존경을 받고 있다면 무신 대사는 최고의 인격자로서 모든 사람의 존경을 한몸에 받는 사람이다.

"전…… 와타나베 사키예요."

무신 대사는 빙긋이 웃으면서 고개를 끄덕였다. "당신의 부모님에 대해선 잘 알고 있어요. 어린 시절부터 아주 우수한 사람이었죠. 장차 초를 이끌어나갈 인물이 될 거라고 생각했는데, 역시 그

---

* 精進料理, 일본의 사찰 요리.

렇게 되더군요."

어떻게 대답해야 좋을지 몰랐지만, 부모님의 칭찬을 듣고 기분 나쁜 사람이 어디 있으랴.

"하지만 아버님은 장난을 좋아하셨죠. 매일 학교 동상에 띠둥지 만들기의 가짜 알을 던지는 바람에 냄새가 나서 견딜 수 없었답니다. 참고로 말하자면 그건 내 동상이었죠. 아 참, 나는 그때 와키엔 교장으로 있었습니다."

"정말요?"

그가 와키엔의 교장이었다는 말에도 깜짝 놀랐지만, 우리 아버지가 사토루 같은 짓을 했으리라곤 상상도 할 수 없었다.

"이제 당신도 전인학급에 입학해서 어른이 되어야 하는데, 그전에 오늘은 이 법당에서 지내야 합니다."

"저기, 이 절은 어디예요?"

그의 말을 가로막는 건 무례한 행동이라고 생각했지만 호기심을 억제할 수 없었던 것이다.

"이 절은 쇼조지라고 합니다. 평소에는 이엉마을에 있는 고쿠라 쿠지의 주지로 있는데, 성장의 호마를 할 때는 여기에 오는 것이 규칙이지요."

"혹시 팔정표식 밖인가요?"

그의 얼굴에 희미하게 놀라운 표정이 떠올랐다. "그래요. 당신은 태어나서 처음으로 팔정표식 밖으로 나온 겁니다. 하지만 걱정할 필요는 없어요. 이 절 주위에는 강력한 결계가 쳐져 있어서, 팔정표식 안에 있을 때처럼 안전하니까요."

"네."

그의 온화한 목소리에는 나의 불안을 없애주는 힘이 담겨 있었다.

"준비는 다 되었는데, 호마 자체는 그렇게 대단하지 않습니다. 단순한 의식에 불과하니까요. 그전에 가볍게 불법에 관한 이야기를 들려드리죠. 뭐 그렇게 긴장할 필요는 없습니다. 그리고 아무래도 제 불법 이야기를 들으면 졸음이 쏟아지는 것 같더군요. 졸리면 자도 됩니다."

"설마요! 대사님 이야기를 들으면서 자는 사람이 있다고요?"

"정말입니다. 아주 오래전 불면증에 걸린 분이 오셨죠. 어차피 밤새 잠을 잘 수 없는데 아무것도 하지 않는 건 시간 낭비이니까 불법 이야기를 해줄 수 없느냐고 하더군요. 그래서 불면증에 걸린 분들만 모아놓고 불법 이야기를 했는데, 겨우 10분 만에 다들 숙면을 취하시더군요."

그의 화술은 노인이라고 할 수 없을 만큼 막힘이 없고 사람을 매료시키는 힘을 가지고 있었다. 나는 어느새 웃으면서 그의 이야기 속으로 빨려 들어갔다.

불법 이야기는 졸음을 재촉하지는 않았지만 특별히 새로운 내용은 담겨 있지 않았다. 인생에서 반드시 지켜야 할 황금률. 자신이 원하지 않는 것을 남에게 시키지 말라. 한마디로 말해서 상대의 처지에서 생각하라는 말이었다.

"……이건 간단한 것 같으면서도 쉽게 행할 수 있는 일이 아닙니다. 가령 이런 일이 일어났다면 어떻게 해야 할까요? 당신이 친구와 둘이 산에 갔습니다. 도중에 두 사람은 배가 고팠죠. 친구는 바구니에 주먹밥을 가져왔는데 자기 혼자만 먹고 당신에게는 주지 않았습니다. 당신이 하나만 달라고 하자 친구는 이렇게 말했죠. '괜찮아, 그럴 필요 없어'라고요."

"왜죠?"

"친구는 '네 배고픔쯤은 난 얼마든지 참을 수 있어'라고 말했죠."

나는 어처구니가 없었다. 비유치고는 너무나 말도 안 되는 궤변이 아닌가?

"이 세상에 그런 사람이 어디 있어요?"

"물론 실제로는 없겠죠. 하지만 만약 그런 사람이 있다면 당신은 어떻게 할까요? 그 사람의 말은 어디가 잘못되었을까요?"

나는 어떻게 대답해야 할지 몰라서 전전긍긍했다.

"어디가 잘못되었냐고요……? 일단은 윤리 규정에 어긋나요."

그는 미소를 지으며 고개를 가로저었다. "너무도 당연한 일이라서 윤리 규정에는 없을 겁니다."

분명히 이런 것까지 일일이 써넣으면 어머니의 도서관에 있는 일반윤리 규정집은 팔정표식 밖까지 나갈 만큼 두꺼워지리라.

"그 대답은 머리로 생각해봤자 소용없습니다. 여기로 느껴야 하죠." 그는 자신의 가슴을 가리키며 말했다.

"마음으로요?"

"그렇습니다. 상대의 아픔을 가슴으로 느낄 수 있느냐 없느냐? 느낄 수 있다면 어떻게든 상대를 도와주고 싶겠죠. 인간으로서 가장 중요한 건 그것입니다."

나는 고개를 끄덕였다.

"당신은 다른 사람의 아픔을 느낄 수 있나요?"

"네."

"상상만 해서는 안 됩니다. 정말로 다른 사람의 아픔을 자신의 일로서, 당신의 가슴으로 느낄 수 있나요?"

나는 힘차게 대답했다. "네, 느낄 수 있어요."

이것으로 구두 질문이 끝났다고 생각했지만 그의 반응은 내 예상과 달랐다.

"그러면 한번 시험해볼까요?"

무슨 뜻인지 몰라서 당황한 표정으로 앉아 있자 그는 품에서 작은 칼을 꺼냈다. 그리고 과감히 칼집에서 빼내더니 예리하게 빛나는 칼날을 보여주었다. 나는 흠칫 놀라서 그의 얼굴을 쳐다보았다.

"일단 내가 아픔을 느끼겠습니다. 그 모습을 보고 과연 당신도 나와 똑같이 아픔을 느낄 수 있을까요?"

그는 말이 끝나기가 무섭게 자신의 무릎에 작은 칼을 꽂았다. 너무도 갑작스러운 사태에 나는 망연히 지켜보는 수밖에 없었다.

그는 끊어질락 말락 한 목소리로 중얼거렸다. "수행을 쌓으면 육체의 고통은 얼마든지 견딜 수 있죠. 이 나이가 되면 피도 별로 나오지 않습니다……."

나는 간신히 정신을 차리고 소리쳤다. "그만두세요!"

목이 타는 것처럼 마르고 심장이 격렬하게 방망이질 쳤다.

"이건 당신을 위해서입니다. 당신이 정말로 내 고통을 느끼고 있는지 알아보려는 거죠. 만약 내 고통을 느끼고 있다면 즉시 그만두겠습니다."

"대사님의 고통을 느껴요. 그러니까 그만두세요!"

"아니, 아직 느끼지 못하고 단지 상상하고 있을 뿐입니다. 진정한 고통은 가슴으로 느끼는 법이죠."

"그럴 수가……!"

이럴 때는 어떻게 해야 할까? 나는 무릎을 꿇은 채 꼼짝도 할 수 없었다.

"당신이 고통을 느낄 때까지 나는 계속 이러고 있을 겁니다. 그것이 당신을 인도하는 내 책무이지요."

"어, 어떻게 하면……."

"상상하지 말고 인식하십시오. 당신이 나를 이렇게 만들고 있다고 말이지요. 아시겠어요? 당신이 나를 고통스럽게 만들고 있는 겁니다."

그의 목소리는 고통으로 일그러져 있었다. 나는 숨이 멎을 것 같았다. 어떻게 하면 그를 구할 수 있을까?

그가 나지막한 목소리로 말했다. "부디 나를 구해주세요. 이걸 그만두게 해주세요. 나를 구해주십시오."

그 자리의 분위기를 어떻게 설명해야 좋을까? 이치에 맞지 않는다는 건 알고 있어도 점차 내가 정말로 그를 고통스럽게 만들고 있다는 생각이 들었다. 눈물이 하염없이 흘러내렸다.

그의 입에서 괴로운 신음이 흘러나왔다. 무릎에 칼을 꽂고 있는 손이 희미하게 떨렸다. 그리고 믿을 수 없는 일이 일어났다. 갑자기 내 몸이 나무토막처럼 굳어져서 움직일 수 없게 된 것이다. 시야가 조금씩 좁아졌다. 가슴이 막혀서 숨을 쉴 수 없다.

"나를 죽이지 마십시오."

그 말이 방아쇠가 되었다. 다음 순간, 마치 칼로 찌른 것처럼 왼쪽 팔에서 머리에 걸쳐 날카로운 아픔이 가로질렀다. 나는 더 이상 균형을 유지할 수 없어서 바닥에 쓰러졌다.

심장이…… 숨을, 숨을 쉴 수 없다. 나는 땅 위로 올라온 금붕어처럼 입을 뻐끔거릴 뿐이었다.

그가 위에서 내 얼굴을 들여다보았다. 마치 실험동물을 관찰하는 것처럼.

"정신 차리세요. 이제 괜찮아요. 보세요, 난 아무렇지도 않습니다."

그의 목소리가 아주 먼 곳에서 들렸다. 뿌연 시야에 아무 일도 없었던 것처럼 일어서 있는 그의 모습이 들어왔다. 상처는 어디에도 보이지 않았다.

"보십시오, 난 다치지 않았습니다. 이 칼은 가짜이지요. 절대로 찔리지 않는 구조로 되어 있습니다."

그가 손으로 누르자 칼날은 손잡이 안으로 쏙 들어갔다.

나는 한동안 누운 채 꼼짝도 하지 못했다. 머릿속이 혼란스러워서 무슨 일이 일어났는지 알 수 없었다. 가슴 통증은 어느새 사라졌다. 몸도 움직일 수 있었다. 가까스로 몸을 일으켰으나 한마디도 할 수 없었다. 짓궂은 장난에 화를 내거나 항의하기 전에 내 몸에서 일어난 일에 겁을 먹은 것이다. 그는 다시 원래의 자비로운 얼굴로 돌아와 있었다.

"많이 놀랐죠? 하지만 당신은 마지막 시험에 합격했습니다. 당신은 다른 사람의 고통을 자신의 고통처럼 느낄 수 있는 사람이지요. 이제 걱정할 건 하나도 없습니다. 당신에게 진언을 가르쳐드리겠습니다."

몸은 원래대로 돌아왔지만 난 그저 고개를 끄덕일 뿐이었다.

"하지만 잊지 마십시오, 지금 느낀 그 고통을……. 무슨 일이 있을 때마다 떠올리십시오. 그리고 마음에 깊이 새기십시오. 그 고통이야말로 인간과 짐승을 구분하는 것이라는 사실을."

그의 목소리는 마음의 가장 깊은 부분까지 스며드는 듯했다.

기도를 올리던 승려가 환약 같은 것을 던지고 향유를 붓자 호마단 위에서 타오르던 불길이 단숨에 커졌다. 뒤쪽에 있는 많은 승려들의 독경이 요란한 매미 소리처럼 귀 안쪽에서 메아리쳤다.

나는 목욕재계를 한 후, 죽은 사람처럼 새하얀 옷으로 갈아입었다. 그리고 기도하는 승려의 바로 뒤에서 무릎을 꿇고 합장했다. 언제 끝날지 모르는 호마 의식에 피로는 절정에 이르렀다. 이미 새벽이 되었으리라. 여러 가지 생각들이 물거품처럼 떠올랐다 사라졌다. 이미 이치에 맞게 생각하는 것은 불가능했다.

승려가 불꽃 속으로 무언가 던질 때마다 내가 가지고 있는 원죄나 번뇌가 타버리는 듯했다. 그런데 이렇게까지 오래 하는 것을 보면 나는 상당히 죄 많은 번뇌 덩어리였나 보다.

그때 등 뒤에서 무신 대사의 목소리가 들렸다. "이제 몸도 마음도 가벼워졌지요? 지금부터 마지막 번뇌를 태우겠습니다."

나는 합장을 한 채 목례를 했다. 이제 겨우 해방되는 것이다.

"불꽃을 보십시오."

어둠 속에서 들리는 것은 무신 대사의 목소리가 아니라 하늘의 목소리인 듯했다.

"불꽃을 보십시오."

나는 호마단 위의 삼각형 화로에서 춤추는 불꽃에 시선을 고정했다.

"불꽃을 조종해보십시오."

"할 수 없어요."

축령이 찾아온 이후, 나는 의식적으로 주력을 사용한 적이 한 번도 없다.

"괜찮아요, 할 수 있습니다. 불꽃을 흔들어보십시오."

나는 불꽃을 바라보았다.

"왼쪽으로, 오른쪽으로. 흔들흔들…… 흔들흔들."

의식을 집중하기는 힘들었지만 잠시 후 갑자기 초점이 맞은 것처럼 불꽃이 커지기 시작했다. 한층 밝게 빛나는 속불꽃, 그 안쪽에 있는 투명한 불꽃심. 그리고 가장 격렬하게 움직이는 것은 어두운 겉불꽃이다.

움직여라. 움직여라.

그 순간, 나는 깨달았다. 아니다. 불꽃이 아니다. 불꽃은 빛나는 입자 덩어리지만 실체가 너무 희미하지 않은가? 공기를 움직여야 한다. 다시 의식을 맑고 투명하게 만들자 겉불꽃 주위에 있는 아지랑이의 움직임까지 똑똑히 보였다. 흔들리듯 피어오르는 뜨겁고 투명한 흐름. 다시 정신을 집중했다.

흘러라. 흘러라……. 더 빨리.

아지랑이의 움직임이 갑자기 속도를 올렸다. 다음 순간, 불꽃은 세찬 바람을 맞은 것처럼 좌우로 크게 흔들렸다.

됐다.

그것은 빛나는 성공의 순간이었다.

나는 내가 해낸 일을 믿을 수 없었다. 손을 대지 않고 사물을 마음대로 움직일 수 있다니!

나는 숨을 크게 들이마시고 다시 의식의 더듬이를 불꽃을 향해 내밀었다.

"그만! 이제 그만하세요."

무신 대사가 엄격한 목소리로 제지한 순간, 정신의 집중은 모래성처럼 어이없이 무너지고 이미지는 어둠 속으로 빨려 들어갔다.

"마지막으로 남은 번뇌는 당신의 주력입니다."

나는 순간적으로 그가 무슨 말을 하는지 이해할 수 없었다.

"번뇌를 버리십시오. 해탈하기 위해서는 모든 것을 청정한 불길 속에 태워야 합니다."

도저히 믿을 수 없었다. 왜 지금 얻은 주력을 버리라는 것일까?

"하늘에서 받은 능력은 신불*에게 돌려드려야 합니다. 지금부터 당신의 주력을 이 인형 안에 봉인하겠습니다."

거부는 허락되지 않았다. 종이 두 장을 겹쳐서 만든 인형이 내 눈앞에 놓였다. 머리와 몸에는 범자(梵字)와 기괴한 문양이 쓰여 있었다.

---

* 神佛, 신령과 부처를 아울러 이르는 말.

"인형을 조종해서 세우십시오."

이번 과제는 조금 전 과제보다 더 어렵다. 더구나 마음이 산산이 흩어져 있어서 정신을 집중할 수 없었다. 하지만 잠시 후, 종이 인형은 파르르 떨며 내 시야 안에서 서서히 커졌다.

"그 인형에 모든 생각을 담으십시오."

종이의 머리. 종이의 몸. 종이의 손발. 하지만 그것은 분명히 인간의 형태를 하고 있었다.

나는 내 신체 감각을 서서히 종이 인형에 겹치며, 다리에 힘을 넣고 천천히 일어섰다. 그러자 종이 인형이 벌떡 일어섰다. 강력한 힘과 환희가 내 마음을 가득 채웠다.

"와타나베 사키, 네 주력은 여기에 봉인되었다!"

무신 대사의 우렁찬 소리가 법당을 뒤흔든 순간, 내 마음속 빛나는 이미지는 다시 산산이 흩어졌다.

여섯 개의 기다란 바늘이 살아 있는 동물처럼 신음을 내며 허공을 날아가더니, 이윽고 인형의 머리와 몸, 사지를 관통했다.

"모든 것을 태워라. 모든 번뇌를 태워버려라. 재는 끝없는 황무지로 돌아가리라."

기도하던 승려가 거친 동작으로 바늘에 찔린 인형을 들어올려 불꽃 속으로 던졌다. 마치 폭발한 것처럼 불티가 흩어지면서 법당의 천장까지 불길이 피어올랐다.

"이제 당신의 주력은 없어졌습니다."

나는 망연히 상황을 지켜볼 뿐이었다. 다시 무신 대사의 목소리가 들렸다.

"불꽃을 보십시오. 당신은 이제 불꽃을 조종할 수 없습니다. 한 번 시도해보십시오."

냉정한 목소리였다. 그가 시키는 대로 불꽃을 바라보았지만 이 번에는 아무것도 보이지 않았다. 아무리 힘을 쓰려고 발버둥 쳐도 변화는 일어나지 않았다. 다시는 그 힘의 감각이 돌아오지 않는 것 일까? 한줄기 눈물이 뺨을 타고 흘러내렸다.

갑자기 따뜻함과 부드러움을 되찾은 목소리로 무신 대사가 말했다. "당신은 진심으로 신불에 귀의하면서 스스로 주력을 포기했습니다. 그러면 대일여래*의 자비에 의해 올바른 진언을 안겨주고, 새로운 정령을 초빙해서 다시 주력을 부여하겠습니다."

그는 내 양어깨를 경책**으로 세차게 때렸다. 내가 고개를 숙인 순간, 독경 소리가 한층 커졌다. 그리고 무신 대사가 귓가에 입을 대고 나에게만 들리는 목소리로 진언을 부여했다.

여기까지 썼을 때, 나는 당황할 수밖에 없었다. 여기에 나의 진 언을 쓸 수 없는 것이다.

지금도 진언은 우리 사회에서 매우 중요한 의미를 갖고 있다. 진 언은 모든 부처, 모든 하늘에 기도를 올리고 주력을 발동하는 열쇠 가 되는 말이며, 함부로 입 밖으로 내뱉으면 말의 힘을 잃어버리게 된다. 반면에 그것은 단순한 주문이며, 아무런 의미 없는 소리의

---

* 大日如來, 진언종의 본존. 우주를 비추는 태양으로 만물의 자모(慈母)라고 한다.
** 警策, 대나무나 갈대로 만든 납작하고 긴 막대기. 앉아서 참선할 때 자세가 흐트러진 사람 의 어깨를 쳐서 정신을 차리게 하는 데 쓰인다.

나열에 불과하다. 따라서 여기서 밝힌다고 해서 문제는 일어나지 않을 것이다.

머리로는 그 사실을 알고 있다. 그럼에도 잠재의식의 가장 깊은 곳에서는 지금도 진언을 밝히지 말라고 소리치며 진언을 쓰려고 하는 펜의 움직임을 집요하게 방해하고 있다. 그래서 진언이 어떤 것인지 알고 싶어 하는 분을 위해서 다른 사례를 쓰는 것으로 대체하고 싶다.

> 나마흐 야캬자 가르바하야 옴 아리카 마리 무리 사바하
> namaH aakaaza garbhaaya, oM arika mari muri svaahaa

이것은 사토루에게 부여된 허공장보살*의 진언이다.

나를 위한 통과의례는 그 후에도 끝없이 이어졌지만 여기에 쓸 만한 것은 더 이상 없다. 겨우 의식이 끝났을 때는 동쪽 하늘이 희뿌옇게 밝아왔고, 나뿐만 아니라 모든 사람의 얼굴에 피로한 기색이 역력했다.

나는 그때부터 하루 낮과 밤을 죽은 듯이 잠잤다. 잠에서 깬 뒤에는 하루 종일 쇼조지의 학승들과 함께 독경하고, 그다음 날 겨우 귀가하라는 허락을 받았다. 무신 대사를 비롯하여 쇼조지의

---

* 虚空藏菩薩, 허공처럼 무한히 크고 넓은 지혜와 자비로 중생의 여러 바람을 이루어준다고 하는 보살.

승려들이 전부 나를 축복하며 꽃이 떨어진 벚나무 밑에서 배웅했다. 다시 창문 없는 가옥형 배를 타자 이번에는 겨우 두 시간 만에 물레방아마을에 도착했다.

부모님은 말없이 최소한 5분은 나를 껴안아주었다.

그날 밤은 축하 파티가 열려서, 식탁에는 어머니의 정성이 듬뿍 담긴 요리가 놓였다. 전부 내가 좋아하는 음식들이다. 안쪽을 살짝 구운 참마 경단. 모양도 촉감도 날것 그대로에 단백질의 성분비를 바꾼 넙치 살. 콜로이드 안에 맛있는 성분을 응축해놓은 호랑이집게 수프…….

이날 밤을 계기로 내 길었던 어린 시절은 끝나고, 다음 날부터 새로운 생활이 시작되었다.

전인학급은 와키엔과 똑같은 이엉마을에 있었지만, 북쪽으로 한참 올라가야 했기 때문에 오히려 솔바람마을에 가까웠다. 와키엔의 선생님을 따라 석조 건물 안으로 들어간 후, 교실로 혼자 가라고 했을 때는 입 안이 바짝 마를 정도로 긴장했다.

교실의 미닫이문을 열자 오른쪽에 교단이 있었다. 입구에서 보이는 정면에는 전인학급의 이념이 적힌 종이가 붙어 있었다. 왼쪽은 안으로 들어갈수록 높아지는 계단교실로, 30여 명의 학생들이 예의 바르게 앉아 있었다.

담임인 엔도 선생님의 재촉을 받고 앞으로 나갔을 때, 나도 모르게 다리가 떨리는 것을 느꼈다. 지금까지 무방비한 상태에서 이렇게 많은 시선을 한꺼번에 받은 적은 한 번도 없어서였다. 교단에서도 교실을 똑바로 쳐다볼 용기가 나지 않았다. 그래도 천천히 눈을 들자 모두가 내 시선을 피했다. 그때 불현듯 예전에 이런 느낌을 받은 적이 있다는 생각이 들었다. 와키엔은 아니다. 하지만 분명히 이런 느낌을 받은 적이 있다. 어디였을까? 교실을 뒤덮고 있는, 뿌연 안개가 낀 것 같은 이 분위기. 그것은 기묘한 기시감이었다.

"오늘부터 여러분의 친구가 될 와타나베 사키입니다."

엔도 선생님이 하얀 칠판에 내 이름을 썼다. 와키엔의 선생님처럼 손으로 쓰는 것이 아니라 주력에 의해 검은 입자들을 모아 문자의 형태를 만드는 것이다.

"와키엔에서 온 사람들은 다 아시죠? 다른 사람들도 하루빨리 친해지기 바랍니다."

그러자 잔물결 같은 박수가 일었다. 그제야 나는 다른 사람들도 나에게 뒤지지 않을 만큼 긴장하고 있다는 걸 깨달았다. 나는 약간 안도하면서 조금 전보다 대담하게 시선을 돌렸다. 그러자 작게 손을 흔들고 있는 세 사람의 모습이 눈에 들어왔다. 마리아와 사토루, 그리고 슌이다.

자세히 쳐다보니 약 3분의 1은 와키엔의 동급생이었다. 입학은 제각기 다르지만 나이별로 학년을 편성하는 만큼 확률을 생각하면 당연한 일이다. 겨우 긴장이 풀렸지만 첫 시간에 무슨 수업을 했는지는 지금도 기억나지 않는다. 쉬는 시간이 되자 기다리고 있었다는 듯 와키엔의 졸업생들이 내 주위로 몰려들었다.

"늦었네."

슌의 첫마디는 이 말이었다. 아마 똑같은 말을 사토루가 했으면 화가 났겠지만 나는 미소를 지으며 대답했다.

"미안해. 많이 기다렸어?"

마리아가 뒤에서 한 팔로 내 목을 감고 다른 한 손으로 이마를 꽉 눌렀다.

"얼마나 기다렸는지 알아? 기다리다 목 빠지는 줄 알았어."

"원래 대기만성이라고 하잖아. 빨리 온 축령이 꼭 좋은 영혼은 아닐 거야."

"그래도 와키엔선 꼴찌야. 네 축령은 너무 느림보라고."

자기도 늦은 주제에 사토루가 그렇게 말했다.

"뭐야? 너도 나랑 비슷했으면서……."

나는 그렇게 말하다 고개를 갸웃거렸다.

"꼴찌라고? 그럴 리 없어. 내 뒤에 아직……."

그러자 모두 흠칫 놀란 표정으로 입을 다물었다. 신시가 쓰는 '무구의 가면'처럼 표정이 사라진 것이다. 다음 순간, 그들은 앞다투어 떠들어댔다.

"……전인학급엔 학과 말고도 능력실기가 있어. 너 알아? 난 파문간섭(波紋干涉)은 우리 반에서 최고야."

"격력(擊力) 교환은 하나도 못하지만 말이야."

"지금은 이미징이 더 중요하다고 선생님이 그랬어."

무슨 말을 하는지 하나도 알아들을 수 없었고, 전인학급에 먼저 들어온 걸 과시하는 것 같아서 기분이 좋지 않았다. 하지만 나는 옛날부터 가지고 있던 습관을 따랐다. 즉, 다른 사람이 피하려는 화제는 처음부터 존재하지 않은 척한 것이다.

친구들의 이야기에 끼어들 수 없어서, 나는 그들의 이야기를 들으며 반의 기묘한 첫인상에 관해서 생각해보았다. 분명히 언젠가, 어디선가 이런 느낌을 받은 적이 있다. 다음 수업을 알리는 종이 울리고 각자 자기 자리로 돌아갈 때 겨우 생각이 났다.

"묘법농장(妙法農場)이야……."

사토루만이 내 중얼거림에 예민하게 반응하며 뒤를 돌아보았다.

"뭐라고?"

나는 한순간 주저하면서 대답했다. "우리 반, 그 농장과 비슷해. 예전에 와키엔에서 견학하러 갔었잖아."

와키엔이라는 말이 나오자 그의 얼굴에는 자기보다 어린아이의 말을 듣는 듯한 교활한 표정이 떠올랐다.

"전인학급이 농장과 비슷하다고? 나 참, 기가 막혀서! 뭐가 비슷하다는 거야?"

나는 점차 불쾌한 기분을 억제할 수 없었다.

"분위기가 똑같다는 거야."

"무슨 말인지 모르겠어."

그는 기분이 상한 표정을 지었지만, 다음 수업이 시작되면서 이야기는 그것으로 끝났다.

와키엔에 다닐 때, 현장학습 일환으로 황금마을에 있는 묘법농장에 간 적이 있었다. 초등학교 졸업이 가까워지자 선생들은 갑자기 학생들을 여기저기로 데리고 다녔다. 앞으로 어떤 직업을 가질지 생각하게 만드는 것이 목적인 듯했다. 우리는 태어나서 처음으로 직접 보는 생산 현장에 눈을 빛내며 하루라도 빨리 어른이 되고 싶다고 생각했다.

직능조합에 속한 도자기공방이나 유리공방에서 주력을 이용해, 일반적인 방법으로는 절대 만들 수 없는 강한 세라믹이나 공기처럼 투명한 유리를 만드는 장면을 보고, 전인학급을 졸업한 후에 제자로 들어가고 싶다고 선언하는 학생이 속출했다. 하지만 충격이란 점에서 볼 때, 마지막으로 견학한 묘법농장을 능가하는 것은 없으리라.

묘법농장은 몇몇 마을에 흩어져 있는 실험농장을 포함한, 우리 초에서 가장 큰 농장이다. 맨 처음 견학한 것은 흰모래마을에 있는 바닷물 논이었다. 우리가 먹는 쌀은 대부분 황금마을에 있는 논에서 나오는데, 여기에는 수많은 벼가 바닷물에 잠겨서 자라고 있었다. 역삼투 작용으로 염분을 배출할 수 있다고 한다. 우리는 수확된 쌀을 먹어보고, 소금기가 있기는 하지만 식용으로 충분히 사용할 수 있다는 것을 알고 깜짝 놀랐다.

다음에 본 양잠장에서는 많은 누에들이 일곱 색깔로 빛나는 실을 만들어냈다. 이 누에로 만드는 비단은 뛰어난 고급품으로, 염료가 필요 없을 뿐 아니라 탈색과 퇴색이 되지 않는 특징을 가지고 있다고 한다.

옆 건물에서는 품종을 개량할 때 참고하는 외국산 견사충을 기르고 있었다. 황금의 누에고치로 알려진 인도네시아의 크리큘러. 누에고치 크기가 보통 누에의 열 배가 넘는 인도의 타살루. 수백 마리가 모여서 럭비공 정도의 누에고치를 만드는 우간다의 아나페 등.

그중에서도 압권이었던 건 밀폐된 공간에서 기르는 상륙잠(常陸蠶)이었다. 1미터에 달하는 누에고치 세 마리가 왕성한 식욕으로 엄청난 양의 뽕잎을 갉아먹으며, 또 다른 입에서는 쉴 새 없이 실을 내뿜고 있었다. 누에고치를 만든다는 최초의 목적을 잊어버렸는지 사방팔방으로 실을 내뿜는 바람에 내부를 관찰하기 위한 유리창에서 솜사탕 같은 실을 계속 치워야 했다. 농장을 안내해준 사람에 따르면 곤충은 몸이 너무 크면 호흡 곤란에 빠지기 때문에 방은 이중문의 기밀실로 되어 있고, 내부의 산소는 불을 가까이 대면 폭발할 만큼 고농도로 유지하고 있다고 한다.

양잠장 옆에는 감자와 참마, 파, 무, 딸기를 재배하는 밭이 펼쳐져 있었다. 그때는 마침 한겨울이었는데, 몇몇 밭은 눈이 내린 것처럼 새하얀 거품으로 뒤덮여 있었다. 감자나 참마는 서리에 약해서 기온이 급격히 떨어지면 못자리거품벌레라는 벌레가 엄청난 거품을 내뿜어 온도를 유지하는 시스템으로 되어 있다고 한다. 이 벌레는 원래 농업 해충인 거품벌레의 일종으로, 주력으로 변이시킨 것이다.

한편 밭 주위에는 항상 심홍색 갑옷과 투구로 무장한 거대한 벌이 날아다니고 있었다. 붉은호박벌은 흉악한 왕호박벌과 용맹한 갈색호박벌을 이용해서 만든 용감무쌍한 종족으로, 모든 해충을 공격해서 잡아먹지만 사람이나 가축에는 해를 끼치지 않는다. 그리고 밭 건너편, 농장에서 가장 구석진 곳에 축사가 있었다.

초등학교를 졸업할 때까지 우리가 농장을 견학할 수 없었던 이유는 아마 그 축사 때문이었으리라. 식물이나 곤충과 달리 주력으로 개조된 가축들, 그중에서도 식육 생산 공장으로 변한 소와 돼지, 우유 제조기로 변한 암소, 양털을 효율적으로 얻기 위해 융단에 가까운 형태로 만든 양을 보는 건 결코 기분 좋은 일이 아니었다. 그래서 평범하게 생긴 소가 나란히 있는 외양간을 봤을 때는 다들 안도의 한숨을 내쉬었다.

"괜히 겁먹었네. 여기는 보통 소들뿐이잖아."

이런 때 사토루의 무신경함에는 절로 감탄사가 흘러나온다.

그때 슌이 외양간 한구석을 가리키며 말했다. "아니야, 저건 주머니소 같아."

"정말이다! 주머니가 달려 있어!"

그렇게 소리친 사람은 마리아였다. 외양간 구석에서 먹이를 먹고 있는 누리끼리한 소의 뒷다리 허벅지에, 작은 풍선처럼 생긴 불룩한 것이 매달려 있었다.

"그래, 이 주변의 소에는 전부 주머니가 붙어 있지."

이름은 잊어버렸지만 우리를 안내해준 체격 좋은 남자가 곤란한 표정으로 그렇게 말했다. 별로 언급하고 싶지 않은 화제인 듯했다. 상대가 곤혹스러워하는데도 개의치 않고 사토루가 천연덕스럽게 물었다.

"왜 안 떼어내죠?"

"으음, 낙농가에는 옛날부터 주머니소의 면역력이 강해서 병에 걸리지 않는다는 얘기가 내려오고 있거든. 여기서는 그 말이 사실인지 아닌지 연구하고 있어."

지금까지 본 가축이 훨씬 더 이상했음에도 우리가 주머니소에 강한 관심을 보인 데에는 이유가 있다. 그 이유를 이해하려면 내가 갖고 있는 또 다른 책을 참조하는 편이 나으리라. 『신생일본열도박물지』라는 제목의 이 책에는 '비(秘)'라는 문자가 새겨져 있다. 유해 가능성이 있으므로 신중히 관리해야 하는 제3분류 서적이기 때문이다. 여기서 잠시 그 책의 일부를 발췌해보겠다.

주머니소는 예전에 소주머니라고 불렀는데, 앞에서 설명한 이유로 주머니소라는 이름을 얻게 되었다. 우연이라곤 하지만 주머니벌레와 유사한 이름으로 정착한 것이 흥미롭다.

주머니벌레란 따개비에 가까운 갑각류의 일종이지만 이름 그대로 주머니처럼 생겨서, 얼핏 봐서는 도저히 게나 새우처럼 보이지 않는다. 이것은 동남참게 같은 다른 갑각류에 기생하기 위해서 변한 결과다.

주머니벌레의 암컷은 치프리스 유생을 거쳐 게 몸에 부착하여 켄트로곤 유생으로 변한 뒤, 체세포 덩어리를 게의 몸속에 주입한다. 세포 덩어리가 게의 몸속에 정착하면 날카로운 바늘로 게의 표피를 찢고, 주머니 모양의 체외부를 형성한다. 체외부는 대부분 난소로, 사지나 소화기관은 없다. 한편 세포 덩어리인 몸의 내부는 식물 뿌리 같은 근계를 뻗어, 게의 체조직에서 영양분을 흡수한다. 주머니벌레에 기생하는 게는 생식 능력을 잃어버리는데, 이 현상을 기생거세라고 한다.

(중략)

한편 소주머니는 옛날부터 소의 고환이나 자궁, 서혜부에 생기는 주머니 모양의 혹으로 알려져 있다. 처음에는 소의 건강에 악영향을 미치지 않는 양성 종양으로 생각했는데, 최근 들어 주머니 모양의 독립된 생물이며 더구나 주머니벌레와 유사하게 진화한 소의 일종이라는 사실이 알려졌다.

주머니소의 기원은 분명하지 않지만 어미 소의 태내에 있는 쌍둥이 소의 한쪽이 다른 소의 체내로 들어가 종양으로 변한 후, 우연에 우연을 거쳐서 진화했다는 설이 유력하다.

주머니소가 기생하는 수소에서는, 고환에 저장된 정액 안에 대량의 주머니소의 정자가 혼입된다. 또 암소에 기생하는 경우에는 교미할 때 자궁 안에서 주머니소의 정자가 방출된다. 양쪽 모두 숙주인 소가 교미하면 건강한 새끼소와 함께 수많은 주머니소의 유생을 낳게 된다. 주머니소의 유생은 길이 4센티미터 정도로, 눈과 귀가 없다. 기다란 두 개의 앞발과 유충 같은 몸을 가지고, 꼬리에는 곤충의 산란관과 비슷한 바늘 모양의 기관이 있다.

주머니소의 유생은 태어난 후 두 개의 앞발로 걸어서 소의 몸에 기어오르면, 피부가 얇은 부분에 바늘처럼 생긴 꼬리로 세포 덩어리를 주입한다. 이것이 체내에서 성장하여 새로운 주머니 모양의 생물인 주머니소가 되는 것이다. 유생의 수명은 매우 짧아서, 사명을 마치면 거의 두 시간 만에 바싹 말라서 죽는다고 한다.

유생이나 주머니소 본체 모두 언뜻 보면 숙주인 소와 비슷하지 않지만, 계통적으로는 틀림없이 포유류 우제목(偶蹄目) 소과 동물이다. 주머니소 유생의 앞발 갈고리발톱은 소 발굽처럼 두 개로 갈라져 있는데, 이것이 조상임을 알 수 있는 유일한 흔적으로 보인다.

단, 주머니소의 정자는 자궁 내부에서 숙주인 소의 난자와 합체하는데, 이것을 수정으로 보아도 되는지, 아니면 단지 난자의 영양분을 빼앗는 것인지에 대한 논쟁은 지금도 계속되고 있다.

주머니소가 소의 일종이란 것에 관해서는 매우 흥미로운 민속학 자료, 또는 도시 설화가 존재한다. 주머니소의 유생이 소의 몸을 기어오르는 도중에 잡히면 몸을 비틀며 소와 똑같은 울음소리를 낸다는 것이다. 그리고 그 소리를 들은 다른 소들이 커다란 불안에 휩싸이며 일제히 울기 시작한다고 한다. 필자는 지금까지 몇 번이나 주머니소의 유생을 관찰해왔지만, 유감스럽게도 울음소리는 한 번도 듣지 못했다.

주력이라는 기적적인 능력을 얻고 희망과 야심에 불타는 학생들과, 주머니소라는 이물질에 사로잡힌 채 잠자코 먹이를 먹는 소들의 모습이 겹쳐지는 것은 참으로 기묘한 일이었다. 그것은 우리가 학교에 의해 가축처럼 관리되고 있을 뿐 아니라 스스로 짊어진 굴레의 정체에 너무도 무지했다는 증거가 아닐까?

4

카드 집은 눈 깜짝할 사이에 높아졌다.

나는 옆에 있는 사토루를 힐끔 쳐다보았다. 그는 순조롭게 벌써 4층에 도전하고 있었다. 내 시선을 알아차렸는지 허공에 띄운 카드를 자랑스럽게 빙글빙글 회전시켰다. 하트 4였다.

지고 싶지 않다는 마음을 억누르며 나는 모든 의식을 눈앞의 카드 집에 집중했다. 트럼프 카드를 삼각형으로 쌓아올려 피라미드를 만드는 단순한 과제에 불과하지만, 막상 해보자 주력을 단련하는 데 필요한 모든 요소를 포함하고 있다는 사실을 알 수 있었다.

우선 뭐니 뭐니 해도 집중력이다. 카드 집은 약간의 접촉이나 진동, 미풍에 의해 어이없이 무너진다. 그리고 공간과 위치 관계를 정확히 파악하는 능력도 있어야 한다. 또한 카드 집이 어느 정도 커진 뒤에는 전체를 파악하면서 세밀한 부분에 신경을 쓰는 기술도 필요하다. 일찌감치 붕괴의 조짐을 파악하고 위험한 장소를 재빨리 처리해야 하기 때문이다.

가부라기 시세이 씨는 전인학급에서 맨 처음 이 과제에 도전했을 때, 84장의 카드 위치를 완벽히 머릿속에서 그려내 한순간에 피라미드를 쌓아올렸다고 하는데, 어른 중에도 그렇게 할 수 있는 사람이 거의 없는 만큼 아마 과장되었거나 지어낸 이야기이리라.

와키엔에 있을 때 손으로 카드 집을 몇 번이나 만들었는데, 전인학급의 능력개발교실을 대비한 예행연습인 줄은 상상도 못 했다.

사토루가 옆에서 쓸데없는 참견을 했다. "사키, 페이스를 더 올려야지."

"지금 딱 좋은데 뭘. 너한테 지지 않을 테니까 염려 붙들어 매셔."

"멍청하긴. 같은 반에서 경쟁하면 뭐해? 저기 봐, 5반은 엄청나게 빠르다고."

힐끔 쳐다보자 5반은 거의 전원이 비슷한 상태로 선두를 달리고 있었다.

"우리 에이스는 여전히 최고야."

사토루 말대로 순은 우리 반에서 압도적인 1등이었다. 이미 7단까지 쌓아올리고, 8단째를 쌓고 있었다. 마치 나비가 날갯짓하듯 한 번에 두 장씩 조종하는 순의 기술은 누구 하나 흉내도 낼 수 없고, 나도 모르게 넋을 잃고 바라볼 정도로 아름다웠다.

"……반면에 발목을 잡는 사람도 있어."

사토루는 한숨을 쉬면서 옆에 있는 마리아에게 시선을 돌렸다. 마리아의 스피드는 순에게 필적할 만큼 빨랐지만, 조립이 엉성해서인지 이미 두 번이나 무너졌다. 하지만 그때마다 재빨리 회복해서 거의 우리와 비슷한 곳까지 따라와 있었다. 그 옆에 있는 마모루는 마리아와 대조적으로 천천히 쌓아올렸으나, 뛰어난 안정감 덕분에 반에서는 아슬아슬하게 평균점을 넘겼다.

문제는 맨 안쪽에 있는 레이코였다. 아직까지 1단도 완성하지 못한 형편이다. 그녀의 카드를 보고 있으면 나까지 숨이 막힌다. 와키엔에서도 카드를 제대로 쌓지 못하는 아이일수록 긴장해서 손을 떨었는데, 그것은 주력을 사용해도 마찬가지인 모양이었다. 황금마을 도쿠이쿠엔 출신인 레이코와는 전인학급에서 처음 만났는데, 아마 옛날부터 카드 집 만들기는 질색이었으리라.

아무튼 그녀의 어설픈 실력은 어이가 없을 정도였다. 가까스로 카드를 세워서는 무너뜨리고, 겨우 쌓았는가 싶으면 와장창 무너지는 것의 반복이었다. 사토루가 고개를 흔들며 자기 카드를 쳐다보았다.

"안 되겠어. 쳐다보고 있자니 나까지 머리가 이상해지는 것 같아. 레이코가 있는 이상, 우리 반은 영원히 우승할 수 없어."

"레이코가 얼마나 좋은 앤데 그래? 지금은 컨디션이 좋지 않을 뿐이야."

나는 그렇게 말하면서도 거짓말이란 것을 알고 있었다. 레이코는 주력을 제대로 조종하지 못해서, 과제를 할 때마다 처음 의도한 것과 정반대의 결과가 나타난다.

얼마 전에 이미지를 재현하는 능력을 키우려고 전달 게임을 한 적이 있다. 반마다 한 줄로 서서, 맨 처음 사람이 유화를 본다. 그리고 주력으로 이미지를 만들어 다음 아이에게 보여준다. 그러면 그 아이는 얼핏 본 이미지를 되도록 충실하게 모래 그림으로 재현한다. 이걸 반복해서 마지막 아이가 만든 모래 그림이 원래의 그림에 가장 가까운 반이 승리하는 것이다.

우리 1반은 이미지 형성도, 전달 능력도 가장 뛰어났다. 여기에서도 군계일학은 역시 순이었다. 순이 만든 모래 그림은 감광지에 그린 것처럼 뛰어났다. 순의 뒤를 잇는 사람은 마리아였다. 분하지만 이미지의 정확성에서도, 그림 재능에서도 나는 도저히 그녀의 상대가 되지 못했다.

사토루는 첫 번째 주자가 되자 갈팡질팡했지만 모래 그림에서 모래 그림으로 복제하는 것은 상당히 잘해냈다. 나는 반대로 맨 처음 유화에서 이미지 만드는 것을 훨씬 잘했다. 예술가 체질인 마모루는 숨이 멈출 만큼 아름다운 모래 그림을 만들었으나 정확성에서는 고개를 갸웃거리게 만들었다.

여섯 명의 연계는 항상 레이코에서 무참하게 끊어졌다. 그녀가 만든 모래 그림은 심하게 말하면 죽기 직전의 게가 기어다닌 흔적과 비슷해서, 아무리 열심히 관찰하고 상상력을 발휘해도 어떤 그림인지 알 수 없었다. 첫 번째에서 마지막까지 그녀를 어디에 놓았을 때에도 우리가 제출한 그림은 괴발개발에 불과했다.

카드 집 만들기 선수권에서도 역시 결정적인 문제는 그녀였다. 전원이 만든 집의 카드를 계산해서 가장 숫자가 많은 반이 우승을 차지하는데, 그전에 전원 7단까지 완성해야 하는 조건이 붙어 있었기 때문이었다. 그리고 이번에도 그녀는 다시 치명적인 실수를 저질렀다. 조심스럽게 카드를 내려놓는 경기에서 어떻게 하면 그런 실수를 저지를 수 있는지, 나는 지금도 이해할 수 없다. 갑자기 그녀의 카드가 튕기듯 날아가서, 한 사람을 뛰어넘어 마리아의 카드 집을 공격한 것이다.

마리아의 카드 집은 약간 불안정하긴 했지만 반에서 두 번째로 높은 곳까지 쌓여 있었다. 그런데 한순간에 평평한 카드 뭉치로 돌아간 것이다.

"아…… 미, 미안해!"

레이코의 낭패한 모습은 보기에도 딱할 정도였다. 잠시 아연해 있던 마리아는 즉시 예전의 두 배 속도로 집을 짓기 시작했다. 붕괴에 익숙해서 그런지 회복도 빨랐다. 하지만 남은 시간을 보면 순과 마리아가 힘을 합쳐도 이미 때는 늦었다. 예상한 대로 마리아의 집이 3단에 도달하기 전에 무정한 피리 소리가 경기 종료를 알렸다.

"미안해. 내가 왜 그랬는지 모르겠어……." 레이코는 연신 우리에게 고개를 숙이며 사과했다.

"괜찮아. 신경 쓰지 마. 어차피 내가 또 무너뜨렸을 거야."

마리아는 미소를 지으며 레이코를 위로했지만 눈빛은 공허하기 이를 데 없었다.

여기서 잠시 내가 속한 1반을 소개하겠다. 1반의 멤버는 아오누마 슌, 아키즈키 마리아, 아사히나 사토루, 아마노 레이코, 이토 마모루, 그리고 나 와타나베 사키 여섯 명이다. 이렇게 풀 네임을 쓰면 한눈에 알 수 있지만, 반은 원칙적으로 일본어의 50음도* 순서대로 구성된다. 그 원칙에 따르면 나는 5반에 들어가야 하는데, 웬일인지 학교에서는 1반에 들어가라고 했다. 1반에는 우연히 내 친구가 세 명이나 있었으므로, 당시에는 전인학급에 빨리 익숙해지라는 배려였다고 생각했다.

그날 학교가 끝나고 나와 마리아, 사토루, 슌, 마모루 등 다섯 명은 전인학급 근처에 있는 수로 옆 오솔길을 걷고 있었다. 결코 레이코를 따돌린 건 아니다. 그 무렵은 1반의 여섯 명이 함께 행동하는 일이 많았는데, 그날은 아무도 그녀에게 말을 걸지 않았다. 그렇게 엄청난 실수를 저지른 후에는 그녀도 우리 얼굴을 보기 민망할 거라고 여긴 것이다.

사토루가 기지개를 펴면서 말했다. "빨리 주력을 마음껏 사용하고 싶어."

---

* 일본어의 50음을 세로 5자, 가로 10자로 표시한 표.

그 말에는 모두 동감했을 것이다. 우리는 아직 임시면허증밖에 없는 몸이라서, 초 안에서는 주력을 사용할 수 없었다. 전인학급에 왔음에도 와키엔보다 길고 따분한 학과 수업을 견뎌낸 후, 마지막 능력개발교실에서 겨우 봉인된 주력을 풀 수 있는 것이다.

"사토루가 주력을 마음껏 사용할 때는 난 가능하면 멀리 떨어져 있고 싶어."

내가 그렇게 딴죽을 걸자 사토루가 발끈했다.

"왜?"

"그냥."

"난 이제 완벽하게 조종할 수 있어. 사키, 네가 훨씬 더 위험해."

슌이 중재하듯 말했다. "둘 다 아주 잘하는데 뭘."

사토루가 발밑에 있던 작은 돌멩이를 수로 반대쪽을 향해 힘껏 걷어찼다.

"다른 사람도 아니고 네가 그렇게 말하면 순순히 기뻐할 수 없어."

슌은 이유를 모르겠다는 표정을 지었다.

"왜? 거짓말이 아니야. 정말로 둘 다 잘하는데 뭐. 카드가 엉뚱한 방향으로 날아가는 일도 없고."

마리아가 한숨을 쉬며 귀를 막았다. "……그 얘긴 이제 그만해."

"쳇. 슌은 무의식중에 우리를 무시하고 있어. 사키, 너도 그렇게 생각하지?"

솔직히 말하면 나도 그렇게 생각했지만, 입을 뚫고 나온 대답은 정반대였다.

"내가 너랑 똑같은 줄 알아? 무시당하는 사람은 너뿐이야."

"나 참, 기가 막혀서……."

사토루는 투덜거리다 갑자기 입을 다물었다.

"왜 그래?"

"저기 봐, 저기."

사토루가 60~70미터 앞의 수로를 가리켰다. 그의 손가락 끝을 쳐다보자 두 개의 그림자가 보였다. 그림자는 오물 색깔의 망토 같은 천으로 온몸을 완전히 감쌌다.

마리아가 새빨간 머리칼을 만지작거리며 중얼거렸다. "……요괴쥐인가?"

"정말이다! 뭐하는 걸까?" 순이 관심을 가진 듯 눈을 빛내며 대답했다.

관심이 있는 건 나도 마찬가지였다. 그때까지 가까이에서 요괴쥐를 본 적이 한 번도 없었던 것이다.

"너무 똑바로 쳐다보지 마." 마모루가 조심스럽게 말했다.

그는 심한 뻗침머리 때문에 항상 머리가 폭발하는 것처럼 보였다.

"유아이엔 선생님이 요괴쥐를 봐도 가까이 가거나 빤히 쳐다봐선 안 된다고 하셨어. 와키엔 선생님은 안 그러셨어?"

물론 선생님은 그렇게 말했지만, 그럴수록 호기심이 솟구쳐서 보고 싶어지는 것은 인지상정 아닌가? 우리는 천천히 요괴쥐 쪽으로 다가가서 그들의 행동을 주시했다.

그때 어린 시절에 아버지에게 들은 이야기가 떠올랐다. 마을 토목 공사에 요괴쥐를 사용했다던……. 언뜻 보기에 요괴쥐들은 수로를 청소하는 것처럼 보였다. 수로가 구부러진 곳에는 아무래도 상류에서 떠내려온 쓰레기들이 많이 모인다. 요괴쥐들은 기다란 대나무장대 끝에 매달린 그물을 이용하여 부지런히 낙엽과 나뭇가지를 떠올리고 있었다. 주력을 사용하면 단숨에 할 수 있는 작업이지만, 인간이 의식을 집중해서 하기에는 너무도 단조롭고 재미없는 일인 것이다.

마리아가 동정하듯 말했다. "되게 열심히 일한다……."

"하지만 저 손으론 그물을 드는 것도 힘들어 보여."

"그래. 골격이 인간과 달라서 두 발로 서 있기도 힘들 거야."

망토로 인해 얼굴은 보이지 않았지만 슌의 말처럼 대나무장대를 들고 있는 두 개의 앞발은 설치류답게 너무도 가늘고, 체중을 지탱하는 뒷발도 몹시 불안해 보였다.

"……난 안 볼래."

마모루는 우리와 조금 떨어져 걸으며 노골적으로 요괴쥐한테서 얼굴을 돌렸다.

"이런, 괜찮을까……? 아, 아, 위험해!"

요괴쥐들과의 거리가 20~30미터로 가까워졌을 때 사토루가 그렇게 소리쳤다. 요괴쥐 한 마리가 나뭇잎이 잔뜩 들어 있는 그물을 올리려다, 물이 스며든 나뭇잎이 예상보다 무거웠는지 크게 휘청거리며 앞으로 고꾸라진 것이다. 다른 요괴쥐가 잡아주려고 했지만 때는 이미 늦었다. 균형을 잃은 요괴쥐는 그대로 수로로 떨어지고 말았다. 커다란 물소리와 함께 물보라가 튀었다. 우리는 정신없이 뛰어갔다.

수로로 떨어진 요괴쥐는 기슭보다 1미터쯤 낮은 물속에서 버둥

거리고 있었다. 헤엄을 못 치는 듯했다. 더구나 두터운 낙엽과 온몸을 뒤덮은 망토 때문에 제대로 몸을 가누지 못했다. 남은 요괴쥐는 어찌할 바를 모르고 허둥지둥할 뿐, 장대를 내밀어줄 생각조차 하지 못했다.

나는 심호흡을 하고 정신을 집중했다. 마리아가 깜짝 놀란 얼굴로 나를 쳐다보았다.

"사키, 뭐하려고 그래?"

"구해줘야지."

"뭐? 어떻게?"

뒤쪽에서 마모루가 겁먹은 목소리로 경고했다. "요괴쥐에게는 신경 쓰지 않는 편이 좋아!"

"괜찮아. 약간 들어서 기슭에 올려놓기만 하면 되니까."

"너, 설마⋯⋯."

"네 멋대로 주력을 사용하면 안 돼!"

"나도 그냥 내버려두는 게 좋을 것 같아."

나는 그렇게 말하는 친구들에게 버럭 소리를 질렀다.

"그러면 죽게 내버려두라는 말이야?"

나는 마음을 가라앉히고 다른 사람에게 들리지 않도록 작은 목소리로 진언을 외었다.

"하지만 아무래도 이건 아니야."

"살려고 하는 자에게 자비심을 가지라고 배웠잖아."

나는 수로 안에서 버둥거리는 요괴쥐에게 의식을 집중했다. 점점 가라앉는 시간이 길어지는 데다 낙엽과 쓰레기 때문에 요괴쥐의 크기를 제대로 파악할 수 없었다. 내 고민을 알아차리고 순이 정확한 조언을 해주었다.

"……주변의 나뭇잎까지 들어올리면 되잖아."

나는 고마움을 담은 시선으로 순을 쳐다본 뒤 그대로 실행해보았다.

주위의 소란스러움이 점점 멀어졌다. 뿔뿔이 흐트러지는 쓰레기를 의식의 힘으로 끌어모으며 상승하는 이미지를 더하자 거대한 덩어리가 표면장력을 뿌리치고 허공으로 떠올랐다.

덩어리 안에 있던 물이 떨어지며 수면을 세차게 때렸다. 의식의 그물에서 빠져나간 나뭇잎도 후드득 떨어졌다. 요괴쥐는 쓰레기 한가운데에 있을 터이지만 눈으로는 확인할 수 없었다. 쓰레기 덩어리를 천천히 기슭으로 옮기자 모두 뒷걸음질 치며 자리를 비켜주었다. 나는 길 위에 살며시 쓰레기를 내려놓았다.

다행히 요괴쥐는 살아 있었다. 쓰레기 안에서 엎드려 발을 버둥거리고 있었던 것이다. 요괴쥐는 나지막한 신음을 내며 기침하더니 거품 섞인 물을 토해냈다. 가까이에서 보자 생각보다 훨씬 컸다. 일어서면 아마 1미터가 넘을 것이다.

"굉장하다! 커다란 그물로 떠낸 것처럼 완벽한 부양이었어."

"다 네 조언 덕분이야."

순의 칭찬을 듣고 기분이 좋은 것도 한순간, 사토루가 바싹 얼굴을 들이밀었다.

"어떡할 거야? 학교에 들키는 날엔……."

"안 들키면 되잖아."

"안 들키면 된다고? 만약 들키면 어떡할 건데?"

마리아가 옆에서 도움의 손길을 내밀었다.

"사키를 위해서 다들 비밀로 해야 해. 알았지?"

"그래."

슌이 노트를 빌려달라고 부탁했을 때처럼 간단히 대답했다.

"사토루, 너도 알았지?"

"물론 고자질하진 않을 거야. 그런데 안 들킬까?"

"본 사람은 아무도 없으니까 우리만 가만히 있으면 괜찮아."

마리아가 뒤를 돌아보았다. "마모루, 너는?"

"뭐 말이야?"

"뭐냐니……?"

"오늘도 다른 날과 똑같이 아무 일도 일어나지 않았어. 요괴쥐는 그림자도 못 봤고……."

"그래그래, 정확히 알아들었군."

그때 사토루가 콧등에 주름을 잡고 내가 구해준 요괴쥐를 내려다보았다.

"그런데 이 녀석은 어떨까? 이 녀석이 다른 사람한테 말하면 어떡하지?"

슌이 흥미진진한 얼굴로 물었다. "말을 한다고? 요괴쥐가 사람 말을 할 수 있어?"

나는 꼼짝도 하지 않는 요괴쥐 앞으로 다가갔다. 어디 다친 게 아닐까? 하지만 다른 요괴쥐를 보자 역시 똑같은 자세로 엎드려 있다. 이제야 겨우 요괴쥐들이 인간을 두려워한다는 사실을 깨달왔다.

나는 되도록 다정하게 말을 걸었다. "우리가 널 구해줬어. 알아?"

마모루가 조금 떨어진 곳에서 숨죽인 목소리로 외쳤다. "요괴쥐에게 말을 걸면 안 돼!"

"너, 내 말 듣고 있어?"

물에 빠진 생쥐로 변한 요괴쥐는 고개를 끄덕이듯 망토로 감싼 머리를 위아래로 흔들었다. 그리고 네발로 걷는 편이 편한 듯, 그 자세로 다가와서 내 신발에 입을 맞추었다.

"이건 비밀이야. 알았지? 오늘 있었던 일은 누구에게도 말하면 안 돼."

요괴쥐는 다시 고개를 끄덕였다. 아무래도 의사는 통한 듯하다. 그때 내 마음속에서 요괴쥐의 얼굴을 보고 싶다는 호기심이 모락모락 피어올랐다.

나는 가볍게 손뼉을 쳤다. "애, 여기 볼래?"

그때까지 내 편을 들던 마리아도 어이없는 표정을 지었다. "사키, 이제 그만해."

"그러면 안 돼…… 요괴쥐는……." 마모루의 목소리는 조금 전보다 더 멀리서 들렸다.

"내 말 알아들어? 고개를 들어봐."

요괴쥐는 멈칫멈칫 고개를 들었다.

생쥐처럼 귀여운 얼굴을 상상하고 있던 나는 적잖은 충격을 받았다. 모자 밑에서 나온 것은 그때까지 본 생물 중에서 가장 추악한 얼굴이었다. 코는 너무나 짤막해서 쥐라기보다 오히려 돼지를

연상케 했다. 잔털이 있는 하얀 피부는 축 늘어져서 수많은 주름
이 잡히고, 그 안쪽에서 구슬처럼 작은 눈이 빛나고 있다. 윗입술
이 크게 뒤집어지는 바람에 끌처럼 생긴 노란 앞니는 코에서 직접
자란 것처럼 보였다.

"고★스니다, 고마스니다. 키키키키. 시시시시시★ssh……여.
시·니·시·여."

별안간 요괴쥐가 새가 지저귀듯 날카로운 목소리로 말해서, 나
는 그 자리에서 얼어붙었다.

마리아가 중얼거렸다. "요괴쥐가 말을 해……."

나머지 세 사람은 아연한 표정을 지었다.

"너 이름이 뭐야?"

그러자 요괴쥐는 노래하듯 "§@★#◎&∈∂Å♪"라고 말했다. 입
가에서는 연신 하얀 거품과 침이 떨어졌다. 이름은 알았지만 글자
로 표기하는 것도 기억하는 것도 불가능했다.

사토루가 안도의 표정을 지으며 말했다. "이 녀석이 고자질할 걱
정은 안 해도 될 것 같아. 무슨 말을 하는지 아무도 못 알아들을
테니까."

긴장이 풀리며 친구들의 입에서 웃음이 터졌다. 하지만 요괴쥐
의 얼굴을 뚫어지게 쳐다보는 사이에 차가운 기운이 스멀스멀 온
몸을 파고들었다. 그것은 마음의 심층부에 숨어 있던 금기를 건드
린 듯한 감각이었다.

순이 생각에 잠기며 말했다. "이름은 부를 수 없지만 일단 이 녀
석을 식별할 수 있도록 해두는 게 좋겠어."

"문신을 보면 알 수 있어."

그런 유익한 정보를 준 사람은 의외로 가장 멀리 떨어져 있던 마모루였다.

"문신? 어디 있는데?"

마모루가 고개를 돌리며 말했다. "이마. 이마에 콜로니와 개체를 식별하는 번호가 새겨져 있댔어."

나는 떨리는 손으로 요괴쥐의 머리를 덮고 있는 두건을 잡았다. 그리고 살며시 벗길 때까지 요괴쥐는 훈련받은 개처럼 얌전히 있었다.

"있다!"

앞뒤로 긴 머리의 이마와 정수리 사이에 '굴, 619'라는 글자가 파란 물감으로 새겨져 있었다.

순이 물었다. "이 글자는 뭘까?"

"아마 요괴쥐의 콜로니* 표시일 거야."

요괴쥐는 다른 개체에선 볼 수 없는 세 가지 특징을 갖고 있다.

첫째, 이름에서 알 수 있듯이 외모는 털 없는 쥐와 비슷하게 생겼다. 키는 대략 60센티미터에서 1미터로, 두 발로 서면 1.2미터에서 1.4미터에 달하고 큰 것은 거의 인간과 비슷하다.

둘째, 어엿한 포유류이면서 벌이나 개미처럼 여왕을 중심으로 생활하는 진사회성 동물이다. 이는 조상인 동아프리카산 벌거숭이두더지쥐에게 이어받은 특징이다. 소규모 콜로니는 200~300마

---

* Colony, 식민지.

리, 대형 콜로니에 이르면 수천에서 1만 마리에 이른다고 한다.

셋째, 요괴쥐의 지능은 돌고래나 침팬지보다 훨씬 높고 인간과 거의 비슷하다. 인간에게 충성을 맹세하고 '문명화된' 콜로니는 인간에게 공물이나 노역을 제공하는 대신 생존을 보장받고 있다. 그런 콜로니에는 이름(보통은 곤충의 이름)이 주어진다.

가령 가미스 66초의 토목 공사에 자주 동원되는 건 최대 세력을 자랑하는 장수말벌 콜로니였다. 그밖에 곰개미, 대모등에붙이, 장수잠자리, 대모벌, 파리매, 왕사슴벌레, 꼽등이, 종이말벌, 딱정벌레, 길앞잡이, 굴벌레나방, 물방개, 귀뚜라미, 왕지네, 왕사마귀, 벼멸구, 명나방, 불나방, 뚱보기생파리, 노래기, 무당거미, 좀매부리 콜로니 등이 당시 초의 주위에 흩어져 있었다.

순이 말했다. "굴, 이라고 쓰여 있는 걸 보면 아마 굴벌레나방일 거야. 전부 쓰면 너무 길잖아."

"그러면 이 녀석은 굴벌레나방 콜로니의 개체야?"

굴벌레나방 콜로니는 통틀어서 200여 마리밖에 되지 않는 약소 콜로니다. 사토루의 말에 요괴쥐가 민감하게 반응했다.

"구버★나방. 구버레나방. 찌익찌익. 코★니⋯⋯ Grrrrr."

그렇게 말하고 나서 갑자기 오한을 느낀 것처럼 바들바들 떨었다.

"춥나 봐." 순이 말했다.

"물에 홀딱 젖었고, 요괴쥐는 원래 동굴 안에서 살아 체온이 낮거든."

그래서 우리는 요괴쥐를 풀어주기로 했다. 두 마리는 몸을 땅에 내던지며 납작하게 엎드린 오체투지의 자세로 우리를 배웅했다.

도중에 뒤를 돌아보았을 때도 그들은 계속 엎드려 있었다.

요괴쥐를 구한 지 한 달 후 일이다.

"역시 쇠똥구리가 소똥 굴리듯 하는 수밖에 없지 않을까?" 마리아가 말했다.

사토루가 이의를 제기했다. "너무 평범해. 그건 다른 반에서도 생각할 거고, 공 방향도 일정하지 않아."

우리는 책상 위에 있는 커다란 찰흙 덩어리를 보면서 논의에 논의를 거듭했다.

"그러면 큰 고리를 만들어 그 안에 공을 넣으면 어때? 그리고 고리를 좌우로 회전시키며 전진하는 거야. 그러면 공의 방향도 조종할 수 있잖아." 나는 책상 위에 앉아 발을 흔들며 말했다.

순간적으로 떠오른 방법이지만 의외로 나쁘지 않다는 생각이 들었다.

사토루가 다시 트집을 잡았다. "그러면 도중에 고리의 강도가 약해지지 않을까? 공이 고리를 넘어갈지도 모르고."

내가 발끈해서 반론을 제기하려고 했을 때, 순이 더 중요한 지적을 했다.

"고리를 전부 땅에 붙이고 돌리는 건 힘들지 않을까? 일부라도 공중에 뜨면 반칙이라고 할지도 모르니까."

나는 순순히 물러섰다. "……그건 그래."

"아무리 생각해봤자 결론이 안 나겠어. 일단 찰흙을 나눠보자. 그러면 밀대에 중량을 얼마나 배분할지, 대강 감을 잡을 수 있으니까."

마리아의 제안에 따라 절반을 밀대로, 나머지 절반을 공격수로 사용하기로 결정한 후 우리는 찰흙을 두 덩이로 나누었다.

사토루가 실망한 얼굴로 말했다. "애걔, 겨우 이거야?"

"공 무게가 얼마나 될까?"

마리아의 질문에 슌이 팔짱을 끼고 대답했다.

"대리석이니까 아마 10킬로그램이 넘을 거야."

"그러면 찰흙을 전부 합친 거랑 똑같잖아. 밀대 무게가 공의 절반밖에 안 된다는 거야?"

사토루의 입에서 신음이 흘러나왔다. "하지만 찰흙은 굽든지 건조시키면 훨씬 가벼워지거든."

"그래. 결국 밀대의 무게는 공의 3분의 1밖에 안 될 거야."

슌이 내 의견에 찬성하는 것을 보고, 전원이 심각한 표정을 짓고 있음에도 나 혼자 의미심장한 미소를 지었다.

마모루가 혼잣말처럼 중얼거렸다. "그러면 역시 뒤에서 미는 수밖에 없나?"

"아까부터 다람쥐 쳇바퀴 돌듯이 의견이 빙글빙글 돌고 있군."

공굴리기 토너먼트 경기는 5일 후에 열리기로 되어 있다. 다시 말해 각 반은 겨우 닷새 만에 기본적인 전략을 결정한 뒤 찰흙으로 밀대와 공격수, 수비수를 만들어 자유자재로 조종할 수 있을 때까지 연습해야 하는 것이다.

여기서 잠시 공굴리기 경기의 규칙에 대해 설명하겠다. 일단 두 반을 공격 측과 수비 측으로 나눈다. 공격 측은 경기장 안에서 커다란 대리석 공을 굴려 골인 지점에 있는 구멍에 떨어뜨리고, 수비

측은 이를 저지해야 한다. 이것을 제한시간 10분 안에 각각 한 번씩 하는데, 양쪽 모두 득점한 경우에는 적은 시간에 득점한 반의 승리로 돌아간다. 하지만 무득점으로 끝난 경우에는 양쪽 모두 공격과 수비를 동시에 해서 먼저 득점한 쪽이 승리하는 총력전에 돌입한다.

경기는 처음부터 끝까지 주력을 사용하는데, 여기에는 한 가지 커다란 제약이 있다. 공과 경기장에 직접 주력을 행사해서는 안 된다는 것이다. 우리가 조종할 수 있는 것은 찰흙으로 만든 말, 즉 공격 측일 때는 밀대와 공격수, 수비 측일 때는 수비수뿐이다. 더구나 말을 공중에 띄우는 것은 금지 사항이다. 말을 공중에 띄우면 밀대로 밀지 않아도 공을 앞으로 보낼 수 있다. 그러면 공에 직접 주력을 행사해서는 안 된다는 금지 사항에 위반되는 것이다.

학교 뒷마당에 있는 폭 2미터, 길이 10미터 정도의 경기장에는 미세한 모래와 함께 군데군데 잔디가 있어서, 밀대를 이용해 공을 똑바로 굴리는 데에도 상당한 집중력이 필요하다. 골인 지점의 구멍은 수비 측이 자기가 원하는 장소에 만들 수 있는데, 그 외에 경기장에 손을 대는 행위…… 가령 함정을 파거나 언덕을 만드는 건 금지되어 있다. 또 정해진 중량 이내라면 말을 어떻게 만들든, 몇 개를 만들든 자유지만 너무 많이 만들면 조종하기 힘들어진다.

또 한 가지 중요한 금지 사항이 있다. 상대의 밀대를 직접 공격해서는 안 된다는 것이다. 그렇지 않으면 밀대는 상대의 집중 공격을 받고 시합이 시작되자마자 부서지기 때문이다. 단, 공격을 피할 수 있는 건 미리 밀대로 신청해놓은 것 하나뿐이다. 따라서 두 개째부터는 가차 없는 공격을 받기 때문에 밀대는 거의 하나만 사용한다.

순이 이마에 맺힌 땀을 닦으며 말했다. "밀대는 이런 모양으로 하면 될까?"

이것도 아니다, 저것도 아니다, 라고 제멋대로 떠들 때마다 자유자재로 찰흙을 변형시키는 일은 순 말고는 아무도 해낼 수 없으리라. 밀대의 전체적인 모양은 땅딸막한 원추형으로, 경기장을 활주할 수 있도록 아래쪽을 배의 바닥처럼 V 자 모양으로 만들었다. 또 공의 좌우 움직임을 조종하기 위해 정면에 120도로 펼친 팔을 두 개 붙인 결과, 두 팔을 활짝 펼친 사람처럼 보였다.

마리아가 밀대를 바라보며 평가했다. "제법 괜찮은데. 간단하면서도 멋있어."

"그러면 다음은 공격수야. 순은 밀대에 전념하고, 다른 사람이 나머지를 분담하는 거야."

어느새 사토루가 회의를 진행하고 있었다. 그때 엔도 선생님이 빙긋이 웃으면서 얼굴을 내밀었다.

"1반은 잘되고 있나?"

둥근 얼굴에 머리칼과 턱수염이 끊어지지 않고 얼굴을 뒤덮고 있어서, 태양왕이라는 기묘한 별명이 붙은 선생님이다. 사토루가 득의양양한 표정으로 이제 막 완성된 모델을 보여주었다.

"겨우 밀대의 모양만 정했어요."

"그래? 짧은 시간에 용케 여기까지 했구나."

"네, 이제 굳히기만 하면 돼요."

"밀대는 누가 움직일 거지?"

"순요."

엔도 선생님은 크게 고개를 끄덕였다. "역시! 그럼 다음에는 공격수구나. 순을 제외한 네 명이 잘 분담해서 하거라."

"네!"

우리는 힘차게 대답했다.

그 이후 기탄없이 논의하고 나서, 공격수는 다섯 개를 만들기로 했다. 순이 밀대와 공격수 하나를 동시에 조종하고, 나머지 공격수는 한 사람에 하나씩 떠맡는 것이다. 이때 누구의 머리에도 1반에 또 한 명의 멤버가 있다는 생각은 들어 있지 않았다.

1차전 상대는 5반이다. 다행히 제비뽑기 운이 좋았다. 말 완성도가 높은 3반이 단독 우승 후보이고, 그에 대항하는 것이 우리 1반과 심술꾸러기들이 많은 2반이라는 소문이 무성해서였다.

가위바위보 결과, 일단 우리가 먼저 공격을 하게 되었다. 서전을 장식한다는 부담감을 껴안고, 우리는 긴장한 눈길로 5반의 수비수를 쳐다보았다. 벽 모양의 수비수 여섯 개가 경기장 전체를 가로막으며 좌우로 조금씩 움직이고 있었다. 우리 다섯 명은 둥글게 원을 그리고 각자 마음속으로 진언을 외었다.

마리아가 눈을 반짝이며 속삭였다. "예상한 대로 가장 평범한 전략이야."

사토루는 이미 우승이라도 한 것처럼 회심의 미소를 지었다.

"이 정도라면 30초도 안 걸리겠는걸."

순이 작은 목소리로 전원을 향해 말했다. "중앙을 돌파하자. 저런 방어라면 어디를 공격해도 마찬가지고, 경기장은 한가운데가 가장 평평할 테니까."

경기장에 우리 밀대와 공격수가 등장하자 5반 아이들의 얼굴에 당황한 표정이 역력했다.

팔을 치켜든 밀대가 천천히 경기장으로 다가가서 공 뒤쪽에 섰다. 이어서 다섯 개의 공격수가 정연히 흩어졌다. 세 개는 공의 앞쪽에서 삼각형으로 진을 치고, 두 개는 공 양쪽을 지키는 것이다.

선봉에 있는 세 개는 폭넓은 삼각추 모양으로, 뾰족한 끝을 앞으로 향한 채 한가운데의 모서리로 땅과 접지하기 때문에 종이비행기의 모습과 비슷했다. 양쪽을 지키는 두 개는 중심이 낮은 찌부러진 원기둥으로, 표면에는 수많은 돌기가 붙어 있었다. 돌기에는 대단한 의미는 없지만 왠지 강하게 보이는 효과를 가지고 있었다.

"서로 페어플레이해야 한다! 마지막까지 협조해서 최선을 다하도록! 알았지?"

태양왕이 엄숙하게 선언한 후, 시합의 시작을 알리는 피리를 불었다.

선봉에 있는 세 공격수가 천천히 전진했다. 순이 밀대에 힘을 주었지만 무거운 공은 아직 움직이지 않았다. 움직일 때까지 힘이 많이 드는 것이다. 그때 조바심을 내서 힘을 너무 많이 주면 밀대가 부러지는 일도 있다. 물론 순이 그렇게 한심한 실수를 저지르는 일은 있을 수 없지만.

수비수인 여섯 개의 벽은 완전히 압도당한 양, 앞으로 나오지도 못하고 쓸데없이 좌우로 움직일 뿐이었다. 공이 회전하기 시작하면서 천천히 앞으로 굴러가더니, 이윽고 속도가 빨라지며 경기장 안을 향해 돌진하기 시작했다. 그에 맞춰 선봉에 있는 세 개가 한가운데로 돌격했다.

그제야 우리 의도를 알아차린 5반은 한가운데로 수비수를 모으려고 했지만 이미 때는 늦었다. 개수일촉*이란 말은 이것을 가리키는 것이리라. 세 개의 선봉이 무거운 상대의 벽을 간단히 쓰러뜨리고, 대리석 공은 바로 뒤쪽에서 땅을 울리며 통과했다. 나는 선봉의 좌측 뒤쪽을 담당하고 있었는데, 상대와 접촉한 건 한순간뿐이었다.

방어선이 무너진 5반은 두 손을 들고 항복하는 수밖에 없었다. 우리의 대리석 공은 일직선으로 달려가더니, 통쾌한 소리를 내고 구멍으로 떨어졌다. 소요 시간은 불과 26초. 가장 낙관적이었던 사토루의 예상까지 뛰어넘은 좋은 성적이었다.

사토루가 말했다. "이거 너무 시시한데. 이렇게 쉽게 무너지면 너무 긴장감이 없잖아."

평소에 말이 없던 마모루까지 동조했다. "누가 아니래? 그쪽 수비수는 없는 거나 마찬가지였어."

하지만 방심하면 역전당할 수도 있다. 나는 풀어지려는 분위기를 어떻게든 다잡으려고 했다.

"아직 이긴 게 아니야. 저쪽 공격이 남아 있잖아."

하지만 사토루는 여전히 이죽거렸다. "네가 이렇게 소심했던가?

---

* 鎧袖一觸, 갑옷 소매로 한 번 건드린다는 뜻으로, 약한 상대편을 간단히 물리침을 이르는 말.

이긴 거나 마찬가지야. 아무리 생각해도 저쪽은 26초 안에 골인시킬 수 없으니까."

"경기에선 무슨 일이 일어날지 몰라. 방심은 금물이야."

순이 그렇게 마무리를 하고, 우리는 수비수 다섯 개를 모두 경기장에 내놓았다. 하지만 5반의 말을 본 순간, 우리는 아연해서 입을 다물 수 없었다. 수비수가 너무도 평범해서 공격수도 똑같으리라고 얕잡아보고 있었는데, 그것은 철저한 착각에 불과했다. 상대의 작전은 기발하기 이를 데 없었던 것이다.

마리아가 나지막한 목소리로 말했다. "어떻게 된 거야? 여섯 개가 모두 똑같이 생겼잖아."

5반의 말은 전부 전면에 나무망치 같은 팔이 붙어 있는 직육면체였다.

순이 중얼거렸다. "녀석들, 여섯 마리를 전부 밀대로 만들었어."

태양왕이 똑같이 생긴 여섯 마리의 말 중 한 마리에 붓으로 빨간색 동그라미를 두 개 그렸다. 공격해서는 안 되는 밀대라는 표시다.

"저것 말고 다른 밀대는 공격해도 괜찮잖아. 그러면 지켜줄 말이 없을 텐데……."

내 의문에 사토루가 대답했다. "밀대는 한두 개 부러져도 괜찮아. 여섯 마리로 세차게 밀어서, 공의 기세로 수비수를 날려버릴 속셈이야."

사토루의 말이 맞았다. 시작의 피리 소리가 울린 순간, 공이 움직이더니 순식간에 속도를 올렸다.

우리 수비수 중 네 개는 도어스토퍼 모양으로, 공 밑으로 파고

들어 움직이지 못하게 하든지 방향을 어긋나게 하려고 했지만 상대 공이 너무 빠른 탓에 두 개는 밑으로 들어가기도 전에 튕겨나갔다. 나머지 두 개가 측면에서 빨간 동그라미가 없는 밀대를 공격해서 하나를 멋지게 뒤집었다. 하지만 남은 다섯 개의 기세는 약해지지 않았다.

사토루가 중얼거렸다. "이대로는 안 되겠어……."

분명히 공 속도가 우리보다 훨씬 빨라서, 이대로 골인되면 시간상으로 패배할 것이다.

우리 팀 비장의 카드인 다섯 번째 수비수가 경기장 한가운데로 나서서, 공의 진로 앞에 떡하니 버티고 섰다.

사토루가 크게 소리쳤다. "슌, 부탁해!"

다섯 번째 수비수는 두터운 원반 모양으로, 땅과 접지하는 부분의 중심에 커다란 돌기가 하나 있다. 상대의 공이 올라가면 원반을 회전시켜서 공의 진로를 180도 바꾸려고 한 것이다. 천재인 슌이 아니면 누가 그런 아이디어를 생각해낼 수 있었을까?

공이 맹렬한 기세로 접근해왔다. 하지만 슌이라면 한순간의 타이밍을 잡아서 원반을 돌릴 수 있으리라. 그러나 공의 스피드가 너무 빠른 탓에 뜻하지 못한 사태가 일어났다. 땅이 울퉁불퉁했는지 공이 작게 점프한 것이다. 공이 뛰어넘지 못하도록 슌이 재빨리 원반을 후퇴시켰다.

대리석 공이 원반에 부딪힌 순간, 단단한 물체가 깨지는 불길한 소리가 들렸다. 원반은 재빨리 회전했지만 공이 다시 원반 위에서 튀었기 때문에 진로를 바꿀 수 없었다.

사토루가 포기한 것처럼 중얼거렸다. "틀렸어……."

이대로 골인하면 26초는커녕 16초도 걸리지 않으리라. 내가 시선을 내리깔았을 때, 마리아가 소리쳤다.

"아, 저것 봐! 어떻게 된 거지?"

고개를 들자 생각지도 못한 광경이 눈으로 뛰어 들어왔다. 공의 스피드가 너무나 빨라서 5반 아이들이 조종하지 못하게 된 것이다. 밀대 하나가 회전하는 공에 휘감겨 앞에 떨어지더니, 그대로 공에 밟혀버렸다. 한쪽을 담당하던 밀대가 없어지면서 힘의 균형이 무너지자 공은 옆으로 크게 비켜나갔다.

이제 공을 막는 건 불가능했다. 공은 엄청난 기세로 골인 지점 옆을 통과하더니, 계속 굴러가서 결국 경기장 밖으로 튀어나갔다.

"5반은 더 이상 경기를 진행할 수 없으므로, 1반의 승리입니다!"

태양왕의 목소리가 정말로 하늘에서 들렸다고 여긴 건 이번이 처음이었다.

"됐다!"

"1차전 돌파!"

"5반의 자멸이야. 애당초 그렇게 무모한 전술은 쓰는 게 아니지."

우리가 손에 손을 잡고 기쁨을 나누는 동안, 슌이 조금 떨어진 곳에서 고개를 갸웃거렸다.

"왜 그래?"

슌이 다섯 번째 수비수인 원반을 들고 찜찜한 얼굴로 뒤를 돌아보았다.

"큰일 났어. 금이 갔어."

"뭐야?"

우리는 앞다투어 순의 주위에 모여들었다. 고온에서 구운 이상, 원반의 강도에는 문제가 없었다. 따라서 무거운 공이 올라가서 수평으로 회전해도 충분히 견뎌낸 것이다. 하지만 대리석 공이 점프해서 위로 떨어지는 것까지는 예상하지 못했다.

마리아가 물었다. "앞으로 한 번이 될지 두 번이 될지 모르지만, 다음 시합부터는 사용할 수 없는 거야?"

"그래. 다음에 공이 올라가면 완전히 깨질 거야. 수평으로 돌려서 진로를 바꾸는 건 불가능해."

"그럼 이제 네 개로 싸워야 한다는 거네……."

그 이후의 대책을 의논했지만 좋은 생각이 떠오르지 않았다. 우리는 결국 상대가 정해지고 나서 다시 의논하기로 했다.

토너먼트 횟수로 다섯 번은 어중간해서, 전인학급에서는 다음과 같은 방법을 채택했다. 일단 제비를 뽑아 두 팀씩 시합한다. 각각 승리한 팀이 다시 제비를 뽑아 한쪽은 결승전으로 직행한다. 그리고 나머지 한쪽이 1차전을 치르지 않은 팀과 싸워서, 승리한 팀이 결승전으로 올라가는 것이다. 즉 제비뽑기 결과에 따라서 2승만 하면 우승하는 일도 있고, 3승을 해야 우승하는 경우도 있다.

우리는 일단 3반과 4반의 시합을 관전했다. 3반이 소문처럼 강력한 공격과 수비를 보여준 시합이었다. 3반의 밀대는 복잡하게 구부러진 말굽 모양으로, 거의 완벽하게 공을 조종했다. 공격수는 우리와 비슷하게 생겼지만 더 세련되어 보였다.

가장 놀란 건 수비수의 전략이었다. 두 개의 작은 수비수 사이를

끈 모양의 생찰흙으로 연결하고, 끈의 표면을 물로 적셔서 점착력을 높인다. 그런 다음에 끈이 땅에 붙지 않게 하면서, 공의 진로에 끈을 세로로 놓고 두 개의 수비수가 서로 떨어진다. 그러면 위쪽을 지나는 공의 회전에 의해 자연히 끈이 달라붙는다. 끈 모양의 찰흙이 달라붙은 공은 똑바로 전진하지 못한다. 마지막으로 골인은 할 수 있어도 시간을 많이 허비하는 것이다.

사토루가 진절머리 나는 얼굴로 말했다. "잘도 저런 방법을 생각해냈군."

"우리는 찰흙을 굳혀서 사용한다는 선입관에 사로잡혀 있었어."

"상대에게 시간을 많이 사용하게 하면 이길 수 있다는 자신감이 있나 봐."

마리아도 보기 드물게 두 손 들었다는 표정을 지었다.

"결승전 상대는 틀림없이 3반이야."

3반은 22초 대 7분 59초라는 경이적인 차이로 4반을 물리쳤다. 이어서 우리와 3반이 제비를 뽑았지만 다행히 우리는 결승전으로 직행하게 되었다.

"일단 행운의 여신은 우리 편이군."

"이제 결승전에서 어떻게 싸울지 생각하자."

"원반을 고칠 수 없어?"

"내 주력으론 고온에서 구운 찰흙을 다시 원래대로 붙일 수 없어. 고작해야 응급 처치 정도지."

슌과 나, 사토루가 다시 전략을 짜고, 마리아와 마모루가 3반과 2반의 준결승을 관전하기로 했다.

"일단 원반에 생긴 금을 붙여보자."

"보수용 찰흙을 받을 수 없을까?"

내 질문에 사토루가 태양왕에게 물어보러 갔다. 결과는 현재 있는 말을 포기하면 그와 똑같은 무게의 찰흙을 받을 수 있다고 한다. 하지만 포기하는 것은 건조한 중량인 데 비해 받을 수 있는 것은 생찰흙이기 때문에 실질적인 양은 상당히 줄어든다.

"할 수 없어. 수비수도 하나 깨졌으니까 그만큼이라도 찰흙을 받는 수밖에."

슌은 원반의 금 부분에 찰흙을 발라 염력으로 단단하게 만들었다. 남은 찰흙을 어떻게 사용해야 할까? 찰흙을 손에 들고 잡아당기거나 둥글게 마는 사이에 종이처럼 얇은 원반이 만들어졌다.

잠깐! 혹시 이거라면…….

사토루가 부루퉁한 얼굴로 불만을 토로했다. "사키, 지금 장난할 때야?"

"사토루, 어쩌면 3반한테 이길 수 있을지 몰라."

"무슨 말이야?"

원반 수리를 끝낸 슌이 눈을 동그랗게 뜨고 나를 쳐다보았다.

"좋은 생각이라도 있어?"

나는 힘차게 고개를 끄덕이고 나서, 지금 떠오른 아이디어를 두 사람에게 말했다.

"굉장하다, 사키! 너, 천재야!"

슌의 칭찬을 듣고 나는 귓불까지 새빨개졌다.

"흐음. 치사한 아이디어이긴 하지만, 그런 만큼 상대는 상상도 못

할 거야."

사토루는 여전히 나를 최대한 폄하하면서도 아이디어만큼은 높이 평가해주었다.

"사토루, 그렇게 하자. 방법은 그것밖에 없어."

"글쎄……."

"시간이 없어."

우리는 새로 얻은 찰흙을 얇게 펴서 원반 주위에 붙였다. 전원이 똑같은 대상을 향할 때는 주력을 사용할 수 없기 때문에 이런 경우에는 손으로 할 수밖에 없다. 작업은 다음 시합이 시작되기 직전에 겨우 끝낼 수 있었다. 그때 마리아와 마모루가 다급한 모습으로 뛰어 들어왔다.

"큰일 났어! 지금 준결승전이 끝났어!"

"어차피 우리 상대는 3반이지? 하지만 우리도 간신히 싸울 수 있는 방법을 찾아냈어."

사토루가 마치 자신의 아이디어인 것처럼 큰소리쳤다. 흥분으로 인해 마리아의 목소리가 높아졌다.

"그게 아니야. 3반이 졌어. 결승전 상대는 2반이야!"

5

우리는 뒷마당으로 가는 도중에 우르르 몰려오는 3반 아이들을 만났다. 나는 밀대를 안고 있는 히로시에게 말을 걸었다.

"결승전 상대는 분명히 너희라고 생각했는데."

히로시가 분한 표정으로 말했다. "우리가 우세했어. 그 사고만 없었으면……."

그는 말굽 모양의 밀대를 나에게 보여주었다. 땅과 닿는 바닥이 흠집투성이인 것은 당연하지만 옆쪽이 크게 깨져 있었다.

"어떻게 된 거야?"

그는 밀대의 깨진 부분을 사랑스럽게 어루만졌다.

"사고로 그쪽 수비수와 세게 부딪쳤어. 그때 공이 반대 방향으로 굴러가서 제자리로 돌려놓는 데 1분이 넘게 걸렸지."

우리 중에서 가장 덩치가 큰 미스즈가 히로시의 어깨에 손을 얹고 씩씩거렸다.

"그래서 결국 1분 36초 대 1분 41초로 졌어. 너무한 거 아니야? 잘못은 부딪친 그쪽에 있는데."

"할 수 없지 뭐. 사고였으니까."

히로시의 목소리에는 말과는 다른 감정이 담겨 있었다.

헤어질 때 그가 말했다. "조심해. 결승전에서도 무슨 일이 일어날지 몰라."

시합 전에 그런 이야기를 듣는 바람에 어느 정도 선입관이 있었던 건 부정할 수 없다. 경기 이외의 부분에 정신을 빼앗기는 바람에, 선공 때 나타난 2반의 밀대를 봤을 때는 기절초풍하는 줄 알았다.

사토루는 도저히 믿을 수 없다는 목소리로 중얼거렸다. "바퀴가 달려 있어……. 우리도 검토했지만 차축을 유지할 수 없어서 그만뒀잖아. 이상해. 찰흙 말고는 사용하지 않았을 텐데."

순이 눈을 가늘게 뜨고 상대의 밀대를 응시했다.

"자세히 봐. 바퀴가 아니라 구슬이야."

2반의 밀대는 본체 밑 움푹 들어간 곳에 구슬 하나가 끼워져 있었다. 밖에서 보이는 것은 구슬의 절반 정도라서 바퀴처럼 보일 뿐, 본체에 고정되어 있지는 않은 듯했다.

사토루가 차갑게 내뱉었다. "마치 구슬을 타고 있는 것 같군. 약간 충격을 주면 떨어지지 않을까? 기왕에 저렇게 할 바에야 더 깊숙이 끼우면 빠지지 않을 텐데."

"그건 안 돼. 구슬바퀴를 깊숙이 끼웠다 모래에 휘말리면 꼴이 비참해지니까. 하지만 저건 금방 움직이지는 않을 거야."

순이 자기 생각을 말하자 마리아가 냉정하게 분석했다.

"모래가 끼어서 움직이지 않으면 평범하게 굴릴 생각이 아닐까? 처음에 구슬바퀴가 움직이는 사이에 우리 방어망을 돌파할 생각일지도 몰라."

우리의 의문은 시합이 시작되자마자 금방 풀렸다. 무의식중에 내 입에서 소리가 흘러나왔다.

"둘이 덤비다니……!"

2반의 두 에이스인 료와 아키라의 시선을 보면 두 사람 모두 밀대에 집중하고 있음을 알 수 있었다.

아마 료가 본체를 조종해서 공을 밀고, 아키라는 구슬바퀴가 빠지지 않도록 조절함과 동시에 풀과 모래 등 이물질이 끼지 않도록 막는 것이리라. 좁은 공간에서 두 사람의 주력이 교차하는 것은 위험한 데다 밀대에만 힘을 쏟는 것은 아까운 일이지만, 거기에는 지나칠 정도로 충분한 이점이 있었다.

구슬바퀴는 땅과 마찰이 적은 덕분에, 주력을 밀대에서 공으로 매끄럽게 전할 수 있다. 2반의 공은 1차전에서 폭주한 5반과 비슷한 속도로 전진하면서 완벽한 컨트롤을 유지하고 있었다. 우리 수비수는 죽을힘을 다해 상대를 따라가려고 했지만, 상대의 밀대는 지그재그로 움직이며 보기 좋게 사이를 빠져나갔다.

그때 상대를 쫓아가려고 한 사토루의 수비수가 우물쭈물하던 마모루의 수비수와 부딪치며 경기장 밖으로 튕겨나갔다.

나는 한숨을 쉬며 순에게 말했다. "완전히 한 방 먹었어."

"그래, 저 밀대는 굉장해. 이제 믿을 건 네 아이디어밖에 없어."

우리는 더 이상 수비수를 조종하지 않고 우두커니 서서 상황을 지켜보았다. 그 모습을 보고 2반 아이들은 승리를 확신한 듯 의기양양하게 밀대를 밀었다. 그런데 다음 순간, 밀대의 움직임이 멈추었다. 2반 아이들의 얼굴에는 당황한 기색이 역력했다.

마나부가 우리를 쳐다보며 소리쳤다. "어떻게 된 거야? 구멍이 없잖아!"

"구멍은 있어." 순이 천연덕스럽게 대답했다.

"있다고? 어디에?"

"적에게 그런 걸 가르쳐줄 것 같아?"

사토루의 조롱에 마나부가 입술을 삐죽거리며 소리쳤다. "이상해! 시간을 멈춰!"

마리아가 시간을 재고 있는 4반 아이를 향해 소리쳤다. "안 돼! 왜 너희 멋대로 시간을 멈추라는 거야?"

"지금 장난해? 구멍이 없는데 어떻게 시합을 계속하라는 거야?"

흥분하는 마나부에 비해 슌은 침착하기 그지없었다.

"구멍은 있다니까."

사토루가 히쭉거리며 덧붙였다. "잘 찾아보시지. 단, 그쪽 시간을 사용해서."

같은 편인 내가 봐도 얄미울 정도였으므로 상대 쪽에서 보면 한 대 때려주고 싶었으리라.

"구멍을 만들어놓지 않다니! 괜히 시간만 보내게 하려는 거 아니야?"

"있다니까 그러네. 만약에 정말로 구멍이 없다면 우리 반칙패가 되잖아."

슌의 말에 마나부는 입을 다물었지만 의심의 눈초리는 거두지 않았다. 실제로 이 대화는 길게 이어져서 적어도 2분이 지나갔다.

"······숨겨놨군."

겨우 깨달은 2반 아이들은 눈을 접시처럼 크게 뜨고는 경기장을 샅샅이 찾았지만 구멍은 발견하지 못했다.

마나부가 다시 물고 늘어졌다. "이건 반칙이야!"

"구멍을 감추면 안 된다는 규칙은 없을 텐데."

"있어! 경기장에 손대는 건 가장 치사한 반칙이야."

"우린 경기장에 손대지 않았어. 힌트를 가르쳐줄까?"

장난기가 발동한 사토루가 쓸데없는 말을 하려고 해서 내가 재빨리 가로막았다.

"비밀은 나중에 말해줄게. 어쨌든 빨리 찾는 게 좋을걸. 이러는 동안에도 시간은 흐르고 있으니까."

마나부는 황급히 경기장으로 시선을 돌렸다. 결국 구멍을 찾은 것은 그로부터 1분 이상 지난 후였다. 쉽게 찾지 못한 것도 무리는 아니다. 경기장의 모래밭과 똑같이 만든 원반으로 구멍을 덮어놓았던 것이다. 더구나 바닷속에 숨어 있는 가오리처럼 원반을 위아래로 부채질해서 끝부분에 모래가 덮이도록 했기 때문에 경계선은 보이지 않았다(사토루의 큰소리와 달리 경기장에 손댔다는 점에서 보면 규칙 위반이라고 할 수 있을지도 모른다).

2반의 공격수는 한동안 원반을 제거하려고 쓸데없는 노력을 기울여야 했다. 그리고 겨우 원반 바로 위에 대리석 공을 올려놓는 방법을 찾아냈다. 즉석에서 찰흙을 딱딱하게 만든 원반은 10킬로그램이 넘는 중량을 이기지 못하고, 2초 후에 정확히 반으로 깨져서 공과 함께 구멍 안으로 떨어졌다.

"아아! 역시 쉽게 부서졌어."

"하지만 제 몫은 다했어. 저쪽은 3분이 넘게 허비했으니까. 이 정도라면 우승은 떼놓은 당상이야." 사토루가 언제나 그렇듯 태평하게 말했다.

하지만 이때는 사토루뿐만 아니라 우리 모두 낙관에 사로잡혀 있었다. 2반의 수비수가 아무리 뛰어나도 설마 3분 넘게 옴짝달싹 못하는 일은 없으리라고. 공수를 바꾸어 우리 쪽 밀대가 경기장에 등장했을 때만 해도 우리는 자신만만했다.

분위기가 심상치 않아진 것은 열 개가 넘는 상대 수비수의 철저한 파상공격이 시작된 다음이었다. 상대는 한 사람이 두 개 이상을 담당하며, 깨지는 것도 마다하지 않고 온몸으로 우리 공격수에 부딪혔다. 상대 숫자가 워낙 많아서 전부 막아내지 못했을 때, 옆을 빠져나간 몇 개가 측면에서 공을 향해 돌진했다. 끈질긴 상대의 작전에 혀를 내두르면서도 슌은 냉정하게 공을 전진시켰다. 3분 이상 시간이 있으므로 서두를 필요는 없다.

경기장 중앙에 도착할 때까지 50초 정도 걸렸지만 구멍은 이미 시야에 들어와 있었다. 적의 수비수가 많기는 하지만 중량은 그렇게 무겁지 않아서, 우리의 공을 막을 힘은 없다. 이제 승리는 눈앞에 있다고 생각했다.

그때였다. 마치 무엇엔가 걸린 것처럼 별안간 공이 멈췄다. 슌이 흠칫 놀란 표정을 지었다. 그리고 밀대에 힘을 넣어 다시 움직이려고 했을 때 사건이 일어났다. 대각선 앞쪽에서 엄청난 스피드로 날아온 상대 수비수가 공을 스치고 밀대에 부딪힌 것이다. 금속을 연마하는 날카로운 소리와 함께 찰흙 파편이 사방으로 흩어졌다.

우리는 모두 그 자리에 얼어붙어서 숨을 들이마셨다. 수비수는 경기장 밖으로 튕겨나가고, 우리 밀대는 왼쪽 팔이 부러졌다. 시합은 중지되지 않았지만 그 즉시 우리와 2반 아이들의 움직임이 멈추었다. 단 한 사람을 제외하고는…….

그때 대각선 뒤쪽에서 접근한 수비수가 우리 공을 밀었다. 대리석 공은 천천히 굴러가서 경기장 밖으로 나갔다. 누구 짓일까? 망연한 표정으로 2반 아이들을 둘러보던 내 눈에 차가운 미소를 짓고 있는 마나부의 얼굴이 들어왔다. 나는 등골이 오싹해져서 무의식중에 시선을 돌렸다. 봐서는 안 되는 걸 본 듯한 느낌이었다.

"무슨 짓이야? 어떻게…… 이런 일이……."

사토루가 화를 내며 소리치다 충격 때문인지 더 이상 말을 잇지 못했다.

"미안해. 사고였어."

얌전하게 말하는 마나부를 쳐다보며 마리아가 항의했다.

"사고라고? 그게 말이 돼? 이건 사고가 아니잖아!"

그때 뒤에서 태양왕의 목소리가 들렸다. "됐어! 시합 중지!"

타이밍이 너무 좋은 걸 보면 어디선가 시합을 지켜보고 있었는지도 모른다.

"안타깝긴 하지만 우연한 사고로 인해 결승전은 무승부로 결정하겠습니다."

그답지 않게 순이 강한 말투로 항의했다.

"말도 안 돼요! 이건 반칙이에요!"

"아니, 지금 그건 우연한 사고입니다. 1반과 2반을 공동 우승으로 해도 괜찮겠죠?"

교사가 그렇게 말하면 학생은 더 이상 불평할 수 없게 마련이다. 모든 아이들이 열광하던 공굴리기 토너먼트는 누구 하나 예측하지 못한 형태로 막을 내렸다.

마리아는 분노를 표출했다. "나쁜 놈들! 분명히 일부러 부딪힌 거야!"

"시합 전에 3반도 그렇게 말했잖아."

마모루가 동의하자 사토루가 냉정하게 분석했다.

"그래, 그건 사고가 아니야. 그 녀석, 타이밍을 재고 있었어. 수비수가 공 옆을 빠져나가 밀대의 팔에 부딪힌 것도 미리 계산한 거야. 슌, 너도 그렇게 생각하지?"

슌은 계속 말없이 팔짱을 끼고 있었다.

"뭐야? 너까지 사고였다고 믿는 거야?"

슌이 고개를 가로저었다. "아니, 내가 찜찜한 건 오히려 그전이야."

"그전이라니?"

"우리 밀대가 별안간 멈췄어. 마치 벽에 부딪힌 것처럼."

"뭐? 틀림없어?"

"그래, 밀대의 감촉이 이상했어. 땅도 울퉁불퉁하지 않았는데."

우리는 할 말을 잃어버렸다. 슌은 누구보다 예리한 감각을 지니고 있을 뿐만 아니라 말을 지어내는 성격도 아니다. 그렇다면 누가 주력을 이용해 우리 밀대를 세웠다고밖에 생각할 수 없다. 공에 직접 주력을 가하는 것이 반칙이라면, 다른 사람의 주력을 방해하는 건 명백한 윤리 규정 위반이다. 만일 주력끼리 부딪치면 무지개 같은 간섭 모양이 나타나면서 공간이 일그러지는 등 매우 위험한 상태에 이르는 것이다.

즉, 2반에는 모든 규칙을 짓밟고도 태연하게 행동하는 사람이 있다는 뜻이다. 생각이 거기에 미치자 발밑의 대지가 무너진 양 어두운 불안이 땀구멍까지 스며들었다. 그날 우리는 더 이상 말을 하지 않고 입을 꼭 다문 채 집에 갔다. 모두 겁을 먹은 것이다. 하지만 그때까지만 해도 마음의 장벽 건너편에서 꿈틀거리는 공포의 정체까지는 알 수 없었다.

사춘기 시절에는 사소한 고민이 세계의 종말처럼 심각하게 여겨지는 일이 있다. 하지만 생생하게 약동하는 마음속에서 어두운 고민은 오래가지 않는다. 잠시 지나면 무엇 때문에 고민했는지조차 잊어버리는 법이다. 그리고 망각이라는 마음의 방어기구는 정말로 심각한 문제도 사소한 고민처럼 의식에서 사라지게 만드는 힘을 가지고 있다.

공굴리기 토너먼트가 끝난 후 우리의 관심을 한몸에 받은 것은 전인학급의 최대 행사인 하계 캠프다. 명칭은 즐겁게 들릴지 모르지만, 학생들끼리 카누를 타고 도네 강을 거슬러 올라가 텐트를 치고 일주일간 지내야 해서 긴장감이 넘친다. 다른 반과 겹치지 않도록 일정은 선생님이 조정해주지만 그 외의 계획은 모두 우리끼리 짜야 한다. 통과의례를 위해 쇼조지에 다녀온 이후 처음으로 팔정표식 밖으로 나간다고 생각하니, 마치 다른 행성에 가는 듯한 흥분과 긴장이 온몸을 휘감았다.

기대와 불안이 뒤섞인 초조함은 날이 갈수록 고조되었다. 우리는 도저히 가만히 있을 수 없어서 얼굴을 마주칠 때마다 어디선가 흘러나온 부정확한 정보와 근거 없는 억측, 그리고 앞으로의 계획에 관해서 정신없이 떠들었다. 그를 통해 구체적인 성과를 얻을 수 있었던 건 아니지만, 정보를 공유하고 대화를 나눔으로써 조금은 불안을 누그러뜨릴 수 있었다.

그 덕분에 공굴리기 토너먼트의 꺼림칙한 뒷맛도 우리의 머릿속에 오래 남아 있지 않았다. 결석이 오랫동안 계속되던 레이코의 이름이 아예 빠진 것도 알아차리지 못하고, 어느새 마나부의 모습이 사라진 것에도 무관심했다. 물론 그것은 선생들이 우리의 사고를 교묘하게 관리하고 있었다는 증거이지만.

"사키, 좀 제대로 저어."

사토루가 뒤에서 30번쯤 불평했고, 나도 30번쯤 똑같은 말로 되받아쳤다.

"제대로 젓고 있어. 네가 못 맞추는 거야."

캐나디안카누는 남녀가 한 팀이 되어 앞뒤에서 젓는 것이 원칙으로, 서로 호흡이 맞지 않으면 아무리 힘을 주어도 앞으로 나아가지 않는다. 그런 면에서 볼 때 비록 제비뽑기 결과라곤 하지만 나와 사토루는 최악의 팀이었다.

"아아, 저쪽 팀과 왜 이렇게 다른 거야?"

마리아와 마모루의 카누는 언뜻 보기에도 순조롭기 그지없었다. 출발하기 전날에 두 시간 정도 훈련을 받았을 뿐인데, 마치 몇 년이나 같은 팀에서 노를 저은 것처럼 보였다. 특히 마모루는 보기 드물게 여유만만한 모습으로, 노를 저으며 강물로 분수를 만들거나 아름다운 무지개를 만들어 마리아를 즐겁게 해주었다.

"저기 봐, 저쪽 팀은 마모루가 마리아한테 잘 맞춰주잖아. 앞사람은 뒷사람을 볼 수 없으니까 네가 나한테 맞춰야지."

"저쪽 팀은 앞에서 마리아가 제대로 저으니까 뒤에서 맞출 수 있는 거야. 넌 경치만 구경할 뿐 노를 저으려고 하지 않잖아."

사토루는 여전히 투덜거렸지만 그것은 생트집에 불과했다.

드넓은 강을 건너오는 초여름 바람이 시원하게 뺨을 어루만졌다. 나는 잠시 노 젓는 손길을 멈추고 밀짚모자를 벗어서 바람에 머리칼을 맡겼다. 그리고 땀에 찌든 티셔츠를 말리기 위해 판초처럼 어깨에 걸치고 있는 목욕수건의 앞을 펼쳤다. 고무로 된 구명조끼 때문에 땀이 잘 마르지 않았지만, 카누가 언제 가라앉을지 모르니 벗을 수는 없었다.

강가에는 온통 갈대들이 펼쳐져 있고, 어디선가 끼끼, 끼끼, 치치치치치치 하는 개개비 울음소리가 들렸다.

갑자기 카누가 물살을 가르고 부드럽게 나아가는 것이 느껴졌다. 한순간 사토루가 자신의 잘못을 뉘우치고 필사적으로 노를 젓는다고 생각했지만 그럴 리는 만무하다. 뒤를 돌아보니 예상한 대로 그는 카누에 엎드려 주먹으로 턱을 고이고 다른 한 손을 강물에 넣은 채 스피드를 즐기는 참이었다.

"뭐하는 거야?"

내가 화난 목소리로 말하자 사토루가 고개를 들었다. 하지만 엉뚱한 대답이 돌아왔다.

"난 강이 참 좋아. 바다처럼 물에서 소금 냄새도 나지 않고."

"되도록 주력에 의지하지 말고 최대한 노를 젓자고 주장한 건 너잖아. 벌써 포기했어?"

그는 하품하면서 말했다. "멍청하긴. 강을 내려가면 또 몰라도 노를 저어서 어떻게 강을 거슬러 올라가?"

"그래서 강의 물살만큼 주력으로 상쇄해서……."

"그렇게 귀찮은 일을 할 바에야 아예 주력을 사용하는 게 낫잖아. 어차피 돌아갈 때는 노를 저어야 하니까."

완전히 게으름 모드로 들어간 그와 말다툼하는 건 시간 낭비일 뿐이다. 나는 다시 경치로 시선을 돌렸다. 자세히 쳐다보니 완벽한 하모니를 이루고 있는 마리아와 마모루 팀도, 혼자 타고 있는 순도 물살의 영향을 상쇄하는 것 말고도 주력을 사용하는 것 같았다. 아무래도 편한 쪽으로 흘러가는 것이 인간의 본성인가 보다.

그때 강기슭 옆에 있던 순이 우리 쪽을 향해 손을 흔들며 노로 갈대 들판을 가리켰다. 나와 마리아의 카누는 물고기처럼 재빨리 방향을 바꾸어서 순의 카누 쪽으로 다가갔다.

"저기 봐, 개개비 둥지야."

순이 가리킨 곳에 작은 둥지가 보였다. 마침 내 키 정도의 높이에 있어서, 나는 카누를 옆에 대고 까치발을 하고 들여다보았다. 카누가 좌우로 크게 흔들렸지만 사토루가 황급히 균형을 잡으리라는 것을 알고 있었다.

"정말이네! 하지만 이거……."

직경 7~8센티미터쯤 되는 컵 모양의 둥지는 세 개의 굵은 갈대를 중심으로 감탄할 정도로 튼튼하게 만들어져 있었다. 안에는 메추라기 알처럼 갈색 반점의 작은 알이 다섯 개 들어 있었다.

"……진짜 개개비 둥지야? 띠둥지만들기가 만든 게 아니고?"

솔직히 고백하면 나는 그때나 지금이나 양쪽 둥지를 구별할 수 없다.

띠둥지만들기는 참억새 들판에 사는 일도 있지만, 실제로는 강가에서 갈대를 이용해 둥지를 만드는 일이 압도적으로 많다.

사토루가 카누에 앉은 채 말했다. "그건 진짜야. 띠둥지만들기는 둥지를 많이 만들긴 하지만 아기 새를 키우는 게 아니라서 되게 허접해. 더구나 그 둥지는 밖에서 잘 안 보이는 데 있잖아. 띠둥지 만들기의 둥지는 대부분 눈에 잘 띄는 곳에 있거든."

순이 보충 설명을 해주었다. "그리고 둥지 끝을 보면 쉽게 알 수 있어. 개개비 둥지는 약간 평평한 데 반해서 띠둥지만들기 둥지는 끝이 삐죽삐죽하거든. 그리고 개개비 둥지에는 가끔 어미 새 털이 섞여 있는 일도 있어. 그런데 너도 알다시피 띠둥지만들기는 털이 자라지 않잖아."

어릴 때부터 남자아이들에게는 띠둥지만들기의 가짜 알이 좋은 장난감이었던 만큼, 자세히 알고 있는 것은 당연하다. 우리 여자아이들은 지독한 악취가 풍기는 그런 것에는 관심을 가진 적이 한 번도 없었지만.

우리는 개개비 둥지를 발견한 장소를 노트에 적고 간단히 그림을 첨부한 뒤, 강기슭에 있는 새 둥지를 찾으며 앞으로 나아갔다.

하계 캠프는 단순히 담력을 시험하는 행사가 아니라 학습의 일환으로, 각 반은 미리 연구 과제를 정해서 캠프가 끝난 후에 발표하기로 되어 있다. 우리 1반이 선택한 것은 '도네 강 유역의 생물상'이라는 상당히 막연한 주제였다. 이 주제에 이르기까지 이런저런 논의가 있었지만 계기가 된 건(그것만은 인정해도 좋으리라) 언제나 그렇듯 사토루의 허풍이었다.

"풍선개라고?" 나는 어이가 없어서 웃음을 터뜨렸다. "그런 괴이한 생물이 어디 있어?"

하지만 사토루는 진지한 표정을 거두지 않았다. "진짜 있다니까 그러네."

어지간한 비웃음에는 기죽지 않고 자기주장을 끈질기게 되풀이하기 때문에, 처음에는 한 번 웃고 말 일도 점차 반신반의할 수밖에 없게 되는 것이 그의 특징이다. 하지만 이번 이야기는 도가 지나치다.

"그것도 최근에 본 사람이 있어."

마리아가 물었다. "누가 봤는데?"

"이름까지는 모르지만."

"내 그럴 줄 알았어. 넌 항상 그렇다니까. 확실한 증인이나 목격자가 있다고 말해놓고, 누구냐고 물으면 꼭 얼버무리지."

내 비아냥은 스스로도 심했다는 생각이 들 정도였지만, 사토루는 화내지 않고 이야기를 계속했다. 그렇게까지 사람을 속이고 싶다는 정열은 대체 어디서 나오는 걸까?

"정 알고 싶으면 이름을 알 수 있을 거야. 어쨌든 그 사람이 쓰쿠바 산에 갔을 때, 산기슭 근처에서 풍선개를 봤대."

"쓰쿠바 산? 거기에 뭐하러 갔는데?"

마리아가 사토루의 밑밥에 걸리는 바람에 증인 문제는 뒤로 밀렸다.

"교육위원회 일로 조사를 하러 갔대. 내가 어려서 그런지 자세한 얘기는 해주지 않았지만……. 아무튼 쓰쿠바 산기슭에 도착했을 때, 커다란 동굴 안에서 풍선개가 어슬렁어슬렁 기어나왔대."

자아, 어디서부터 이 이야기의 문제점을 지적할까?

그 순간 마모루가 물었다. "어떻게 생겼대?"

"크기는 보통 개 정도이고, 색깔은 새까맸대. 몸은 뚱뚱한데 개의 절반밖에 안 되는 머리는 땅에 닿을락 말락 한 곳에 붙어 있다던걸."

"혹시 진짜 개 아니야?"

"글쎄, 그건 아닌 것 같아……."

마리아가 말했다. "그다지 위험하게 생긴 것 같진 않은데."

"그래. 하지만 화나게 만들면 몸이 풍선처럼 부풀어오른대. 그 단계에서 상대가 뒤로 물러서면 되지만, 만약 한계를 넘어서 화나게 하면……!"

"그대로 계속 부풀다 결국엔 뻥 터지지? 너 그런 뻥을 치고도 창피하지 않냐?"

내 이죽거림에 그는 새로운 반전을 준비해놓았다.

"문제는 바로 그거야."

"뭐?"

"너무 황당하고 기상천외하잖아. 단순히 남을 속이기 위해서라면 더 그럴듯하게 지어내지 않을까?"

한순간 수많은 반론이 머릿속에 떠올라서 나는 할 말을 잃어버렸다. 그런 식으로 따져보면 황당한 이야기일수록 진실이라는 결론에 도달하지 않는가? 그런데 그는 나에게 한 방 먹였다고 착각한 모양이다.

"풍선개는 산신령의 심부름꾼이래. 하지만 난 아무래도 평범한 생물 같아. 상대를 위협하기 위해 몸을 크게 만드는 동물은 많잖

아. 풍선개는 그 극단적인 사례야. 터질 때는 상대도 죽든지 다친다고 하니까."

득의양양하게 자기 의견을 늘어놓는 그를 쳐다보며, 그때까지 잠자코 듣고 있던 순이 처음으로 입을 열었다.

"하지만 그런 일은 있을 수 없어."

사토루가 발끈한 표정을 지었다. "어째서?"

"협박을 실행에 옮기면 상대보다 자기가 먼저 죽잖아. 그러면 풍선개는 벌써 멸종됐을 거야."

단순하지만 완벽한 반론이었다. 사토루는 팔짱을 낀 채 생물학상의 미묘한 문제점을 검토하는 표정을 지었지만, 더 이상은 찍소리도 못하리라. 그렇게 생각한 순간, 그는 아무 일도 없었던 것처럼 다시 입을 열었다.

"……아 참, 그렇지! 그 사람은 풍선개를 본 다음에 악마의 미노시로를 봤대."

나는 기가 막혀서 의자에서 떨어질 뻔했다.

"뭐가 어째? 여보세요, 풍선개는 어떻게 됐나요?"

"풍선개가 부풀어오르는 걸 보고 조용히 뒷걸음질 친 덕분에 폭발하지는 않았대. 어쩌면 폭발한다는 말은 거짓말일지도 모르지."

그는 도마뱀이 꼬리를 자르듯 깨끗하게 자기주장을 잘라버렸다. 어이없는 표정의 우리를 힐끔 쳐다보며 그는 오기가 생겼는지 이야기를 계속했다.

"그런데 쓰쿠바 산에 올라가는 도중에 이번에는 악마의 미노시로를 본 거야."

마모루가 물었다. "악마의 미노시로라니, 유사미노시로로 말이야?"

"그래, 얼핏 보면 미노시로와 똑같이 생겼는데 자세히 보면 전혀 다르대."

"그런데 왜 하필이면 악마라는 말이 붙었어?"

마리아의 질문에 사토루는 얼굴을 찡그리며 대답했다.

"악마의 미노시로를 본 사람은 머잖아 죽기 때문이야."

말도 안 되는 소리!

"그러면 그 사람은 왜 안 죽었어? 그 사람, 살아 있지?"

내 추궁에도 그는 곤란한 표정을 짓지 않고 큰소리쳤다.

"아마 이제 곧 죽지 않을까?"

이것으로 끝났다면 어느 때처럼 '믿거나 말거나 이야기'에 불과했겠지만, 그때 슌이 뜻밖의 제안을 했다.

"하계 캠프 과제 말인데, 그걸로 하지 않을래?"

나는 깜짝 놀라 되물었다. "그거라니, 악마의 미노시로로 말이야?"

"그걸 포함해서 풍선개와 다른 미확인 생물까지. 이번 기회에 정말로 있는지 없는지 확인해보고 싶어."

마리아가 즉시 눈을 반짝거리며 소리쳤다. "재미있겠다!"

"잠깐! 내가 좀 전에 말했잖아. 악마의 미노시로를 보면 머잖아 죽을지도 모른다고!" 거짓말이 탄로 날 것을 우려한 사토루는 어떻게든 우리를 포기하게 만들려고 했다.

마리아가 코끝으로 비웃었다. "그렇다고 설마 죽기야 하겠어?"

"어떻게 잡을 건데? 내가 아까는 깜빡했지만 악마의 미노시로에게는 주력이 듣지 않는데."

"무슨 말이야?"

아무리 곤경에 처했다고 하지만 대체 무슨 말을 하려는 것일까? 우리는 서로 마주 보았다.

"으음. 주력이 듣지 않는다니, 무슨 뜻인지 모르겠는데."

"설명해줘."

"……."

결국 전원의 집중포화를 맞은 사토루가 백기를 들면서, 하계 캠프 과제는 미확인 생물의 확인으로 정착되었다. 다만 그렇게 희귀한 생물을 쉽게 발견하리라곤 생각할 수 없었기 때문에, 앞에서 말한 것처럼 태양왕에게는 '도네 강 유역의 생물상'이라는 폭넓은 주제를 제출했다. 그런 생물은 없다고 하면서 미리 중지하라고 하면 곤란하고, 희귀한 생물을 발견하지 못하면 미노시로나 띠둥지 만들기의 관찰로 위장하기 위해서다.

다시 하계 캠프 이야기로 돌아가자. 개개비 둥지를 발견하고 나서 10분이 채 지나기 전에 나는 나지막이 소리쳤다.

"저기 봐! 저기에 둥지가 있어, 되게 커!"

"덤불백로 둥지 같아."

순이 의아한 표정으로 양쪽 눈썹을 모으면서 말하자 사토루도 동의했다.

"그래, 저 정도 크기라면 덤불백로 둥지일 거야."

두 사람의 의견이 일치하는 일은 매우 드물었지만, 그런 경우라면 상당히 신뢰할 수 있다.

"그런데 무슨 둥지를 저렇게 어설프게 만들었지?"

세 척의 카누는 내가 발견한 둥지 옆으로 다가갔다. 개개비 둥지보다는 훨씬 낮은 곳에 있었지만, 거의 강과 마주한 곳에 있어서 시력이 좋으면 건너편 기슭에서도 보이리라. 순이 카누 위에서 엉거주춤 일어서서 둥지 안을 들여다보았다.

"알이 다섯 개나 있어!"

나는 가까이 다가가서 순의 카누 옆에 카누를 댔다. 순과 어깨가 부딪칠 것 같아서 가슴이 두근거렸다. 나는 쑥스러움을 감추려고 알과 둥지를 자세히 살펴보았다. 덤불백로는 백로 중에서 가장 작지만 참새 크기의 개개비에 비하면 크기가 두 배 정도는 되었다. 둥지도 개개비의 둥지에 비해 두 배는 크고, 미니어처 달걀처럼 생긴 알에는 희미한 푸른빛이 감돌고 있었다. 순이 둥지에서 알 하나를 들어올려 찬찬히 뜯어보더니, 떡하니 입을 벌렸다.

"이럴 수가! 설마 했는데."

"왜?"

"사키, 너도 자세히 살펴봐."

순이 길고 가느다란 손가락으로 알을 집어 내 손에 올려주었다. 순의 손가락에서 도자기처럼 서늘한 감촉이 느껴졌다.

"왜?"

"모르겠어?"

순이 다시 둥지에서 알을 꺼내 사토루에게 던져주었다. 너무도 난폭하게 취급하는 걸 보고 나는 화들짝 놀랐다.

"그렇게 아무렇게나 던지면 어떡해? 이제 곧 아기 새가 태어날 텐데."

순이 가볍게 미소를 지었다. "흐음, 그건 가짜 알이야. 잘 봐."

순이 둥지에서 다시 알을 꺼내 강기슭의 바위 위에 올려놓았다. 그리고 말릴 틈도 없이 노 손잡이로 내리쳤다. 껍질의 갈라진 틈에서 사방으로 튀어나온 것은 흰자와 노른자가 아니라 악취를 풍기는 새까만 똥 덩어리였다. 더 기괴한 건 작은 사슴의 가지 뿔처럼 생긴 돌기가 깜짝 상자의 인형처럼 사방팔방으로 흩어진 것이다.

"이게 뭐야?"

"일명 '악마의 손'이야. 들어본 적 있지?"

실은 처음 듣는다. 나는 기묘한 돌기를 손가락 끝으로 살며시 만져보았다. 종이처럼 얄팍하다.

"끝이 엄청 날카로우니까 조심해."

'악마의 손' 중심에는 잎맥 같은 것이 뻗어 있고 탄력이 있다. 가장자리는 순의 말대로 면도날처럼 날카롭고, 군데군데 가시 같은 것이 돋아 있었다.

"평소에는 껍질 안쪽에 접혀 있지만, 알이 깨지면 튀어나오지."

등 뒤에서 사토루가 물었다. "뭐 때문에?"

"구렁이나 염주뱀이 평범한 알로 착각해서 삼키면, 위 안에서 껍질이 깨지며 튕겨나와. 그러면 가시가 목에 걸리는 바람에 토해내지 못하고 계속 발버둥 칠 수밖에 없지. 그러는 사이에 '악마의 손'이 부드러운 점막을 찢어서 똥에 들어 있는 독소를 뿜어내는 거야."

순간적으로 등골이 오싹해졌다. 염주뱀은 새알을 먹기로 유명한 뱀으로, 새 둥지를 덮쳐서 모든 알을 집어삼킨다. 껍질도 깨지 않고 탐욕스럽게 집어삼켜 울룩불룩해지는 탓에 그런 이름이 붙었는데, 이렇게 무서운 가짜 알을 한꺼번에 집어삼키면 비참한 지경에 처하리라. 이 알에는 생명이 아니라 죽음이 들어 있는 것이다.

나는 노트를 꺼내 재빨리 깨진 가짜 알을 스케치했다.

가짜 알을 햇빛에 비춰보던 사토루가 감탄한 얼굴로 말했다. "솔바람마을에는 개개비 알과 비슷하게 생긴 가짜 알은 많았는데, 덤불백로의 알은 처음 봤어. 알이 이렇게 크다니, 어미도 역시 크겠는걸."

순이 대답했다. "아니, 그건 덤불백로의 알이 아니야. 띠둥지만들기의 알이지."

"그걸 어떻게 알아?"

사토루의 질문에 순은 말없이 턱으로 앞쪽을 가리켰다. 나도 그쪽으로 시선을 돌리고 마른침을 집어삼켰다.

빼곡히 자란 갈대 사이에 작은 얼굴이 자리 잡고 있다. 몇 개의 마른 갈대를 옆으로 눕힌 가느다란 뿔은 백로와 똑같이 생겼다. 하지만 눈꺼풀이 없는 새빨간 눈과 비늘로 뒤덮인 얼굴, 눈초리에서 뻗은 새카만 라인은 분명히 조류가 아니었다.

띠둥지만들기는 천천히 ㄱ 자 목을 내밀더니 굵은 갈대를 휘감으며 기다란 몸을 움직였다. 색깔은 원래 고동색이나 누리끼리한 것이 많은데, 이 뱀의 색깔은 선명한 연두색이었다. 전체를 훑어보니 기이하리만큼 새를 닮은 건 뿔뿐이고, 그밖에는 조상인 줄뱀에서 거의 변하지 않은 걸 알 수 있었다.

연두색 뱀 앞쪽에는 새로 짓고 있는 둥지가 있었다. 뱀은 입에

문 마른 갈대를 둥지 끝에 교묘하게 끼워 넣었다. 덤불백로는 갈대를 서로 얽어서 둥지를 만드는데, 이 뱀이 만드는 가짜 둥지는 오히려 개개비 둥지에 가까웠다. 이것만으로도 충분히 속일 수 있다는 것이리라.

"가짜 알을 낳은 것도 저 녀석일 거야. 띠둥지만들기는 지나가는 길에 순서대로 둥지를 만드는 습성이 있으니까."

사토루는 조금 전에 발견한 가짜 알 세 개를 냅색 안에 넣었다. 이제 둥지 안에 있는 건 하나뿐이다.

뒤에서 마리아가 물었다. "그건 뭐하게?"

"풍선개나 악마의 미노시로를 발견하지 못하면 이걸 제출하면 되잖아. 덤불백로의 알과 비슷하게 생긴 가짜 알은 쉽게 발견할 수 없으니까."

"우리가 가져가면 띠둥지만들기가 곤란하지 않을까?"

"가짜 알은 하나만 있으면 충분해. 여기가 빈 둥지가 아니라고, 뻐꾸기를 착각하게 만들면 되는 거니까."

사토루의 말은 그럴듯했지만, 정말로 그렇다면 처음부터 가짜 알은 하나밖에 낳지 않았으리라. 그나저나 이 기묘한 뱀의 교활함은 도가 지나치지 않은가.

띠둥지만들기는 탁란하는 새의 습성을 교묘하게 이용한다. 탁란은 힘들게 둥지를 만들어 아기 새를 키우는 고생을 줄이기 위해, 다른 새의 둥지에 알을 낳아 대신 키우게 하는 걸 말한다. 탁란한 알은 재빨리 부화해서, 원래 있었던 알을 모두 둥지 밖으로 내던진다. 아무리 살기 위해서라곤 하지만 너무도 잔인한 처사가 아닌가.

아프리카 대륙에 서식하는 슴새류에 이르면 뿔에 있는 가시로 숙주의 아기를 죽이기까지 한다고 한다.

내가 즐겨 읽은 『신생일본열도박물지』에 따르면 지금으로부터 1,000년 전, 탁란 행위를 보인 것은 뻐꾸기와 두견새, 벙어리뻐꾸기 등 고작해야 몇 종류에 불과했다. 그런데 지금은 수십 종류로 늘어나서, 평소에는 둥지를 만들어 새끼를 키우다 우연히 좋은 둥지를 발견하면 탁란을 하는 기회형과, 같은 종에 탁란하는 철면피형까지 생겼다. 조류의 세계는 말 그대로 말세인 것이다.

띠둥지만들기는 새 둥지와 비슷하게 둥지를 만들어, 크기에서 모양까지 진짜 알과 똑같은 가짜 알을 늘어놓고 탁란하는 새를 기다린다. 그다음에는 정기적으로 자신이 만든 둥지를 돌아다니며 신선한 음식을 거둬들이면 되는 것이다.

나는 과학 시간에 본 띠둥지만들기의 골격 표본을 떠올렸다. 알의 껍질을 깨기 위한 척추 밑의 돌기가 다른 뱀보다 현저하게 발달해서, 마치 어금니가 있는 큰 턱처럼 보였다. 껍질은 배설되지 않고 잘게 부서져서 가짜 알의 재료로 사용된다. 몸속에 다량의 칼슘을 받아들이기 위해 띠둥지만들기의 알도 새처럼 딱딱한 껍질을 가지고 있는데, 부화한 어린 뱀은 단단한 입을 사용하여 껍질을 깨뜨린다. 하지만 라이벌인 구렁이나 염주뱀을 제거할 목적으로 가짜 알에 장치해놓은 '악마의 손'은 실물을 볼 때까지 까맣게 모르고 있었다. 어쩌면 수업 도중에 잠을 잤을지도 모른다.

결코 나중에 생각나서 하는 말이 아니라, 나는 이때 어렴풋한 위화감을 느꼈다. 교과서에 실려 있는 돌연변이와 자연 도태만으로 과연 라이벌에 대한 '악의'가 이렇게까지 진화할 수 있을까? 그러나 다시 도네 강을 거슬러 올라가자 의문은 어중간한 상태에서 강바람에 날려 어딘가로 사라졌다.

하루 일정을 마치고, 우리는 어두워지기 전에 강변으로 상륙했다. 모래밭에는 앞 반이 캠프한 흔적이 남아 있었다.

우선 텐트를 쳐야 한다. 모래에 구멍을 파고 대나무 골조를 세운 뒤, 그 위에 천을 씌워 가죽끈으로 묶는 것이다. 그런데 이 작업이 의외로 쉽지 않았다. 우리는 악전고투하는 사이에 한 사람이 주력으로 골조와 천을 공중에 띄우고, 또 한 사람이 손으로 정확한 위치에 골조를 고정해서 끈으로 묶는 것이 가장 효율적이라는 사실을 깨달았다.

다음에는 저녁 식사를 준비했다. 카누 하나에 300킬로그램의 짐을 실을 수 있으므로 식재료는 충분히 가져왔다. 우리는 마른 나뭇가지와 장작을 가져와서 주력으로 불을 붙였다. 그리고 쇠냄비 안에 주력으로 정화한 강물과 쌀, 큼지막하게 썬 고기와 채소, 말린 두부 등을 넣고 죽을 끓였다. 된장과 소금을 넣어서 적당히 간을 맞췄지만, 하루 종일 몸을 움직여서 그런지 다들 왕성한 식욕을 발휘하여 마파람에 게 눈 감추듯 그릇을 비웠다.

그러는 사이에 해가 저물어서, 식후에는 모닥불을 둘러싸고 이야기를 나누었다. 그때의 정경은 지금도 눈꺼풀 안쪽에 선명하게 새겨져 있다. 하루 종일 몸을 움직인 것에서 오는 기분 좋은 피로와 모닥불 연기로 인해 눈이 약간 침침했다. 태어나서 처음 팔정표식을 벗어난 대모험 덕분에 다들 평소보다 흥분한 모습이었다. 하늘이 옅은 파란색에서 짙은 꼭두서니색으로 바뀔 무렵에는 모닥불의 불빛이 우리 얼굴을 새빨갛게 물들였다.

솔직히 말해 초반에는 무슨 말을 했는지 거의 기억나지 않는다. 낮에 일어난 일들은 자세한 부분까지 전부 떠올릴 수 있는데, 가장 즐거웠던 밤의 일들을 기억하지 못한다는 건 너무나 기묘한 이야기였다. 하지만 아무리 머리를 짜내도 이야기는 단지 의식의 표면을 흘러갈 뿐이다. 이때 나의 모든 신경은 모닥불 건너편에 있는 소년에게 쏠려 있었던 것이다.

"……사키, 너도 본 적 없지?"

사토루가 돌연 이야기의 화살을 나에게 돌리는 바람에 나는 적잖이 당혹했다. 대체 무엇을 본 적이 없느냐는 것일까? 그래서 나는 일단 모호하게 대답하기로 했다.

"글쎄……."

"뭐? 봤어?"

나는 어쩔 수 없이 고개를 가로저었다. 그러자 사토루는 단정적으로 말했다.

"그럼 그렇지. 네가 봤을 리 없어."

반박하고 싶었지만 무슨 일인지 몰라서는 어찌할 도리가 없었다. 사토루는 왠지 흥분에 가득 찬 모습이었다.

"……그런데 말이야, 난 얼마 전에 봤어. 순과 둘이. 그렇지?"

모닥불 건너편에서 순이 고개를 끄덕였다. 최근에 두 사람이 친하게 지내는 모습은 별로 보지 못했는데…….

"마음이 조마조마했어. 경계가 엄중해서."

순이 미소를 지으면서 특유의 시원한 목소리로 말했다. "그래. 와키엔 시절처럼 우연히 눈에 들어오는 일은 없거든. 문이 열려 있어도 정면에 벽이 있어서, 전인학급의 정원이 어떻게 되어 있는지 하나도 보이지 않아. 선생님들도 문을 열고 닫을 때 신경을 많이 쓰시고……"

그렇다면 두 사람이 전인학급의 정원에 들어갔다는 것인가? 나는 그들의 대담함에 혀를 내둘렀다. 전인학급의 정원은 ㅁ 자 건물 한가운데에 있는데, 와키엔의 정원처럼 학생들의 출입을 엄격하게 금지하지는 않았지만 창문조차 없어서 아무도 본 적이 없고, 가까이 가려는 마음조차 일어나지 않는 곳이었다.

"하지만 태양왕이 문을 열었을 때 두 번 힐끔 보고, 뒤쪽 빗장의 모양을 눈에 새겨뒀어."

앞으로 1,000년 후에는 자물쇠가 어떻게 변할까? 내 머리로는 상상도 할 수 없다. 정교하게 파낸 쇳조각을 자물쇠 구멍에 넣어서 열고 닫았던 과거에는 복잡하기 이를 데 없는 구조와 정밀도를 자랑했지만, 자물쇠가 필요하지 않은 우리 시대에는 더할 수 없이 단순한 형태로 정착했다. 그 대신 작은 빗장이 문 주위에 방사상으로 열두 개쯤 붙어 있다. 밖에서는 빗장이 어디에 있는지 보이지 않으므로 배치를 기록한 그림을 가지고 있든지, 정확한 이미지를 기억하는 사람만 주력으로 열 수 있는 것이다.

"……그래서 내가 망을 보는 사이에 순이 빗장을 열었어. 정원으로 들어가자 바로 문이 닫히더군. 우리는 잠시 숨을 죽이고 벽 건

너편으로 갔어."

사토루는 거기서 말을 끊고, 이야기의 효과를 확인하려는 듯 모닥불 주위를 둘러보았다.

"뭐가 있었는데?"

마리아의 질문에 사토루가 희미한 미소를 지었다.

"뭐가 있었을 것 같아?"

"또 와키엔의 정원처럼 무덤이 있었다고 말하려는 건 아니겠지?"

내가 그렇게 말하자 사정을 모르는 마모루가 눈을 동그랗게 떴다.

"뭐? 와키엔의 정원에 무덤이 있었어?"

사토루가 얼굴을 찡그렸다. "그건 나도 들은 거라고 했잖아."

"어쨌든 거드름 그만 피우고 말해봐. 뭐가 있었는데?"

순이 대답했다. "……내가 와키엔에서 본 것과 똑같았어. 나무가 몇 그루 있을 뿐, 그다음은 넓은 장소가 방치되어 있다는 느낌이었지. 하지만 맨 안쪽에 벽돌 창고가 다섯 개 나란히 한 줄로 있었어. 앞에는 튼튼한 나무문이 붙어 있고."

"열어봤어?"

마리아의 질문에 이번에는 사토루가 대답했다.

"창고 옆에까지 갔다 금방 나왔어."

"왜?"

"이상한 냄새가 나서 더 이상 있고 싶지 않았거든."

평소에 심한 허풍으로 공포를 조장하는 사토루가 기묘하게 말을 흐리자, 오히려 음침함이 몇 배로 증폭되었다.

"이상한 냄새라니?"

"코를 찌르는…… 암모니아 같은 냄새."

"혹시 창고가 아니라 똥구덩이 아니었어?"

사토루는 나의 가벼운 농담에 대꾸하지 않았다.

"그뿐만이 아니야. 잘못 들었을지 모르지만 소리가 들렸어."

슌의 말에 주위는 찬물을 끼얹은 듯 조용해졌다.

나는 두려움을 떨치고 용기를 짜내 물어보았다. "소리라니, 어떤 소리?"

"잘 모르겠어. 동물의 신음 같았어."

두 사람이 공모해서 우리를 공포에 몰아넣으려고 하는 것임이 틀림없다. 그렇게 생각하면서도 등골이 오싹해지는 건 막을 수 없었다. 그 후에는 다시 시시한 이야기로 돌아갔다.

다음 날 아침에 일찍 일어나려면 일찍 자야 했지만, 우리는 대모험의 여운을 좀 더 맛보고 싶었다. 마모루가 웬일로 나이트카누를 하지 않겠느냐고 제안하고, 마리아가 즉시 찬성했다.

별빛을 받으며 카누를 타는 건 별로 마음이 내키지 않았다. 앞이 거의 보이지 않는 상태에 본능적인 공포를 느낀 것이다. 하지만 혼자 남는 건 더 싫었기 때문에 나도 제비뽑기에 참가했다. 카누 두 척에 두 명씩 타고, 한 명이 모닥불을 지키기로 했다. 모닥불이 없으면 나중에 캄캄한 강 위에서 어디로 와야 할지 몰라서였다.

깜빡 잊고 말하지 않았는데 카누에는 제각기 이름이 붙어 있다. 나와 사토루가 탄 것이 산천어 2호, 마리아와 마모루가 탄 것이 백련 4호, 그리고 슌 혼자 탄 것이 가물치 7호였다. 도토리를 끼운 젓가락을 순서대로 뽑은 결과, 백련 4호에는 슌과 내가, 산천어 2호에는 마리아와 마모루가 타기로 정해졌다. 가엾게도 사토루는 혼자 남아서 모닥불을 지켜야 하는 신세가 되었다.

사토루는 남자답지 못하게 항의했다. "비겁해!"

그는 예전부터 '남은 것에 복이 있나니 교(教)'의 신자로, 제비를 뽑지 않고 결과를 기다렸던 것이다.

"이것 봐. 위에서 깡통을 들여다보면 바닥까지 다 보이잖아!"

제비뽑기를 만든 마리아가 냉정하게 말했다. "그렇게 보면 보이겠지. 하지만 우리는 아무도 안 봤어."

실제로 바닥을 들여다볼 필요가 없었다. 주의 깊게 관찰하면 도토리를 끼운 젓가락과 그렇지 않은 젓가락이 다르다는 사실을 알 수 있었던 것이다.

사토루는 마지못해 모닥불 옆에 앉고, 우리는 끌어올린 카누를 다시 강으로 가져갔다.

슌이 말했다. "잠시 모닥불 쪽을 보지 마."

"왜?"

"기억 안 나? 예전에 배웠잖아. 나이트카누에는 철칙이 있어. 카누를 타기 전에 눈을 어둠에 익숙해지도록 만들어야 한다는 거. 안 그러면 한동안 아무것도 안 보이거든."

슌은 먼저 백련 4호에 올라타서 내 손을 잡아주었다. 가슴이 두근거려서 어두운 강물 속으로 들어간다는 불안을 잠시나마 잊을 수 있었다. 카누는 천천히 칠흑 같은 어둠 속으로 빨려 들어갔다. 앞이 보이지 않는 곳에서는 주력을 사용할 수 없으므로, 처음에는 노를 이용해서 젓기로 했다.

어둠에 익숙해졌다곤 하지만 역시 아무것도 보이지 않았다. 강물을 비추는 건 하늘에 빼곡히 박혀 있는 별들뿐이었다. 끝없이 이어져 있는 새카만 오솔길 같은 수면에서, 두 개의 노가 만들어내는 작은 물소리만이 기분 좋게 귓속으로 파고들었다.

나는 황홀한 심경으로 중얼거렸다. "왠지 꿈속에 있는 것 같아. 이렇게 있으니까 카누가 얼마나 빨리 가는지 잘 모르겠어."

뒤쪽에서 슌이 말했다. "물에 손을 담그면 알 수 있어."

나는 노를 세우고 캄캄한 물속에 살며시 손을 담갔다. 손가락 끝이 물을 가르는 속도는 제법 빨랐다.

앞쪽에서 웃음소리가 메아리쳤다. 마리아의 웃음소리다. 밤의 정적 때문인지, 수면에 반사해서인지 낮보다 소리가 더 잘 울리는 듯했다. 슌이 손길을 멈추고, 노를 배 위로 끌어올렸다.

"왜?"

"노를 저으면 잔물결이 일잖아……."

뒤를 돌아보니 슌은 수면을 바라보고 있었다. 슌의 등 너머로 사토루가 지키고 있는 모닥불의 불빛이 작게 보였다. 강을 내려가고 있는 탓인지, 얼마 지나지 않았는데도 상당히 멀리 온 듯했다.

"흐음, 잔물결이 일어서 그런지 조용해지지 않네." 슌이 입 안으로 진언을 외며 말했다. "내가 잔물결을 없애볼게."

물살을 따라 강을 내려가는 백련 4호 주위에서 동심원 모양으로 파문이 퍼져나갔다. 다음 순간, 그 동심원 안쪽에서 모든 잔물결이 사라졌다.

"아아, 굉장하다……!"

우리를 중심으로 사방이 얼어붙은 것처럼 수면을 울퉁불퉁하게 만든 것들이 사라지면서, 바야흐로 수면은 잘 닦인 유리처럼 드넓은 하늘의 별을 비추는 칠흑의 거울로 변했다.

"예쁘다! 마치 우주를 여행하는 것 같아."

나는 그날 밤을 평생 잊지 못하리라.

그날 백련 4호가 여행한 곳은 지상의 강이 아니라 무수한 항성이 빛나는 하늘의 강이었던 것이다. 멀리서 바람을 타고 "얘들아아!"라는 가냘픈 소리가 들렸다. 사토루의 목소리다. 뒤를 돌아봐도 모닥불의 불빛이 보이지 않는다. 상당히 멀리까지 온 모양이다.

"이제 그만 갈까?"

슌은 그렇게 말했지만 나는 말없이 고개를 가로저었다.

조금만, 조금만 더 이렇게 있고 싶다. 슌과 단둘이 있을 수 있는 이 완벽한 세계에.

우리의 카누는 밤하늘을 중심으로 흔들렸다. 나는 앞에 시선을 고정한 채, 말없이 오른손을 뒤로 내밀었다. 잠시 후, 내 손 위에 슌의 손이 겹쳐졌다. 그리고 그의 길고 가느다란, 아름다운 손가락이 내 손가락을 잡았다.

시간이 멈추면 얼마나 좋을까? 슌과 둘이 이대로 녹아내려 하나가 됐으면…….

얼마나 그렇게 있었을까? 나를 현실로 돌아오게 만든 건 들릴락말락 한 사토루의 작은 외침이었다. 아무도 돌아오지 않자 패닉 상태에 빠진 것이리라.

"그만 가자."

이번에는 말없이 고개를 끄덕였다. 이대로 외면하기에는 사토루가 너무나 가여웠던 것이다.

백련 4호는 강의 상류를 향해 방향을 바꾸었다.

순이 주력으로 카누의 속도를 올리자 강물에 비쳤던 별들이 헤아릴 수 없이 많은 조각으로 부서지며 잔물결 사이로 사라져갔다. 기분 좋은 속도에 몸을 맡기면서 나는 별안간 아찔한 불안에 휩싸였다.

지금 얼마나 빠른 속도로 가고 있는 것일까?

강의 물살도, 양쪽 기슭의 모습도 희미한 어둠 속으로 녹아들어 똑똑히 인식할 수 없었다.

인간의 감각이 이토록 모호하다면, 신의 힘에 한없이 가깝다는 주력도 모래 위의 집처럼 불안정하지 않을까?

그리고 나는 다시 생각했다. 만약 이 감각이 없다면, 그래도 우리는 주력을 사용할 수 있을까?

그러고 보니…… 우리 초에는 왜 시각과 청각을 잃은 사람이 한 명도 없는 것일까?

6

『신생일본열도박물지』에는 지금까지 수많은 역사학자와 생물학자, 국어학자가 '미노시로'의 어원에 관해 고민해온 에피소드가 흥미롭게 적혀 있다.

옛날에는 '미노시로고로모'*를 걸친 형태에서 유래했다는 말이 정설이었다. 미노시로고로모를 설명해주는 책이 없어서 어떻게 생겼는지는 짐작도 할 수 없지만. 또 '미노시로고로모'가 아니라 도롱이를 뜻하는 '미노'와 몸 색깔이 하얗다고 '흰 백' 자를 쓴 '미노시로(蓑白)', 죽은 자의 영혼이 깃든다는 신앙에서 '혼령 령' 자를 쓴 '미노시로(蓑の代)', 평소에는 육지에 살다 바다로 가서 산란한다고 해서 '바다 해(海)' 자를 쓴 '미노시로(海の社)'라는 설도 상당히 유력하다. 후자에는 미노시로가 청각채를 비롯한 해초를 뜻하는 미루나, 산호 등에 낳는 알덩어리(미노시로의 알덩어리는 빨갛고 노란 꽃술을 닮았다)가 마치 용궁의 장식처럼 보이기 때문이라는 설명이 붙어 있다.

예전에는 미노시로가 외적을 만났을 때 물구나무를 서서 꼬리를 올리는 모습이 고대의 천수각**을 장식하던 물고기 장식과 비슷하다고 해서 '미노시로(美濃城)'라고 주장하는 사람도 있었다고 하는데, 그 이후의 연구를 통해 물고기를 장식한 나고야 성이 미노 지방이 아니라 이웃 오하리 지방에 있었다는 것이 판명되고 나서는 옛날의 기세를 잃어버렸다.

또 1미터가 넘는 크기에서 옷감의 폭을 잴 때 사용하는 치수인 미노시로,*** 꿈틀거리는 무수한 촉수가 뱀처럼 보인다고 해서 '뱀 사' 자가 들어가는 미노시로(蛇の四郎)'라고 주장하는 사람도 있다.

---

* 蓑代衣, 도롱이 대신 입는 조잡한 옷을 가리킨다.
** 天守閣, 성의 본채에 있는 가장 높은 망루.
*** 三幅四郎, 미노는 옷감 폭의 세 배로 180센티미터 내외.

한편 미노시로의 '시로(四郎)'를 '넷째아들'이라고 주장하는 사람도 있다. 시로는 옛날 전설에 등장하는 젊은이의 이름이라고 하는데, 새하얀 뱀의 노여움을 사서 미노시로로 변했다는 모티프는 남아 있지만 그 외 내용은 거의 전해지지 않아서 진위는 알 수 없다.

모든 설이 나름대로 그럴듯하게 여겨진다. 그 책에는 쓰쿠바 산에서 종횡무진 기어다니는 두꺼비*의 어원이 '기회를 노리고 벌레를 낚아채 잡아먹는다'라고 되어 있는데, 그래도 그것보다는 훨씬 이해하기 쉽다. 두꺼비에게 주력이 있다는 이상한 이야기를 과연 누가 믿을 것인가?

미노시로에게는 한 가지 비밀이 숨어 있다. 옛날 문헌에는 미노시로에 관한 이야기가 거의 나오지 않는다. 특히 대부분 열람 금지인 1,000년 전에 간행된 서적에서는 '미노시로'라는 글자를 찾아볼 수 없다. 그렇다면 미노시로가 태어난 건 고작해야 수백 년이란 이야기인데, 진화의 상식에 비춰볼 때 그렇게 짧은 기간에 새로운 종이 태어날 수 있을까?

사실 미노시로뿐 아니라 1,000년 전의 문명기와 현재 사이에는 동물상**의 커다란 단절을 볼 수 있다. 과거에 있었던 동물이 멸종하는 건 이상한 일이 아니지만, 미노시로를 포함한 수백 종이 하늘에서 내려온 양 어느 날 갑자기 등장한 것이다. 이에 관해서는 최근에 등장한 가설이 서서히 주류로 자리 잡고 있다. 즉, 미노시

* ひきがえる, 히키가에루.
** 動物相, 특정 지역이나 수역에 살고 있는 동물의 모든 종류.

로를 포함한 수많은 생물이 인간의 무의식에 의해 급격히 진화를 이루었다는 것이다.

여기에서는 더 이상 깊이 들어가지 않고, 미노시로의 직계 조상이 보소 바다에 서식하는 보라선꼭지도롱이갯민숭이 같다는 최근 학설을 소개하는 것에서 멈추기로 한다. 겨우 3센티미터밖에 안 되는 작은 생물이 거대한 미노시로로 진화했다는 것은 믿을 수 없지만, 이름의 유래가 된 도롱이 모양의 아가미를 보면 분명히 비슷하다고 여길 수밖에 없다. 만약 정말로 보라선꼭지도롱이갯민숭이가 미노시로의 조상이라면 '미노시로'라는 이름의 유래는 '미노시로고로모'설 또는 '미노시로(蓑白)'설이 맞겠지만, 이에 관해서는 앞으로의 연구를 기다리기로 하자.

미노시로에 관해 이렇게 장황하게 쓴 이유는 우리가 하계 캠프에서 만난 '유사미노시로'를 이해하기 위해서는 유사미노시로가 의태하고 있는 미노시로의 정확한 이미지가 필요해서였다. 만약 1,000년 전에 미노시로가 존재하지 않았다면 앞으로 1,000년 후에는 멸종될 가능성이 있다. 그래서 미노시로에 관해서 이미 몇 번이나 썼지만, 여기서 정식으로 설명해두고자 한다.

전체 모양은 수십 센티미터에서 1미터 정도의 박가시나방의 유충이나 노래기처럼 생겼다. 머리에는 Y 자 모양으로 커다란 촉수가 두 개 뻗어 있고, 그 끝에는 한 쌍의 작은 촉수가 달려 있다. 눈은 작고 피부 안쪽에 묻혀 있어서, 시각은 어렴풋이 명암을 느낄 정도다. 배에는 박가시나방의 유충이나 노래기처럼 짧은 다리가 있어서(이 점에서는 도저히 바다소 같은 복족류로 보이지 않는다) 상당히 빠른 속도로 걷는다. 수많은 발이 움직이는 걸 보고 그 모습을 '행군'이라고 말하는 사람도 있다. 등에는 하얀색과 빨간색, 오렌지색, 파란색 등 선명한 촉수와 함께 가시처럼 생긴 돌기가 도롱이처럼 자라나 있다. 촉수는 반투명한 것과 끝이 반딧불이처럼 강하게 빛나는 것 등 두 가지가 있다.

잡식성으로 주요 먹이는 이끼와 버섯, 곤충, 지네, 거미, 지의류, 땅속에 사는 작은 벌레, 식물의 씨 등이다. 먹이에 독이 있어도 태연히 먹은 후 독을 체내에 담아둔다. 때문에 토양을 정화하는 작용이 있다고 한다. 식사 후에는 먹이에 따라 몸 색깔이 눈에 띄게 달라진다. 특히 이끼를 먹은 뒤에는 온몸이 선명한 초록색으로 물드는데, 이런 특징은 말미잘을 주식으로 하는 보라선꼭지도롱이갯민숭이와 비슷하다.

또 적을 만났을 때는 가시와 촉수를 거꾸로 세워서 위협한다. 이때의 모습은 무수한 뱀이 꿈틀거리는 것 같다고 하는데, 위협을 무시하고 가까이 다가간 생물은 무서운 독가시에 찔리게 된다. 단, 인간에게만은 독을 내뿜지 않는다는 사실을 특별히 기록해두고 싶다.

미노시로과에는 귀신미노시로(키가 2미터가 넘고, 은색의 단단한 털이 온몸을 덮고 있는 희귀한 종류), 빨강미노시로(온몸이 반투명의 붉은색을 띠고 있다), 파랑미노시로(촉수 끝이 파랗다), 무지개색미노시로(나비의 인분처럼 미세한 털이 자라고, 비단벌레처럼 아름다운 빛을 뿌린다) 등이 있다. 덩치도 크고 독성이 강하며 불쾌한 맛이 나기 때문에 천적은 거의 없지만, 가끔 모래사장에 숨어 있는 호랑이집게에게 잡히는 일이 있다. 1년에 한 번, 주로 바다로 돌아가는 산란기에 잡힌다고 한다.

만일을 위해 호랑이집게에 관해서도 설명해두기로 하자. 호랑이집게는 흉악한 육식성 게로, 조상은 바다에 사는 꽃게라고 한다. 옆구리가 튀어나온 마름모 모양의 등딱지는 녹갈색과 모래 같은 미채색*으로, 등딱지의 폭은 45센티미터에서 120센티미터에 달한다. 집게는 크고 길며 이빨은 날카롭다. 이마에는 세 개의 가시가 있고, 등딱지 앞쪽은 톱처럼 울퉁불퉁하다. 원래 헤엄칠 때 사용하는 네 번째 다리로 교묘하게 회전하며 모래를 파내 몸을 감추고, 먹이가 접근하면 모래 안에서 2미터 이상 도약해서 공격한다. 하사키 해안 등지에서 흔히 볼 수 있는데 초원이나 숲, 산 중턱까지 올라가는 일도 있다. 먹이에는 별로 까다롭지 않아서 뱀이나 개구리, 도마뱀부터 작은 포유류나 해조류, 해변으로 올라온 돌고래나 거두고래 같은 해수까지 잡아먹는다. 쇠처럼 단단하고 두꺼운 등딱지는 이빨이나 발톱도 통과하지 못한다. 호랑이집게끼리 만나면 서로 잡아먹는 일도 종종 있는데, 호랑이집게 역시 인간에게 해를 끼치는 일은 없다.

호랑이집게가 미노시로를 잡게 되면, 다른 곳에서 볼 수 없는 흥미로운 상황이 펼쳐진다. 나는 우연히 그 상황을 목격한 적이 있다. 와키엔을 졸업하기 전으로, 계절은 초여름이었다.

마리아가 숨을 죽이며 소리쳤다. "사키, 저기 봐!"

"무슨 일인데?"

---

* 迷彩色, 적의 눈을 속이고 위장하기 위해 하는 불규칙한 채색.

우리는 해변이 내려다보이는 높은 언덕 위, 사방이 덤불로 뒤덮인 비밀 장소에 있었다. 날씨가 좋은 날 오후에는 학교가 끝난 뒤에 종종 그곳에서 지내곤 했던 것이다.

"미노시로가 호랑이집게에게 잡혔어……."

나도 몸을 일으켜 덤불 속에서 고개를 내밀었다. 바닷바람이 콧구멍을 간질였다. 해안에는 사람의 그림자가 하나도 보이지 않았다. 마리아가 가리키는 곳을 쳐다보자 바다에서 2~3미터 떨어진 모래사장에서 안절부절못하는 미노시로의 모습이 보였다. 바다 쪽으로 가기 위해 악착같이 몸을 비틀었지만, 모래사장에 뿌리를 내린 것처럼 꼼짝도 하지 못했다. 자세히 쳐다보니 미노시로의 다리를 잡고 있는 흑갈색 집게가 보였다.

"도와줘야겠어."

마리아가 일어서려는 내 팔을 잡았다. "말도 안 돼. 누가 보면 어쩌려고?"

"아무도 없잖아."

"언제, 누가 올지 몰라. 가끔 남자아이들이 저 해안으로 낚시하러 오거든."

분명히 벌거벗은 채 해안을 질주하는 것은 제정신 박힌 일이 아니었다. 우리는 일단 황급히 옷을 입었다. 그리고 덤불을 빠져나와 언덕을 지나 해안에 도착했을 때, 호랑이집게는 이미 모래 안에서 괴물 같은 미채색의 몸을 드러냈다. 양쪽 집게로 미노시로의 다리와 가시 같은 돌기를 잡고, 앞으로 어떻게 요리할지 연구하는 모습이었다.

나는 얼음처럼 그 자리에 얼어붙었다. 고작해야 게라고 하지만 호랑이집게는 커다란 흑곰을 죽인 적도 있고, 아무리 사람을 공격하지 않는다고 해도 주력이 없는 어린아이에겐 버거운 존재였다. 그때만큼 주위에 남자애가 있었으면 좋겠다고 바란 적이 또 있을까? 신이시여, 슌까지는 바라지 않겠습니다. 적어도 사토루라도…….

"어떡하지? 모래라도 뿌려볼까?"

나는 자포자기한 심정으로 말했지만 마리아는 상황을 냉정하게 관찰했다.

"걱정할 필요 없어. 미노시로가 흥정하기 시작했으니까."

고개를 돌리자 조금 전까지 발버둥 치던 미노시로가 무수한 촉수로 호랑이집게의 집게를 어루만지고 있었다. 호랑이집게도 조각처럼 움직이지 않고 얌전히 게거품을 내뿜었다.

별안간 미노시로가 등 위에서 커다란 촉수를 세 개 세웠다. 촉수는 어서 오라는 식으로 움직인 후, 밑동이 싹둑 잘려서 모래 위로 떨어지더니 도마뱀 꼬리처럼 모래 위에서 몸부림쳤다. 그래도 호랑이집게는 태연한 얼굴로 거품을 내뿜으며, 양쪽 집게로 미노시로를 잡고 있을 따름이었다. 미노시로는 잠시 몸부림을 치다 이윽고 촉수를 두 개 세웠다. 두 개의 촉수는 격렬하게 움직이며 호랑이집게의 시야를 어지럽히더니, 다시 밑동이 싹둑 잘려서 밑으로 떨어졌다.

전부 다섯 개의 촉수가 모래 위에서 꿈틀거렸다. 호랑이집게는 여전히 반응을 보이지 않았다. 미노시로도 그대로 움직임을 멈추었다. 그 상태에서 30초쯤 지났을까, 먼저 미노시로가 새로운 움직임을 보였다. 이번에는 조금 전처럼 호랑이집게를 달래지 않고 완전히 표변해서 적의에 가득 찬 시선을 보냈다. 그러다 돌연 물구나무를 서더니 긴 촉수를 흔들며 독이 있는 자포*로 호랑이집게의 등딱지를 내리쳤다. 두세 번 세차게 내리친 후 이번에는 가시처럼 생긴 돌기를 들어올려 힘을 주듯 온몸을 경직시켰다. 다시 밑동이 줄어들며 싹둑 잘리자 그것은 호랑이집게의 집게에 부딪히며 툭 하고 밑으로 떨어졌다.

그제야 미노시로를 잡고 있던 호랑이집게의 집게가 느슨해졌다. 미노시로는 그 순간을 놓치지 않고 재빨리 집게에서 빠져나와 황급히 몸을 꿈틀거리며 바다를 향해 일직선으로 도망쳤다. 호랑이집게는 미노시로의 뒷모습에는 눈길도 주지 않고, 아직 꿈틀거리는 촉수들을 집게로 잡아서 정신없이 입에 넣었다.

마리아가 차갑게 말했다. "이제 흥정이 끝났나 보군."

얼굴에서는 미소가 사라지지 않았지만, 원래 생물을 좋아하지 않아서 그런지 뺨 주위에 경련이 일었다. 실은 미노시로의 운명이 어떻게 되든 관심도 없는데, 나 때문에 같이 와준 것이다.

"저 미노시로, 촉수를 여섯 개나 잃었어. 불쌍해……."

"그걸로 목숨을 구했으니 싸게 친 거지 뭐. 하마터면 통째로 잡아먹힐 뻔했잖아."

호랑이집게에게 잡히면 미노시로는 등에서 꿈틀거리는 촉수 가운데 몇 개를 자른다. 호랑이집게가 촉수를 먹기 위해 놓아주면

---

* 刺胞, 자극에 반응하며 독을 분비하는 강장동물의 세포.

그때 재빨리 도망치는 것이다. 다른 곳에서 볼 수 없는 흥미로운 일은 그때 벌어진다. 양쪽이 미노시로의 촉수 개수를 두고 흥정을 시작하는데, 촉수를 몇 개 주느냐는 미노시로의 체력과 호랑이집게의 배고픔 정도에 따라서 달라진다.

흥정이 불발로 끝나면 미노시로는 독 있는 날카로운 자포를 흔들며 이판사판 반격을 시작한다. 물론 전투력에서는 호랑이집게가 압도적으로 유리하지만, 만에 하나 자포가 등딱지 사이를 찔러서 많은 독이 들어가면 죽음에 이를 가능성도 있다.

양쪽 모두 지능이 높지도 않으면서 적당한 선에서 절충하는 합리성을 가지고 있다니, 참으로 놀라운 일이 아닌가! 호랑이집게 쪽에서 보면 미노시로를 안정적인 식량 공급자로 간주해, 일부러 죽이지 않고 촉수만을 빼앗아 풀어주는 방법은 이치에 맞을지도 모른다.

다시 하계 캠프 이야기로 돌아가자.

이튿날 아침, 우리는 밥을 짓고 반찬을 만들어 어젯밤보다 문명인다운 식사를 한 뒤 점심용으로 주먹밥 도시락을 만들었다. 그런 다음에는 텐트를 접고 기둥을 세운 구멍과 모닥불의 흔적을 깨끗이 메웠다. 이제 카누에 짐만 실으면 출발이다.

아침 안개가 희미하게 피어오르는 강을, 노와 주력을 절반씩 이용해서 앞으로 나아갔다. 왼쪽 해안에서 연신 작은 새의 울음소리가 들렸다. 참새보다 길게 끄는 울음소리로 보면 멧새가 아닐까?

하늘이 무겁게 보이는 것이 조금 아쉬웠지만, 새벽의 신선한 공기를 가득 빨아들이자 단숨에 잠이 날아갔다. 강폭은 어제보다 훨씬 넓어서, 희미한 안개 건너편의 왼쪽 기슭이 거의 보이지 않을 정도다.

나는 와키엔의 지리 시간에 배운 가스미가우라와 도네 강의 변천에 대해 떠올렸다. 지금으로부터 2,000년 전, 가스미가우라는 가토리노우미라는 거대한 내해로, 현재의 도네 강 하구에서 바다로 이어져 있었다. 한편 도네 강은 지금보다 훨씬 서쪽인 도쿄 만으로 흘러갔다고 한다. 그런데 거듭되는 범람을 방지하고 경작할 수 있는 땅을 늘리기 위해 도쿠가와 이에야스라는 사람이 도네 강의 동천 사업을 시작한 후, 수백 년에 걸쳐서 도네 강의 하구를 이누보자키까지 끌어당겼다. 한편 가토리노우미는 토사의 퇴적에 의해 조금씩 줄어들어 결국 가스미가우라라는 담수 호수로 변했다고 한다(국가적인 대단한 사업을 시작한 도쿠가와 이에야스라는 인물에게는 관심이 있었지만, 유감스럽게도 그 이름이 나오는 것은 지리와 역사 교과서를 통틀어 이번 한 번뿐이다).

그리고 지난 1,000년간 도네 강과 가스미가우라는 다시 변모했다. 우선 도쿄 만으로 흘러갔던 대부분의 강물은 진로를 바꾸어 도네 강으로 합류했다. 두말할 필요도 없이 저주받은 땅인 도쿄를 윤택하게 만들 필요가 없어져서였다. 그리고 수량이 늘어나면서 다시 강물이 범람하자 치수를 위해 도네 강을 가스미가우라로 이었다고 한다. 이로 인해 현재의 가스미가우라는 과거의 가토리노우미에 필적할 만큼 거대해지고, 적어도 면적에서는 비와 호를 능가하는 일본 최대의 호수가 되었다. 또 도네 강의 하류 유역이자 우리가 사는 가미스 66초 주변에 이르면, 도네 강은 교통편을 위해 10여 개의 운하와 수십 개의 수로로 나누어져 있다. 그래서 도네 강을 거슬러 올라가 처음으로 진짜 강으로 나왔을 때는 감동할 수밖에 없었다. 세 척의 카누가 나란히 있었을 때, 사토루가 제안했다.

"얘들아, 스피드를 더 올리자!"

내가 물었다. "왜? 이 주변의 갈대밭은 조사 안 해?"

"패스패스! 이런 곳에 무슨 대단한 생물이 있겠어?"

마모루가 불안한 표정으로 입을 열었다. "하지만 캠프 계획표에는 여기서 좀 더 가서 오늘 밤에 잘 텐트를 치기로 되어 있잖아."

"이 캠프의 진짜 목적을 잊었어? 악마의 미노시로와 풍선개를 발견하는 거야. 그러니까 빨리 가스미가우라를 가로질러 상륙하자."

"으음, 태양왕이 가스미가우라의 안쪽으로 가서는 안 된다고 했는데…… 그런데 상륙까지 하다니……."

평소에 대담한 마리아도 이번에는 망설이는 표정을 지었다.

사토루가 노를 들어 수면을 때리며 태평하게 말했다. "걱정하지 마. 잠시 올라갔다 재빨리 확인하고 금방 돌아오면 되니까."

"슌, 어떡할래?"

내가 생각에 잠겨 있는 슌에게 의견을 구하자, 예상 밖의 대답이 돌아왔다.

"물론 들키면 곤란하겠지. 하지만 나도 가보고 싶어. 여기까지 올 기회가 또 있겠어?"

그러자 분위기는 단숨에 원정론으로 기울고, 그다음은 잔머리가 팍팍 돌아가는 사토루의 독무대로 변했다. 오늘 밤 캠프 예정지에 가서 텐트 구멍과 모닥불의 흔적을 만든 뒤, 일부러 대강 메우고 오자는 것이다.

"그러면 다음 반이 보고 우리가 거기서 1박했다고 생각할 거잖아."

사토루는 만면에 함박웃음을 지었다. 좋은 일, 옳은 일을 한 뒤에는 이렇게 희희낙락하지 않으면서.

다시 호수로 나온 우리의 카누는 상식을 뛰어넘는 속도로 질주했다. 상공에서 쇠제비갈매기가 과감하게 경쟁을 시도했지만, 산천어 2호를 따라올 수 있는 건 몇 초뿐이었다. 순식간에 뒤로 처진 쇠제비갈매기는 방향을 틀더니 어딘가로 날아가버렸다.

나는 기지개를 크게 켜고 카누 맨 앞에 앉아 온몸으로 바람을 맞이했다. 바람에 날려가지 않도록 밀짚모자를 벗자 머리칼이 뒤로 나부꼈다. 판초를 대신하는 목욕수건은 가슴 앞에서 단단히 묶었음에도 세찬 바람을 이기지 못해 파락파락 몸을 떨었다.

360도 모두 물밖에 보이지 않았지만 질리지는 않았다. 구름 사이로 태양이 고개를 내밀자, 투명한 수면에 햇빛이 난반사하며 아름다운 무늬를 만들어냈다. 더구나 질주하는 카누가 만든 작은 물보라에 앙증맞은 무지개까지 걸려 있었다.

나는 넋을 잃고 경치를 감상했다. 그로 인해 눈의 이상을 알아차린 건 한참이 지난 뒤였다. 눈이 따끔거리며 무수한 잔상과 보색 그림자가 천천히 시야를 가로지른 것이다.

사토루를 쳐다보니 진지한 얼굴로 호수를 바라보는 참이었다. 물 위에 뜨는 배를 조종하는 경우 처음에는 앞쪽 수면에 신경을 집중하여 배와 수면과의 거리를 좁히는데, 어느 정도 속도를 낸 후에는 수면이 척력에 의해 배를 앞으로 보내는 이미지를 만듦과 동시에 배 바닥이 활주하는 감각을 유지해야 한다. 양쪽 모두 최대한 정신을 집중해야 하므로 오랫동안 계속하면 피로가 몰려온다. 더구나 파도로 인해 배가 위아래로 흔들리기 때문에 수면을 응시하면 자기도 모르게 뱃멀미를 하게 된다. 내가 뒤를 돌아보자 오해를 했는지, 사토루가 안도한 표정으로 말했다.

"한참 왔으니까 이제 교대해줄래?"

"안 되겠어."

내가 고개를 흔들자 그는 순간적으로 발끈했다.

"안 되다니, 무슨 뜻이야?"

"눈이 이상해. 햇빛을 너무 많이 봤나 봐."

눈의 증상을 설명하자 어이없는 표정을 지었지만, 그는 어쩔 수 없이 양해해주었다.

"할 수 없지 뭐. 그럼 카누는 내가 알아서 할게."

나는 고맙다고 말하고 나서, 냅색 안에서 아버지가 준 빨간색 선글라스를 꺼냈다. 유리 장인이 사념을 담아 만든 순도 높은 유리에, 눈부심을 느끼는 파란빛을 막기 위해 붉은 염료와 감의 떫은 즙을 섞은 적갈색 염료를 얇게 펴 바른 것이다. 왜 깜빡한 것일까? 처음부터 쓰고 있었으면 눈이 아프지 않았을 텐데…… 선글라스를 쓰자 가스미가우라의 경치가 어둠 속에 가라앉은 것처럼 보였지만 눈이 따끔거리는 현상은 많이 좋아졌다.

시력에 이상이 있을 때 주력을 사용하는 것은 엄격하게 금지되어 있다. 가부라기 시세이 씨 정도의 달인이 되면 어둠 속에서도 마음대로 주력을 사용할 수 있다고 하는데, 우리처럼 초보자인 경우에는 대상의 상태를 정확하게 파악하지 못하면 상상도 할 수 없는 무서운 일이 벌어질 수 있기 때문이다.

우리는 한 시간 만에 가스미가우라를 가로질렀다. 가장 깊은 곳에 도착했을 때, 갈대밭에서 물소리가 들리더니 커다란 그림자가 물속을 가로지르며 재빨리 모습을 감추었다. 마름모 모양의 등딱지를 보면 호랑이집게였으리라. 물속에서 본 것은 처음인데, 생각보다 훨씬 빨리 헤엄치는 걸 보고 깜짝 놀랐다.

깊은 숲속을 뚫고 갈대 사이에서 가스미가우라로 쏟아지는 초록색 강이 보였다. 사전에 조사한 바에 따르면 사쿠라 강이라고 한다. 쓰쿠바 산은 그 뒤쪽에 우뚝 솟아 있는데, 잠시 거슬러 올라가자 양쪽 기슭에서 튀어나온 나뭇가지에 가려서 보이지 않았다.

도중에 강이 두 갈래로 나누어졌다. 우리는 잠시 망설이다 왼편의 넓은 쪽을 선택했다. 다시 1킬로미터 정도 나아가자 울창한 나무들 사이로 시야가 탁 트인 곳이 나타났다. 사쿠라 강은 쓰쿠바 산의 서쪽에서 북쪽을 향해 흐르는 것이다. 더 이상 가면 오히려 쓰쿠바 산에서 멀어진다고 판단하고 우리는 상륙하기로 했다.

맨 먼저 땅을 밟은 슌이 감격에 겨운 목소리로 말했다. "만세! 드디어 여기까지 도착했다!"

이어서 나, 마리아, 마모루 순서로 땅에 내리고, 사토루가 맨 마지막에 내렸다. 계속 혼자 정신을 집중해서 그런지 몹시 피곤하고 지쳐 보였다. 그가 덤불 쪽으로 가서 토하는 걸 보고 나는 심한 죄책감을 느꼈다.

우리는 일단 카누를 갈대 사이에 숨기기로 했다. 누군가의 눈에 띌 일은 없겠지만 만일을 대비하기 위해서다. 그리고 파도에 휩쓸려가지 않도록 진흙 속에 닻을 깊숙이 박아두었다.

"어떡할래? 조금 있으면 점심시간인데."

배가 고픈지 마모루가 기대를 담은 표정으로 우리의 얼굴을 둘러보았다.

"일단 몇 가지만 챙겨서 산에 올라가보자. 전망 좋은 곳에서 도시락을 먹으면 좋잖아."

그로기 상태인 사토루를 대신하여 순이 리더 역할을 자처했다. 그 말을 사토루가 했다면 불평이 나왔을지도 모르지만, 순의 말은 다들 순순히 받아들인다. 우리는 냅색을 메고 산으로 출발했다. 하지만 길도 없이 산으로 올라가는 것은 생각보다 훨씬 힘들었다. 맨 앞에 있는 사람이 주력으로 잡초나 덩굴을 베어내야 하는데, 5분도 지나기 전에 피곤해서 교대해야 하는 것이다.

그와 함께 우리를 힘들게 만든 것은 각다귀 같은 흡혈곤충의 습격이었다. 팔정표식 부근에는 그런 끔찍한 벌레가 살지 않는데, 이 주위에는 아무리 죽여도 끊임없이 솟아난다. 쓸데없는 일에 주력을 사용함으로써 다들 체력이 바닥으로 떨어졌다. 더구나 선글라스로 인해 작은 벌레를 보기 힘든 만큼, 나는 완전히 녹초가 되었다. 그래서 눈앞에 기묘한 폐허가 나타났을 때에는 모두 자기도 모르게 발길을 멈추었다.

마리아가 몸을 약간 떨면서 물었다. "이게 뭐지?"

겁을 먹는 것도 무리는 아니다. 시민회관쯤 되는 커다란 건물이 이끼와 담쟁이덩굴 등 초록색으로 뒤덮인 채, 숲과 하나가 되어 고요히 숨을 쉬고 있었던 것이다.

"……쓰쿠바 산의 신사일 거야." 사토루가 가져온 옛날 지도를 보면서 말했다.

아직 평소 컨디션은 아니지만 아까 상륙했을 때보다는 기운을 차린 듯하다.

"신사?"

순간, 나는 터져나오려던 비명을 집어삼켰다. 발밑에 있는 두꺼비를 밟을 뻔했다. 이 산에는 이 흉측한 생물이 여기저기서 어슬렁어슬렁 기어다니고 있었다.

순이 보충 설명을 했다. "적어도 2,000년에서 3,000년 역사를 가지고 있는 유서 깊은 신사래. 한눈에도 굉장히 오래된 것 같아."

마모루가 물었다. "여기서 도시락 먹을까?"

분명히 배는 고팠지만 이렇게 소름 끼치는 곳에서는 점심을 먹고 싶지 않았다. 이의를 제기하려고 했을 때, 왼쪽에서 숨죽인 듯한 비명이 들렸다. 또 누가 두꺼비를 밟을 뻔한 것일까? 그렇게 생각하고 고개를 돌린 순간, 장승처럼 서 있는 사토루의 모습이 눈에 들어왔다. 그리고 내 옆으로 뛰어온 순도 그 자리에 얼어붙었다.

"왜 그래?"

고개를 돌리자 나를 제외한 네 명이 나무 인형처럼 딱딱하게 굳어서, 누구 한 사람 내 질문에 대답하지 않았다. 대체 무슨 일이 일어난 거지? 나는 하마터면 패닉 상태에 빠질 뻔했다. 그리고 네 명의 시선 끝을 보고 이번에야말로 날카로운 비명을 질렀다. 그곳에는 지금까지 본 적이 없는 기괴한 생물이 서 있었다.

'악마의 미노시로', '유사미노시로'라는 말이 뇌리를 가로질렀다. 그것은 언뜻 보기에 미노시로와 비슷하게 생겼다. 하지만 자세히 보면 전혀 다르다. 크기는 50에서 60센티미터쯤 될까? 마치 고무로 만든 것처럼 끊임없이 늘어났다 줄어들었다 하는데, 표피 일부가 불규칙하게 팽창과 수축을 반복해서 전체적으로 불안정하다고밖에 형용할 길이 없었다. 더구나 등에는 성게 가시와 비슷한 반투명 돌기부가 수도 없이 모여 있고, 그 하나하나가 미노시로나 반딧불이와는 비교가 되지 않을 만큼 강렬한 일곱 색깔 빛을 내뿜으며 깜빡이고 있었다.

끊임없이 변하는 빛은 서로 겹치고 간섭함으로써 허공에 줄무늬와 소용돌이 같은 모양을 만들어냈다. 새빨간 선글라스를 쓰고 있는데도 그 아름다운 모습에 뇌가 마비되는 듯했다. 유사미노시로는 무지갯빛 잔상을 뒤로 휘날리며 천천히 신사 밑으로 들어갔다.

내 입에서 튀어나온 비명으로 인해 뇌 일부가 눈을 떴다. 나는 황급히 슌과 사토루를 향해 소리쳤다.

"어서…… 슌, 사토루! 어서 잡아, 도망치잖아!"

하지만 두 사람 모두 꼼짝도 하지 않고, 유사미노시로의 뒷모습을 망연히 쳐다볼 뿐이었다.

나는 주력을 사용하려다 순간적으로 주저했다. 앞에서도 말했듯이 똑같은 대상을 향해 여러 사람이 주력을 사용하는 건 매우 위험한 일이다. 만약 누가 먼저 시선을 고정하면 나중의 사람은 어떤 사정이 있어도 중지해야 한다.

순과 사토루도 유사미노시로를 응시하고 있다. 평소대로라면 지금 주력을 사용해야 한다. 그럼에도 두 사람은 꽁꽁 얼어붙은 것처럼 꼼짝도 하지 않았다.

기나긴 시간이 흐른 것처럼 여겨졌지만 실제로는 몇 초에 불과하리라. 유사미노시로는 의연한 모습으로 담쟁이덩굴과 키가 큰 잡초로 뒤덮인 신사 밑으로 사라졌다. 나는 여전히 꼼짝도 하지 않는 친구들을 보고 어찌할 바를 몰라서 허둥지둥했다. 이럴 때는 어떻게 해야 하는 걸까? 더구나 무슨 일이 일어났는지 짐작도 되지 않았다. 어깨를 흔들려고 하다, 손을 댄 순간 털썩 쓰러져서 죽는 게 아닐까 하는 부조리한 공포에 휩싸여서 손가락도 까딱할 수 없었다. 맨 처음 최면 상태에서 깨어난 사람은 뜻밖에도 마모루였다.

"……배고파."

그는 작은 목소리로 중얼거리고 주위를 둘러보았다.

"아아, 어떻게 된 거지?"

이어서 마리아와 사토루, 순의 순서로 천천히 움직였다. 세 사람은 그 자리에 털썩 주저앉았다. 사토루는 속이 메슥거리는 표정을 짓고, 순은 고개를 숙인 채 두 눈을 문질렀다.

"우리 이제 죽는 거야?"

마리아의 말에는 사람을 흠칫하게 만드는 효과가 있어서, 그 덕분에 우리는 완전히 몽롱한 상태에서 깨어났다.

사토루가 신음하듯 말했다. "그 얘기라면 아마 거짓말일 테니까 신경 쓰지 않아도 돼. 그보다 우리가 왜 움직일 수 없었지?"

아마, 라는 말을 붙인 것은 거짓말쟁이는 자기가 아니라고 주장하기 위함이리라.

마리아가 불안한 얼굴로 자신의 양어깨를 껴안고 나서 말했다. "꼼짝도 할 수 없었어. 사토루, 어떻게 된 거야?"

"나도 잘 모르겠어. 깜빡이는 빛을 보고 있었는데, 갑자기 머리가 멍해지며 정신을 집중할 수 없었어."

나는 퍼뜩 생각이 나서 소리쳤다. "아, 그때의 느낌과 비슷해. 쇼조지에서 호마단 불꽃을 봤을 때……."

슌이 겨우 일어서면서 고개를 끄덕였다. "역시 그래! 조금 전 그거, 최면술이야."

"최면술이 뭐야?"

"과거에 있었던, 사람의 마음을 조종하는 기술이야. 그걸 이용하면 암시를 걸어서 잠들게 하거나 고백하게 만드는 등 자기 마음대로 조종할 수 있대."

너무나 신기한 일이었다. 슌은 어디서 그런 지식을 얻는 것일까?

"우리 중에서 사키가 가장 태연했어. 잡으라고 고래고래 소리를 지를 정도였지. 둔해서 그런 거 아닐까?"

사토루의 말에 나는 발끈했다. "천만에! 선글라스를 쓰고 있었기 때문이야."

가장 둔한 사람은 마모루라고 말하고 싶었지만, 괜히 엉뚱한 사람에게 화풀이하는 것 같아서 입을 다물었다.

"최면술에서는 빨간빛과 파란빛의 깜빡임이 효과적이라고 하던걸. 빨간색 선글라스 덕분에 그 효과가 반으로 줄었나 봐. 잠시만 보여줘."

순은 또 어디서 알았는지 모를 이야기를 하더니, 내가 내민 선글라스를 쓰거나 허공에 비춰보았다.

"어쨌든 녀석에게 주력을 사용할 수 있는 게 사키뿐이라면 잡기는 상당히 힘들 것 같아. 더구나 좁은 곳으로 파고드는 걸 좋아하는 것 같고."

마리아가 평소의 그녀답지 않게 약한 소리를 했다. "얘들아, 그만 가자."

"그러면 카누 있는 데 가서 도시락을 먹는 게 어때?"

마모루의 의견을 약한 소리로 분류해야 할까, 아니면 엉뚱한 소리로 분류해야 할까? 그때 내 머릿속에서 한 가지 아이디어가 번뜩였다.

"괜찮아! 얼마든지 잡을 수 있어!"

반신반의했던 네 명의 얼굴이 내 설명을 듣는 사이에 할 수 있다는 희망으로 빛나기 시작했다. 솔직히 말해서 기분이 좋아지는 것은 부정할 수 없었다. 하지만 유사미노시로를 잡는 게 어떤 의미였는지, 이때까지는 아무도 알 도리가 없었다.

"됐어! 완전 대박이야! 이 녀석들, 꽤 맛있게 생겼는걸!"

잠시 휴식을 취해서 완전히 기운을 되찾은 사토루의 말을 듣고, 도시락을 다 비우고 충분히 영양을 섭취한 마모루가 빈정거렸다.

"이걸 보고 식욕이 동하는 사람은 1,000명 중 한 명밖에 안 될 거야."

순은 어이없는 표정이었지만 마모루의 말에는 나도 동감이었다.

우리 앞쪽의 2미터 높이에는 호랑이집게 세 마리가 떠 있었다. 모두 포기한 것처럼 꼼짝도 하지 않고 게거품을 뿜고 있다. 세 마리 모두 등딱지의 바탕 색깔은 짙은 초록색과 옅은 초록색, 갈색이 뒤섞여 있었지만, 무늬는 제각기 달라서 가장 큰 개체의 무늬는 지도처럼 보였다. 그리고 중간 개체에는 식물 뿌리를 연상케 하는 가느다란 줄무늬가, 가장 작은 개체에는 이끼가 자란 듯한 작은 반점이 들어 있었다.

지도 문양의 호랑이집게를 주력으로 공중에 띄운 사토루가 배쪽이 어떻게 되어 있는지 보기 위해 빙글 돌렸다. 다음 순간, 호랑이집게의 흉악한 본성이 고스란히 드러났다. 옆에 있는 줄무늬 개체가 눈에 들어왔는지, 헤엄칠 때 사용하는 네 번째 다리에 힘을 주고 허공에서 헤엄치는 동작을 하더니 집게를 쭉 펴면서 덤비려고 한 것이다.

"으악! 이 녀석, 뭐하는 거야?"

사토루는 한순간 겁먹고 도망치려다가 우리를 쳐다보고 쑥스러운 미소를 지었다.

우리는 튼튼한 으름덩굴로 세 마리를 묶었다. 호랑이집게가 최대한 자유롭게 움직일 수 있도록 하면서 덩굴에서 빠져나가지 못하게 묶는 것은 주력을 사용해도 쉬운 일이 아니었다. 손재주가 좋은 마리아가 양쪽으로 튀어나온 등딱지에 두 개의 고리를 걸고 나서 한가운데에서 묶었는데, 호랑이집게는 생각보다 교활해서 덩굴이 느슨해져 손에 닿는 범위에 들어온 순간 집게로 자르려고 했다.

그로 인해 등의 매듭에서 수십 센티미터까지는 대나무에 끼워서 집게가 닿지 않도록 연구해야 했다.

호랑이집게의 포획은 생각보다 훨씬 힘들었지만 결과는 대만족이었다. 세 개의 긴 덩굴 끝에 매단 호랑이집게의 모습은 어딘지 모르게 태곳적 물고기를 잡기 위해 훈련시킨 가마우지를 연상케 했다. 우리는 세 마리가 서로 가까이 다가가지 않도록 신경 쓰면서 유사미노시로를 찾기 시작했다.

덩굴 끝에 묶인 흉악한 호랑이집게를 조종하는 일은 그래도 즐겁지 않을까 하는 우리의 기대가 철저하게 배신당했다. 호랑이집게는 불행하게도 집게가 닿는 범위 안에 있는 모든 생물을 잡아서 속이 울렁거릴 만큼 탐욕스럽게 먹어치웠다. 처음에는 배를 채우면 탐험이 늦어지지 않을까 하는 걱정으로 잡은 먹이를 일일이 빼앗았는데, 날카로운 집게에 두 동강이로 변해 발버둥 치는 구렁이나 두꺼비의 모습에는 절레절레 고개를 흔들 수밖에 없어서 나중에는 하는 대로 내버려두었다. 만약 그 상태에서 아무런 성과도 없었다면, 친구들은 이렇게 불쾌한 사냥을 제안한 나를 마음속 깊이 원망했으리라.

그런데 호랑이집게를 잡은 지 한 시간쯤 지났을 때, 마리아가 조종하던 가장 작은 호랑이집게가 멋지게 목표를 발견했다. 신사 밑을 들여다보며 마리아가 지긋지긋한 표정으로 한 말을 지금도 똑똑히 기억하고 있다.

"얘가 또 뭘 잡았나 봐. 이번엔 조금 큰 것 같아……."

그 말을 듣고 우리는 당황감을 감출 수 없었다. 호랑이집게가 포유류를 잡아먹는 모습은 누구도 보고 싶지 않았던 것이다.

사토루가 고개를 돌리고 말했다. "꺼내봐."

"도와줘."

"너 혼자 할 수 있잖아. 주력으로 덩굴을 잡아당기면 되니까."

"혼자 하면 소름 끼치잖아."

마리아는 호소하는 눈길로 우리를 쳐다보았다. 나는 여기서 한 가지 사실을 고백해야 한다. 그때 내 호랑이집게가 뭔가 잡고 있는 척하며 둘도 없는 친구의 애절한 눈길을 무시했다. 조금 전에 사토루의 호랑이집게가 먹이를 갈기갈기 찢는 모습을 보고 속이 메슥거렸던 것이다. 백마의 기사 역할을 자처한 사람은 의외로 마모루였다.

"내가 도와줄게."

두 사람이 신사 밑에서 호랑이집게를 꺼내는 동안 나머지 세 명은 멀리 떨어져서 그 모습을 지켜보았다. 나는 토끼 같은 귀여운 동물이라면 구해주겠다고 마음먹었다. 맨 처음 알아차린 사람은 순이었다.

"아…… 아! 어? 잡았나 봐……."

그 소리를 듣고 우리는 일제히 호랑이집게의 집게 사이에 있는 것에 시선을 고정했다.

마리아가 소리쳤다. "유사미노시로야!"

이때 즉시 선글라스를 쓴 것은 누구도 알아주지 않는 나의 파인 플레이였다. 으름덩굴 끝에 묶여 있는 호랑이집게는 두 개의 집게로 사냥감을 꽉 잡고 있었다.

틀림없다. 조금 전에 놓친 녀석이다. 호랑이집게의 엄청난 힘에도 유사미노시로는 아직 어디 한 군데 잘리지 않고 도망치려고 정신없이 발버둥 쳤다. 그때 우리 시선을 알아차렸는지, 별안간 반투명 돌기부 끝에서 일곱 색깔의 빛을 내뿜었다.

"슌! 사토루! 잡아!"

그렇게 소리쳤을 때, 나는 조금 전 상황과 조금도 다르지 않다는 사실을 깨달았다. 나 이외의 네 명은 우두커니 서 있을 뿐이다. 유사미노시로의 최면술에 감쪽같이 걸린 것이다.

내가 잡는 수밖에 없다. 다행히 이번에는 강력한 아군이 있다. 최면술에 걸리지 않는 저급한 머리, 집게로 잡은 건 절대 놓치지 않겠다는 투지를 불태우며 부글부글 거품을 내뿜고 있는 흉악한 호랑이집게가.

선글라스를 쓰고 있을 뿐 아니라 이번에는 처음부터 빛을 보지 않도록 조심해서 그런지 머리가 어지럽지도 않았다. 나는 눈을 가늘게 뜨고 주력을 사용해서 빛나는 돌기를 순서대로 떼어냈다.

"파괴 행위를 그만두세요."

갑자기 들려오는 부드러운 여성의 목소리를 듣고 나는 소스라치게 놀랐다.

"누구죠? 어디 있어요?"

"당신이 파괴하는 건 공공의 재산인 도서관 비품이에요. 지금 당장 파괴 행위를 그만두세요."

목소리는 내 눈앞에 있는 유사미노시로에게서 들려왔다.

"네가 우리한테 최면술을 걸었기 때문이야."

"빛에 의한 현혹은 단말기계의 자기방어책으로, 법령 488722-5항에서 인정하고 있어요. 지금 당장 파괴 행위를 그만두세요."

"네가 최면술을 사용하지 않겠다면 나도 더 이상 빛나는 걸 떼어내지 않을게."

"거듭 경고하겠습니다. 지금 당장 파괴 행위를 그만두세요."

돌대가리처럼 융통성이 없는 유사미노시로의 말에 열이 받아서 나는 엄숙하게 선언했다.

"나도 경고하겠어. 네가 그만두지 않으면 나도 그만두지 않아. 빛나는 걸 전부 떼어내도 돼?"

순간, 유사미노시로는 놀랍게도 뿜어내던 빛을 멈추었다. 단순하기 짝이 없는 협박이 효과를 발휘한 것이다.

"얘들아, 괜찮아?"

나는 친구들을 둘러보았지만, 상당히 소극적으로 표현해도 전부 망연자실한 모습이었다.

"지금 당장 친구들에게 건 최면술을 풀어줘! 안 그러면 전부 잡아 뜯을 거야."

내가 목소리에 힘을 싣자 유사미노시로는 당황한 목소리로 대답했다.

"빛에 의한 현혹의 영향은 시간이 지나면 저절로 없어집니다. 국립정신의학연구소의 의학 리포트 49463165호에 따르면 후유증은 일절 없습니다."

"최면술을 풀어줘. 지금 당장! 안 그러면……."

다음 말을 계속할 필요는 없었다. 돌연 유사미노시로에게서 고막이 터질 듯한 날카로운 소리가 들렸다. 나도 모르게 귀를 막고 몸을 웅크리고 있자 친구들이 꿈에서 깨어난 양 천천히 움직였다. 나는 유사미노시로에게 눈길을 돌렸다. 혀와 입 안에는 턱이 빠질 만큼 수많은 질문이 채워져 있었다.

"넌 누구지? 대체 정체가 뭐야?"

"저는 국립국회도서관 쓰쿠바 관이에요."

"도서관?"

"기종 및 제품번호 말씀이라면 파나소닉 자주형 아카이브* 자율 진화버전 SE-778HX예요."

뒷말은 무슨 말을 하는지 도통 알아들을 수 없었다. 아무리 정체를 모르는 괴물이라고 해도 너무도 황당한 자기소개가 아닌가? 예를 들면 길거리를 걷고 있을 때 맞은편에서 빙긋이 웃으며 다가온 사람이 "안녕하세요, 저는 시민회관입니다"라든지 "저는 학교입니다"라고 말하는 것이나 마찬가지이니까.

나는 신중한 말투로 물어보았다. "지금 네가 도서관이라는 거야?"

"그렇습니다."

나는 새삼스레 유사미노시로의 몸을 뚫어지게 쳐다보았다. 불규칙한 꿈틀거림을 멈추거나 빛을 내뿜지 않으면 사람이 만든 것처럼 보이기도 한다.

"그러면 책은 어디 있지?"

"종이 매체에 인쇄된 인터페이스는 대부분 산화해서 썩었거나

---

* Archive, 특정 분야에 속하는 정보를 모아둔 정보 창고.

전란 및 파괴 행위로 불타는 바람에 현재는 존재하지 않습니다."

"이해할 수는 없지만 요컨대 책이 없다는 거야? 그러면 너는 텅 빈 도서관이야?"

"모든 정보는 아카이브에 탑재되어 있는 용량 890페타바이트 홀로그래픽 기억 장치에 들어 있어요."

무슨 말을 하는지 도통 알아들을 수 없다.

"……만약 네가 일부러 어렵게 말해서 은근슬쩍 넘어가려고 한다면, 역시 그 촉수를 전부 떼어내는 편이 좋을지도 모르겠군."

평소에도 이런 협박을 주특기로 삼고 있는 건 결코 아니다. 그 말과 동시에 유사미노시로의 대답이 들려왔다.

"모든 서적의 내용은 제 내부에 있는 기억 장치에 보존되어 있어서 수시로 불러낼 수 있어요."

여전히 무슨 뜻인지 모르지만 그래도 조금 나아졌다.

"모든 서적이라니, 어떤 거 말이야?"

겨우 말을 할 수 있게 된 사토루가 옆에서 끼어들었지만 아직 혀가 잘 돌아가지 않았다.

"서기 2129년까지 일본어로 출판된 모든 서적 3,824만 2,506권 및 영어를 비롯해서 다른 언어로 인쇄된 참고도서 67만 1,630권입니다."

우리는 서로 얼굴을 마주 보았다. 이엉마을에 있는 가미스 66초 최대 도서관에서도 평소에 공개하고 있는 장서는 고작해야 3,000권이 되지 않고, 지하의 대서고에 있는 모든 서적을 합쳐도 1만 권이 되지 않으리라. 이 조그만 몸에 그 4,000배에 가까운 서적이 들어 있다는 것은 사토루도 무색할 만한 허풍으로밖에 여겨지지 않았다.

"수시로 불러낼 수 있다는 건 언제든지 읽을 수 있다는 거야?"

"그렇습니다."

나는 반신반의하며 물었다. "그럼 내가 무슨 질문을 해도 네 안에 있는 작고 많은 책 중에서 정답을 찾아낼 수 있다는 거네?"

유사미노시로, 또는 국립국회도서관 쓰쿠바 관은 자랑스럽게 대답했다.

"네, 검색에 필요한 시간은 평균 60나노세컨드*입니다."

60나노세컨드라니, 무슨 말일까? 60초 정도 된다는 뜻일까?

"그, 그럼…… 묻겠는데……."

나는 갑자기 흥분이 되었다. 내가 알고 싶은 것에 대해서 무엇이든 대답을 얻을 수 있다는 것이다. 머릿속에서 단숨에 100개가 넘는 질문이 뛰어다녔다.

간발의 차이로 사토루가 세상에서 가장 한심한 질문을 했다. "이 주변에는 왜 이렇게 두꺼비가 많지?"

마리아가 물었다. "도서관이라면서 네 모습은 왜 그렇게 이상해?"

슌도 무슨 질문인가 했지만, 아직 최면술에서 깨어나지 않은 탓에 발음이 명확하지 않아서 알아들을 수 없었다. 내 머릿속에서 겨우 가장 묻고 싶은 것이 정해졌다.

"난 말이지, 내가 묻고 싶은 건…… 이 세상에 악귀가 정말 있

---

* 1나노세컨드는 10억 분의 1초.

어? 그리고 엄마는?"

우리는 마른침을 삼키고 기다렸다.

하지만 60초가 지나고 2분, 3분이 지나도 유사미노시로는 입도 벙긋하지 않았다. 더 이상 참을 수 없었는지, 가장 성질이 급한 사토루가 버럭 소리를 질렀다.

"야! 물었으면 대답을 해야지!"

"질문, 검색 서비스를 이용하기 위해서는 이용자를 등록해야 합니다."

상대의 목소리에서는 우리를 쓸데없이 기다리게 한 것에 대한 죄책감은 눈곱만큼도 찾아볼 수 없었다.

"왜 그걸 미리 말하지 않았지?" 사토루의 목소리가 약간 험악해졌다.

"이용자 등록은 어떻게 하는데?"

유사미노시로는 사토루의 말을 무시하고 나중에 한 마리아의 질문에만 대꾸했다.

"등록은 만 18세 이상만 가능하고, 이름과 주소, 나이를 증명하기 위해서는 다음의 서류가 필요합니다. 운전면허증. 의료보험증(주소가 기재된 것). 여권(생년월일과 현재 주소가 적힌 부분의 복사본). 학생증(주소, 생년월일이 기재된 것). 주민등록등본의 복사본(3개월 이내에 발급된 것). 공공기관에서 발행한 증명서 및 그것에 준한 것. 모두 유효기간이 지나지 않아야 합니다."

"18세 이상? 하지만 우리는……."

"또한 다음과 같은 서류로는 등록할 수 없으니 주의하시기 바랍

169

니다. 사원증, 학생증(주소 또는 생년월일이 기재되지 않은 것), 전철 정기권, 명함……."

유사미노시로가 지금 나열하는 건 먼 옛날에 효력을 가지고 있던 종잇조각의 명칭이다. 역사 시간에 사람 자체보다 종잇조각에 무게를 두었던 기묘한 시대에 관해서 배운 적이 있다.

"그런 게 없을 때는 어떻게 하면 되지?"

내 질문에 유사미노시로는 여전히 부드럽고 품위 있는 목소리로 대답했다.

"이용자를 등록하지 않으면 질문, 검색 서비스를 이용할 수 없습니다."

"그럼 어쩔 수 없지 뭐. 너를 산산조각 분해해서 안에 있는 책을 보는 수밖에."

"파괴 행위는 형사 처분 대상이 됩니다."

나는 사토루를 향해 개구리 해부에 관해서 의논하듯 말했다.

"어떻할까? 일단 촉수를 전부 떼어낸 후 절반으로 자를까?"

사토루는 내 의도를 알아차리고 히쭉 웃으면서 대답했다.

"글쎄, 두 동강 내기 전에 고무 같은 껍질을 먼저 벗기는 편이 좋을 것 같은데."

유사미노시로는 조금 전보다 더욱 부드러운 여성의 목소리로 밝게 대답했다.

"……서류에 의한 절차는 생략됐습니다. 지금부터 이용자를 등록하겠습니다. 이용하실 분은 한 사람씩, 되도록 또박또박 이름을 말씀해주십시오."

우리는 유사미노시로 앞에 서서 한 사람씩 이름을 말했다.

"홍채, 목소리 인증 및 뇌핵자기공명 화상 인증이 완료되었습니다. 이용자 등록은 유효합니다. 아오누마 슌 님, 아키즈키 마리아 님, 아사히나 사토루 님, 이토 마모루 님, 와타나베 사키 님은 오늘부터 3년간 질문, 검색 서비스를 이용하실 수 있습니다."

"그러면 이 주변에는 왜 이렇게 두꺼……."

또다시 얼토당토않은 질문을 하려는 사토루의 입을 슌이 오른손으로 막았다.

"묻고 싶은 건 엄청나게 많지만 일단 사키 질문의 대답을 듣고 싶어. ……이 세상에 정말 악귀가 있어? 그리고 업마는?"

이번에는 1초도 생각하지 않고 대답했다.

"악귀라는 단어는 데이터베이스에 67만 1,441건이 존재하는데, 대략 두 종류로 분류할 수 있습니다. 첫째, 고대의 전승에서 가끔 나타나는 상상 속 존재로 악마나 요괴, 식시귀*와 동일시하는 일도 있지만 실제로 존재하지는 않습니다. 둘째, 선사문명의 말기에 나타난 라먼 크로기우스 증후군, 일명 '닭장 속의 여우 증후군'에 해당하는 정신질환자를 가리키는 말입니다. 현재 그 존재는 확인되지 않았지만 예전에 존재한 것은 엄연한 사실이므로 앞으로 다시 태어날 가능성은 높다고 생각합니다."

우리는 서로의 얼굴을 바라보았다. 유사미노시로의 말을 충분히 이해한 것은 아니지만, 앞으로 결코 배울 수도 없고 알아서는 안

---

* 食屍鬼, 시체를 먹고사는 귀신.

되는 지식이라는 사실은 직감적으로 알 수 있었다.

"업마는 역시 선대문명이 붕괴하기 직전에 나타난 하시모토 아펠바움 증후군 중독기 환자에 대한 속칭입니다. 악귀와 마찬가지로 현시점에서 생존하는 업마는 없다고 생각하는데, 다시 나타날 위험성은 항상 존재하고 있습니다."

"그건……."

슌이 질문을 하려다 잠시 망설였다. 나는 창백한 그의 옆얼굴을 보고 그가 무슨 생각을 하는지 가슴 아플 정도로 알 수 있었다. 더 이상은 묻지 말아야 한다. 무의식의 경고는 그렇게 말하고 있었다. 하지만 안 된다는 사실을 알면서도 판도라의 상자를 여는 건 유사 이래에 변하지 않는 인간의 본성이 아닐까?

7

유사미노시로는 담담하게 설명했다. "……선사문명에서 오랫동안 초자연의 어둠 속에 숨어 있던 염동력 현상, 즉 사이코키네시스가 과학의 서광에 의해 조명을 받기 시작한 것은 기독교력으로 2011년의 일이었습니다."

지성이 느껴지고 여성스러움도 배어 있는 매력적인 목소리였지만, 발음이 너무도 정확해서 그런지 오히려 비인간적인 느낌이 들었다.

"그 이전에 사람들 앞이나 과학자의 감시하에 이루어진 사이코키네시스 실험은 반드시라고 해도 좋을 만큼 무참한 실패로 끝났죠. 하지만 2011년 아제르바이잔공화국의 인지과학자인 이믈란 이스마이로프 박사가 수도 바쿠에서 행한 실험은 거의 완벽하게 성공했습니다. 양자역학 분야에서는 관찰하는 것 자체가 대상에 영향을 미쳐서 변하게 만든다고 하는데, 사이코키네시스에서도 그런 현상이 미시적 세계에서 거시적 사상에까지 확대되리라고 예언한 사람은 과학자로서 이스마이로프 박사가 처음이었죠. 실험 결과를 부정적으로 예측하는 관찰자는 사이코키네시스의 발동에 잠재적 대항력으로 작용해서 실험에 심각한 영향을 미치므로, 이스마이로프 박사는 관찰 대상을 되도록 세분화해서 모든 관찰자가 전체 실험 내용을 모르도록 했으며, 본인을 포함해서 실험 의도를 아는 사람에게는 실험 날짜와 장소를 숨기는 다중맹검법에 의해……"

우리 다섯 명은 귀신에 홀린 것처럼 유사미노시로의 기나긴 이야기를 들었다. 이야기 내용은 털끝만큼도 이해할 수 없었지만, 우리 귀에서 뇌로 유입된 말은 메마른 땅을 적시는 빗물처럼 촉촉이 흡수되었다. 지금까지 세계에 관한 우리의 지식은 가장 중요한 조각이 빠져 있는 지그소퍼즐 같았다. 그런데 유사미노시로의 말은 그 빠진 부분을 채워주고 호기심의 갈증을 치유해주었다. 하지만 그것에 의해 나타나는 것이 온몸의 털이 곤두서게 만드는 지옥 그림이라고는 상상도 하지 못했다.

"……이스마이로프 박사가 발견한 세계 최초의 초능력자인 노나 말다노바라는 19세 여성이 할 수 있었던 것은 투명한 튜브로 둘러싸인 밀폐된 공간 안에서 깃털처럼 가벼운 플라스틱 공을 움직이는 일이었습니다. 하지만 화학 물질의 용액 속에서 맨 처음 태어난 하나의 결정이 주위를 똑같은 결정으로 바꾸듯, 그녀는 인류 전체의 변화를 촉구하기 위한 결정 역할을 했습니다. 그녀의 뒤를 이어 그때까지 세계 사람들의 마음속에 잠들어 있던 힘이 눈뜨기 시작한 거죠."

어느새 마리아가 옆으로 다가와서 내 손을 꼭 잡았다. 인류는 어떻게 해서 신의 힘인 주력을 손에 넣었을까? 그 최초의 상황이 우리의 역사 교과서 안에서 모호하게 처리되어 있었던 것이다.

"……사이코키네시스의 힘을 얻은 사람들이 급격히 증가하면서 결국 세계 인구의 0.3퍼센트에 이르렀지만, 이윽고 정체기로 들어갔습니다. 그 이후 장기에 걸친 사회적 혼란으로 인해 자료나 통계는 거의 없어졌으나 사이코키네시스 능력자 중에는 분열성 인격장애자의 비율이 높았다는 조사 결과가 남아 있습니다."

사토루가 이해할 수 없다는 듯이 중얼거렸다. "아니, 겨우 0.3퍼센트라고?"

나도 그 점은 이해할 수 없었다. 그렇다면 나머지 99.7퍼센트는 어떻게 된 것일까?

마리아가 물었다. "사회적 혼란 상태라니, 무슨 일이 일어났어?"

"처음에는 일반인들 사이에서 사이코키네시스 능력자에 대한 배척 운동이 일어났죠. 여명기의 능력자는 매우 미약한 파워밖에 발휘할 수 없었는데, 그래도 당시의 사회 질서를 무너뜨리기에 충분한 가능성을 가지고 있었으니까요. 일본에서 결정적인 방아쇠가 된 것은 바로 소년A가 일으킨 사건이었습니다."

마모루가 미간에 주름을 잡으며 물었다. "소년A라니, 그게 이름이야?"

"당시 미성년자가 범죄를 저지른 경우, 실명을 밝히는 일은 거의 없었습니다. 그래서 A라는 식으로 부른 거죠."

내가 조심스럽게 물었다. "그 애가 무슨 짓을 저질렀는데?"

최악의 경우에라도 남의 물건을 훔쳤다는 정도의 대답을 예상하며……

"A의 능력은 별로 뛰어나지 않았지만, 어느 날 사이코키네시스를 이용하면 어떤 자물쇠라도 마음대로 열 수 있다는 사실을 깨달았죠. 그는 그 능력을 이용해 한밤중에 연립 주택에 잠입한 후, 자고 있던 19명의 여성을 성폭행하고 그중 17명을 살해했습니다."

유사미노시로의 말이 끝나기도 전에 우리는 차갑게 얼어붙었다. 지금 내 귀로 들은 말을 도저히 믿을 수 없었다. 성폭행, 그리고 살해. ……사람을 죽였다는 말인가?

사토루가 갈라진 목소리로 말했다. "말도 안 돼! 그런 일은 있을 수 없어. A란 녀석은 사람이잖아. 사람이 사람을 죽였단 말이야?"

"그렇습니다. 그런데 A를 체포한 뒤에 똑같은 사건이 뒤를 이어 발생했는데, 대부분은 범인을 잡지 못하고 사건은 미궁에 빠졌죠. 수사 결과, CCTV의 기능을 망가뜨리는 등 사이코키네시스를 이용한 범죄라는 것이 명백해졌습니다. 그 결과 일반인의 분노는 모든 사이코키네시스 능력자에게 향해져서, 은밀한 괴롭힘에서 공개 처형에 가까운 폭행까지 많은 폭력 사건이 발생했죠. 사태가 심각해지자 능력자 쪽에서도 방어를 위한 조직을 만들었는데, 그중 가장

과격한 단체는 일반인을 도태시키고 능력자 사회를 수립하자고 외치더니, 결국 사이코키네시스를 이용해서 무차별 테러를 일으키기에 이르렀습니다. 여기에 여러 정치적, 인종적, 사상적 대립이 복잡하게 뒤얽히면서 어느덧 세계는 혼란스러운 전쟁의 시대로 돌입했죠. 예전에 경험한 적이 없는 만인에 대한 만인의 전투 상태가 끝없이 이어진 겁니다."

나는 입을 다물지 못하고 친구들의 얼굴을 둘러보았다. 모두 공포에 질린 나머지 표정을 잃어버렸다. 마모루는 귀를 막고 그 자리에 웅크리고 앉았다.

"……결국 군사강대국인 미국에서는 능력자를 근절하기 위한 내전이 시작됐습니다. 전기 충격을 가해서 능력자를 구분하는 간이판별기와 미국 전역에 넘치는 총기에 의해, 북미 대륙의 능력자는 한때 인구의 0.3퍼센트에서 0.0004퍼센트까지 격감했죠."

사토루는 계속 고개를 흔들며 "거짓말이야, 거짓말이야……"라고 중얼거렸다.

"……한편 과학 기술 대국인 인도에서는 능력자와 비능력자의 DNA 차이를 규명하는 데 성공한 이후, 유전자 조작에 의해 사이코키네시스 능력을 부여하는 연구가 급속도로 진행되었습니다. 유감스럽게도 이 연구는 결실을 맺지 못했지만, 이때의 연구 자료는 나중에 다른 형태로 도움이 되었죠."

나는 꿈에서 깨어난 기분으로 호랑이집게가 잡고 있는 기괴한 생물이자 기계를 쳐다보았다. 혹시 지옥에서 보낸 악마가 아닐까? 우리를 현혹시키는 기이한 말을 해서, 마지막에는 정신의 균형 상태를 일그러뜨리기 위해서…….

"……무슨 운명의 장난인지, 생명의 위기를 느끼는 상황 속에서 살아남은 능력자들의 사이코키네시스는 비약적으로 발전했습니다. 당초 사이코키네시스는 뇌에서 당을 분해해서 얻은 에너지를 사용하는 것에 불과하다고 여겼지만, 이윽고 사용할 수 있는 에너지에는 한계가 없다는 것이 밝혀졌죠. 당시 최강의 능력자는 이미 핵무기를 능가하는 힘을 가지고 있었다고 하더군요. 그리고 능력자들의 반격으로 형세가 역전되면서 사실상 지구상의 모든 정부는 와해됐죠. 그때 현재의 역사책에 실려 있지 않은 문명, 즉 선사 문명은 완전히 리셋되었습니다. 시곗바늘이 거꾸로 돌아가서 다시 암흑시대로 돌아간 거죠. 세계 인구는 전란과 기아, 전염병의 발생으로 대폭 감소해서, 전성기 인구의 2퍼센트 밑으로 줄었다고 합니다."

머릿속이 마비되면서 꺼림칙한 기분에 휩싸였다. 유사미노시로의 입을 막고 싶어도 무슨 말을 해야 좋을지 몰랐고, 입술 사이에서 말을 꺼내기조차 힘들었다. 아마 친구들도 똑같은 상태였으리라.

"……약 500년간 이어진 암흑시대에 관해서 세계 상태를 정확히 기록하는 것은 불가능합니다. 인프라가 붕괴되고 인터넷이 차단되면서 이윽고 자연히 소멸되었으니까요. 정보가 다시 지리적인 벽에 가로막히며 사람들은 좁은 세계에 갇히게 되었죠."

유사미노시로는 마치 재미있는 이야기라도 하는 것처럼 말을 이었다.

"하지만 그동안에도 많지는 않지만 서적이 간행되었습니다. 이

시대에 가장 신뢰할 수 있는 문헌을 보면, 동북아시아에서 인간 사회는 서로 받아들일 수 없는 네 종류의 단위로 나뉘어 있었다고 하더군요. 인구가 격감하면서 어느 정도 구분할 수 있게 된 거죠. 첫째, 소수의 사이코키네시스 능력자가 다수의 일반인을 지배하는 노예왕조. 둘째, 산속에 숨어 살거나 계속 이동함으로써 노예왕조의 위협에서 도망치는 비능력자인 수렵민족. 셋째, 가족 단위로 떠돌아다니며 사이코키네시스를 이용해 습격과 살육을 저지르는 약탈자들. 그리고 마지막은 선사문명의 유산으로 전력을 공급하며 근근이 과학 기술 문명을 전달하는 집단입니다. 말할 것도 없지만 서적을 계속 발행한 사람들은 네 번째 집단이죠."

그때 순이 기침으로 침묵을 깨뜨렸다. "서적이라면…… 조금 전에 말한, 네 안에 들어가는 엄청나게 작은 책들 말이야?"

겨우 화제가 바뀌자 다섯 명의 입에서 안도하는 숨소리가 새어 나왔다.

"아닙니다. 오래된 활판인쇄기술을 부활시켜서 만든 보통 서적이죠. 우리 도서관은 그것을 스캔해서 문자 데이터를 받아들인 겁니다."

중요한 부분에 이르면 여전히 무슨 말을 하는지 이해하기 어려웠다.

"그러면 너희는 네 번째 집단과 같이 있었어?"

"정기적인 접촉은 있었지만 그렇다고 항상 같이 행동한 건 아닙니다. 도서관의 존재 의의는 인류의 재산인 지식을 지키는 것이지만, 유감스럽게도 어느 시점부터 많은 사람들의 공격 목표가 되었죠. 따라서 로봇공학의 발달에 의해 대피 능력을 가진 자주형 아카이브가 만들어진 겁니다. 도시에서는 한때 하수도 안을 마음대로 돌아다닐 수 있는 기종도 만들어졌지요. 하지만 핵공격에 의해 도시 자체의 기능이 정지된 뒤에는 야생 동물처럼 야외에서 비와 이슬에 견디며 스스로 에너지를 섭취하여 완전한 기능을 유지할 수 있는 기종만 살아남았습니다. 그리고 다시 환경에 적응하면서 모습을 바꿀 수 있도록 업그레이드된 것이 자율진화버전인 저입니다."

유사미노시로의 말투에는 자랑스러움이 배어 있었다.

마모루가 주저앉은 채 고개를 들고 물었다. "스스로 에너지를 섭취한다고……? 넌 뭘 먹는데?"

"먹을 수 있는 크기의 생물을 잡아먹습니다. 물속에 있는 미생물은 그대로 흡수해서 소화시키고, 또 운이 좋으면 작은 포유류를 잡아서 피를 빨아먹는 기능도 있습니다."

상상만 해도 소름이 끼쳐서 나는 유사미노시로한테서 눈길을 돌렸다.

슌이 이야기를 원점으로 돌렸다. "……그다음에는 어떻게 됐어? 암흑시대에서 우리가 사는 시대 사이에 무슨 일이 일어났지? 암흑시대에는 인간 집단이 네 개밖에 없다고 했잖아. 그렇다면 그중 어떤 집단이……?"

그 말을 듣고 나도 깨달았다. 우리는 네 종류의 집단 중 어느 하나의 직계 자손이라는 사실을…….

"네 개의 집단 중에 맨 처음 세력을 잃은 건 약탈자들이었죠."

그 말에 나는 가슴을 쓸어내렸다.

"약탈자들은 수 명에서 20~30명에 이르는 혈연 지간으로, 적에게 잠시도 망설이지 않고 사이코키네시스를 행사하고 경우에 따라서는 한 마을을 몰살시키는 등 대량 학살도 마다하지 않는 공포의 대상이었습니다. 하지만 존재는 항상 불안정했죠. 약탈자 쪽에서 보면 사냥감인 노예왕조의 백성이나 유목민을 뿌리째 근절해서는 안 되지만, 상대 쪽에서 보면 약탈자가 위험한 해충에 불과했으니까요. 따라서 비능력자들은 수단과 방법을 가리지 않고 약탈자를 없애려고 노력했죠."

사토루가 묻지 말아야 하는 걸 물었다. "……무슨 수단을 사용했는데?"

"이유는 잘 모르지만 약탈자들은 선사문명의 유물인 자동 이륜차, 즉 오토바이를 좋아해서 이동할 때 항상 그것을 사용했죠. 이미 엔진이나 타이어는 만들 수 없었지만, 당시 사이코키네시스를 사용한 철제 기술은 부활되어 있었습니다. 약탈자들은 수백 킬로그램의 철제 프레임에 철제 바퀴를 붙인 뒤, 사이코키네시스를 이용해서 시속 300킬로미터로 들판을 질주하며 마을을 덮쳤죠. 비능력자인 마을 사람들에게 지평선에 보이는 모래 연기와 굉음은 곧 죽음의 신을 의미했습니다. 때문에 약탈자가 지나는 길에 함정을 파서 바닥에 날카로운 대나무를 꽂거나, 목이 지나가는 높이에 육안으로 보이지 않는 가느다란 줄을 쳤죠. 또 단순하긴 하지만 살상 능력이 높은 지뢰나 부비 트랩을 장치하고 그들이 약탈해갈 음식에 효력이 늦게 나타나는 독을 주입하기도 했으며, 약탈자가 폭행할 여자를 미리 선택하여 일부러 치명적인 전염병에 감염시키기도 했다고 합니다."

나는 다시 속이 메슥거리고 치밀어오르는 구토증을 참아야 했다.

"물론 약탈자 쪽 보복은 더 끔찍해서, 그들은 사이코키네시스를 가차 없이 행사하며 수많은 마을을 파괴했죠. 하지만 약탈자가 몰락한 결정적인 원인은 그들끼리의 항쟁과 내부 분열이었습니다. 애초에 공통의 적이나 사냥감에 대한 이해관계로 만들어진 그룹이라서, 구성원들 사이에 사소한 적의가 나타나자 먼저 *치지 않으면 당한다*는 망상적 공포가 끝없이 확대되면서 결국 파멸하는 결과를 맞이하게 된 것입니다."

모두 땀을 닦거나 배와 머리를 누르는 등 컨디션이 좋지 않아 보이더니, 이윽고 마모루가 덤불 옆에서 토하기 시작했다.

"닥쳐! 이 녀석 얘기는 들을 필요 없어!"

사토루의 제지에도 슌이 창백한 얼굴로 말했다.

"조금만 더…… 조금만 더 듣고 싶어. 약탈자는 이제 됐고, 다른 세 집단은 어떻게 됐지?"

"동북아시아에 할거했던 약 19개 노예왕조는 서로 불가침, 불간섭을 지킴으로써 600년 이상 유지되었습니다. 그동안 일본 열도에는 네 개의 노예왕조가 있었는데, 제 안에 남아 있는 것은 간토 지방 일대에서 추부 지방까지를 지배했던 신성벚꽃왕조뿐입니다. 신성벚꽃왕조는 간사이 지방의 서쪽 지역을 평정한 신야마토왕조의 뒤를 이어 강력한 세력을 자랑했는데, 570년 동안 즉위한 왕은 아흔네 명이나 됩니다."

"아흔네 명 전원의 전기는 필요 없어." 마리아가 얼굴을 찡그리며 말했다.

순은 우리 중에서 가장 속이 메슥거리는 듯했지만, 이를 악물고 물었다. "왜 그렇게 왕이 자주 교체되었지?"

"『신성벚꽃왕조의 연구』라는 책은 선사문명 역사학자인 J. E. 액턴의 잠언 '권력은 부패하고, 절대 권력은 절대적으로 부패한다'는 말을 인용했죠. 노예왕조를 지배한 사이코키네시스 능력자는 인류 역사에서 유례를 찾아볼 수 없을 만큼 신에 가까운 절대 권력을 장악했는데, 반면에 상상을 초월하는 대가를 치러야 했습니다."

유사미노시로의 말솜씨가 하도 탁월해서 우리는 자기도 모르게 빠져들었다.

신성벚꽃왕조의 권력기구는 몇몇 사이코키네시스 능력자에 의한 과두정치에서 숙청에 숙청을 거쳐 마지막에는 한 능력자가 절대왕정을 수립했다고 한다.

"왕은 항상 소재를 감추고 무수한 '그림자 무사'*를 대동했는데, 왕조에 여러 능력자가 존재하는 경우 단지 모습을 보고 염력으로 죽이는 암살 기도를 전부 막아낼 수는 없었습니다. 그래서 약탈자가 모습을 감춘 후에는 사이코키네시스 능력을 가진 단 하나의 가문에서 수십만 명의 국민을 지배하게 되었죠. 하지만 그렇게 해도 진정한 평화와 안정은 찾아오지 않았습니다."

"······이제 그만 돌아가자. 너무 피곤하기도 하고, 조금 전부터 계속 목도 말라."

---

* 影武者. 적을 속이기 위해 주요 인물처럼 가장해놓은 무사.

마모루가 두 손으로 귀를 막은 채 울상을 지으며 호소했지만, 그 자리에서 움직인 사람은 아무도 없었다.

"『신성벚꽃왕조의 연구』란 책에서는 비교적 권력을 오래 유지한 여섯 명의 왕을 연구해서, 공통으로 나타나는 특이한 정신질환에 관해 분석했습니다. 이를 조사하기 위해 '현장역사조사학회/벚꽃 관찰그룹'의 조사원 중 10여 명이 목숨을 잃어야 했죠."

우리 가운데 마모루를 제외한 네 명은 이때 이미 새로운 최면술에 걸렸을지 모른다. 유사미노시로의 목소리는 마치 고막을 관통해서 뇌 안쪽에 직접 울려퍼지는 듯했다.

"왕이 죽은 뒤에는 생전 업적에 따라서 시호가 붙는데, 그와는 별도로 일반 민중들이 붙인 악시도 남아 있습니다. 제5대 황제인 다이칸키제가 즉위할 때는 민중의 환호와 갈채가 사흘 밤낮을 멈추지 않았다고 하더군요. 과장된 표현이라고 여긴 사람이 많은데, 나중에 사실이라는 것이 밝혀졌습니다. 맨 처음 박수를 그만둔 사람부터 100명까지 사이코키네시스를 이용해 몸에 불을 붙인 후, 몸부림치는 새카만 숯덩어리로 만들어 축제의 제물로 왕궁에 장식했기 때문이죠. 사람들은 이때부터 다이칸키제에게 아비규환왕 이라는 악시를 바쳤습니다."

유사미노시로의 단조로운 목소리가 이어졌다.

"제13대 아이린제는 잔혹여왕이라는 악시로 알려져 있습니다. 조금이라도 자기 뜻을 거역하는 사람을 매일 아침 더할 수 없이 잔혹한 방법으로 공개 처형하는 것에 무한한 기쁨을 느꼈기 때문이죠. 그로 인해 궁에서 일하는 사람들은 토하지 않도록 밥을 먹지 않고 궁에 가는 것이 관습이었다고 하더군요.

……제33대 황제, 간조제는 생전부터 시랑*왕이라는 이름으로 불렸는데, 그것이 그대로 악시로 정착되었습니다. 황제가 길거리를 산책한 후에는 마치 짐승에게 뜯어 먹힌 양 무참한 시체가 산더미처럼 쌓여서였죠. 간조제의 사이코키네시스 이미지는 살아 있는 인간의 사지를 뜯어먹는 거대한 짐승의 턱이었는데, 일부 시체에는 간조제의 잇자국이 남아 있었다고 하더군요.

……간조제의 아들, 제34대 황제 준토쿠제는 사후에 악마왕이란 악시를 받았습니다. 열두 살 때 의자에 앉아 잠자던 아버지의 목을 잘라 개 먹이로 주었을 때는 오히려 민중의 찬사를 받았죠. 하지만 그 이후 그의 가슴속에는 자신도 살해되지 않을까 하는 공포가 싹텄습니다. 그로 인해 어린 동생과 사촌 형제들, 자식들의 목숨을 연이어 빼앗고, 시체를 갯지렁이나 갯강구에게 먹으라고 주었죠. 그런데 사이코키네시스 능력을 가진 후계자가 줄어들면서 그의 권력 기반은 새로운 위기에 처했습니다. 비능력자인 민중에 의한 암살 기도가 일어나기 시작한 겁니다. 그 이후 그는 누구든 가리지 않고 살아 있는 인간을 하등 동물의 먹이로 만드는 것에 기이하리만큼 정열을 바치게 되었죠.

……제64대 황제, 세이시제에겐 즉위하기 전부터 올빼미여왕이라는 별명이 있었습니다. 기이한 신비주의에 빠진 끝에 괴물 같은 올빼미 이미지를 만든 후, 그녀는 새로운 사명을 발견했죠. 보름달

---

* 豺狼, 승냥이와 이리.

이 떠오른 밤이면 임신한 여성을 납치해 배를 가르고 태아를 꺼내 꼬챙이에 꿴 후, 기이한 신을 섬기는 제단에 바치는 겁니다."

온몸이 바들바들 떨렸다. 나도 주력을 사용할 때 비슷한 이미지를 떠올린 적이 있다. 어둠 속에서 날아오르는 거대한 맹금의 모습을 선명하게 떠올린 것이다.

"……왕조 말기에 이르자 후계자가 왕을 살해하고 왕위를 찬탈하는 것이 통례가 되었습니다. 후계자가 사춘기에 이르러 사이코키네시스를 가지게 된 순간부터 선왕의 목숨은 풍전등화로 변했습니다. 그로 인해 왕은 항상 왕자들을 엄격하게 감시하고, 반란을 일으킬 것 같으면 선수를 쳐서 살해하거나 두 눈을 빼내 지하 감옥에 유폐시키는 것이 일상다반사였습니다.

제79대 황제, 지코제는 아홉 번째 생일날 밤에 사이코키네시스를 사용할 수 있다는 사실을 알아차렸습니다. 그는 새벽녘에 왕궁에 가서 벽에 쭉 늘어서 있는 거대한 항아리 뒤에 숨었죠. 그곳은 마침 왕좌를 볼 수 있는 위치였습니다. 이윽고 아버지인 세이신제가 나타나서 왕좌에 앉은 순간, 그는 아버지의 심장을 멈추게 만들었습니다. 그리고 사이코키네시스를 이용해서 아버지가 살아 있는 것처럼 위장한 후, 알현하러 나타나는 아버지의 심복이나 측근의 목을 닭처럼 비틀어 항아리 안에 숨겼죠. 그가 죽인 신하는 20여 명에 이르렀는데, 신성벚꽃왕조 사상 최악의 대량 살육자인 그에게는 예행연습에 불과했습니다. 그는 숨 쉬듯 사람을 죽였다고 하는데, 때로는 거의 무의식 상태에서 사이코키네시스를 이용하여 신하와 백성들을 학살했죠. 그가 왕위에 있었을 때 왕조의 인구는 절반으로 줄어들었으며, 야산에 방치된 시체로 인해 가는 곳곳마다 파리 떼들이 새카맣게 몰려들고 시체 썩는 냄새가 몇 킬로미터까지 났다고 하더군요. 지금 남아 있는 것은 지코제라는 이름 대신 시산혈하*왕이라는 악시뿐인데, 인간이라고 할 수 없는 성격을 말해주는 일화 중에⋯⋯."

다음 순간, 사토루가 주위가 떠나가라 절규했다.

"그만해! 그만하란 말 안 들려? 이런 얘기에 무슨 의미가 있지? 전부 엉터리일지도 모르잖아! 슌, 이제 그만해. 듣고 있으려니 머리가 이상해지는 것 같다고."

"⋯⋯나도 이런 얘기를 듣고 싶은 건 아니야."

슌은 핏기를 잃어버린 입술에 침을 묻히고 나서 유사미노시로를 똑바로 쳐다보았다.

"우리 사회는 어떻게 만들어진 거지? 내가 알고 싶은 건 그거야. 이제 쓸데없는 말은 그만두고 우리 사회가 어떻게 만들어졌는지에 대해서만 말해줘."

"500년에 이르는 암흑시대는 노예왕조의 종언에 의해 막을 내렸습니다. 이미 대륙과는 교섭이 없어지고, 일본 열도를 지배하던 모든 왕조는 세대 간의 혹독한 도태에 의해 결국 사이코키네시스 능력자의 혈통이 끊어졌습니다. 권력의 핵심이 없어진 왕조는 분열되어 서로 싸우기만 했죠. 산과 들을 떠돌던 수렵민은 왕이 없는 노예왕조의 마을을 공격했는데, 마을들이 합종연횡하여 이에 대항

---

* 屍山血河, 산더미 같은 시체와 강물처럼 흐르는 피.

하면서 전쟁은 점점 확대되었습니다. 불과 수십 년의 전란으로 인해 과거 500년간 사이코키네시스에 의해 학살된 숫자를 능가하는 희생자가 생겼습니다. 이 혼란을 수습하기 위해 결국 그때까지 철저하게 방관하던 과학문명의 계승자들이 일어섰죠."

역시 그렇다. 나의 마음속에서는 안도와 함께 뜨거운 감동이 퍼져나갔다. 우리는 노예왕조의 피를 이어받은 것도 아니고, 더구나 약탈자의 자손도 아니다. 인류의 이성을 지켜온 사람들의 후예였던 것이다.

"……그런데 어떻게 지금의 사회가 생겼지? 그리고 노예왕조의 백성이나 수렵민들은 주력…… 사이코키네시스가 없었잖아? 그 사람들은 어디로 갔지?"

순은 계속해서 질문을 던졌지만 유사미노시로의 대답은 그의 기대를 배신했다.

"그 이후, 현재에 이르는 역사에 관해서 신뢰할 수 있는 문헌은 거의 없습니다. 따라서 유감스럽게도 그 질문에는 대답해드릴 수 없습니다."

마리아가 삐죽 입술을 내밀었다. "왜지? 과학문명의 계승자들이 계속 책을 냈다면서?"

"암흑시대에는 그러했죠. 하지만 혼란 상태를 수습하고 새 사회를 만드는 와중에 그들은 새로운 방침을 채택했습니다. 모든 지식을 양날의 검으로 보고 엄격하게 관리하면서, 많은 서적을 불태우기로 결정한 겁니다. 국립국회도서관 쓰쿠바 관, 즉 저는 종합적인 상황으로 볼 때 위기라고 판단하고 다수의 분신(backup)과 함께 당분간 쓰쿠바 산속으로 대피하기로 결정했습니다."

유사미노시로의 시간 감각으로는 수백 년이 당분간에 속하는 것이리라.

"그 이후 도서관의 외부 모양을 바꾸고, 무수한 촉수를 가진 미노시로로 의태했습니다. 가령 주력을 가진 인간이 발견해도 최면술을 이용해서 도망칠 수 있도록 빛을 내뿜는 기능을 추가하고, 그리고……."

순이 답답하다는 듯 소리쳤다. "내가 알고 싶은 건 그게 아니야! 우리 사회가 그 이전과 달라진 게 뭐지? 아니, 하나도 달라지지 않았어. 지금 우리 사회를 만든 건 과학문명을 이어받은 사람들이잖아. 우리의 선조도 주력을 가지고 있었을 텐데, 노예왕조의 왕이나 약탈자들과 달리 서로 싸우지 않았어. 그건 왜지?"

"그야……."

당연하지, 라고 말하려고 하다가 나는 말을 집어삼켰다.

조금도 당연하지 않다는 사실을 깨달은 것이다. 만약 세상에서 가장 추악한 이 이야기꾼의 말이 사실이고 인류 역사가 그렇게까지 피로 얼룩져 있다면……. 만약 인간이라는 생물의 본성이 호랑이집게가 무색하리만큼 폭력적이라면 어떻게 우리 사회만이 예외적으로 싸우지 않고 살아남을 수 있었을까?

"선사문명 말기에 사이코키네시스에 숨어 있는 무한한 가능성, 다시 말해 가공할 만한 파괴력에 대해 깊이 인식한 이후, 가장 큰 고민은 어떻게 하면 인간을 향한 공격을 막느냐는 것이었죠. 이에 관해 심리학과 사회학, 생물학 등 분야에서 많은 연구가 이뤄졌는데, 마지막으로 채택한 방법이 무엇인지에 대한 자료는 없습니다."

나는 유사미노시로를 노려보며 물었다. "예를 들면 어떤 방법을 생각했지?"

"가장 먼저 등장한 것은 교육의 중요성이었습니다. 유아기의 정조 교육과 모자 관계부터 윤리 교육, 세뇌적인 종교 교육에 이르기까지 모든 교육 방법에 대해 철저한 논의가 이루어졌죠. 하지만 그 결과 알게 된 건 교육은 생사를 결정할 만큼 중요하기는 해도 만능은 아니라는 것입니다. 결국 어느 정도 완벽한 교육 제도를 만들어도 인간의 공격성을 완전히 막기는 불가능하다는 결론에 이르렀습니다."

여러 서적에서 해당되는 부분을 꺼내 말하는 것일 텐데, 유사미노시로의 말투는 마치 자신의 신념을 말하는 것처럼 매끄러웠다.

"그다음에 눈길을 돌린 것은 심리학적 방법입니다. 분노 조절에서 선(禪)이나 요가, 초월 명상 등을 응용한 정신적 수행, 나아가서는 향정신성 의약품을 사용한 극단적인 방법까지 연구했지요. 모두 효과는 있었지만 이것도 만능이 될 수 없다는 사실이 밝혀졌습니다. 하지만 심리 테스트나 성격 검사를 통해서 문제를 일으킬 가능성이 있는 아동은 사전에 거의 100퍼센트 걸러낼 수 있다는 연구 결과는, 다음의 중요 단계인 '썩은 사과 이론'으로 이어졌습니다. 따라서 그 이후 위험한 인자를 가진 아동은 미리 배제한다는 사고 방식이 주류를 이루었습니다."

차가운 공기가 등줄기를 가로질렀다. 생각하고 싶지 않아도 생각할 수밖에 없었다. 그 사고방식은 지금도 이어지고 있는 게 아닐까? 와키엔에도, 전인학급에도…….

"하지만 그렇게 해도 위험을 완전히 피할 수는 없었습니다. 매우 평범한 시민, 온화하고 친구들도 많고 사회생활을 원만하게 하는 사람이라도 분노에 휩싸이면 자신을 잊어버리는 순간이 있으니까요. 연구에 따르면 인간이 느끼는 스트레스의 90퍼센트 이상은 다른 사람으로부터 기인한다고 하더군요. 자기도 모르게 격렬한 분노와 적의를 가진 순간 눈앞에 있는 사람의 머리를 박살 낸다면, 과연 평온한 사회생활을 유지할 수 있을까요?"

유사미노시로의 말투는 하도 교묘해서, 우리는 반론도 하지 못하고 듣는 수밖에 없었다. 지금 생각하면 그 화술 역시 그의 자기 방어술이었을지도 모른다.

"심리학적 접근이 벽에 부딪히자 그것을 보완하는 수단으로 향정신성 의약품을 이용한 뇌 내 호르몬의 균형 관리를 도입했는데, 이것도 즉시 한계를 드러냈습니다. 모든 사람에게 계속 약을 투여할 수는 없으니까요. 그 대신 각광을 받은 것이 동물행동학이었죠. 그중에서도 주목을 받은 것은 보노보라는 영장류의 사회였습니다. 침팬지가 종종 친구를 공격하고 때로는 죽음에 이르게 하는 것과 달리 피그미침팬지라고도 불리는 보노보 사이에서는 거의 투쟁을 볼 수 없으니까요."

내가 물었다. "특별한 이유라도 있어?"

"보노보는 개체 간의 긴장과 스트레스가 높아지면 농밀한 성적 접촉으로 해소합니다. 성숙한 수컷과 암컷의 경우에는 성행위를 하고, 동성 간이나 미성숙한 개체인 경우에는 성기를 어루만지는 등 유사성행위를 하죠. 그 덕분에 싸움은 미연에 방지되고, 무리 질서도 유지되는 겁니다. 그래서 영장류 연구자와 사회학자들은 인간 사회를 침팬지형 전투사회에서 보노보형 사랑사회로 바꿔야 한다고 주장했습니다."

"어떻게 바꾸는데?"

"『사랑의 사회로』란 책에선 3단계로 제안하고 있습니다. 제1단계는 육체적 접촉을 자주 할 것. 악수나 포옹, 뺨에 키스하는 것 등. 제2단계는 유아기에서 사춘기까지 이성뿐 아니라 동성 간에도 성적 접촉을 장려할 것. 오르가슴을 동반한 유사성행위로 인간을 향한 긴장을 완화하는 습관을 갖게 할 것. 그리고 제3단계는 성인들 사이의 완전한 프리섹스. 단, 여기에는 반드시 편리하고 신뢰할 수 있는 피임 방법이 있어야 하죠."

우리는 서로의 얼굴을 바라보았다.

마리아가 미간에 주름을 잡고 반신반의한 표정을 지으며 물었다. "……그러면 옛날 사람은 그렇게 하지 않았어?"

"현재 상황에 관한 자료가 없어서 비교하기는 어렵지만, 선사문명에서는 육체적 접촉에 여러 가지 금기 사항이 있었습니다. 또 여러 지역에서 동성애를 금지하고 억압했어요. 프리섹스도 마찬가지입니다."

우리는 일상의 모든 장면에서 다른 사람과 접촉한다. 남자와 여자, 여자와 여자, 남자와 남자, 어른과 어른, 아이와 아이, 어른과 아이 등, 사람과 사람의 친밀한 교류는 기본적으로 선이다. 물론 임신할 가능성이 있는 행위는 특별해서, 소정의 조건을 만족시킨 후 윤리위원회에 허락을 받아야 하지만.

"하지만 그래도 충분하지 않다는 사실을 알게 되었습니다. 컴퓨터 시뮬레이션에서는 지금까지 말한 조치를 완벽하게 실시해도 10년 이내에 모두 무너진다는 충격적인 결과가 나왔죠. 원인은 누구나 알고 있었습니다. 사이코키네시스 사회에서는 구성원 전원이 핵미사일 버튼을 가지고 있는 거나 마찬가지로, 한 사람의 폭주로 사회 전체가 무너질 수 있기 때문이죠."

유사미노시로의 말은 여전히 절반밖에 이해할 수 없었다. 그럼에도 사태의 심각성은 피부 속까지 스며들었다.

"인간의 행위는 교육이나 심리학, 불량품을 선별하는 생산공학 등의 방법으로 대부분 조종할 수 있고, 인간을 일개 영장류로 간주한 동물행동학을 응용해서 안전성을 높일 수 있습니다. 하지만 진심으로 사회라는 댐을 지키려고 한다면 아주 미세한 개미구멍도 허용할 수 없지 않을까요? 그것을 해결하는 최종적인 방법은 인간을 사회성을 가진 포유류에 불과하다고 간주하는 것이었습니다."

참으로 어이없는 일이었다. 겨우 신의 힘을 손에 넣었는데, 너무도 강력한 힘을 제어하기 위해 스스로를 인간에서 원숭이, 원숭이에서 단순한 포유류로 폄하해야 하다니!

"선사문명기의 동물행동학자인 콘라트 로렌츠는 늑대나 까마귀처럼 강력한 살상 능력을 가지고 있으면서 사회생활을 하는 동물들은 동종 간 공격을 피하기 위한 생득적(生得的) 기구를 가지고 있다고 말했습니다. 이것이 공격제어죠. 한편 쥐나 인간처럼 강한 공격력을 가지고 있지 않은 동물은 공격제어가 충분하지 않기 때문에 종종 동종 간의 과잉 공격과 살육이 이루어집니다. 따라서 사이코키네시스를 가진 인간이 집단으로 사회생활을 하기 위해서는 강력한 방법으로 공격을 제어해야 합니다."

순이 혼잣말처럼 중얼거렸다. "공격을 제어하다니, 어떻게?"

"유일하고 효과적인 방법은 인간의 유전자를 바꾸는 것이었습니다. 이미 늑대의 DNA를 해독해서 공격제어를 관장하는 유전자는 밝혀져 있었지요. 단, 그것을 그대로 도입할 수는 없었습니다. 공격제어의 강도는 공격 능력에 맞아야 하기 때문입니다."

"즉, 사람에게 적용한 공격제어는 늑대 정도가 아니라 상상을 초월할 만큼 강력했다는 말이야?"

"실제로 유전자 조작으로 제어를 했는지 여부는 자료가 없어서 말씀드릴 수 없습니다. 하지만 인간의 유전자에 집어넣으려고 한 메커니즘은 두 종류입니다. 하나는 늑대와 똑같은 보통의 공격제어, 또 하나는 '괴사기구(愧死機構)'라고 하는 겁니다."

충격이 온몸을 뛰어다녔다. 괴사라는 단어는 와키엔 시절부터 계속 배워서 우리 의식에 깊숙이 뿌리를 내리고 있다. 그것은 인간에게 있어서 가장 부끄럽고 추악한 죽음이 아닌가?

"당초에 공격제어를 보완하기 위해 구상한 '양심기구'는 사이코키네시스를 이용해서 인간을 공격하려고 한 경우, 사고의 집중을 방해하는 뇌 내 메커니즘이었습니다. 하지만 효과가 불안정해서 결국 실현되지 않았죠. 그 대신 개발된 것이 훨씬 단순하고 결정적인 효과가 있는 괴사기구였습니다. 괴사기구의 작용 구조는 다음과 같습니다. 우선 자신과 똑같은 인간을 공격하려 한다고 뇌가 인식하면 무의식적으로 사이코키네시스가 발동해서 신장 및 부갑상선의 기능을 정지시키죠. 그러면 불안과 두근거림, 발한 등의 경고 작용이 나타나는데, 그 효과는 학습이나 동기 부여, 암시 등에 의해 강화할 수 있습니다. 이 단계에서 대부분의 사람은 공격을 중지하는데, 그래도 계속 공격하는 경우에는 저칼슘혈증에 의한 경직 발작으로 질식하든지, 칼륨의 농도가 급증하면서 심장이 멈추게 됩니다."

사토루의 입에서 비통한 신음이 흘러나왔다. "그럴 수가…… 말도 안 돼……!"

이 말이 사실이라면 우리가 지금까지 믿은 것은 대체 무엇이었을까? 학교에서는 우리에게 이렇게 가르쳤다. 인간은 높은 덕을 가져서 신의 힘을 가지게 된 것이라고……. 하지만 사실은 죽음이라는 굴레가 없으면 서로 계속 싸워야 하는, 늑대나 까마귀보다 열등한 어리석은 동물에 불과하다는 것이 아닌가?

마리아가 달려들 것처럼 말했다. "거짓말이야! 전부 엉터리야!"

"하지만 앞뒤가 맞아." 슌이 나지막하게 중얼거렸다.

"지금 이런 얘기를 믿어?"

슌은 따지듯 묻는 내 말에 대답하지 않고 유사미노시로에게 질문했다.

"……악귀가 나타난 건 그다음이야?"

슌의 질문에 나는 얼굴을 찡그렸다. 분명히 우리 질문은 거기서부터 시작되었다. 하지만 지금까지 들은 이야기와 악귀가 무슨 관계가 있다는 것일까?

"아닙니다. 악귀, 즉 라면 크로기우스 증후군은 선사문명이 무너지기 전에도 존재했다고 합니다. 또한 업마라고 하는 하시모토 아펠바움 증후군도 거의 같은 시기에 발생했다고 추측하고 있죠. 단, 그 이후에 이어진 혼란기와 암흑시대, 전란 시기에는 그것을 주목하는 사람이 없었지만요."

그때는 그 말을 제대로 이해할 수 없었다. 하지만 지금 생각하면 폭력이 지배하던 시대에는 죽음과 유혈이 너무도 일상적인 일이라서, 그들의 존재가 감추어져 있었다는 말이 아닐까?

순이 날카로운 목소리로 질문을 던졌다. "그러면 악귀와 업마가 주목을 받은 건 우리 사회가 생기고 난 이후란 말이네? 하지만 지금의 사회 시스템은 마치 악귀와 업마를 방지할 목적으로 이루어진 것 같잖아."

"현재 사회체제에 관해선 자료가 없어서 대답할 수 없습니다."

"그런데 악귀는 왜 조금 전에 말했던 괴사기구를⋯⋯."

그때 사토루가 당황한 표정으로 끼어들었다. "자, 잠시만! 순은 이해했을지 모르지만 우리는 유사미노시로의 이야기를 따라갈 수 없어. 악귀라니⋯⋯ 그 라면인지 라면인지 하는 건 뭐지? 그리고 악귀와 업마는 어떻게 다르지?"

"라면 크로기우스 증후군은 그 이름처럼⋯⋯."

우리는 귀를 쫑긋 세웠지만 그다음 이야기는 영원히 들을 수 없었다. 별안간 유사미노시로와 그를 잡고 있던 호랑이집게가 격렬한 불길에 휩싸인 것이다.

우리는 무의식중에 뒤로 물러나서 아연한 얼굴로 사태를 지켜보왔다. 그렇게 강인한 호랑이집게도 유사미노시로를 뿌리치고 불길에서 도망치려고 했다. 집게를 마구 휘두르며 몸을 땅에 문질러도 초자연적인 불길은 꺼지지 않았다. 호랑이집게는 손톱으로 유리를 긁는 듯한 날카로운 비명을 지른 뒤 열 개의 다리를 웅크리더니 마침내 꼼짝도 하지 않았다.

유사미노시로도 몸을 꿈틀거리며 거품투성이의 점액을 대량으로 분비하여 불을 끄려고 했지만, 지옥의 업화에는 저항할 도리가 없었다. 무수한 촉수는 새빨간 불길 속에서 새카맣게 타들어가고, 온몸을 덮고 있는 고무 같은 피부는 구멍이 숭숭 뚫리더니 순식간에 줄어들었다.

순간, 불길에 휩싸여 있는 유사미노시로 위로 기묘한 것이 나타났다. 어린아이를 껴안고 있는 어머니의 입체 영상이다. 어머니는 눈물을 글썽이며 애원하는 눈길로 우리를 바라보았다. 우리는 숨이 막히고 온몸이 굳어져서 꼼짝도 할 수 없었다. 모자의 영상이 나타난 직후에 이상하게도 불이 꺼졌다. 하지만 유사미노시로는 최후의 카드를 너무 늦게 꺼냈다. 지지직 하는 소리와 함께 영상에 이상한 줄무늬가 나타나더니, 서서히 어두워지면서 이내 사라진 것이다. 이윽고 유사미노시로는 호랑이집게처럼 꼼짝도 하지 않았다. 시커멓게 눌어붙은 표면에서 악취 나는 새하얀 연기가 피어올랐다.

사토루가 우리를 둘러보더니 메마른 목소리로 물었다. "대체 누구지……?"

"누구라니?" 아연해 있던 마리아가 반문했다.

"지금 보고도 몰라? 왜 갑자기 불이 붙었겠어? 이건 주력으로 불을 붙인 거야. 대체 누가 그랬지?"

"내가 그랬다."

등 뒤에서 들리는 이 말을 듣고, 우리는 기겁을 하며 펄쩍 뛰어올랐다.

우리 뒤에는 어느 사이엔가 스님 같은 사람이 서 있었다. 놀라울 만큼 키가 크고 눈빛은 매처럼 날카로우며, 깎아올린 머리는 새파랗고 기다란 얼굴의 이마에는 땀이 배어 있었다.

"그건 망언을 해서 사람의 마음을 현혹시키는 요괴다. 발견하는 즉시 태워버려야 한다. 그나저나 너희는 여기서 뭐하는 거지?"

"저희는……."

사토루가 대답하려고 했지만 순간적으로 좋은 변명이 떠오르지 않는지 입을 다물었다. 마리아가 옆에서 도와주었다.

"하계 캠프를 하기 위해 도네 강을 거슬러 올라왔어요."

"학교에서 여기까지 와도 좋다는 허락을 받았나?"

팔짱을 끼면서 그렇게 묻는 스님의 표정이 점점 험악해졌다. 더이상 거짓말을 하면 무서운 치도곤을 당할 것 같았다.

슌이 순순히 사죄했다. "……죄송합니다. 허락은 받지 않았습니다. 어쩌다 보니 여기까지 왔을 뿐입니다."

"어쩌다 보니 여기까지 왔다고……? 호랑이집게를 잡아 놀고 있었는데 어쩌다 보니 그 요괴를 잡았고, 어쩌다 보니 악마의 말을 열심히 듣고 있었던 거군."

우리는 누구 한 사람 대꾸할 수 없었다. 이 상황에서는 변명할 도리가 없었다.

"나는 쇼조지의 세이도로 있는 리진이다. 너희에 대해선 잘 알고 있다."

세이도란 절에서 교육을 담당하는 가장 높은 직책을 말한다. 그 제야 생각이 났다. 쇼조지에서 성장 의식을 할 때, 무신 대사 옆에 이 승려가 있었다는 것이……

"나하고 같이 절에 가야겠다. 무신 대사님 말씀을 듣기 전에는 집으로 돌려보낼 수 없다."

"잠시만요. 그전에 한 가지 묻고 싶은 게 있습니다." 슌이 유사미 노시로의 잔해를 가리키며 말을 이었다. "저 녀석 말은 전부 거짓말이었나요?"

슌이 말하는 동안 우리는 조마조마해서 견딜 수 없었다. 왜 이 런 상황에서 그렇게 쓸데없는 질문을 하는 것인가? 예상대로라고 할까, 리진 스님의 눈에 기이한 빛이 감돌았다.

"진짜라고 생각하나?"

"잘 모르겠습니다. 저희가 학교에서 배운 지식과 너무 달라서요. 하지만 나름대로 앞뒤가 맞는다고 생각합니다."

슌의 말은 우리의 솔직한 마음을 대변해주었다. 하지만 이런 경 우에 솔직함이 반드시 미덕이라고는 할 수 없으리라.

"너희는 규칙을 깨뜨리고 와서는 안 될 곳에 왔다. 더구나 금기를 어기고 악마의 말에 귀를 기울였다. 하지만 문제는 그다음이다."

리진 스님의 목소리는 우리의 간담을 서늘하게 만들 만큼 차갑 고 서늘했다.

"너희는 윤리 규정의 가장 근간에 있는 십중금계*의 제10조, 불방삼보계**를 어겼다. 악마의 목소리를 듣고 부처님의 가르침에 이의를 제기한 것이다. 따라서 나는 지금 당장 너희들의 주력을 동결시키겠다."

말을 끝내기가 무섭게 그는 품에서 종이다발을 꺼냈다. 그리고 종이를 두 장 겹쳐서 만든 인형 다섯 개를 우리 앞에 내려놓았다. 인형의 머리와 몸에 쓰인 범자와 기괴한 문양을 보고 나는 쇼조지의 의식을 떠올렸다. 무신 대사가 내 주력을 일시적으로 봉인했을 때를…….

싫다. 주력을 잃고 싶지 않다. 와키엔을 졸업하기 전에 곱씹었던 견딜 수 없는 무력감과 의지할 데 없는 허탈감은 두 번 다시 맛보고 싶지 않다. 하지만 우리에게는 거역할 방법이 없었다.

리진 스님이 쩌렁쩌렁한 목소리로 선언했다. "지금부터 너희의 주력을 이 인형 안에 봉인하겠다. 각자 인형을 조종해서 일으켜 세워라."

나는 눈앞에 있는 인형을 세웠다. 그때 한 줄기 눈물이 뺨으로 흘러내렸다. 그는 산과 들에 메아리칠 만큼 큰 소리로 말했다.

"아오누마 슌! 아키즈키 마리아! 아사히나 사토루! 이토 마모루! 와타나베 사키! 너희의 주력은 여기에 동결되었다!"

그의 손에서 무수한 바늘이 쏟아졌다. 바늘은 마치 호박벌 떼처

---

* 十重禁戒, 대승 불교에서 보살이 범해서는 안 되는 가장 중요한 열 가지 계율.
** 不謗三寶戒, 부처, 경전, 스님의 삼보를 비방하지 말라는 가르침.

럼 다섯 개의 인형을 향해 정확히 날아가서 머리와 몸, 사지를 관통했다.

"모든 것을 불태워라…… 모든 번뇌를 태워버려라…… 재는 끝없는 황무지로 돌아가리라……."

그가 낮은 목소리로 주문을 외자 다섯 개의 인형은 모두 타올라서 한순간에 사라졌다.

속임수다. 이것은 단순한 암시에 불과하다. 이 정도로 주력을 사용할 수 없을 리 없다. 예전에 효과가 있었던 것은 내가 아직 어리고, 주력을 내 것으로 만들지 못했기 때문이다. 지금 주력은 완벽하게 내 것이다. 그 누구도 빼앗을 수 없다. 나는 필사적으로 그렇게 생각하려고 했다. 하지만 리진 스님의 동결 의식은 아직 끝나지 않았다.

"아마 기억하고 있을 거다. 쇼조지에서 신불에 귀의하고, 스스로 주력을 포기한 것을. 너희는 무신 대사님에게 대일여래의 자비의 증거인 올바른 진언을 받고, 새로운 정령을 초빙해서 다시 주력을 받았다."

리진 스님의 불길한 목소리가 더욱 낮아지면서 마음 깊은 곳까지 스며들었다.

"하지만 부처의 길에 등을 돌린 너희에게서 정령은 날아가고 진언도 사라졌다. 마음 깊이 명심하거라. 이제 너희는 두 번 다시 진언을 떠올릴 수 없으리라."

아마 성장 의식 때, 우리의 잠재의식에 암시로 장치를 만들어놓은 것이리라. 새로운 암시를 걸 때 그 장치를 이용해서 자유자재로 마음을 조종할 수 있도록.

이때 그것은 우리에게 마법과도 같은 효과를 발휘했다. 그때까지 항상 의식의 중심을 차지하고 있던 진언이 깨끗하게 사라진 것이다. 나는 한 줄기 희망을 품고 친구들의 얼굴을 둘러보았지만 다들 똑같은 상황에 있는 것 같았다. 사토루가 당장이라도 울음을 터뜨릴 것처럼 얼굴을 일그러뜨리면서 고개를 흔들었다.

리진 스님이 가축을 쳐다보듯 경멸스러운 눈길로 우리를 쳐다보았다.

"그만 가자. 꾸물거리지 마라! 해가 저물기 전에 절에 도착해야 하니까."

Ⅱ
여름의 어둠

1

거의 한 시간이나 걷는 사이에 가벼웠던 냅색이 납덩이라도 들어 있는 양 무거워지면서 그 후에는 느릿느릿 걸을 수밖에 없었다. 전인학급에 입학한 이후 사사건건 주력에 의지하면서 육체 단련을 소홀히 한 면도 있지만, 그보다 우리의 기운을 빼앗아간 것은 가눌 길 없는 무력감이었다.

리진 스님은 가끔 연화좌* 위에서 뒤를 돌아보고 경멸과 조바심을 담아 거북이 같은 우리 모습을 쳐다보았지만 아무 말도 하지 않았다. 어떤 말을 해도 소용없다는 사실을 알고 있었으리라.

그는 땅에서 2미터 정도 떠 있는 연화좌에서 명상이라도 하듯 결가부좌를 틀고 있었다. 30미터쯤 뒤에서 타박타박 걷고 있는 우

---

* 蓮華座, 연꽃 모양으로 만든 불상의 자리.

리는 눈에 보이지 않는 물이 가득한 연못 바닥을 걷는 듯한 기묘한 감각에 휩싸였다.

순이 감동한 표정을 지으며 중얼거렸다. "진짜 자기부유술(自己浮遊術)이야!"

전인학급에서 주력의 모든 과정을 마친 어른이라도 쉽게 할 수 있는 기술이 아니다. 우리가 탄 카누를 물 위에서 달리게 하는 것은 우리도 가능하지만 그것과는 차원이 다른 기술인 것이다.

"본인이 탄 물체를 허공에 띄우는 거야. 더구나 그걸 타고 앞으로 가다니, 대체 어떤 이미지를 떠올린 걸까?"

초급 과정의 주력에서는 움직이지 않는 좌표축이 있어야 비로소 물체를 움직일 수 있다. 따라서 본인이 직접 허공을 나는 것은 보통 어려운 일이 아니다. 본인 이외의 장소에 부동점을 놓아야 하기 때문이다. 리진 스님처럼 오랜 수행을 쌓은 승려라면 우주 중심에 움직이지 않는 자신을 두고, 그 외의 삼라만상이 뒤쪽으로 흘러가도록 상상하고 있을지도 모른다.

사토루가 토해내듯 말했다. "어떤 이미지든 상관없잖아. 우리에게 주력을 사용할 수 있는 날은 두 번 다시 오지 않을 테니까."

그 말을 듣고 우리는 일제히 입을 다물었다. 계속 훌쩍이던 마모루의 눈에서 드디어 주르륵 눈물이 흘러내렸다. 그러자 마리아도 덩달아 흐느꼈다.

나는 사토루를 날카롭게 노려보았다. "그럴 리 없어. 입에서 나오는 대로 아무 말이나 하지 마. 다시 주력을 사용할 수 있게 될 거야!"

사토루도 평소와 달리 날카로운 시선으로 나를 쳐다보았다. "그걸 네가 어떻게 알아?"

"우리 주력은 없어지는 게 아니야. 다만 잠시 동결됐을 뿐이야."

그는 내 쪽으로 얼굴을 들이대더니 협박하듯 나지막한 목소리로 반박했다. "그 말 진심이야? 진심으로 우리 동결을 풀어준다고 생각해? 유사미노시로가 한 말, 기억하지? 쓸데없는 걸 알게 된 우리는 썩은 사과야. 이미 배제 대상이 된 거라고!"

"그건……."

나는 반론하려고 했지만 아무 말도 할 수 없었다. 그때 앞에서 걸어가던 슌이 뒤를 돌아보고 사토루보다 더 낮은 목소리로 속삭였다.

"사키, 좀 이상하지 않아?"

"뭐가?"

"리진이라는 스님, 아까부터 이상해."

그 말을 듣고 나는 새삼스레 스님을 관찰해보았다.

사토루는 제대로 보지도 않고 투덜거렸다. "뭐가 이상하다는 거야? 원래 저런 녀석이잖아."

"아니야. 정말…… 이상해……."

그때까지는 우리 현실에 정신이 팔려서 알아차리지 못했지만, 분명히 스님의 모습이 이상했다. 연화좌 위에서 자주 몸을 움직일 뿐 아니라 좌선할 때는 복식 호흡을 해야 하는데 어깨로 숨을 쉬는 것이다. 내 쪽에서 보이는 뒤통수에는 가느다란 땀방울이 송골송골 맺혀 있었다.

"어디 아픈가?"

순이 그렇게 말하자 사토루가 상황에 맞지 않는 불평을 했다.

"아프면 좀 어때? 저런 녀석은 걱정해줄 필요가 없어."

"아니야…… 역시 그래……." 순의 마음속에는 확신이 있는 듯했다.

"그렇다니, 뭐가 말이야?"

"유사미노시로의 저주야."

사토루가 코끝으로 비웃었다. "나 참, 몇 번을 말해야 알아듣겠어? 그건 단순한 소문에다 거짓말일 뿐이야."

"아니야, 그렇지 않아. 유사미노시로가 불에 타는 거 봤지?"

뒷부분은 나에게 던진 질문이었다.

"그래, 물론이야."

"그때 한순간이었지만 유사미노시로 위에 사람의 모습이 보였잖아. 갓난아이를 안고 있는 어머니의 모습이……."

"그게 어떻다는 거야?"

"그건 유사미노시로가 사람에게서 자신을 지키기 위해 만든 영상일 거야."

"나도 그렇게 생각해."

"그걸 봤을 때, 굉장히 기분이 나빴어. 너희도 그랬지? 그렇다면 유사미노시로를 직접 공격했던 스님에게는 엄청난 영향이 미치지 않았을까? 주력의 불길이 사라진 것도 그로 인해 집중이 끊어졌기 때문일 거야."

나는 순이 무슨 말을 하는지 알아들을 수 없었다.

"무슨 뜻이야? ……기분? 영향?"

"괴사기구 말이야, 유사미노시로가 말했던……."

이제야 생각이 났다. 왜 슌이 말할 때까지 알아차리지 못했을까?

"유사미노시로는 상대가 그 영상을 보고 망설이는 틈을 이용해서 도망치려고 했겠지. 하지만 괴사기구를 가지고 있는 사람에게는 망설임만으로 끝나지 않아. 사람을 공격한 것은 아니니까 즉사하는 일은 없겠지만……."

그 시점에서 그렇게까지 간파했던 슌의 혜안에는 입을 다물 수 없었다.

그 이후의 연구에서도 유사미노시로의 저주라고 불리는 현상은 괴사기구의 결함에 뿌리를 내리고 있을 가능성이 높다고 한다. 그런 영상을 본 경우, 비록 착각일지라도 사람을 공격했다는 저주스러운 이미지가 잠재의식에 똬리를 틀게 된다. 그리고 한두 달 후, 이성의 조종이 약해졌을 때 괴사기구가 발동하여 목숨을 빼앗아가는 일도 있을 수 있다는 것이다.

슌의 설명을 듣고 사토루가 만면에 웃음을 머금으며 말했다.

"그러면 저 녀석은 한 달쯤 지나면 죽겠네. 그것참 쌤통이다. 도서관 비품을 태운 벌이야."

슌이 스님의 뒷모습을 바라보면서 심사숙고하는 얼굴로 말했다.
"……어쩌면 더 빠를지도 몰라."

"그러면 더 잘됐잖아. 여기서 죽으면 우리가 한 일도 들키지 않을 테니까."

사토루의 말을 듣고 내가 작은 소리로 화를 냈다.

"바보 같은 소리 작작해. 우리는 지금 아무도 주력을 사용할 수 없어. 만약 저 사람이 여기서 죽으면 어떻게 집까지 갈 건데?"

순과 사토루의 눈에 나타난 공포의 빛을 보고, 내가 말해놓고도 온몸에 소름이 돋았다. 우리가 얼마나 무력한 상태에 있는지 새삼 깨달은 것이다.

이대로 쇼조지에 가면 사토루의 말대로 관대한 대접은 기대할 수 없으리라. 상상하지 않으려고 했지만 어쩌면 '처분'될지도 모른다. 그렇다고 무작정 도망치는 것은 냄비에서 뛰쳐나와 불길 속으로 들어가는 것이나 마찬가지다. 그야말로 사방이 꽉 막힌 사면초가에 빠진 것이다.

그로부터 다시 두 시간이 지났다. 우리 발걸음은 점점 느려져서, 달팽이에게도 추월당할 지경이 되었다. 이런 상황에서 과연 오늘 안에 쇼조지에 도착할 수 있을까? 새로운 공포가 마음속에서 천천히 퍼져나갔다.

그때 앞쪽 덤불에서 무슨 소리가 났다. 스님이 시선을 향한 순간, 관목과 덩굴, 잡초가 사방팔방에서 날아올랐다. 앞을 가리던 덤불이 사라지면서 우리 눈앞에 기이한 생물이 나타났다.

순이 중얼거렸다. "요괴쥐야."

언젠가 방과 후에 수로에 빠졌던 요괴쥐를 떠올렸지만 그때의 개체보다 두 배는 커 보였다. 어쩌면 내 키와 비슷할지 모른다. 요괴쥐는 아직 사태를 이해할 수 없는지, 주름 잡힌 돼지 같은 코를 치켜올리며 연신 공기의 냄새를 맡았다.

"그런데 좀 이상해."

마리아 말대로 나도 요괴쥐에게서 위화감을 느꼈다. 활을 등에 메고 가죽 같은 갑옷을 입은 기묘한 차림 때문만은 아니다. 뭔가가 이상하다.

"저 녀석, 왜 저러지? 태도가 오만방자하잖아."

사토루의 말을 듣고 겨우 위화감의 정체를 알 수 있었다. 예전에 본 요괴쥐와 결정적으로 다른 것은 녀석의 거동이다.

수로에서 구해준 굴벌레나방 콜로니의 요괴쥐는 상대가 우리 같은 어린아이였음에도 비굴할 정도로 정중하게 대했다. 그런데 이 요괴쥐는 연화좌에 탄 리진 스님을 빤히 처다볼 뿐, 존경하는 모습은 눈곱만큼도 찾아볼 수 없었다.

요괴쥐가 갑자기 뒤를 돌아보고 소리를 질렀다. "가가가가! ЖДЮK!! Grrrrr. 치치치치. ☆▲Å!"

이어서 녀석은 도저히 믿을 수 없는 행동을 했다. 빨갛게 빛나는 구슬 같은 눈으로 스님을 노려보더니, 등 뒤에서 활을 빼내 재빨리 화살을 끼우려고 한 것이다.

다음 순간 활과 화살은 뜨거운 불길에 휩싸이고, 요괴쥐는 날카로운 비명을 지르며 들고 있는 활과 화살을 떨어뜨렸다. 뒤늦게 등을 보이고 도망치려고 했지만, 스님의 주력에 의해 공중에 떠올라서 발버둥 치는 신세로 전락했다.

"이 녀석, 한낱 짐승인 주제에 감히 사람을 공격하려고 하다니!"

스님이 엄격하게 야단쳐도 요괴쥐는 알아들을 수 없는 괴성을 지를 뿐이었다. 그때 요괴쥐가 쓰고 있는 투구 같은 원추형 모자가 날아갔다.

"이마에 문신이 없군. 대체 어디서 왔느냐?"

요괴쥐가 누런 앞니를 드러내고 침을 튀기며 으르렁거렸다. 사람의 말을 알아듣지 못하는 것이리라.

"일본에는 야생 콜로니가 없을 텐데, 외래종인가?"

스님은 혼잣말로 중얼거리더니 우리가 호랑이집게에게 한 것처럼 요괴쥐를 빙글 돌려서 살펴보았다. 그리고 다시 한 번 돌릴 때는, 머리는 돌리지 않고 몸만 돌렸다. 요괴쥐는 설치류 특유의 귀를 찢는 비명을 질렀지만 목뼈 부러지는 소리가 들린 후에는 이내 조용해졌다.

스님이 우리 쪽을 쳐다보았다. 주력의 보호를 잃어버린 요괴쥐의 사체가 소리를 내며 땅으로 떨어졌다.

"아무래도 이 주위에 위험한 외래종 요괴쥐가 들어온 모양이군. 나에겐 너희를 절까지 안전하게 데려가야 하는 의무가 있는데, 이거 귀찮게 됐군." 그는 움푹 들어간 한쪽 뺨을 씰룩거리며 덧붙였다. "그러니까 너희가 도와줘야겠다. 물론 지금의 너희가 할 수 있는 범위 안에서……."

무슨 소리를 들었는지 사토루가 팅기듯 뒤쪽을 쳐다보았다. 그 표정 안에 깃든 공포가 내 신경을 자극했다.

"10초에 한 번씩 돌아볼 바에야 차라리 계속 뒤를 보고 걷는 게 어때?"

내 말이 끝나기도 전에 사토루가 발끈했다. "말 다했어? 넌 어떻게 그토록 태평하게 걸을 수 있지? 옛날부터 생각했는데 넌 너무 둔해서 탈이야."

"슌과 마리아를 봐. 맨 앞쪽에서 걸어가는데 너처럼 움찔거리지 않잖아."

분노 때문인지 새빨갛게 달아오른 얼굴로 사토루가 소리쳤다. "뭘 모르시는군. 제일 위험한 건 뒤쪽이야! 좀 전의 요괴쥐가 어떻게 했는지 생각해봐. 뒤쪽을 향해 소리쳤잖아. 어딘가에 동료들이 있을 거야."

"그 정도는 알고 있어."

"그러면 복수하러 올 거라는 것도 알고 있겠네. 그때 정면에서 덮칠 것 같아? 동료가 그런 식으로 당한 걸 봤는데?"

인정하고 싶지 않았지만 그의 말은 지극히 당연했다. 인정하고 싶지 않다는 것은 그에게 지고 싶지 않다는 뜻이 아니다. 앞쪽보다 뒤쪽이 더 위험하다는 건 스님도 알고 있을 것이다. 때문에 다섯 명 중에서 가장 아깝다고 생각한 슌과 마리아를 앞에서 걷게 하고, 없어도 된다고 생각한 나와 사토루를 맨 뒤로 돌린 것이 아닐까?

그렇게 생각하면 언뜻 보기에 가장 우대하는 것 같지만 제일 가혹한 대접을 받는 사람은 마모루였다.

그는 지금 연화좌 위에 있다. 망을 본다는 이유로 스님이 타고 있을 때보다 더 높은 3미터 정도에 떠 있지만, 실제로 미끼에 불과하다는 것은 누구의 눈에도 분명했다.

스님은 마모루의 조금 뒤쪽에서 걷고 있다. 사나운 매처럼 날카로운 눈으로 끊임없이 사방을 둘러보았지만, 이해할 수 없을 정도로 식은땀을 많이 흘렸다. 유사미노시로가 만든 영상을 본 시점부터 이상하기는 했지만 조금 전에 요괴쥐를 죽이고 나서 더 악화된 듯했다.

연화좌 위에서 마모루가 소리쳤다. "뭐가 있어요!"

그의 말이 끝나기가 무섭게 스님이 명령했다. "멈춰!"

우리는 발길을 멈추고 긴장한 얼굴로 주위를 둘러보았다.

"뭐가 있지?"

마모루가 입술을 파르르 떨면서 대답했다. "잘은 모르지만 뭐가…… 뭐가 움직였어요. 100미터쯤 앞에서요."

생각에 잠기는 스님의 모습을 보고 나서 나는 사토루에게 물었다. "저 사람, 지금 무슨 생각을 할까?"

사토루가 메마른 입술에 침을 묻히며 냉정하게 분석했다. "만약 요괴쥐가 잠복하고 있다면, 여기서 조금만 더 가면 사정거리 안에 들어갈 거야. 저 중이 아무리 엄청난 주력을 가지고 있어도 어차피 살아 있는 인간이잖아. 적의 선제공격을 받으면 위험하니까 신중하게 가려고 하겠지."

신의 힘인 주력을 가지고 있어도 하나의 화살에 목숨을 잃을 수 있다. 그런 당연한 사실을 새삼스레 깨닫고 등골이 오싹해졌다. 이렇게 될 줄 알았다면 우리 주력을 동결시키지 말걸……. 스님도 그렇게 후회하고 있지 않을까? 어쩌면 이 자리에서 동결을 풀어주지 않을까 기대했지만, 유감스럽게도 사태는 내 뜻대로 되지 않았다.

스님이 연화좌를 올려다보았다. "마모루 군, 요괴쥐가 어디 있는지 잘 살펴봐라. 뭐 걱정할 필요는 없다. 너는 내 주력으로 보호해서 화살은커녕 손가락 하나도 건들지 못하게 할 테니까."

무슨 말인지 알아차린 순간, 마모루의 얼굴은 백지장처럼 새하애졌다.

"시, 싫어…… 안 돼!"

우리는 숨을 들이마셨지만 어떻게 할 도리가 없었다. 마모루가 탄 연화좌는 느긋한 속도로 공중을 나아가더니, 요괴쥐가 잠복해 있을 만한 장소에서 여봐라는 듯 선회했다. 우리는 마른침을 삼키고 지켜보았지만 아무 일도 일어나지 않았다. 이윽고 연화좌가 돌아오자 스님이 날카로운 눈으로 마모루를 쳐다보았다.

"요괴쥐가 있었나?"

얼굴에서 핏기가 사라진 마모루는 작은 짐승처럼 온몸을 바들바들 떨었다.

"잘 모르겠어요. 아무것도…… 안 보였어요."

"뭐가 움직였다고 했잖아?"

"하지만 지금 보니까 아무것도 없었어요. 조금 전에는 잘못 본 것 같아요."

스님은 고개를 끄덕였지만 금방 움직이지는 않았다. 주력뿐만 아니라 신중함도 보통이 아니다. 그는 잠시 생각에 잠기고 나서 날카로운 눈을 치켜떴다.

"뭐가 움직였다는 게 저 주위였지?"

스님이 손으로 가리키자 마모루는 말없이 고개를 끄덕였다.

"일단 소독이나 해둘까?"

스님의 말이 끝나기가 무섭게 땅울림 소리와 함께 앞쪽 경사면의 흙이 천천히 움직였다. 다음 순간, 주위에 있는 나무들이 연달아 쓰러지기 시작했다. 산사태의 속도는 점점 빨라지더니, 마지막에는 커다란 뱀 같은 한 줄기 흙더미가 되어 곧장 목적한 장소를 덮쳤다.

갈색 흙더미가 아름다운 초록색 덤불을 완전히 덮을 때까지는 5분도 채 걸리지 않았다.

이런 상태에서는 그곳에 요괴쥐가 잠복해 있었는지조차 알 수 없지만, 그런 것에는 전혀 관심이 없으리라.

그 이후 우리의 발걸음은 더욱 느려졌다. 말할 것도 없이 조금이라도 수상쩍은 장소가 나타나면 스님이 꼼꼼히 '소독'했기 때문이다. 요괴쥐 쪽에서 보면 우리 일행은 아름답고 평화로운 산에 추악한 발톱 자국을 남기고 죽음과 공포를 뿌리며 진군한 파괴신 시바의 저거너트*처럼 보였으리라. 아무리 호전적인 외래종 요괴쥐라도, 그 모습을 보고도 정면에서 대결할 정도로 바보는 아닐 것이다.

그때는 우리뿐 아니라 요괴쥐도 운이 없었다고밖에 할 수 없으리라. 우리가 그 길로 가지 않았다면 정면충돌은 피할 수 있었을 테니까. 하지만 해가 저물기 전에 쇼조지에 도착해야 한다고 판단한 스님은 지름길을 선택했고, 지름길은 산을 가로지르는 수밖에 없었다.

그런데 우리가 늦은 한 가지 원인은 외래종 요괴쥐의 출현에 있다. 요괴쥐만 나타나지 않았으면 지름길을 선택할 필요가 없었던 것이다. 여기서 알 수 있듯이 원인과 결과는 종종 자신의 꼬리를

---

* Juggernaut, 힌두교 최고의 신인 비시누의 이름이자 앞에 놓인 장애물들을 모조리 깔아 뭉개는 이륜마차를 의미한다.

집어삼키려고 하는 뱀 같은 것일지도 모른다.

언덕을 절반 정도 올라갔을 때, 우리 눈앞에 요괴쥐의 첫 번째 방어선이 나타났다. 맨 앞에서 걸어가던 순이 장승처럼 우뚝 섰다.

"우아! 저게 뭐지?"

언덕의 정상 부근에 수백 개의 그림자가 나타난 것이다. 그림자는 일제히 금속제 무기와 징소리를 울리며 대지를 뒤흔드는 함성을 질렀다.

"우리를 공격할 생각이야!"

마리아의 목소리가 비명처럼 뒤집어지는 걸 보고 리진 스님이 무거운 입을 열었다.

"본래 삼계*에 살 곳이 없어서 부처님의 각별한 은총으로 축생도**를 걸어가는 녀석들이 감히 이 리진에게 사마귀의 도끼를 휘두르려는 것인가? 그렇다면 내 너희를 처단해주마!"

아니다. 그들은 결코 싸우고 싶어 하지 않는다.

만약 진심으로 우리를 공격하려고 했다면 등 뒤에서 기습을 감행했으리라. 그렇게 하지 않은 이유는 우리가 스스로 진로를 바꾸었으면 했기 때문이다. 그렇게 생각하고 그들의 함성을 듣노라니, 간절한 기도처럼 비통한 마음이 전해지는 것 같았다.

세찬 바람이 뺨을 어루만졌다. 스님이 순식간에 상공에 거대한 회오리를 만든 것이다. 그에 대항해서 대지를 가르는 요괴쥐의 힘

---

* 三界, 불계(佛界), 중생계(衆生界), 심계(心界).
** 畜生道, 삼악도의 하나로, 죄업 때문에 죽은 뒤에 짐승으로 태어나 괴로움을 받는 세계이다.

찬 함성이 울려퍼졌다. 순간, 회오리가 휘감은 암석과 통나무가 언덕 위를 향해 날아가더니, 일렬로 늘어선 그림자 중에 적어도 10여 개를 쓰러뜨렸다.

기이한 침묵이 찾아오고, 나는 조용히 눈을 감았다. 거의 시간을 두지 않고 공포와 분노에 가득 찬 함성과 함께 보복의 화살이 빗발처럼 쏟아졌다. 하지만 시야가 가득 찰 정도의 화살은 세찬 바람에 의해 모두 다른 방향으로 날아갔다. 다시 찾아온 침묵 속에서 스님의 불길한 목소리가 울려퍼졌다.

"추악한 해충들을…… 몰살시켜주겠다!"

"안 돼요!"

하지만 나의 외침은 누구의 귀에도 닿지 않았다. 고막이 터질 듯한 기이한 바람 소리에 의해 사라진 것이다. 그것은 매끄러운 비단을 예리한 칼로 찢는 소리나 보통 사람보다 한 옥타브 높은 여자의 비명을 연상시켰다. 그로 인해 한순간 낫을 든 무수한 여자 요괴들이 계곡 밑에서 불어오는 바람처럼 언덕을 뛰어올라 요괴쥐들을 공격하는 환영을 본 것 같았다. 실체 없는 환영에게 공격당한 요괴쥐들은 뒤를 이어 어이없이 쓰러졌다.

낫족제비다. 세차게 소용돌이치는 공기 중심부에 생긴 진공 상태에 의해, 마치 예리한 칼처럼 상대를 벨 수 있는 것이다. 종잡을 수 없는 공기의 이미지를 정확히 떠올려야 하는 만큼, 주력으로 낫족제비를 만드는 것은 몇 사람밖에 할 수 없는 높은 난이도의 기술이었다.

설치류의 귀를 찢는 비명과 포효가 하늘에 울려퍼지는 가운데 수백이나 되던 그림자는 순식간에 줄어들었다. 강렬한 현기증이 나를 에워쌌다. 거리로 생각할 때 도저히 보일 리 없는 피연기가 보이고, 맡을 수 없는 피 냄새까지 맡는 환상에 사로잡힌 것이다.

"좋아, 됐어! 그래, 거기야! 놓칠 수 없지!"

바로 옆에서는 사토루가 태평하게도 두 주먹을 불끈 쥐고 일방적인 살육 게임에 열을 올리고 있었다.

"너 바보 아냐? 왜 그렇게 흥분하는 거야?"

내가 가시 돋친 목소리로 말하자 그는 멍한 표정을 지었다.

"흥분하는 건 당연한 거 아니야? ……저 녀석들은 적이잖아."

"진짜 적은 저 녀석들이 아니야."

"그러면 누군데?"

내가 대답하기 전에 부처님을 섬기는 승려의 손에 의한 대학살은 이미 종언을 맞이하고 있었다. 언덕 위에 서 있던 그림자가 하나도 남지 않은 것이다.

스님이 엄숙하게 선언했다. "됐다. ……이제 그만 갈까?"

그러나 어딘지 모르게 괴로워 보이는 목소리를 듣고 나와 사토루는 얼굴을 마주 보았다.

언덕을 올라가자 요괴쥐들의 참상이 눈에 들어왔다. 낫족제비의 위력은 상상을 초월해서, 얼굴이 반으로 갈라지거나 머리와 손발이 날아간 시체들이 켜켜이 쌓여 있었다. 구토증을 일으키는 쇠 냄새 같은 피비린내를 맡고 나는 얼굴을 찡그렸다. 대지는 엄청난 요괴쥐들의 피로 거무칙칙하게 물들고, 어디선가 몰려든 수많은 파리 떼들로 시끄러운 향연이 시작되었다.

맨 앞에서 걷던 슌과 마리아가 새까만 파리 떼를 보고 당황해서 걸음을 멈추었다. 우리는 모두 파리 떼를 없애주길 바라며 스님을 쳐다보았다. 하지만 장대처럼 키가 큰 스님은 걸음을 멈춘 채 아무런 움직임도 보이지 않았다.

사토루가 작은 목소리로 속삭였다. "뭐하는 거지?"

나는 직감적으로 알아차렸다. 그림자다. 멀리 떨어진 곳에서는 요괴쥐와 인간을 구분할 수 없다. 유사미노시로의 저주를 받은 스님은 낫족제비로 요괴쥐를 베는 동안, 잠재의식에서 인간을 공격한 저주스러운 이미지를 떨쳐내지 못했는지도 모른다. 그렇다면 이번에야말로 괴사기구가 발동할 가능성이 높다.

슌이 스님에게 말을 걸었다. "리진 스님, 괜찮으세요?"

"……그래. 걱정할 필요 없다."

잠시 후 스님은 그렇게 대답했지만 어딘지 모르게 눈은 공허하고 발음도 이상했다. 그때 우리는 스님에게 정신을 빼앗긴 나머지, 요괴쥐의 시체 사이에서 파리의 장막을 뚫으며 기어나온 물체를 보지 못했다.

"저, 저게 뭐지?"

마리아의 숨이 넘어갈 듯한 목소리를 듣고 우리는 겨우 앞쪽을 쳐다보았다.

우리 앞에는 기괴한 생물이 서 있었다. 덩치는 커다란 개만 할까? 온몸은 길고 새카만 털로 덮여 있고, 뚱뚱하고 땅딸막한 몸통과 대조적으로 머리는 기이하리만큼 작아서 땅에 닿을락 말락 한 곳에서 우리를 살펴보고 있었다.

마모루가 숨죽인 목소리로 말했다. "……풍선개다!"

그러자 예전에 진지하게 풍선개의 목격담을 늘어놓았던 사토루가 냉정하게 부정했다. "멍청하긴! 이 세상에 그런 게 어디 있어?"

"저건 암만 봐도 풍선개야." 하지만 마모루는 보기 드물게 자기주장을 굽히지 않았다.

"그러면 저 녀석 몸집이 풍선처럼 커진다는 말이야? 그런 황당무계한……."

사토루의 말이 신호라도 된 것처럼 풍선개는 몸을 크게 부풀렸다.

"으아! 정말 부풀어오른다!"

단지 숨을 들이마셔서 몸을 크게 보이게 할 뿐이라고 여겼지만, 풍선개는 우리를 무시하듯 힐끔 쳐다보며 다시 몸을 부풀렸다.

"얘들아, 뒤로 물러나!"

순의 말을 계기로 우리는 일제히 뛰어서 풍선개한테서 멀어졌다.

"앞으로 어떻게 될까?"

내 질문에 순이 흥미진진한 얼굴로 대답했다. "나도 잘 모르겠어. 하지만 지금까지는 사토루 말이 맞았잖아. 만약 그 뒷얘기도 맞는다면 터질 때까지 계속 부풀겠지."

도저히 믿을 수 없었지만 풍선개는 순의 말을 뒷받침하듯 다시 부풀어올랐다.

"뭐 때문에?"

"우리를 위협하기 위해서야."

"위협?"

"아마 여기서 쫓아내려는 거겠지."

우리가 뒤로 물러서자 풍선개는 혼자 남아 있던 스님을 향해 천천히 걸어갔다. 그리고 아무런 반응도 하지 않는 스님을 보고는 더욱 크게 팽창했다. 처음에는 큰 개 정도에 불과했지만 지금은 뚱뚱한 양만큼 커졌다. 그런데 스님은 왜 움직이지 않는 것일까? 고개를 갸웃거리며 키가 큰 스님을 쳐다보자 그는 우두커니 선 채 눈을 꼭 감고 있었다. 의식이 몽롱한 것일지도 모른다.

조용히 스님과 대치하던 풍선개는 마침내 울화통이 치밀었는지 단숨에 그때까지의 세 배 크기로 팽창했다. 몸이 거의 동그래지면서 거꾸로 곤두선 새까만 털 사이로 방사상으로 뻗어 있는 새하얀 줄무늬가 나타났다.

"경고 신호인가……? 큰일 났다, 도망쳐!"

순이 소리친 순간, 우리는 튕기듯 전속력으로 언덕을 뛰어내렸다. 다른 네 명은 옆도 쳐다보지 않았지만 나는 호기심을 이기지 못하고 걸음을 멈추었다. 뒤를 돌아보니 풍선개는 무서울 만큼 부풀어올랐다.

스님은 그제야 겨우 눈을 떴다. 그만두라고 소리칠 틈도 없이 스님은 주력을 행사하고, 풍선개는 눈부실 정도의 커다란 불길에 휩싸였다. 옆으로 다가온 순이 내 팔을 잡고 땅으로 쓰러뜨렸다.

다음 순간, 귀를 찢는 굉음이 대지를 뒤흔들었다. 그 자리에 넘어진 우리 위로 매서운 폭풍이 지나갔다. 우리와 풍선개 사이는 30미터 정도 떨어져 있었는데, 만약 그곳이 언덕의 경사면이 아니었다면 즉사했으리라.

그 직후에 본 것에 관해서는 자세하게 쓰고 싶지 않다. 우리에게는 충격에서 회복하기 위해 망연히 앉아 있거나 눈물을 흘릴 시간이 필요했다. 그리고 가까스로 정신을 차리고 커다란 분화구 모양으로 파인 폭발 지점을 확인했다.

가까운 거리에서 폭풍에 휘말린 스님의 유해는 누더기 같은 상태로, 예전 모습은 털끝만큼도 찾아볼 수 없었다. 주력을 잃어버린 우리는 스님의 시체를 매장할 수 없어서 간단히 흙을 덮어주는 것에 불과했지만, 그것만으로도 배 속에 있는 걸 모두 토해낼 뻔했다.

"사키, 이것 봐." 순은 땅에 깊숙이 꽂혀 있는 물체를 파내며 말했다.

하지만 나는 주춤거리며 손을 내밀지 않았다. "뭔데?"

순은 들고 있는 물체를 내가 잘 볼 수 있도록 앞으로 내밀었다. 원기둥을 동그랗게 자른 모양으로, 주위에는 날개처럼 생긴 여섯 개의 돌기와 날카로운 가시가 교대로 박혀 있었다.

"꼭 물레방아의 프로펠러 같아."

"풍선개의 등뼈야."

"뭐? 이게 풍선개의 등뼈라고?" 뒤에서 다가온 사토루가 순에게 그것을 받아 만지작거리며 말을 이었다. "꼭 돌처럼 딱딱해. 그리고 아주 묵직한데. 이런 거에 제대로 맞으면 한 방에 가겠는걸."

"아마 풍선개가 터질 때 회전하면서 날아가도록 이렇게 되어 있는 거겠지."

"날아가다니, 뭐 때문에?"

"상대에게 뼈를 박아서 죽이려고 그러는 거지……."

나는 새삼스레 주위를 둘러보았다. 그리고 사방에 파여 있는 무수한 구멍을 보고 나도 모르게 몸을 움찔거렸다. 풍선개의 몸속에 있는 뼛조각은 전부 폭발할 때 날아가서 상대를 갈기갈기 찢는 흉기로 변하는 것일까? 사토루가 뼈에 코를 대고 냄새를 맡아보았다.

"왜 그래?"

피비린내가 나리라고 생각하고 나는 얼굴을 찡그렸다.

"불꽃 냄새가 나."

순이 이해한 표정을 지으며 고개를 끄덕였다. "이제 알 것 같아. 풍선개는 몸속에 유황과 질산칼륨을 저장해서 화약을 만드는 능력을 가지고 있어. 그냥 공기를 빨아들여서 풍선처럼 터진다면 그렇게 굉장하게 폭발할 리 없으니까. ……아마 뼈 일부를 부싯돌처럼 부딪쳐서 불을 붙이는 구조로 되어 있지 않았을까?"

"그, 그런 일은 있을 수 없어! 이 세상에 자폭하도록 진화한 생물이 어디 있어?"

상대를 협박하려고 몸을 부풀리는 동물은 많지만, 경고에 따르지 않는다고 해서 폭발하여 자기까지 죽는 것은 본말이 전도되어도 유분수가 아닌가?

"맞아! 여기 오기 전에 순이 그랬잖아. 협박을 실행에 옮기느라 상대보다 먼저 죽으면 풍선개는 즉시 멸종될 거라고."

내 의문에 순은 자신만만하게 대답했다. "그때는 그랬는데 지금 막 생각이 났어. 옛날 생물학 책에서 봤는데, 풍선개처럼 폭발하는 녀석이 있었어……."

"이것 말고 또 있어?"

예기치 않게 나와 사토루가 동시에 말했다.

"그리고 그 생물에서 유추하면 풍선개의 정체도 대강 알 것 같아."

"풍선개의 정체?"

그러자 사토루가 시시한 농담을 했다. "풍선이야? 개야? 그 어느 쪽이야?"

심한 충격에서 빠져나온 반동으로 인해 우리는 조금 들떠 있었다. 그러자 그때까지 잠자코 듣고 있던 마리아가 마침내 폭발했다.

"지금 정신이 있어 없어? 왜 아까부터 엉뚱한 소리를 하는 거야? 지금 상황이 어떤지 알고 있어? 우리는 어딘지 모르는 곳에서 길을 잃었어. 더구나 지금은 한 사람도 주력을 사용할 수 없다고."

그 순간 우리 얼굴에서 웃음기가 사라졌다.

무거운 침묵을 뚫고 순이 말했다. "마리아 말이 맞아. 어쨌든 왔던 길로 돌아가자. 오늘 밤은 야영하는 수밖에 없지만……."

그때 사토루가 순의 팔꿈치를 잡고 긴장된 목소리로 이름을 불렀다. "순……!"

순이 의아한 눈길로 쳐다보자 사토루는 턱으로 분화구 건너편을 가리켰다. 그쪽을 쳐다본 우리는 일제히 그 자리에서 나무토막으로 변했다. 40~50미터 떨어진 곳에서 말없이 우리를 바라보는 수많은 그림자가 있었다. 요괴쥐다.

"……어떡하지?"

마리아의 목소리가 불안으로 가늘게 떨렸다.

"그걸 몰라서 물어? 이제 싸우는 수밖에 없어."

단호하게 말하는 사토루의 말을 내가 반박했다.

"싸운다고? 어떻게? 우리는 주력도 없는데."

"하지만 저 녀석들은 그런 사실을 모를 거야. 만약 여기서 주춤거리며 약한 모습을 보이면 의기양양해서 공격할걸."

"하지만 여기에 있으면 어차피 언젠간 공격할 거야."

연약한 목소리로 말하는 마모루의 의견에 마리아가 동의했다.

"그래! 도망치는 수밖에 없어."

나는 발밑에 뿌리라도 내린 것처럼 꼼짝도 하지 않는 요괴쥐들을 보는 사이에 확신을 품었다.

"저 녀석들은 싸우고 싶어 하지 않아. 우리가 여기서 돌아가길 바랄 뿐이야."

최강경파인 사토루가 의문을 제기했다. "어째서? 싸우고 싶지 않다면 녀석들이 도망치면 되잖아."

"아마 저 건너편에 자기들 소굴이 있을 거야."

그래서 제1진 방어대는 전멸을 각오하고 우리 앞에 모습을 드러낸 것이다. 그리고 아마 그 풍선개도…….

슌이 절체절명의 순간에만 보여주는 리더십을 발휘했다.

"좋아. 그러면 천천히 뒤로 물러서자. 소리를 내서 녀석들을 자극하면 절대 안 돼. 그리고 우리가 두려워하는 걸 보여줘서도 안 되고."

더 이상 논의할 필요는 없었다. 우리는 발소리를 죽이고 뒤로 물러섰다. 이미 어둠이 내려앉기 시작해서, 발밑에 있는 돌멩이에서 소리가 날 때마다 간담이 서늘해졌다. 언덕 중턱에서 살며시 돌아보자 요괴쥐들은 우리를 똑바로 쳐다보았지만 더 이상 거리를 좁힐 생각은 없는 듯했다.

마리아가 들뜬 목소리로 말했다. "사키 말이 맞았어. 저 녀석들, 싸울 생각이 없나 봐."

"아직 그렇게 단정하기는 일러. 우리를 방심하게 만들어놓고 갑자기 공격할 생각일지도 몰라."

나는 음침한 목소리로 들뜬 분위기에 찬물을 끼얹는 사토루에게 화를 냈다.

"넌 왜 항상 부정적인 말만 하는 거야? 우리가 두려움에 바들바들 떠는 게 재미있어?"

사토루가 부루퉁한 얼굴로 말했다. "그러면 아무런 의미 없이 낙관적인 말만 해야 돼?"

"네 말에도 아무런 의미가 없잖아."

"……아니, 사토루 말이 맞을지도 몰라."

그렇게 말한 사람은 의외로 슌이었다.

"무슨 뜻이야?"

"네 말처럼 녀석들은 조금 전 장소에선 싸우고 싶지 않은 것 같아. 아마 가까운 곳에 소굴이 있기 때문이겠지. 하지만 소굴에서 충분히 떨어지면 어떻게 될지 몰라."

"그런데…… 뭐 때문에 우리를 공격하지?"

"나 참, 기가 막혀서. 조금 전에 스님이 어떻게 했는지 잊어버렸어? 요괴쥐가 몇 마리 죽었는지 아느냐고! 그런데 우리는 달랑 한 사람 죽었어. 녀석들이 그걸로 만족할 것 같아?"

사토루의 말은 불쾌할 정도로 설득력이 있었다.

"하지만 녀석들은 우리가 주력을 가지고 있다고 생각하지 않을까? 그렇다면 쓸데없는 희생자를 만들고 싶지 않을 거야."

마리아가 내 말을 거들었지만 슌은 고개를 흔들었다.

"스님의 말처럼 녀석들은 야생 외래종일 거야. 일단 문명화하긴 했지만 그 후에는 인간과의 접촉이 끊어진 것 같아. 맨 처음에 나타난 녀석, 기억나? 주력의 존재조차 모르는 것 같았어."

나는 요괴쥐 쪽을 훔쳐보면서 속삭였다. "그건 그렇지만 조금 전에 주력이 얼마나 무서운지, 치가 떨릴 정도로 알았잖아."

"그래서 아직 공격하지 않는 거야. 하지만 우리가 똑같은 힘을 가지고 있는지 고개를 갸웃거리고 있을걸."

"왜?"

"녀석들은 이렇게 생각할 거야. 만약 우리가 스님과 똑같은 주력을 가지고 있다면, 자신들은 이미 몰살됐을 거라고."

이번에 찾아온 침묵은 숨이 막힐 만큼 농밀했다.

사토루가 슌에게 물었다. "……저 녀석들, 앞으로 어떻게 하려는 거지?"

"우리가 자기들 소굴에서 충분히 떨어지면 시험적으로 공격할 가능성이 높지 않을까?"

"만약에 우리가 반격하지 못하면……?"

슌은 입을 다물었지만 대답을 들을 필요는 없었다.

마리아가 걱정스러운 얼굴로 물었다. "소굴에서 충분히 떨어진다는 게 어느 정도일까?"

"분명히 알 수는 없지만……." 슌은 언덕 위를 쳐다보면서 덧붙였다. "첫 번째 위험이 닥치는 건 이 언덕을 내려간 순간일 거야."

2

우리의 발걸음은 여기까지 올 때보다 더 느렸기 때문에, 언덕을 다 내려가기 전에 날이 저물었다.

기분 나쁜 식은땀이 온몸을 흥건히 적셨다. 긴장으로 인해 손과 발이 얼음처럼 차가워졌다. 요괴쥐들은 인간을 잡아먹기 위해 따라가는 늑대처럼 일정한 거리를 유지하며 따라왔다. 운명의 갈림길이 눈앞으로 다가왔다.

순의 설명에 따르면 인간이 결정적 행동을 일으키는 계기는 종종 초점(focal point)에 좌우된다고 한다. 초점이란 시선을 쉽게 끌 수 있고, 의식이 자연히 집중되는 장소를 말한다.

이를테면 활에 화살을 끼우고 사슴을 노리는 사냥꾼이 있다고 하자. 사슴이 숲속 오솔길을 지나 강기슭에 도착한 순간, 사냥꾼이 활을 쏠 가능성이 높아진다. 경치가 바뀌면 기분도 바뀌고 강물에 난반사하는 빛으로 인해 의식이 깨어날 뿐 아니라, 시야가 탁 트여 있어서 노리기 좋다는 현실적인 이유도 있다.

지금까지 보아온 요괴쥐의 행동은 지겨우리만큼 인간과 똑같았다. 따라서 순은 인간과 마찬가지로 지형상 초점이 행동의 방아쇠가 될 가능성이 높다고 생각했다. 만약 요괴쥐의 소굴이 언덕 위에 있다면, 언덕과 지평선 사이는 심리적으로도 확실한 경계선이다.

나는 순을 쳐다보며 물었다. "어떡하지?"

이제 의지할 수 있는 사람은 순밖에 없다는 심정이었다.

"숲으로 들어가면 뿔뿔이 흩어져서 도망치는 수밖에 없어."

다섯 명이 함께 있으면 요괴쥐가 쉽게 추격할 수 있다. 뿔뿔이 흩어지는 건 우리에게 견디기 힘든 고통이지만, 슌의 말처럼 지금은 그것 말고 다른 방법이 없다.

"요괴쥐가 볼 수 없는 곳에 도착하면 무턱대고 전속력으로 달려. 잡히면 끝장이니까 힘을 분배할 필요 없이, 되도록 멀리 뛰어가서 아무 데나 몸을 숨겨. 그곳에서 안전하다고 확인하고 나면 녀석들에게 들키지 않도록 우리가 왔던 길로 돌아가. 그리고 카누를 숨겨 놓은 장소에서 만나는 거야."

전원이 무사히 재회할 가능성을 생각하니 눈앞이 캄캄해졌다. 애당초 뿔뿔이 흩어져서 도망친다는 발상 자체가 몇 명의 희생을 각오한 채, 누구 한 사람이라도 살아남으면 좋다는 생각에 기인한 것이 아닌가?

사토루가 슌의 옆으로 다가가서 물었다. "숲으로 들어갈 때까지는 어떡하지?"

그가 무슨 말을 하고 싶은지는 금방 알 수 있었다. 언덕배기에서 숲까지는 50미터 정도 떨어져 있다. 그 사이에 몸을 숨길 수 있는 나무나 바위는 보이지 않는다. 천천히 걸어가면 절호의 표적이 되리라.

마리아가 더 이상 참을 수 없는지 흐느끼기 시작했다. 그 모습을 보자 사태의 심각성이 피부로 파고들었다. 나는 살며시 마리아의 떨리는 어깨를 껴안고 얼굴을 비비며 위로했다. 우리는 한동안 목소리를 낮추고 의논했다.

모든 것은 상대가 어떻게 나오느냐에 달려 있다. 여기에서 공격할까? 그냥 보내줄까?

만약 공격한다면 우리는 전속력으로 뛰어서 숲속으로 도망쳐야 한다. 하지만 뛰기 시작한 순간, 우리에게 주력이 없다는 사실이 만천하에 드러난다. 더구나 도망치는 것 자체가 요괴쥐의 공격을 유발할 것이다. 그러면 다섯 명 모두 무사히 도망칠 수 있는 가능성은 제로에 가깝다. 한편 공격하지 않는다고 생각하고 천천히 걸어간 경우, 요괴쥐가 일제히 화살을 쏘면 어느 누구도 살 수 없으리라.

"아슬아슬한 순간까지 저쪽의 태도를 지켜보는 수밖에 없어."

순의 말에서는 포기와 오기가 동시에 느껴졌다.

"그걸 누가 판단하는데?"

사토루의 질문에 순이 한숨과 함께 말을 토해냈다.

"여기엔 우리 운명이 달려 있으니까 다수결로 정하자."

전체적인 지형이 울퉁불퉁해서 언덕과 지평선의 경계가 모호했다. 서서히 짙어지는 어둠이 사물의 윤곽을 어렴풋하게 만들었다. 문득 정신을 차렸을 때는 이미 초점을 넘어서, 언제 화살이 날아올지 모르는 위험지대를 걷고 있었다.

호흡이 빠르고 얕아졌다. 관자놀이의 혈관이 불끈불끈 세차게 맥박을 쳤다. 언제라도 뛰어갈 수 있도록 준비를 해야 하는데, 허공을 걷는 것처럼 다리에 힘이 들어가지 않았다. 나는 조용히 뒤를 돌아 희미한 달빛을 받고 있는 언덕을 쳐다보았다. 요괴쥐들은 아직도 움직이지 않고, 전망 좋은 중턱에 진을 치고 우리를 주시하고 있었다.

그래, 착하지. 제발 그대로 가만히 있어. 우리는 금방 없어질 테니까. 아무도 너희를 다치게 하지 않을게. 그런데 만약 활을 쏘면 어떻게 될지 알고 있지? 이대로 우리를 돌려보내면 너희도 무사할 거야. 하지만 우리에게 조금이라도 상처를 입히면 너희는 모두 몰살될걸. 한 마리도 남김없이 말이야. 그러니까 잠시만 얌전히 있어줘. 제발 이대로 움직이지 말아줘.

나는 마음속으로 빌었다. 그리고 시선을 앞으로 향한 순간 심장이 덜컥 내려앉았다. 네 개의 검은 실루엣 중 하나가 손을 들고 있는 것이다.

"누구야?"

나지막한 목소리로 그렇게 캐묻자 마모루가 헐떡이는 목소리로 말했다.

"나, 나야. 지금 당장 도망치는 게 좋겠어."

"아니야, 아직 괜찮아. 조금만 더 걸어가자."

마모루가 손 내리는 것을 보고 나는 안도의 한숨을 쉬었다. 세 사람이 손을 들면 다수결이 성립한다. 하지만 실제로는 세 사람이 아니라 한 사람이 패닉 상태에 빠져서 뛰기 시작한 순간, 만사 끝장이다. 요괴쥐는 공격을 시작하고, 우리는 목숨을 걸고 도망치는 수밖에 없는 것이다.

"사키, 걸음이 너무 빨라."

슌의 목소리가 나를 현실로 돌아오게 만들었다. 무의식중에 종종걸음에 가까워진 모양이다.

"아, 미안."

나는 스스로를 질책하며 느긋한 걸음걸이로 돌아갔다.

사토루가 속삭였다. "이제 조금 남았어. 슌, 20미터 남으면 뛰자. 목표를 정하고 활을 쏠 때까지는 적어도 3~4초는 걸릴 거야. 그 정도면 충분히 도망칠 수 있어."

"……난 끝까지 뛰고 싶지 않아. 뛰면 녀석들이 쫓아올 거야. 숲속도 안전지대라곤 할 수 없어." 슌의 목소리에서는 망설임이 느껴졌다.

"하지만 숲속이라면 숨을 수 있잖아. 이러는 사이에 지금이라도……" 마모루가 재빨리 말하고 다시 손을 들었다.

그때 마리아가 숨죽인 목소리로 말했다. "얘들아, 뒤를 봐 ……!"

재빨리 뒤를 돌아본 순간, 심장에 아픔 같은 충격이 내달렸다. 언덕 중턱에 있던 요괴쥐들이 뛰어내린 것이다.

"온다!" 마리아가 비명을 지르며 손을 들었다.

두 표.

"잠깐! 아직 공격한 건 아니잖아."

슌은 마모루와 마리아를 달랬지만 두 사람은 손을 내리지 않았다. 사토루가 망설이면서 천천히 손을 들어올리려고 했다. 나는 재빨리 사토루를 제지했다.

"안 돼! 조금만 기다려. 조금만 더……."

그때 바람을 가르는 날카로운 소리가 들렸다. 화살 하나가 피리 소리 같은, 꿀벌의 울음소리 같은 소리를 내면서 우리 머리 위로 날아가 숲 입구에 꽂혔다.

우는살*이란 이름은 몰라도, 선전 포고의 표시라는 것은 알 수 있었다. 다음 순간, 세 사람이 손들 때까지 기다리지 않고, 우리는 토끼처럼 도망치기 시작했다. 그렇게 어금니를 악물고 죽을힘을 다해 뛴 건 태어나서 처음이다. 그런데 아무리 발을 움직여도 앞으로 나아가지 않았다. 마치 악몽 속에 있는 듯한 기묘한 감각이 온몸을 내질렀다. 그래도 숲의 입구는 점점 눈앞으로 다가왔다. 이제 조금만 더 가면 된다.

나무 사이를 뚫고 숲속으로 뛰어들었을 때, 나는 처음으로 내가 엄청난 속도로 뛰고 있다는 걸 알았다.

순의 목소리가 귀로 파고들었다. "뭉치면 안 돼! 뿔뿔이 흩어져!"

나는 길에서 크게 오른쪽으로 휘어져서 잡초 안을 질주했다. 친구들의 말소리나 헐떡이는 소리는 전혀 들리지 않는다. 어느새 혼자가 된 것이다.

머릿속에서는 나의 거친 숨소리만이 울려퍼졌다. 이렇게 무모한 페이스로 언제까지 견딜 수 있을까? 어쨌든 달릴 수 있을 때까지는 계속 달리는 수밖에 없다. 조금 전까지 친구들과 함께 있었는데 별안간 외톨이가 되어버렸다. 요괴쥐가 쫓아온다는 공포와 함께 혼자라는 불안으로 심장이 꽉 조여들었다. 나와 같이 달리는 것은 나뭇가지 사이에서 보였다 사라졌다 하는 달뿐이다.

숨이 목구멍까지 차올랐다. 폐는 더 많은 산소를 달라고 헐떡이고, 기관지는 비명을 질렀다. 허벅지는 나른하고 무릎 밑에는 이미

---

* 적을 위협하거나 주의를 환기시키기 위해 쏘는 화살.

감각이 없다. 이제 틀렸다. 멈춰서 쉬고 싶다. 하지만 여기서 멈추면 죽을지도 모른다. 조금만 더, 조금만 더 달리자.

그렇게 생각한 순간 발에 무엇인가가 걸렸다.

몸을 세우려고 했지만 이미 때는 늦었다. 내 몸은 달려온 기세를 이기지 못하고 허공에 뜬 후 땅에 세차게 부딪혔다. 즉시 일어나야 한다고 생각했지만 어디를 다쳤는지 몸이 말을 듣지 않았다. 하늘을 쳐다보니 샛노란 달이 자애로운 미소를 지으며 대지를 환하게 비췄다.

차가운 흙이 얇은 티셔츠와 냅색 너머로 등의 열기를 빼앗아갔다. 풀무처럼 거칠게 숨을 몰아쉬는 것 말고는 아무것도 할 수 없어서 나는 그 자리에 계속 누워 있었다.

여기서 죽는 것일까? 문득 그런 생각이 머리를 가로질렀다. 아직 어려서 그런지 죽음에 대한 실감이 나지 않았다. 그때 멀리서 나를 부르는 소리가 들렸다.

"사키!"

사토루다. 사토루가 가까이 다가오는 것이 느껴졌다.

"사키, 괜찮아?"

나는 겨우 목소리를 짜내서 말했다. "사토루…… 도망쳐."

이번에는 바로 근처에서 목소리가 들렸다.

"움직일 수 있어?"

그렇게 말하며 나를 들여다본 이는 역광이라서 표정까지는 보이지 않았지만 틀림없는 사토루의 얼굴이었다.

"몸이 말을 안 들어."

"힘을 내. 빨리 여기서 도망쳐야 해."

사토루가 나에게 손을 내밀었다. 나는 그의 손을 잡고 비틀거리며 가까스로 일어섰다.

"뛸 수 있겠어?"

나는 고개를 흔들었다.

"그러면 걷자."

"으으으…… 이미 틀렸어."

"무슨 말이야?"

나는 눈으로 그의 어깨너머를 가리켰다. 그는 재빨리 뒤를 돌아보았다. 어둠 속에서 수많은 눈이 빛나고 있다. 귀를 기울이자 희미한 짐승의 숨소리도 느껴졌다.

"완전히 요괴쥐에게 둘러싸였어."

그 자리에서 죽임을 당할 거란 예상은 다행히 빗나갔다. 요괴쥐들은 우리에게 창끝을 들이대고 어딘가로 연행했다. 아직 긴장의 끈을 풀지 않았는지 우리의 3미터 안으로는 다가오지 않았다. 그 덕분에 두 손을 묶이거나 창으로 찔리는 일은 없었지만, 날카로운 창과 함께 몇 마리가 활을 겨누고 있어서 불안은 점점 더 커질 따름이었다.

나는 작은 목소리로 사토루에게 물었다. "다른 애들은 도망쳤어?"

"모르겠어. 숲에 들어오자마자 금방 모습이 안 보였어."

요괴쥐가 우리 대화를 중단시키리라고 여겼지만 그들은 개의치 않았다.

"나를 어떻게 발견했어?"

"뛰는 도중에 뒷모습이 보였어."

그렇다고 쫓아와서는 뿔뿔이 흩어져서 도망친다는 취지에 맞지 않는다고, 비난할 마음은 들지 않았다.

"다들 무사히 도망쳤나 봐."

"그랬을 거야, 아마……."

나를 위로하기 위해서 말한 것이겠지만, 그 말에 마음이 편해진 것 또한 사실이었다. 그때 우리를 데려가던 요괴쥐가 멈추라는 동작을 했다. 그곳에는 숲속의 작은 빈터가 펼쳐져 있었다. 마침내 여기서 죽는 것일까? 나는 눈을 질끈 감았다. 하지만 몽둥이 같은 것으로 가슴을 찌르는 느낌을 받고 이내 눈을 떴다.

"키키키키…… Grrrr!"

내 눈 앞에 요괴쥐 한 마리가 서 있었다. 나와 비슷한 키에 방울 장식이 달린 갑옷과 투구를 입고, 손잡이가 긴 창을 들고 있다. 이 일대를 지휘하는 대장일까? 나는 둔한 아픔이 느껴지는 가슴을 살짝 만져보았다. 티셔츠는 찢어지지 않았다. 피도 나지 않는다. 아마 예리한 창끝이 아니라 창의 손잡이로 찌른 것이리라.

"사키……!"

나에게 뛰어오려고 한 순간, 다른 요괴쥐가 창으로 발을 거는 바람에 사토루는 땅으로 넘어지고 말았다.

나는 황급히 소리쳤다. "난 괜찮으니까 움직이지 마."

얌전히 있다고 해서 무사할 수 있다는 확신이 있었던 것은 아니다. 오히려 두 명 모두 처형당하리라고 각오하고 있었다. 눈앞의 요괴쥐가 다시 날카로운 소리를 질렀다. 나는 그때야 비로소 대장 같은 요괴쥐의 얼굴을 가까운 거리에서 바라보았다.

칠흑 같은 투구 밑에서 빛나는 잔인한 느낌의 새빨간 눈도, 돼지처럼 생긴 콧방울도 예전에 수로에서 구해준 요괴쥐나 몇 시간 전에 리진 스님이 죽인 개체와 똑같이 생겼다. 하지만 그들과 다른 부분이 한 군데 있었다. 이마에서 눈 주위, 코 위쪽에서 뺨과 턱 주위가 솔방울 같은 비늘로 빼곡히 덮여 있는 것이다. 물론 천산갑처럼 비늘을 가진 포유류도 있지만, 요괴쥐 같은 설치류에서는 들어본 적이 없다. 더구나 똑같은 종류인데도 비늘이 있는 것과 없는 것이 있다니, 너무도 기묘한 일이 아닌가?

한순간 그런 생각이 뇌리를 뛰어다니다 사라졌다. 차가운 금속이 뺨에 닿았다. 요괴쥐가 나에게 창을 들이댄 것이다. 창끝에서 반사되는 달빛이 눈부셨다.

이것이 마지막일까? 그렇게 생각할 틈도 없이 눈앞에서 창끝이 사라졌다. 아마 다른 부분을 찌르려는 것이리라.

온몸에 기합을 넣으려는 것인지, 솔방울처럼 비늘로 뒤덮인 대장이 빈사 상태의 돼지처럼 괴성을 질렀다. 나는 모든 걸 포기하고 조용히 눈을 감았다. 그리고 몇 초 후에 다시 눈을 떴다. 아무 일도 일어나지 않았다. 솔방울 대장은 이미 사토루 앞으로 이동했다. 요괴쥐 두 마리가 양쪽에서 사토루의 팔을 잡고 있었다. "아!"라고 소리친 순간, 솔방울 대장의 창이 사토루의 얼굴을 덮쳤다. 하지만 창끝은 그의 얼굴을 찌르기 직전에 멈추었다. 이어서 두 번, 세 번.

그는 어금니를 악물고 다부지게 버텼지만, 이윽고 공포에 질린 나머지 무릎의 힘이 빠지는 것이 똑똑히 느껴졌다. 그래도 주저앉지 않은 것은 요괴쥐가 양쪽에서 잡고 있기 때문이었다. 다음 순간, 멈추고 있던 창끝이 그의 얼굴을 스쳤다.

"사토루!"

무의식중에 뛰어가려고 하는 나를 요괴쥐가 창으로 저지했다.

사토루가 나를 쳐다보며 말했다. "괜찮아. 난 아무렇지도 않아."

그의 이마에서 피가 흘러내렸다. 마음은 아팠지만 목숨에 영향이 있을 정도는 아닌 것 같아서 가슴을 쓸어내렸다. 솔방울 대장과 요괴쥐들은 하나같이 안도하는 표정을 지었다. 사토루의 상처가 깊지 않았기 때문이 아니다. 우리가 주력을 가지고 있지 않을까 하는 의혹을 버리지 못한 것이다. 그래서 콜로니로 데려가기 전에 미리 확인해본 것이리라. 우리는 다시 그들의 재촉을 받고 숲속을 걸어갔다.

"많이 아파?"

사토루는 말없이 고개를 흔들었다. 피가 흘러내려 그의 눈 위에서 뺨, 턱 주위까지 거무칙칙한 줄기를 몇 개나 만들었다.

"앞으로 어떻게 될까?"

사토루가 작은 목소리로 대답했다. "아마 금방 죽이지는 않을 거야."

"그걸 어떻게 알아?"

"죽일 거라면 이미 처리했을 테니까."

"그건 단순한 희망적 관측에 불과하잖아."

"그것만이 아니야. 우리가 숲으로 들어가기 직전에 녀석들이 화살을 쏘았지? 그건 멈추라는 경고였을 거야. 처음부터 우리를 죽일 생각이었다면 그렇게 번거로운 일은 하지 않았겠지."

"그러면 우리를 잡아서 어떻게 하려는 걸까?"

"글쎄, 녀석들이 오늘 처음으로 주력의 존재를 알았다면 기겁하지 않았을까? 그렇다면 어떻게 해서라도 주력에 대해 알고 싶어 하겠지. 그 유일한 단서가 우리인 만큼, 절대로 쉽게 죽이진 않아."

그의 예측은 정확했다. 실제로 그 이후 우리는 한동안 생명의 위기를 느끼는 일이 없었다.

우리는 숲을 빠져나가 다시 언덕을 올라갔다. 피로는 절정에 달해서, 등 뒤에서 창으로 위협하지 않았다면 한 발짝도 걸음을 떼지 못했으리라. 그런 상태에서도 우리를 호송하는 요괴쥐들의 모습이 눈에 들어왔다. 놀라운 것은 스무 마리 중에서 요괴쥐의 평균 모습이라고 할 수 있는 건 절반인 열 마리에 불과하고, 나머지 열 마리는 신체 일부가 현저하게 변형되었다는 점이다. 더구나 모두 자연스럽게 발생한 기형이 아니라 어떤 목적에 의해 개조되었다고밖에 생각할 수 없었다.

앞에서 말한 대장과 부대장처럼 보이는 두 마리는 솔방울 같은 비늘로 덮여 있었는데, 자세히 쳐다보니 비늘이 덮고 있는 건 밖으로 드러난 손발과 갑옷으로 가려지지 않는 부분뿐이었다. 또 궁병 중에 다른 녀석보다 두 배 큰 활을 가지고 있는 네 마리는 양쪽 팔의 크기가 꽃발게처럼 크게 달랐다. 활을 든 손은 몽둥이처럼 길고, 거의 굳어 있는 듯했다. 또 화살을 들고 활시위를 잡아당기는 손은 활을 든 손에 비해 훨씬 짧았는데, 어깨에서 가슴에 걸친 근육은 탄탄하고 실팍했다. 반면에 팔꿈치 밑으로는 너무도 가늘고, 손가락 끝은 엉겨 붙어서 두 개의 갈고리처럼 보였다.

한편 카멜레온처럼 눈알이 튀어나온 개체와 박쥐처럼 거대한 귓바퀴를 가지고 있는 개체는 주위를 경계하듯 끊임없이 눈이나 귀를 움직이고 있었다. 그밖에도 머리에 긴 뿔이 달려 있는 개체와 기묘하리만큼 길고 가느다란 손발을 가진 개체가 눈에 띄었지만, 그런 변이가 무슨 도움이 되는지 상상도 할 수 없었다.

사토루가 신음하듯 말했다. "이 녀석들, 꼭 괴물 부대 같아."

"당연하지. 요괴쥐는 원래 괴물이잖아."

"난 '쥐'라는 글자가 붙었기에 괴물보단 쥐에 가까운 줄 알았지."

웃음도 나오지 않는 가벼운 농담이었지만, 마음의 여유를 되찾고 사태를 객관적으로 바라보는 데에는 어느 정도 효과가 있었다.

언덕을 올라가자 오른쪽에 달빛을 받고 있는 길이 나타났다. 길양쪽에는 나무들이 무의미한 실루엣을 만들고 있었다. 그런데 요괴쥐들이 들장미가 빼곡히 자라나 있는 좁은 틈새를 뚫고 들어가는 바람에, 우리도 어쩔 수 없이 가시투성이의 관목을 헤치고 가야 할 지경에 처했다. 들장미는 외부 적을 미연에 방지하기 위해 요괴쥐들이 심어놓은 것이리라. 그렇게 생각하며 왼쪽으로 구부러지자 나무들이 없는 넓은 공간이 나타났다.

언뜻 보면 평범한 풀밭으로밖에 보이지 않았다. 하지만 커다란 물참나무 뿌리에서 요괴쥐가 나타나는 걸 보고 소굴의 존재를 알아차렸다. 키 큰 잡초로 교묘하게 위장되어 있는 입구에서 요괴쥐들이 하나둘씩 솟아나는 모습은 마치 신기한 마술 같았다. 그중에서 특히 체격이 큰 요괴쥐가 다른 요괴쥐를 제치고 앞으로 나섰다. 가죽 갑옷 위에 망토를 걸친 걸 보면 이 콜로니에서 상당히 고위직에 있는 개체이리라. 하지만 녀석의 가장 큰 특징은 쇠망치처럼 앞뒤로 튀어나온 짱구머리였다.

솔방울 대장이 납작 엎드려 네발로 걸어간 반면, 짱구머리는 당당하게 두 발로 서 있었다. 두 마리는 잠시 무엇인가 의논을 했다. 잠시 후 짱구머리가 번들번들 빛나는 눈으로 우리를 노려보며 솔방울 대장에게 지시를 내렸다. 한순간 캄캄한 땅속 소굴로 끌고 갈까 봐 두려움에 떨었지만, 다행히 그들은 우리를 소굴 입구에서 조금 떨어진 숲 안쪽으로 데려갔다. 그곳에는 원추형 나무 기둥에 들장미 덩굴을 감아 만든 직경 2미터, 높이 1.5미터 정도의 거대한 새장이 있었다.

새장 입구는 보이지 않았지만, 버팀목 없이 들장미 덩굴만 있는 곳이 한 군데 있었다. 요괴쥐 두 마리가 창을 지렛대처럼 이용해 들장미 덩굴을 헤치고 우리를 새장에 집어넣었다. 창을 뺀 순간, 가시투성이의 덩굴 간격은 다시 20~30센티미터로 돌아갔다. 온몸에 상처 입을 걸 각오하지 않는 이상 밖으로 나갈 수 없는 것이다. 게다가 창을 든 요괴쥐 한 마리가 음침한 눈길로 우리를 쳐다보고 있었다. 우리를 감시하기 위해 보초를 세워둔 것이리라.

새장 안이 서 있을 수 없을 만큼 낮아서, 우리는 할 수 없이 차가운 땅바닥에 냅색을 깔고 앉았다. 덩굴 사이로 새어 들어오는 달빛은 겨우 서로의 얼굴을 확인할 수 있을 정도였다.

"오늘 하루, 정말 끔찍했지?"

예상치 못한 사토루의 다정한 말투에 긴장이 풀어지면서 나도 모르게 눈물이 나올 뻔했다.

"정말…… 최악이야. ……사토루, 다친 덴 어때?"

"아무렇지도 않아. 피도 말랐고, 살이 조금 까졌을 뿐이야."

그는 괜찮다는 듯 귀를 움찔움찔 움직였다. 그것은 우리 반에서 아무도 할 수 없는 그의 주특기다. 나는 가슴을 쓸어내리며 미소를 지었다. 얼굴에 핏자국이 달라붙어 있어서 무서워 보이지만 그의 말처럼 상처 자체는 대단하지 않은 듯하다.

"앞으로 어떻게 될까?"

"지금은 여기서 도움을 기다리는 수밖에 없어. 친구들이 잘 도망쳤다면 마을 사람들에게 연락해줄 테니까."

구조대가 도착할 때까지는 얼마나 기다려야 할까? 상상만 해도 마음이 우울해졌다. 우리는 좁은 새장 안에서 어깨를 기대고 시간을 보냈다.

"아직도 쳐다보고 있어."

새장에 들어온 지 한 시간쯤 지났는데, 보초 요괴쥐는 여전히 날카로운 눈길로 힐끔힐끔 우리를 쳐다보았다. 나와 눈이 마주치면 일단 얼굴을 돌리지만, 금세 다시 시선을 향하는 것이다.

그가 내 허리에 손을 돌리며 말했다. "신경 쓰지 마, 저런 멍청한 생쥐 녀석은."

"하지만 왠지…… 아, 뭐하는 거야?"

뒷말은 그의 행동에 대한 것이다.

"신경이 고슴도치 가시처럼 날카로워졌지? 내가 위로해줄게."

그는 불편한 자세로 내 위를 올라오려고 했다. 역광으로 인해 얼굴은 어두운 그림자로 뒤덮였지만 두 눈은 반짝반짝 빛났다.

"내가 해줄 테니까 넌 가만히 있어."

내가 그렇게 말하고 가슴을 만지자 그는 움직임을 멈추었다. 티셔츠 너머로 쿵쾅거리는 심장 소리가 전해졌다. 나는 미소를 지으며 천천히 두 사람의 자세를 바꾸었다.

푸르스름한 달빛을 받은 그의 얼굴을 내려다보며 손등으로 다정하게 뺨을 어루만져주었다. 그는 눈을 감고 황홀한 표정을 지으며, 집에서 기르는 고양이처럼 얌전히 나에게 몸을 맡겼다. 두 손으로 얼굴을 감싸고 뺨에 키스해주자 그는 내 가슴에 얼굴을 묻었다. 나는 그의 목덜미에서 가슴, 두 팔, 옆구리, 아랫배까지 차례차례 손바닥과 손가락으로 애무를 했다. 지금까지 그를 이렇게 애무해준 적은 한 번도 없었다. 하지만 평소의 건방진 언동과 달리, 지금의 다정한 태도는 더할 수 없이 사랑스럽게 느껴졌다.

그의 페니스가 딱딱해졌다. 그때까지 여자아이와의 경험밖에 없던 나는 남자를 사랑하는 방법에 익숙하지 않았다. 청바지 위에서 만지자 두꺼운 천을 통해서도 그 부분이 뜨거워지고 맥박 치는 것이 느껴졌다. 이 '물건'은 어떻게 해주는 것이 좋을까?

일단 그곳은 뒤로 미루고 손톱 끝으로 허벅지와 엉덩이를 간질이고 있자, 조바심 나는 듯 그가 내 손을 다시 국부로 가져갔다. 청바지가 답답해 보여서 단추를 열고 앞부분을 벌려주었다. 그러자 팬티가 찢어질 것처럼 커다랗게 팽창한 부분이 적나라하게 드러났다.

나는 다시 남자아이의 가장 민감한 부분을 만져주었다. 이번에는 얇은 천을 사이에 두고 있어서 형태와 크기를 똑똑히 알 수 있었다. 마치 독립된 생물이나 작은 동물처럼 내 애무에 진지하게 반응하는 것이 재미있었다. 문득 유사미노시로의 말이 귓가에서 되살아났다.

'보노보는 개체 간의 긴장과 스트레스가 높아지면 농밀한 성적 접촉으로 해소합니다. 성숙한 수컷과 암컷의 경우에는 성행위를 하고, 동성 간이나 미성숙한 개체인 경우에는 성기를 어루만지는 등 유사성행위를 하죠. 그 덕분에 싸움은 미연에 방지되고, 무리 질서도 유지되는 겁니다…….'

아니다. 우리는 원숭이 따위가 아니다. 나는 머리를 흔들어 잡념을 뿌리치려고 했다. 그런데…… 윤리 규정에서는 남녀 간 성행위에 거의 금지에 가까운 엄격한 요건을 정해놓았으면서, 왜 한 걸음 앞의 행위나 동성 간의 접촉은 오히려 장려하는 것일까?

'제1단계는 육체적 접촉을 자주 할 것. 악수나 포옹, 뺨에 키스하는 것 등. 제2단계는 유아기에서 사춘기까지 이성뿐 아니라 동성 간에도 성적 접촉을 장려할 것. 오르가슴을 동반한 유사성행위로 인간을 향한 긴장을 완화하는 습관을 갖게 할 것. 그리고 제3단계는 성인들 사이의 완전한 프리섹스.'

만약 유사미노시로의 말이 사실이고, 그것이 우리 사회를 지키기 위해서라면…….

"왜 그래?"

내가 갑자기 손길을 멈추자 사토루가 의아한 얼굴로 물었다.

"미안해, 아무것도 아니야."

내가 사과하는 걸 보고 그는 내 몸을 더듬기 시작했다.

"이번에는 내가 기분 좋게 해줄게."

"자, 잠깐만……!"

본인은 벨벳처럼 다정하게 애무해준다고 여기는 것 같지만 이래서는 너무도 간지럽지 않은가. 더 이상 참지 못하고 몸을 비튼 순간, 날카로운 화살 같은 강렬한 시선이 느껴졌다. 보초 요괴쥐가 눈도 깜빡이지 않고 우리를 빤히 쳐다보고 있는 것이다.

이 세상에 친밀한 접촉 도중에 관찰당하는 것을 좋아하는 사람이 어디 있으랴. 그것은 어른이든 어린아이든 마찬가지다. 따라서 우연히 그런 장면을 목격한 사람은 즉시 시선을 피하며 그 자리를 떠나야 한다. 그렇지 않으면 세상에서 가장 무례한 사람으로 낙인 찍히게 된다. 하지만 방관자가 인간이 아니라면 반드시 그렇지만은 않으리라. 예전에 하사키 모래 언덕에서 마리아와 껴안고 있었을 때, 이유는 기억나지 않지만 우리 곁에 순의 애견인 스바루가 있었던 적이 있다.

그러나 이때 요괴쥐의 시선은 스바루와 달리 불쾌하기 짝이 없었다. 요괴쥐는 우리가 어떤 행위를 하는지 알고 있을 뿐 아니라 하등 뇌에 깃든 추잡하고 비열한 망상의 색안경을 쓰고 침을 흘릴 듯한 표정으로 지켜본 것이다. 다시 내가 움직임을 멈추자 사토루가 살짝 눈을 떴다.

"자꾸 왜 그래? 짜증 나게……."

"그게 아니라…… 저기 봐."

내가 눈으로 요괴쥐를 가리키자 그는 끌끌 혀를 찼다.

"저런 녀석한테 신경 쓰지 말라니까 그러네."

"어떻게 신경을 안 써?"

그는 원한이 담긴 눈으로 요괴쥐를 노려보았다. 쾌락을 중단당해서 불쾌한 것이다.

"젠장, 왜 방해하고 난리야. 내가 가만둘 줄 알아?"

"주력도 없는데 어떻게?"

내 말에서 비웃음을 느꼈는지 그는 발끈한 표정을 지었다.

"주력이 없어도 인간에게는 지혜가 있어."

신랄한 대답이 떠올랐지만 나는 가슴에 묻어두기로 했다.

"……하지만 지금은 어쩔 수 없잖아. 여기선 손도 닿지 않고 말도 안 통하니까."

좋은 생각이라도 났는지, 그의 눈에서 반짝 빛이 났다. 꺼림칙한 예감이 들었지만 나는 잠자코 지켜보기로 했다. 그는 부스럭거리며 냅색 안을 뒤적였다.

"뭘 찾는 거야?"

"이거."

그가 자랑스럽게 꺼낸 건 새하얀 물새의 알, 아니 띠동지만들기의 가짜 알이었다.

"그걸로 어떻게 하려고?"

가짜 알이 깨지면 안에서 '악마의 손'이 용수철처럼 튀어나오고 악취를 풍기는 똥 덩어리가 사방 2~3미터로 흩어진다. 물론 상대를 죽일 수는 없고, 고작해야 화나게 만드는 정도다.

"아마 좋은 구경거리가 될걸."

그는 무릎을 꿇은 채 새장 입구로 다가가더니 가짜 알을 들고 요괴쥐에게 신호를 보냈다. 우리가 처음으로 커뮤니케이션을 취하려고 하자 요괴쥐는 몹시 경계하며 고압적인 자세로 창을 휘둘렀다.

"이봐, 그렇게 화낼 것 없어. 계속 서 있으려니까 배고프지? 내가 맛있는 덤불백로의 알을 줄게."

사토루는 적의가 없는 간드러진 목소리로 말하며, 들장미 덩굴 사이로 요괴쥐를 향해 가짜 알을 굴렸다. 요괴쥐는 가짜 알을 쳐다보며 고개를 갸웃거렸다. 그리고 잠시 망설이다 창을 든 채 앞발 하나로 절묘하게 들어올렸다.

"너 바보 아냐? 요괴쥐도 가짜 알이란 걸 알고 있을 거야."

"과연 그럴까? 내 생각은 달라. 이 녀석들은 최근에 대륙에서 건너온 외래종이잖아. 띠둥지만들기는 간토 지역에만 있다고 하니까 어쩌면 처음 보는 걸지도 몰라."

그의 목소리는 긴장과 기대로 약간 까칠했지만, 태도는 기묘하게 자신만만했다.

"아마 똥으로 뒤범벅이 되어 펄펄 뛰며 화낼걸. 뱀처럼 통째로 삼키지 않는 이상……."

그때 사토루가 "아!" 하고 작게 소리쳤다. 그의 시선 끝으로 눈길을 돌리자 요괴쥐는 고개를 위로 향한 채, 떡 하니 벌린 입 안으로 가짜 알을 떨어뜨리는 참이었다. 그 이후에 눈앞에서 일어난 일은 너무도 잔혹해서 똑바로 쳐다볼 수 없을 정도였다. 이렇게 끔찍한 짓을 할 필요가 어디 있느냐고 비난하려고 했지만, 나보다 더 충격을 받은 사토루의 얼굴을 보자 아무 말도 할 수 없었다.

요괴쥐는 마침내 움직이지 않았다. 아마 숨을 거두었으리라. 비명 지를 틈도 없었기 때문에 우리의 범행은 아직 드러나지 않았다.

나는 사토루를 쳐다보며 물었다. "어떡하지?"

내가 원래 우유부단해서 항상 다른 사람의 의견을 묻는다고 오해하지 마라. 이때는 무슨 말이라도 하지 않고는 견딜 수 없는 기분이었으니까.

그는 중얼거리듯 말했다. "……도망치는 수밖에 없어. 이 녀석을 죽였다는 사실이 알려지면 이번엔 정말로 우리를 살려두지 않을 거야."

"하지만 어떻게?"

나는 굵은 들장미 덩굴에 손가락을 찔리는 바람에 황급히 손을 뗐다. 여기를 빠져나가려면 온몸이 피투성이가 될 것을 각오해야 한다.

"저거야!" 사토루는 요괴쥐의 시체 옆에 있는 창을 가리키며 말했다.

그는 냅색 안에 있는 걸 전부 꺼낸 뒤 한쪽 어깨끈을 잡고, 들장미 덩굴 사이로 가까스로 손을 내밀어 창 쪽으로 던졌다. 어떻게든 다른 한쪽 어깨끈을 창에 걸어서 끌어당기려고 했지만 마음대로 되지 않았다. 그래도 몇 번 시도하는 사이에 창의 손잡이 부분에 걸려서 약간 앞으로 끌어당길 수 있었다.

"나랑 교대하자."

나는 들장미 가시에 찔려 상처투성이가 된 그의 팔을 보고 말했지만, 그는 고개를 저으며 지치지 않고 계속했다.

"됐다!"

가까스로 창을 손에 들었을 때, 그의 팔은 무수한 상처와 새빨간 피로 물들어 있었다.

그는 새장에 들어올 때 요괴쥐들이 한 것처럼 황급히 창을 지렛대로 이용하여 들장미 덩굴 사이를 벌리려고 했다. 하지만 아무리 애써도 창 하나로는 덩굴 사이가 벌어지지 않는다는 사실을 알게 되었을 뿐이다. 틈새를 만들려면 두 개를 엇갈리게 해서 벌려야 하는 것이다.

"할 수 없어, 베어내는 수밖에."

이번에는 들장미 덩굴을 자르기 시작했는데, 놀랍게도 보초 요괴쥐가 가지고 있던 창끝은 돌멩이로 되어 있었다. 솔방울 대장의 창에는 쇳덩이가 붙어 있었는데……

나는 마음을 졸이며 말했다. "서둘러! 안 그러면 들킬 거야!"

"조금만 참아."

그는 불평 한마디 없이 최선을 다했다. 허풍쟁이에 냉소적이며 약간의 비난에도 발끈해서 되받아치는 평소의 그에게는 상상도 할 수 없는 모습을 보고, 나는 가슴이 먹먹해질 만큼 감동했다. 다행히 흑요석처럼 보이는 창끝은 의외로 예리해서, 그는 겨우 2~3분 만에 들장미 덩굴을 잘라냈다. 더 이상 시간을 허비할 수는 없다. 그는 잘라낸 덩굴을 창 손잡이로 비틀어 앞쪽으로 밀어올렸다.

"어서 여기로 나가."

공간은 간신히 빠져나올 정도로 작았지만, 나는 재빨리 기어서 밖으로 나왔다.

이번에는 그가 빠져나올 수 있도록 내가 공간을 만들어줄 차례였다. 뒤얽혀 있는 들장미 덩굴을 창으로 벌리는 건 예상외로 힘들었지만 나는 이를 악물고 간신히 해냈다. 그의 체구가 나보다 컸는지 옆구리를 두세 군데 찔렸는데, 이미 만신창이가 된 몸에는 커다란 영향이 없으리라.

우리는 몸을 낮추고 나무 건너편을 살펴보았다. 요괴쥐들은 다른 사람들을 추격하고 있는지, 그곳에 있는 것은 두세 마리뿐이었다. 그밖에 몇 마리가 연신 소굴을 드나들고 있었다.

"됐어, 어서 도망치자."

우리는 맨발로 요괴쥐 소굴의 반대 방향을 향했다. 카누를 숨긴 가스미가우라 기슭에서는 점점 멀어지지만 지금 당장 살기 위해서는 그렇게 하는 수밖에 없다. 우리는 발소리를 죽인 채 수십 미터 걷고 나서 뛰기 시작했다.

"어느 쪽으로 가지?"

"일단 똑바로 가자."

요괴쥐에게 잡히고 나서 시간이 얼마나 흘렀을까? 이미 달은 상당히 기울어져서 멀리 산의 능선에 걸려 있었다. 우리는 어두운 산길을 뛰고 또 뛰었다. 이번에 잡히면 우리 앞에 있는 것은 확실한 죽음이리라.

"그거, 버리는 게 어때?" 나는 숨을 헐떡이며 말했다.

사토루는 요괴쥐의 창을 소중한 보물처럼 들고 온 것이다.

"또 쓸모가 있을지 몰라."

그는 조용히 대답했지만, 그 말의 의미를 생각하면 암울해질 수밖에 없었다. 주력을 잃어버린 두 어린아이에게 유일한 무기는 그 빈약한 창 하나뿐이니까.

그 이후 40~50분은 아무 일도 없이 흘러갔다. 우리는 녹초가 된 상태에서도 계속 발걸음을 옮겼다. 아직 추격자의 모습은 보이지 않았지만 불안은 계속 가중될 뿐이었다. 그때 애조를 띤 멜로디와 함께 와키엔에서 배운 옛날 노래의 한 구절이 떠올랐다.

집이 점점 더 멀어지네. 멀어지네.
지금 온 이 길로 돌아가지 않으리라. 돌아가지 않으리라.

나는 더 이상 참을 수 없어서 물었다. "언제까지 이쪽으로 가야 하는 거야?"

"일단은 녀석들의 소굴에서 멀어져야 해."

그의 머릿속에는 우리 뒤쪽에서 쫓아올 요괴쥐의 환영밖에 없는 듯했다.

"하지만 우리는 서쪽으로 가고 있잖아. 계속 이대로 가면 가스미가우라에서 점점 더 멀어져."

"그렇다고 여기서 돌아갈 수는 없잖아. 오른쪽으로 크게 꺾어지는 길이 나올 때까지는 이대로 가는 수밖에 없어."

"여긴 암만 봐도 외길 같아. 일단 이 길에서 벗어나 숲속으로 들어가는 게 어때?"

"한밤중에 숲속으로 들어가면 길을 잃을 수밖에 없어. 어느 쪽으로 가고 있는지 몰라서, 자칫하면 지금 왔던 곳으로 돌아갈 수도 있고." 그는 몸을 가볍게 떨며 말했다.

"하지만 계속 외길로 가면 녀석들한테 쉽게 발견될 거야."

"그러니까 조금이라도 거리를 벌려놔야 해."

우리의 주장에는 타협점이 보이지 않았다. 그는 그동안에도 발걸음을 늦추지 않아서, 나는 어쩔 수 없이 따라가는 수밖에 없었다. 그때 그가 별안간 걸음을 멈추었다.

"왜 그래?"

그는 입술에 손가락을 대고 말하지 말라는 동작을 취하더니, 자세를 낮추고 앞쪽을 응시했다. 그의 시선 끝을 더듬었지만 별다른 점은 보이지 않았다. 다시 그에게 말을 걸려고 했을 때, 앞쪽 덤불에서 바스락거리는 소리가 났다. 다음 순간, 우리는 그 자리에서 얼어붙었다.

20~30미터 앞의 양쪽에서 난쟁이 같은 그림자가 몇 개 나타났다. 손에는 제각기 창과 칼을 들고 있었다.

"요괴쥐야……."

절망으로 인해 정신이 아득해졌다. 그는 빈약한 창을 부여잡고 한 걸음 앞으로 걸어갔다.

3

요괴쥐는 전부 여섯 마리였다. 그들은 우리를 똑바로 쳐다보며 천천히 걸어왔다. 나는 최대한 평정하게 들리는 목소리로 속삭였다.

"사토루, 창을 버려. 반항하면 죽일 거야."

그는 고개를 가로저었다. "그러지 않아도 어차피 죽일 거야. 사키, 내가 싸우는 사이에 숲속으로 도망쳐."

"안 돼. 그래봤자 금방 잡힐 거야. 하지만 얌전히 있으면 지금 당장 죽이지는 않아. 구조대가 올 때까지 기다리자."

그래도 그는 자신의 주장을 굽히지 않았다. "안 돼. 그때는 이미 늦어. 그리고 두 번 다시 그런 새장에 갇히고 싶지 않아."

"사토루, 제발 부탁이니까 경솔한 짓은 하지 마!"

요괴쥐들은 우리와 4~5미터 정도 떨어진 곳에서 걸음을 멈추었다. 우리를 경계하는 것일까? 그런 것치고는 어딘지 모르게 이상하다. 나는 창을 든 사토루의 팔을 제지했다.

"……잠시만."

"방해하지 마."

"그게 아니라…… 이 녀석들, 아까 그 녀석들과 달라."

그는 의아한 목소리로 되물었다. "뭐?"

그때 한 줄로 늘어선 요괴쥐들이 일제히 밑으로 창을 내리는가 싶더니, 그 자리에서 무릎을 꿇었다.

"왜 이러지?"

고개를 갸웃거리는 사토루를 쳐다보며 나는 떡하니 입을 벌릴 뿐이었다.

"키키키키, Grrr…… 시·니·시·여." 한가운데 있는 요괴쥐가 고개를 들고, 기괴한 발음으로 말을 늘어놓았다. "sssh…… 빠리☆매·코로니…… ∈∂Å. 땅거미★Brrr…… 위험!"

무슨 말을 하는지 알아들을 수 없었다. 그때 무릎을 꿇고 있는 요괴쥐의 문신이 눈에 들어왔다.

"살았다! 이 자들은 인간에게 순종하는 콜로니야!"

나는 안도한 나머지 그 자리에 주저앉을 뻔했다. 사토루는 처음에 반신반의하는 표정을 지었지만, 마침내 결심한 얼굴로 요괴쥐들을 향해 걸어갔다. 그리고 약간 겁먹은 모습으로 3미터 앞에 멈추어 서서 이마 위에 있는 문신을 확인했다.

"파604라…… 그렇다면 '파리매' 콜로니인가?"

요괴쥐 한 마리가 사토루 말에 반응하며, 방아깨비처럼 크게 머리를 위아래로 끄덕였다.

"키키키키키…… 빠리☆매애! 빠리☆매애! 흐☆거미★…… 위험…… 땅거미★위험!"

나중에 안 일이지만 보건소에서는 그때 이미 우리를 잡았던 외래종 콜로니의 존재를 알고, '땅거미'라는 이름을 붙여놓았다. 다만 그전에 반도에서 건너온 노래기 콜로니가 비교적 온화하고 별다른 말썽 없이 요괴쥐의 질서에 편입된 걸 보고, 땅거미 콜로니의 위험성을 과소평가하고 있었던 것이다.

한편 '땅거미'라는 말은 기이하게도 태고에 일본 열도를 통일한 야마토왕조*가 선주민인 조몬인을 멸시하여 부른 호칭과 똑같다.

---

* 신성벚꽃왕조와 같은 시기에 있었던 신야마토왕조와는 다른 왕조.

돌고 돌아서 그 이름을 요괴쥐에게, 그것도 외래종 콜로니에게 사용한 건 역사의 아이러니가 아닐 수 없다. 어쨌든 우리는 파리매 콜로니 요괴쥐들의 뒤를 따라 어두운 숲속을 빠져나갔다.

그렇게 얼마를 걸었을까, 심각한 표정으로 생각에 잠겨 있던 사토루가 입을 열었다.

"이거 골치 아프게 됐어."

"왜? 이제 살았잖아. 이 녀석들은 인간을 공격하지 않아."

"지금은 분명히 그렇지."

"지금은? 그러면 앞으로는 아니란 말이야?"

그는 한심하다는 눈길로 나를 쳐다보았다.

"요괴쥐가 왜 인간을 신으로 숭배하겠어? 주력을 가지고 있기 때문이잖아. 지금 우리가 주력을 가지고 있다고 믿기 때문에 저자세를 취하지만, 만약 우리의 주력이 사라진 걸 알면 어떻게 될 것 같아?"

앞에서 걷는 요괴쥐에게 들릴 것을 우려해서인지, 후반부는 거의 속삭임에 가까웠다. 불안에 휩싸인 나는 어떻게든 그의 의견을 반박하려고 했다.

"지나친 생각이야. 파리매 콜로니는 인간에게 절대복종하잖아. 만약 우리를 어떻게 했다고 인간에게 알려지기라도 하면 전멸된다는 것 정도는 알고 있을 거야. 게다가 애당초 왜 우리에게 해를 끼치겠어?"

"요괴쥐의 생각을 우리가 어떻게 알아? 물론 인간과 똑같이 생각할 때도 있겠지만 어차피 설치류에 불과해. ……어쨌든 방심하면 안 돼. 우리가 주력을 사용할 수 없다는 사실은 끝까지 비밀로 해야 해. 너도 조심해."

그의 목소리는 별안간 스무 살쯤 늙어버린 듯했다. 어떻게 조심해야 좋을지 몰랐지만, 어쨌든 나는 그에게 달려드는 대신에 짤막하게 "알았어"라고 대답했다.

지금은 말다툼할 때가 아니다.

그런데 숲속의 길을 걷는 사이에 서서히 불안이 깊어졌다. 우리는 한 번도 주력을 보여주지 않고 파리매 콜로니의 요괴쥐들을 속일 수 있을까? 등 뒤에서 쫓아오는 땅거미에 대한 공포가 희미해지는 것과 반비례해서 새로운 불안이 점점 부풀어올랐다.

얼마나 걸었을까? 요괴쥐 한 마리가 우리를 쳐다보며 소리를 질렀지만, 졸음과 피로로 머리가 몽롱해져 있어서 무슨 말인지 알아들을 수 없었다.

"뭐래?"

"나도 못 알아들었는데 거의 도착하지 않았을까?"

그 말에 잔물결 같은 긴장이 온몸을 뛰어다녔다.

그때 앞쪽의 덤불 사이에서 새로운 개체가 나타났다. 우리를 데려온 여섯 마리와는 모습이 달랐다. 체격도 한층 크고 곡괭이 모양의 투구를 썼으며, 비늘 모양의 금속 갑옷을 입고 있었다. 최소한 땅거미 콜로니의 솔방울 대장과 동격이든지, 어쩌면 더 지위가높을지도 모른다. 곡괭이 투구는 한동안 우리를 데려온 요괴쥐에게 보고를 받더니, 이윽고 신중한 걸음걸이로 우리 쪽으로 다가왔다. 그는 투구를 벗고 놀랄 만큼 유창한 일본어로 말했다.

"신이시여, 잘 오셨습니다. 저는 파리매 콜로니에서 주상* 역할을 맡고 있는 θξ%∞★∀∂라고 합니다."

이름 부분만이 초음파처럼 높고 발음이 복잡했다.

"하지만 신들께서는 그냥 스퀴라라고 부르시면 됩니다. 부디 그렇게 불러주십시오."

사토루가 태연한 얼굴로 말했다. "스퀴라, 우리는 캠프 하러 왔다 길을 잃었어. 가스미가우라 기슭까지 데려다주면 좋겠는데. 거기까지 가면 그다음은 알아서 할 수 있거든."

"알겠습니다."

스퀴라가 순순히 대답하는 걸 보고 우리는 온몸의 힘이 빠졌다.

"다만 죄송하지만 지금은 좀 곤란합니다."

"왜? 밤이라서? 아니면……."

그러자 스퀴라는 정중하게 대답했다. "저희는 후각이 발달해서 밤에도 숲속을 돌아다니는 데 아무런 지장이 없습니다. 따라서 신께서만 피곤하지 않으면 흔쾌히 안내해드릴 수 있죠. 하지만 현재 이 주변은 대단히 위험한 상태입니다. 땅거미라는 흉악한 외래종 콜로니가 침입해서 저희 재래종 콜로니를 위협하고 있죠. 양쪽 사이에 긴장감이 고조되더니 어제는 드디어 전투 상태로 돌입했습니다. 혹시 여기 오는 길에 만나지 않으셨습니까?"

나는 대답하려고 하다 순간적으로 사토루의 얼굴을 쳐다보았다.

그는 포커페이스를 유지하며 대답했다. "아니, 못 만났는데."

---

* 奏上, 임금에게 아뢰는 일.

스퀴라가 그의 손에 있는 창과 얼굴의 상처를 힐끔 쳐다본 것 같았지만, 어쩌면 내가 잘못 보았을지도 모른다. 스퀴라는 주름투성이 콧등에 더욱 주름을 잡고 침을 튀기며 땅거미를 매도했다.

"그것참 다행이군요. 땅거미는 신의 위엄에 복종하지 않는 발칙한 녀석들이라서, 제 분수도 모르고 공격할 가능성이 있습니다. 물론 신이시라면 주력으로 단숨에 물리치겠지만 잠복해 있다 갑자기 독화살을 쏘는 비겁한 녀석들이라서요. 아, 이거 실례했습니다. 아무튼 그런 이유로 현재 저희는 방어하느라 정신이 없어서, 원래 유약한 성격인 저까지 어울리지 않게 전투복을 입는 처지가 되었습니다."

내가 물었다. "그래서 이길 것 같아?"

마침 그 질문을 기다리고 있었다는 양 스퀴라는 마구 떠들어댔다. "형세가 심상치 않습니다. 장수말벌 같은 큰 콜로니라면 또 몰라도 저희 파리매는 700마리 정도의 약소 콜로니에 불과하니까요. 반면에 땅거미의 병력은 4,000이 넘는 것 같습니다."

갑자기 서늘한 기운이 등줄기를 가로질렀다. 리진 스님이 세상을 떠나기 전에 없앤 개체는, 아무리 넉넉하게 잡아도 1,000마리밖에 되지 않는다. 그걸로 괴멸 상태라고 여긴 건 안이한 생각에 불과하고, 아직 3,000마리가 넘게 남아 있는 것이다.

"어제 가까운 세 콜로니에 특사를 파견해서 지원을 요청했는데, 도착할 때까지 잠시 시간이 필요합니다."

"그럼 땅거미가 지금 당장 공격하면 한 방에 끝장이란 거잖아."

나는 그렇게 반문했지만, 스퀴라의 기묘한 눈길을 보고 나서야

나의 실수를 깨달았다. 주력을 가진 인간이라면 요괴쥐 몇 마리의 공격쯤은 걱정할 리 없지 않은가? 사토루가 재빨리 내 실수를 만회해주었다.

"만약 우리가 안 왔으면 어떻게 할 생각이었어?"

취미가 허풍인 만큼 이야기를 수습하는 데도 익숙한 것이다. 스퀴라는 깊숙이 고개를 숙였다.

"네, 신께서 걱정해주시니 몸 둘 바를 모르겠습니다. 하지만 콜로니 사이에서 벌어지는 저희 전투는 약간 특수해서, 양쪽 전력이 심하게 차이 나도 결판이 날 때까지는 오랜 시간이 걸립니다."

"그게 무슨 뜻이야?"

"백문이 불여일견이라고 했습니다. 직접 보여드릴 테니까 이쪽으로 오십시오."

스퀴라는 우리를 향해 고개를 숙이더니 재빨리 뒷걸음질 쳤다. 윗사람에 대한 요괴쥐들의 예의인 것이리라.

덤불 사이를 빠져나가자 시야가 넓어졌다. 이미 달은 기울어졌지만 별빛을 받은 풀밭이 끝도 없이 펼쳐져 있었다. 키가 큰 풀들 사이에서는 개미무덤 같은 뾰족한 탑이 점점이 솟아 있었다.

"여기가 파리매 콜로니의 소굴이야?"

내 질문에 스퀴라가 고개를 가로저었다.

"신께서 소굴이라고 하시는 건 여왕이 있는 용혈로, 여기서 멀리 떨어져 있습니다. 여기는 땅거미에 대항하기 위해 쌓은 전선의 하나이죠."

"전선?"

"토치카나 참호, 지중벽, 전투용 터널 등으로 이루어진 방어선입니다. ……신께선 혹시 바둑이나 장기 같은 게임을 즐기시나요?"

갑작스러운 질문을 받고 나는 적잖이 당황했다.

"뭐 둘 다 학교에서 배웠으니까."

솔직히 말하면 처음에는 재미가 있었지만 즉시 하고 싶은 마음이 없어진 탓에, 나는 아직 초보자 영역에서 벗어나지 못했다. 하고 싶은 마음을 잃어버린 최대 이유는 어느 시점부터 특정의 두세 명에게 이길 수 없었기 때문이었다. 그중 한 명인 슌에게는 그래도 참을 수 있었지만 매번 사토루의 의기양양한 모습을 보는 건 도저히 참을 수 없었다.

"이렇게 설명해드리면 이해하기 쉽겠군요. 저희 β★ɞ◎Å, 이거 실례했습니다. 요괴쥐 콜로니끼리 전투에 돌입한 경우, 싸움의 양상은 필연적으로 장기보다 바둑에 가깝습니다."

요괴쥐라는 단어에서 말이 막힌 것은 무엇 때문일까?

스퀴라는 요괴쥐의 세력 투쟁에 관해서 유사미노시로를 떠올릴 만큼 담담하게 설명했다.

요괴쥐의 선조는 동아프리카에 서식하는 벌거숭이두더지쥐라는 혈거성 설치류로, 땅속에 있는 좁은 터널 안에서 생활했다고 한다. 인류의 도움으로 체격과 지능이 좋아지면서 문명을 쌓아올린 지금도 기본적인 점은 똑같아서, 주거 단위는 거의 수직으로 판 종혈이지만 물이 스며들 때를 대비하여 각 방은 종혈에서 위쪽을 향해 가지치기를 하듯 배치되어 있다. 또 종혈끼리는 그물의 눈처럼 이어져 있는 수평굴을 통해, 지상으로 나가지 않아도 왔다 갔다 할 수 있게 되어 있다.

"저희가 지상으로 나가서 싸우게 된 건 비교적 최근 일입니다. 기동력이라는 점에서 보면 아무리 중무장을 해도 지상으로 가는 쪽이 지하로 가는 쪽보다 훨씬 빠른 것은 자명한 이치니까요. 하지만 지상군끼리 전투한다면 또 몰라도 상대 콜로니의 거점을 공략하려고 할 때, 지상에서 진군하는 건 아무런 의미가 없습니다."

사토루가 물었다. "왜?"

"지하에 있는 β★ë◎Å······ 저희 동포는 소리와 진동으로 지상군 위치를 손에 잡을 듯이 파악할 수 있죠. 그런데 지상군 쪽에서 보면 지하에 있는 적은 도저히 알아낼 도리가 없습니다. 따라서 지상군은 갑자기 구덩이에 빠지거나 발밑에서 쑤시는 창에 찔리는 등 일방적인 공격을 받고, 결국 손도 제대로 써보지 못하고 전멸할 수밖에 없습니다."

실제로 그런 전투가 몇 번이나 반복되었으리라. 인간이나 요괴쥐나, 하나의 교훈을 얻기 위해서는 얼마나 많은 피를 흘려야 하는 것일까?

사토루가 거만한 얼굴로 말했다. "즉, 요괴쥐의 전투에서는 항상 수비하는 쪽이 유리하다는 거군."

"그렇습니다. 공격하는 쪽은 땅속을 파서 전진하는 수밖에 없는데 그 경우에도 소리에 의해 들키고, 수비하는 쪽은 땅속에 미리 단단한 방어벽을 쌓거나 면도날처럼 날카로운 돌들을 늘어놓거나 상대가 터널을 파면 머리 위로 무거운 돌이 떨어지도록 함정을 만들 수 있습니다. 즉, 땅속에서 전투가 벌어졌을 때도 공격하는 건 그렇게 쉬운 일이 아니지요."

내가 물었다. "그러면 어떻게 하는데?"

"서로 끝없이 노려본 끝에 공격하는 쪽이 몇 가지 대가를 얻고 철수하는 것이 당초 패턴이었습니다. 하지만 그때 천재적 전략가, Ж◎∞∑∴…… 이오키가 나타났죠. 신께 받은 책에서 영감을 얻은 이오키는 콜로니 공략을 위한 전략, 전술 체계를 독자적으로 확립했습니다."

사토루가 이마에 눈썹을 모으며 물었다. "어떤 책인데?"

전쟁 방법을 가르치는 위험한 책을 금서로 하지 않고, 왜 하필이면 요괴쥐에게 준 것일까?

"유감스럽게도 그 성스러운 책은 현존하지 않지만,『세 살부터 둘 수 있는 바둑 입문』이라는 제목만은 지금도 전해지고 있습니다."

사토루와 나는 얼굴을 마주 보았다. 그런 제목의 책이라면 와키엔의 놀이방에서 본 적이 있기 때문이었다.

"이오키의 전술은 바둑과 똑같았습니다. 일단 지상부대로 하여금 요소에 종혈을 파서 거점을 확보한 후 거점과 거점 사이, 각 거점과 용혈 사이에 새로운 거점을 만들어 연락을 강화하죠. 거점과 거점이 지하로 연결되면 전선이 됩니다. 이렇게 해서 점에서 선, 선에서 면으로 지배 영역을 확대하여 최종적으로 적을 좁은 범위 안에 가둬두는 것이 목표이지만, 반대로 수비하는 쪽은 밖을 향해 탈출로를 확보하려고 하죠. 사방을 완전히 봉쇄당하면 식량 조달에 지장이 있는 건 물론이고 지하 수맥이 차단되어 땅이 말라버리기 때문입니다. 그 때문에 봉쇄를 시도하는 적의 거점 사이를 파고들 수 있도록 자신의 거점을 만들어 상대끼리의 연락을 차단함과 동시에 자군과의 연락을 취하는데, 그것은 바둑에서 적의 봉쇄망 사이를 끊는 것과 똑같은 방법이지요. 그리고 여기에 이르러서 비로소 치열한 접근전이 시작되는 겁니다."

나는 새삼 평야를 둘러보았다. 그렇게 생각해서 그런지 개미무덤 같은 탑이 전략적으로 정연히 배치되어 있었다.

"이오키가 가져온 전술상 혁명은 눈 깜짝할 사이에 모든 콜로니로 확대되었습니다. 그때까지 난공불락이라고 여겨진 콜로니가 몇 개나 함락되면서 세력이 크게 바뀌었고요. 새로운 사고방식을 먼저 받아들인 콜로니가 흥하고, 기존 방법을 고집했던 콜로니는 모두 도태되었습니다."

"이오키는 어떻게 됐어?"

요괴쥐의 영웅담에 이토록 마음을 빼앗길 줄은 상상도 하지 못했다. 이오키는 현재 최대 세력을 자랑하는 장수말벌 콜로니를 번영하게 만든 개체일까? 아니다. 스퀴라가 이렇게까지 열변을 토하는 걸 보면 파리매 콜로니를 중흥하게 만든 조상이었을지도 모른다.

스퀴라가 슬픈 목소리로 말했다. "이오키는 치열한 전투의 소용돌이 속에서 목숨을 잃었습니다. 이오키의 출신인 잠자리 콜로니는 총원이라고 해봤자 겨우 400에 불과한 약소 콜로니였죠. 따라서 이오키 자신이 항상 선두에 서서 지휘했습니다. 그런데 인접 콜로니와 전투하는 도중에 전선 중간에서 적의 교두보와 접촉하자마자 돌연 치열한 전투가 벌어졌죠. 그런 경우에는 어느 쪽이 연락을 확보하고 어느 쪽이 차단되느냐에 따라서 전쟁의 귀추가 정해집니다. 그런데 이오키의 전략은 상대보다 한수 위였습니다. 그는 거점 하나를 희생하면 자군을 완전히 연결시키고 상대 라인을 끊을 수 있다는 사실을 알아차렸죠. 다만 그러기에는 한 가지 문제점이 있었습니다. 희생해야 할 거점이 바로 자신이 있던 장소였던 겁니다."

사토루가 후욱 숨을 내뿜었다.

"이오키는 자신의 전략에 충실했습니다. 그리고 예상한 대로 그의 거점이 적에게 포위되면서, 이오키를 비롯한 여섯 명은 최후까지 용감하게 싸웠지만 전원 고깃덩어리로 변하고 말았습니다. 하지만 살육에 취해 있던 적이 제정신을 차렸을 때, 그들의 전선은 정확히 두 개로 나누어져서 연결을 회복하기는 불가능해졌습니다. 적의 용혈을 포함한 본체는 봉쇄되고 목숨 줄인 외부로 갈 수 있는 탈출로는 사라졌죠. 한편 본체에서 잘려나가 보급로를 잃어버린 전선은 초라하게 시들 수밖에 없었습니다. 결국 잠자리 콜로니는 이 전쟁에서 멋지게 승리를 거둔 것입니다."

우리는 스퀴라의 이야기 속으로 빨려 들어가서, 어느새 유사미노시로에게 역사 강연을 듣는 듯한 착각에 빠졌다. 양쪽 목소리는 하나도 비슷하지 않았지만.

스퀴라는 한순간 빛을 남기고 역사의 무대에서 사라진 콜로니를 애도하듯 말했다. "그런데 달콤한 승리에 취할 틈도 없이 잠자리 콜로니는 멸망했습니다. 원래 규모가 작았던 데다 불세출의 영웅 이오키를 잃어버리면서 주위 콜로니가 서로 유린하는 구역으로 변하고 말았죠. 그래도 전쟁 자체가 옛날 같은 방식이었다면 계속 수비하면서 버텨냈을 수도 있었을 겁니다. 하지만 무슨 운명의 장난인지 이오키가 만든 전투 방법에 의해 완전히 봉쇄되면서 잠자리 콜로니는 식량을 확보하지 못한 채 서서히 전력이 줄어든 결과 무조건 항복할 수밖에 없었죠."

내가 조심스럽게 물었다. "패배한 콜로니의 요괴쥐들은 어떻게 되지?"

설마 모두 몰살되지는 않았으리라.

"여왕은 처형되고, 그 이외는 전원 노예로서 부역에 종사해야 합니다. 살아 있을 때는 가축보다 못한 취급을 받고, 죽으면 야산에 버려지거나 밭의 비료가 되는 거죠."

우리는 숨을 집어삼키고 입을 다물었다. 지금 생각하면 그것도 스퀴라의 의도였겠지만……. 그때 사토루의 입술이 희미하게 움직이는 걸 보고 나는 입술 모양을 읽어냈다. 그는 '개미야……'라고 말했다. 그렇다. 꼭 개미 같다. 요괴쥐들은 한편으론 인간과 유사한 성질을 가지고 있고, 다른 한편으론 사회성 곤충 같은 잔혹함을 가지고 있다. 그들의 전쟁은 본질적으로 노동력을 빼앗기 위해 다른 개미 소굴을 덮치는 사무라이개미와 똑같지 않은가.

스퀴라는 땅에 앉아서 자세를 바로 했다. "……실은 이런 사정을 장황하게 말씀드린 데에는 다 이유가 있습니다. 지난 며칠 사이에 땅거미와의 전투에서 파리매 콜로니는 외부 세계로의 돌파구가 되는 거점을 모두 잃었죠. 가까운 콜로니로 지원 요청을 하러 간 특사도 땅거미의 포위망을 뚫지 못하고 잡히거나 살해됐을 공산이 큽니다. 즉, 현재 저희 콜로니는 사느냐 죽느냐의 위기에 처해 있습니다. 이런 상황에서 어린 신들께서 오신 것은 저희를 파멸에서 구하기 위한 하늘의 뜻이라고 생각합니다. 말 그대로 지옥에서 부처를 만나고, 죽음 속에서 삶을 얻은 심정입니다."

사토루가 나를 힐끔 쳐다보았다. 이야기는 우리가 가장 원하지 않는 방향으로 흘러가고 있었다.

"저희 전쟁에 신께 이런 부탁을 드리는 것은 도리도 아니고 주제넘은 짓이라는 것은 잘 알고 있습니다. 하지만 저희 콜로니를 구해주실 수 없을까요? 신도 두려워하지 않는 땅거미들에게 응징의 철퇴를 내려주시길 엎드려 바랍니다."

사토루가 헛기침을 했다. "도와주고 싶은 마음은 굴뚝같지만 우리 마음대로 그런 일을 할 수는 없어."

"왜죠? 한순간 정신을 집중하기만 하면 녀석들을 전멸시킬 수 있을 텐데요."

사토루는 한마디 한마디에 힘을 담아 신중하게 말했다. "일단 요괴쥐는 보호조수라서 우리 마음대로 죽일 수 없어. 처분을 내릴 때는 초의 사무소나 보건소에 유해조수의 구제 신청을 해서 인정을 받아야 하거든."

스퀴라는 필사적으로 매달렸다. "무슨 말씀이신지는 알고 있습니다. 하지만 이대로 있으면 저희는 조만간 가차 없이 전멸될 겁니다. 제가 이렇게 두 손 모아 부탁드리겠습니다. 땅거미를 몰살시킬 필요는 없습니다. 다만 전선에 타격을 주어서 포위망만 뚫어주시면, 그다음은 저희가 알아서 하겠습니다. 부디……."

스퀴라가 계속 매달리려고 했을 때, 전령 같은 요괴쥐가 다가와서 그에게 귀엣말을 했다. 스퀴라는 우리에게 말할 때와 달리 거만한 태도로 귀를 기울였다. 이윽고 우리 쪽을 쳐다보았을 때, 그는 곤혹스러운 표정을 지었다.

"그러면 시간도 늦었으니까 내일 아침에 다시 부탁을 드리겠습니다. 지금 당장 쉬도록 해드리고 싶지만 그전에 저희 여왕을 만나주실 수 있습니까?"

"여왕님을?"

나는 잠시 생각에 잠겼다. 요괴쥐의 여왕을 만나보고 싶은 마음도 있었다. 하지만 이미 새벽이 가까웠고, 하루 사이에 너무도 많은 사건을 겪음으로써 짙은 피로가 온몸을 짓눌렀다.

"여왕은 지금 저기 토치카에 있습니다. 신께서 오셨다는 이야기를 듣고 꼭 뵙고 싶다고 합니다."

사토루가 선하품을 삼키면서 말했다. "좋아, 잠시 만나기만 하는 거라면. 하지만 그다음은 다 내일이야."

"알겠습니다. 그러면 이쪽으로 오십시오."

우리는 스퀴라의 뒤를 따라서 초원을 걸었다. 가장 큰 개미무덤 같은 첨탑 앞에서 걸음을 멈추었지만 어디로 들어가야 할지 짐작도 되지 않았다. 스퀴라가 마른 풀을 헤치자 직경 1미터 정도 되는 구멍이 나타났다.

"들어가십시오. 좁아서 답답하시겠지만 이쪽이 입구입니다."

불현듯 작은 불안이 내 심장을 가로질렀다.

"뭐? 여기로 들어가란 말이야?"

사토루 역시 마음이 내키지 않는 모양이었다.

"가능하면 여왕이 나왔으면 좋겠는데."

"죄송합니다. 하지만 토치카의 입구로 이어지는 터널은 병사들 체구에 맞춰져 있어서, 여왕은 지상으로 나올 수 없습니다. 지금 지하 거실에서 기다리고 있습니다."

할 수 없다. 이제 와서 거절하기도 귀찮고, 주력을 잃어버린 마당에 말썽을 일으키고 싶지도 않았다.

우리는 사토루, 나의 순서로 구멍으로 들어갔다. 내부는 바깥보다 훨씬 온도가 낮아서 써늘함이 느껴질 정도였다. 쉽게 드나들 수 있도록 하기 위해서인지 입구 주위에는 진흙을 덕지덕지 발라놓았지만, 터널 내부는 미끄러지지 않도록 마른풀이 뒤섞인 흙을 붙여놓았다. 수직으로 된 종혈을 내려가기는 무서웠으나 우리 밑에 있는 요괴쥐 두 마리 덕분에 쾌적하게 내려갈 수 있었다. 요괴쥐들이 네 개 손발을 이용해서 터널 내벽을 짚은 뒤, 우리를 등 위에 올려놓은 것이다. 그들의 등은 모피로 만든 쿠션처럼 더할 수 없이 편안했다. 더구나 자력으로 브레이크를 걸 수 없어서, 우리는 계속 요괴쥐 등에 앉아 있었다. 20~30미터 비스듬하게 이어지던 종혈이 갑자기 넓은 공간으로 바뀌었다. 높이는 우리가 일어설 수 있을 만큼 높았지만 주위가 어두워서 넓이까지는 알 수 없다. 주위를 둘러본 순간, 등골이 오싹해질 정도로 곰팡내와 짐승 냄새가 코를 찔렀다.

우리 뒤에서 내려온 스퀴라가 입을 열었다. "잠시만 기다리십시오."

뒤를 돌아보니 캄캄한 어둠 속에서 두 눈이 번들번들 빛나고 있었다. 밤에는 야생 동물의 눈에서 빛이 뿜어나온다는 사실을 알고 있었지만 쳐다보고 있노라니 온몸에 소름이 끼쳤다.

스퀴라는 부싯돌을 부딪쳐서 작은 횃불에 불을 붙였다. 한순간 몹시 눈이 부셨지만 금방 익숙해졌다. 빛이 있다는 것이 이렇게 마음 든든한 일이었던가!

"이쪽입니다."

불빛을 비춰보자 넓은 공간이라고 여겼던 것은 세 평 정도의 층계참에 지나지 않았다. 스퀴라는 세 방향에 있는 수평굴 중 하나를 향해 앞장서서 걸어갔다. 두 발로 걷는 설치류의 그림자가 동굴 벽에서 기괴하게 흔들렸다.

"머리를 조심하십시오."

터널 천장은 점차 낮아지고 그에 반비례해서 폭은 넓어졌다. 요괴쥐가 여기를 통과할 때는 재빨리 네발로 뛰어갈 것이다.

횃불의 빛만을 이용해서 어두운 땅속을 걷고 있노라니 점차 비현실적인 느낌이 밀려들었다. 이런 곳에 있다는 것 자체를 믿을 수 없었다. 반면에 초현실적인 존재가 우리의 감각 기관에 자신의 존재감을 강력하게 호소했다. 맨 처음 우리의 감각 기관을 덮친 것은 냄새였다. 터널 안에는 요괴쥐의 체취가 가득 차 있었는데, 그 냄새는 앞으로 나아갈수록 더욱 강해졌다. 기본적으로는 스퀴라나 병사들의 냄새와 똑같았지만, 단순한 짐승 냄새가 아니라 코가 떨어질 만큼 부패하고 숨이 막힐 정도로 농밀했다.

다음에는 복잡한 중저음이 우리 귓속으로 파고들었다. 어렴풋이 들려오는 풀무 같은 소리에 가끔 멀리서 치는 천둥 같은 소리가 뒤섞였다. 그리고 터널 벽을 통해서 불규칙한 진동이 전해졌다. 상상을 초월할 만큼 무겁고 거대한 물체가 기어다니는 듯한……

진동은 서서히 발밑에서도 느껴졌다. 나는 온몸이 떨리는 공포를 느꼈지만 사토루에게 되돌아가자고 할 수는 없었다. 여기서 스퀴라에게 약점을 보이면 나중에 어떻게 될지 상상도 할 수 없어서였다.

"얼마나 더 가야 하지?"

사토루가 평정을 가장하며 물었지만 끝부분이 파르르 떨리는 것이 느껴졌다.

"이제 곧 도착할 겁니다."

그 말은 거짓이 아니었다. 그로부터 20미터 정도 걸어가자 터널은 오른쪽으로 크게 구부러졌다. 스퀴라가 걸음을 멈추고 납작 엎드려서 생쥐처럼 날카롭게 소리쳤다. 그에 대한 대답은 간이 덜컹 내려앉을 만한 신음 소리였다. 사나운 바람 같은 저주파가 우리의 온몸을 바들바들 떨게 만들었다.

스퀴라가 우리를 돌아보고 말했다. "여왕이 만나 뵙게 돼서 영광이라고 하십니다."

사토루가 대답하려고 했지만 혀가 굳어서 말을 할 수 없었다.

"……우리야말로 여왕님을 만나 뵙게 돼서 기쁘다고 말해줘."

내가 대신 그렇게 말하자 스퀴라는 고개를 끄덕이고 나서 찌익찌익 소리를 냈다. 다음 순간, 여왕이 인간의 말로 대답하는 걸 듣고 우리는 경악할 수밖에 없었다.

"Grrrrr…… 시·니·시·여·어…… ★θ. 부·디…… ∫△θ…… 이·쪽·으·로……."

땅울림 같은 저음에 고막이 이상해질 듯한 이빨 가는 소리가 뒤섞여 있었지만, 우리에게 앞으로 오라고 하는 것만은 알 수 있었다. 나와 사토루는 서로의 눈을 쳐다보고 나서 완만한 커브의 모퉁

이를 돌았다. 악취는 더욱 강해져서 숨을 쉴 수 없을 정도였다.

햇불을 든 스퀴라가 모퉁이 바로 앞에서 멈추었다. 불빛이 등 뒤에서 희미하게 비추었지만 역광이라서 여왕의 모습은 알아볼 수 없었다. 그래도 앞쪽에서 웅크리고 있는 생물의 크기가 당치도 않게 크다는 것은 압도적인 열량과 거무칙칙한 실루엣으로 알 수 있었다.

"☆★…… 가가가! □■! ……◇◆!"

정면에서 뜨거운 바람 같은 숨결이 쏟아졌다. 나도 모르게 고개를 돌렸지만, 이어서 날아온 목소리를 듣고는 깜짝 놀랄 수밖에 없었다.

"시시시시…… 신·이·시·여. 신·이·시·여, 잘 오셨습니다. 매우 영·광·입니다."

여왕 요괴쥐는 긴 성대를 분할 진동시켜 가성으로 말하는 듯하다. 그 덕분에 음정이 인간과 비슷해서 훨씬 알아듣기 쉬웠다. 하지만 우리가 가장 놀란 건 그것이 여성의 목소리였기 때문이다.

그 이후 우리는 5분 정도 여왕과 대화를 나누었다. 하지만 유감스럽게도 내용은 전혀 기억이 나지 않는다. 극도의 피로와 기이한 긴장 상태 탓일지도 모르지만, 아마 그 직후에 일어난 사건이 너무도 충격적이었기 때문이리라.

계기는 사소한 것이었다. 우리가 서 있는 걸 보고 미안하다고 사과하면서, 아무리 괜찮다고 해도 여왕은 요괴쥐 두 마리를 불렀다. 우리가 앉을 수 있도록 의자로 만들기 위해서다. 그때 요괴쥐 두 마리와 함께 햇불을 든 스퀴라가 들어왔다. 햇불의 강한 빛을 받고 반사적으로 고개를 돌린 우리 눈에, 환해진 터널 안과 여왕의 모습이 뛰어들었다. 그때까지 나눈 대화와 의외로 다정하게 들리는 여왕의 목소리 덕분에 우리가 처음에 느꼈던 공포는 상당히 희미해져 있었다. 때문에 실제로 여왕의 모습을 보았을 때의 충격은 몇 배, 아니 몇 십 배로 확대되었다.

여왕의 모습을 한마디로 표현하면 짧은 네발과 꼬리가 달린 거대한 유충이라고 할 수 있으리라. 햇빛을 보지 않은 탓인지 병적일 만큼 새하얀 육체와, 그 육체를 둥글게 감고 있는 무수한 주름도 유충 같은 인상을 한층 강하게 했다. 하지만 결정적으로 다른 건 얼굴이었다. 거대한 머리의 절반을 덮고 있는 갈색 반점은 자연광 밑에서 보면 새빨갈지도 모른다. 주름에 파묻힌 채 구슬처럼 빛나는 작고 잔인해 보이는 눈. 끌처럼 날카로운 이빨이 보일락 말락하는 강인한 턱. 개의 목줄 같은 목걸이에서는 빨간 철반석류석*과 희미한 빛을 내뿜는 형석, 녹주석, 근청석 등 반짝반짝 빛나는 귀한 돌들이 이리저리 흔들렸다.

자신의 모습이 드러난 것에 격노한 여왕은 호랑이처럼 한 번 포효하더니, 벌벌 떠는 우리의 옆을 지나 재빨리 돌진했다. 그리고 스퀴라를 가뿐하게 입에 물고 좌우로 격렬하게 흔들었다. 스퀴라는 끼이끼이 비명을 지르며 횃불을 떨어뜨렸다. 이윽고 동굴에 진정한 어둠이 찾아왔다. 들리는 것은 여왕의 거친 숨소리와, 끊어질 듯 말 듯한 스퀴라의 비명, 구석에서 웅크린 채 바들바들 떨며 손톱

---

* 검은빛이 도는 붉은 석류석.

으로 땅을 긁는 두 요괴쥐의 신음뿐이었다.

나는 몸속 모든 세포에서 용기를 짜내어 입을 열었다. "여왕님, 잠시만요. 스퀴라를 죽이지 마세요! 나쁜 뜻은 없었을 거예요."

그러자 사토루가 내 팔을 꽉 잡았다. 분노를 이기지 못해 펄펄 뛰는 여왕을 달래는 건 위험한 도박일지도 모른다. 하지만 이런 경우에 신이 개입하지 않으면 오히려 의혹을 불러일으킬 가능성이 있지 않을까?

여왕은 잠시 아무런 반응도 보이지 않다 이윽고 스퀴라를 거칠게 내던졌다. 그리고 긴 몸으로 재빨리 방향을 바꾸더니(캄캄해서 아무것도 보이지 않은 탓에 기척으로 그렇게 느꼈을 뿐이지만) 다시 우리 옆을 지나 터널 안쪽으로 사라졌다.

스퀴라는 잠시 바들바들 떨다 겨우 제정신을 차리고 우리 쪽을 향했다.

"중재해주셔서 감사합니다. 덕분에 목숨을 구했습니다."

겨우 말을 하게 된 사토루가 갈라진 목소리로 말했다. "너무 놀라서 간 떨어지는 줄 알았어."

"설마 여왕님께서 널 죽이기야 하겠어?"

내 말에 스퀴라는 대답하지 않았다.

"……많이 피곤하시죠? 잠자리를 준비해드릴 테니까 오늘 밤은 편히 쉬십시오."

스퀴라는 떨어져 있던 횃불을 주운 후 부싯돌 같은 것으로 다시 불을 붙였다.

나는 스퀴라의 몸통을 보고 무심코 숨을 들이마셨다. 날카로운 이빨에 의해 비늘 모양의 금속 조각은 떨어져버렸고 그 밑의 가죽으로 만든 갑옷에도 커다란 구멍이 뚫려서 피가 새어나오고 있었다. 스퀴라는 심한 부상을 입었으면서도 이를 악물고 고통을 참으며 태연을 가장한 것이다.

잠자리로 가는 도중에 사토루가 내 귓가에 대고 속삭였다.

"이상해. 그 여왕, 머리가 이상한 것 같아. 너도 조심해. 화나면 무슨 짓을 할지 모르니까."

악의를 가진 외래종 콜로니에서 가까스로 도망쳤는데, 하필 몸을 의탁한 곳이 미친 여왕이 통치하는 콜로니라니. 그나저나 여왕은 왜 그렇게 격노한 것일까? 얼굴은 그렇게 생겼지만 말을 할 때는 여성이라는 것에 위화감을 느끼지 않았다. 어쩌면 우리에게 맨얼굴을 보여주고 싶지 않았던 것이 아닐까? 하지만 그때 강한 졸음이 쏟아져서 다른 건 아무래도 상관없었다.

요괴쥐가 우리를 안내해준 곳은 서늘한 흙방으로, 마른 지푸라기가 깔려 있는 덕분에 생각보다 훨씬 쾌적했다. 우리는 안쪽에 쓰러지자마자 거의 한순간에 의식을 잃었다.

시간이 얼마나 지났을까, 나는 화들짝 놀라서 눈을 떴다. 캄캄해서 시간은 알 수 없었지만 아마 눈을 붙인 시간은 한 시간도 되지 않으리라. 납덩어리 같은 피로는 아직 몸의 구석구석까지 지배하고 있었다. 그럼에도 일어나야 한다는 급박한 마음이 모든 신경을 자극했다. 무엇인가가 마음속에서 연신 경고를 보낸 것이다.

"사토루…… 사토루!"

아무리 흔들어도 사토루는 일어나지 않았다. 하긴 그렇게 힘들었으니 무리도 아니리라. 그의 얼굴을 만지자 손가락 끝에 메마른 핏줄기가 느껴졌다. 상처를 치료할 틈도 없이 잠든 것이다. 가엾기는 하지만 눈을 뜰 때까지 다정하게 지켜보고 있을 여유는 없었다.

"사토루, 일어나!"

나는 소리치며 그의 코와 입을 손으로 눌렀다. 그는 잠시 몸부림치다 질식하지 않기 위해서 난폭하게 내 손을 밀쳤다.

"왜 이래……? 좀 더 자게 내버려둬."

"안 돼. 당장 일어나야 돼. 모르겠어? 위험이 다가오고 있어!"

그는 마지못해 눈을 떴지만, 아직 잠의 세계에 미련이 남아 있는지 일어나지는 않았다.

"위험이라니……?"

"느껴져. 위험이 다가오고 있어."

"무슨 위험인데?"

나는 대답을 할 수 없었다. 그는 어이가 없는 표정으로 한동안 말을 하지 않더니 이윽고 "잘 자"라고 말하며 반대편으로 누웠다.

"사토루, 자고 싶은 건 이해하는데 지금 일어나지 않으면 두 번 다시 일어날 수 없을지 몰라."

그는 짜증 나는 얼굴로 머리를 긁적였다. "무슨 헛소리야? 무서운 꿈이라도 꿨어?"

"꿈도 아니고, 예지 능력도 아니야. 잠자는 동안 나의 뇌가 지금까지 일어난 일을 정리했어. 그리고 위험이 코앞으로 다가와 있다는 사실을 깨달은 거야."

"정리가 되어 있다면 어떤 위험인지 말해봐."

나는 어둠 속에서 팔짱을 끼고 생각에 잠겼다. 조금만 더 있으면 뭔가 알 수 있을 것 같다. 뭔가 이상하다. 우리는 당치도 않은 위험을 간과하고 있는 것이다.

"……스퀴라의 말을 너무 액면 그대로 받아들인 것 같아."

그가 겨우 현실 세계로 돌아왔다.

"그 녀석이 거짓말을 했다는 거야?"

"그렇진 않아. 물론 전부는 아니겠지만 거의 진실을 말했을 거야. 문제는 스퀴라 자신도 깨닫지 못했다는 거지. 세상에서 가장 위험한 건 자기 생각을 지나치게 믿는 거 아닐까?"

말을 하면서 비상사태의 정체가 내 머릿속에서 서서히 형태를 이루기 시작했다.

"공격해올 거야. 틀림없어, 그것도 오늘 밤에. 가장 경계가 약한 새벽녘에 땅거미가 공격해올 거야."

"그럴 리 없어. 스퀴라가 그랬잖아. 요괴쥐끼리의 전쟁은 바둑처럼 서로 진영을 빼앗는 거라고."

"문제는 바로 그거야. 땅거미는 야생화한 외래종이잖아. 외래종이 이오키와 똑같은 전략을 쓰겠어?"

"하지만 터널 안에 숨어 있는 상대를 공격하는 데는 가장 좋은 방법이잖아."

"물론 그건 전 세계 요괴쥐들이 알고 있는 전쟁의 기본일지 모르지. 하지만 땅거미는 다른 전술을 만들어냈을 가능성이 있어."

"그야 그럴 가능성이 없지는 않지만……."

그는 땅이 꺼져라 한숨을 내쉬었다. 내 말은 아무 근거가 없는 기우에 불과하다고 말하고 싶은 것이리라.

"그래! 뭐가 이상한지 이제 알았어! 그전이야. 리진 스님이 땅거미를 공격했을 때, 녀석들은 소굴 안으로 들어가서 농성을 벌이지 않았어. 계속 지상전으로 대항했잖아."

그제야 겨우 그의 머리를 누르고 있던 잠이 날아간 듯했다.

"하지만 스님은 녀석들의 대부대를 생매장시켰잖아. 그래서 소굴에 틀어박혀 있어봤자 소용없다고 생각한 거 아닐까?"

"녀석들이 주력을 본 건 오늘이 처음이야. 과연 그렇게 순간적으로 전략을 바꿀 수 있을까?"

"자신들이 불리한 걸 알고, 엄청난 병사들을 보여주면서 우리를 쫓아내려고 했을지 몰라."

"나도 처음엔 그렇게 생각했어. 하지만 전쟁이 시작되면 소굴 안에 숨는 게 정상이잖아. 그런데 녀석들은 정면에서 화살을 쏘았어. 그게 녀석들의 전투 방법이기 때문이야."

"하지만 지하에 있는 콜로니를 지상에서 공격해봤자……."

"아마 다른 방법이 있을 거야. 거점을 만들어 상대를 봉쇄하는 것보다 훨씬 좋은 방법이……."

그가 잠시 침묵했다.

"……만약 네 말이 맞는다면 주력의 존재를 안 지금, 땅거미들은 기습 공격 이외에 살아남을 길이 없다는 걸 깨달았겠지."

어둠 속에서도 그가 절망한 듯 머리를 흔드는 걸 알 수 있었다.

"그것만이 아니야. 가령 주력을 가진 인간이 파리매 콜로니에 붙었다고 해도 기습 공격을 감행하면 인간까지 죽일 수 있어. 녀석들은 그것을 리진 스님과의 전투에서 배웠을 거야."

등줄기가 따끔따끔한 불길한 감각이 점점 더 강해졌다. 우리에게 남은 시간은 별로 없다.

4

사토루가 선언하듯 말했다. "도망치자."

"어디로?"

"어디든지 상관없어. 어쨌든 여기서 나가는 거야." 그는 일어서서 바깥을 살펴보았다. "사키, 기억해? 여기로 올 때까지 상당히 복잡한 길을 더듬어 온 것 같은데."

"글쎄, 그때는 머리가 몽롱한 상태여서 그다지 자신이 없어……."

나는 여왕을 만난 장소에서 어떻게 여기까지 왔는지 순서대로 떠올려보았다.

"기억이 안 나. 맨 처음 왼쪽으로 꺾어진 건 기억이 나는데 그다음은 뒤죽박죽이야."

나는 원래 길을 잘 기억하는 편이 아니다. 더구나 똑같은 길을 다시 간다면 몰라도, 되돌아간다면 머릿속에서 그림을 뒤집어야 하니까 혼란스러운 것은 당연하다.

그는 팔짱을 끼고 기억의 서랍을 열심히 뒤집어보았다.

"길이 갈라진 곳은 별로 없었어. 고작해야 3차로 정도야. 맨 처음

양 갈래 길에서 왼쪽, 다음은 오른쪽, 그다음은…… 어느 쪽이었지?"

"길은 잘 몰라도 확실히 기억나는 게 있어. 여기 올 때까지 계속 평평했든지 내리막길이었어."

마치 저승길로 가는 듯한 기분이 들어서 그것만은 똑똑히 기억하고 있다.

"그랬던가? ……한 번도 올라가지 않았나?" 그가 내 옆으로 다가와 손을 잡으며 말을 이었다. "그러면 이번에는 계속 올라가면 돼. 도중에 내리막길이 나오면 그 길은 아니니까 다시 분기점으로 돌아가면 되잖아."

나는 당연한 의문을 제기했다. "하지만 올라간다고 해서 꼭 맞는 길이라곤 할 수 없잖아."

"그건 그렇지만 만약 길이 달라도 계속 올라가면 언젠가는 땅 위로 올라갈 수 있을 거야."

그렇게 적당히 생각해도 좋을까? 그의 판단을 믿어도 될까? 과연 캄캄한 어둠 속에서 어떻게 왔는지 기억할 수 있을까? 이럴 때 밧줄이라도 있으면 얼마나 좋을까? 미노타우로스의 미궁을 탈출한 테세우스에게도 아리아드네*의 실이 있지 않았던가?

"사토루, 요괴쥐를 불러 밖으로 나가고 싶다고 안내해달라고 하는 편이 좋지 않을까? 만약 길을 잃으면……."

말이 끝나기도 전에 그는 나에게 얼굴을 바짝 들이댔다. "안 돼.

---

* Ariadne. 그리스 신화에 나오는 크레타의 왕 미노스와 파시파에의 딸. 미노타우로스를 죽인 테세우스는 아리아드네가 몸에 묶어준 실을 따라 무사히 미궁 속에서 빠져나온다.

스퀴라나 여왕에게 보고하면 분명히 수상쩍게 여길 거야. 그러면 우리가 왜 이런 시간에 아무도 몰래 밖으로 나가려고 하는지 설명할 수 없잖아. 주력이 없다는 걸 알면 녀석들이 어떻게 나올지 상상만 해도 끔찍해."

귀를 기울였지만 근처에 요괴쥐가 있는 것 같지는 않았다. 새벽이 되기 직전이라는 시간은 그들이 가장 활동하지 않는 시간대인 것이리라. 하지만 밖의 터널은 여기보다 더 어두운, 먹물을 뿌려놓은 듯한 농밀한 어둠이 지배하고 있었다. 그곳으로 발길을 내디딜 용기는 좀처럼 나오지 않았다.

"사토루, 좀 이상하지 않아?"

내 말에 그는 지겹다는 듯 되받아쳤다. "여기선 모든 게 다 이상해. 이상하지 않은 게 뭐가 있어?"

"왜 안쪽이 바깥보다 밝은 거지?"

그가 흠칫 놀라며 움직임을 멈추었다. 그렇다. 희미하기는 해도 안에서는 움직임을 판별할 수 있지만 밖의 터널에서는 아무것도 보이지 않는 것이다.

"정말이네! ……분명히 어딘가에 광원이 있을 거야!"

우리는 방 안을 둘러보았지만 그럴 만한 것은 어디에서도 보이지 않았다.

그는 왼손으로 내 위치를 확인하면서 오른손으로는 땅거미에게 빼앗은 창을 이용해 방구석을 찔렀다. 그러자 흑요석 같은 돌이 박혀 있는 창끝에 바늘 끝으로 찌른 정도의 작은 빛이 깃들었다.

"저게 뭐지?"

우리는 천천히 안쪽으로 걸어갔다. 그리고 위쪽에서 쏟아지는 희미한 빛을 느끼고 고개를 들었다. 다음 순간, 우리는 동시에 숨을 집어삼켰다. 천장은 둥근 모양으로 움푹 파여 있었다. 그런데 가장 꼭대기 부분이 별들이 빼곡히 박혀 있는 밤하늘처럼 빛나는 게 아닌가.

"밖이야? 지상으로 통하는 거야?"

그가 믿을 수 없다는 표정으로 중얼거렸다.

"아니야. ……별이 아니야. 별처럼 보이지만 깜빡이지 않잖아. 대체 뭐지?"

그는 수백, 수천이나 되는 에메랄드그린의 빛을 향해 창을 쭉 내밀었다. 창이 닿을 리 없다고 생각하며 지켜보고 있자, 너무도 간단히 창끝에 닿은 빛이 몇 개의 다발이 되어 이리저리 흔들렸다.

그는 천천히 창을 내렸다. 분명히 빛의 입자를 몇 번이나 찔렀는데, 창끝에는 점액의 구슬을 실로 엮은 듯한 물체가 달라붙어 있을 뿐이다. 그가 손가락 끝으로 만져보았다.

"끈적끈적해. 사키, 너도 만져볼래?"

나는 고개를 절레절레 가로저었다.

나중에 알았지만 그때 천장에서 빛난 것은 요괴쥐가 가축으로 만든 땅반딧불이의 변종이었다. 땅반딧불이는 글로웜이라고도 하는데, 뉴질랜드를 비롯한 오세아니아의 동굴에서 태곳적부터 서식하던 곤충이다. 반딧불이라는 이름이 붙어 있지만 파리나 모기, 각다귀에 가까운 종류라고 한다. 유충은 동굴의 천장에 둥지를 틀고 점액의 구슬을 엮은 실을 몇 개나 늘어뜨려 그 실에 걸린 벌레를 잡아먹는다. 그때 반딧불이처럼 빛을 뿌려서 사냥감을 끌어당기는데, 그 빛이 점액의 구슬에 반사해 초록색 은하 같은 신비함을 자아내는 것이다.

원래 일본 열도에 분포하지 않았던 땅반딧불이는 고대문명이 붕괴하기 직전에 낚시 미끼로 쓰려고 반입되었다고 한다. 그 일부가 살아남아 요괴쥐에 의해 개량되어 귀빈실을 위한 샹들리에로 사용되는 것이다.

사토루는 다시 창으로 점액을 채취하여, 빛을 뿌리는 것이 벌레의 유충이라는 사실을 알아냈다. 우리는 잠시 의논한 뒤, 내가 그를 목말을 태워 땅반딧불이를 채취하기로 했다. 체중이 가벼운 내가 위로 올라가지 않은 것은 초록빛 벌레를 도저히 만지고 싶지 않아서였다.

그는 몇몇 땅반딧불이를 잡아서 창끝에(그 벌레가 분비한 실을 이용해서) 묶었다. 요괴쥐가 품종을 개량한 덕분인지, 그렇게 난폭하게 다뤄도 땅반딧불이는 빛을 멈추지 않았다.

그가 방의 출구에 서서 결연하게 말했다. "이제 됐어. 가자!"

우리는 냅색을 메고 손을 꼭 잡은 후, 벌레의 빛을 의지하여 캄캄한 어둠 속으로 발길을 내디뎠다.

지금 생각해보면 참으로 기묘한 장면이었다.

빛은 사토루가 들고 있는 창끝에서 사람의 영혼처럼 아련하게 빛나는 땅반딧불이뿐. 그것 말고는 내 발밑까지 포함해서 전혀 보이지 않는다. 시험적으로 옆을 쳐다보며 내 얼굴 앞에서 손을 흔들었지만 그림자도 보이지 않았다. 그런 상태에서 계속 걸을 수 있었던 것은 오직 몸 어딘가가 벽에 닿을 만큼 터널 안이 좁아서였다.

그가 가끔 자신 없는 목소리로 말했다. "지금 올라가고 있을까?"

그때마다 나는 "올라가고 있어"라든지 "잘 모르겠어"라든지 "글쎄, 어느 쪽일까?"라고 대답했지만 어떻게 대꾸하든 상황이 바뀌는 것은 아니다.

창끝의 불빛은 가끔 두 갈래나 세 갈래 갈림길을 비추었다. 연약한 빛 속에서도 즉시 갈림길을 확인할 수 있었던 것은 그때마다 표식처럼 심어져 있던 반짝이끼 덕분이었다. 반짝이끼는 이름처럼 연두색으로 빛나는 이끼로, 땅반딧불이와 달리 자기 힘으로 빛을 내는 건 아니다. 빛 없는 동굴 안에서 광합성을 하기 위해 렌즈 역할을 하는 세포를 이용해서 주위에서 희미한 빛을 모으는데, 그 반사광이 빛나게 보이는 것뿐이다.

요괴쥐들도 예전처럼 단지 좁은 구멍 안에서 왔다 갔다 했다면 촉각과 후각만으로 충분하리라. 하지만 문명이 발달한 후에는 효율적으로 이동할 필요가 생겨서 이런 생물을 이용하게 된 것이다.

우리는 말없이 계속 걸었다. 그러는 동안 요괴쥐를 한 마리도 만나지 않은 것은 소굴 전체가 잠든 시간이었기 때문이다. 처음에 행운을 믿어 의심치 않았던 나는 점차 이상한 기분에 사로잡혔다.

"사토루, 벌써 한참 걷지 않았어?"

"응."

"길을 잘못 든 게 아닐까?"

우리는 걸음을 멈추었다. 어디서 잘못 든 것일까? 나는 머릿속으로 우리가 걸어온 경로를 되짚어보았다.

"이상해. 걷는 사이에 거의 다 생각났거든. 아까 그 방에 갈 때 어느 쪽으로 몇 번 구부러졌는지……. 그러니까 여기까지 오는 동안, 길을 잘못 선택했을 리는 없는데……."

"하지만 어디서 잘못 든 것 같아. 이렇게 시간이 많이 걸렸을 리 없어."

"그건 그래. 다시 돌아가볼까?"

우리는 어두운 터널 안에서 방향을 바꾸어 되돌아갔다. 밑으로 내려가자 마음이 더 우울해졌지만 달리 선택할 방법이 없었다. 그런데 잠시 후, 우리는 경악할 만한 사태에 직면했다.

나는 후욱 숨을 들이마셨다. "갈림길이야! 말도 안 돼! 조금 전엔 갈림길이 없었어!"

지금까지 온 길을 머릿속에 넣으면서 걸었던 만큼 그 점에는 상당히 자신이 있었다.

"……그래, 분명히 없었어."

그는 갈림길에 있는 흙을 만지며 생각에 잠겼다. 다음 순간, 그의 입에서 흘러나온 험한 말투를 듣고 나는 몸을 움찔거렸다.

"으으…… 젠장!"

"왜 그래?"

그가 깊은 한숨을 내쉬며 입을 열었다. "그래, 그럴 가능성은 충분히 있어. 하지만 설마, 이렇게 짧은 시간에……."

"무슨 말이야? 어떻게 된 건데?"

"여기 흙은 새거야……."

그 순간, 나는 얼굴에서 핏기가 사라지는 걸 느꼈다.

요괴쥐들은 끊임없이 새로운 터널을 만들어 소굴의 형태를 바꾸고 있었다. 따라서 잠자는 방으로 갔을 때와 지금, 도중에 있는 분기점의 수가 똑같다는 보장이 없는 것이다.

"지금은 소굴의 활동이 멈추어서 괜찮다고 생각했어. 그런데 다른 활동은 멈추어도 터널은 계속 파고 있었나 봐. 지금 이 소굴은 임전 상태에 있을지 몰라. 아마 우리가 지나간 후에 어디선가 파온 터널과 부딪치며 분기점이 생긴 것 같아."

그는 그렇게 말한 후, 손에 들고 있던 흙을 저주스러운 괴물처럼 내던졌다.

"그러면 우리는……."

"한마디로 말해서 길을 잃어버린 거지……."

만약 그의 얼굴이 보였다면 한심하게도 울상을 짓고 있었을 것이다.

그 이후 우리는 정처 없이 지하의 어두운 터널을 방황했다. 시간으로 치면 고작해야 30분 정도였으리라. 하지만 아무것도 보이지 않는 캄캄한 어둠 속, 그것도 몸을 움직이기 불편한 땅속의 좁은 터널 안에서 아무리 발버둥 쳐도 밖으로 나갈 수 없다는 스트레스는 상상을 초월했다. 옷이 얇아서 소름이 돋을 만큼 추웠지만 온몸에서는 식은땀이 뚝뚝 떨어졌다.

우리는 좀처럼 쓰지 않는 더러운 욕설을 내뱉고, 우리를 덮친 불운을 저주하고, 신에게 애원하고, 훌쩍훌쩍 흐느껴 울었지만 그래도 서로의 손을 놓지 않고 계속 걸었다.

그리고 잠시 후 일시적인 정신 착란에 빠졌다. 나의 경우, 최초의 징후는 환청이었다. 어디에선가 "사키, 사키"라고 나를 부르는 소리가 들렸다.

"나 불렀어?"

그렇게 물어봤지만 그는 건성으로 "안 불렀어"라고 귀찮은 표정으로 대답할 뿐이었다.

"사키, 사키."

이번에는 똑똑히 들렸다.

"사키, 어디 있어? 빨리 집으로 오너라."

아빠 목소리였다. 나는 목이 터져라 소리쳤다.

"아빠, 아빠! 살려주세요! 길을 잃어버렸어요!"

"사키, 잘 들어. 팔정표식 밖으로 나가면 안 돼. 팔정표식 안은 강력한 결계가 쳐져 있어서 안전하지만, 한 발짝만 나가면 어느 누구의 주력도 널 지켜주지 못해."

"알고 있어요. 하지만 집에 갈 수 없어요. 집에 가는 길을 몰라요."

"사키, 요괴쥐를 조심해야 돼. 주력을 가진 사람은 신으로 우러러보며 복종하지만, 주력이 없는 어린아이에게는 무슨 짓을 할지 몰라. 그래서 어른들이 어린아이와 요괴쥐를 만나지 못하게 하는 거야."

"……아빠."

"사키, 무슨 말을 하는 거야? 정신 차려!"

환청보다 사토루의 목소리가 멀리서 들려 현실감이 희박했다.

"제5대 황제인 다이칸키제가 즉위할 때는 민중의 환호와 갈채가 사흘 밤낮을 멈추지 않았다고 하더군요. 과장된 표현이라고 여긴 사람이 많은데, 나중에 사실이라는 것이 밝혀졌습니다. 맨 처음 박수를 그만둔 사람부터 100명까지 사이코키네시스를 이용해 몸에 불을 붙인 후, 몸부림치는 새카만 숯덩어리로 만들어 축제의 제물로 왕궁에 장식했기 때문이죠. 사람들은 이때부터 다이칸키제에게 아비규환왕이라는 악시를 바쳤습니다."

"아빠, 살려줘요."

"제13대 아이린제는 잔혹여왕이라는 악시로 알려져…… 자기 뜻을 거역하는 사람을 매일 아침 더할 수 없이 잔혹한 방법으로…… 무한한 기쁨을…… 토하지 않도록 밥을 먹지 않고……. 제33대 황제, 간조제는 생전부터 시랑왕이라는 이름으로 불렸는데…… 인간의 사지를 뜯어먹는…… 아들 제34대 황제 준토쿠제는 사후에 악마왕이란…… 열두 살 때 의자에 앉아 잠자던 아버지의 목을 잘라…… 자신도 살해되지 않을까 하는 공포…… 어린 동생과 사촌 형제들, 자식들…… 시체를 갯지렁이나 갯강구에게…… 제64대 황제, 세이시제에게는 즉위하기 전부터 올빼미여왕이라는 별명…… 보름달이 떠오른 밤이면 임신한 여성을 납치해 배를 가르고 태아를 꺼내 꼬챙이에 꿴 후, 기이한 신을 섬기는 제단에……."

아버지의 목소리가 심하게 일그러지더니 기이할 정도로 단조롭게 바뀌었다.

"잘 들어. 선사문명기의 동물행동학자인 콘라트 로렌츠는 늑대나 까마귀처럼 강력한 살상 능력을 가지고 있으면서 사회생활을 하는 동물들은 동종 간 공격을 피하기 위한 생득적 기구를 가지고 있다고 말했지. 한편 쥐나 인간처럼 강한 공격력을 가지고 있지 않은 동물은 공격제어가 충분하지 않기 때문에 종종 동종 간의 과잉 공격과 살육이 이루어지는 거야."

"아빠, 그만해!"

"이오키는 거점 하나를 희생하면 자군을 완전히 연결시키고 상대 라인을 끊을 수 있다는 사실을 알아차렸지. 다만 그러기에는 한 가지 문제점이 있었어. 희생해야 할 거점이 바로 자신이 있던 장소였던 거야. 그리고 예상한 대로 그의 거점이 적에게 포위되면서, 이오키를 비롯한 여섯 명은 최후까지 용감하게 싸웠지만 전원 고깃덩어리로 변해서 김이 모락모락 나는 따끈따끈한 햄버그스테이크로 바뀌었지."

사토루가 내 어깨를 잡았다. "이 바보, 정신 차려!"

"괜찮아……."

대답은 그렇게 했지만 환청은 사라지지 않았다. 뿐만 아니라 몽롱한 환각까지 나타나기 시작했다.

스님 모습의 환각이 조롱하듯 말했다. "학교에서 여기까지 와도 좋다는 허락을 받았나? 너희는 윤리 규정의 가장 근간에 있는 십중금계의 제10조, 불방삼보계를 어겼다. 악마의 목소리를 듣고 부처님의 가르침에 이의를 제기한 것이다. 따라서 나는 지금 당장 너희들의 주력을 동결시키고 영원히 인형 안에 봉인하겠다. 나머지 인생을 인형으로서 살거라……."

"사키! 사키!"

머리를 가눌 수 없을 만큼 사토루가 심하게 흔든 덕분에 나는 겨우 정신을 차릴 수 있었다.

"사토루……."

"아까부터 왜 혼자 중얼거리는 거야? 미친 줄 알았어."

"미칠 뻔했어."

정말로 미치기 일보 직전이었다. 사토루가 없었다면 정신이 이상해졌을지도 모른다.

그 후에도 우리는 오랫동안 땅속의 터널을 방황했다. 그동안 요괴쥐를 한 마리도 만나지 못했는데, 지금 생각해보면 우리가 올 것을 미리 눈치채고 길을 양보해준 것이다. 맨 처음 이변을 알아차린 사람은 나였다.

"사토루, 들었어?"

대답이 없었다. 그의 손을 꼭 잡아도 아무런 반응이 없었다.

"사토루?"

뺨을 두세 번 때리자 그의 입에서 나지막한 신음이 흘러나왔다.

"정신 차려! 지금 이상한 소리가 들렸어."

그가 가냘픈 목소리로 대답했다. "소리라면 계속 들리고 있어. 땅속에서 우리를 부르고 있어. 죽은 사람의 목소리야."

날카로운 통증이 뇌리를 가로질렀다. 나와 교대라도 하듯 사토루가 이상해지고 있는 것이다. 하지만 그보다 더 마음에 걸린 것은 내 귓속으로 뛰어든 이상한 소리였다. 캄캄한 터널 안을 걷는 동안에 직감이 예리해진 것이리라. 나의 육감은 위험이 다가온다고 경고하고 있었다. 지금은 그를 걱정하고 있을 때가 아니다.

귀를 기울이자 또 들렸다. 터널 안에서 메아리치는 탓에 소리가 나는 곳은 분명하지 않다. 하지만 소리는 점점 더 커졌다. 이제 똑똑히 들린다. 무수한 요괴쥐가 지르는 날카로운 함성과 비명. 징소리 같은 금속음. 그리고 박수 소리나 파도 소리 같은 정체불명의 소리.

하나같이 신경이 곤두서게 만드는 불협화음이자 전쟁의 소리였다. 최악의 예감이 적중한 것이다.

"빨리 도망쳐야 돼! 땅거미가 공격해왔어!"

나는 그의 손을 꼭 잡았지만 반응은 거의 없었다.

눈앞에 다시 갈림길이 나타났다. 어느 쪽으로 도망쳐야 할까? 오른쪽일까, 왼쪽일까? 아니면 되돌아가야 할까?

나는 그의 오른팔을 더듬어서 창을 앞쪽으로 향했다. 그러나 어둠 속에서 아련히 빛나던 초록색 빛이 보이지 않았다. 황급히 창 끝을 살펴보자 땅반딧불이는 이미 죽어 있었다.

하지만 주위가 진정한 어둠이 아니라는 사실은 금방 알아챌 수 있었다. 갈림길에 놓여 있는 반짝이끼가 희미한 빛을 내뿜고 있었다. 어디선가 가냘픈 빛이 들어오고 있는 것이다. 터널 안에서 방황한 시간을 계산해보면 이미 날이 밝은 게 아닐까? 그렇다면 이 끝에는 출구가 있을 것이다.

어둠 속에서 시선을 고정하자 왼쪽이 약간 밝은 듯한 생각이 들었다. 나는 사토루의 손을 잡고 신중하게 걸어갔다. 한 걸음씩 앞으로 나아갈 때마다 터널은 조금씩 밝아졌다. 그리고 그에 비례해서 요괴쥐의 전투 소리도 점점 커졌다. 이대로 출구에 도착한다고 해도, 그곳이 전쟁터 한가운데라면 주력이 없는 우리는 죽음을 피할 수 없으리라.

주위는 이미 초승달이 떠 있는 밤 정도로 밝아졌다. 완만한 오르막길의 끝을 쳐다보자 오른쪽에 크게 커브길이 있고, 빛은 그곳에서 새어 들어오고 있었다.

나는 잠시 망설이고 나서 한 걸음 앞으로 내디뎠다. 이대로 계속 여기에 있을 수는 없지 않은가? 그래서 일단 출구 상황을 확인하려고 한 것이다. 결과적으로는 그 짧은 망설임이 우리의 목숨을 구해주었다.

가까운 거리에서 요괴쥐의 비명이 들리고, 이어서 요괴쥐 한 마리가 커브 반대편에서 굴러나왔다. 요괴쥐는 안쓰러울 만큼 몸을 바들바들 떨었다. 우리 쪽을 향해 기어오려고 하지만 이미 치명적인 상처를 입은 것은 분명했다. 그와 동시에 내 후각이 이변을 알아차렸다. 달걀 썩는 듯한 냄새를 맡은 것이다. 빈사 상태에 빠진 요괴쥐의 뒤를 쳐다보자 출구에서 비치는 빛 속에서 터널 안으로 들어오는 희뿌연 연기가 보였다. 저 연기를 마셔서는 안 된다. 그것은 거의 본능적인 경고였다.

"도망치자!"

나는 그 자리에서 빙글 발길을 돌린 후, 사토루의 손을 잡고 지금 왔던 곳을 향해 죽을힘을 다해 뛰었다. 그런데 상당한 속도로 내리막길을 뛰어가고 있음에도 악취는 사라지기는커녕 오히려 점점 더 강해졌다. 패닉 상태에 빠지기 직전, 그때까지 반응이 없었던 사토루가 조롱하듯 중얼거렸다.

"아무리 도망쳐도 소용없어. 우리는 이제 독 안에 든 쥐야."

"우리는 쥐 따위가 아니야!" 나는 발끈해서 되받아쳤다.

그는 매우 느긋한 말투로 중얼거리듯 말했다. "똑같아. 쥐는 모두 연기에 그을려서 구멍 안쪽으로 들어가니까."

나는 이제야 조금 전부터 느꼈던 위화감의 정체를 알아차렸다.

"연기라고? 연기라면 위쪽으로 올라가야 하는데, 이상하잖아. 우리를 쫓아서 밑으로 내려오다니."

그는 쉬운 문제를 이해하지 못하는 친구를 무시하는, 거만하기 이를 데 없는 우등생처럼 말했다. "멍청하긴. 구멍 안에 숨어 있는 상대를 공격할 땐 당연히 공기보다 무거운 유독가스를 사용하지 않겠어?"

나는 헉 하고 숨을 들이마셨다. "그걸 지금 말하면 어떡해……!"

나는 그에 대한 분노를 억제하고 내리막길을 내려가며 지금까지 왔던 길을 되새겨보았다. 오랫동안 오르막이 이어져 지상으로 통하지 않을까 내심 기대한 곳이 한 군데 있었다. 하지만 지표에서 멀지 않은 곳까지 올라온 길은 마치 우리를 실망시킬 목적으로 만든 것처럼 이내 내리막으로 바뀐 것이다. 그곳으로 갈 수 있다면 밑으로 가라앉는 유독가스를 피할 수 있을지도 모른다.

땅반딧불이의 희미한 빛조차 잃어버린 가운데, 우리는 패닉 상태에서 발버둥 치며 복잡한 미로를 질주했다. 그런 상황에서 옳은 길을 선택할 수 있었던 건 기적이라 할 수 있다.

"오르막길이야!"

발밑의 감각이 긴 오르막으로 접어들었다고 말해주었다. 한참을 뛰어다닌 후라서 허벅지와 종아리 근육이 비명을 질렀지만, 우리는 어금니를 악물고 걸음을 재촉했다. 고통이야말로 살아 있다는 증거가 아니고 무엇이랴. 이윽고 길은 평평해지더니 다시 완만한 내리막으로 바뀌었다.

"여기서 잠시 쉬자."

이제는 유독가스가 터널 안에 가득 차서, 그곳까지 오지 않길 바라는 수밖에 없었다. 길이 하나밖에 없다면 더 안쪽으로 도망치는 편이 현명하겠지만 요괴쥐의 소굴 안에는 터널이 그물의 눈처럼 둘러쳐져 있다. 유독가스가 다른 길을 통해 우리 앞으로 왔을 가능성이 있으므로 가장 높은 곳에 있는 수밖에 없는 것이다. 어둠 속에서 우리는 바닥에 주저앉았다.

"괜찮아?"

사토루는 나지막한 목소리로 대답했다. "그래."

"얼마나 있으면 가스가 사라질까?"

그의 모습은 여전히 보이지 않았지만 고개를 흔들었다는 느낌은 똑똑히 전해졌다.

"사라지지 않아."

"무슨 소리야? 그럼 영원히 터널 안에 머물러 있다는 거야?"

그는 땅이 꺼져라 한숨을 내쉬었다. "그런 뜻이 아니라 당분간 사라지지 않을 거야. 그전에 여기 공기가 없어지든지, 가스가 천천히 확산되어 여기까지 올라오겠지."

배 속에서 쓰디쓴 침이 입 안으로 치밀어 올라왔다. 그러면 우리는 말 그대로 앉아서 죽음을 기다려야 한다는 말인가?

"……이제 어떻게 하면 되지?"

그가 냉정하게 대답했다. "나도 잘 몰라. 만약 파리매 콜로니가 전쟁에서 이기면 꺼내줄지도 모르지. 그 경우에도 유독가스가 사라질 때까지 기다려야 하지 않을까?"

절망이 온몸에서 힘을 빼앗아갔다. 죽을힘을 다해 안전지대에 도착했다고 여겼는데, 살아 있는 상태에서 생매장을 당하다니!

어찌할 도리 없이 마지막 순간을 기다려야 한다는 건 정신적인 고문이나 마찬가지다. 어쩌면 정신없이 유독가스에서 도망칠 때가 더 편했을지도 모른다. 그렇게 생각하니 자연스럽게 말이 입을 뚫고 나왔다.

"사토루, 비록 이렇게 됐지만……."

"어?"

"혼자가 아니라서 다행이야."

"나를 저승길 동무로 삼아서 기분 좋아?"

나는 빙긋이 미소를 지었다. "나 혼자라면 견딜 수 없었을 거야. 아마 여기까지도 올 수 없었을걸."

그가 옆에 있었기 때문에 마지막까지 포기하지 않고 최선을 다할 수 있었다. 비록 막다른 곳에 부딪혔다고 하더라도.

"나도 마찬가지야."

그의 말투도 평소처럼 돌아와 있었다. 나는 안도하며 희미한 미소를 지었다. 어쩌면 정신적으로 혼란스러운 편이 고통을 맛보지 않을지도 모르지만.

"친구들, 무사히 도망쳤을까?"

"아마 그럴 거야."

"다행이다."

우리 대화는 그곳에서 끊겼다. 캄캄한 어둠 속에서 허무한 시간이 흘렀다.

1분…… 5분…… 아니, 30분쯤 지났을까? 나는 갑자기 반각성 상태에서 깨어났다.

"사토루! 사토루!"

"……왜?"

그의 대답은 불안으로 가득 차 있었다.

"냄새 안 나? 가스가 여기까지 오고 있어!"

달걀이 썩는 듯한 악취는 분명히 출구 근처에서 맡은 것이다.

"사토루, 여기도 틀렸어. 다른 곳으로 도망쳐야겠어."

"아니야. 여기보다 더 높은 데는 없고, 낮은 곳으로 도망치는 건 자살행위나 마찬가지야." 그는 열심히 생각하며 말을 이었다. "후각은 나보다 네가 더 예민하잖아. 가스가 어느 쪽에서 오고 있지? 출구 쪽? 아니면 양쪽 모두?"

"내가 개야? 그걸 어떻게 알아?"

소리라면 조건에 따라서 대강의 방향을 알 수 있다. 하지만 냄새가 어느 쪽에서 다가오는지 어떻게 판별할 수 있으랴.

"아니, 잠시만 기다려."

나는 출구에 가까운 쪽의 악취를 맡은 후, 잰걸음으로 터널 안을 뛰어가 반대편 내리막길에서 냄새를 확인했다. 사토루가 그 모습을 볼 수 없어서 천만다행이다. 아마 코를 킁킁거리는 요괴쥐와 똑같았을 테니까.

"……한쪽 방향에서 오는 것 같아. 조금 전 출구 쪽에서."

"그렇다면 아직 기회는 있어. 터널을 막는 거야."

"터널을 막는다고? 어떻게?"

"메우면 돼."

그가 창으로 가스가 오는 쪽의 천장을 찔러서 무너뜨리기 시작했다. 모습은 보이지 않았지만 공기의 움직임과 가끔 얼굴에 닿는 흙덩어리로, 그의 분투하는 모습을 상상하기는 어렵지 않았다.

"사키, 위험해!"

별안간 그가 몸을 밀치는 바람에 나는 몇 미터 뒤로 날아갔다. 다음 순간, 그의 몸이 내 몸을 덮었다.

무슨 일이 일어났는지 생각할 틈도 없이 위에서 대량의 흙이 쏟아졌다. 나는 눈을 감고 두 손으로 얼굴을 덮은 채 붕괴가 가라앉기를 기다렸다. 입을 벌릴 수 없어서 비명도 지를 수 없었다. 겨우 잠잠해졌을 때는 온몸이 흙으로 뒤덮이고, 무릎 아래는 완전히 파묻혀 있었다.

그가 걱정스러운 목소리로 물었다. "괜찮아?"

"응, 괜찮아."

"하마터면 둘 다 생매장될 뻔했어."

냉정히 생각해보면 터널 안에서 천장을 무너뜨리는 건 제정신 박힌 사람의 할 짓이 아니다. 하지만 살고 싶다는 본능이 우리에게 무모한 행동을 하게 만들고, 결과적으로 그것이 행운을 가져다주었다. 우리는 흙 속에서 신중히 몸을 빼낸 후, 통로가 완전히 막힌 걸 확인했다. 그리고 만일을 위해 흙더미를 주먹으로 쾅쾅 때려서 가스가 새어들지 않도록 했다.

나는 크게 뚫린 천장을 올려다보며(물론 아무것도 보이지 않았지만) 물었다. "사토루, 위를 봐. 조금 더 무너뜨리면 밖으로 나갈 수 있지 않을까?"

"밖의 소리가 안 들리잖아. 적어도 바깥까지는 3미터가 넘을 거야. 그리고 조금 전에는 어쩔 수 없었지만 밑에서 위를 파는 것은 너무 무모한 짓이야. 이번에는 완전히 생매장될지도 몰라."

우리는 결국 수수방관 상태에서 다시 어둠 속에 주저앉는 수밖에 없었다. 통로를 메움으로써 한순간 기쁨에 휩싸였지만, 곰곰이 생각해보면 상황은 눈곱만큼도 좋아지지 않았다. 우리가 있는 곳은 조금 전보다 더욱 좁아서, 만약 이번에 반대편에서 가스가 들어오면 두 손 들고 항복해야 한다. 조금 전처럼 반대편 통로를 메운다고 해도, 좁은 공간에 남은 공기가 모두 사라지면서 질식사할 것은 불을 보듯 훤하다.

이제는 정말 끝장이다. 이런 곳에서 죽고 싶지 않다. 하지만 더이상 손쓸 도리가 없다. 인생 최후의 순간에 이렇게 감정이 메마르다니. 이런 나 자신을 믿을 수 없었지만 심신이 모두 피폐해진 탓에 감정을 가질 에너지조차 남아 있지 않았다.

나는 사토루와 조금 떨어져 캄캄한 어둠 속에서 무릎을 껴안고 앉아 있었다. 그러자 다시 환각이 나타났다. 바깥 세계에서는 웬만한 일이 없는 이상, 현실 세계에 존재하지 않는 걸 보는 일이 없다.

그런데 여기에서는 스위치를 누른 것처럼 간단히 나타난다. 장시간 어둠 속을 방황하면 의식의 지배력이 약해지면서 무의식의 내부에 숨어 있던 온갖 망령들이 자유롭게 날뛰는 것일까?

맨 처음 나타난 것은 미노시로였다. 반투명한 모습의 미노시로가 오른쪽에서 왼쪽으로 천천히 시야를 가로질렀다. 환영이라고 여길 수 없을 만큼 생생한 영상이었다. Y 자 모양의 머리 촉수와 무수한 등 촉수의 끝은 하양과 빨강, 파랑, 오렌지 등의 선명한 빛을 내뿜었다.

다음에는 천장에서 초록색으로 빛나는 무수한 점액의 실이 내려왔다. 땅반딧불이가 만들어낸 은하가 순식간에 시야를 가득 메웠다. 미노시로는 점액에 칭칭 감기면서도 몸을 비틀며 계속 걸었다. 하지만 마침내 더 이상 발을 떼지 못하고 그 자리에 멈춰 섰다. 점액의 실은 상들리에처럼 흔들리며 미노시로를 옴짝달싹 못하게 묶었다. 그러자 미노시로는 점액의 실에 달라붙은 촉수를 잇따라 잘라버렸다.

촉수가 없어진 미노시로의 등 뒤에서 강력한 일곱 색깔의 빛이 솟구쳤다. 온갖 색깔로 변하는 빛은 서로 겹치고 간섭하며 허공에 줄무늬 같기도 하고 소용돌이 같기도 한 모양을 만들어냈다. 그것은 뇌수가 마비될 만큼 아름다웠다.

어느새 유사미노시로로 변한 미노시로는 무지갯빛 잔상을 등 뒤로 나부끼며 천천히 시야 밖으로 사라졌다.

빛의 향연이 서서히 어둠 속으로 침몰했다. 이대로 모든 것이 암흑 속에 갇혀버리는 것일까? 그렇게 생각한 순간, 주위 경치가 바뀌었다.

갑자기 정면에서 오렌지색 불빛이 나타났다. 호마단 위에서 불꽃이 새빨갛게 타오르고 있다. 땅바닥에서 울리는 듯한 진언 소리가 들렸다. 그것에 추임새를 넣듯 튕기는 오렌지색 불티.

그날의 광경이다. 기도를 올리던 승려가 환약 같은 것을 던지고 향유를 붓자 호마단 위의 불꽃이 한층 커졌다. 수많은 승려의 독경 소리가 여름철 매미 소리처럼 귀 안쪽에서 메아리쳤다.

그날, 내가 주력을 받은 통과의례. 왜 마지막 순간 눈앞에 떠오른 것이 아버지와 어머니가 있는 집이 아니고, 또한 어린 시절에 놀았던 들판도 아니고 하필이면 이 광경일까?

그때 너무도 갑작스럽게 새로운 기억이 되살아났다.

사토루가 얄미운 얼굴로 말했다. "당연히 안 되지. 진언은 누구에게도 가르쳐주면 안 돼."

평소에 한심한 말만 골라서 하는 주제에, 이런 때만 우등생인 척하는 것이 마음에 안 들었다. 그래도 나는 포기하지 않고 끝까지 매달렸다.

"뭐 어때서 그래? 우린 친구잖아. 비밀은 반드시 지킬게."

"왜 남의 진언을 알고 싶다는 거야?"

"어떤 건지 알고 싶어. 내 진언과 어떻게 다른가 해서."

"……그렇다면 네 진언을 먼저 말해봐."

그의 교활한 표정이 내 투지에 불을 붙였다. 좋아, 네가 그렇게 나온다면 뒤통수를 쳐주마.

"그러면 이렇게 하는 게 어때? 각자 자기 진언을 종이에 써서 하나, 둘, 셋 하고 보여주는 거야."

"……으음, 역시 안 되겠어. 진언은 남에게 가르쳐주면 효력이 없어지거든."

그럴 리 없다고 나는 마음속으로 소리쳤다.

"그러면 외울 수 있을 정도로 보여주지 말고, 아주 짧은 순간만 보여주면 되잖아."

그는 의심스러운 얼굴로 말했다. "그러면 아무런 의미가 없는데?"

"괜찮아. 그래도 보여준 건 보여준 거니까. 그리고 언뜻 보여줘도 길이가 어느 정도인지 대강 알 수 있잖아."

그래도 망설이는 그를 설득해서 우리는 서로의 진언을 종이에 연필로 썼다.

"됐어? 하나, 둘, 셋!"

우리는 종이를 들고 서로 마주 본 상태에서, 0.1초 정도 뒤집어 전광석화처럼 진언을 보여주었다.

그가 걱정스러운 얼굴로 물었다. "봤어?"

"전혀. 하지만 대강 길이는 알았어. 그렇게 길지 않더군."

"네 진언도 마찬가지였어. 거의 비슷할 거야."

그는 안도한 얼굴로 손에 든 종이를 구기더니 공중에서 불을 붙였다. 종이는 순식간에 재가 되어서 허공으로 사라졌다.

의외로 소심한 성격의 그가 끈질기게 물었다. "……한 글자 정도는 봤어?"

"한 글자도 못 봤어. 네 글씨, 제대로 봐도 읽을 수 없을 만큼 형편없잖아."

그제야 겨우 안심하고 그가 자리를 떠난 후, 나는 그가 진언을 썼을 때 밑에 깔았던 종이를 햇볕에 비춰보았다. 글을 쓸 때 연필에 힘을 주기 때문에 흔적이 뚜렷하게 남는 것이다. 연필로 부드럽게 덧칠을 하자 글자가 선명하게 떠올랐다. 나중에 도서관에서 조사해보니, 그것은 허공장보살의 진언이었다.

어쩌면 잘될지도 모른다. 나는 숨을 죽이고 사토루의 모습을 살펴보았다.

마치 잠이 든 것처럼 입에서 조용한 숨소리가 흘러나왔다. 하지만 그와 동시에 가끔 의미를 알 수 없는 중얼거림이 새어나오고 있었다. 지금 그의 의식 수준은 극단적으로 떨어져서, 최면술에 걸린 거나 다름없는 상태다. 무의식의 뚜껑이 열려서 평소에 억압되어 있는 온갖 상념이 솟아난다고 하면, 조금 전에 내가 본 환각에 지배당해도 이상할 게 없지 않은가?

최면술에서 가장 어려운 것은 이렇게까지 의식 수준을 낮추는 일이다. 이 상태라면 얼마든지 할 수 있다. 뭐니 뭐니 해도 나는 그의 의식 밑에 깊숙이 새겨져 있는 마법의 주문, 진언을 알고 있으니까.

실패는 있을 수 없다. 만약 실패하면 우리는 여기서 죽게 된다. 나는 머릿속으로 앞으로 해야 할 말을 신중하게 곱씹어보았다. 그리고 숨을 크게 들이마신 뒤, 엄숙한 목소리로 그의 이름을 불렀다.

"아사히나 사토루."

얼굴이 보이지 않아서 그의 반응은 알 수 없었다.

"아사히나 사토루, 너는 규칙을 깨뜨리고 와서는 안 될 곳에 왔다. 더구나 금기를 어기고 악마의 말에 귀를 기울였다. 하지만 문제는 그다음이다."

몸을 꿈틀거리는 기척이 희미하게 느껴졌다.

"너희는 윤리 규정의 가장 근간에 있는 십중금계의 제10조, 불방삼보계를 어겼다. 악마의 목소리를 듣고 부처님의 가르침에 이의를 제기한 것이다. 따라서 나는 지금 당장 너희의 주력을 동결시키겠다."

그가 헐떡이며 흐느껴 울었다. 나는 가슴이 아팠지만 마음을 굳게 먹고 다음 말을 했다.

"불꽃을 보거라."

그의 반응은 알 수 없었다.

"불꽃을 보거라."

역시 대답이 없었다.

"네 주력은 그 인형 안에 봉인되었다. 인형이 보이는가?"

깊은 한숨과 함께 "네" 하는 대답이 들렸다.

"지금부터 인형을 불 속에 태워라. 모든 것을 태워라. 모든 번뇌를 태워버려라. 재는 끝없는 황무지로 돌아가리라."

나는 '이때다!'라는 식으로 목소리에 힘을 주었다.

"봐라! 인형은 전부 불타고, 네 주력은 여기에 동결되었다."

그의 입에서 비통한 신음이 흘러나왔다.

"번뇌를 버려라. 해탈하기 위해서는 모든 것을 청정한 불길 속에 태워야 한다."

자아, 이제 가장 중요한 장면이 남아 있다. 나는 그의 앞까지 걸어갔다.

"아사히나 사토루. 너는 진심으로 신불에 귀의하면서 스스로 주력을 포기했다."

나는 최대한 다정한 목소리로 말하려고 노력했다. 그의 의식 깊은 곳까지 스며들어, 그곳에 뒤얽혀 있는 쇠사슬 같은 암시를 풀어야 하기 때문이다. 그를 구하고 싶다는 한결같은 순수한 마음. 임시방편이라곤 하지만 그를 괴롭게 만드는 것에 대한 죄책감. 이렇게까지 최선을 다해 나를 구해준 것에 대한 고마움. 모든 생각이 한순간에 커다란 물결이 되어서 밀려들었다. 눈물로 인해 목소리가 흐려졌다.

"그러면 대일여래의 자비에 의해 올바른 진언을 안겨주고, 새로운 정령을 초빙해서 다시 주력을 부여하겠노라."

나는 그의 양어깨를 주먹으로 세게 내리친 후, 그의 귓가에 입을 대고 속삭였다.

"나마흐 야캬자 가르바하야 옴 아리카 마리 무리 사바하."

한동안 아무 일도 일어나지 않았지만, 이윽고 서서히 주위가 밝아졌다.

나는 울면서 소리쳤다. "사토루!"

빛을 내뿜는 것은 창이었다. 흑요석 같은 창끝이 새빨갛게 타오르며 눈부신 빛을 뿌렸다.

"사토루. 이거, 네가 한 거지? 알고 있어? 주력이 돌아왔어!"

"응. ……그런 것 같아." 그는 오랜 꿈에서 깨어난 듯한 목소리로 말했다.

"빨리 천장에 바람구멍을 뚫어! 이 지겨운 흙도 전부 치워버리고!"

"알았어."

"아, 잠깐만. 밖에는 유독가스가 가득 차 있을지도 몰라……."

그가 믿음직한 미소를 지으면서 말했다. "걱정하지 마. 전부 한꺼번에 날려버릴게. 잠시 공기가 희박해질지 모르니까 코와 귀를 막고 있어."

나는 황급히 두 손의 엄지와 중지를 사용해서 가까스로 귀와 코를 막았다. 머리 위에서 지진이 났을 때처럼 방대한 흙덩어리가 후들후들 떨기 시작했다. 다음 순간, 소용돌이를 떠올리게 하는 굉음과 함께 머리 위를 뒤덮고 있던 흙의 천장이 완전히 사라졌다.

5

땅거미들이 적의 콜로니를 단시간에 제압하기 위해 개발해낸 방법은 소굴에 치사성 가스를 분사하는 잔인무도한 것이었다. 국내 콜로니끼리의 전투에서도 가까운 곳에서 강물을 끌어와 물로 공격한 사례가 있었다고 한다. 하지만 전쟁의 주요 목적이 상대 콜로니의 구성원을 빼앗아 노동력으로 이용하는 것인 만큼, 적을 몰살시키는 방법은 거의 사용하지 않았다. 반면에 한정된 자원을 둘러싸고 전쟁이 벌어지는 대륙에서는 적을 효율적으로 말살하는 수

단이 발달한 것이다.

그들이 사용한 독가스의 정체는 지금도 분명하지 않다. 현장에 남아 있던 독가스 발생 장치의 잔해를 통해서 알 수 있는 것은 땅거미가 파리매 콜로니 쪽으로 부는 바람 앞에 돌과 찰흙을 이용해서 기묘한 모양의 즉석 화로를 만들어 무언가를 태웠다는 것뿐이다.

달걀이 썩는 듯한 악취를 통해서 그들이 어느 화산에서 유황 덩어리를 가져왔는지 쉽게 짐작할 수 있다. 유황이 타면서 만들어지는 황화수소나 이산화유황은 무서운 독으로, 더구나 공기보다 무겁기 때문에 요괴쥐의 소굴 안쪽까지 침투한다. 단, 그것만으로 하나의 콜로니를 궤멸시킬 정도의 위력이 있다고는 생각하기 힘들다.

사토루는 땅거미가 인류의 고대 도시를 도굴해 폐기물 안에서 염소를 함유하고 있는 플라스틱을 꺼냈을지도 모른다고 말했다. 염화비닐이 타면서 만들어지는 염화수소에는 강한 독성이 들어 있고, 공기보다 무거워서 지하로 흘러 들어간다. 여러 가스의 상승 효과로 인해 치사율도 높고, 많은 재료를 배합해 불태움으로써 무서운 미지의 가스가 발생할 가능성도 있다는 것이다.

파리매 콜로니 위에 떠다니는 유독가스를 전부 없애는 데는 10여 초가 걸렸다. 아무리 주력을 사용해도 대량의 공기를 한꺼번에 바꾸는 건 쉬운 일이 아니다. 공기를 어디로 밀어보내려고 해도 반발력이 작용해서이다. 사토루는 강력한 회오리를 만들어 낮은 위치에 있는 오염된 공기를 멀리 운반하고, 주위에서 깨끗한 공기가 흘러들도록 만들었다. 즉석에서 만든 이미지치고는 박수를 쳐주고 싶을 만큼 대단하다.

폭풍이 그친 후, 머리 위에 뚫린 바람구멍으로 한가로운 푸른 하늘이 보였다. 눈부신 아침 햇살을 받으며, 우리는 실수로 밖으로 나온 두더지처럼 눈을 가늘게 뜨고 가슴 가득 신선한 공기를 받아들였다. 오랜만에 느끼는 차가운 바깥공기가 온몸의 털구멍을 바싹 조이게 만들었다.

밝음에 눈이 익숙해지고 나서 사토루가 주위를 둘러보았다. 구멍의 테두리는 순식간에 크게 확대되어 있었다. 우리 눈앞에 가까스로 기어오를 수 있는 완만한 경사면과 함께, 보이지 않는 형틀기로 누른 듯한 계단이 생겼다. 계단에 발을 올리자 빨간 벽돌처럼 단단한 감촉이 전해졌다.

"내가 먼저 올라갈게."

나는 사토루의 말을 듣고 재빨리 제지했다.

"잠시만. 내가 먼저 올라갈게."

"안 돼. 멀리서 땅거미가 활을 쏠지도 몰라."

"그래서 내가 먼저 올라가겠다는 거야. 만에 하나 네가 주력을 사용할 수 없는 사태에 처하면 우리는 끝장이니까."

나는 그가 다음 말을 하기 전에 서둘러 계단을 올라갔다. 땅 위로 나가기 전에 잠시 귀를 기울였지만 주위는 완벽한 정적이 지배하고 있었다. 새소리도 들리지 않았다. 나는 몸을 낮추고 살그머니 고개를 내밀었다.

회오리에 의해 주위 풀은 방사상으로 쓰러져 있고, 고개만 내밀어서는 아무것도 보이지 않았다. 나는 살며시 구덩이에서 빠져나왔다. 그리고 땅에 엎드려 잠시 상황을 살펴본 다음에 천천히 일어 섰다. 주위에 있어야 할 것은 전부 깨끗이 날아갔다. 시체도, 잔해 도, 무엇 하나 눈에 들어오지 않았다.

뒤에서 사토루가 올라왔다. "어때?"

"아무것도 안 보여."

눈길을 먼 곳으로 돌리자 100미터쯤 떨어진 나뭇가지에 요괴쥐 의 시체로 보이는 것이 걸려 있었다. 아마 조금 전 회오리에 날려 간 것이리라. 이 정도 떨어진 거리에서는 인간과 거의 구분이 되지 않았다.

"녀석들, 분명히 어디 숨어 있을 거야. 조금 전의 바람으로 전멸 할 리 없어."

우리는 움직이지 않고 신중하게 주위를 관찰했다. 가부라기 시 세이 씨 같은 달인이라면 망원경 대신 허공에 진공의 렌즈를 만들 수 있지만(보통 렌즈와 달리 오목렌즈로 영상을 확대하는 것이다) 물론 사토루에게는 그런 기술이 없다.

"사토루, 저기 봐!"

나는 그렇게 소리치며 북쪽 언덕 위를 가리켰다. 뭐가 움직인 것 처럼 보인 것이다. 잠시 둘 다 그쪽을 주시했지만, 그 이후에 수상 한 모습은 보이지 않았다.

"미안해. 내가 착각했나 봐."

그는 팔짱을 낀 채 험악한 얼굴로 그쪽을 쳐다보았다. "아니, 그 렇지 않을지도 몰라. 이 지형에서 독가스를 뿌린다면 저쪽에서 뿌 리는 게 가장 좋을 거야. 언덕 위라면 공기보다 무거운 가스가 역류할 우려가 없고, 여기까지는 장애물이 거의 없으니까."

그는 풀을 뜯어 허공에 날리며 바람의 방향을 확인했다.

"미풍이지만 북쪽에서 불고 있어. 틀림없어. 녀석들은 저쪽에 숨어 있어."

"그러면 남쪽으로 도망치자!"

그가 걸음을 내디디려고 하는 내 팔을 재빨리 잡았다.

"안 돼. 도망치면 쫓아올 거야. 언제 등 뒤에서 공격할지 모르잖아."

나는 그의 진의를 파악할 수 없었다. "하지만…… 무슨 좋은 방법이라도 있어?"

"그걸 몰라서 물어? 우리가 먼저 공격하는 거야. 녀석들을 전멸시키지 않는 이상 안전하다고 할 수 없으니까."

나는 벌린 입을 다물 수 없었다. "그걸 말이라고 하는 거야? 지금 싸울 수 있는 건 너뿐이잖아."

하지만 그는 여기서 꼼짝도 하지 않을 태세였다.

"아무리 말이 안 돼도 지금은 그러는 수밖에 없어. 리진 스님이 당하는 거 봤지? 주력은 수비에 맞지 않아. 우리가 살 수 있는 길은 오직 공격하는 거야. ……정 무섭다면 넌 도망쳐도 상관없어. 네 말처럼 싸울 수 있는 건 나 혼자니까."

그가 그렇게 말한다고 해서 '그래, 그렇게 할게'라고 말하며 도망칠 수는 없지 않은가? 나는 잠시 저항하다 결국 그와 함께 북쪽으로 향하기로 했다. 아무리 주력이 있어도 보이지 않는 곳에서 공격을 받으면 끝장이다. 나는 그의 시야를 보충해서 미리 경고를 해줄 생각이었다.

"아마 활의 사정거리 안에 들어와 있을 거야. 어설프게 나서면 위험해. 어디 우리가 먼저 공격해볼까?"

우리는 언덕 앞에 있는 커다란 바위 뒤에서 앞쪽의 상황을 살펴보았다.

"탄환을 쏘아볼까?"

그가 기묘하게 즐거운 목소리로 말한 순간, 바위 윗부분에 몇 줄기 균열이 생기더니 산산조각이 나면서 돌멩이로 변했다. 그는 바위 너머로 언덕을 노려보고 목표를 정했다.

"날아가라!"

말이 떨어지기 무섭게 수많은 돌멩이들이 기이한 소리를 내며 날아갔다. 다음 순간, 요괴쥐들의 비명과 함성이 울려퍼지며 언덕 위쪽은 패닉 상태에 빠졌다. 급히 전투태세를 취하려고 하는지, 갑옷과 창이 부딪치는 금속음과 일제히 화살을 발사하는 소리가 들렸다.

사토루가 코끝으로 비웃었다. "멍청한 녀석들!"

낮은 포물선을 그리며 쏟아지는 대부분의 화살은 허공에서 방향을 바꾸더니, 주인 곁으로 뛰어가는 충실한 개처럼 화살을 쏜 요괴쥐 쪽으로 돌아갔다. 뒤를 이어 단말마의 비명이 솟구쳤다.

"사실은 낮족제비를 만들고 싶었는데 할 수 없지 뭐."

그는 신나는 놀이라도 하듯 즐겁게 중얼거리고는 등 뒤로 눈길을 향했다. 그러자 40~50미터 떨어져 있는 몇 그루의 거목이 뿌리째 뽑혀서 허공으로 떠올랐다.

"가라!"

여섯 그루의 거목이 언덕 위로 날아갔다. 거목은 즉시 적진으로 돌입하나 싶더니 상대를 위협하듯 유유히 상공에서 선회했다. 공포의 비명이 여기저기로 뛰어다니고, 거목을 향해 허무한 화살들이 날아갔다.

"흥, 겁을 먹었군."

그의 표정은 공굴리기 토너먼트에서 정신없이 밀대를 조종할 때와 똑같았다.

"이렇게 전멸시키자니 너무 시시한데. ……좋아, 불타라!"

그 순간, 거목은 일제히 불이 붙으며 거대한 횃불로 변했다. 그리고 나뭇잎이 달려 있는 줄기의 윗부분에서 불티를 뿌리며 화살을 쏜 장소로 떨어졌다. 요괴쥐들은 완전히 광란 상태에 빠졌다. 불길이 옮겨 붙어 화재가 발생했는지, 굵고 검은 연기가 하늘을 향해 피어올랐다.

"됐어, 지금이야. 언덕을 올라가자."

몸을 가려주던 커다란 바위가 길을 안내하듯 경사면 위를 날아오르는 걸 보고 우리는 그에 뒤처지지 않도록 뛰어올랐다. 언덕의 정상에 도착하기 직전에 우리를 발견한 요괴쥐가 경계하라는 소리를 지르기도 전에 새빨간 불길에 휩싸여서 털썩 쓰러졌다.

"저거 독가스 만드는 기계 아니야?"

나는 돌과 찰흙으로 만든 기묘한 물체를 가리켰다. 모기향을 올려놓는 돼지 모양의 거치대처럼 생겼다고나 할까? 코끼리의 코처럼 생긴 입구를 언덕 밑으로 향하고 있는 물체가 대여섯 대 놓여 있었던 것이다.

다음 순간, 가장 가까이 있던 독가스 제조기가 산산조각 나더니 이어서 순서대로 폭발했다. 황급히 뛰어온 요괴쥐 병사들이 파편을 맞았는지 그 자리에서 쓰러졌다.

"어디 한 번 놀아볼까?"

동료가 쓰러지는 걸 보고 다음 녀석들은 잠시 공격을 망설였다. 그때 돌연 쓰러져 있던 요괴쥐들이 일어나더니 인형 같은 동작으로 아군을 공격했다. 그 즉시 공황 상태에 빠진 요괴쥐들이 주위가 떠나갈 듯 비명을 질렀다. 그토록 호전적이었던 요괴쥐의 사기를 꺾은 건 초자연에 대한 공포였다.

"그래, 힘으로 하기보다 공포로 조종하는 편이 효과적이군."

사토루는 재빨리 지금 배운 전술을 실행에 옮겼다. 요괴쥐들의 눈앞과 등 뒤, 나아가서는 한가운데에서 잇따라 요괴쥐의 시체가 일어나기 시작했다. 인간적인 감정은 전혀 없으리라고 생각했던 그들은 상상도 할 수 없는 공포를 맛보고, 패닉 상태에 빠져 비참하게도 동료를 죽이기 시작했다.

전의를 상실하고 도망치던 요괴쥐는 보이지 않는 손에 잡혀 목이 부러졌다. 결국 언덕 위에 진을 치고 있던 부대가 전멸하기까지는 불과 5~6분밖에 걸리지 않았다.

스퀴라가 납작 엎드려 사토루에게 말했다. "이 초원을 곧장 가로지르는 건 매우 위험합니다. 저쪽 숲에서 완전히 보이고, 어디엔가 땅거미의 사수가 매복해 있을 가능성이 있습니다."

처음부터 정중한 태도를 취하기는 했지만 지금은 두려운 표정이 역력했다. 주력의 진정한 힘을 자기 눈으로 똑똑히 봤기 때문이리라.

사토루가 불만스러운 표정으로 입술을 삐쭉 내밀었다. "땅거미 콜로니는 저 숲 안에 있지? 여기서 공격해도 상대가 보이지 않으면 눈을 뻔히 뜨고 놓치게 되잖아. 이런 풀밭 정도는 가볍게 태울 수 있는데."

"신의 말씀이 맞습니다. 하지만 땅거미가 한 마리라도 살아서 흙 속에 잠복해 있다면 발칙하게도 독화살로 신을 노릴지 모릅니다."

스퀴라는 경외하는 얼굴로 사토루를 올려다보았다. 코에는 커다란 찰과상이 있고, 여기저기에 피와 진흙이 달라붙어 있다.

"저희가 화살촉에 바른 건 고작해야 마비약이지만, 땅거미가 암살을 위해 사용하는 건 이국의 개구리에게서 채취한 목숨을 빼앗는 무서운 독입니다. 만에 하나 몸에 상처라도 입으면 무서운 일이 벌어지게 됩니다. 지금 척후병이 안전한 우회로를 찾고 있으니, 그쪽을 지나시기 바랍니다."

스퀴라가 다시 우리 앞에 나타난 타이밍은 너무도 절묘했다. 언덕 위의 독가스부대를 청소한 뒤, 우리는 잠시 말다툼을 했다. 나는 적이 쫓아올 위험성이 거의 없어진 이상, 지금 당장 도망쳐야 한다고 주장했다. 하지만 사토루는 땅거미를 전멸시키겠다고 고집을 부린 것이다.

대체 어떻게 된 것일까? 나는 그의 얼굴을 보면서 아연한 표정을 지었다. 지금 내 눈앞에 있는 사람은 내가 잘 아는 사토루, 허풍쟁이에 냉소적이긴 하지만 심성이 착하고 온화한 소년이 아니었다.

카누를 숨겨놓은 가스미가우라의 기슭까지는 너무 멀어서 요괴쥐를 전부 없애지 않으면 화근을 남기게 된다고 역설했지만, 그의 기이한 눈빛을 보면 단지 더 죽이고 싶어서 온몸이 근질거린다고 밖에 생각할 수 없었다. 나는 현실적인 문제점을 열거하면서 그의 머리가 식기를 기다렸다. 어젯밤에 한 번 본 것뿐이라서 땅거미 콜로니가 어디 있는지 어렴풋했고, 더구나 여왕의 용혈이 어디 있는지는 짐작도 되지 않았다. 이런 상태에서 함부로 공격하면 땅거미를 전멸시키기는커녕, 오히려 반격을 당해서 사토루가 다치기라도 하면 만사 끝장이 아닌가.

나의 끈질긴 설득이 효과를 발휘해서 그의 마음이 누그러지기 시작했을 때, 언덕 밑에서 우리를 부르는 소리가 들렸다. 땅거미의 함정이 아닐까 경계하며 쳐다보니 스퀴라를 비롯한 파리매 콜로니의 살아남은 개체들이 납작 엎드려서 머리를 조아렸다. 전부 50~60마리밖에 되지 않는 걸 보면 독가스의 위력이 얼마나 강력한지 짐작할 수 있으리라.

스퀴라의 설명에 따르면 독가스의 악취를 맡은 파리매 콜로니의 개체들은 소굴의 깊은 장소로 도망치다 전멸했다고 한다(땅거미가 독가스에 유황 냄새를 첨가한 것은 요괴쥐의 습성을 이용해 소굴 안쪽으로 몰아넣기 위해서였을지도 모른다). 한편 스퀴라가 이끄는 친위대는 여왕을 옮기기 위해 거구라도 지나갈 수 있는 터널로 도망침으로써 목숨을 구할 수 있었다.

콜로니가 괴멸적인 패배를 당했음에도 그들의 사기는 하늘을 찔렀다. 하나는 여왕을 무사히 안전한 장소로 옮겼다는 것(유일하게 생식 능력을 가지고 있는 여왕이 죽으면 그 콜로니는 끝이다), 또 하나는 사토루의 주력에 의해 저주스러운 땅거미 병사들이 어이없이 전멸했다는 것 때문이다. 파리매 콜로니의 잔당은 흉악한 복수욕에 사로잡혀 있었다. 냉정하고 침착한 스퀴라도 예외가 아니라서, 적의 여왕이 어디 있는지 조사해놓았다고 사토루를 꼬드겼다. 그로 인해 사토루의 가라앉았던 마음이 다시 불타오르며 기호지세로 땅거미 토벌에 나선 것이다.

다시 그 당시로 돌아가자. 우리는 스퀴라 말대로 초원을 왼쪽으로 크게 돌아 땅거미의 소굴로 향했다.

내가 걸으면서 스퀴라에게 물었다. "이 길은 정말 안전해?"

상당히 멀리 돌아가기는 하지만 요괴쥐들이 자주 다녔는지 잡초 안에 있는 길에는 풀들이 옆으로 쓰러져 있었다. 전투에 익숙한 땅거미가 이렇게 중요한 길을 방어하지 않을 리 있겠는가.

"걱정하실 필요 없습니다. 조금 전에 척후병을 보냈는데 적이 보이지 않는다고 하더군요. 녀석들은 독가스로 저희를 몰살시켰다고 여기고 있어서, 그 직후에 콜로니의 본부가 급습을 받으리라곤 상상도 못 할 겁니다."

땅거미가 그렇게 만만한 상대일까? 이틀 전이라면 나도 스퀴라의 말에 고개를 끄덕였으리라. 하지만 어제, 오늘의 이상한 경험들이 나를 의심 많은 사람으로 만들었다.

나는 스퀴라에게 말해서 간단히 옷을 갈아입기로 했다. 기분을 전환하기 위해서였지만, 그것으로 내 마음이 풀린다면 좋겠다면서 사토루도 승낙해주었다. 그리고 그것이 옳은 방법이었다고 알게 된 건 불과 10분 후 일이다.

선두를 걷고 있던 요괴쥐 병사들이 예리한 비명을 질렀다. 처음에는 무슨 일이 일어났는지 몰라서 허둥거렸지만, 이어서 머리 위로 날아가는 화살을 보고 겨우 적의 공격이라는 사실을 깨달았다.

스퀴라가 목이 찢어져라 소리를 질렀다. "신이시여! 어서 숨으십시오! 땅거미입니다."

"어디지?"

"나무 위입니다……. '그림자'가 당했습니다!"

땅에 쓰러져 있는 것은 내가 사토루의 '그림자 무사'로 지명한 요괴쥐였다. 병사들 중에서 가장 덩치가 커서, 멀리서 보면 인간의 어린아이로 보일 것 같아서 머리 위에 투구를 이중으로 씌우고 망토를 입힌 것이다. 지금 그 요괴쥐의 몸에 화살 세 개가 꽂혀 있었다. 기묘하게도 화살에는 깃털이 없고, 그 대신 실패 모양으로 끈이 감겨 있었다.

내 의문을 간파한 것처럼 스퀴라가 소리를 질렀다. "바람총입니다! 독화살…… 조심하세요!"

도대체 적은 어디에 숨어 있는 것일까? 나뭇가지를 올려다보았지만 요괴쥐의 모습은 어디에서도 보이지 않았다. 정신없이 활을 쏘는 병사들의 눈에는 보이리라고 여겼으나 그들도 닥치는 대로 쏘고 있을 뿐이었다.

그때 커다란 졸가시나무의 나뭇가지에서 바스락거리는 소리가 들렸다. 뚫어지게 쳐다봐도 아무것도 보이지 않았지만 무언가가 있는 건 분명하다.

"사토루, 이 나무야! 흔들어봐!"

사토루 위에는 병사 몇 마리가 몸으로 방패를 만들었다. 사토루는 스쿼라의 만류를 뿌리치고 그 밑에서 빠져나왔다. 다음 순간, 태풍의 직격탄을 받은 것처럼 거목이 크게 휘어지면서 나뭇가지가 흔들렸다. 삐죽삐죽한 나뭇잎이 대량으로 쏟아지고 나뭇가지가 부러지는 소리가 들렸다.

요괴쥐 병사들이 재빨리 나뭇잎에 섞여서 떨어진 무거운 물체를 에워쌌다. 나는 떨어진 물체를 보고 숨을 들이마셨다.

"이게 뭐지?"

그것을 어떻게 형용해야 좋을까? 가장 비슷하게 생긴 생물을 들자면 대벌레라는 남쪽 지방의 곤충이나 해마의 친척쯤 되는 나뭇잎해룡이라고 할까?

크기는 약 1미터로, 보통 요괴쥐와 비슷했다. 자세히 쳐다보니 머리나 손발 모양도 요괴쥐와 비슷하게 생겼다. 단지 보통 요괴쥐와 다른 점은 어이가 없을 정도로 야윈 몸의 색깔이 졸가시나무의 밑동이나 나뭇가지와 똑같고, 더구나 초록색 잎이 달린 나뭇가지 모양의 돌기가 온몸에 나 있다는 것이다. 그 땅거미 총엽병은 상공을 향해 괴조처럼 소리를 질렀다. 그 순간 파리매 콜로니 병사들이 일제히 창을 들고 총엽병의 숨통을 끊었다.

지금 모습으로 보면 근처에 동료가 숨어 있을 것이다. 나는 다시 주위에 있는 나뭇가지를 올려다보았다. 한 번 정체를 알아내면 의태 효과는 반감되는 법이다. 이번에는 그렇게 시간을 들이지 않고 두 그루에 숨어 있던 총엽병 세 마리를 발견할 수 있었다. 내가 가리킬 것도 없이 사토루의 주력과 날카로운 화살이 숨을 죽이고 있는 세 마리를 처치해서 땅으로 떨어뜨렸다.

"이거 대체 뭐야?"

내 질문에 사토루는 복잡한 얼굴로 총엽병의 시체를 내려다보았다. 도저히 만질 용기가 나지 않았지만 총엽병의 몸에 있는 돌기도, 그 끝에 있는 나뭇잎처럼 생긴 기관도 만들어서 붙인 것이 아니라는 것만은 분명했다.

"새삼스레 뭘 그렇게 놀라? 어젯밤 봤을 때도 이 녀석들은 다 괴물이었잖아."

나는 솔방울 대장의 피부를 뒤덮고 있는 비늘을 떠올렸다.

"하지만…… 그러면 이 녀석들은 어떤 형태로든 변할 수 있다는 거야? 어떻게?"

"그건 잘 모르겠어. 뭐 가설이라면 있지만." 그는 머리에 다시 망토를 쓰면서 덧붙였다. "어쨌든 조심하는 게 좋겠어. 이 녀석들, 어떤 식으로 잠복하고 있을지 모르니까."

"그렇다면 돌아가자. 여긴 너무 위험해."

"여기까지 왔는데 돌아가자고? 더구나 도망치면 녀석들이 쫓아올 거야."

그의 쌀쌀맞은 대답에 우리는 계속 전진하는 수밖에 없었다.

잠시 후, 숲속의 길이 크게 오른쪽으로 꺾어졌다. 조금씩이지만 땅거미의 소굴에 다가가고 있는 것이다.

총엽병에게 기습당한 걸 반성하는 의미에서 사토루는 주력으로 커다란 나뭇가지를 띄워서 앞쪽에 있는 덤불이나 나뭇가지를 탁탁 치면서 걸어갔다.

그렇게 얼마나 걸었을까, 우리는 그토록 빼곡했던 나무들이 약간 드문드문해진 장소에 도착했다. 왼쪽에는 초록의 종이를 흩뿌린 듯 좀개구리밥으로 뒤덮인 작은 늪이 있었다. 나는 앞으로 전진하려는 그의 팔꿈치를 잡았다.

"잠시만. 이 늪, 왠지 느낌이 안 좋아."

일소에 붙이리라고 여겼지만 그는 진지한 표정으로 걸음을 멈추었다.

"함정이라는 거야?"

"그건 잘 모르지만."

나는 늪 표면을 뚫어지게 쳐다보았다. 왜 저렇게 가끔 거품이 올라오는 것일까? 그도 나와 똑같은 의문을 품었는지, 주력으로 커다란 바위를 몇 개 들어올려 거품이 나는 곳을 향해 힘껏 던졌다.

거대한 물보라를 튀기며 늪의 물이 사방팔방으로 흩어졌다. 잠시 상황을 살펴보았지만 아무 일도 일어나지 않았다.

그가 더 이상 기다릴 수 없다는 듯이 말했다. "괜찮아. 가자."

"……하지만."

"포유류는 그렇게 오랫동안 물속에 잠겨 있을 수 없어."

바야흐로 최종 결정권을 가지고 있는 사람은 그다. 그의 말이 떨어지기가 무섭게 우리는 천천히 전진했다.

그때였다, 늪에서 끅끅끅 하는 기이한 소리가 들린 건……. 뒤를 돌아보자 수달처럼 생긴 평평한 머리 세 개가 늪 위로 떠올라 우리를 뚫어지게 노려보고 있었다. 그 순간에는 아무도 반응할 수 없었다. 세 개의 머리는 물속에서 긴 통을 꺼내더니 재빨리 바람

총을 불고 나서 텀벙하는 소리와 함께 물속으로 들어갔다. 그 후에는 다만 좀개구리밥을 흔드는 동심원 모양의 파문만 남아 있을 따름이다.

한순간 사토루의 분노가 폭발했다. "젠장, 감히 나를 놀리다니!"

통 안의 독화살은 물에 젖지 않는지, 독화살을 맞은 파리매 콜로니 병사 세 명이 조용히 숨을 거두었다.

"좋아, 그대로 숨어 있거라. ……펄펄 끓는 물에 익을 때까지."

잠시 후, 늪에서 모락모락 김이 올라왔다.

그때 내가 왜 늪의 반대 방향으로 시선을 돌렸는지는 알 수 없다. 어쨌든 나는 등 뒤를 쳐다보고 믿을 수 없는 것을 목격했다. 늪의 반대편은 잡초가 드문드문 자라난 습한 모래땅이었다. 그곳에 높이 20센티미터 정도의 불룩한 곳이 있었다. 기이한 점은 마치 두더지가 지나가는 밭고랑처럼 불룩한 곳이 천천히 움직인 것이다.

흠칫 놀라 주위를 두리번거리자 불룩한 곳은 그곳 하나만이 아니었다. 전부 네 군데, 마치 피 냄새를 맡고 모여드는 상어처럼 완만하면서도 착실하게 우리를 향해 다가왔다. 나는 공포로 인해 철사 줄에 꽁꽁 묶인 것처럼 말을 할 수 없었다. 겨우 "사토루……!"라고 거친 목소리를 짜냈지만 그의 귀에는 닿지 않았다. 모락모락 연기가 피어오르는 늪 쪽으로 고개를 돌리자 그는 지금 막 사냥감을 잡으려고 하는 참이었다. 다음 순간, 지켜보는 파리매 요괴쥐들 사이에서 환호성이 일었다.

늪 바닥에서 삶은 문어로 변한 네 마리의 잔해가 떠오른 것이다. 수달이라기보다 뚱뚱한 개구리처럼 생긴 생물로, 사지 끝에는 발달한 물갈퀴가 달려 있었다.

"사토루, 이번에는 뒤쪽이야. ……모래 밑."

내가 속삭이듯 말한 순간, 그의 움직임이 멈추었다.

"어디?"

"하나는 바로 뒤쪽의 6~7미터. 그 왼쪽에 두 마리. 오른쪽 대각선에 한 마리."

그가 뒤를 돌아본 것과 거의 동시에 물줄기 모양의 땅딸막한 토룡병 네 마리가 모래 속에서 모습을 드러냈다. 그 순간, 펄펄 끓는 늪의 물이 커다란 뱀처럼 토룡병을 덮쳤다. 작은 투석구를 들려고 한 토룡병들은 머리 위에서 쏟아지는 뜨거운 물을 맞고 하나도 남김없이 쓰러졌다.

사토루가 이마의 땀을 닦으면서 말했다. "후우, 물속 개구리는 미끼였나? 당최 방심할 수 없군. 녀석들의 주특기가 기습이라서."

"사토루, 피곤한 거 아니야?"

"괜찮아. 이 정도쯤이야."

"하지만 조금 쉬는 편이 좋을 것 같은데……."

내 말에 그는 미소만 지을 뿐 대답하지 않았다. 내가 그를 걱정한 것은 단지 그의 얼굴이 땀으로 뒤범벅되어 있었기 때문으로, 그 때는 간단한 이유조차 생각나지 않았다. 주력은 무한한 에너지를 구사할 수 있다. 다만 그러기 위해서는 극도의 정신 집중이 필요한데, 인간의 집중력과 체력에는 당연히 한계가 있는 것이다…….

대나무 숲의 앞에 도착했을 때, 나는 주위가 떠나가라 소리를 질렀다.

"위험해!"

아득한 상공에서 정체불명의 물체가 몇 개 떨어진 것이다.

"괜찮아. 다들 움직이지 마!"

사토루가 땅에 뿌리를 내린 듯 직립부동의 자세로 하늘을 올려 다보았다. 점처럼 보였던 물체가 순식간에 커졌다. 그것이 바위라는 사실을 깨달은 순간, 보이지 않는 트램펄린에 부딪힌 것처럼 튕겨나갔다.

"또 온다!"

두 번째는 조금 전보다 숫자가 많았다. 하지만 전부 사토루의 주력으로 원래 온 곳으로 되돌아갔다.

"무턱대고 보내서는 녀석들을 해치울 수 없겠군."

그가 그렇게 중얼거린 순간, 그중 바위 세 개가 산산이 부서져서 적진으로 보이는 장소에 무수한 파편을 흩뿌렸다. 그것을 끝으로 더 이상 아무런 소리도 들리지 않았다.

"다 해치웠어?"

"잘 모르겠어."

돌연 적의 공격이 잠잠해졌다. 어쩌면 지금의 반격이 엄청난 효과를 거두었을지도 모른다. 그렇게 생각한 순간, 별안간 세 번째 공격이 날아왔다.

이번에는 대나무 숲 위를 스치듯 낮은 궤도로 다가왔다. 하나, 둘…… 사토루가 바위를 엉뚱한 방향으로 날려보냈다. 바위가 보이고 나서 튕겨낼 때까지의 시간이 짧아서 도저히 하나씩 던질 여유가 없었던 것이다. 그리고 결국 전부 포착할 수 없었는지, 하나가 우리 부대의 한가운데로 날아왔다. 간담이 서늘해진 순간, 바위는 땅에 부딪히며 커다란 흙먼지를 뿜었다. 2~3초 후, 머리 위에서 엄청난 양의 모래와 낙엽이 쏟아졌다. 살아남은 요괴쥐들은 새끼 거미가 흩어지듯 사방팔방으로 도망쳤다.

"빌어먹을……!"

서로의 무사함을 확인할 틈도 없이, 그는 이어서 날아온 두 개의 바위를 막아야 했다.

"뒤쪽이야!"

우리는 바위를 피하려고 급히 30~40미터 뒤로 물러섰다. 하지만 계속해서 날아온 바위는 우리의 움직임을 알고 있는 것처럼 위치를 수정했다. 아무리 봐도 정확하게 노리고 쏘는 듯했다.

사토루가 큰 소리로 고함쳤다. "적이 어디선가 우리를 보고 있어. 사키, 찾아줘!"

스파이는 우리 근처에 있을 것이다. 어떻게 하면 찾을 수 있을까? 만약 총엽병처럼 의태를 하고 있다면 쉽게 찾아낼 수 없다. 나는 어찌할 바를 모르고 허둥지둥했다. 공격은 잠시 끊어지고, 네 번째 공격은 아직 오지 않았다. 상대도 바위를 준비하는 데 시간이 걸릴지 모른다.

그때 문득 생각이 났다. 단지 막연히 우리 움직임을 쫓는다면 아무런 의미가 없다. 스파이는 우리의 위치를 적에게 전하고 있을 것이다.

"사토루, 뒤로 물러서!"

우리는 다시 30미터 정도 뒤로 물러섰다. 그것을 감시하는 상대의 모습은 여전히 보이지 않았다. 하지만 내가 시선을 집중한 곳은 그 후에 보내는 신호였다.

"저기야!"

나는 대나무 숲 위를 가리켰다. 바람의 흔들림과 비슷하기는 하지만 대나무 가지가 부자연스럽게 움직인 것이다.

"저기서 우리 위치를 알려주고 있어!"

다음 순간, 대나무 숲에서 격렬한 불길이 솟구치더니 새카만 연기를 내뿜으며 활활 타올랐다. 그 직후, 죽관 악기를 연상케 하는 단말마의 슬픈 비명이 울려퍼졌다.

"지금 이동해야 해. 일단 뒤로 물러설 거야?"

"아니, 전진할 거야."

사토루가 걸음을 내딛자 도망쳤던 요괴쥐들이 어디선가 몰려들어 다시 대열을 만들었다.

스퀴라가 숨을 헐떡이며 말했다. "신이시여, 신이시여. 무사하셔서 다행입니다. 이제 저희 승리가 확실합니다. 부디 사악한 땅거미들에게 정의의 철퇴를 내려주십시오."

내가 분노를 참지 못하고 스퀴라에게 달려들었다. "뭐가 어쩌고 저째? 네가 이 길이 안전하다고 했잖아. 대체 뭐가 안전하다는 거야? 여기저기에 복병들이 숨어 있잖아!"

내가 살기등등하게 소리치자 스퀴라는 몸을 움츠렸다.

"진심으로 사죄의 말씀을 드리겠습니다. 사전에 척후병을 보내 안전을 확인했는데, 그때는 아무도 없었다고 합니다."

"당연하지. 저 녀석들은 네 척후병이 아니라 우리를 기다리고 있었으니까."

사토루가 진정시키려고 내 두 팔을 잡았다. "그만해. 어쨌든 여기까지 왔으니까 빨리 처리하고 집에 가자."

나는 '어?' 하고 고개를 갸웃거렸다. 어딘지 모르게 사토루의 모습이 이상하다. 피곤한 게 아니라 눈의 초점이 맞지 않는 것 같다. 그러고 보니 큰 바위 하나가 별다른 어려움 없이 우리의 방어막을 통과한 것도 평소의 그라면 생각할 수 없는 실수였다.

나는 마음속에 불안을 느끼며 말했다. "하지만 여기는 지나갈 수 없어. 바위가 어디서 날아올지 모르잖아. 뒤로 돌아가야 해."

그는 고개를 흔들었다. "안 돼, 전쟁은 이미 시작되었어. 적 한가운데에서 뒤로 돌아가는 건 자살행위나 마찬가지야."

"하지만 대나무 숲을 벗어나면 바위가 날아오잖아. 그렇다고 대나무 숲속을 지나갈 수도 없고. 그야말로 어떤 함정이 있을지 모르니까."

오명을 반납할 기회라는 양 스퀴라가 입을 열었다. "저희가 정찰하겠습니다. 적이 돌을 던지는 장소를 찾아낼 테니까 그다음은 신의 힘으로 하나씩 부수면……."

"그게 그렇게 쉬운 줄 알아? 사토루가 지친 거 안 보여?"

스퀴라의 수상쩍은 눈길을 받고 나는 황급히 입을 다물었다. 실수다. 이미 어렴풋이 눈치챘을지도 모르지만 이것으로 내가 주력을 사용할 수 없다는 게 명백히 드러났을 것이다.

침묵을 긍정으로 포착했는지, 스퀴라는 귀를 찢는 요괴쥐 언어로 부하들에게 지시를 내렸다. 파리매 콜로니의 병사는 잠시도 망설이지 않고 대나무 숲속으로 흩어졌다. 지금까지 상당히 많은 병사가 죽었지만 사기 하나만은 여전히 하늘을 찔렀다.

그러나 2분도 지나기 전에 몇 마리가 뛰어와서 긴박한 모습으로 스퀴라에게 보고했다. 스퀴라가 우리를 쳐다보았다. 요괴쥐의 표정은 읽을 수 없지만 사태가 심각하다는 건 알 수 있었다.

"대나무 숲 건너편에는 시야를 가로막는 나무도 없고 탁 트여 있다고 합니다. 적의 주력부대는 그곳에 흩어져 있는 모양입니다."

"탁 트여 있다면 우리에게도 좋잖아."

"그게…… 뭐라고 해야 좋을지…… 직접 보시기 바랍니다. 이번에는 대나무 숲 안에 적이 없다는 걸 확인했으니까요."

우리는 반신반의의 표정으로 스퀴라를 따라 대나무 숲속으로 들어갔다. 40~50미터 정도 걸어가자 반대편이 희미하게 보였다. 우리는 상대가 보지 못하도록 자세를 낮추고 최대한 가까이 기어갔다. 그곳은 사방 100미터쯤 되는 커다란 빈터로, 땅거미가 콜로니 주위에 있는 나무들을 잘라서 마지막 결전장으로 삼은 것이다.

"굉장하다……!"

나는 뒷말을 이을 수 없었다. 빈터를 가득 메우고 꿈틀거리는 땅거미 병사의 모습은 말 그대로 장관이라고밖에 표현할 길이 없었다. 하늘 높이 떠오른 태양빛이 무수한 갑옷과 칼에 반사해서 아름다운 빛을 뿌렸다.

"3,000마리는 되겠어. 전부 다섯 개 부대로 나눠져 있는 것 같아."

사토루도 말이 많지 않았다.

"하지만 전부 보이니까 해치우는 것도 간단하겠지?"

즉시 긍정적인 대답이 돌아오리라고 예상했지만 그는 약간 사이를 두고 고개를 흔들었다.

"꼭 그렇다곤 할 수 없어."

"왜?"

"저 포진을 봐. 앞에 중무장 보병을 세우고 그 뒤쪽에 감추듯 궁병을 배치했어."

태고의 그리스에서 주력 전법으로 삼았던 밀집보병이라는 진형이다. 맨 앞줄의 병사가 큰 방패와 긴 창을 든 채 적이 파고들 공간을 주지 않고 전진한다. 선두가 쓰러지면 상어 이빨이 교체되듯 뒷줄에 있는 병사가 앞으로 나오는 것이다.

"그것만이 아니야. 맨 뒤에 큰 바위가 쌓여 있지? 그 옆에 있는 녀석들이 투석기일 거야."

"투석기? 어디 있는데?" 그렇게 묻자마자 깨달았다. "지금 저 녀석들이 투석기라는 거야?"

멀리 떨어져 있어서 자세한 것까지는 알 수 없지만 바위 옆에 있는 요괴쥐들은 그때까지 본 것 중에서 가장 신체가 변형된 녀석들이었다. 그들은 총엽병이나 토룡병에 비할 바 아니었다. 키가 3미터는 됨직한 거대한 것. 믿을 수 없을 만큼 긴 몸을 아코디언처럼 신축하는 것. 몸통보다 훨씬 굵고 강해 보이는 두 팔을 가지고 있는 것.

투석기병은 수십 마리가 모여 집단 체조를 하듯 합체함으로써, 이른바 살아 있는 투석기가 되어 수백 킬로그램의 바위를 150미터 이상 날릴 수 있다고 한다. 물론 이런 능력도, 투석기병이라는 이름도 총엽병이나 토룡병처럼 훨씬 나중에 알았지만……

"가령 주력으로 공격해도 저런 중장비 부대를 궤멸시키려면 시간이 많이 걸릴 거야. 그러는 사이에 저쪽은 일제히 활을 쏨과 동시에 투석기로 바위를 날릴 거고. 우리 쪽에 명중할 만한 활과 바위는 주력으로 막는 수밖에 없어. 그러면 우리가 있는 장소가 드러나면서 집중포화를 받겠지. 그 결과 주력으로 적을 공격할 여유가 없어지고 오직 방어만 하게 될 거야." 그는 한숨을 쉬며 말을 이었다. "실은 그것만이 아니야. ……조금 전부터 이상해."

"뭐가?"

그는 조금 떨어진 곳에 있는 스퀴라에게 들리지 않도록 목소리를 낮추었다. "피곤한 탓이겠지만 집중력이 떨어져서 이미지를 만들 수 없어."

최악이다. 나는 하늘을 원망하고 싶었다.

"이제 주력을 사용할 수 없다는 거야?"

"아니, 사용할 수는 있지만 많은 적들을 한꺼번에 상대하기엔 버겁다는 거야."

역시 언덕 위의 독가스부대를 쓰러뜨린 뒤 즉시 도망쳐야 했다. 그때라면 사토루도 여력이 있어서, 쫓아오는 적을 물리치며 충분히 도망칠 수 있었을 것이다. 스퀴라의 달콤한 말을 차단하고 살육에 취해 판단력을 잃어버린 사토루를, 내 몸을 던져서라도 막았어야 했다.

하지만 이미 지난 일을 후회해봤자 무슨 소용이 있으랴. 지금은 어떻게 하면 살 수 있을지, 머리를 쥐어짜는 수밖에 없으리라.

어느새 옆에 와 있던 스퀴라가 조심스레 말을 걸었다. "신이시여."

"지금 땅거미를 어떤 방법으로 전멸시킬지 생각하고 있어. 방해하지 마."

나는 간교한 요괴쥐를 노려보았지만 스퀴라는 조금도 주눅 들지 않았다.

"죄송합니다. 하지만 아무래도 적이 움직이는 것 같습니다."

"뭐?"

우리는 황급히 땅거미 쪽으로 시선을 돌렸다. 분명히 적의 다섯 개 부대는 천천히 위치를 바꾸었다. 중앙 부대는 거의 움직이지 않았지만 옆의 두 개 부대는 약간 앞으로 나오고, 또한 바깥쪽의 두 개 부대에 이르러서는 이미 우리와의 거리를 절반으로 좁혀놓았다. 즉, 땅거미 병사들은 우리를 공격하기 위해 거대한 Ⅴ 자 진형을 만들고 있는 것이다.

학익진. 학이 날개를 펼친 모습과 비슷하다고 해서 이런 이름이 붙었다고 한다. 본래는 돌격해오는 적을 감싸듯 응전하는 소극적 진형이지만, 땅거미의 목적은 다른 곳에 있을지 모른다. 즉 전선을 옆으로 펼침으로써 주력에 의한 공격 목표를 분산하는 동시에, 반격의 각도를 다양하게 해서 우리가 방어하기 힘들게 만드는…….

여기까지 읽으신 분은 나와 사토루가 전쟁과 군사용어를 어떻게 그토록 잘 알고 있는지 고개를 갸웃거릴지도 모른다. 물론 그 시점에서 우리 지식은 백지상태나 마찬가지였다. 전쟁에 관한 서적은 모두 열람 금지의 제3분류나 영원히 매장해야 할 제4분류였기 때문이다. 그런 내가 전쟁에 관한 지식을 얻은 건 훨씬 이후의 일로,

329

잿더미로 변한 도서관의 지하실에서 발견한 『국가탈취 완전무결 공략 가이드』라는 책에 의해서였다.

다시 땅거미와의 전투로 돌아가자. 적이 만든 당당한 진형 앞에 우리는 두 손을 놓고 하늘을 올려다보아야 했다.

"어떡하지?"

이렇게 물을 수밖에 없는 나 자신이 한심했지만 나는 주력도, 사태를 타개할 지혜도 가지고 있지 못했다.

"일단은 상황을 지켜보는 수밖에 없어."

사토루는 조용히 눈을 감았다. 정신적 피로가 조금이라도 회복되길 기다리는 것이리라.

"도망치는 편이 좋지 않을까? 정면충돌하기보다 숲으로 들어가는 편이……."

"안 돼. 저쪽이 즉시 공격하지 않는 건 우리의 힘을 두려워하기 때문이야. 저쪽은 아직 자신들이 궁지에 몰렸다고 생각하고 있어. 그런데 도망치면 우리가 약해졌다는 걸 간파하고 재빨리 추격해 올 거야."

어차피 조만간에 우리가 공격하지 않는 걸 수상쩍게 여기고, 단숨에 공격해오지 않을까?

나의 나쁜 예감은 생각보다 훨씬 일찍 적중했다.

좌우 비대칭 팔을 가진 궁병이 앞으로 나서더니, 거대한 말벌의 날갯짓 소리를 내며 우는살을 쏘았다. 화살은 우리 머리 위를 아득히 넘어갔다. 이어서 보통 화살의 일제 발사. 우리는 몸을 숙였지만 등 뒤에서 요괴쥐의 비명이 들려왔다.

사토루가 눈을 떴다. "젠장, 반격할까?"

"아직 안 돼! 저 녀석들, 우리가 어떻게 나올지 상황을 지켜보는 거야." 나는 필사적으로 그를 말렸다.

"그러면, 지금 반격하지 않으면 더 기세등등해질 거잖아."

"어설프게 반격하면 우리 실력만 간파될 뿐이야. 오히려 가만히 있는 편이 기분 나쁠 거야. 저쪽 공격을 기다리고 있다고 생각하게 만들어야 해."

"하지만 이대로 있으면……."

학익진은 밀집보병을 선두로 서서히 전진해왔다. 이럴 때는 어떻게 하는 게 좋을까?

나는 등 뒤에서 대기하고 있는 요괴쥐를 불렀다. "스퀴라."

"네, 말씀만 하십시오."

"적의 본거지…… 용혈은 어디 있지?"

"확증은 없지만 정면에 있는 나무 뒤쪽에 있을 겁니다. 어느 콜로니도 마지막 방어선은 용혈 앞에 두는 게 정석이니까요."

"사토루, 저 나무에 불을 붙여!"

내 의도를 알아차리고 사토루는 앞쪽에 시선을 고정했다. 평소 같으면 한순간에 불타오르던 것이 몇 초의 시간이 걸렸다. 하지만 때죽나무 이파리가 활활 타오르자 적의 발길이 멈추었다. 뒤쪽 병사가 소굴 쪽으로 뛰어가서, 불타고 있는 나무뿌리를 잘라내기 시작했다. 원시적인 소방 방법이지만 불길은 불과 몇 분 만에 사라졌다.

"또 불을 지를까?"

"잠시만, 저쪽이 어떻게 나오는지 보고 나서."

주력을 함부로 사용해서 그의 체력이 소모되는 일만은 어떻게든 피해야 한다. 용혈 앞의 나무에 불을 붙인 것은 더 이상 전진한다면 상대의 아성을 공격하겠다는 협박이었다. 그 협박이 얼마나 효과가 있을지는 미지수이지만.

땅거미들 사이에서는 한동안 찍소리도 나지 않았다. 하지만 소굴에서 전령 같은 요괴쥐가 뛰어오자 다시 모든 병사들이 전진했다.

사토루가 중얼거렸다. "지하 터널을 통해서 여왕을 대피시킨 거야. 녀석들, 후환을 끊고 이번에야말로 진짜 공격할 생각이야."

끼익, 하는 비명을 지르고 스퀴라가 재빨리 도망쳤다. 그러자 부하들도 앞다투어 그의 뒤를 따랐다.

"드디어 시작이군."

사토루가 참았던 숨을 토해낸 순간, 땅거미들이 일제히 활을 쏘았다. 조금 전과는 비교가 되지 않을 만큼 엄청난 화살이 하늘을 가득 메우며 빗발처럼 쏟아졌다. 그와 동시에 투석기병들이 커다란 바위를 발사했다.

6

대부분의 바위는 우리 머리 위를 넘어서 한참 뒤쪽에 떨어졌다. 거리상 가까운 것도 두세 개 있었지만 다행히 엉뚱한 방향으로 날아갔다.

내가 목소리를 낮추어 말했다. "저 녀석들, 우리가 어디 있는지 몰라. 어서 도망치자!"

놀랍게도 이런 상황에서도 사토루는 움직이려고 하지 않았다.

"안 돼."

"하지만……!"

"뒤쪽으로 도망치면 녀석들이 죽음을 각오하고 공격하는 곳으로 뛰어들게 돼. 지금은 어디로도 움직일 수 없어."

"그러면 이대로 가만히 있다 당하자는 거야?"

나는 대나무 덤불 사이로 땅거미군의 모습을 살펴보았다. 그들은 학익진을 무너뜨리지 않고 서서히 우리 쪽으로 다가오고 있었다. 주위에 경계를 게을리 하지 않고 신중하게 걸음을 옮겼지만 앞으로 2~3분 후면 여기에 도착할 것이다.

"녀석들이 우리가 있는 장소를 오인하게 만들 수 없을까……?" 그가 괴로운 표정으로 중얼거렸다.

그때 내 머릿속에서 무엇인가가 번뜩였다. "사토루, 앞으로 주력을 얼마나 사용할 수 있어?"

그는 머리가 아픈지 관자놀이를 문지르며 말했다. "잘은 모르지만 아마 두세 번 정도일 거야. 이미지 난이도에 따라서 다르지만."

"날아오는 바위 중에서 가장 멀리 가는 걸 산산이 부숴버려."

"그런 게 무슨 도움이……." 그는 말을 하는 도중에 내 작전을 알아차린 모양이었다. "알았어."

주력을 사용하려면 시야가 확보되어야 하는데, 땅거미들이 더 이상 다가오면 우리를 발견할 우려가 있다. 우리는 대나무 숲 안쪽으로 뒷걸음질 쳐서, 되도록 하늘이 잘 보이는 장소를 찾았다. 큰 바위가 자리 잡고 있어서 대나무가 자라지 않는 공간을 발견하자 사토루가 크게 심호흡을 했다. 그리고 맨 처음 주력을 사용한 날처럼 마음을 하나로 모은 후, 입 안으로 진언을 외며 정신을 통일했다.

커다란 바위가 서쪽 하늘을 가로지르려고 했다. 어디로 떨어질지는 모르지만 방향도 엉뚱했고, 저 높이라면 틀림없이 멀리 떨어질 것이다. 그런데 다음 순간, 바위가 보이지 않은 벽에 달라붙은 것처럼 움직임을 멈추었다. 땅거미들 사이에서 경악의 웅성거림이 일었다.

"이거나 먹어라!"

사토루가 이를 악물고 무언가를 땅에 내동댕이치는 동작을 취했다. 그러자 허공에 멈춰 있던 바위가 운석처럼 급격한 각도로 떨어졌다.

가장 중요한 땅거미들은 여기서 보이지 않기 때문에 목표를 정할 수 없다. 믿는 건 오직 사토루의 감과 행운뿐이다. 나는 두 손을 깍지 끼고 바위가 땅거미들에게 명중하길 신에게 기도했다.

대참사를 예감하게 만드는 끔찍한 비명이 솟구쳤다. 이어서 흥분한 외침 소리. 그리고 수많은 병사들이 갑옷과 투구를 울리며 정신없이 뛰어다니는 소리.

나는 땅에 납작 엎드려서 앞쪽으로 기어갔다. 빼곡히 자란 파란 대나무 사이로 중무장한 3,000마리의 요괴쥐가 미친 듯이 우왕좌왕하는 모습이 눈에 들어왔다. 일사불란한 모습은 흔적도 찾아볼 수 없다. 주력에 의한 공격에 대비해서, 최대한 산산이 흩어지려는 것이다.

바위가 떨어진 장소는 즉시 알 수 있었다. 땅에 커다란 구덩이가 파이고, 주위에는 수십 마리의 시체가 흩어져 있다. 아마 투석기병들 한 팀에 제대로 명중한 모양이다. 각도로 볼 때 그 바위를 쏜 투석기병은 아니겠지만, 이보다 더 효과적인 보복은 생각할 수 없었다. 땅거미 병사들은 그야말로 신과 싸우는 듯한 기분이 들 것이다. 가장 바람직한 시나리오는 이것으로 땅거미들이 전의를 잃는 것이지만, 그것이 부질없는 희망 사항이라는 건 알고 있다. 혼란이 가라앉자 땅거미들은 즉시 반격으로 이동했다.

조금 전에 뒤지지 않는 커다란 바위가 하늘을 향해 솟구치고, 무수한 화살이 바람을 갈랐다. 조금 전과 다른 건 비교적 좁은 범위 안에 집중되어 있다는 것이다. 예상이 적중했음을 느끼고 나는 가슴을 쓸어내렸다.

"아무도 없는 곳만 공격하고 있어. 지금이라면 도망칠 수 있어."

"잠깐! 한 발만 더 공격해서 승리를 굳히자." 사토루는 크게 숨을 토해내며 두 손을 불끈 쥐었다.

"무리하면 안 돼!"

언뜻 보기에도 발이 후들거리고, 이마에도 구슬땀이 송골송골 맺혀 있었다.

"걱정하지 마. 딱 한 번뿐이야."

그는 다시 대나무 숲 안쪽으로 들어가서 서쪽 하늘을 노려보았다. 왔다! 커다란 바위가 포물선을 그리며 지나갔다. 이번에는 잠시도 멈추지 않고 빙글 회전하며 공중에서 방향을 바꿨다. 조심하라는 식의 날카로운 외침이 메아리쳤다. 바위가 내 시야에서 사라지고 땅으로 다가간 순간, 고막이 터질 듯한 소리가 들렸다. 무엇인가 폭발했는지, 작은 파편이 대나무에 부딪히는 소리가 연속해서 들렸다. 대나무 사이를 뚫고 여기까지 날아오는 게 아닐까 해서 나는 내심 조마조마했다.

"저 녀석들, 아까보다 더 손실이 클 거야."

사토루는 의기양양하게 말했지만 목소리에는 힘이 없었다. 심신의 피로가 한계에 도달한 것이다.

"이 틈에 도망치자."

북쪽은 전쟁터이고, 남쪽으로 가면 서쪽으로 향하는 땅거미 군대에게 발견될 가능성이 있다. 우리는 동쪽을 향해 대낮에도 어두운 울창한 대나무 숲속을 걸었다. 신속하게. 소리를 내지 않고. 누구에게도 들키지 않도록 조심하면서.

빽빽이 자란 대나무 사이를 실로 꿰매듯 나아가자 울퉁불퉁한 땅 여기저기에서 쓰러진 대나무와 넝쿨들이 길을 막았다. 나뭇가지와 뿌리들이 연신 뺨을 할퀴고 발을 거는 바람에 짧은 거리를 걸어가기도 힘들었다. 아까 스퀴라의 뒤를 따라 대나무 숲으로 들어간 곳만 미리 길을 만들어놓은 것이리라.

"걱정하지 마. 우린 반드시 집에 갈 수 있어."

"응."

사토루는 비틀거리며 나를 따라오는 것이 고작이었다. 시선은 공허하고, 말수도 극단적으로 줄어들었다.

조금만 더, 조금만 더 가면 여기서 빠져나갈 수 있다. 미로 같은 이 대나무 숲만 빠져나가면 원래 왔던 길로 되돌아갈 수 있으리라.

순과 친구들은 무사히 도망쳤을까? 그렇게 생각한 순간 나는 발길을 멈추고, 사토루를 향해 입술에 손을 대고 조용히 하라는 신호를 보냈다. 그 소리는 귀를 기울이지 않아도 똑똑히 들렸다. 말소리다. 요괴쥐 특유의 귀를 찢는 날카로운 소리.

우리는 땅에 엎드린 채 움푹 들어간 곳으로 기어 들어갔다. 눈앞에는 쓰러진 대나무가 켜켜이 쌓여 있고, 메마른 덩굴이 몇 겹으로 뒤얽혀 있었다. 우리의 모습은 보이지 않겠지만 요괴쥐의 예민한 후각을 생각하면 불안을 씻을 수 없다. 이럴 때 바람 위쪽이 아니라 바람 밑쪽이라면 얼마나 좋을까?

보인다. 무장한 땅거미 병사다. 한 마리…… 두 마리다. 포로를 잡은 것 같았지만, 포로는 병사의 뒤에 있어서 보이지 않았다. 이 부근을 정찰하는 땅거미 유격대이리라. 겨우 두 마리이면서도 긴장감을 느낄 수 없는 것은 우리가 다른 곳에 있다고 생각하기 때문이다.

우리는 숨을 죽이고 그들이 지나가기를 기다렸다. 좁은 틈으로 병사들의 모습이 보였다. 곡괭이 같은 것을 좌우로 휘두르며 악전고투하면서 황폐한 대나무 숲을 걸어갔다. 그때 밧줄에 두 손과 허리를 묶인 포로의 모습이 눈에 들어왔다.

스퀴라다. 심하게 얻어맞았는지 한쪽 눈은 완전히 감기고, 코와 입 주위에는 마른 피가 덕지덕지 달라붙어 있었다. 그래도 두리번두리번 주위를 둘러보며 열심히 공기 냄새를 맡고 있다.

어젯밤에 만난 이후 다소 정은 들었지만, 위험을 저지르면서까지 구해주고 싶은 마음은 들지 않았다. 사토루를 꼬드겨 여기까지 오게 했으면서, 적의 일제 공격 앞에서 우리만 남겨두고 뒤도 돌아보지 않고 도망친 것이다. 그 결과 적에게 잡힌 것은 자업자득이 아닌가.

안녕, 스퀴라. 너를 잊지 않을게.

나는 마음속으로 손을 흔들며 다시는 만나지 않길 바랐다. 그런데 스퀴라는 시야에서 사라지지 않고 그 자리에서 걸음을 멈추었다. 화가 난 땅거미 병사가 밧줄을 거칠게 잡아당겼지만 새처럼 날카롭게 소리를 지르며 공기의 냄새를 맡는 것이다.

다음 순간, 나는 소스라치게 놀랐다. 스퀴라가 우리 쪽을 쳐다보는 게 아닌가? 우리 쪽에 그늘이 져서 스퀴라 쪽에서는 보이지 않으리라고 여겼는데, 감겨 있지 않은 눈은 분명히 쓰러진 대나무와 덤불 사이로 우리를 쳐다보고 있었다. 내 눈과 스퀴라의 눈이 마주쳤다. 스퀴라가 돌연 소리를 지르며 우리 쪽을 가리켰다.

이 배신자! 분노와 공포로 온몸의 피가 펄펄 끓는 것 같았다.

땅거미 병사 두 마리의 눈에 긴장의 빛이 떠올랐다. 한 마리는 칼을 빼고, 다른 한 마리는 등에 있는 활을 빼서 화살을 끼우려고 했다.

그때 내 등 뒤에서 사토루의 목소리가 들렸다. "……멈춰."

활과 화살을 든 요괴쥐는 실이 끊어진 꼭두각시 인형처럼 그 자리에서 무너져내렸다. 나머지 한 마리는 폭이 넓은 칼을 든 채 어떻게 해야 좋을지 몰라서 넋 나간 것처럼 멍하니 서 있었다.

그 순간, 어떻게 숨기고 있었는지 스퀴라가 입에서 칼을 토해냈다. 그리고 묶여 있는 두 손으로 단단히 잡더니 등 뒤에서 땅거미 병사의 경동맥을 단숨에 잘랐다. 땅거미 병사는 구멍이 뚫린 물통처럼 대량의 피를 뿜어내며 비틀거리다 쓰러졌다. 스퀴라가 재빨리 칼을 잡고 스스로 포박을 잘라냈다.

"신이시여, 감사합니다! 덕분에 목숨을 구했습니다."

나는 우리 쪽으로 뛰어오는 스퀴라를 노려보았다.

"어떻게 뻔뻔하게 그런 말을 할 수 있어? 우리를 팔아넘기려고 한 주제에."

스퀴라가 힘없이 입을 열었다. "천부당만부당하신 말씀입니다. 기회만 있으면 한 마리쯤은 얼마든지 처리할 자신이 있었습니다. 그리고 신의 힘으로 볼 때 그런 병사들쯤이야 새 발의 피가 아닙니까?"

사토루의 상태에 대해서 말하고 싶지 않았던 나는 순간적으로 말문이 막혔다.

"그런데 신들을 팔아넘기려고 했다니, 그건 오해십니다. 만에 하나 제가 신을 배신한다고 해도 녀석들이 저를 용서해줄 리 없지 않습니까? 파리매 콜로니의 최고 간부인 저는 잡히기만 하면 처형될 게 뻔하니까요."

"하지만 적들에게 우리가 어디 있는지 가르쳐준 건 사실이잖아."

"죄송합니다. 하지만 그렇게 하지 않았으면 신께서는 저를 버리지 않았을까요? 물론 그럴 리는 없겠지만 그런 걱정이 앞서다 보니까……"

정곡을 찔리자 더 이상 추궁할 마음이 사라졌다. 나는 분노를 얼버무리기 위해 오기로 중얼거렸다.

"혼자 도망친 주제에……."

"네, 그것에 대해서는 변명의 여지가 없습니다. 죽으라고 하면 여기서 당장 죽겠습니다. 하지만 스퀴라는 워낙 겁쟁이라서 무서웠습니다. 신의 눈으로 보면 저희는 벌레만도 못한 생물이겠죠. 풍뎅이의 유충도 침을 뱉을 만한 존재입니다. 거름통에서 꿈틀거리는 구더기만도 못한 추하기 짝이 없는 하등 동물……."

사토루가 지긋지긋하다는 말투로, 스퀴라의 끝없는 자기 비하를 가로막았다.

"이제 됐으니까 그만해. 그보다 여기서 빠져나가려면 어떻게 해야 하는 거지?"

그는 대나무에 기대 눈을 감고 있었다. 나는 그가 걱정되어서 견딜 수 없었다. 이미 한계가 지났음에도 앞으로 계속 주력을 사용할 수밖에 없다. 과연 언제까지 버틸 수 있을까?

"땅거미들은 지금 신께서 서쪽 일대에 계신다고 여기고, 그쪽에 전력을 쏟고 있습니다. 따라서 지금은 동쪽으로 빠져나가는 게 가장 안전하다고 생각합니다."

아무 일도 없었다는 듯 스퀴라의 말투는 평소대로 돌아와 있었다. 나는 안도하면서도 다시 한 번 확인했다.

"그러면 동쪽엔 적이 없다는 거지?"

"네, 정예부대는 모두 서쪽에 투입되어 있으니까요. 동쪽에서 얼쩡거리는 건 조금 전처럼 한심한 녀석들뿐입니다."

갑자기 눈앞이 캄캄해졌다.

"있긴 있구나…… 몇 마리 정도야?"

"전부 합해도 고작 100이나 150마리 정도가 아닐까요? 무기도 조잡하고 엉성해서, 신에게는 없는 거나 마찬가지입니다. 그야말로 아무도 없는 들판을 걷는 것처럼 편안히 가실 수 있을 겁니다."

나는 한숨을 쉬었다. 여기까지 와서 마침내 진퇴양난에 빠진 것인가?

"왜 그러십니까? 기왕에 가시려면 서두르는 편이 좋습니다. 만약 신이 계시지 않는다는 걸 알고 서쪽에서 정예부대가 돌아오면 귀찮아집니다."

스퀴라는 재촉했지만 우리 전투 능력은 한없이 제로에 가까웠다.

"신이시여."

이 멍청한 생쥐 녀석에게 진실을 가르쳐줄까? 하지만 그건 너무나 위험한 일이다. 우리에게 이용 가치가 없다는 사실을 알면 이 녀석은 어떤 태도로 나올까? 그것은 아무도 예상할 수 없으리라.

"신이시여!"

"시끄러워. 제발 입 좀 다물어."

하지만 스퀴라는 가래 낀 목소리로 계속 떠들었다. "하지만 신이시여, 최악의 사태가 코앞으로 다가오고 있습니다. 서쪽에서 상당한 수의 병사가 다가오고 있는 것 같습니다. 어쩌면 신께서 포위망을 뚫고 도망쳤다고 생각할지도 모르죠."

서쪽을 쳐다보았지만 대나무가 가로막아서 아무것도 보이지 않았다. 요괴쥐의 발소리도 들리지 않았지만 스퀴라가 거짓말하는 것 같지는 않았다. 요괴쥐의 청각이 인간보다 훨씬 뛰어나다고 해도 이상할 것은 없으리라.

"어떡하지……?"

"지금 당장 동쪽으로 가야 합니다. 기왕 싸울 바에야 그쪽이 훨씬 죽이기 쉽고, 또……."

"쉿! 조용히 해!"

나는 스퀴라의 입을 다물게 했다. 들린다. 스퀴라의 말은 거짓이 아니었다. 희미하긴 하지만 대나무를 자르고 마른 나뭇가지를 짓밟는 소리가 들렸다. 세심한 주의를 기울인 정숙한 행군은 오히려 마음속에 숨긴 강력한 살의를 느끼게 했다.

"신이시여, 이제 1초의 유예도 없습니다. 어서 가야 합니다!"

우리는 스퀴라의 질타를 받고 동쪽을 향해 발을 내디뎠다. 그리고 소리를 내지 않도록 조심하면서 대나무 숲이 끝나는 곳에 도착했다. 하지만 그곳에서 마침내 그토록 두려워하던 것을 만나고 말았다. 땅거미 유격대다. 일고여덟 마리가 하릴없이 앉아서 시간을 때우는 듯하다. 아직 우리가 있다는 건 알아차리지 못했다. 그러나 몇 걸음만 더 가면 어쩔 수 없이 만날 수밖에 없다.

"신이시여, 부디 저자들을 모조리 처리해주십시오. 최대한 소리를 내지 않고 처리해주시면 더 고맙겠습니다."

사토루를 쳐다보자 그는 천천히 고개를 가로저었다. 저렇게 많은 적을 쓰러뜨릴 여력은 남아 있지 않은 것이다. 스퀴라가 제정신이 아닌 것처럼 소리를 질러댔다.

"신이시여, 왜 그러십니까? 신이시여! 더 이상 망설일 시간이 없습니다! 지금 당장 여기서 빠져나가지 않으면 뒤에서 쫓아오는 병사들에게 잡히고 맙니다!" 스퀴라의 말투가 점점 불길하게 바뀌었다. "신이시여, 왜 그러시나요? 왜 저자들을 처리하지 않으시는 건가요? 혹시 신께서는⋯⋯."

흠칫 놀라서 쳐다보니, 스퀴라의 눈에 지금까지 본 적이 없는 의혹의 빛이 깃들어 있었다.

"⋯⋯더 이상 신이 아니신 건가요?"

온몸이 얼어붙은 순간, 나는 최대한 분노를 담아 스퀴라의 눈을 노려보았다. 차가운 정적을 깨뜨린 것은 굵고 거친 피리 소리였다. 우리는 마법에서 풀린 사람처럼 주위를 둘러보았다.

"저게 무슨 소리지?"

다시 그 소리가 들렸다. 한 군데가 아니다. 서로 호응하듯 산과 들에서 메아리치고 있다.

스퀴라는 희희낙락한 표정으로 미친 듯이 날뛰었다. "신이시여, 신이시여! 기뻐해주십시오! 땅거미의 발소리가 멀어지고 있습니다. 서쪽에서 쫓아오던 부대가 철수하는 모양입니다!"

나는 안도하기보다 귀신에 홀린 듯한 심정이었다.

"갑자기 왜?"

"지원군이 왔습니다! 저 소라고둥 소리는 장수말벌 콜로니의 소리입니다. 이제 걱정하실 필요는 하나도 없습니다. 장수말벌은 간토 지역 최대의 콜로니로, 2만이 넘는 병력을 자랑하고 있습니다. 이제 새 발의 피 같은 땅거미 녀석들을 깡그리 처리해줄 겁니다!"

앞을 쳐다보니 조금 전까지 길을 막고 있던 땅거미 유격대도 모습을 감추었다.

이제 정말 안심해도 되는 것일까? 나는 은밀히 사토루의 얼굴을 훔쳐보았지만, 기쁨과 안도의 표정은 눈곱만큼도 찾을 수 없었다.

장수말벌 군대는 숫자도 엄청날 뿐 아니라 날렵하고 강인하기 이를 데 없었다.

서로 멀리서 활을 쏘는 것으로 시작된 전투는 화살이 떨어지자 육탄전으로 이어졌다. 장수말벌군 중에서 갑옷을 입지 않고 몸이 가벼운 병사들이 땅거미의 밀집보병 옆을 빠져나가며 투망을 던졌다. 꼼짝도 할 수 없게 된 밀집보병은 이어서 사방팔방에서 날아오는 창에 찔려 성게처럼 무참한 시체로 변하는 수밖에 없었다.

3미터가 넘는 땅거미의 변이개체에게도 표준 크기의 장수말벌 병사가 기죽지 않고 덤벼들었다. 자기보다 세 배나 큰 상대에게 달려들어 커다란 칼로 마구 찌르는 것이다. 아무리 괴물처럼 덩치 큰 개체도 상대가 죽자 살자 달려드는 데에는 견뎌낼 재간이 없었다.

장수말벌군의 총사령관인 기로마루*는 잠시 전황을 지켜보다 우리를 쳐다보며 냉정한 얼굴로 말했다. "적의 주력군은 전멸했습니다. 이제 여왕을 잡기만 하면 됩니다. 거의 같은 종이라고 여길 수 없을 만큼 기이하게 변한 자들이지만, 어차피 큰소리만 치는 허풍쟁이들이니, 저희의 적이 되진 못합니다!"

스퀴라가 옆에서 끼어들며 말했다. "그건 너무 불경한 말이 아닐

---

* 奇狼丸, '기이한 늑대'라는 뜻이다.

까요?"

"오호, 불경하다니?" 기로마루는 자기보다 머리가 두 개나 작은 스퀴라를 내려다보았다.

인간에게 한자 이름을 받은 요괴쥐는 걸출한 능력을 인정받은 자들로, 전 콜로니를 합쳐도 24마리밖에 되지 않는다고 한다. 그런 사실을 알게 된 건 훨씬 이후의 일이지만, 언뜻 보기에도 우리보다 키가 큰 기로마루는 비범한 분위기를 풍기고 있었다. 여왕이나 땅거미의 변이개체를 제외하면 우리보다 큰 요괴쥐는 한 번도 본 적이 없다. 기다란 얼굴이나 치켜 올라간 눈은 이름처럼 늑대를 연상케 하고 눈을 가늘게 뜨면 웃는 것처럼 보이지만, 얼굴에 미소를 매단 채 상대의 목덜미를 뜯어먹는 흉악함을 느끼기에 충분했다. 또 장수말벌의 병사는 전부 얼굴과 몸에 문신을 했다. 대부분은 얼굴 가장자리에 선을 두른 것처럼 검은 줄무늬를 그려 넣었을 뿐이지만, 기로마루의 경우에는 눈가에서 콧대를 따라 복잡한 아라베스크 무늬를 그려 넣은 덕분에 한층 기괴한 박력을 자아내고 있었다.

"분명히 장수말벌 병사들은 용감무쌍합니다. 하지만 저리 손쉽게 땅거미를 격파한 건 신께서 미리 타격을 안겨주어 전력을 줄여주신 덕분이 아닙니까? 만약 투석기병이 전부 남아 있었다면 장수말벌군도 고생했을 게……."

기로마루는 스퀴라 따위는 말상대가 되지 않는다는 식으로 말했다. "투석기 병사가 얼마나 된다고 그런가? 저런 변이개체는 처음 봤지만 본래 투석기는 성을 공격하는 무기로 사용해야 할 터! 활을 사용하는 평지 전투에서는 표적만 될 뿐이고, 육탄전에서는 저렇게 칼과 창을 온몸으로 받아내게 되지."

"물론 말은 그렇지만……."

"문관인 그대는 전투 상식을 모른다. 그래서 말도 안 되는 지금의 지적도 너그러이 봐주도록 하겠다." 기로마루는 거만한 태도로 우리 쪽을 돌아보았다. "하지만 땅거미가 이렇게 어리석은 공격 진영을 채택한 건 신께서 계셨기 때문일지 모릅니다. 콜로니 정면에 전군을 투입하고 배후 수비를 포기하는 어리석은 방책에 이른 것도 신이 계셨기 때문이겠죠. 이 기로마루, 새삼 심심한 감사를 드리는 바입니다."

나는 쌀쌀맞게 대답했다. "천만에."

우리야말로 구해줘서 고마워, 라고 말하려 했지만 마음 안쪽에서 무언가가 브레이크를 걸었다.

그때 장수말벌의 전령이 뛰어와서 요괴쥐의 말로를 보고했다. 기로마루는 만족스럽게 고개를 끄덕이고 나를 쳐다보았다.

"용혈을 발견했습니다."

"네? 저, 정말 굉장하군요……."

스퀴라의 말을 가로막고 기로마루는 우리 쪽을 쳐다보았다.

"저는 임무이기 때문에 입회해야 하지만 두 분은 어떻게 하시겠습니까?"

내가 거절하려고 했을 때, 계속 눈을 감은 채 팔짱을 끼고 있던 사토루가 먼저 대답했다.

"우리도 입회할게."

"그러시겠습니까? 그러면 제가 앞장서죠."

기로마루 뒤를 따라 우리는 천막에서 나왔다. 병사가 최경례를 하는 가운데 기로마루는 자기 집인 양 유유히 우리를 선도했다.

나는 나지막한 목소리로 사토루에게 따졌다. "왜 입회하겠다고 한 거야?"

"여기서 녀석들에게 약점을 보일 수는 없잖아."

그의 위아래 눈꺼풀은 거의 달라붙어 있었다. 이미 의식을 유지하는 데에도 상당한 노력이 필요하리라.

"하지만 장수말벌은 인간에게 가장 충실한 콜로니잖아. 왜 이렇게 경계하는 거지?"

기로마루에게는 나 자신도 정체를 알 수 없는 불안을 느꼈지만, 일부러 낙관적인 말투로 물어보았다.

"인간에게 가장 충실하기 때문에 경계하는 거야."

"무슨 뜻이야?"

그는 피곤이 몰려오는 듯 이마를 찡그렸다. "지금 여기서 내 생각을 설명하기는 힘들지만…… 사키, 어제부터 우리에겐 계속 죽느냐 사느냐의 갈림길이 계속되었지?"

"응."

"하지만 내기를 해도 좋아. 지금이 가장 위험한 상황일 거야."

무슨 말인지 이해할 수 없었다. 다시 질문하려고 했을 때 기로마루가 돌아보았다.

"보이십니까? 저 앞쪽에 있는 것이 용혈 입구입니다."

보일 수밖에 없었다. 작은 언덕의 경사면에 코끼리라도 들어갈 수 있을 만큼 커다란 구멍이 뚫려 있다. 구멍을 위장하던 거목을 파낸 것이리라.

"하지만 안쪽에는 통로가 많잖아. 여왕은 비밀 통로를 통해 도망치지 않았을까?"

기로마루가 비열한 미소를 지었다. "걱정하실 필요는 없습니다. 저희는 반대쪽 출구를 봉쇄하고 나서 이쪽을 향해 여왕을 몰았으니까요. 여왕도 신의 힘에 두려움을 느껴 도주하려고 했던 모양입니다. 애당초 신성한 장소인 용혈은 다른 곳과 달리 터널이 많지 않습니다."

"그러면 여왕은 지금 어디 있지?"

"이 구멍의 가장 안쪽에 있는 작은 방에 숨어 있는 모양입니다."

그때 용혈 안에서 장수말벌 병사들이 솟구치듯 나타났다. 제각기 소중한 보물처럼 무엇인가를 껴안고 있다.

"저건······?"

나는 질문하는 도중에 알아차렸다. 짐승의 새끼다.

"용혈로 가는 도중에는 출산실이 많이 있죠. 전부 땅거미 여왕이 낳은 새끼입니다."

"그런데 저걸 왜······."

기로마루는 속이 메슥거릴 만큼 만족스러운 표정을 지었다. "저거야말로 귀중한 전리품, 저희 콜로니의 미래를 지탱할 노동력이 될 겁니다."

새끼 요괴쥐를 껴안은 한 병사가 기로마루 곁으로 다가왔다. 아직 눈도 뜨지 못한 새끼 요괴쥐는 연신 앞발을 내밀며 무언가를 잡으려고 했다. 피부는 아름다운 핑크색으로, 성체에 비해 훨씬 쥐처럼 생겼다. 나는 스퀴라의 말을 떠올렸다.

'여왕은 처형되고, 그 이외는 전원 노예로서 부역에 종사해야 합니다. 살아 있을 때는 가축보다 못한 취급을 받고, 죽으면 야산에 버려지거나 밭의 비료가 되는 거죠.'

새끼 요괴쥐의 운명을 생각하니 눈앞이 캄캄해질 수밖에 없었다. 인간에 가까운 지능을 가지고 있지만 요괴쥐의 습성은 개미와 비슷하다. 대체 왜 이렇게 괴이한 동물이 태어난 것일까? 그것은 어제부터 몇 번이나 머릿속에 떠오른 의문이었다.

그때 우리 뒤를 따라오던 스퀴라가 기로마루에게 뭐라고 호소하기 시작했다. 요괴쥐의 언어로 말해서 내용은 알아들을 수 없었다.

기로마루가 토해내듯 말했다. "신이 계시지 않느냐? 인간의 언어로 말하거라."

스퀴라는 이번에도 우리를 향해 세 번씩 세 차례 절하고 나서 말했다. "아아, 신이시여. 제가 큰 실례를 범했습니다. 저는 지금 파리매 콜로니를 대표해서 저희의 권리를 주장한 것입니다."

"권리? 너희에게 무슨 권리가 있지?" 기로마루가 불쌍하다는 말투로 대꾸했다.

"당연하지 않습니까? 저희 파리매 콜로니는 무례한 침략자 땅거미를 최전선에서 막으며 지원군이 올 때까지 버텼습니다. 하지만 그동안 적의 잔인하고 비겁한 공격에 의해 수많은 병사를 잃었습니다. 만약 다른 콜로니였다고 해도 저희와 똑같이 괴멸적인 피해를 입었을 겁니다. 저희 파리매 콜로니가 다른 콜로니들을 위한 방파제 역할을 한 만큼, 나름대로 보상이 있어야 하지 않을까요?"

스퀴라는 손짓과 몸짓을 섞어 눈물로 호소했지만, 우리는 이야기가 어디로 향할지 감이 잡히지 않았다.

기로마루는 우리의 의문을 간파한 것처럼 말했다. "흠, 간단한 얘기군. 좋아. 비록 작은 콜로니일지라도 이대로 멸망하게 내버려두면 가여우니까. 전리품 성체 2,000마리, 새끼 3,000마리의 각각 10퍼센트를 주겠다."

스퀴라는 방아깨비처럼 꾸벅꾸벅 고개를 조아렸다. "감사합니다! 저도 이제 가슴을 펴고 당당하게 보고할 수 있겠습니다. 노예 200마리에 새끼 300마리만 있으면 저희 콜로니를 재건할 수 있습니다. 뭐라고 감사의 말씀을 드려야 할지……!"

"진심으로 그렇게 생각하면 언젠가 보답할 날이 오겠지."

기로마루의 눈에는 등골이 오싹할 만큼 차가운 빛이 깃들어 있었다.

그때 용혈 주위가 소란스러워졌다. 안에서 튀어나온 장수말벌 병사들에 가세해서 응원 부대가 창을 치켜들고 입구를 포위했다.

기로마루가 유쾌한 표정을 지으며 소리쳤다. "이런이런, 구멍 안에 잔당이 숨어 있었던 모양입니다."

구멍에서 천천히 모습을 드러낸 것은 기로마루에 비해도 손색이 없을 만큼 상당한 거구의 요괴쥐였다. 앞뒤로 튀어나온 짱구머리와 가죽 갑옷 위에 망토를 걸친 모습이 눈에 익었다. 어젯밤 땅거미 콜로니에 연행되었을 때, 솔방울 대장이 보고하던 상대다. 솔방울 대장이 납작 엎드렸던 모습으로 볼 때 땅거미 콜로니의 최고사령관이리라.

짱구머리는 그 자리에 우뚝 서더니 침착한 모습으로 주위를 둘러보고 나서 나를 쳐다보았다. 그리고 기로마루를 향해 두 팔을 펼쳐 무기가 없다고 주장한 뒤, 뜻밖에 섬세한 목소리로 말했다.

기로마루가 코끝으로 비웃었다. "흥!"

"뭐라고 하는데?"

내가 그렇게 물어보자 기로마루의 커다란 입이 웃는 것처럼 귓가까지 벌어졌다.

"워낙 더듬거려서 제대로 알아들을 순 없었습니다. 저희 말도 국가나 지방에 따라서 다르니까요. 하지만 아무래도 항복할 테니까 여왕의 목숨만은 살려달라고 하는 것 같습니다."

"살려줄 거야?"

기로마루는 눈을 가늘게 떴다. "천만의 말씀입니다! 이제 와서 항복 운운하는 것도 우습고, 콜로니 사이의 전투에서 여왕의 목숨을 구걸하는 건 있을 수 없는 일입니다. 그건 저 울퉁불퉁 녀석도 잘 알고 있을 텐데요."

짱구머리는 다시 보기에도 안타까울 만큼 간절히 호소했다.

"저와 타협하고 싶다는 것 같습니다. 여왕의 목숨을 살려주면 그 대신 소중한 걸 내놓겠다는 식으로 말이죠. 무슨 말인지 일단 들어보겠습니다." 기로마루는 히죽거리면서 몇 걸음 걸어갔다.

땅거미의 총대장이라면 지금 친구들이 어디 있는지 알고 있을지도 모른다. 내가 그렇게 생각한 순간, 용혈에서 무언가가 기어나왔다. 짱구머리의 망토 뒤에 숨어 있어서 모습은 보이지 않는다. 한순간 기로마루가 경계한 얼굴로 걸음을 멈추었다. 그러나 망토의 뒤에서 느릿느릿 나타난 물체를 보더니 이내 긴장을 풀고 다시 걸음을 내디뎠다.

처음 보는 자의 눈에는 단지 머리가 두 개 달린 커다란 개처럼 보였으리라. 땅딸막한 몸은 부스스한 새카만 털로 뒤덮이고, 기이하리만큼 작은 머리는 땅에 닿을락 말락 한 곳에 붙어 있다.

"풍선개다⋯⋯!"

나는 소리를 지르려고 했지만 입술 사이로 가냘픈 헐떡임만이 새어나왔다. 기로마루는 이미 짱구머리의 6~7미터까지 다가가 있었다. 다음 순간, 리진 스님이 참혹하게 죽었을 때의 영상이 지금 눈앞에서 일어나고 있는 것처럼 선명하게 되살아났다.

풍선개가 부풀어올랐다. 온몸을 빼곡히 덮고 있는 단단한 털이 드문드문해지면서 방사상으로 내달리는 지그재그의 새하얀 선이 나타났다. 우리가 경고를 무시하고 물러서지 않는 것을 보더니, 풍선개는 마침내 최후의 팽창을 시작했다. 죽음을 앞둔 풍선개는 안구를 뒤집어 흰자위를 드러내며 침을 흘린 채, 형용할 수 없는 쾌감에 사로잡혀 웃는 것처럼 보였다. 터지기 직전까지 부풀어오르자 껍질이 얇아져서 거의 투명하게 보였다. 그 안쪽에서 푸르스름한 작은 불꽃이 번쩍였다(나는 이때 처음으로 풍선개가 몸속 폭약에 불을 붙이는 순간을 똑똑히 목격했다).

그리고 풍선개는 폭발했다.

등 껍질은 무수한 조각으로 갈라지고, 체셔 고양이처럼 웃음을 매달고 있는 얼굴도 얄팍한 조각이 되어 폭풍 속으로 사라졌다. 그때 발생한 구면파는 단숨에 속도를 올려 모래 폭풍우처럼 먼지를 휘감으며 풍선개의 영혼이 옮겨지기라도 한 것처럼 팽창했다. 날카로운 가시와 칼처럼 생긴 뼛조각은 정면에 있는 리진 스님의 육체를 관통해서 갈기갈기 찢더니, 다시 날이 거친 톱처럼 무참히 살점을 도려냈다…….

나는 퍼뜩 제정신이 들었다. 환시는 2~3분 이어진 것처럼 여겨졌지만 실제로는 1~2초에 불과했으리라.

풍선개 두 마리가 짱구머리 앞으로 나왔을 때였다. 기로마루가 다시 걸음을 멈추었다. 그리고 부풀기 시작한 풍선개에게 본능적으로 위험을 느끼고 재빨리 발길을 돌렸다. 하지만 지휘관이라는 체면이 목숨 걸고 도망치는 것을 한순간 지체시켰다. 풍선개는 지난번에 보여준 위협의 장면을 모두 생략하고 단숨에 임계점까지 팽창했다.

나는 깜짝 놀라서 사토루의 팔을 꽉 잡았다. "사토루!"

사토루가 눈을 떴다.

이 세계에서 모든 소리가 사라지고, 주위의 움직임이 더할 수 없이 완만해졌다. 시간 감각이 수십 배로 늘어나면서 모든 것이 꿈속에서 일어난 일처럼 변했다.

풍선개 두 마리가 두 개의 거대한 공으로 변했다. 거꾸로 곤두선 단단한 털 사이에서 번개 모양의 새하얀 선이 드러났다. 경고 표시다. 그리고 그대로 폭발……한다고 생각했다.

하지만 폭발하기 직전에 사토루의 주력이 그것을 저지했다. 그 순간, 첫 번째 새카만 공은 용혈 안으로 빨려 들어가 모습을 감추었다. 하지만 두 번째는 이미 때가 늦었다. 사토루가 풍선개를 억지로 누르자 밖으로 폭발하려는 힘과 그것을 저지하려는 주력이 1초의 수백 분의 1이라는 짧은 순간에 치열하게 싸웠다.

풍선개의 몸은 보이지 않는 손에 감싸여 기괴하게 물결치더니, 이윽고 내부에서 폭발했다. 밖으로 발산하려는 폭발력이 주력의 힘에 밀려 중심으로 향한 것이다. 다음 순간, 그것은 훨씬 거대한 힘이 되어 돌아왔다.

그 상태에서 다시 강력한 힘으로 억제했다면 어떻게 되었을까? 화약을 밀봉하여 폭발시킨 경우, 밀봉이 완전하고 압박이 강할수록 폭발력은 강해진다. 만일 주력의 장벽이 파괴되었다면 누구 한 사람 살아남을 수 없는 대참사가 벌어졌을지도 모른다.

그때 사토루가 만든 이미지가 거대한 인간의 손이었던 것이 천만다행이다. 꼭 쥔 주먹의 위쪽, 그리고 엄지와 검지 사이에서 한 줄기 흐름이 하늘 높이 분출해서 폭발 에너지를 풀어준 것이다. 그와 동시에 용혈로 들어간 새카만 공이 터지며 터널 안의 공기를 뒤흔들더니, 대량의 흙먼지를 하늘 높이 뿜어올렸다. 나는 재빨리 모든 힘을 쏟아서 허물처럼 변한 사토루를 땅으로 쓰러뜨렸다.

폭풍이 지나가고 위에서 쏟아지는 흙먼지가 가라앉길 기다리는 동안, 나는 엉뚱한 생각에 휩싸였다. 어쩌면 풍선개는 자폭하는 데 성적 쾌감을 느끼는 게 아닐까? 그렇다면 분명히 암컷이 아니라 수컷이리라.

용혈은 거대한 무덤으로 변했다.

장수말벌 병사가 파낸 시체는 하나같이 끔찍한 손상을 입었다.

물론 모두 즉사했으리라. 수리검처럼 날아가는 풍선개의 뼛조각도 구부러진 터널의 구석구석까지는 도달할 수 없는 만큼, 폭발할 때의 충격파로 인해 숨을 거둔 것이리라. 그때 발굴 작업을 하던 병사들 사이에서 웅성거림이 일었다. 몹시 흥분한 모습으로 한 마리가 뛰어왔다.

병사의 보고에 귀를 기울이던 기로마루가 나지막이 말했다. "땅거미 여왕의 시체를 발견했답니다."

조금 전 폭발로 등과 어깨에 심한 부상을 입는 바람에 붕대는 피로 새빨갛게 물들어 있다. 일부러 파내지 않아도 땅 위에는 이미 산더미처럼 시체가 쌓여 있어서, 어느새 파리 떼들이 시끄럽게 날아다녔다.

"지금부터 현장 조사를 실시하겠습니다."

기로마루는 발밑에 있는 갈기갈기 찢어진 시체를 내려다보았다. 망토 조각이 남아 있지 않았다면 그것이 짱구머리 최후의 모습이라는 사실을 알 수 없었으리라. 짱구머리는 자신의 목숨을 내던지면서 기로마루를 길동무로 삼으려고 한 것이다. 기로마루는 증오에 가득 찬 얼굴로 짱구머리의 시체를 밟으며 걸음을 내디뎠다. 걷는 것조차 힘들어 보였지만 그보다 달콤한 승리에 취해서 아군에 막대한 희생을 냈다는 것에 깊은 후회와 분노를 껴안고 있는 듯했다.

나는 혼수상태에 빠져 있는 사토루를 바라보았다. 의식은 없지만 크게 다친 곳은 없고, 숨소리도 규칙적이다. 2~3분 정도라면 떨어져 있어도 괜찮으리라.

"나도 보여주겠어?"

기로마루는 뒤돌아보며 폭발 이후에 처음으로 음침한 미소를 지었다. "……별로 권하고 싶지는 않습니다."

"저도 따라가겠습니다."

기로마루를 불편해하면서도 스퀴라가 내 뒤에서 따라왔다. 재빨리 도망친 덕분에 폭풍 속에서도 다친 데는 거의 없는 것 같았다.

터널 안을 가로지른 충격파 때문인지, 용혈은 광범위하게 무너져 있었다. 나는 그중에서 가장 깊은 균열 앞에 서서 밑을 내려다보았다. 다음 순간, 가슴이 철렁 내려앉아서 숨을 들이마실 수밖에 없었다.

"저게 정말 여왕이야?"

내 질문에 기로마루는 고개를 끄덕였다. "새끼를 많이 낳고 키워야 해서 여왕의 몸은 필연적으로 커질 수밖에 없습니다. 그래도 이렇게까지 거대한 건 국내에서 별로 보지 못했습니다."

용혈의 가장 깊은 곳에서 여왕의 시체를 파내기는 했지만 너무 무거워서 지상으로 끌어올릴 수 없다고 한다. 아무리 봐도 웬만한 고래 정도의 크기로, 대부분은 자궁이 차지하고 있는데 거대한 신체에 비해 머리는 우스꽝스러울 만큼 작았다.

"한 번 뒤집어보겠습니다."

기로마루는 그렇게 말하고, 밑에서 작업하는 병사들을 향해 빠른 말투로 명령했다. 병사들은 즉시 기다란 몸에 달라붙더니 구호에 맞춰 여왕의 시체를 굴렸다. 배를 위쪽으로 굴리자 경직된 얼굴이 눈에 들어왔다. 어젯밤에 본 파리매 콜로니의 여왕과 비슷했지만 훨씬 추하고 무섭게 생겼다. 강렬한 증오심을 불태우며 죽었는지, 10센티미터는 됨직한 새하얀 이빨이 그대로 드러나 있었다.

하지만 그보다 더 충격적이었던 건 기이하리만큼 기다란 복부였다. 수많은 자식들에게 한꺼번에 젖을 먹이는 만큼 유두가 많은 것은 당연할지도 모른다. 그러나 그것과 별개로 박가시나방의 유충이나 미노시로를 연상하게 만드는 수많은 다리들……. 내가 잘못본 것일까?

"무슨 다리가 저렇게 많지……?"

스퀴라가 내 말에 제일 먼저 반응했다. "어떻게 이런 일이…… 이건 있을 수 없는 일입니다! 참으로 무서운 일이 아닐 수 없습니다!"

기로마루가 비아냥거리듯 말했다. "땅거미 병사들 중에 유달리 변이개체가 많다고는 생각했지만, 여왕까지 이렇게 생겼을 줄이야! 정말 놀라운 일이군요."

"변이개체라고? 어떻게 변이를 하는데?"

스퀴라가 소리쳤다. "문제는 여왕입니다! 변이개체를 만들어내는 건 항상 여왕이니까요. 이 여왕의 몸을 변이시킨 건 이것을 낳은 지난번 여왕입니다."

"뭐? 그렇다면……?"

기로마루가 분노에 가득 찬 시선으로 스퀴라를 노려보았다. 그러자 스퀴라는 몸을 움찔거리며 입을 다물었다.

기로마루가 나를 향해 고개를 숙였다. "죄송하지만 더 이상은 설명드릴 수 없습니다."

"왜 설명해줄 수 없다는 거지? 나는 신이야!"

"알고 있습니다. 조금 전에는 제 목숨을 구해주셨죠. 그 은혜는 죽을 때까지 잊지 못할 겁니다. 하지만 윤리위원회 지시를 받았습니다. 어린 신에게 유해한 지식은 말씀드리지 말라고요."

아무리 고집을 부려도 지금은 정보를 끌어낼 수 없으리라. 나는 순순히 포기하고 사토루 옆으로 돌아갔다. 뒤돌아보니 기로마루는 여왕의 시체를 해체하라고 지시하고 있었다. 무엇 때문에 그렇게 하는지 의아했지만 대답이 무서워서 물을 수 없었다. 더구나 피로가 한꺼번에 몰려들어서 당장에라도 쓰러질 것 같았다. 이제 요괴쥐는 아무래도 상관없다. 서로 죽이든 말든, 너희들끼리 하고 싶은 대로 하라지!

이윽고 우리는 장수말벌 콜로니의 야영지로 향했다. 요괴쥐 두 마리가 양쪽에서 안내하는 동안에도 사토루는 눈뜰 기척이 없었다. 야영지에 도착하자마자 나는 지푸라기 위에 깔린 폭신한 이불에 몸을 눕히고 깊은 한숨을 내쉬었다.

돌이켜보니 어제부터 믿을 수 없을 정도로 수많은 위험이 숨 돌릴 틈도 없이 엄습했다. 하지만 이제 살았다는 안도감이 털구멍까지 스며들었다. 이제 우리는 집에 갈 수 있다. 기로마루에게 카누를 숨겨놓은 곳까지 호위해달라고 하면 그다음은 우리 힘으로 강을 내려갈 수 있는 것이다.

나는 옆에서 새근새근 자고 있는 사토루를 쳐다보았다. 이제 걱정하지 마. 네가 잠에서 깨지 않아도 내가 집까지 데려갈 테니까.

순과 마리아, 마모루를 생각하니 마음이 어두워졌다. 무사하다고 믿고 싶지만 우리 두 사람에게 쏟아진 연이은 재난을 생각하면 낙관할 수만은 없다. 카누가 그대로 남아 있다면 기로마루에게 부

탁해서 수색해달라고 해야겠다. 하지만 그것은 한숨 자고 난 다음
에 해도 되리라. 이미 땅거미라는 공포의 대상은 제거되었다. 만약
지금 세 사람이 무사하다면 앞으로 위험에 처할 가능성은 거의 없
으리라. 거기까지 생각하니 온몸을 딱딱하게 만들었던 신경이 겨
우 풀리는 듯했다.

이제 한계다. 잠시만, 아주 잠시만 눈을 붙이자. 의식이 천천히
어두워졌다. 잠에 빠지기 직전, 불현듯 사토루의 말이 되살아났다.

"사키, 어제부터 우리에겐 계속 죽느냐 사느냐의 갈림길이 계속되었지?"
"응."
"하지만 내기를 해도 좋아. 지금이 가장 위험한 상황일 거야."

위험하다니, 대체 뭐가 위험하다는 걸까? 괜한 노파심 아닐까?
마음이 찜찜하기는 했지만 이미 수마에 저항할 힘은 남아 있지
않았다. 나는 거의 기절하듯 깊은 잠 속으로 빨려들었다.

7

눈을 뜬 순간, 방 안은 완벽한 어둠 속에 가라앉아 있었다.

눈뜨기 직전까지 계속 꿈을 꾸었다. 모두 내 곁에 있었다. 아빠.
엄마. 사토루. 슌. 마리아. 마모루. 선명하진 않지만 다른 사람들도
있었던 것 같다.

저녁 식탁을 둘러싸고 편안히 앉아 있는 사이에 식탁은 어느새 공굴리기 경기장으로 바뀌었다. 나와 사토루는 공격 쪽으로, 주력으로 밀대를 밀어 공을 굴리려고 했다. 희미한 어둠이 감싸고 있어서 수비 쪽 사람이 누구인지는 알 수 없다. 적의 말들이 땅속에서 솟구치듯 나타나서 우리를 향해 밀려들었다. 우리는 골인 지점이 어디에 있는지 몰라서 오직 도망치는 수밖에 없었다.

적의 말은 무턱대고 쫓아오지는 않았다. 바둑의 전술을 떠올리게 하는 교활함으로 착실히 자신의 영역을 넓히며 압박해오는 것이다. 도망칠 길이 서서히 좁아지면서 우리는 마침내 구석으로 몰렸다. 주위는 이미 적의 말에 의해 완전히 포위되어 있었다.

옴짝달싹 못하게 되었을 때, 가장 가까이 있던 적의 말이 메마른 소리를 내며 튕겨나갔다. 이어서 또 하나, 그리고 연쇄 반응을 일으키듯 다시 몇 개가 파괴되었다.

틀림없다. 사토루 짓이다. 명백한 규칙 위반이다. 아니 그 이상의……

정신을 차리자 찰흙으로 만든 적의 말은 어느새 요괴쥐의 모습으로 바뀌어 있었다. 공황 상태에 빠져서 도망치지 못한 채, 우리 말은 어찌할 도리 없이 죽음을 맞이했다.

나는 망연히 사토루를 쳐다보았다. 그늘이 져서 표정까지는 읽어낼 수 없다. 하지만 입가에는 옅은 미소가 매달려 있는 듯했다.

눈을 뜨고 나서도 한동안 심장이 쿵쾅거렸다.

그런 다음에야 내가 어디에 있는지 생각났다. 그 즉시 현실 세계의 긴장감이 기분 나쁜 꿈의 잔해를 밀어냈다. 얼마나 잤을까? 사토루의 육감이 맞는다면 우리는 아직 위험의 한가운데에 있는 것이다. 귀를 기울였지만 사토루의 코 고는 소리 말고는 아무 소리도 들리지 않았다.

그때 머리맡에 있는 것이 눈에 들어왔다. 나무 쟁반 위에 밥공기가 두 개 놓여 있었다. 밥공기를 들고 들여다보았지만, 안에 있는 것의 정체는 알 수 없었다. 코를 가까이 대보니 된장 냄새가 코끝을 간질였다. 극심한 배고픔에 휩싸인 순간, 배에서 꼬르륵 소리가 들렸다. 생각해보니 어제 낮부터 아무것도 먹지 않은 것이다.

젓가락은 보이지 않고, 밥공기 옆에는 대나무를 깎아서 만든 조잡한 숟가락이 놓여 있었다. 나는 잠시 망설이다 숟가락을 들고 밥공기의 내용물을 입에 넣었다. 무엇이 들어 있을지 몰라서 처음에는 신중하게 맛을 보았다. 내용물이 거의 들어 있지 않은 밍밍한 죽이었지만, 어느새 엄청난 기세로 입에 집어넣고 있는 나를 발견했다.

눈 깜짝할 새에 밥공기가 텅 비었다. 나는 허전한 마음으로 또 하나의 밥공기를 쳐다보았다. 그것은 사토루 몫이었지만 만약 이대로 계속 잠을 잔다면 그에게는 필요 없을지 모른다.

물론 아무 말도 하지 않고 그의 식사를 가로채는 일은 있을 수 없지만, 어중간하게 배 속에 음식물을 넣음으로써 배고픔은 오히려 견디기 힘들 지경에 이르렀다.

나는 그를 깨우기로 했다. 잠을 푹 자도록 내버려두는 편이 좋다는 건 알고 있었다. 그런데 구태여 깨우기로 한 것은, 자기는 계속 잘 테니까 대신 먹으라는 대답이 돌아오길 기대해서였다. 하지만 아무리 흔들어도 그는 일어나지 않았다. 무리도 아니다. 그가 풍선개 한 마리의 폭발을 막고 또 한 마리를 터널로 밀어넣었을 때는 이미 피로가 절정에 달해서, 도저히 주력을 사용할 수 있는 상태가 아니었다. 하지만 그가 마지막 힘을 짜내지 않았다면 그 자리에 있던 사람은 모두 죽음을 피할 수 없었으리라.

나는 부끄러움을 느끼고 그를 흔들던 손길을 멈추었다. 그리고 이번에는 걱정이 되기 시작했다. 육체적, 정신적인 한계를 뛰어넘어 주력을 사용함으로써 뇌가 손상되지는 않았을까? 더구나 리진 스님이 주력을 동결한 뒤, 내가 엉터리 최면술로 주력을 되찾아준 것이 좋지 않았을지도 모른다.

그의 입에서 나지막한 신음이 흘러나왔다. 잘 보이지는 않지만 얼굴을 찡그리며 괴로운 표정을 짓고 있는 듯했다. 나는 그에게 얼굴을 가까이 대고 살며시 입을 맞추었다. 그리고 그의 얼굴을 보고 미소를 지었다. 검은 눈동자가 희미하게 빛나서였다. 왕자님의 키스가 아니더라도, 키스를 받으면 잠이 깨는 것일까?

그는 조금 쉬기는 했지만 또박또박 물었다. "사키…… 얼마나 지났어?"

"잘 모르겠어. 밖은 캄캄한 것 같아."

그는 천천히 몸을 일으켰다. "먹을 거 있지?"

나는 나머지 밥공기를 그에게 내밀었다. "어떻게 알았어?"

그는 말없이 검지로 내 입술을 만졌다. 아무래도 왕자님을 잠에서 깨운 건 공주님의 사랑이 아니라 내 입술에 남은 죽 냄새였던 모양이다. 배가 몹시 고팠는지 그는 나보다 더 빠른 속도로 밥공기를 비웠다. 밥공기의 바닥까지 핥고 싶은 듯했지만 그래도 내 눈을 신경 쓸 수밖에 없었으리라.

"사토루, 지금도 위험 한가운데에 있다고 생각해?"

가장 궁금했던 걸 묻자 그는 단호하게 "그래"라고 대답했다.

"어떤 위험이야? 땅거미는 이미 전멸했고……."

그는 다시 검지로 내 입술을 만졌다. 물론 조금 전과는 의미가 다르다.

"밖에 감시병 없어?"

솔직히 말해서 그런 건 생각해보지도 않았다. 우리가 죽은 듯 잠을 잔 곳은 장수말벌 콜로니가 야영하기 위해 만든 허름한 오두막집 안이었다. 땅에 구멍을 파고 대나무로 틀을 세운 후, 조릿대로 지붕을 덮은 간단한 주거지다. 출입구에는 멍석 같은 것이 걸려 있다.

나는 숨을 죽이고 지푸라기 위를 걸어가서, 멍석 사이로 바깥을 살펴보았다. 있다. 갑옷을 입은 요괴쥐 두 마리가 보초를 서고 있다. 나는 소리를 내지 않고 원래 장소로 돌아왔다.

"있어."

그러자 그가 내 어깨를 가까이 끌어당기고 귓가에 입을 댔다. "하급 병사들은 어려운 인간의 언어를 알아듣지 못하겠지만, 만일을 위해 이렇게 얘기하는 게 좋겠어."

그의 숨결이 귓불에 닿아서 간지러웠다.

나도 그의 귀에 입술을 갖다 대고 속삭이듯 말했다. "왜 이렇게까지 경계하는 거야? 장수말벌 콜로니는……."

잠들기 직전에 똑같은 질문을 한 것이 떠올랐다.

그는 목소리를 낮추고 소곤소곤 말했다. "그들은 분명히 인간에게 충실하지. 하지만 우리에게 충실한 건 아니야. 기로마루가 무조건 따르는 건 어른들의 말이지."

"그래서?"

"그들이 가장 중요하게 여기는 건 윤리위원회 뜻이야."

그곳에서 그는 말을 끊었다.

"설마 윤리위원회에서 우리를 어떻게 하겠어?"

내 어깨를 잡은 그의 손에 힘이 들어갔다.

"우리는 유사미노시로를 만나서, 알아서는 안 되는 걸 알았어."

"설마……! 아무리 그래도……."

"쉿, 목소리가 너무 커." 그는 입구를 슬쩍 쳐다본 뒤 잠시 입을 다물고 나서 다시 말을 이었다. "유사미노시로의 말이 진실이라고 가정해봐. 상상만 해도 끔찍하지만 만약 사람이 주력을 이용해서 다른 사람을 공격한다면 우리 사회는 한순간에 무너질 거야. 그걸 막기 위해서라면 무슨 짓이라도 하지 않을까?"

"그렇다고 우리를……?"

"문제를 일으킬 가능성이 있는 어린아이는 사전에 배제한다고 했잖아. 즉, 처분하는 거야."

"세상에……! 그게 말이 된다고 생각해? 지금 제정신이야?"

"한 번 생각해봐. 와키엔에서도, 전인학급에서도 해마다 반드시 몇 명씩 없어졌어. 아무리 생각해도 이상해. 처분한 게 아니라면 어디로 보낸 거지?"

그 순간, 나는 온몸의 털이 곤두서는 느낌에 휩싸였다. 유사미노시로의 이야기를 들을 때는 공포에 휩싸이면서도 반신반의했을 뿐, 나에게 적용해서 생각해보지는 않았다. 어젯밤부터 몇 번이나 죽음을 넘나들었지만 이렇게까지 공포를 느낀 적은 처음이다.

"하지만…… 하지만 우리가 유사미노시로에게 그런 얘기를 들은 걸 누가 알겠어?"

유일한 증인이었던 리진 스님은 풍선개가 폭발하면서 저세상 사람이 되지 않았는가?

사토루는 소름이 끼칠 만큼 차가운 목소리로 말했다. "상황 증거가 있어. 스님은 우리의 주력을 동결했잖아. 상당히 중대한 규칙을 위반하지 않았다면 그런 짓을 할 리 없어."

"……그러면 우리 앞에는 죽음이 놓여 있다는 거야?"

만약 윤리위원회에서 우리를 처분하기로 결정했다면, 그것은 곧 우리에게는 돌아갈 장소가 없다는 것을 의미한다. 눈에서 눈물이 흘러넘쳤다.

"아니, 아직 희망은 있어. 초로 돌아가면 해명할 수 있고, 우리 부모님도 어떻게든 우리를 구하려고 할 거야. 특히 너희 엄마는 도서관 사서잖아."

머리가 혼란스러워졌다.

"그, 그건 그렇지만……. 그럼 넌 대체 뭘 걱정하는 거야?"

아직도 모르겠느냐는 표정으로 그는 깊은 한숨을 내쉬었다. "기로마루는 땅거미를 섬멸함과 동시에 우리에 관해서도 보고했을 거야. 만약 네가 주력을 사용할 수 없다는 걸 보고했다면, 윤리위원회에서는 무슨 일이 일어났는지 상상하겠지. 그렇다면 기로마루에게 우리를 여기서 처리하라고 지시를 내렸을지 몰라."

아무리 내가 주력을 사용할 수 없다고 해도, 그건 너무 지나친 비약이 아닐까?

"처리하다니…… 무슨 일이 있었는지 확증도 없는데?"

"우리가 초로 돌아간 후에는 늦으니까. 원래 나쁜 소문일수록 순식간에 퍼지는 법이거든." 그렇게 말하는 사토루의 목소리가 가늘게 떨렸다.

"……하지만!"

"그리고 만약 유사미노시로 말처럼 모든 사람이 '괴사기구'라는 걸 갖고 있다면, 사람들은 우리를 죽일 수 없어. 다른 사람을 죽이기 전에 자신의 심장이 먼저 멈춰버릴 테니까. 그렇다면 위험한 어린아이는 항상 팔정표식 밖에서 처분했을 거야. ……아마 요괴쥐를 이용해서……."

나는 벌린 입을 다물 수 없었다. 정말로 그렇게 끔찍한 일을 저질렀다면…….

싸늘한 냉기가 등줄기를 가로질렀다. 어쩌면 축령이 찾아온 후에 하는 통과의례를, 팔정표식 밖의 절에서 하는 것도 그 때문이 아닐까?

"기로마루는 전서구를 이용해서 보고했겠지. 그게 가장 빠르니까. 전서구는 빠르면 해가 떨어지기 전에 초에 도착할 거야. 그리고 윤리위원회가 내용을 검토한다면 내일 새벽에는 이쪽에 지시가 도착하겠지."

"그러면 지금 당장 도망쳐야 하잖아!"

"그래, 추격자가 쫓아온다고 해도 날이 밝아야 할 테니까. 그전에 카누를 숨겨놓은 곳에 도착하면 도망칠 수 있어."

최악의 상황이 막바지를 향해 달리고 있다는 사실을 안 것은 그 직후의 일이었다.

짧은 수면을 통해 사토루의 사고 능력은 많이 회복되었지만 예전처럼 주력을 사용할 수는 없었다. 대상에 의식을 집중하려고 하면 격렬한 두통에 휩싸이는 탓에, 사실상 주력을 동결당했을 때의 상태로 돌아간 것이다.

이런 상황에서 오두막집 밖에 있는 두 마리의 요괴쥐를 어떻게 해야 좋을까? 어려운 문제이긴 하지만 냉정하게 생각해보면 땅거미에게 감금되어 있을 때와는 상황이 전혀 다르지 않는가.

우리는 태연한 얼굴로 오두막집 안에서 나왔다. 우리를 *지키기 위해* 배치되어 있던 요괴쥐 병사들은 정중하게 경례하면서 우리의 뒷모습을 바라보았다.

사토루가 숨죽인 목소리로 말했다. "천천히 가자. 당황하는 모습을 보이면 안 돼. 그냥 이 주변을 돌아다닌다든지, 식후에 산책이라도 하는 것처럼 행동하는 거야."

"산책을 해서 배를 꺼뜨려야 할 정도의 음식은 아니었지만……"

대강 둘러보자 장수말벌군의 야영지에는 20~30개의 오두막이 늘어서 있었다. 물론 모든 병사를 수용하기는 어려우므로, 대부분의 병사는 땅을 파고 구덩이를 만들어 그 안에서 밤을 보낸다. 오두막과 오두막 사이에 있는 화톳불 주위에서 커다란 모기들이 춤을 추었다.

땅거미와의 전투가 끝나서 그런지 보초를 서는 병사들 사이에
도 느긋한 공기가 흐르고 있었다. 우리를 보아도 고개를 숙이며 길
을 비켜줄 뿐, 이상한 움직임은 보이지 않는다.

이렇다면 병사들의 시선이 끊어진 순간, 어둠을 틈타 모습을 감
추는 건 어렵지 않으리라. 그렇게 생각한 순간, 등 뒤에서 들린 날
카로운 소리에 우리는 흠칫 놀라 걸음을 멈추었다.

"신이시여! 어디 가십니까?"

스퀴라의 목소리였다. 우리는 천천히 뒤를 돌아보았다.

"이제 깨셨나 보군요. 식사는 드셨습니까?"

사토루가 어색한 미소를 지으며 대답했다. "먹었어, 제법 맛있더
라고."

"그러세요? 제가 먹은 것과는 달랐겠죠. 저는 된장 맛이 나는 묽
은 죽 한 그릇뿐이었는데요. 장수말벌 녀석들은 내빈을 접대한 경
험이 부족한 것 같더군요. 참고로 알고 싶은데, 신께서는 어떤 요
리를 드셨나요?"

그런 건 아무래도 상관없잖아! 왜 쓸데없는 걸 묻고 그래? 나는
심한 조바심을 느끼며 스퀴라를 노려보았다.

"그보다…… 넌 여기서 뭐하지?"

"실은 조금 전까지 일을 시키더군요. 결코 불평을 하는 건 아닙
니다. 장수말벌 군대는 저희 파리매 콜로니를 구해주었고, 기로마
루 장군도 뜻밖의 부상을 당해 보고서를 쓰기 힘들 테니까요. 아
무리 그래도 이렇게 병사들이 많은데 일본어를 쓰고 읽을 수 있는

게 기로마루 장군 하나뿐이라니, 정말 한심하지 않습……."

사토루가 날카로운 목소리로 스퀴라의 말을 가로막았다.

"보고서라니?"

"네에, 땅거미 토벌에 관해 간단한 전말을 써서 가미스 66초로 보냈습니다."

다음 순간, 우리가 동시에 질문하려는 걸 보고 스퀴라는 어안이 벙벙한 표정을 지었다.

"사키, 너 먼저 말해."

"그래. 전말이라니, 어떤 걸 썼는데?"

"이번 전투의 경위입니다. 저희 파리매 콜로니의 정예부대가 적의 비도덕적인 독가스 공격을 맞이해 어떻게 싸우고, 지원군이 올 때까지……."

"우리에 관해서도 썼어?"

스퀴라의 얼굴에 의문이 떠올랐다. "네?"

"이상한 걸 썼으면 초로 돌아가서 선생님한테 혼날지 모르잖아."

"그건 걱정하지 않으셔도 됩니다. 제가 생명의 은인인 두 분에게 누가 되는 걸 쓸 리 있겠습니까?"

"그래도 뭐라고 썼을 거잖아."

"네에, 그야 뭐……. 길을 잃고 우연히 저희 파리매 콜로니에 오신 것과 그 후에 신의 도움을 받아 땅거미의 기습 공격을 무사히 물리쳤다고……."

나는 가슴을 쓸어내리며 물었다. "그것 말고는 안 썼지?"

"물론입니다. 다만……."

"다만 뭐?"

"노파심일지 몰라도 두 분의 컨디션이 좋지 않은 것 같아서요. 마중하러 오셔야 할 것 같다고 써두었습니다."

"컨디션이 좋지 않다고?"

"네에, 이번 전투에서 주력을 사용하신 건 오직 남자 신뿐인 것처럼 보였거든요. 남자 신은 피곤하실 것 같고, 여자 신은 병에라도 걸리신 것 같아서……."

이 주제넘은 생쥐 녀석! 절망과 분노로 인해 눈앞이 캄캄해졌다. 나는 도움을 요청하는 눈길로 사토루를 쳐다보았다.

그런데 그는 갑자기 생뚱맞은 질문을 했다. "……스퀴라, 조금 전까지 일했다고 했지?"

"네, 조금 전에 끝났습니다."

"보고서는 어떻게 보냈지? 이렇게 어두우면 전서구를 사용할 수 없을 텐데."

"장수말벌 콜로니에서는 긴급 연락용으로 낮에는 비둘기를 사용하고, 밤에는 박쥐를 이용하는 모양이더군요."

우리는 흠칫 놀라서 서로의 얼굴을 쳐다보았다. 통신에 박쥐를 이용한다면 날이 밝기 전에 윤리위원회의 지시가 도착할 가능성이 있지 않은가?

"……최근에 협정을 깨뜨리고 매를 이용해서 전서구를 덮치는 콜로니가 있습니다. 그래서 오히려 박쥐가 안전하다고 할 수 있는데, 어느 콜로니에서는 박쥐를 잡기 위해 부엉이를 훈련시킨다고 하더군요……."

그냥 내버려두면 스퀴라의 수다는 내일 아침까지 계속될 것 같았다.

나는 최대한 평정을 가장하며 말했다. "스퀴라, 기왕에 산책 나왔으니까 주위를 한 바퀴 돌고 올게."

스퀴라는 깜짝 놀란 표정을 지었다. "어디 가시려고요? 해가 지고 나서 벌써 세 시간이 지났습니다. 멀리 가시면 위험합니다."

해가 지고 나서 세 시간이 지났다면 밤 10시쯤 되었다는 걸까?

"걱정하지 마. 이제 땅거미 잔당도 없잖아."

사토루의 느긋한 말투는 나보다 훨씬 자연스러웠다.

"하지만 만에 하나 무슨 일이라도 있으면 저희는 변명할 도리가 없습니다. 즉시 호위병을 붙여드리겠습니다."

"필요 없어. 기분 전환도 할 겸 둘이 걷고 싶어. 금방 올 테니까 걱정하지 마. 그리고 누구에게도 쓸데없는 말 하면 안 돼."

사토루는 그렇게 선언한 다음, 내 손을 끌고 재빨리 걸었다. 잠시 걷고 나서 살며시 뒤를 돌아보자 스퀴라는 조금 전과 똑같은 곳에서서 우리를 쳐다보고 있었다.

나는 사토루의 귓가에 속삭였다. "스퀴라가 이상하게 여기지 않을까?"

"이상하게 여겨도 할 수 없어. 어쨌든 지금은 도망칠 수밖에 없으니까."

우리는 일정한 속도를 유지하면서 천천히 야영지에서 벗어났다. 잠시 후, 밤하늘을 올려다보는 척하면서 은근슬쩍 뒤를 돌아보았지만 우리를 감시하는 눈길은 보이지 않았다. 우리는 재빨리 나무 뒤에 숨었다. 그리고 자세를 낮추고 들판을 가로질러 숲속으로 들어갔다.

"어디로 가면 되는지 알아?"

넵색에는 자석이 들어 있었는데, 죽자 살자 도망치는 사이에 어디론가 사라졌다. 그는 나뭇가지 위에 걸려 있는 오렌지색 달을 올려다보며 말했다.

"그래, 대강은…… 달은 원래 동쪽에서 떠서 한밤중에 남쪽을 지나 새벽녘에 서쪽으로 지잖아. 지금이 밤 10시라고 하면……."

그가 어렴풋한 지식을 되짚으며 중얼거리는 모습은 믿음직스럽지 못했지만, 천문학 소양이 빈약한 데다 방향치인 나는 그의 판단을 믿는 수밖에 별다른 도리가 없었다.

우리는 동쪽을 향해 야산을 넘었다. 어젯밤 이후 복잡한 경로를 더듬어 이동한 탓에 가스미가우라 해안에서 직선거리로 얼마나 떨어져 있는지는 정확하지 않다. 하지만 곰곰이 생각해보면 쇼조지에 가기 위해 리진 스님을 따라갔을 때는 달팽이가 무색하리만큼 발걸음이 둔했고, 그 후에도 지그재그로 돌아다녔다. 따라서 동쪽을 향해 똑바로 걸어가면 날이 밝기 전에 카누를 숨겨놓은 곳에 도착할 수 있다는 확신이 들었다.

세 시간 정도 길 없는 길을 종종걸음으로 걸어가자 발바닥이 아프고, 더구나 체력이 떨어지면서 머리가 몽롱해졌다. 배고픔도 심했지만 목마름은 견딜 수 없는 수준에 이르렀다. 하지만 물통 하나도 준비해오지 않아서, 지금은 오직 참는 수밖에 없다. 우리는 잠시 쉬기로 하고 되도록 밤이슬에 젖지 않은 곳을 택해서 풀 위에 앉았다.

"많이 왔을까?"

사토루가 힘차게 대답했다. "그래, 절반 정도는 왔을 거야."

근거가 있을 리는 만무했지만 따져봤자 소용없을 것 같아서 순순히 믿기로 했다.

슌과 마리아, 마모루는 지금쯤 어디에 있을까? 그렇게 생각하면서 우연히 사토루의 등 뒤를 바라본 순간, 내 입에서 비명이 새어나왔다.

"왜 그래?"

"아니, 아무것도 아니야. ……풍선개처럼 보여서."

내가 가리킨 썩은 나뭇가지를 보고 그는 가볍게 미소를 지었다.

"뭐 비슷하게 생겼군."

"겁쟁이라고 놀리지 마."

"내가 왜 놀리겠어? 물론 이런 데 풍선개가 있을 리는 만무하지만."

"왜?"

"너도 풍선개의 정체를 알았을 거잖아."

그가 그렇게 말하자 짐작도 되지 않는다고 말하기 힘들었다.

"뭐 어렴풋이……."

그가 웃음을 터뜨렸다. "어렴풋이라고? 이 자연계에 자폭하는 생물은 한 종류밖에 없어. 그것 말고 생각할 수 있는 건 요괴쥐가 가축으로 품종 개량한 것 정도고……."

"그럴 가능성은 없어?"

"그런 일은 있을 수 없어. 주력을 얻기 이전의 인간은 오랜 세월에 걸쳐 가축을 개량해왔는데, 그 방법은 인간에게 필요한 성질을 가진 개체로 바꾸는 거였지. 기질을 온순하게 하거나 젖을 잘 나오게 하는 등 육질을 바꿀 수는 있지만 폭발하게 만들 순 없을 거야."

평소 같으면 그의 득의양양한 태도에 화가 치밀어 어떻게든 반론을 시도했겠지만, 배고픔으로 혈당치가 내려간 탓인지 머리가 돌아가지 않았다. 나는 순순히 백기를 들었다.

"그럼 풍선개는 뭐야?"

"옛날 생물학 책에서 풍선개처럼 자폭하는 생물을 본 적이 있어. 뭐일 것 같아?"

"글쎄⋯⋯."

내 관심은 급속히 그 화제에서 멀어지고 있었다. 뭐든지 상관없다. 자지복이든 참개구리이든⋯⋯. 그보다 헤어진 친구들이 걱정되어서 견딜 수 없었다.

그가 회심의 미소를 지으며 자신만만하게 설명을 시작했다. "개미야. 동남아시아의 말레이시아에 사는 어떤 개미는 적이 가까이 오면 스스로 파열해서 공기 중으로 휘발성 성분을 뿌린대. 적이 가까이 온다고 자기 소굴에 전달하기 위해서."

배가 고프다 못해 현기증이 일었다. 지금 주저앉으면 두 번 다시 일어설 수 없을지도 모른다.

"즉, 이런 거야. 보통의 생물이 적을 물리치려고 일일이 자폭하면 자손을 남길 수 없잖아. 하지만 개미 같은 사회성 생물은 달라. 원래 생식 능력이 없는 만큼, 소굴과 여왕을 지키기 위해서라면 얼마든지 자기를 희생할 수 있지. 따라서 풍선개는 땅거미의 변이개체

이외엔 생각할 수 없어……."

그는 걱정도 피로도 배고픔도 느끼지 않는 사람처럼 잠시도 입을 다물지 않았지만, 나는 제지하는 것조차 귀찮았다. 천천히 눈을 감았을 때, 내 귀가 희미한 소리를 포착했다.

"……그렇다면 땅거미 여왕이 태내에 몇 종류의 변이개체, 총엽병이나 토롱병 같은 녀석을 자유자재로 만들어내는 능력을 가지고 있었다고밖에 생각할 수 없어. 그중에서 풍선개가 전혀 다른 생물로 보인 것은 아마 머리를 작게 만들고 개처럼 지능을 억제했기 때문이겠지. 자폭하는 사명을 다하려면 무조건적인 충성심은 물론이고 머리가 좋지 않아야 하니까……."

그때 또 들렸다. 등 뒤에서 풀과 마른 나뭇가지를 밟는 소리. 누군가가…… 또는 무언가가 있다. 내가 검지를 입술 앞에 세우자 그는 흠칫 놀란 표정으로 입을 다물었다.

'뒤쪽, 소리가 나.'

나는 소리를 내지 않고 입술로 말했다. 그는 잠시 망설인 후, 벌떡 일어서서 주위가 떠나가라 소리를 질렀다.

"거기 누구냐? 어서 나오지 못해?"

달리 방법이 없는 상태에서는 자포자기의 심정으로 돌변하는 수밖에 없다. 아무리 이를 악물고 도망쳐도 무기가 없는 상태에서는 얼마 가지 못해 잡히리라. 따라서 상대가 누구든 주력을 사용할 수 있는 양 *허세*를 부리는 수밖에 없는 것이다.

"신이시여, 어디까지 가시는 겁니까?"

덤불 뒤에서 나타난 건 스퀴라였다. 한순간 허를 찔린 우리는 할 말을 잃어버렸다. 설마 여기까지 쫓아올 줄은 상상도 못 했던 것이다.

"땅거미의 잔당이 없어져도, 한밤중에 산을 돌아다니는 건 위험합니다."

"왜지? 왜 이런 곳까지 따라온 거지?"

내가 그렇게 따지자 스퀴라는 고개를 약간 비틀었다. 인간이라면 어깨를 들썩이는 행동에 해당하리라.

"만에 하나 신들께 무슨 일이라도 있으면 저희는 변명할 여지가 없기 때문에……"

"우리가 멋대로 없어진 거니까 괜찮잖아."

"하나도 괜찮지 않습니다. 그런 경우에 저희 콜로니는 괴멸되고, 장수말벌 콜로니도 무사하지 못할 겁니다. 과거 사례로 보면 기로마루 장군도 할복해야 할 겁니다."

"할복이 뭔데?"

"큰 칼로 스스로 배를 갈라 목숨을 끊는 겁니다. 가장 무서운 사죄의 표시죠."

그 말에 우리는 벌린 입을 다물지 못했다. 우리 사전에는 그렇게 기괴한 말이 실려 있지 않았다. 그런데 머나먼 과거에는 인간도 똑같은 짓을 했단 말인가!

사토루가 부드러운 목소리로 말했다. "그렇게까지 너희에게 피해가 갈 줄은 몰랐어. 하지만 그건 만에 하나인 경우잖아. 즉, 우리가 사고를 당해서 죽었다든지."

"그렇습니다. 하지만 만에 하나에 대비하기 위해서, 저는 끝까지 두 분을 지켜야 합니다."

정말일까? 정말 우리를 지켜주려는 것일까? 털옷 입은 생쥐처럼 생긴 스퀴라의 추악한 모습을 보면서 나는 그렇게 생각했다.

"너 말고 누가 또 따라오고 있어?"

"아닙니다. 저뿐입니다."

"이상한데. 우리를 지키기 위해서라면 병사를 데려와야 하잖아."

"그건…… 워낙 순식간에 벌어진 일이라서 그럴 틈이 없었습니다."

사토루의 질문으로 우리 두 사람이 똑같은 의문을 품고 있다는 사실을 깨달았다. 스퀴라는 기로마루의 명령을 받고 우리를 감시하고 있었던 게 아닐까? 혼자 쫓아온 것도 수훈을 독차지하기 위해서라고 생각하면 앞뒤가 맞는다. 이틀 전의 우리였다면 이렇게까지 의심하지는 않았겠지만…….

"그보다 목이 마르시지 않습니까?"

스퀴라는 그렇게 말하며 허리에 차고 있던 호리병을 내밀었다. 안에서 출렁이는 건 물인 듯하다. 우리는 서로의 눈을 바라보았지만, 목을 적시고 싶다는 유혹을 이기지 못하고 호리병을 받았다. 한 모금, 두 모금…… 뜨뜻미지근한 물이 목을 타고 흘러내렸다. 그러자 즉시 온몸의 피가 돌기 시작하면서 이제야 살 것 같았다. 내가 호리병을 내밀자 사토루도 허겁지겁 물을 마셨다.

"용케 이런 걸 준비해올 시간이 있었네."

감사의 마음을 표하려고 했는데, 입을 뚫고 나온 말은 비아냥거림이었다.

"황급히 쫓아오면서 근처에 있던 병사에게 빼앗았습니다. 호리병

하나라면 별 문제가 없지만, 아무리 신을 지키기 위해서라고 해도 다른 콜로니 병사를 데려오면 나중에 귀찮은 일이 벌어지거든요."

그때 문득 호리병의 물이 가득 차 있었던 것을 깨달았다. 여기까지 오는 도중에 스퀴라는 목이 마르지 않았던 것일까?

"고마워, 너도 마셔."

나는 사토루에게 받은 호리병을 스퀴라에게 내밀었다.

"고맙습니다."

스퀴라는 자신이 가져온 호리병을 정중히 받은 뒤, 조심스럽게 한 모금 마셨다. 그 짧은 사이에 우리는 재빨리 눈으로 신호를 보내서 이심전심으로 의견을 주고받았다.

"스퀴라, 네 도움이 필요해."

내 말에 요괴쥐는 고개를 빳빳이 들었다. "말씀만 하십시오. 신께서 시키는 일이라면 뭐든지 하겠습니다."

"우리는 지금 가스미가우라의 서쪽 해안으로 가야 돼. 가장 빨리 도착할 수 있는 길을 안내해주겠어?"

"……왜 이렇게 서두르시죠? 내일 아침까지 기다리시면 장수말벌 콜로니 병사들이 안전하게 모셔다드릴 텐데요."

사토루가 단도직입적으로 말했다. "내일까지 기다리면 목숨이 위험하기 때문이야."

기로마루가 파리매 콜로니의 부흥을 미끼로 스퀴라를 꼬드겨놓았을지도 모른다. 하지만 지금은 이쪽의 약점을 밝히고서라도 우리 편으로 만드는 수밖에 없다.

"그게 무슨 말씀이시죠?"

"기로마루가 우리를 죽일 가능성이 있어."

"그런 일은 있을 수 없습니다! 저희 β★ĕ◎Å······ 요괴쥐, 그것
도 최대 콜로니의 장군이 왜 신을 해치겠습니까?"

내가 손을 잡자 스퀴라는 흠칫 놀랐지만 그래도 빼내지는 않았다.

"이유는 말할 수 없지만 우리 말을 믿어줘. 그렇지 않으면 이렇
게 한밤중에 도망치겠어?"

스퀴라는 잠시 생각하고 나서 무거운 표정으로 고개를 끄덕였다.

"알겠습니다. 지름길을 안내해드리죠. 그런데 추격자가 온다면
저희와 똑같은 길로 올 가능성이 있습니다. 서둘러야 합니다."

깊은 계곡 옆에 있는 강을 따라 걷는 건 험한 산길을 걷는 것보
다 훨씬 편했다. 덕분에 많이 오긴 했지만 정신적인 중압감은 비교
가 되지 않을 정도였다. 앞이 잘 보이지 않는 산길에서는 한 걸음
떼어놓을 때마다 용기를 짜내야 한다. 앞쪽에서 무엇이 나타날지
모르기 때문이다. 하지만 쫓기는 처지에 있는 사람에게 등 뒤가 트
이고 좌우에 도망갈 길이 없는 계곡이 이렇게까지 공포를 부추길
줄은 상상도 못 했다.

깊은 계곡까지는 달빛도 거의 닿지 않았다. 먹물을 흘려놓은 듯
한 새카만 강물은 무서운 굉음을 내며 주위를 압도했다. 강물 소
리는 어느새 의식을 온통 점령해서, 귓불의 밖에서 다가오는지 마
음의 밑바닥에서 솟구치는지조차 알 수 없었다. 그러다 이윽고 기
괴하게 일그러지더니, 무수한 요괴쥐의 함성이나 그보다 더 끔찍
한 괴물의 신음처럼 들렸다.

나와 사토루는 거의 1분마다 뒤돌아보며 아무것도 없는 걸 확인했다. 하지만 어둠의 건너편에서 끊임없이 흘러내리는 강물은 우리의 의식을 현실로 되돌려주기는커녕 오히려 죽음의 세계로 유혹하는 듯했다. 사토루의 목소리가 아득히 먼 곳에서 들리는 듯했다.

"이 강의 이름은 뭐야?"

"신께서 붙인 이름은 잘 모릅니다. 저희는 ∇ㅌ☆ɛϴ…… 인간의 언어로 옮기면 글쎄요…… '망각의 강'이라고나 할까요?"

내가 물었다. "왜 그런 이름을 붙였는데?"

목이 부어서 그런지, 내 목소리인데도 다른 사람이 말하는 것처럼 들렸다.

"자세한 건 잘 모르겠습니다. 다만 가스미가우라로 간다면 사쿠라 강을 비롯해 더 크고 안전한 강이 있으니까 평소에는 잊힌 강이라는 뜻이 아닐까요?"

스퀴라의 목소리도 땅바닥에서 울리는 듯했다.

"기로마루도 이 강을 잊었으면 좋을 텐데."

나는 가볍게 농담하려고 했지만 스퀴라의 대답은 예상 밖으로 무거웠다.

"그랬으면 좋겠지만 그 정도의 명장이 이 강을 잊는다곤 생각할 수 없습니다. 망각의 강은 얕은 여울이나 바위가 많아서, 평소 같으면 한밤중에 배를 타고 가는 일은 있을 수 없습니다. 그것도 이 길을 선택한 이유 중 하나이죠. 하지만 기로마루 장군은 지금까지 도저히 지날 수 없는 길을 돌파함으로써 수많은 전쟁에서 승리를 거두었습니다. 군대개미 콜로니와의 '초록 벽의 추락'이 그 대표적인 예입니다."

사토루가 고개를 갸웃거리며 물었다. "군대개미? 그런 이름의 콜로니도 있어?"

"지금은 사라졌습니다. 5년 전에 장수말벌 콜로니와의 전면전에서 패배해 멸망했죠."

지금의 우리에게 도움이 될 만한 이야기는 아니지만, 이런 이야기라도 하지 않으면 제정신을 유지할 수 없으리라.

"당시 군대개미 콜로니의 총병력은 1만 8,000이 넘어서, 요괴쥐들 사이에서 최대 세력을 자랑했습니다. 수적 우위를 이용해 상대 콜로니를 포위하는 지구전이 주특기로, 그 당시에도 장수말벌 콜로니 주위에 착실히 거점을 쌓았습니다. 최종 단계에 돌입하자 군대개미 콜로니의 장군 퀴쿠르는 용혈에 여왕의 수비대만을 남기고 마침내 주력부대에게 출동 명령을 내렸어요."

전쟁을 좋아해서 틀림없이 평소에 전쟁에 관한 역사서를 탐독했을 것이다.

스퀴라는 거침없이 말을 이었다. "군대개미 콜로니에서 장수말벌 콜로니 포위망까지의 몇 킬로미터는 지상으로 이동해야 하는데, 병력이 많은 만큼 출발하는 데 시간이 많이 걸려서 선두 부대가 절반까지 왔을 때 마지막 꼬리는 이제 막 콜로니에서 출발했을 정도였죠. 그래서 선두에서 지휘를 하던 퀴쿠르는 산 중턱에서 휴식을 취하며 후발 부대가 오기를 기다리기로 했습니다. 숫자면에서 열세에 있던 장수말벌 콜로니는 구멍에 틀어박혀 방어전을 하기로 결정한 데다 뒤쪽에는 이른바 '초록 벽'이라고 불리던 깎아지른 절벽이 있어서, 그쪽에서 기습 공격을 당할 일은 없다고 얕잡아 보았죠. 그런데 기로마루 장군이 이끄는 정예부대는 아무도 몰래 산을 올라가서 호시탐탐 기습을 노렸습니다. 그런데 목표인 적은 도저히 뛰어내릴 수 없는 깎아지른 절벽 밑에 있었죠. 그때 기로마루 장군은 바위 위를 기어가는 도마뱀을 보고 후세까지 전해지는 명언을 남겼습니다. '도마뱀도 네발 우리도 네발, 도마뱀이 넘는 언덕이라면 우리가 못 넘을 리 없다'라고요."

아무리 허풍이라고 해도 너무 심하지 않은가! 그때는 농담으로밖에 여기지 않았는데, 후에 요괴쥐의 전쟁 역사책을 읽고 사실이라는 걸 알았을 때는 한동안 넋을 잃었다.

"그만큼 기로마루 장군은 신출귀몰합니다. 맨 처음 신에게 받은 이름 자체가 기이한 길을 뜻하는 기도마루(奇道丸), 또는 길을 속인다는 뜻의 기도마루(詭道丸)였다고 하니까요."

스퀴라는 한자 뜻을 꼼꼼하게 설명해주었다.

"알았어. 요컨대 기로마루에게 쫓기면 끝장이고, 아무리 험한 지형으로 도망쳐도 안전하지 않다는 말이지?" 나는 일부러 농담처럼 물었다.

"네, 기로마루 장군이 진심으로 추격하면 도망칠 방법은 없다고 생각합니다."

잠시 무거운 침묵이 주위를 에워쌌다. 땅거미를 격파한 모습을 보아도 기로마루가 가공할 만한 전술가라는 사실에는 의심의 여지가 없다. 만약 진심으로 추격하면 도망칠 수 없으리라.

문제는 기로마루가 언제 우리를 추격하기 시작하느냐다. 날이 밝기 전에 도착한 윤리위원회의 답장에 우리를 '처분'하라고 쓰여 있다고 해도, 추격대가 출발하기까지는 시간이 걸린다. 잘하면 그 전에 카누를 탈 수 있다. 문제는 답장이 도착하기 전에 우리가 도주한 사실을 알고, 기로마루가 자신의 판단으로 쫓아온 경우다. 어쩌면 지금, 바로 뒤까지 쫓아왔을지도 모른다.

우리의 발걸음은 자연히 빨라졌다. 하지만 앞이 잘 보이지 않는 상태에서 미끄러운 강가의 돌을 밟으며 걷는 만큼, 그 속도에는 한계가 있을 수밖에 없었다. 30분쯤 땀투성이가 되어 걸어갔을 때, 불현듯 스퀴라가 걸음을 멈추었다.

"왜 그래?"

스퀴라가 입술에 손을 대고 쉬잇 하는 소리를 냈다. 선사문명의 문헌을 보니 이 기묘한 사인은 시대나 지역을 뛰어넘어 사용되었다고 한다. 하지만 종족의 벽까지 뛰어넘는다는 건 놀라운 일이다.

스퀴라가 작은 소리로 물었다. "들리세요?"

우리는 잠자코 귀를 기울였다.

들린다. 새가 울고 있다. 이런 한밤중에 허공을 날면서 울고 있는 것이다.

끼끼끼끼끼끼끼끼끼끼끼끼……

새라기보다 거대한 벌레를 떠올리게 하는 음침한 울음소리였다. 스퀴라의 몸짓에 따라서 우리는 돌로 변한 것처럼 꼼짝도 하지 않았다. 괴조는 계곡의 강을 따라 날아오르더니 우리 머리 위에서 몇 번 선회하고 나서 어디론가 사라졌다.

맨 처음 입을 연 사람은 사토루였다. "평범한 새야."

"이런 한밤중에 평범한 새가 날아다닌다고?"

"아마 쏙독새일 거야. 올빼미처럼 밤마다 날아다니거든."

정말 아무 생각 없이 날아다니는 것일까?

"그런데 왜 계곡 밑까지 내려오는 거지?"

쏙독새의 구체적인 습성까지는 모르는지 그는 잠시 생각에 잠겼다.

"쏙독새는 매처럼 짐승을 잡아먹는 게 아니라 벌레를 잡아먹을 거야. 강가에 있는 벌레를 잡아먹기 위해 내려온 게 아닐까?"

그때 여태껏 침묵을 지키던 스퀴라가 헛기침을 했다.

"⋯⋯물론 그건 야생 쏙독새일지도 모르죠. 하지만 그렇지 않을 가능성이 더 높습니다."

"무슨 뜻이야?"

"기로마루 장군은 적을 정찰할 때 종종 새를 이용하죠. 밤에는 밤눈이 밝은 쏙독새를 이용한다는 얘기를 들은 적이 있습니다."

스퀴라의 말이 끝나기도 전에 온몸에 소름이 끼쳤다. 그러고 보니 우리를 정찰하고 나서 날아간 듯했다.

사토루가 의심이 밴 목소리로 물었다. "정말이야? 난 믿어지지 않아. 우리를 발견했다고 치고, 새가 어떻게 보고하지?"

"자세한 건 저도 잘 모릅니다. 하지만 꿀벌 같은 곤충도 둥지에 돌아가서 동료들에게 꿀이 어디 있는지 말해주는 걸 보면, 훈련하기에 따라서는 원하는 상대가 어디에 있는지 전달할 수 있지 않을까요?"

만약 스퀴라의 추측이 맞는다면 기로마루는 여기서 가까운 장소에 있을지도 모른다. 조금 전보다 더 무거운 침묵 속에서 우리는 앞길을 서둘렀다.

기로마루는 이미 우리를 발견하고 소리 없이 추격하고 있을지도 모른다. 즉시 공격하지 않는 건 아직 윤리위원회의 명령을 받지 못했거나, 사토루가 주력을 사용할 수 없다는 걸 모르기 때문이 아닐까? 아니면 공격하기 좋은 장소에 도착할 때까지 기다리는 것이거나…….

생각할수록 모습이 보이지 않는 적에 대한 중압감은 더해질 뿐이었다. 하지만 아침이 오지 않는 밤이 없듯이, 끝이 없는 고난은 없다. 계속 걷는 사이에 우리가 그토록 원하던 동쪽 하늘이 희뿌옇게 밝았다.

사토루가 목소리를 죽이며 외쳤다. "새벽이야……!"

"조금만 더 가면…… 아마 저기만 지나면 가스미가우라가 보일 겁니다."

스퀴라가 그렇게 말하며 강물이 크게 구부러져 있는 200미터 앞쪽을 가리켰다. 그렇다면 조금 전 쏙독새는 역시 야생이었던가? 우리의 등 뒤로 다가와 있는 기로마루의 환영을 보고 공연히 겁먹었는지도 모른다. 그렇게 생각하고 안도의 한숨을 내쉬려던 찰나였다.

사토루가 뭔가를 발견했다. "저게…… 뭐지?"

그의 시선 끝을 보고 나는 경악하며 걸음을 멈추었다.

강기슭의 모래 위에는 우리를 기다리는 것처럼 몇 개의 그림자가 우두커니 서 있었던 것이다.

우리는 한순간 발길을 멈추었다. 의혹과 공포가 단숨에 솟구쳤다. 그림자는 세 개. 그쪽 또한 우리를 발견한 듯했다.

기대감이 모락모락 고개를 치켜들었다. 확률로 보면 만에 하나의 부질없는 꿈이리라. 하지만 타오르는 희망, 기도와 비슷한 간절함이 공포보다 강하게 우리를 움직였다. 나와 사토루는 거의 동시에 서로를 쳐다보고 고개를 끄덕였다.

우리는 천천히 발길을 움직였다. 어차피 도망치기에는 너무 가까이 접근했다. 여기서 도망친다는 것은 주력을 사용할 수 없다는 우리의 약점을 드러내는 것이나 마찬가지다. 지금은 아무리 위험해도 상대의 모습을 확인해야 한다. 나는 스스로를 그렇게 타이르며 한 걸음, 또 한 걸음 다가갔다.

거무칙칙한 그림자를 보자 다시 도망치고 싶은 생각이 솟구치면서 무릎이 덜덜 떨렸다. 나는 지금 스스로 파멸의 아가리 속으로 뛰어들려고 하는 게 아닐까.

아니, 그럴 리 없다. 저것은, 저 그림자는…… 분명히 내가 아는 사람의 모습이다. 그렇다, 틀림없다. 나는 열심히 나 자신에게 그렇게 말했다. 하지만 상대는 우리와 대조적으로 미동조차 하지 않고, 가까이 다가가도 정체를 드러내지 않았다.

조금 더 가까이 가면 알 수 있다고 생각했을 때, 앞산 능선에서 눈부신 황금빛이 뿜어나왔다. 황금빛이 눈으로 파고든 순간, 세 개의 그림자는 빛의 물결 속으로 들어가서 보이지 않았다. 나는 그 자리에서 걸음을 멈추었다. 그때였다.

"사키! 사토루!"

금방 알 수 있는 그리운 목소리. 슌의 목소리다. 사토루가 나보다 먼저 앞으로 뛰어나갔다.

"슌! 마리아! 마모루!"

다음 순간, 나도 뛰었다. 앞으로 고꾸라질 것 같으면서도 빛 속으로 뛰어든 것이다.

우리는 정신없이 서로 껴안으며 어깨를 두드리고, 바보처럼 웃으며 눈물을 흘렸다. 이 순간만은 그때까지 뛰어넘은 괴로움도, 앞에서 기다리는 공포도 머나먼 우주로 날려보냈다. 다만 간신히 다시 만났다는 기쁨과 모두 무사했다는 기적에 취한 것이다.

나는 이대로 시간이 멈추길 바랐다. 만약 그때 시간이 멈추었다면, 이윽고 다섯 명이 차례차례 빗살처럼 빠져나가는 일은 없었으리라…….

맨 처음 제정신을 차린 사람은 슌이었다.

"빨리 카누가 있는 데로 가자! 얘기는 그다음에 천천히 하면 돼."

우리는 서로 쌓이고 쌓인 질문을 퍼부어댔지만, 슌의 말을 듣고 일단은 가슴속에 간직하기로 했다. 시선을 나의 등 뒤로 옮긴 마리아가 소스라치게 놀라는 표정을 지었다.

"저기 있는 거, 뭐야?"

나는 긴장으로 소름이 돋은 마리아의 팔을 다정하게 만져주었다.

"아아, 스퀴라야. 우리를 여기까지 안내해줬어."

"처음 뵙겠습니다, 스퀴라입니다. 파리매 콜로니에서 주상 역할을 맡고 있죠."

스퀴라의 유창한 말을 듣고 세 사람은 깜짝 놀란 표정을 지었다.

"파리매 콜로니는 대부분의 병사들을 잃을 정도로 타격을 입으면서 땅거미와 싸웠어. 스퀴라는 땅거미를 물리친 숨은 공로자야."

사토루의 말을 듣고, 세 사람의 놀라움은 더욱 커졌다.

마모루가 눈을 동그랗게 떴다. "땅거미를 물리쳤다고? 진짜야?"

"그래, 장수말벌 콜로니에서 지원군이 와서 녀석들을 전멸시켰어. 하지만 그 얘기는 나중에 해. 지금은 시간이 없어. 1초라도 빨리 카누가 있는 데로 가야 해."

"자, 잠시만 기다려. 땅거미가 전멸했다면 우리가 서둘러 도망칠 필요는 없잖아."

두뇌가 명석한 순도 사정을 이해할 수 없어서 혼란스러운 모양이었다.

"그렇지 않아. 사정은 나중에 설명해줄게."

나는 친구들을 부추겨서 억지로 걷게 했다.

마리아가 앞장서서 걷는 스퀴라를 힐끔힐끔 쳐다보며 물었다. "그러면 지금 무엇에서 도망치는 거야?"

사토루가 대답했다. "장수말벌 콜로니의 기로마루라는 장군에게서."

마모루가 의아한 표정으로 물었다. "엥? 하지만 장수말벌은 인간에게 가장 충실한 콜로니잖아."

"그래서 더 위험해."

말을 하려다 사토루는 입을 다물었다. 스퀴라 앞에서 우리가 왜 처분되어야 하는지 섣불리 말할 수는 없다.

"자세한 건 나중에 설명해줄게. 일단 우리를 믿어."

세 사람은 당황한 모습을 보였지만 잠자코 고개를 끄덕였다. 우리에게는 신뢰로 맺어진 세상에서 가장 좋은 친구가 있다. 그것이 이렇게 마음 든든하게 여겨진 건 처음이었다.

이윽고 강이 오른쪽으로 크게 구부러지는 곳을 지나자 스퀴라의 말처럼 시야가 탁 트였다. 조금만 더 가면 계곡이 끝나고 평지가 나타난다. 거기서 다시 1킬로미터쯤 가면 아침 햇살을 받고 반짝반짝 빛나는 가스미가우라의 호수가 보일 것이다.

우리가 용기를 짜낸 그 순간이었다. 앞장서서 걸어가던 스퀴라가 걸음을 멈추고 귀를 쫑긋 세웠다. 그 이유는 즉시 알 수 있었다. 등 뒤의 계곡에서 새의 기괴한 울음소리가 메아리친 것이다.

끼끼끼끼끼끼끼끼끼끼끼끼…….

쏙독새다.

나는 비로소 확신했다. 이것은 야생 쏙독새가 아니다. 우리를 감시하는 기로마루의 눈인 것이다.

사토루가 목이 터져라 소리쳤다. "뛰어!"

일이 끝난 후에 비난하고 싶지는 않지만, 이때 사토루의 판단이 옳았는지에는 의문이 남는다. 가스미가우라까지는 뛰어서 도망칠 수 있는 거리도 아니고, 갈대 사이에 숨겨놓은 카누를 발견하려면 시간이 필요하다. 더구나 도망친다는 건 추격자에게 우리가 죄가 있다(즉, 쫓길 만한 이유가 있다)는 것, 주력을 사용할 수 없다는 것까지 모조리 자백하는 것과 똑같지 않은가?

하지만 한 번 도망치기 시작하면 냉정하게 의논할 시간이 없다. 우리는 계곡을 빠져나온 뒤 들판으로 내려가서 숨이 찰 때까지 뛰고 또 뛰었다. 한심하게도 맨 처음 두 손을 들고 항복한 사람은 나였다.

"잠시만! 더 이상 못 뛰겠어!"

원래 장거리 달리기는 주특기가 아니고, 어제부터 일어난 일련의 사건으로 체력이 많이 떨어진 터였다. 우리 다섯 명과 한 마리는 거친 숨을 몰아쉬며 그 자리에서 걸음을 멈추었다.

"조금만 참아. 이 주변은 눈에 익어. 저 나무를 지나면 가스미가 우라 해안에 도착할 거야." 순이 200~300미터 앞쪽에 있는 잡목림을 가리키며 말했다.

사토루가 내 낌새를 들며 말했다. "뛰지 않아도 좋으니까 계속 걸어."

마치 거치적거리는 방해꾼을 보는 듯한 시선에 화가 나서, 나는 맨 앞에 서서 걷기 시작했다.

마리아가 뒤쪽을 돌아보며 물었다. "아까 그건 뭐야? 새 울음소리 같던데……."

"쏙독새야. 장수말벌 콜로니에서 기르는 거지."

내 말을 듣고 마리아는 반신반의하는 표정을 지었다.

"사실입니다. 쏙독새는 밤눈이 밝아서 야간 정찰로 이용하고 있죠."

스퀴라의 설명을 듣고 마리아는 이해한 표정을 지었다. 친구인

나보다 이런 추한 생물의 말을 믿다니, 너무하지 않은가?

마모루가 하늘을 올려다보며 말했다. "날이 벌써 밝고 있어."

발밑에서 아침 이슬에 젖은 닭의장풀의 새파란 꽃봉오리가 벌어지고 있었다.

사토루가 스퀴라에게 물었다. "낮에는 쏙독새가 아니라 다른 새를 이용하겠지?"

잡목림에서는 무수한 새의 울음소리가 들려왔다.

"네, 새벽부터 해가 지기 전까지는 쏙독새보다 훨씬 지능이 높은 까마귀를 이용한다고 합니다."

그 말이 끝나기도 전에 까마귀의 맑은 울음소리가 들렸다. 사토루가 움찔거리며 주위를 둘러보았다.

"어디지?"

우리 중에서 가장 눈이 좋은 마리아가 재빨리 오른손을 들었다.

"저기! 저 나무 위에 앉아 있어!"

100미터 앞쪽에 있는 메마른 나뭇가지 위에 까마귀처럼 보이는 새카만 그림자가 앉아 있었다.

슌이 믿기 힘들다는 말투로 중얼거렸다. "저 까마귀가 우리를 감시한다는 게 정말이야?"

그렇게 생각하고 보니 우리를 감시하는 것처럼 보인다. 사토루가 성큼성큼 걸어서 나와 나란히 섰다.

"어쨌든 서둘러. 아무리 까마귀가 감시해도 기로마루가 오기 전에 카누를 타면 괜찮을 거야."

강을 따라 졸참나무와 밤나무가 뒤섞인 숲을 빠져나오자 첨벙

거리는 물소리가 희미하게 들렸다. 육지가 따뜻해진 탓인지 바람의 방향이 바뀌어서, 동쪽에서 불어오는 미풍에서는 호수 특유의 냄새가 느껴졌다. 우리는 솟구치는 불안을 견딜 수 없어서 다시 뛰었다.

마침내 가스미가우라 기슭에 도착했다. 드넓은 담수 바다를 건너오는 바람에 의해 기슭에 자리 잡고 있는 갈대들이 이리저리 흔들렸다. 슌이 카누가 있는 쪽을 가리키며 다시 뛰기 시작했다.

"이쪽이야!"

즉시 슌의 뒤를 따라서 뛰어간 순간, 커다란 그림자가 상공을 가로질렀다.

고개를 들자 까마귀 한 마리가 하늘을 날고 있었다. 조금 전에 본 것일까? 까마귀는 유유히 4~5미터 정도 나지막이 날아서 소나무 가지에 앉더니, 우리를 쳐다보며 도발하듯 소리를 질렀다. 아직 인간이 얼마나 무서운지 모르는 것이다.

주력을 사용할 수 없는 것이 안타까워서 견딜 수 없었다. 돌이라도 던져주고 싶었지만, 지금은 그럴 때가 아니다. 우리는 복사뼈까지 흙탕물에 잠기며 갈대를 헤치고 들어가서 카누를 찾았다.

없다. 분명히 이 주변에 있었는데…….

수색을 시작하고 나서 허무하게 5분이 지나자 초조함이 온몸을 휘감았다. 그래도 까마귀는 날아오르지 않고 우리를 내려다보며 연신 귀를 찢는 소리를 질렀다.

"이상해. 떠내려갔을 리는 없는데……."

우리의 기둥인 슌의 얼굴에서도 서서히 자신감이 사라졌다. 그때 구원은 예상도 하지 않던 곳을 찾던 뜻밖의 인물에 의해 초래되었다.

"여기 있어!"

예전에 마모루의 목소리가 이렇게 믿음직하게 들린 적이 또 있었을까? 우리는 흙탕물을 튀기며 목소리가 난 쪽을 향해 희희낙락 뛰어갔다.

밧줄에 묶인 카누 세 척은 바람에 떠밀렸는지 갈대 사이에서 상당히 이동해 있었다. 진흙탕 안에 깊숙이 박아놓은 닻이 없었으면 멀리 떠내려갔을지도 모른다. 우리는 재빨리 닻을 올리고 카누에 올라탔다. 여기 왔을 때와 똑같이 나와 사토루는 산천어 2호에, 그리고 마리아와 마모루는 백련 4호에, 슌은 가물치 7호에 올라탄 것이다. 스퀴라가 기슭에 서서 우리를 배웅했다.

"그러면 저는 여기서 실례하겠습니다."

"고마워. 여기까지 올 수 있었던 건 네 덕분이야." 나는 감사의 마음을 담아서 말했다.

적어도 그 시점에서는 진심이었다.

"부디 가는 내내 무사하길 바랍니다."

정중하게 인사하는 스퀴라를 바라보며 카누는 서서히 기슭에서 멀어졌다.

"자아, 가자!"

사토루의 목소리를 듣고 나는 앞을 쳐다보며 노를 물에 넣었다.

어제 여기에 왔을 때와 결정적으로 다른 점은 누구 한 사람 주력을 사용할 수 없다는 것이다. 따라서 지금은 손으로 노를 저어가스미가우라를 가로질러야 한다.

우리는 어색하게 노를 저어서 거대한 호수로 나아갔다. 도네 강으로 들어가면 그다음에는 물살에 몸을 맡기면 된다. 그곳까지는 가장 원시적인 방법인 팔의 힘을 믿는 수밖에 없다. 하지만 처음에 너무 힘을 쏟은 것이 문제였는지 우리는 불과 몇 킬로미터도 가기 전에 완전히 녹초가 됐다. 두 팔은 욱신거리고, 껍질이 벗겨진 손바닥은 얼얼했다. 아직 점심시간도 되지 않았는데, 쨍쨍 내리쪼이는 햇빛이 피부를 빨갛게 태웠다. 5분마다 머리에 뒤집어쓰는 물도 눈 깜짝할 사이에 증발되었다.

그때 걱정스러운 눈길로 우리를 쳐다보고 있던 슌이 소리쳤다. "얘들아, 잠시 쉬었다 가자."

혼자 젓고 있는데도 슌의 카누는 다른 카누들보다 훨씬 빨랐다.

사토루가 화난 목소리로 말했다. "아직 괜찮아!"

"괜찮긴 뭐가 괜찮아? 한참 가야 하니까 여유 있을 때 쉬는 편이 좋아."

마음은 급하지만 어제부터 쌓인 피로가 온몸을 짓누르는 건 부정하기 어려운 사실이다. 우리는 슌의 의견을 받아들여 잠시 쉬기로 했다. 마침 구름이 태양을 가려준 덕분에 카누 위에 누워서 느긋하게 파란 하늘을 바라볼 수 있었다. 호수의 잔물결에 흔들리고 있자 졸음이 쏟아졌다. 겨우 호랑이 입에서 탈출했다는 안도감은 있었지만, 마음 안쪽에 딱딱한 응어리가 남아 있어서 잠의 세계로 들어갈 수 없었다.

앞으로 어떻게 될까?

우리는 알아서는 안 되는 사실을 알았다. 사토루의 추측이 맞는 다면 초에서 '배제'될지도 모른다. 어떻게 하면 그걸 피할 수 있을까? 그때 티셔츠 밑에서 무언가가 가슴으로 떨어지는 감각이 느껴졌다. 나는 반사적으로 오른손으로 가슴을 눌렀다.

옷깃 사이로 살며시 꺼내 바라보니, 굵은 보라색 끈에 매달려 있는 비단 부적 주머니가 눈에 들어왔다. 겉에는 복잡한 문양과 함께 '제업마부'라는 글자가 수놓여 있었다. 올봄에 전인학급에서 신사에 참배한 다음, 선생님이 나눠준 업마 제거용 부적이다.

선생님은 절대로 봉투를 열어서는 안 된다고 했지만, 원래 귀에 딱지가 앉을 정도로 말하면 반대로 하고 싶어지는 것이 사람의 심리가 아닌가. 나는 선생님이 아이들에게 부적을 나눠줄 때부터 꿈틀거리는 호기심을 참을 수 없었다. 그리고 결국 혼자 있을 때까지 기다릴 수 없어서 내용물을 확인해보았다.

봉투 입구는 붙어 있지 않아서, 끈을 느슨히 하자 내용물을 쉽게 꺼낼 수 있었다. 안에 들어 있는 것은 접혀 있는 새하얀 종이와 유리로 만든 원반이었다. 검은 먹물로 기묘한 글자가 쓰여 있는 종이는 보자마자 접어서 원래대로 해놓았다. 왠지 기분이 불쾌해진 것이다. 하지만 원반에서는 시선을 떼지 못했다.

직경 5센티미터 정도의 투명한 유리 원반은 말 그대로 하나의 작은 우주 같았다. 뒤쪽에는 보일락 말락 한 가느다란 금사가 복잡한 기하학 문양을 이루고, 앞쪽에는 수많은 사물이 옹기종기 모여 있었다. 작은 남천촉나무에 시선을 고정하자 쪼그만 나뭇잎이나 빨간 열매까지 정교하게 매달려 있었다. 그 옆에는 연필과 컵, 꽃

등 인간과 가까운 물건들이 몇 개 놓여 있었다. 그리고 가장 안쪽에서 그 모든 것을 내려다보는 것은 '무구의 가면'이었다.

무구의 가면은 쓰이나 의식 때 신시 역할의 아이들이 쓰는 가면으로, 완전히 마르지 않은 찰흙에 호분을 바른 단순한 것이다. 인간의 얼굴처럼 만들었을 뿐, 눈을 씻고 보아도 표정과 개성은 찾아볼 수 없다. 하지만 이 무구의 가면은 달랐다. 가만히 쳐다보고 있노라니 왠지 모르게 내 얼굴처럼 보이는 것이다. 카누 위에서 눈을 감은 채 부적 주머니 위에 손을 올려놓자 유리 원반의 감촉이 느껴졌다.

나는 조용히 얼굴을 들고, 뒤쪽에 누워 있는 사토루의 모습을 살펴보았다. 그는 냅색을 베개 삼아 편안한 모습으로 파도에 몸을 맡기고 있었다. 규칙적인 숨소리가 들리는 걸 보면 깜빡 잠이 들었을지도 모른다.

봐서는 안 되는 것을 보는 나쁜 버릇은 이따금 마음을 편안하게 만들어주기도 한다. 나는 살며시 부적 주머니를 열고, 안에서 유리 원반을 꺼냈다. 유리가 태양빛을 반사하면 다른 카누에서 알아차릴지도 모른다. 나는 두 손으로 햇빛을 가리고 원반 안을 들여다보았다.

그때 느낀 위화감을 어떻게 표현해야 좋을까?

아마 언뜻 보면 알아차리지 못할 정도였으리라. 하지만 기회가 있을 때마다 원반을 꺼내보았기 때문에 그 문양은 뇌리에 깊숙이 새겨져 있었다. 더구나 이때는 안심감을 얻고 싶어서 말 그대로 파고들듯이 쳐다보았다.

다르다. 무엇인가가 미묘하게 달라져 있다. 완벽한 균형을 이루던 남천촉나무가 뒤틀린 것이 생각 탓이라곤 할 수 없다. 어쩌면 배경의 정밀한 기하학 모양이 미세하게 일그러졌기 때문일지도 모른다. 그리고 눈의 초점이 무구의 가면과 마주쳤을 때, 온몸에 가느다란 소름이 돋았다.

녹아내리고 있다……. 눈에 보이지 않는 미묘한 변화를 깨달은 건 원래 모습이 내 얼굴과 똑같이 생겼기 때문이리라. 무구의 가면은 마치 엄마의 가면으로 변하는 것처럼 천천히 무너지기 시작했다. 나는 무의식중에 유리 원반을 호수에 던져버렸다. 물소리가 들렸는지 등 뒤에서 사토루가 고개를 드는 기척이 느껴졌다.

"무슨 일이야?"

나는 억지로 얼굴에 미소를 만들고 나서 고개를 흔들었다.

"아무것도 아니야. 이제 슬슬 출발해야 하지 않을까?"

"그게 좋겠어."

사토루가 큰 소리로 다른 카누에 말하고 나서, 우리는 다시 카누를 저었다.

어떻게 된 것일까? 왜 무구의 가면이 변한 걸까?

그런 생각이 내 마음을 무겁게 내리눌렀다. 무구의 가면이 왜 녹아내린 걸까?

그때 문득 의문이 솟구쳤다. 아니, 정말로 녹아내리고 있었을까? 내가 잘못 본 것이 아닐까? 정신적인 피로로 인해 환영을 본 게 아닐까?

그러자 앞뒤를 생각하지 않고 유리 원반을 물속에 던져버린 것이 후회되었다. 다시 보면 분명히 알 수 있을 텐데. 아니다. 조금 전에 느낀 전율은 단순한 착각이 아니었다. 유리 원반에 박힌 얼굴은 분명히 무너져내리고 있었다.

그러면 그 얼굴, 내 얼굴은 왜 변했을까? 아니, 잠시만. 그것은 내 얼굴이 아니다. 설령 닮았다고 해도 우연에 지나지 않는다. 부적은 무작위로 나누어주었으니까. 잠깐만! 나는 노 젓는 손길을 멈추고 다시 생각에 잠겼다.

……그런데 정말로 무작위로 나누어준 것일까? 무작위로 나누어주는 척하면서 실제로 아이들에게 주는 각각의 부적은 미리 정해져 있었던 게 아닐까? 그렇지 않으면 전원을 출석번호 순으로 세우고, 한 사람씩 나누어줄 필요가 없었을 테니까. 부적이 든 상자를 뒤로 돌리며 하나씩 꺼내라고 하면 되지 않았을까?

그때 사토루가 뒤에서 불만을 터뜨렸다. "사키, 좀 제대로 저어."

……내 추측이 맞는다면 부적 내용은 하나하나 전부 달라야 한다. 내 부적 안에 있던 무구의 가면이 내 얼굴을 닮았던 것도 우연은 아니리라. 각각의 유리 원반에 새겨진 무구의 가면은 의도적으로 주인의 얼굴과 닮게 해놓은 것이다.

"사키!"

"네네, 알겠습니다."

나는 일단 노를 젓는 척하면서 다시 생각에 몰두했다.

각각의 가면이 주인의 모습을 닮았다고 해도, 그것에 무슨 의미가 있다는 것일까?

아무리 생각해도 대답은 떠오르지 않았다. 다만 그렇게까지 시간과 노력을 들였다면 거기에는 단순한 부적 이외의 의미가 들어 있을지도 모른다.

유사미노시로의 이야기를 들은 이후, 어른들에 대한 내 시각은 완전히 바뀌었다. 어른들은 항상 우리를 관리하고 선별하지 않을까 하는 의혹이 꿈틀꿈틀 고개를 치켜든 것이다. ……그 부적도 우리를 관리하기 위한 도구가 아닐까? 업마 제거라는 것은 단순한 구실에 불과할지도 모른다.

나는 손수건을 호수 물에 적셔 머리 위에 올렸다. 차가운 물방울이 정수리에서 뺨을 타고 흘러내리는 도중에 모두 증발했다. 그래도 나는 뭔가에 홀린 것처럼 정신을 집중해서 생각하고 또 생각했다.

유감스럽게도 유사미노시로에게서 업마의 정체는 들을 수 없었다. 하지만 아무래도 업마는 악귀처럼 실제로 존재하는 것 같다. 그렇다면 이 부적은 실제로 업마 제거의 효능을 가지고 있을까?

아니, 잠깐만!

그때 내 머릿속에서 무엇인가가 번뜩였다. 나는 이미 직감적으로 그 정체를 알고 있다. 하지만 그걸 말로 표현할 수 없는 것이 안타까웠다. 그렇다. 그 부적은 혹시 업마를 '탐지'하는 게 아닐까? 이것은 분명히 우리에게 위험을 가르쳐주는 것이다. 업마가 가까이 접근하고 있다는 것을. 아니면…….

"사키!"

내 생각은 사토루의 긴박한 외침에 의해 중단되었다. 한순간 내가 노를 젓지 않아서 화가 치민 것이라고 생각했지만, 그렇지 않다는 사실은 즉시 알 수 있었다.

검은 그림자가 내 머리 위를 지나갔다. 화들짝 놀라서 올려다보니 조금 전 까마귀였다. 까마귀는 목청껏 한 번 길게 울더니, 크게 선회해서 뒤쪽으로 날아갔다.

뒤를 돌아보자 시야 가득히 몇 척의 배가 나타났다. 돛에 바람을 한껏 품고 순식간에 가까이 다가왔다. 정면에서는 크기를 알수 없었지만, 적어도 우리 카누의 세 배는 넘으리라. 배 안에는 발디딜 틈도 없이 요괴쥐 병사들이 잔뜩 실려 있었다.

"사키…… 잡혔어. 저기 봐. 저기에 기로마루가 있어."

사토루가 한숨과 함께 토해낸 말에는 포기의 느낌이 배어 있었다.

우리는 손을 꼭 잡고 요괴쥐의 배가 가까이 다가오길 기다렸다. 사토루의 손은 땀으로 촉촉이 젖어 있었다. 아마 내 손도 똑같았으리라.

우리는 말없이 가스미가우라의 경치를 바라보았다. 카누는 우리가 저을 때와는 비교가 되지 않는 속도로 호수를 질주했다. 우리의 카누는 제각기 굵은 밧줄로 요괴쥐의 군선에 묶여 있었다. 군선은 삼각형을 몇 개 겹친 독특하게 생긴 돛을 올리고, 호수 위 바람을 교묘하게 이용해서 질주했다.

사토루가 혼잣말처럼 중얼거렸다. "요괴쥐의 배가 이렇게 빠를줄 몰랐어. 어쩌면 이런 기술은 인간보다 낫지 않을까?"

"하지만 우리에게는 주력이 있잖아. 돛을 펴서 배를 조종할 필요가 어디 있어?"

아무리 큰 돛을 사용해도 낼 수 있는 속도에는 한계가 있다. 하지만 주력에는 그런 물리적 제약이 거의 없는 것이다.

"그건 그렇지만……."

그는 팔짱을 낀 채 시선을 돌려 푸른 안개가 끼어 있는 먼 산을 바라보았다.

"요괴쥐 얘기는 이제 그만해. 그보다 좀 전의 얘기 말인데……."

"응."

그는 옷깃 사이로 엄마 제거 부적을 꺼냈다.

"너도 확인해봐."

그는 별로 주저하지도 않고 부적 주머니의 입구를 열었다.

"예전에도 본 적 있어?"

"당연하지. 안 본 사람이 어디 있어?"

그는 원반을 들고 햇빛에 비춰보았다.

"어때?"

나를 돌아본 그의 얼굴이 창백해졌다.

"보여줘."

"안 돼."

그는 손가락이 새하얘질 정도로 원반을 꼭 쥐었다.

"이상해졌어?"

"그래."

그는 더 이상 자세히 말하지 않았지만 나는 오히려 마음속으로 안도의 한숨을 내쉬었다. 만약 내 부적만 이상해졌다면 참으로 무서운 일이 아닌가?

"더위 때문에 녹은 게 아닐까?"

스스로도 가능성이 없다고 생각하면서 물어보았지만 그는 단칼에 부정했다.

"아무리 열에 약해도 그런 일은 있을 수 없어. 계속 주머니 안에 들어 있었고, 더구나 계속 목에 걸고 다녔잖아. 그런데 녹을 만큼 뜨거워지겠어?"

"그럼 어떻게 된 거지?"

그의 표정이 어두워졌다. "나도 잘 모르겠어. 어쨌든 좋은 징조가 아닌 것만은 분명해……."

그는 잠시 호수의 기슭 쪽을 쳐다보면서 생각에 잠겼다.

"역시 버리는 편이 좋겠어."

"응?"

그는 말릴 틈도 없이 목에 걸고 있던 부적을 빼내 호수에 내던졌다. 비단 주머니에 들어 있던 부적은 호수에 풍덩 빠지더니, 유리 원반의 무게로 인해 천천히 가라앉았다.

"왜 버린 거야?"

"이유는 묻지 말고 너도 빨리 버려."

"왜?"

"초에 돌아가서 어른들에게 보여주면 문제가 될지도 몰라. 무구의 가면이 녹은 건 분명 좋은 징조가 아니야. 다른 애들 것도 보라고 해서 조금이라도 바뀌었다면 버리라고 해야겠어."

"혹시 업마가 가까이 왔다고 경고해주는 게 아닐까?"

"가령 그렇다고 해도 대처할 도리가 없잖아. 우리는 업마가 뭔지도 모르는데."

팔짱을 낀 채 대답하는 그의 기다란 앞머리가 미풍에 휘날렸다.

"그런데 어떻게 변명하지? 한 사람이라면 또 몰라도 몇 사람이 동시에 부적을 잃어버리는 건 부자연스럽잖아."

"하긴 그래…… 아니야, 괜찮아! 땅거미에게 잡혔을 때 빼앗겼다고 하면 되잖아. 그래, 다른 애들한테도 일단 땅거미한테 잡혔던 걸로 하자고 입을 맞추는 게 좋겠어."

역시 잔머리는 따라갈 사람이 없다. 나는 고개를 끄덕이고 그와 똑같이 부적 주머니를 호수에 던졌다. 어차피 유리 원반은 이미 버렸으니까 전부 버리지 않으면 앞뒤가 맞는 변명을 할 수 없다. 그와 달리 가벼운 내 부적 주머니는 언제까지나 물결 사이에서 떠다니다 이윽고 뒤쪽으로 사라졌다. 그러는 사이에 요괴쥐의 범선에 매달려 있는 카누는 목적지에 도착했다.

장수말벌 콜로니의 병사가 배 뒤쪽에서 몸을 내밀어 카누를 묶은 밧줄을 풀어주었다. 밧줄은 카누 앞쪽에 있는 고리에 연결되어 있을 뿐이라서, 우리 카누에 올라타지 않아도 간단히 풀 수 있는 것이다.

범선 뒤쪽에서 덩치 큰 요괴쥐가 모습을 드러냈다. 기로마루다. 풍선개의 폭발로 인해 등과 어깨에 중상을 입고 목과 머리 전체에 붕대를 감고 있지만, 날렵한 동작에서는 부상의 영향을 느낄 수 없었다.

"기분은 어떠십니까?"

"고마워, 덕분에 아주 좋아."

내가 그렇게 대답하자 기로마루는 귀까지 찢어진 입에 늑대 같은 미소를 담았다.

"저기 햇볕을 받고 수면이 빛나는 곳이 북 도네 강으로 들어가는 경계선입니다. ……유감스럽게도 저희는 더 이상 갈 수 없습니다."

"괜찮아. 여기부터는 우리 힘으로 갈 수 있으니까."

가스미가우라처럼 거대한 호수를 불과 세 시간 만에 가로지를 수 있었던 건 요괴쥐의 범선이 끌어준 덕분이다. 우리가 아무리 아등바등 노를 저어도 해가 저물기 전에 도착할 수는 없었으리라. 그런데 왜 더 이상 갈 수 없다는 것일까? 사토루도 역시 나처럼 의아한 표정을 지었지만 구태여 물어보지는 않았다.

그때 기로마루 뒤에서 스퀴라가 얼굴을 내밀었다. "신이시여, 신이시여. 이번에는 정말로 이별입니다. 부디 가시는 내내 무사하길 빌겠습니다."

이 녀석을 보면 마음이 복잡해진다. 물론 우리를 걱정하는 것 같기도 하지만 이렇게 범선에 탄 걸 보면 처음부터 기로마루의 명령을 받고, 우리가 어디 있는지 알려주었다고밖에 여길 수 없어서였다.

나는 그런 감정을 죽이고 최대한 어른스럽게 대꾸했다. "……너도 잘 있어. 콜로니를 재건할 수 있길 바랄게."

노를 젓기 시작하자 뒤에서 기로마루의 목소리가 들렸다.

"한 가지 부탁이 있습니다."

사토루가 뒤돌아보며 물었다. "뭔데?"

"초에 가시거든 저희가 카누를 끌어드렸다는 건 비밀로 해주셨으면 합니다."

나는 순수한 의문을 느끼고 되물었다. "그건 왜?"

"이유는 말씀드릴 수 없지만 이 일이 발각되면 저는 분명히 죽음을 맞이하게 될 겁니다."

나는 이제야 짐작이 되었다. 기로마루의 눈에는 전쟁의 소용돌이 속에서도 보이지 않던 진지한 빛이 깃들어 있었다.

사토루가 나를 대신해서 부드러운 목소리로 말했다. "알았어. 비밀 지켜줄게."

편히 쉬어서 기운이 회복된 탓인지, 아니면 북 도네 강으로 향하는 물살을 탔기 때문인지, 카누는 거침없이 앞으로 나아갔다. 잠시 앞으로 가고 나서 뒤를 돌아보자 철수하는 요괴쥐의 범선들이 상당히 작아져 있었다. 나는 사토루에게가 아니라 나 자신에게 중얼거렸다.

"기로마루는 위험을 감수하면서까지 우리를 구해준 거야."

"그래. 그 녀석은 역시 윤리위원회에서 우리를 죽이든지 구속하라는 명령을 받았어. 저기서 범선이 철수한 것도 그 때문이야. 돛은 상당히 멀리에서도 보이니까. 만일 누가 보기라도 하면 명령을 무시하고 우리를 배웅해준 게 들통 나잖아."

자신의 짐작이 맞아서 그런지, 그의 말은 오히려 자랑스럽게 들렸다.

"그런데 왜지……?"

그렇게 간단한 것도 모르냐는 식으로 그가 웃음을 터뜨렸다. "그걸 몰라서 물어? 우리가 어제 저 녀석의 목숨을 구해줬잖아. 내가 풍선개를 구멍으로 밀어넣지 않았다면 기로마루는 분명히 리진 스님과 똑같은 운명에 처했을 거야."

그때 앞쪽에서 우리를 부르는 순의 목소리가 들렸다.

"얘들아아!"

"그래, 지금 갈게!" 사토루가 큰 목소리로 대답했다.

그 목소리를 들은 순간, 긴장의 끈이 풀어지는 감각에 휩싸였다. 마치 지난 사흘 동안 경험한 사건은 전부 백일몽에 지나지 않고, 우리는 다만 하계 캠프에서 카누를 타고 있을 뿐이라고 착각하게 만드는 느긋한 목소리였기 때문이다.

"야, 사키! 뭐하는 거야? 야……."

사토루의 다급한 말투와 동작이 재미있어서 나는 눈물을 흘리며 쿡쿡 웃어댔다. 내 정신 착란은 적어도 10분 동안 이어지고, 이윽고 카누를 타고 다가온 마리아에게도 전염되어 수습할 수 없는 지경에 이르렀다.

하지만 실컷 울고 나니 마음은 오히려 후련해졌다(옆에 있던 남자아이들은 어이없는 표정을 지었지만). 잠시 후, 우리는 북 도네 강으로 들어가서 강을 내려갔다. 그 후는 특별히 기록할 것도 없이 순조롭게 초에 도착했다……. 이렇게 쓰고 싶은 마음은 굴뚝같지만 실제로는 파란만장의 연속이었다. 우리는 그때까지 주력에 의지하지 않고 강을 내려간 적이 한 번도 없었다. 또 육체적, 정신적인 피로는 절정에 달하고, 도중에 해가 저무는 바람에 앞이 보이지 않았다. 더구나 최악의 사태가 지났다는 안도감으로 긴장의 끈이 끊어진 것이다. 우리 카누는 몇 번이나 바위에 부딪힐 뻔하고, 카누끼리 부딪쳐서 침몰할 뻔했다. 이때 한 명의 희생자도 나오지 않은 건 기적이라고밖에 할 수 없으리라.

   밤의 장막이 내려앉자 강의 얼굴은 180도로 바뀌었다. 별빛이 반짝이는 흑요석 같은 수면을 보고 있노라니 마치 정지하고 있는 듯한 착각에 사로잡혔지만, 귀를 찢는 물소리는 완만했던 흐름이 갑자기 빨라진 것처럼 느끼게 했다.

   나는 불현듯 근원적인 불안에 휩싸였다. 태어나기 전에 느꼈던 신비한 체험에 뿌리를 둔 것 같기도 하고, 우리의 머나먼 선조가 혈거 생활을 했을 때의 기억이 되살아난 것 같기도 했다.

   다들 불안에 사로잡힌 나머지 한시라도 빨리 집에 가고 싶다고 생각했으리라. 그것은 우리를 기다리는 것에 강한 의혹을 품고 있던 나와 사토루도 마찬가지였다. 하지만 심신의 피로를 생각하면 이대로 밤새도록 강을 내려가는 건 자살행위나 다름없다. 우리는 할 수 없이 야영하기 위한 강변을 찾았지만 적당한 장소가 쉽게 보이지 않았다. 그러자 해가 지기 직전에 지나친 넓은 강변이 못내 아쉬워져서 혀를 차고 싶었다. 조금이라도 일찍 집에 가고 싶다는 마음에 그대로 지나쳤는데, 초까지 곧장 가는 것이 불가능하다는 사실을 깨닫고 거기서 강변으로 올라가야 했다.

   겨우 텐트를 칠 만한 장소를 발견했을 때 우리는 모두 녹초가 되어 있었다. 강변 폭이 좁아서 자칫하면 물에 잠길 것 같고, 여기저기에 돌멩이가 있어서 쾌적한 잠자리가 될 수 없을 것 같았지만 그렇다고 불만을 토해낼 상황은 아니었다.

   우리는 마지막 기력을 짜내 텐트를 세 개 쳤다. 선생님에게 배운 순서대로 땅에 구멍을 파고 대나무 골조를 세운 뒤, 위에서 천을 씌우고 가죽끈으로 묶은 것이다. 그런데 이상한 일이 있었다. 캠프 첫날에는 분명히 성공했는데 오늘은 쉽게 되지 않는 것이다.

"이상한데, 왜 이렇게 안 되지?" 사토루의 투덜거리는 목소리에도 힘이 없었다.

그러자 옆에서 악전고투하고 있는 순이 대답했다. "그때는 우리 모두 주력을 사용할 수 있었잖아."

그렇다. 겨우 이틀 전 일인데 머나먼 옛날 일처럼 여겨진 것이다.

"사토루, 아직 주력을 사용할 수 없어?"

나는 한 줄기 희망을 품고 그렇게 물었지만 그는 고개를 가로저었다.

"으음…… 피곤해서 정신을 집중할 수 없지만 조금이라면 될지도 몰라."

우리 대화를 이상하게 여기고 마리아가 옆에서 끼어들었다.

"그게 무슨 말이야?"

나는 우연히 사토루의 진언을 기억하고 있다, 최면 상태를 이용해 그의 주력을 부활시켜준 이야기를 했다.

순이 흥분한 모습으로 말했다. "그래? 그러면 진언만 알면 주력을 찾을 수 있구나! 리진 스님한테 완전히 속았는걸. 그런 암시, 실은 대단한 게 아니었어! 사키조차 풀 수 있었으니까."

사키조차, 라는 말은 구태여 붙이지 않아도 되는데…….

"하지만 다들 자기 진언을 모르잖아. 나는 우연히 사토루의 진언을 기억하고 있었지만."

나는 친구들의 얼굴을 둘러보았다. 주위는 캄캄했지만 눈이 어둠에 익숙해진 탓인지 가까스로 표정은 알아볼 수 있었다.

순이 말했다. "난 알아."

"뭐? 어떻게?"

"생각났어. 이리저리 머리를 굴려봤거든. 하지만 그 후에 아무리 진언을 읊조려도 주력은 부활하지 않았어. 그러기 위해선 먼저 최면 암시를 풀어야 하는 줄도 모르고……."

우리에게 진언을 빼앗은, 즉 우리가 진언을 떠올릴 수 없도록 하는 것 자체가 최면술에 의한 암시였던 만큼, 순이 자기 힘으로 진언을 떠올렸다는 건 정말 놀라운 일이었다. 순의 말에 따르면 진언을 잊어버린 경우에 대비해서 단어에 맞추어 기억할 수 있도록 만들어두었다고 한다.

마리아가 슬픈 목소리로 말했다. "하지만 난 진언이 생각 안 나."

"집에 써놓지 않았어?"

순의 말을 듣고 나와 마리아, 마모루는 서로의 눈을 바라보았다. 나는 아무도 몰래 툇마루 밑에 묻어둔, 진언을 써둔 지폐를 떠올렸다.

"써놨어."

"나도."

"나도…… 일기장에."

진언은 소리 하나하나에 영혼의 힘이 들어 있는 성스러운 말로, 결코 다른 사람에게 가르쳐주어서는 안 된다. 엄밀히 말하면 글로 써두는 것조차 허용되지 않는다. 하지만 세 사람 모두 기억 속에만 새겨두는 것에 불안을 느끼고 글로 옮겨둔 것이다. 나와 사토루는 종이에 써서 서로의 진언을 보여주기도 했다. 이렇게 규칙을 깨뜨리는 일은 다른 반에서는 상상도 할 수 없는 일이다. 나중에 설명하는 것처럼 역시 우리 반에는 특별한 학생들이 모여 있다는 증거일지도 모른다.

"그러면 걱정하지 않아도 돼. 초로 돌아가면 나와 사토루가 주력을 사용할 수 있다는 걸 보여주겠어. 그러면 동결되었다는 걸 아무도 모를 거야. 다른 사람들은 피로가 한계에 도달했다거나 아프다고 하면서 집에서 누워 있어. 그다음에 진언을 알아내고, 틈을 봐서 사키가 주력을 부활시켜주면 되잖아."

순의 말을 들은 순간, 눈앞에서 맴돌던 어두운 구름이 단숨에 날아간 듯한 느낌이 들었다. 요괴쥐에게 죽은 리진 스님이 가엾기는 하지만, 역시 죽은 사람에게는 입이 없다는 옛말이 틀리지 않았다.

원래 기분이 좋아지면 기운이 솟구치는 법이다. 사토루가 주력으로 천을 띄우자 우리는 재빨리 텐트 세 개를 만들었다. 그리고 마른 나뭇가지를 모아 모닥불을 만들고, 쇠냄비에 죽을 끓여 배를 채웠다. 첫날보다 훨씬 대충 만들었지만, 나는 오늘날까지 그렇게 맛있는 죽을 먹어본 적이 없다.

식후에는 모닥불의 불꽃을 바라보며 번갈아 뿔뿔이 흩어졌을 때의 이야기를 했다. 순과 마리아, 마모루의 이야기에는 드라마틱한 부분이 거의 없었다. 나와 사토루가 땅거미에게 잡힌 걸 보고 어떻게든 구하기 위해 콜로니 옆까지 왔다고 한다. 하지만 경계가 심해서 다가갈 수 없다는 사실을 알고, 초에 가서 도움을 청하기로 했다. 낮에는 들킬 가능성이 있어서 신중하게 움직이기로 했는데, 도중에 요괴쥐의 함성과 전투 소리에 간담이 서늘해져서 계속 덤불 속에 숨어 있었다. 밤이 되어 주위가 조용해지고 나서 어둠을 틈타 야산을 가로질러 가스미가우라로 갔는데, 거기서 우리를 만난 것은 놀라움을 뛰어넘어 마리아의 표현에 따르면 귀신에 홀린 듯한 심정이었다고 한다.

그에 비해 우리 이야기는 팔짝 뛰어오를 만큼 그들을 놀라게 만들었다. 땅거미의 감옥에서 보초를 죽이고 탈출한 부분에서는 정신없이 질문을 퍼붓고, 파리매 콜로니에서 땅거미의 습격을 받고 지하 터널을 방황했던 대목에 이르자 입도 벙긋하지 않고 마른침을 꿀꺽 삼켰다. 또 절체절명의 상황에서 기적적으로 사토루의 주력을 부활시켜 단숨에 땅거미를 공격한 대목에서는 환호성이 솟구치고, 그 이후 끊임없이 이어진 끔찍한 전투 장면에서는 아연한 표정으로 입을 다물지 못했다.

말은 주로 사토루가 했고, 나는 요점을 수정하거나 보충하는 역할을 했다. 재미있게 말하는 재능은 그를 따라갈 사람이 없어서였다. 입만 떨어지면 허풍과 거짓말을 일삼는 탓에 세 사람이 이야기의 절반쯤 빼고 듣지 않을까 우려했지만, 그것은 기우에 불과했다. 눈을 반짝이며 멍하니 입을 벌린 세 사람의 얼굴은 나이보다 훨씬 어리게 보였다.

사토루의 이야기가 끝나자 한동안 무거운 침묵 속에서 탁탁 튀는 모닥불 소리가 주위를 가득 메웠다. 이윽고 한 사람이 입을 열자 봇물이 터진 것처럼 질문이 밀려들었다. 그중에서 가장 듣고 싶어 한 것은 안전한 기로마루의 보호에서 왜 탈출해야 했느냐는 점이다.

다시 사토루의 설명이 이어졌다. 윤리위원회에서 우리를 '처분'할지도 모른다는 이야기에는 모두 반발하리라고 여겼지만 의외로 순순히 받아들였다. 내가 너무 비관적이라고 느낀 사토루의 억측을 순이 순순히 받아들인 것도 한 가지 이유였을지 모른다.

또한 그때 자리를 지배했던 낙관적인 공기가 충격을 완화해주는 쿠션 역할을 했다. 조금 전에 순이 말한 대로 하면 리진 스님이 우리의 주력을 동결시킨 것은 감출 수 있으리라. 그러면 고작해야 선생님들에게 야단을 맞는 것으로 끝나지 않을까?

이야기가 일단락되자 순이 나에게 종잇조각을 내밀면서 말했다.

"사키, 부탁해. 내 주력을 부활시켜줘."

나는 크게 숨을 들이마시고 고개를 끄덕였다.

그리고 순에게 받은 종잇조각을 펼치고 모닥불에 비춰 읽어보았다. 상당히 긴 진언으로, 9단어에 29자나 되었다. 처음에는 외우고 나서 즉시 태워버릴 생각이었지만, 너무 길어서 한 번에 말할 수 있을지 불안했다. 나는 손바닥 안에서 종잇조각을 꽉 쥐었다.

괜찮다. 할 수 있다. 사토루에게 했을 때와 똑같이 하면 된다…….

마음을 가라앉히기 위해 나는 스스로에게 그렇게 말했다. 실제로는 사토루에게 했을 때와 결정적으로 다른 점이 세 가지나 되었다. 순은 그때의 사토루와 달리 의식 수준이 떨어져 있지 않다. 또한 지금부터 최면술 거는 걸 알고 있을 뿐 아니라 이미 진언을 기억해냈다. 하지만 그때는 그런 것이 머릿속에 떠오르지 않았다.

"불꽃을 쳐다봐."

나는 통과의례를 떠올리며 순의 의식을 모닥불로 유인했다. 무신 대사는 나에게 불꽃을 흔들라고 명령했지만, 주력이 동결되어 있는 순에게 똑같은 말을 하는 것은 역효과일지 모른다. 나는 속삭이듯 말했다. "불꽃이 흔들리는 걸 쳐다봐. 오른쪽으로, 왼쪽으로. 흔들흔들…… 흔들흔들."

순은 계속 말이 없었다. 다른 세 사람도 숨을 죽이고 우리를 주시했다.

나는 기다란 나뭇가지를 모닥불에 넣어서 불티를 만들었다. 호마단의 화로와 똑같은 효과까지는 기대할 수 없지만, 어둠 속에서 선명한 궤적을 남기고 흩어지는 불티는 지켜보는 사람의 마음을 꿈처럼 만들 것이다.

"아오누마 순."

순은 꼼짝도 하지 않았다. 최면 상태에 빠졌는지 아닌지는 아직 알 수 없다.

"아오누마 순. 너는 규칙을 깨뜨리고 와서는 안 될 곳에 왔다. 더구나 금기를 어기고 악마의 말에 귀를 기울였다. 하지만 문제는 그 다음이다!"

순에게는 아무런 반응이 없었다.

"너는 윤리 규정의 가장 근간에 있는 십중금계의 제10조, 불방삼보계를 어겼다. 악마의 목소리를 듣고 부처님의 가르침에 이의를 제기한 것이다. 따라서 나는 지금 당장 네 주력을 동결시키겠다."

순이 깊은 한숨을 내쉬었다. 과연 최면에 걸리고 있을까? 나는 확신을 가지지 못한 채 다음 단계로 접어들었다.

"다시 불꽃을 보거라."

순은 대답하지 않았다.

"불꽃을 보거라."

여전히 대답은 하지 않았지만 순의 눈동자 속에 불꽃이 비치는 게 보였다.

"네 주력은 저 인형 안에 봉인되었다. 인형이 보이는가?"

이번에는 깊은 한숨이 똑똑히 들렸다. 그리고 "네"라는 명료한 대답도…….

"지금부터 인형을 불 속에 태워라. 모든 것을 불태워라. 모든 번뇌를 태워버려라. 재는 끝없는 황무지로 돌아가리라." 나는 크게 숨을 들이쉬고 목소리에 힘을 주었다. "인형은 전부 불타고, 네 주력은 여기에 동결되었다!"

순의 목구멍 안쪽에서 으윽 하는 신음이 새어나왔다. 호흡이 점점 빨라졌다.

"번뇌를 버려라. 해탈하기 위해서는 모든 것을 청정한 불길 속에 태워야 한다."

자아, 이때다! 나는 일어서서 순의 옆으로 다가갔다.

"아오누마 순. 너는 진심으로 신불에 귀의하면서 스스로 주력을 포기했다. 그러면 대일여래의 자비에 의해 올바른 진언을 안겨주고, 새로운 정령을 초빙해서 다시 주력을 부여하겠노라."

나는 순의 양어깨를 주먹으로 세게 내리친 후, 그의 귓가에 입을 대고 종잇조각에 쓰여 있던 진언을 속삭였다.

옴 아모가 바이로차나 마하무드라 마니 파드마 즈바라 프라바를타야 훔

Om amogha vairocana mahamudra mani padma jvala pravarttaya hum

나중에 알았지만 이것은 가장 높은 부처인 대일여래에 속한 광명진언이다. 그 자체가 순에 대한 높은 평가를 보여주는 것으로, 태어나면서부터 장래의 지도자라는 기대를 한몸에 받은 것이다.

갑자기 모닥불 불꽃이 세 배로 부풀어올랐다. 그러더니 머리와 꼬리가 여덟 개 달린 거대한 뱀처럼 사방팔방으로 목을 내밀거나 몸을 비틀며 춤을 추는 기괴한 동작을 취했다.

순이 고개를 들고 미소를 지었다. 나를 포함한 나머지 전원이 박수갈채를 보냈다. 발을 쿵쾅거리고 휘파람을 부는 등 우리의 환호는 언제까지나 그치지 않았다. 우리 계획대로 순이 주력을 회복한 것이다.

Ⅲ
깊은 가을

1

우리는 크고 작은 자갈이 깔려 있는 강가에서 잠들지 못하는 하룻밤을 보냈다. 심신이 지쳐 있음에도 의식 한가운데에 *삐쭉삐쭉한* 부분이 남아 있어서 잠에 빠지려고 할 때마다 불안의 가시가 되어 따끔따끔 찌르는 것이다. 그래도 몇 번 선잠을 취한 덕분에 조금은 기운을 회복했다.

다음 날 아침, 우리는 해가 뜨자마자 카누에 올라탔다. 다시 강을 내려가면서 알게 된 사실은 어젯밤에 우리가 야영한 강변이 가미스 66초의 거의 앞이었다는 것이다. 이렇게 가까웠다니, 그럼 밤새 그대로 카누를 타고 있었다면 집에 도착할 수도 있지 않았을까? 하지만 어젯밤 상태를 냉정히 돌이켜보면 역시 휴식을 취하는 것이 정답이었으리라.

아침 노을을 정면으로 받은 도네 강의 수면은 우리의 귀환을 축복하듯 선명한 황금색으로 반짝였다. 불과 몇 시간 전, 우리가 그렇게 악전고투했던 어두운 죽음의 강은 대체 무엇이었을까?

우리는 노 젓는 손길을 멈추고 흐르는 물살에 카누를 맡겼다.

점차 주위의 경치가 눈에 익었다. 그런데 이상한 일이 있었다. 집에 가고 싶어서 그토록 애를 태웠으면서, 막상 초에 가까이 다가가자 불안이 증폭되는 것이다. 우리를 환영하기 위한 배가 즐비하게 나와 있으리라고 여겼는데, 이키스신사 옆을 지날 때도 그럴 만한 배는 보이지 않았다.

맥이 풀리고 어깨 힘이 빠지면서 우리는 눈에 띄게 긴장이 풀렸다. 하지만 사실은 이때 눈치채야 했으리라. 아무리 이른 시각임을 감안해도 주위에 배가 한 척도 보이지 않는 건 부자연스럽다는 사실을…….

나흘 전에 출발한 이엉마을의 선착장에 도착하자 겨우 우리를 맞이하는 사람이 보였다. 태양왕 엔도 선생님이었다.

"생각보다 빨리 왔구나."

머리칼과 턱수염이 빈틈없이 얼굴의 가장자리를 뒤덮은 둥근 얼굴에는 우리의 무사함을 기뻐하는 미소와 규칙 위반을 책망하는 엄격함이 동시에 떠올라 있었다. 일주일간의 하계 캠프를 도중에 포기하는 건 흔한 일이지만, 문제는 그렇게 되기에 이른 경위인 것이다.

"죄송해요, 도무지 믿을 수 없는 일이 일어나는 바람에……."

말을 하려던 슌의 목소리가 갑자기 막혔다. 그 목소리를 듣고 우리는 한꺼번에 울음을 터뜨릴 뻔했다.

"자세한 얘기는 나중에 하자꾸나. 어쨌든 어서 올라와라."

우리는 가까스로 눈물을 참으며 카누에서 내려 선착장으로 올라갔다. 밧줄을 풀자마자 카누에 있던 짐은 잇따라 허공을 날아서 땅으로 사뿐히 내려앉았다.

"아, 제가 할게요."

사토루가 그렇게 말했지만 태양왕은 다정한 얼굴로 고개를 흔들었다.

"괜찮아. 피곤할 텐데 뭐. 그보다 어서 아동관으로 가거라. 아침 식사를 차려놨으니까."

우리를 왜 아동관으로 보내는 것일까? 머릿속에서 희미한 의문이 퍼져나갔다. 선착장 정면에 있는 아동관에는 휴식과 숙박 시설이 갖추어져 있지만, 와키엔을 졸업한 후에는 한 번도 간 적이 없었던 것이다.

슌이 우리의 마음을 대변해주었다. "선생님, 저희는 집으로 가고 싶은데요……."

"당연히 그렇겠지. 하지만 그전에 물어봐야 할 게 있거든."

마리아가 애원을 했다. "일단 집에 가서 한숨 자고 나서 하면 안 될까요?"

나도 목욕을 하고 싶어서 견딜 수 없었지만 태양왕에게는 씨도 먹히지 않았다.

"너희는 중대한 규칙 위반을 했다는 사실을 잊으면 안 돼. 피곤하다는 건 알지만 일단 의무부터 이행해야지."

여전히 너그러운 미소를 짓고 있으나 태양왕의 콧등에는 구슬

같은 땀이 빛나고 있었다.

"알겠습니다."

우리는 우르르 아동관으로 향했다.

사토루가 내 옆으로 와서 귀엣말을 했다. "사키, 어떻게 생각해?"

"뭐를?"

"태양왕의 얼굴, 왠지 좀 긴장한 거 같지 않아? 그리고 아동관으로 가라니, 이상하잖아."

"물론 이상해. 하지만 지금의 상황 자체가 모두 이상하잖아……."

그동안 쌓인 피로가 한꺼번에 밀려오는 바람에 걸음을 내딛는 발조차 내 것이 아닌 듯했다. 이런 상태에서 뻔한 질문을 하는 그에게 불현듯 화가 치밀었다. 이상하다고 해서 가지 않겠다고 떼를 쓸 수도 없지 않은가?

그때 슌이 아동관의 유리문을 주력으로 열었다. 나는 그의 기지에 감탄할 수밖에 없었다. 피곤에 지쳐 있는 지금은 주력을 사용해서 문을 열기보다 손으로 여는 편이 쉬울 것이다. 하지만 지금 이 순간에도 태양왕이, 또는 누군가가 우리를 관찰하고 있을 터이기 때문에, 여기서 우리 전원이 주력을 동결당한 것이 아닐까 하는 의혹은 풀렸을 것이다.

아동관의 식당에는 태양왕 말대로 아침 식사가 차려져 있었다. 밥통에 있는 따뜻한 밥과 연어구이, 호랑이집게 된장국, 날계란, 김, 채소샐러드, 다시마생선조림 등. 디저트로 검은 꿀을 듬뿍 뿌린 우무까지 마련되어 있었다. 별안간 배고픔이 덮쳐오고 우리는 앞다투어 밥을 그릇에 퍼서 맹렬한 기세로 먹어댔다. 한동안 모두 말이 없었다.

"우리, 무사히 돌아왔구나……."

마모루가 절실히 말하자 사토루가 퉁명스럽게 대꾸했다.

"무사히 돌아왔다고? 앞으로 어떤 일이 있을지 어떻게 알아?"

마리아가 마모루 편을 들었다. "하지만 어쨌든 돌아왔잖아."

나도 사토루보다 두 사람 말에 동의하고 싶은 기분이었다.

"어쩌면 우리 생각이 지나쳤을지도 몰라."

마리아가 물었다. "무슨 뜻이야?"

"아무리 유사미노시로에게 나쁜 지식을 들었다고 해도 우리를 처분하는 건……."

슌이 재빨리 내 말을 가로막았다. "쉿! 누가 듣고 있을지 몰라."

"아, 미안."

나는 깜짝 놀라 순간적으로 입을 다물었다. 왜 이럴까? 기묘할 정도로 마음이 들떠서 무슨 말이든 하고 싶은 기분이 들었다.

"잠시만. 혹시…… 이 안에……."

슌이 거의 먹은 아침밥을 꺼림칙한 눈으로 바라보았다. 이심전심으로 그가 느낀 의혹이 우리에게 전해졌다. 혹시 아침 식사에 뭔가 넣은 게 아닐까? 마음을 편안하게 만들어 마음속에 있는 말을 전부 토해내게 만드는 무엇인가를.

'이거야!'라는 식으로 사토루가 우무 접시를 가리켰다. 다들 말 없이 밥과 반찬을 먹는 동안 나 혼자 우무를 먹은 것이다. 알코올 냄새가 약간 났지만, 어쩌면 그것 말고 다른 약품을 넣었을지도 모른다.

"으힉!"

우리의 시선이 디저트에 향해 있을 때, 마모루가 창밖을 보고 기묘한 소리를 질렀다. 그러더니 왜 그러냐는 마리아의 질문에도 대답하지 않고 창문 쪽으로 뛰어갔다. 그때였다. 내 눈에도 커다란 그림자가 창문을 가로지르는 것이 보였다.

마모루는 한동안 창문에 얼굴을 붙이고 밖을 내다보았다. 이윽고 우리를 돌아보았을 때는 기로마루에게 겁먹으며 죽을힘을 다해 도망쳤을 때조차 본 적이 없는, 무참하리만큼 강한 공포가 어려 있었다.

기둥시계가 두웅, 두웅 시간을 알렸다. 여덟 번을 헤아리고 나서 나는 기묘한 느낌에 휩싸였다. 아침 8시라면 슬슬 아이들의 목소리가 들려야 하지 않은가? 하지만 아무리 귀를 기울여도 아이들의 목소리가 들리지 않았다. 마치 전세라도 낸 것처럼 아동관에는 우리밖에 없는 것이다.

숨 막히는 침묵이 이어졌다. 마모루는 창밖에서 무엇을 봤는지 끝까지 말하지 않았다. 그때 미닫이문이 열리고 태양왕이 들어왔다.

"애들아, 많이 기다렸지?"

태양왕과 함께 들어온 사람은 얼굴은 알고 있지만 말은 나눈 적이 없는 중년의 남녀였다. 분명히 두 사람 모두 교육위원회 사람일 것이다.

중년 여성이 빙긋이 미소를 지으며 말했다. "아침은 다 먹었지? 졸리면 자도 되는데."

억지로 만든 미소 탓에 긴 얼굴과 큰 입이 더욱 강조되었다.

"이제 한 사람씩 면담해야 돼. 자아, 누구부터 얘기를 들려줄래?"

대답하는 사람은 아무도 없었다. 태양왕이 지금이라도 웃음을 터뜨릴 것처럼 말했다.

"이런이런! 왜들 그래? 1반에는 적극적인 개성파가 모두 모였잖아. 여느 때 같았으면 앞다투어 손을 들었을 텐데."

하지만 눈은 결코 웃지 않았다. 결국 출석번호 순으로 면담을 하게 되었다. 아오누마 순, 아키즈키 마리아, 아사히나 사토루, 이토 마모루, 그리고 나 와타나베 사키다.

그때까지 한 번도 본 적이 없었지만 아동관 안쪽에는 한 평 정도 되는 작은 방들이 쭉 늘어서 있었다. 우리는 한 사람씩 그 방으로 들어가서 두 면접관의 질문에 대답해야 하는 것이다.

……조금 전부터 그때 상황을 떠올리려고 했지만 이상하게도 떠오르지 않는다. 마치 국자로 떠낸 것처럼 그 방에 들어가서 나올 때까지의 기억이 전혀 없는 것이다. 선사시대의 정신의학 책에 따르면 이런 현상을 부분 기억상실이라고 한다고 하는데, 사토루도 면담실에서 일어났던 일을 거의 떠올릴 수 없다고 한다. 유일하게 기억나는 것은 어이가 없을 정도로 쓴 차를 마신 것으로, 어쩌면 그때의 면담은 우무에 약을 탄 것처럼 예전의 '약물 면담'이라고 부르던 것이었을지 모른다.

어쨌든 우리는 표면적으로 아무 일도 없이 면담을 마치고 각자 자기 집으로 돌아갔다. 순은 아직 주력을 회복하지 못한 나와 마리아와 마모루에게 꾀병을 부리고 누워 있으라고 했는데, 그럴 필요는 없었다. 세 사람 모두 그날부터 고열에 시달리며 일어날 수 없어서였다.

나는 며칠 만에 열이 내렸지만, 무리하지 말고 누워 있으라는 부모님의 배려를 핑계로 그때부터 일주일은 하루 종일 잠옷을 입은 채 오로지 자고 또 잤다. 그리고 부모님이 모두 집을 비우기를 기다렸다가 툇마루 밑에 묻어놓은 종이를 꺼내 겨우 내 진언과 마주했다.

진언을 외고 주력을 회복했을 때는 마음속으로 회심의 미소를 지었다. 금기를 깨뜨리고도 어른들을 감쪽같이 속였으며 마침내 다시 신의 힘을 손에 쥐었으니까…….

그것이 당치도 않은 착각이었다는 것은 상상도 하지 못했다.

마흔 살의 어른에게 2년이라는 세월은 특별한 의미가 없는 시간일지도 모른다. 고작해야 머리카락이 몇 올 하얘지고 몸의 탄력이 없어지며 체중이 늘어나고 숨이 차기 시작하는 것. 그것이 2년이라는 세월의 평균적인 변화이리라. 하지만 동서고금을 막론하고 열두 살짜리 소년소녀에게 2년이라는 세월은 극적인 변화가 나타나기에 충분한 시간이다.

열네 살이 된 나는 단지 키가 5센티미터 자라고, 체중이 6킬로그램 늘어난 것에 머물지 않았다. 남자아이의 성장은 더 급격해서 키가 13센티미터, 체중이 12킬로그램이나 늘어났는데 그보다 내면과 외면의 질적인 변화가 눈에 띄었다.

나는 조금씩 슌과 사토루를 올려다보는 데 익숙해졌다. 그것이 불쾌하지 않은 것이 스스로도 의외였다. 어릴 때부터 놀이 친구이며 경쟁 상대이기도 했던 그들의 존재는 어느덧 다른 것으로 변했다. 그리고 나는 그 변화를 자연스럽게 받아들이고 있었다.

정신을 차리면 내 눈은 항상 두 사람의 모습을 좇고 있었다. 그리고 내 시선에는 어느 순간부터 말하기 힘든 감정이 뒤섞이게 되었다. 아니, 분명히 말하자. 그것은 한마디로 말해서 질투다.

순은 나에게 처음부터 특별한 사람이었다. 저녁놀 지는 들판에서 바람에 앞머리를 휘날리는 그의 모습에 나는 눈을 뗄 수 없었다. 상큼한 목소리와 반짝이는 눈동자는 늘 나를 매료시키기에 충분했다. 나는 그와 맺어질 날을 꿈꾸고, 언젠가 그렇게 되리라고 믿어 의심치 않았다.

한편 사토루는 평범한 남자아이에 지나지 않았다. 머리가 좋은건 인정하지만, 넘치는 재주로 주위 공기까지 바꾸는 순에 비하면너무도 소박하고 수수했던 것이다. 하지만 땅거미의 공격을 이겨내고 살아 돌아온 이후, 그를 보는 나의 시선은 크게 바뀌었다. 나에게 그는 가장 신뢰할 수 있는 존재였고, 함께 있으면 가장 마음 편한 상대이기도 했다. 그래서 내 마음속에 있는 질투는 상당히 복잡 미묘했다. 그들의 친밀한 모습을 볼 때마다 버림받은 듯한 서글픔을 느낀 것이다.

지난 2년 사이에 가장 크게 변한 건 순과 사토루의 관계이리라. 옛날부터 사이가 나쁜 것은 아니었지만 사토루가 일방적으로 순을 라이벌로 여기면서 가끔 어색해지는 경우가 있었다.

하지만 그동안 순에 대한 사토루의 감정이 완전히 바뀌었다. 예전에는 순의 환한 미소를 보면 일그러진 질투를 느끼며 고개를 돌렸는데, 지금은 만면에 미소를 지으며 순의 얼굴을 뚫어지게 바라보는 것이다.

나는 사토루의 그런 변화를 똑똑히 느낄 수 있었다. 나 자신도 그때까지 계속 순을 사랑하고 있었으니까……. 순에 대한 사토루의 감정은 분명히 연애 감정이었다.

한편 순이 사토루를 어떻게 생각했는지는 분명하지 않다. 뛰어난 외모와 총명함을 타고난 그는 어릴 때부터 찬사가 담긴 주위 사람들의 시선에 익숙해 있었다. 자신을 찬미하는 사람에게 좋게 말하면 대범하고, 나쁘게 말하면 거만한 태도가 몸에 배어 있었던 것이다. 두 사람의 행동을 보면 사토루가 일방적으로 순을 따라다닌 것 같지는 않다. 아마 사토루가 더 적극적이었겠지만 순도 결국 그의 마음을 받아들였으리라.

그들의 관계를 결정적으로 알게 된 것은 어느 날 우연히 들판을 걷고 있는 두 사람을 보았을 때였다. 그들은 애인처럼 손을 꼭 잡고 인적이 없는 쪽으로 걸어가는 중이었다.

나는 즉시 발길을 돌려서 그 자리를 떠나려고 했다. 하지만 생각과 달리 오히려 거리를 두고 그들의 뒤를 쫓고 있는 나 자신을 발견했다. 두 사람의 친밀한 모습을 보면 상처를 입는다는 사실은 알고 있었지만, 그래도 보지 않고는 견딜 수 없었던 것이다.

전인학급에서 멀리 떨어진 곳에 도착한 두 사람은 강아지들처럼 장난치기 시작했다. 특히 사토루는 연신 순의 주위를 빙빙 맴돌며 뒤에서 껴안곤 했다. 나는 그때 기도하는 심정으로 간절히 생각했다. 나도 남자로 태어났다면 얼마나 좋았을까? 그러면 순이 사토루가 아니라 나를 선택했을 텐데…….

윤리위원회와 교육위원회에서는 남녀 교제에 매우 엄격했다. 때문에 우리 또래에는 이성에 대한 마음이 억제되고, 플라토닉 사랑에 한정되어 있었다. 반면에 남자아이끼리, 여자아이끼리 좋아하는 경우에는 도를 넘은 친밀함도 관대하게 봐주어서, 소수의 예외를 제외하고는 거의 전원이 성과 연애의 대상을 동성으로 삼았다.

언덕 뒤쪽으로 돌아간 두 사람은 토끼풀 위에 누워서 이야기를 나눴다. 나는 20~30미터 떨어진 키 큰 풀 뒤에서 숨을 죽이고 그 모습을 지켜보았다.

사토루가 재미있는 이야기라도 했는지 순이 새하얀 치아를 드러낸 채 몸을 뒤로 젖히며 웃음을 터뜨렸다. 그 모습을 바라보던 사토루가 별안간 팔꿈치로 기어가나 싶더니 순의 위쪽으로 올라갔다. 두 사람은 잠시 움직임을 멈추었다.

내가 있는 곳에서는 똑똑히 보이지 않았지만 두 사람이 키스하고 있다는 것만은 의심의 여지가 없었다. 사토루는 위에서 순을 껴안고 있고, 순은 사토루가 하는 대로 가만히 내버려두었다. 이윽고 순이 몸을 비틀며 위로 올라가려고 했지만, 심술궂게도 사토루는 허락하지 않았다. 한동안 두 사람 모두 위로 올라가기 위해서 힘을 쓰는 상태가 이어졌는데, 처음에 위쪽에 있는 사람이 유리할 수밖에 없다. 그러는 사이에 순이 지쳤는지 깊은 한숨을 내쉬며 몸에 들어가 있던 힘을 뺐다. 아무래도 포기하고 여자 역할을 감수하기로 한 듯했다. 그러자 사토루의 얼굴은 흥분으로 가득 찼다. 위에서 말처럼 슌을 걸터타더니 입술이며 뺨이며 나아가서는 목에서 목덜미에 이르기까지 열렬한 키스를 퍼부었다.

숨어서 지켜보는 나까지 몸이 뜨거워지는 바람에 무의식중에 내 몸을 더듬었다. 저런 식으로 슌을 사랑해주고 싶은 것인지, 아니면 사토루에게 저런 사랑을 받고 싶은 것인지는 알 수 없었다. 그 어느 쪽이든 나 혼자 따돌림을 당하고, 이렇게 숨어서 가슴을 태우는 것은 무엇 때문일까?

사토루가 손가락 끝으로 슌의 위아래 입술을 애무하기 시작했다. 그리고 슌이 저항하지 않는다는 사실을 알자 더 득의양양해져서 엄지손가락을 입 안에 집어넣고 억지로 빨게 했다. 슌은 그런 무례한 행동조차 관대한 미소를 지으며 웃어넘겼지만 그래도 가끔은 손가락을 깨무는 척했다.

나도 모르게 흥분한 나머지 지나치게 몸을 앞으로 내민 것이리라. 슌이 사토루의 손가락을 깨무는 척하며 머리를 들었을 때, 한순간 시선이 마주친 듯했다. 순간적으로 몸을 숨겼지만 슌이 보았을지 모른다고 생각하니 수치심으로 가슴이 찢어지는 것 같았다. 나는 한동안 엎드려 있다 다시 풀 사이로 얼굴을 내밀어 상황을 살펴보았다.

사토루가 슌 위로 올라가서 그의 바지를 벗기는 참이었다. 대리석으로 만든 천사의 조각상 같은 새하얀 허벅지가 드러나자 사토루는 황홀한 표정을 지으며 슌의 허벅지에 뺨을 문질렀다. 그리고 귀여운 동물을 어루만지듯 애정 어린 손길로 슌의 페니스를 애무했다. 슌은 간지러운 듯 웃으면서 몸을 비틀었지만 진지하게 저항하지는 않았다.

아무래도 조금 전에 시선이 마주쳤다고 생각한 것은 착각이었던 모양이다. 나는 자세를 바꾸지 않고 조심조심 뒤로 물러섰다. 더 이상 쳐다보면 머리가 이상해질 것 같았다. 지금부터 두 사람이 어떤 행위를 할지는 대강 짐작이 되었다. 역시 얼마 전에 우연히 3반 남자아이들이 사랑을 나누는 모습을 본 적이 있었다.

그때는 흥미 위주로 관찰했을 뿐인데, 남자아이들은 성욕으로 머리가 가득 차면 다른 생각은 하지 못한다는 걸 알게 됐다. 두 사람 모두 넋을 잃은 모습으로, 한 사람이 상대 위에 거꾸로 올라가서 서로의 페니스를 입으로 애무했다. 가끔 페니스가 목 안쪽을 찔러서 컥컥거리면 나까지 덩달아 구토증이 치밀었다. 더구나 그들은 그것만으로 만족하지 못했다. 본래 남자아이의 신체는 그들끼리 성행위를 할 수 있는 구조가 아니다. 그런데 어떻게든 그런 짓을 하기 위해 서로 페니스를 세우고 있는 모습은 마치 미노시로의 교미 장면 같았던 것이다.

순과 사토루가 그렇게 한심한 행위를 하는 광경은 보고 싶지 않았다. 나는 비참한 심정으로 그 자리를 떠났다. 무작정 누군가에게 위로를 받고 싶었지만, 물론 상대는 한 사람밖에 없었다. 한참을 돌아다닌 끝에 찾은 마리아는 자기 집 뒤쪽에 있는 툇마루에 걸터앉아 있었다. 다행히 어른들은 모두 집에 없었지만 늘 그렇듯이 방해꾼이 있었다. 마모루다.

마리아가 호수처럼 맑은 목소리로 물었다. "사키, 웬일이야?"

지난 2년 사이에 그녀는 소녀에서 여인으로 성장했다. 아름답게

활을 그린 눈썹과 영리한 빛을 머금은 두 눈동자, 높은 콧대, 꼭 다문 입술은 하나같이 다른 사람에 의해 좌우되지 않는 강한 의지를 보여주었다. 옛날과 달라지지 않은 건 불꽃처럼 새빨간 머리카락 정도다.

"갑자기 네가 보고 싶어서……."

나는 미소를 지으며 그렇게 말하고 나서, 눈을 희번덕거리며 마모루를 노려보았다. 마모루는 내 시선을 피하기 위해 재빨리 눈을 내리깔았다.

마리아는 툇마루에 걸터앉은 채 가죽신발을 신은 발을 흔들고 있었다. 마모루는 조금 옆에 떨어져 앉아서, 여느 때처럼 폭발할 듯한 뻗침머리를 긁적이며 정신을 집중하여 마리아의 그림을 그리고 있었다. 와키엔에서처럼 그림물감과 붓을 사용하지는 않는다. 나무판자 위에 새하얀 찰흙을 얇게 깔고 석류석이나 형석, 녹주석, 근청석, 컬럼바이트석 등 귀한 돌가루들을 올려서 주력으로 이미지를 만드는 것이다. 마모루가 그린 초상화는 마리아와 똑같을 뿐만 아니라 그녀의 내면까지 생생하게 표현해서, 그의 그림 재능만은 인정할 수밖에 없었다.

어릴 때 장티푸스로 어머니를 잃은 그는 마리아에게서 어머니의 모습을 발견하는 듯했다. 그의 어머니도 마리아처럼 우리 초에서는 보기 드물게 새빨간 머리카락의 소유자였던 것이다. 사토루에 따르면 원래 아시아에는 빨간색 머리카락의 유전자가 존재하지 않는다고 한다. 따라서 몇 대를 거슬러 올라가면 두 사람은 머나먼 나라에서 온 공통의 조상에 이를지도 모른다.

마모루가 마리아에게 끌린 건 전인학급에 입학한 직후의 일이다. 그런데 사춘기에 접어들어도 오직 마리아만을 좋아해서, 아무리 멋진 소년이 유혹해도 관심을 보이지 않았다. 마모루의 집은 초의 가장 서쪽에 있는 상수리마을이고, 마리아의 집은 동쪽 해안에 있는 하얀모래마을이다. 그럼에도 마모루는 매일 아침 학교에 오기 전에 배를 타고 마리아를 데리러 갔다. 그 성실함에는 저절로 감탄사가 나왔지만, 우리 또래에는 아직 남녀 연애가 드물고 특히 성행위는 절대 금지다. 그 결과 마모루의 마음은 오직 마리아의 그림을 그려주는 안타까운 형태를 취할 수밖에 없었다.

그는 늘 마리아 곁에서 그녀만을 쳐다보았다. 마리아도 점차 그의 순정에 감동하면서, 날이 갈수록 두 사람 사이는 점점 친밀해졌다. 옆에서 보면 여주인과 충견처럼 보였지만……. 하지만 나는 모든 사람들이 인정하는 마리아의 애인으로, 그런 마모루의 존재에는 지긋지긋하기 짝이 없었다.

나는 시선을 마리아에게 옮기면서 말했다. "마리아, 잠시 산책 안 갈래?"

산책이란 단어에는 우리 두 사람만 알고 있는 뜻이 담겨 있었다.

"좋아……."

마리아는 나를 바라보며 모든 걸 알고 있다는 의미심장한 미소를 지었다.

"우린 잠시 산책 갔다 올게. ……마모루, 넌 그동안 쉬고 있어."

마모루는 내 말이 무슨 뜻인지 아는 것처럼 슬픈 표정을 지었다.

"고마워, 예쁘게 그려줘서. 얼마나 기쁜지 몰라."

마리아가 그림을 들여다보며 말하자 마모루의 표정은 기쁨으로 바뀌었다. 마모루는 내가 옆에 있으면 극단적으로 말이 없어진다. 아마 마리아를 향한 지나친 헌신을 여자인 나에게 보이기 부끄러운 것이리라. 하지만 그런 그의 태도 때문에 어느새 나에게는 나쁜 버릇이 생겼다. 그가 옆에 있을 때도 완전히 무시하고 태연히 마리아와 둘이만 이야기하는 것이다.

나와 마리아는 나란히 걸어서 운하에 묶여 있는 작은 배에 올라탔다. 파란 돌고래 그림이 있는 것은 누구나 이용할 수 있는 초의 공용 배로, 사용한 후에는 수십 군데에 있는 아무 선착장에나 놔두면 된다.

내가 주력을 이용해 배를 조종하자 마리아가 머리를 묶고 있던 핀을 빼냈다. 머리를 살랑살랑 흔든 순간, 새빨간 머리칼이 바람에 기분 좋게 나부꼈다. 마리아는 두 손으로 내 목을 감고 귓가에 입술을 댔다.

"사키, 무슨 일 있었어?"

마리아의 다정한 말에, 나는 터져나오려는 눈물을 간신히 참았다.

"아무 일도 없었어. 정말이야. 그냥 네가 보고 싶었을 뿐이야."

거짓말이란 걸 알고 있어도 이런 경우에 더 이상 묻지 않는 것이 진정한 친구이리라. 마리아는 손으로 내 머리를 어루만지며 손가락으로 머리카락을 빗겨주었다. 그것만으로 마음속에 똬리를 틀고 있던 응어리가 흔적도 없이 녹아내리는 것 같았다.

우리의 목적지는 하사키 해안의 모래사장이 내려다보이는 작은 언덕으로, 주위가 높다란 덤불로 둘러싸인 우리만의 비밀 장소였다. 와키엔 시절부터 날씨가 좋을 때는 종종 그곳에서 둘만의 시간을 보낸 것이다. 맨 처음 옷을 전부 벗자고 한 사람은 나였지만, 동급생들보다 먼저 실오라기 하나 걸치지 않은 모습으로 키스를 나눈 것은 마리아의 대범함 때문이었다.

우리는 말뚝에 배를 묶자마자 앞다투어 모래 위를 뛰어갔다. 한동안 오지 않은 사이에 누가 비밀 장소를 엉망으로 만들지 않았을까 우려했지만, 다행히 아무도 손대지 않았다.

사방을 에워싼 덤불 덕분에 어디에서도 보이지 않는다는 것은 알고 있지만, 우리는 일단 주위에 아무도 없는 걸 확인하고 나서 옷을 벗었다. 처음의 부끄러움도 잠시, 둘이 시시덕거리며 하나씩 옷을 벗자 천진난만했던 어린 시절로 되돌아가는 듯했다.

아직 여름이 되려면 한참 멀어서 그런지, 싸늘한 기운이 피부를 감쌌다. 우리는 소름이 돋은 팔과 등을 서로 문질러주었다. 마리아가 뒤쪽에서 손으로 내 가슴을 잡았다.

"사키, 가슴 많이 커졌네."

"……간지러워."

나는 몸을 비틀어 그녀와 떨어졌지만, 마리아는 끈질기게 쫓아와서 다시 여기저기를 더듬었다. 어느새 브래지어도 벗겨버렸다. 미묘한 감촉을 더 이상 견딜 수 없어서 나는 그 자리에 주저앉았다.

"으으, 그만해."

"왜 그만하란 거야? 이렇게 하고 싶었던 거 아니야? 그래서 날 만나러 온 거잖아."

마리아의 무차별 공격을 받고 나는 웃고, 떨고, 몸부림쳤다. 쾌락과 고통, 애무와 고문은 종이 한 장 차이이리라.

"간만에 사키 몸을 조사해볼까? 그 후에 어떻게 됐는지……. 발육은 제대로 되고 있나?"

"그런 거 안 해도 돼……."

말을 하는 동안에도 그녀의 부드러운 손가락은 나의 몸 위를 왔다 갔다 하며 계속 자극했다. 그녀의 손길은 너무도 신속하고 매끄러워서, 마치 손을 1,000개 가진 관음보살이 애무해주는 듯했다.

"아름다워, 정말 아름다워. 군살은 하나도 없고, 피부는 비단처럼 매끄럽고."

"그, 그래. 난 이제 됐으니까 이번엔 네 차례야……."

"아직 안 됐어. 나도 나중에 해달라고 할게. 외모는 합격이고, 이제 감도를 확인해봐야지."

그녀의 애무는 그 후에도 30분 정도 이어졌다. 나는 웃거나 애원하는 사이에 결국 숨을 헐떡이며, 마지막에는 어떻게 반응해야 좋을지 알 수 없었다.

"굉장해! 사키는 이렇게 괴롭히거나 이상하게 만지는 걸 좋아하는구나. 몸 전체가 기쁘게 반응하고 있어."

그녀의 말에도 반론을 제기할 수 없었다. 나는 촉촉한 눈길로 호소하듯 그녀를 올려다볼 뿐이었다.

"정말 사랑스러워."

그녀는 숨결이 닿을 만큼 몸을 가까이 대고 미소를 지었다. 그리고 천천히 입술을 겹쳤다. 아아! 그 부드러움을 뭐라고 형용해야 좋을까? 나는 지금까지 여러 남자아이나 여자아이와 키스를 나누었지만 그런 감촉은 한 번도 느낀 적이 없다. 입술은 원래 긴장하거나 의식할수록 딱딱해지는 법이다. 하지만 젤리처럼 부드러운 그녀의 입술은 항상 내 입술을 빨아당기는 듯했다. 그것만으로도 눈앞이 아찔하고 몸이 녹아내리는데, 그다음은 내 입술을 가르고 그녀의 혀가 침투한다. 그것은 온몸에 소름이 돋을 만큼 생생한 감촉이었다. 그녀의 입술은 내 입 안의 모든 장소, 즉 잇몸과 치아의 뒷부분, 뺨 안쪽까지 탐욕스럽게 탐색하고는 최종적으로 내 혀에 도착했다. 우리는 촉각과 촉각, 미각과 미각으로 서로의 존재를 확인했다.

그녀에게 몸과 마음을 맡기면서도 나는 그녀의 혀 움직임을 정확히 기억하려고 노력했다. 그녀가 지금 나에게 해주는 건 그녀 자신이 느끼고 싶은 것이고, 잠시 후에 내가 보답해주어야 하는 것이니까. 그리고 우리는 서로의 몸을 하나로 겹쳤다. 무릎이 부딪치고, 유두가 딱딱해진 두 개의 유방이 부드럽게 짓눌렸다.

그녀의 손이 살며시 내 아랫배를 만졌다. 그리고 가볍게 솜털을 어루만지며 다시 아래쪽으로 내려갔다. 이미 따뜻하게 젖어 있을 뿐 아니라 홍수처럼 되어 있는 것이 부끄러워 허리를 뒤로 빼며 몸을 비틀려고 했지만 그녀의 손길에서 도망칠 수는 없었다.

"어머나! 왜 이렇게 흥분하셨을까?"

그렇게 만들어놓은 장본인이면서, 그녀는 시치미를 뚝 떼고 물었다.

"아…… 아아."

내 입에서 흘러나온 건 항의의 신음일 뿐, 말을 이루지는 못했다. 그러는 사이에 그녀의 손가락은 여자아이의 가장 민감한 장소인 작은 진주 같은 돌기부로 내려가서 작은 소용돌이를 그렸다. 그 순간, 내 머릿속은 새하얘지면서 이미 형체도 없이 흐물흐물 녹아버렸다.

잠시 농밀한 시간이 흘렀다. 나와 그녀는 모든 것을 잊을 만큼 깊이 사랑하고 또 사랑했다. 후반부에는 내가 공격하면서, 그녀는 조금 전과는 딴사람이 된 것처럼 가련하고 청초한 모습으로 눈물을 흘리며 기쁨에 몸부림쳤다.

우리 사랑에는 거의 금기가 없었지만 처녀막을 파괴하는 행위만은 엄격하게 금지되었다. 학기 종반에 있는 신체검사에서 보건 담당 여교사가 처녀인지 아닌지 철저하게 조사하는 것이다. 처녀막을 비롯해 특정 부위에 손상이 있는 경우에는 그 원인을 추궁하고, 불순한 이성교제 사실이 들통 나면 퇴학 처분을 받는다.

그 무렵 우리 주위에서는 그런 이유로 전인학급을 떠난 학생은 한 명도 없었다. 소문에 따르면 우리의 7년 선배 중에 퇴학 처분을 받은 여학생이 한 명 있었다고 한다. 그 이후 그 선배의 모습은 두 번 다시 볼 수 없었다고 하는데, 언제나 그렇듯 나쁘게 말하면 사토루의 허풍이고 좋게 말하면 바람을 타고 날아온 학교 괴담이라서 어디까지 믿을 수 있느냐는 면에서는 의문이 남는다.

모든 것이 끝나고 땀투성이가 되어 마리아와 둘이 모래 위에 누워 있을 때, 문득 유사미노시로의 말이 떠올랐다. 우리 사회는 투쟁을 배제하기 위해 침팬지 같은 투쟁형 사회에서 그보다 체구가 작은 '피그미침팬지＝보노보'처럼 성을 기조로 하는 사회로 바뀌었다는…….

그해의 여름부터 우리를 둘러싼 여러 개의 톱니바퀴가 미묘하게 어긋나면서 불협화음을 내기 시작했다. 사춘기의 소용돌이 속에서 스스로의 급격한 변화에 당황하고 있던 우리에게는 그런 경고에 귀를 기울일 여유가 없었지만…….

최초의 징후는 무엇이었을까? 명확하게 기억나지는 않지만 우리는 아무 이유 없이 불안과 조바심을 느끼는 일이 많아졌다. 마리아는 종종 두통에 시달리고 나도 조금만 피곤하면 구토증을 느꼈으며 다른 친구들도 크든 작든 심신의 부조화를 껴안고 있었다. 하지만 우리는 그것을 성장통의 일종이라고 생각했다. 그런 가운데 하나의 친밀한 관계가 종언을 맞이했다. 내가 그런 사실을 깨달은 건 수업이 끝나고 두 사람의 모습을 발견했을 때였다.

운하의 옆길을 잰걸음으로 걸어가는 순을 사토루가 쫓아가고 있었다. '어?'라고 고개를 갸웃거린 것은 예전에 봤을 때 비해 순의 태도가 너무도 낯설어서였다. 사토루가 순의 뒤로 다가가서 어깨를 잡았다.

"순, 기분 풀어."

하지만 순은 사토루의 손을 거칠게 뿌리쳤다.

"순, 왜 그래?"

사토루의 목소리는 강가를 부는 바람을 타고 똑똑히 들렸다. 비웃음이 나올 정도로 당황한 듯했다. 순은 사토루가 더 이상 말을 붙일 수 없을 정도로 쌀쌀맞게 대꾸했다.

"아무것도 아니야. 잠시 혼자 있게 해줘."

사토루가 슌의 두 어깨를 잡고 말했다. "내가 잘못했어. 제발 부탁이니까……."

슌이 차가운 미소를 지으며 토해냈다. "잘못했다고? 뭐를?"

"그건……."

가엾게도 사토루는 어찌할 바를 모르고 쩔쩔맸다. 나는 평생에 단 한 번 사토루를 동정하고, 슌에게 반감을 느꼈다.

"사토루, 사랑놀이는 이제 그만하자. 네 인형이 되는 거, 이제 진절머리가 나."

사토루는 믿을 수 없다는 표정으로 떡하니 입을 벌렸다. "아, 알았어. 앞으로는……."

"알긴 뭘 알아? 24시간 내내 졸래졸래 따라다녀서 내가 얼마나 숨 막히는지 알아? 어쨌든 난 혼자 있고 싶어. 그러니까 오늘부터는 각자 행동하자. 그럼……."

슌은 빠르게 내뱉더니 사토루를 밀어제치고 내 쪽을 향해 걷기 시작했다. 그 얼굴을 보고 나는 숨을 들이마셨다. 조금 전까지의 냉소는 그림자를 감추고 고통으로 일그러져 있었던 것이다. 다음 순간, 슌도 나를 발견했다. 슌은 즉시 표정을 감추고 나를 무시한 채 길을 가로질렀다.

사토루는 계속 그 자리에 멍하니 서 있었다. 말을 걸까 말까 잠시 망설이다 그의 마음을 헤아려서 그만두기로 결심했다.

내 머릿속에서는 의문이 맴돌았다. 왜지? 슌이 왜 그토록 사토루에게 차갑게 대하는 거지? 친구들 중에서 슌은 누구보다 다정하고 배려가 깊은 사람이 아니던가? 헤어질 때 언뜻 본 그의 표정도 그것을 뒷받침했다. 그건 분명히 고통의 표정이었다.

하지만 다음 날 학교에서 만났을 때, 슌에게는 특별히 동요하는 모습을 찾아볼 수 없었다. 그와 대조적으로 사토루의 표정은 고통과 번민으로 일그러져 있었다. 누가 보아도 차인 것이 역력하고, 더구나 포기할 수 없는 얼굴로 가끔 슌을 훔쳐보는 것이 가슴 아플 정도였다.

그로부터 며칠 후 또 하나의 불길한 징조가 나타났다……. 그 무렵까지 전인학급의 실기시간에는 적성과 학습 능력에 따라 학생들에게 제각기 다른 과제를 부여했다. 똑같은 주력 기술이라고 해도 단순한 격력 교환에서 상온핵융합에 이르기까지 수백 단계의 난이도가 있는데, 우리는 대부분 중간 단계에 와 있고 개중에는 고난이도의 기술에 도전하는 사람도 있었다.

우리 중에서 슌은 군계일학이었다. 그의 과제는 두 시간 만에 달걀을 부화시키는 매우 어려운 것이었다. 보통 닭이 알을 낳으면 부화할 때까지 21일이 걸린다. 즉, 밖에서 볼 수 없는 달걀 안의 배(胚)에 주력을 가해 부화 속도를 250배나 높여야 하는 것이다. 생물에게 직접 주력을 가하는 건 기술면에서도 그러하지만 인격적으로도 뛰어난 사람에게만 허락된 특별한 기술이다. 그런 의미에서도 어른들이 슌에게 얼마나 큰 기대를 하고 있는지 쉽게 짐작할 수 있으리라.

의외로 사토루도 상위 그룹의 한 자리를 차지하고 있었다. 그의 주특기는 주로 빛의 반사와 관계가 있고, 그중에서도 공중에 거울을 만드는 기술은 순의 과제를 제외하면 우리 반에서 최고 난이도 중 하나였다. 예전에도 썼을지 모르지만, 진공 상태의 공기 렌즈를 만들어 멀리 있는 영상을 확대하는 것은 가부라기 시세이 씨 같은 달인밖에 할 수 없는 기술이다. 하지만 작은 물방울을 이용하여 공기 중에 상상의 벽을 만든 뒤 빛을 전반사해서 거울처럼 보이게 하는 것은 그보다 조금 쉬운 기술이라고 한다.

한편 나는 깨진 유리병을 열로 녹이지 않고 다시 붙이는, 그럭저럭 어려우면서 소박한 과제에 도전하고 있었다. 마리아는 나와 반대로 신체부양이라는 모두의 주목을 받는 기술에 도전하고, 마모루는…… 유감스럽게도 무엇을 하고 있었는지 기억나지 않는다.

"사키, 잘 봐."

나는 사토루의 말을 듣고 고개를 들었다. 그러자 1미터쯤 앞쪽에 공간을 도려낸 것처럼 조금 비뚤어진 은빛 거울이 떠올라서, 과제에 도전하고 있는 진지한 얼굴을 정면으로 비추고 있었다.

"좀 일그러진 것 같은데?"

내 쌀쌀맞은 반응을 보고 찬사를 기대하고 있던 그의 표정이 부루퉁해졌다.

"천만에, 완벽한 평면이야."

"내가 이렇게 주걱턱인 줄 알아?"

"일그러진 건 네 얼굴이 아니라 네 마음이야."

그 말을 남기고 그가 자리를 떠난 순간, 공기에 녹아드는 것처럼 거울이 사라졌다. 왠지 미안해서 뒤를 쫓아가자 그는 순의 옆으로 다가가고 있었다. 순이 눈치채지 못하도록 등 뒤에서 살며시 지켜보려는 것이리라.

아직 미련이 남아 있는 것일까? 나는 어처구니가 없었지만 그역시 관계를 회복하기는 불가능하다는 사실을 깨달은 모양이다. 이내 절레절레 고개를 가로젓더니 5반의 레이라는 체구 작은 소년에게 다가갔다. 레이는 애교 있는 미소를 지으며 그를 맞이했다. 예전부터 그를 좋아했지만 슌 때문에 포기했다고 한다. 그가 레이 앞에 거울을 만들어주자 레이는 반에서도 유명한 왕자병 기질을 발휘하여, 여자처럼 귀여운 자신의 얼굴에 푹 빠진 표정을 지었다.

그동안에도 슌은 여기저기의 소란스러움에 신경 쓰지 않고 집중력을 유지했다. 슌 앞에는 도자기 받침 위에 달걀이 하나 놓여 있었다. 하지만 그에게 주어진 과제가 얼마나 어려운지 아는 학생들은 누구 한 사람 가까이 다가가지 않았다.

그때 실습실 뒷문을 열고 들어온 사람이 있었다. 무심코 그쪽을 바라본 나는(오해하면 곤란하지만 내가 특별히 산만한 것은 아니다) 깜짝 놀라서 입을 크게 벌렸다. 교실 안으로 들어온 사람은 가부라기 시세이 씨였다. 그는 눈을 완전히 뒤덮는 고글 같은 선글라스를 쓰고 있었는데, 좁은 콧날과 턱, 탄력 있는 피부에서는 상당히 젊은 이미지가 느껴졌다.

감독을 하던 태양왕이 당황한 모습으로 그에게 뛰어갔다. 목소리가 작아서 내용은 알아들을 수 없었지만 아마 견학하러 왔다고 말하는 듯했다. 그는 태양왕을 거느리고 우리 과제를 돌아보기 시작했다. 그 즉시 조금 전과 다른 긴장감이 반 전체를 감쌌다. 처음부터 이렇게 진지하게 도전했다면 지금쯤 모두 과제를 달성하지 않았을까?

그가 서서히 내 곁으로 다가왔다. 어쩌면 내 과제에 관심을 보일지 모른다, 나는 그렇게 기대하며 평소에 볼 수 없는 진지한 모습으로 병 조각을 연결했다. 정확히 딱 들어맞은 단면에서 얼음이 다시 어는 것처럼 균열이 사라졌다. 반응을 보기 위해 고개를 들었을 때, 그는 이미 내 앞을 지나친 다음이었다.

나는 실망을 감출 수 없었다. 역시 이 과제는 너무도 소박해서 사람들의 시선을 끌지 못하는 것이다.

몇 걸음 걸어가서 걸음을 멈춘 그는 공중 부양을 하고 있는 마리아에게 몇 초간 시선을 고정했다. 기술적으로는 특별한 것이 없었으므로, 아마 마리아의 미모와 싱싱한 육체를 감상한 것이리라. 외모가 젊게 보여도 나이는 우리 부모님과 비슷할 텐데 어린 소녀를 그런 눈으로 바라보다니! 아무리 뛰어난 능력을 갖고 있어도 나는 본능적인 혐오를 느낄 수밖에 없었다.

사토루 앞에서는 상당히 오랫동안 발길을 멈추고 거울을 평가하며 조언해주었다. 긴장과 흥분으로 인해 사토루의 얼굴이 새빨갛게 달아올랐다.

마지막으로 하얀 달걀과 눈싸움을 하고 있는 슌에게 천천히 다가갔다. 우리는 모두 역사적인 만남을 기대했다. 슌은 언젠가 그의 뒤를 이을 것이라고 주목받는 사람이다. 여기서 처음으로 그에게 직접 지도를 받을 수 있지 않을까? 하지만 그의 발길이 도중에 멈추었다.

왜 그러는 것일까? 고개를 갸웃거린 순간, 그는 오히려 한두 걸음 뒷걸음질 쳤다. 그리고 재빨리 발길을 돌리자마자 어안이 벙벙한 모습의 우리를 남기고 실습실에서 나갔다.

순이 고개를 들고 그의 뒷모습을 바라보았다. 그 표정을 본 순간, 등골이 오싹해졌다. 순의 얼굴에 떠오른 표정이 무엇이었는지는 나는 지금도 확신할 수 없다. 냉소와 비슷하면서도 훨씬 무섭고 구원이 없는 표정. 구태여 표현하자면 바닥을 알 수 없는 절망 끝에 있는 광기의 미소 같다고 할까…….

허둥지둥 가부라기 씨를 쫓아갔던 태양왕이 돌아왔다.

"저기…… 사정에 의해 오늘 실기는 이것으로 마치겠습니다. 각자 과제에 사용한 것을 정리해서 교실로 돌아가세요."

태양왕은 평소의 활기찬 미소를 짓고 있었지만 목소리는 묘하게 갈라지고 콧등에는 땀방울이 맺혀 있었다.

사토루가 내 옆으로 다가왔다. "사키."

"갑자기 왜 저러지?"

사토루는 내 질문에 대답하지 않고 턱으로 순을 가리켰다. 순은 꼼짝도 하지 않고 달걀 앞에 앉아 있었다.

"사토루, 가자." 레이가 사토루의 팔을 잡아당겼다.

"먼저 가. 나도 곧 따라갈게."

사토루는 다정한 목소리로 레이의 엉덩이를 밀어서 실습실에서 내보냈다. 태양왕이 손뼉을 치며 나머지 사람들을 재촉했다.

"여러분도 빨리 정리하세요."

나는 깨진 병 조각을 상자에 넣고 일어섰다.

마리아가 순에게 말을 걸었다. "순, 안 가?"

마리아 뒤에는 마모루가 대기하고 있었다. 다른 학생들은 이미 실습실에서 나가, 이제 태양왕과 1반의 다섯 명밖에 남지 않았다.

순이 자리에서 일어섰다. "으응……."

안색이 창백하게 느껴졌지만, 조금 전에 봤던 일그러진 미소는 이미 사라진 후였다.

마리아가 달걀 받침대를 가리켰다. "그거 가져가야지."

순이 손을 내민 순간, 갑자기 현기증을 느꼈는지 몸이 휘청거렸다. 그때 손에서 미끄러지는 바람에 달걀이 밑으로 떨어졌다.

우리는 모두 순이 달걀을 공중에서 정지시키리라고 믿어 의심치 않았다. 훈련의 산물이라고 해야 할까, 이 무렵의 우리는 아무리 긴 진언이라도 한순간 압축한 형태로 재빨리 읊조릴 수 있게 되었다. 하물며 순이라면 그 정도는 식은 죽 먹기이리라. 그런데 달걀은 바닥에 허무하게 떨어져서 처참하게 깨졌다.

어떻게 된 거지? 컨디션이 좋지 않은 것일까? 모두 아연한 표정으로 순의 얼굴을 쳐다보았다. 따라서 그때 깨진 달걀에 주목한 사람은 나밖에 없었으리라. 아니, 또 한 사람 있었을지 모른다.

"너희들, 어서 나가! 나머지는 선생님이 정리할 테니까!"

태양왕이 깜짝 놀랄 만큼 크게 소리치면서 재빨리 순과 마리아의 등을 밀었다. 우리는 순식간에 실습실에서 쫓겨났다.

사토루가 걱정스러운 표정으로 물었다. "순, 괜찮아?"

순에게 차인 건 이미 마음에서 사라진 모양이다.

순은 사토루와 눈을 마주치지 않고 대답했다. "으응, 별일 아니야……. 조금 피곤할 뿐이야."

마리아도 불안한 표정으로 미간에 주름을 잡으며 말했다. "오늘은 조퇴하는 편이 낫지 않을까?"

나는 누구보다 순을 걱정했지만 말을 할 수 없었다. 아니, 목소리조차 낼 수 없었다. 조금 전에 본 달걀의 내용물이 망막에 선명하게 새겨져 있어서였다. 점액으로 뒤범벅된 건 아무리 봐도 병아리와는 거리가 먼 기괴한 괴물이었던 것이다.

2

순은 개를 기르고 있었다. 이름은 스바루. 세이 쇼나곤*이 『마쿠라노소시』란 작품에서 '별은 곧 스바루다'라고 노래한 플레이아데스성단**을 가리킨다. 명칭의 유래를 조사해보니, 수많은 별이 모여 하나로 보인다고 해서 '통솔하다'라는 뜻의 '스바루(統ばる)'란 단어를 사용했다고 한다.

『마쿠라노소시』가 세상에 나온 지 2,000여 년이 지난 어느 한겨울 밤, 강아지 한 마리가 새 생명을 얻었다. 난산으로 인해 어미 개는 목숨을 잃고 다른 형제들도 모두 사산했다고 한다. 그 와중에 유일하게 살아남은 강아지 한 마리가 별들이 총총히 박혀 있는 하늘 밑에서 스바루라는 이름을 얻었다. 하지만 스바루는 결코 밤하

---

* 清少納言, 10~11세기 일본의 여류 작가.
** Pleiades星団, 황소자리의 어깨 부분에 보이는 은하 성단.

늘의 별처럼 예쁘게 생기지 않았다. 가미스 66초에서 기르던 대부분의 개들은 귀가 쫑긋하고 꼬리가 감겨 있는 순 일본산으로, 스바루 같은 불도그는 한 번도 본 적이 없다(물론 한 마리도 없으면 이미 혈통이 끊어졌을 텐데, 단지 내가 몰랐던 것뿐이리라).

한마디로 스바루는 다른 개에 비해서 너무나 못생겼다. 무엇 때문에 이런 개를 만들었는지 지금도 이해가 되지 않는다. 발은 짧고 땅딸막하며 얼굴은 주름투성이. 비스듬한 대각선 위에서 누른 듯한 주둥이 한가운데에 코가 하늘을 향해 들려 있다. 도서관의 흔적에서 발굴된 책에서 불도그의 유래를 조사해보니, 기묘하게도 모두 제3분류로 되어 있었다. 제3분류란 '유해할 가능성이 있어서 신중하게 관리해야 한다'고 되어 있는, 일반적으로 열람할 수 없는 책들이다. 고작해야 개의 성립에 관한 지식을 왜 이렇게 예민하게 다룬 것일까?

사토루는 예전에 몰래 읽은 책 속에서 불도그에 관한 내용을 보았다고 한다. 고대 영국에서 소와 싸우게 하기 위해 만들었다는 것이다. 만약 그렇다면 불도그의 탄생이 우리가 가진 공격성이나 투쟁 본능과 밀접한 관련이 있는 만큼 금서로 취급하는 것도 이해할 수 있다. 그런데 사토루의 말이라서 부정하는 건 아니지만 몇 가지 이유에서 나는 그 설을 믿을 수 없었다. 애당초 왜 개와 소를 싸우게 했는지 이해할 수 없다. 사토루가 본 책에서는 오락을 위해서라고 쓰여 있었다고 하는데, 인간이 그렇게까지 무의미하게 잔혹해질 수 있다고는 믿고 싶지 않다. 둘째, 당시의 소가 얼마나 컸는지는 모르지만 개보다는 훨씬 컸을 것이다. 따라서 아무리 생각해도 양쪽이 싸운다는 건 상상이 되지 않는다. 더구나 싸우기 위해 만든 개의 후예가 다른 개들보다 온순하다는 건 이해하기 힘들다. 실제로 내가 아는 한 스바루가 전투태세를 보인 것은 평생에 딱 한 번뿐이었다. 그것은 나중에 설명하기로 하겠다.

외동아들인 순은 스바루가 강아지일 때부터 어미를 대신해서 돌봐주고 사랑해주었다. 보폭이 작은 스바루는 걷는 속도가 느리고 금방 지쳐서 항상 데리고 다닐 수 없지만, 가끔 산책할 때 만나는 경우가 있었다. 순의 길쭉한 다리에 거의 몸을 붙이고, 똥똥하고 땅딸막한 몸으로 뒤뚱뒤뚱 따라가는 모습은 볼 때마다 웃음이 나왔다.

그래서 초가 내려다보이는 언덕 위를 혼자 걸어가는 순을 봤을 때, 나는 스바루가 없는 것을 의아하게 생각했다. 눈이 시릴 만큼 투명한 가을의 석양 무렵으로, 앞에서 말한 전인학급의 실기시간에서 2주 정도 지난 뒤였다. 나는 고개를 숙이고 생각에 잠긴 채 내 쪽을 향해 걸어오는 소년의 이름을 불렀다.

"순."

순은 흠칫 놀란 모습으로 고개를 들고 발길을 멈추었다. 그리고 마치 꿈에서 깬 듯한 목소리로 대답했다.

"아아, 사키구나."

노을을 배경으로 서 있는 소년의 모습이 이토록 아름다웠던가! 해 질 녘 특유의 아련한 햇살 때문에 표정까지는 읽을 수 없었다.

"어디 가?"

멍하니 서 있는 그를 보고 한 걸음 다가가려고 하자 그가 날카로운 목소리로 제지했다.

"가까이 오지 마!"

나는 당황해서 걸음을 멈추었다. 우리의 간격은 한 20미터쯤 됐을까?

"왜?" 내 의문은 너무도 슬프게 울려퍼졌다.

"……미안해, 하지만 지금은 혼자 있고 싶어."

"혼자?"

"그래."

그는 나를 똑바로 쳐다보고 나서 눈길을 피했다.

"그래서 사토루와도 헤어진 거야?"

"그래."

"왜? 왜 친구를 모두 버리고 혼자 있고 싶은데?"

"그건…… 설명해도 넌 이해할 수 없어."

그러고는 주머니에서 뭔가를 꺼냈다. 저녁 햇살을 반사하는 걸 보고 그것이 금속 구슬이라는 것을 알 수 있었다. 주력으로 허공에 띄워서 고속으로 회전시키자 꿀벌의 날갯짓 소리처럼 부웅 하는 소리가 났다. 그 구슬은 전인학급에 입학해서 능력개발수업을 할 때 맨 처음 주는 장난감 중 하나다. 지금은 누구 한 사람 쳐다보지 않는데 왜 슌 같은 우등생이 그런 걸 가지고 다니는 것일까?

"아마 한동안 만날 수 없을 거야."

크고 작은 구슬 세 개는 그의 얼굴 앞에서 저녁놀에 반짝이며, 미묘하게 위아래로 흔들리는 세 개의 음계를 이용하여 불안정한 화음을 자아냈다.

"한동안 만날 수 없다니, 무슨 뜻이야?"

"당분간 학교에 갈 수 없거든. 요양해야 해서……."

"어디 아파?"

걱정스러운 마음에 심장이 오그라드는 듯했다. 조금 전에 가까이 오지 말라고 한 건 전염병에 걸렸기 때문인가?

"병……은 병이지만 감기라든지 장염 같은 게 아니야. 어떻게 말해야 네가 알아들을 수 있을까? 굳이 말하자면 몸의 병이 아니라 마음의 병이야."

그때의 나는 마음의 병이라는 말을 이해할 수 없었다. 마음에 감염되는 세균이나 바이러스가 있는 것일까?

"이제 가봐야 돼."

나는 발길을 돌리려는 그를 불러 세웠다.

"잠깐만! 학교에선 만날 수 없어도 가끔 병문안은 가도 되지?"

"글쎄……." 그는 잠시 주저하다 겨우 덧붙였다. "나는 이제 집에 있을 수 없어……."

나는 깜짝 놀라 숨을 들이마셨다. "어디 가?"

"요양하기 위해 작은 방갈로, 아니 단순한 오두막이지만……. 2~3일 안에 그 오두막으로 옮겨서 자활 훈련을 시작해야 해."

"그게 어디 있는데?"

"어디 있는지 말하면 안 된댔어."

나는 말문이 막혔다. 지금까지라면 누가 말하지 말라고 입막음을 하더라도 우리 사이에 숨기는 일은 있을 수 없었다. 그런데 말을 할 수 없다면 사태는 상상을 초월할 만큼 악화되어 있는 것이리라. 무슨 말을 해야 좋을지 몰라서 머릿속이 새하얘졌다.

"슌…… 정말…… 정말 외톨이가 된 거야? 스바루는 어디 있어?"

나는 마음속으로 최악의 대답을 예기하고 있었다. 하지만 그는 순순히 대답했다.

"집에 있어. 혼자 산책하고 싶어서 몰래 빠져나온 거야."

스바루가 무사하다는 걸 알고 약간 마음이 놓였지만, 이내 불안은 점차 고조되었다. 대체 그는 어떻게 된 것일까?

"슌, 네게 힘이 되고 싶어."

그는 대답하지 않았다. 계속해서 구슬이 내는 소리만이 귀를 파고들었다.

"슌. 난 널 계속……."

나는 과감하게 고백하려고 했지만 그는 도중에 내 말을 가로막았다.

"사키, 그동안 많이 망설였는데 역시 이 말은 해두는 편이 좋겠어."

"뭔데?"

"2년 전 하계 캠프를 기억하고 있지? 그때 리진 스님이 우리의 주력을 동결했잖아. 우리는 그 사실을 완벽하게 숨겼다고 생각했는데, 그건 우리의 착각이었어."

"무슨 말이야?"

그가 무슨 말을 하는지 몰라서 나는 멍한 표정으로 입을 벌렸다.

"전부 알고 있었어. 이유는 잘 모르지만 단지 처분을 보류했을 뿐이야."

"무슨 말인지 모르겠어."

"계속 우리를 감시하고 있었어. 내가 그 사실을 깨달은 건 최근이야."

마치 납덩이를 삼킨 것처럼 몸이 무거워졌다. 식은땀이 등줄기를 타고 천천히 흘러내렸다.

"이제 와서 이런 경고를 해봤자 아무 의미도 없겠지만…… 하지만 사키, 고양이를 조심해."

"고양이? 무슨 고양이? 거짓고양이 말이야?"

그는 모호하게 고개를 흔들었다. 긍정으로도 부정으로도 받아들일 수 있는 동작이었다.

"아 참! ……이거 너 줄게."

그는 목에 걸고 있던 목걸이를 빼서 나에게 던져주었다.

목걸이는 제법 묵직했다. 두껍고 딱딱한 가죽 줄에 금속 링이 몇 개 끼워져 있고, 경첩으로 열게 되어 있었다. 오히려 애완동물의 목줄이라는 말이 더 어울릴 것 같은 물건이었다.

"이게 뭐야?"

"고양이제거 부적, 내가 만든 거야."

"혹시 스바루와 한 쌍이야?"

차라리 스바루의 목줄이 낫다는 느낌이 들 정도였다. 내 농담에 그는 살짝 새하얀 치아를 드러냈지만 웃음소리까지 내지는 않았다.

"아무튼 내가 한 말, 다른 애들한테도 전해줘."

그 말을 끝으로 그는 나에게서 등을 돌렸다. 그리고 걸음을 내디디려고 하다 즉시 발길을 멈추었다. 그의 앞쪽에서 작고 하얀 물체가 다가오는 것이 보였다. 스바루다. 짧은 다리를 열심히 움직여서 그를 쫓아온 것이다.

그는 작은 목소리로 중얼거렸다. "바보 같은 녀석…… 그렇게 따라오지 말라고 했는데."

그리고 나에게서도, 스바루에게서도 도망치듯 혼자 언덕을 뛰어내려갔다.

작은 불도그가 꼬리를 흔들며 그의 뒤를 따라갔다. 원래 달리기를 못한다곤 하지만 너무도 어설프고 어정쩡한 걸음걸이였다.

그리고 나는 알아차렸다. 스바루의 오른쪽 뒷다리에 상처가 있다는 걸. 아니, 그것만이 아니다. 그보다 더 이상한 점이 있다. 하지만 위화감의 정체를 알아차리기 전에 스바루의 뒷모습은 어둠 속으로 빨려 들어갔다.

사토루가 조용한 목소리로 선언했다. "분명한 건 우리가 슌을 찾아야 한다는 거야."

그의 말은 믿음직스러웠지만 나는 일부러 반문해보았다.

"어떻게?"

그러나 그의 신념에는 털끝만큼의 흔들림도 없었다. "생각할 수 있는 모든 방법을 동원해서……."

마리아가 비아냥거리는 눈길로 사토루를 쳐다보았다. "너 혹시, 슌과 다시 시작하고 싶다고 생각하는 거 아니야? 하긴 슌이 너한테 멀어진 게 널 싫어해서 그런 게 아니란 걸 알았으니까."

"그런 게 아니야. 그보다 슌을 만나서 직접 물어봐야 할 게 한두 가지가 아니잖아. 우리가 감시당하고 있다는 게 정말인지, 고양이를 조심하라는 게 무슨 뜻인지, 그리고……." 사토루는 차갑게 대꾸하고는 두 주먹을 불끈 쥐고 나서 덧붙였다. "슌이 껴안고 있는 문제가 과연 무엇인지……."

나는 마음이 쿡쿡 쑤시는 걸 느꼈다. 실습실에서 본 깨진 달걀의 정체에 관해서는 아직 누구에게도 말하지 않았다. 그것이 슌이 직면한 문제와 관련이 있는 건 분명하지만, 그 말을 한 순간 무서운 사태가 현실이 될 것 같아서 말할 수 없었던 것이다.

슌이 학교에 모습을 드러내지 않은 지 벌써 나흘이 지났다. 우리는 학교가 끝나고 교사 뒤쪽에 모여서 머리를 맞대고 밀담을 나누었다.

마모루가 조심스럽게 말했다. "……만약 우리가 감시당하고 있다면 눈에 띄는 행동은 하지 않는 게 좋을 것 같아."

마리아가 마모루의 말에 동의했다. "그래, 나도 위험한 것 같아."

말이 끝나기도 전에 사토루가 새빨갛게 달아오른 얼굴로 씩씩거렸다. "그럼 슌을 이대로 내버려두자는 거야?"

마리아가 예리한 눈길로 주위를 둘러보며 말했다. "그렇지는 않지만…… 하지만 지금도 누가 지켜보는 것 같아."

사토루가 입술을 일그러뜨렸다. "말도 안 돼! 누가 지켜본다는 거야?"

그때 문득 나의 뇌리에 옛날 기억이 떠올랐다.

"너희들, 기억해? 우리가 기로마루에게서 도망치던 날 밤, 기분 나쁜 새가 끝까지 미행했잖아."

"너까지 왜 이래? 그야 요괴쥐는 쪽독새나 까마귀를 훈련해서 정찰에 사용해서 그런 거잖아."

"요괴쥐도 그렇게 하는데, 윤리위원회라면 더 교묘한 방법을 사용하지 않을까?"

"그래. 나도 들은 적 있어. 가부라기 시세이나 히노 고후 같은 달인, 또 다테베 유 같은 전문가는 유전자를 바꾼다든지 발생 과정을 조작해서 생물을 자기 마음대로 만들어낼 수 있다고. 이 주변을 날아다니는 꿀벌이 우리를 감시한다고 해도 이상할 거 하나도 없어."

다음 순간, 우리는 일제히 입을 다물었다. 답답하고 무거운 공기가 머리 위에서 내리눌렀다. 분명히 곤충이 감시하고 있다면 주의할 방법이 없으니까 손을 들어야 한다. 곤충이 아지트로 돌아가서 자신이 본 것을 얼마나 전할 수 있을지는 모르지만.

"……알았어. 어쨌든 난 순이 어디 있는지 찾아보겠어. 마음이 내키지 않으면 너희는 그만둬도 좋아. 강요하지는 않을 테니까."

사토루의 말이 끝나기도 전에 나도 지지를 표명했다. "나도 찾아볼 거야."

마리아가 재빨리 항의했다. "잠깐만! 그렇게 말하면 우리는 꼭 순을 걱정하지 않는 것 같잖아. 우리는 다만 네 명이 한꺼번에 행동하면 눈에 띄니까 그만두는 게 좋다고 말한 것뿐이야. 마모루, 그렇지?"

마모루가 멍한 표정으로 입을 벌렸다. 그가 하고 싶었던 말과는 거리가 멀었지만, 그는 결국 반박하지 않고 고개를 끄덕였다.

"그럼 나누어서 조사해보자."

사토루의 말에 따라 우리는 두 팀으로 나누어졌다. 마리아와 마모루는 일단 슌과 친했던 다른 반 학생들을 만나보고, 나와 사토루는 슌의 집에 가보기로 했다.

가까운 선착장에는 마침 파란 돌고래 그림이 있는 배가 묶여 있었다. 나와 사토루는 배에 올라타서 그물눈처럼 초를 둘러싸고 있는 수로를 나아갔다.

가미스 66초의 일곱 개 마을 중 솔바람마을은 가장 북쪽에 있고, 슌의 집은 그곳에서도 북쪽 변두리에 자리 잡고 있었다. 주위를 압도하는 팔각지붕의 커다란 저택으로, 검게 빛나는 대들보의 직경은 1미터가 넘고, 커다란 지붕을 지탱하고 있는 기둥의 길이는 30미터가 넘는다. 어린 시절에는 자주 놀러 가서, 목조주택 같지 않은 위용을 바라보며 경외감에 휩싸이곤 했다. 와키엔의 고학년 시절부터는 놀이터가 야외로 바뀌면서 서로의 집에서 노는 일도 드물어졌지만.

우리 배는 수로를 따라 경쾌하게 달렸지만, 솔바람마을로 들어가는 분기점을 앞에 두고 사토루가 속도를 떨어뜨렸다.

"왜 그래?"

"저기 봐."

그가 눈으로 분기점 주위에 정박해 있는 배들을 가리켰다. 전부 우리가 타고 있는 배보다 훨씬 크다. 배 옆에는 '신의 눈'을 형상화한 초의 문양과 빨간색 번호가 쓰여 있었다. 초의 공용선이라는 표시로, 수호본존을 나타내는 몇 종류의 범자에 의해 어느 부서에 속한 배인지 알 수 있게 되어 있다. 아미타여래나 천수관음을 의미

457

하는 𑀳(Hrīh)라는 범자로 보아하니 아마 환경위생과나 보건소 배이리라.

"일단 그냥 지나치는 게 좋겠어."

우리는 수로를 똑바로 달려갔다. 곁눈으로 몰래 분기점 쪽을 훔쳐보자 물 위에서 약 2미터 높이에 노란색과 검은색의 줄무늬 밧줄이 쳐져 있었다. 통행금지를 의미하는 표식이다.

"어떻게 된 거지? 솔바람마을로 들어가지 못한다는 거야?"

사토루가 심각한 표정으로 말했다. "그런 것 같아."

"……설마!"

슌과 무슨 관계가 있는 것일까? 그렇게 묻고 싶었지만 무서워서 말이 나오지 않았다.

"솔바람마을까지 걸어가는 수밖에 없어."

"도중에 감시하는 사람이 있지 않을까?"

"이 앞쪽을 돌아서 숲속을 가로지르면 돼."

우리는 그곳에서 1킬로미터 정도 떨어진 선착장에 상륙하여 일단 반대 방향으로 걸어갔다. 왼쪽은 풀밭이고, 오른쪽에는 참가시나무와 동백나무 등의 조엽수림이 펼쳐져 있었다. 아무도 없는 걸 확인하고 나서 우리는 숲속으로 발길을 들이밀었다.

"예감이 안 좋아."

"나도 마찬가지야."

한 발짝 걸음을 내디딜 때마다 기이한 느낌이 강해졌다. 흔히 누가 뒷머리를 끌어당기는 것 같다는 표현을 사용하는데, 마치 앞쪽에 거대한 자기장이 있어서 물리적으로 몸이 뒤쪽으로 떠밀리는 듯한 느낌이 든 것이다.

그런 상태에서 얼마나 걸었을까? 잠시 후, 또 노란색과 검은색 줄무늬가 눈으로 뛰어 들어왔다. 숲 안에까지 통행금지 밧줄이 쳐 져 있는 것이다.

"세상에! 누가 다닌다고 이런 데까지 밧줄을 쳐놨지?"

"솔바람마을을 다 에워싼 것 같아."

사토루는 팔짱을 낀 채 밧줄을 따라 시선을 옮겼다. 도중에 몇몇 나무들에 묶여서 지그재그로 쳐져 있지만, 밧줄은 크게 커브를 틀고 끝없이 이어져 있었다.

"지금은 넘어가는 수밖에 없어."

그는 눈높이에 있는 밧줄 밑으로 들어갔다. 나도 즉시 그의 뒤를 따랐다. 중대한 규칙 위반이라는 죄의식으로 심장 고동이 빨라졌지만 선택의 여지가 없었다.

"쉬잇!"

그가 불쑥 걸음을 멈추고 조용히 하라는 사인을 보냈다. 나는 얼음처럼 그 자리에 얼어붙었다. 30미터 앞쪽의 나무 사이에서 움직이는 물체가 보였다. 사토루가 뒤돌아보고 입술 모양으로 자신이 본 것을 말했다. 요·괴·쥐……. 아무래도 망을 보기 위해 서 있는 요괴쥐 병사인 듯하다.

우리는 잠시 나무 뒤에 웅크리고 앉아서 숨을 죽였다. 그리고 주력으로 미풍을 만들어 우리 냄새가 그쪽으로 전해지지 않도록 했다.

영원이라고 여겨질 만큼 긴 시간이 흐른 듯했지만, 실제로는 불과 10분 정도이리라. 어디선가 날카로운 울음소리가 들렸다. 숲속에서 빈둥거리던 요괴쥐가 튕기듯 일어서서 소리 나는 쪽으로 뛰어갔다.

"됐어, 가자."

우리는 다시 앞으로 나아갔다. 이윽고 조엽수림이 끊어지면서 적톳길이 나타났다. 반대쪽에는 솔바람마을이라는 이름의 유래가 된 광대한 소나무 숲이 펼쳐져 있었다.

우리는 신중에 신중을 기하여 인간도, 요괴쥐도 없는 것을 확인했다. 그리고 황급히 길을 가로질러 소나무 숲으로 들어갔다. 그 순간, 온몸의 털이 곤두서는 섬뜩한 감각이 뇌리를 가로질렀다. 나는 패닉 상태에 빠져서 서둘러 주위를 둘러보았다. 소나무와 졸참나무, 그리고 얼룩조릿대의 군락. 특별히 이상한 건 보이지 않는다. 그런데 이 음침한 느낌은 대체 무엇일까?

사토루도 나처럼 꺼림칙한 느낌을 받은 듯했다.

"역시 이상해. 느낌이 안 좋아. 오래 있어서는 안 되는 곳이야. 어떡할래?"

"여기까지 왔다 그냥 갈 수는 없잖아."

그는 고개를 끄덕였지만 얼굴에는 불안의 그림자가 짙게 배어 있었다.

다시 소나무 숲을 40~50미터 걸어갔을 때, 눈앞에 믿을 수 없는 것이 나타났다. 눈높이 근처에 쳐져 있는 두 번째 밧줄. 이번에는 단순한 출입 금지를 나타내는 노란색과 검은색 밧줄이 아니었다.

"팔정표식이야! 이게 어떻게 여기에……?"

그것은 종이를 수도 없이 매달아놓은 새하얀 금줄이었다. 가미스 66초와 외부 세계를 구분하는 팔정표식이 어떻게 초 안에 있는 솔바람마을에 쳐져 있는 것일까?

"설마 초의 크기가 여기까지 줄어든 건 아니겠지?"

사토루가 금줄을 살펴보며 대답했다. "그건 아니야. 이 밧줄은 새거야. 이것 봐, 만든 지 얼마 안 됐어. 옛날 팔정표식은 예전과 똑같은 장소에 쳐져 있을 거야."

"그럼 이건 뭐지?"

"초 안에 다른 결계를 만든 거야. 솔바람마을을 완전히 감싸는 것처럼."

아무리 생각해도 기이한 일이었다. 나쁜 것이 들어오지 못하도록 막는 팔정표식이, 초 안에 있는 지역을 봉쇄하듯 에워싸고 있는 것이다.

그가 깊은 한숨을 내쉬었다. "어쨌든 이 안으로 들어가려면 팔정표식을 넘어가는 수밖에 없어."

나는 고개를 끄덕였다. 팔정표식을 넘어가는 건 출입 금지 밧줄을 무시하는 것과는 차원이 다르다. 만약 발각되면 대충 넘어갈 수 없으리라. 그러나 이미 각오는 되어 있다. 슌을 만나기 위해서는 여기를 넘어가야 한다. 우리는 종이에 닿지 않도록 조심하면서 금줄 밑을 통과했다.

처음에는 별로 달라진 점이 없는 것처럼 보였다. 하지만 앞으로 나아갈수록 이상한 상황이 나타나기 시작했다. 소나무와 졸참나무 숲에는 매화오리나무와 개옻나무, 팥꽃나무, 나사나무 등이 빽빽이 들어서 있었는데, 어느 지점을 경계로 회오리에 쓰러진 것처럼 소용돌이 모양으로 비틀어지고 말라 죽어 있는 것이다.

사토루의 표정이 험악해졌다. 우리는 말없이 앞길을 서둘렀다.

하늘에는 옅은 구름이 끼어 있었지만 아직 태양은 기울어지지 않았다. 그럼에도 주위는 앞이 잘 보이지 않을 정도로 어두컴컴했다. 소나무 숲이 햇살을 가로막고 있어서였다. 고개를 들자 울창한 나뭇가지와 나뭇가지가 서로 뒤얽혀 지붕처럼 되어 있었다. 밑에 있는 나무들과 반대로 커다란 소나무는 기이할 정도로 무성했던 것이다.

그는 주력으로 굵은 나뭇가지를 부러뜨려 소나무 기름이 떨어지는 부분에 불을 붙였다. 태양이 높이 떠 있는 대낮인데도 횃불을 만들지 않으면 발밑이 잘 보이지 않는 것이다. 도중에 나무들 사이로 햇살이 들어오는 작은 빈터가 보였다. 하지만 그곳의 땅은 소나무 뿌리에 의해 모조리 메워져 있었다. 굵은 나무뿌리가 뱀처럼 기어다니거나 똬리를 틀고 있는 모습은 눈을 감고 싶을 만큼 흉측했고, 애당초 지나갈 수도 없었다. 처음에는 주력으로 모조리 잘라버리려고 했지만, 지나간 흔적을 남기는 것은 좋은 방책이 아니라고 생각을 고쳐먹었다. 우리는 어쩔 수 없이 빈터를 피해 빼곡히 자란 나무들 사이를 빠져나갔다.

횃불을 든 사토루가 뒤를 돌아보았다. "사키, 저기 봐."

그가 나무들의 표면을 가리켰다. 아무 데서나 볼 수 있는 거북이 등 모양으로 갈라진 소나무 껍질이 아니다. 둥근 혹같이 보이는 덩어리가 암세포처럼 무질서하게 자라나 있는 것이다. 그중 몇 개에서는 인간의 얼굴과 똑같은 모양이 떠올라 있었다. 상상을 초월하는 고통에 얼굴을 일그러뜨리며 절규하는 수많은 망자의 얼굴이…… 나는 숨을 들이마시고 눈길을 돌렸다.

"빨리 가자."

앞쪽에는 더 끔찍한 상황이 기다리고 있으리라고 절반쯤 각오하고 있었다. 그럼에도 뒤를 이어 눈으로 뛰어 들어온 광경에는 입을 다물지 못했다.

그곳은 커다란 바위와 돌멩이가 굴러다니는 경사면이었다. 소나무는 드문드문해지고 그 대신 산철쭉들이 자라나 있었다. 이해할 수 없는 것은 가을임에도 산철쭉이 피어 있다는 점이다. 본래 봄에 피어야 할 붉은 기운이 감도는 핑크색 산철쭉이 흐드러지게 피어 있고, 더구나 지금까지 맡은 적이 없을 만큼 숨 막히는 향기를 내뿜었다. 나는 꽃에 빨려 들어가듯 가까이 다가갔다.

"예쁘다……!"

그때 사토루가 내 팔을 잡았다. "만지면 안 돼! 이 꽃, 이상하지 않아? 이것 봐."

그러곤 발밑을 가리켰다. 그곳에는 무수한 개미와 꿀벌, 투구풍뎅이 등의 시체가 흩어져 있었다.

"이 냄새, 너무 지독해. 어쩌면 유독 성분이 들어 있을지 몰라."

"산철쭉에?"

"아무리 봐도 보통 산철쭉은 아니야."

그 말을 듣고 나는 무서운 마법에서 풀려난 사람처럼 정신을 차렸다. 그리고 조금 전까지 아름답다고 여기던 꽃을 보고 그 표독함과 잔인함에 몸을 떨었다. 그때 몸을 떤 건 꼭 산철쭉 때문만은 아니었다.

"이 냉기는 뭐지?"

바람을 타고 숲 안쪽에서 냉기가 흘러나온 것이다.

사토루가 결심한 표정으로 입을 열었다. "……한 번 볼까?"

우리는 귀신에 홀린 사람처럼 냉기가 흘러나오는 곳으로 돌진했다. 다음 순간, 그가 주위가 떠나가라 소리를 질렀다.

"눈이다!"

나도 내 눈을 믿을 수 없었다.

"어떻게 이런 일이…… 가을에 눈이 오다니! 눈이 온단 소리는 아직 못 들었는데……."

그는 눈처럼 나무뿌리를 뒤덮고 있는 새하얀 것에 손을 내밀며 말했다. "아니…… 눈이 아니야."

"그럼 뭐야?"

나는 그것을 만질 용기가 없었다.

"서리야. 서리가 너무 많이 내려서 눈처럼 보이는 거야. 원인은 모르지만 여기만 온도가 내려가는 바람에 공기 중의 수분이 얼어붙었나 봐."

서리가 계속 녹지 않고 남아 있는 건 그 부분의 흙만이 영구 동토처럼 대지 바닥까지 얼어붙었기 때문이었다. 모든 것이 뒤죽박죽이다……. 나는 속으로 그렇게 중얼거렸다. 여기에 있는 모든 것이 본래 질서에서 벗어나 있었다.

서리가 내려앉은 미끄러운 땅을 돌아서 100미터 정도 걸어갔을 때, 돌연 소나무 숲이 뚝 끊어졌다.

사토루가 작은 목소리로 주의를 환기시켰다. "조심해."

우리는 엎드린 채 기어서 숲 끝으로 다가갔다. 그 순간, 눈앞에 펼쳐진 경치가 우리 머리를 어지럽게 만들었다. 직경 200미터는 됨직한 절구 모양의 구덩이. 내 눈앞에 거대한 개미지옥을 연상케 만드는 급경사면이 150미터가 넘는 깊이까지 이어져 있었던 것이다.

"믿을 수 없어. 운석이라도 떨어진 거 아니야?"

그가 입술 앞에 손가락을 세웠다. "쉿! 저기에 사람이 있어."

나는 그때야 알아차렸다. 절구 바닥 부분에 사람의 그림자가 있는 것이다. 그는 조금 전 내 질문에 입을 벌리지 않고 속삭임으로 대답했다.

"……운석일 리 없어. 만약 이만한 구덩이가 생길 만큼 커다란 운석이 떨어졌다면 대폭발이 일어났겠지. 그런데 그런 소리를 들었다는 사람은 아무도 없잖아."

나도 그처럼 입을 벌리지 않고 속삭임으로 되물었다. "그럼 이 구멍은 뭐지?"

"나한테만 묻지 말고 너도 좀 생각해봐."

"너도 모르는구나?"

그 말에 그는 발끈한 표정으로 반박했다. "그래도 추측은 할 수 있어. 이 구멍은 저 사람들이 주력으로 판 것 같아."

"뭐 때문에?"

그가 다시 입술 앞에 검지를 세웠다. "쉿."

바닥에 있던 두 사람이 천천히 떠올랐다. 우리 쪽으로 오지 않을까 해서 가슴이 조마조마했는데, 그들은 반대쪽에 내려서더니 어디론가 사라졌다. 두 사람이 사라지자 그의 말투는 평상시로 돌아갔다.

"……뭔가를 발굴하려는 것 같아."

나는 절구처럼 생긴 구덩이 밑바닥을 들여다보았다. 검은빛을 뿌리고 있는 것이 보였지만 마침 작은 모래 언덕의 뒤쪽에 있어서 무엇인지는 알 수 없다. 아마 반대쪽에서는 잘 보이겠지만……. 그렇게 생각했을 때 불현듯 생각이 났다.

"사토루, 저 주변에 거울을 만들어봐."

내 손끝을 보고 그는 고개를 끄덕였다. 그 즉시 반대편 경사면의 공기가 아지랑이처럼 움직였다. 난반사한 빛이 찬란하게 빛나며 흔들흔들 은빛 거울로 빨려 들어갔다.

"더 아래쪽을 비춰줘."

"거참 잔소리 되게 많네. 알았으니까 조용히 해."

그는 경치를 비추고 있는 완벽한 거울을 천천히 기울였다. 잠시 후, 거울은 절구 모양의 구덩이 안에서 고개를 치켜들고 있는 물체를 포착했다.

다음 순간, 우리 입에선 숨도 새어나오지 않았다. 여기에는 몇 번이나 오지 않았는가. 왜 지금까지 여기라는 걸 몰랐을까? 거울에 비친 것은 흙 속에 파묻혀 있는 거대한 나무의 일부분이었다. 그것이 순의 집을 지탱하고 있던 검은빛이 감도는 대들보란 사실은 한눈에도 알 수 있었다.

우리는 말없이 집으로 발길을 돌렸다.

소나무 숲 안에서 본 기괴한 현상도 문제지만, 우리 의식을 지배하고 있는 건 순이었다. 무슨 일이 일어났는지 몰라도 순의 집은 땅속으로 빨려 들어갔다. 만약 그 안에 있었다면 살아 있기 힘들 것이다. 하지만 나에게는 왠지 그가 살아 있다는 확신이 있었다.

그는 지금 어디에 있고 어떤 상태일까? 무사할까? 혹시 도움의 손길을 내밀고 있는 것은 아닐까? 대답을 얻을 수 없는 질문이 뒤를 이어 머릿속을 뛰어다녔다.

사토루는 나보다 자기 자신을 격려하듯 말했다. "집을 떠나겠다고 했다면서? 그러면 무사할 거야. 내일 아침에 찾으러 가자. 분명히 찾을 수 있을 거야!"

"지금 당장 가는 편이 좋지 않을까?"

"이제 곧 해가 저물 거야. 그런데 지금은 순이 어디 있는지 단서조차 없잖아. 조바심 나는 건 이해하지만 내일을 기약하는 편이 좋겠어."

어떻게 저토록 어른들처럼 냉정하게 말할 수 있을까? 순이 걱정되지 않는 것일까? 나는 그에게 희미한 불신감이 들었다. 마리아와 마모루와 만나기로 한 공원에 도착했지만 그들은 보이지 않았다. 우리는 잠시 기다리다 결국 먼저 집에 가기로 했다.

"그럼 내일 봐."

마치 소풍이라도 다녀온 양 인사를 나누고 나는 사거리에서 그와 헤어졌다. 그리고 이엉마을로 가는 그의 뒷모습을 보고 나서, 선착장에 묶어놓은 배를 타고 물레방아마을로 돌아왔다.

쓰쿠바 산 너머로 저녁 해가 들어가자 초에는 어둠의 장막이 내려앉았다. 여기저기에 화톳불이 켜지고 어두운 수면에 오렌지색 반점이 새겨졌다. 그것을 보고 있노라니 꿈꾸듯 황홀한 기분이 마음속으로 스며들었다. 여느 때라면 마음 편히 하루 일들을 되돌아보고 내일을 계획하는 가장 좋아하는 시간대지만…….

집 뒤쪽에 있는 기둥에 배를 묶고 뒷문으로 들어가니 웬일로 부모님이 집에 있었다. 이런 시간에 두 분 모두 집에 있는 건 흔한 일이 아니었다. 오늘따라 일이 빨리 끝났나 보다.

어머니가 다정한 미소를 지으며 나를 맞이해주었다. "사키, 이제 오니. 밥 다 됐어. 오랜만에 온 가족이 오순도순 먹자꾸나."

아버지가 식탁에 앉아 내 얼굴을 빤히 쳐다보며 빙긋 웃었다. "세상에, 어디서 놀았기에 그렇게 흙투성이야? 어서 세수하고 와라."

나는 시키는 대로 세수를 하고 자리에 앉았다. 아버지가 어디 갔다 왔느냐고 물을 줄 알았는데 예상과 달리 아무 말도 하지 않았다. 아버지는 지금 논의 중인 초 중심부에 가로등을 설치하는 계획에 관해서 이야기했다. 지금은 조명이 화톳불밖에 없어서 여러모로 불편하기 이를 데 없다. 그런데 가로등으로 백열등을 사용하려면 일반윤리 규정을 고쳐야 한다. 현재 전력은 시민회관의 확성기로 방송을 내보낼 때만 사용해야 한다고 되어 있어서였다.

초의 수장인 아버지가 젓가락 끝으로 생선찜을 집으면서 투덜거렸다. "아무리 진정을 해도 윤리위원회 사람들이 승인을 안 해주지 뭐야?"

어머니는 초의 수장보다 격이 높은 도서관 사서로서 말했다. "기왕에 전력을 사용할 바에야 난 도서관 조명부터 해결해줬으면 좋겠어."

"도서관에는 금년도 초 예산의 5분의 1을 사용하고 있잖아."

"알고 있어. 하지만 요즘은 밤에도 할 일이 많아서, 이런 인광등만으론 불편하거든."

어머니는 식탁의 조명을 가리켰다. 당시 인광등은 가장 널리 사용하던 조명 기구다. 왕귤이라는 별명을 가진 커다란 전구 안쪽에 백금인가 이리듐인가를 머금은 특수 도료를 두껍게 바른 것으로, 주력으로 에너지를 주어야만 일정 시간 빛을 내뿜는다. 하지만 빛이 지속되는 것은 고작 30분으로, 빛이 줄어들 때마다 주력으로 엉덩이를 때려주어야 하는 번거로움이 있었다.

"현재 발전 여력이 있는 건 물레방아마을의 7호 물레방아뿐이잖아. 아무리 도서관을 위해서라고 해도 이엉마을까지 전선을 끌어가는 건 무리야."

"도서관 앞의 수로에 새 물레방아를 만들면 되잖아."

"그건 불가능해. 교통에도 방해될 뿐 아니라 그 주변의 수로는 발전에 사용하기엔 물살이 너무 느리거든."

한동안 두 사람의 진지한 토론이 이어졌지만 나에게는 매우 부자연스럽게 여겨졌다. 마치 화제가 부조리한 곳으로 흐르는 걸 피하기 위해 토론하는 척 연기하는 것 같아서였다.

"……아빠 ……슌 알죠?"

그러자 두 사람은 동시에 입을 다물었다. 나는 심장 고동이 빨라지는 걸 느꼈다. 위험한 질문이라는 걸 알면서도 그 말이 입을 뚫고 나왔다. 내가 이렇게 슌을 걱정하고 있는데, 무의미한 토론을 지루하게 반복하는 부모님에게 화가 났기 때문일까? 그 이면에는 위험은 둘째치고, 일단 물어보면 단서를 얻을 수 있지 않을까 하는 계산이 깔려 있었을지도 모른다…….

아버지가 낮은 목소리로 물었다. "슌이라면, 아오누마 슌 말이니?"

"네, 며칠 전부터 갑자기 전인학급에 오지 않아요." 내 목소리가 조금 갈라졌다.

어머니가 미소를 지으며 타이르듯 말했다. "그런 말을 하면 안 돼. 그건 너도 알고 있잖아."

"응…… 하지만……"

나는 고개를 숙이고 입을 다물었다. 눈물이 흘러내릴 것 같았다.

"사키…… 사 짱."

아버지는 원래 내 눈물에 약했다. 사 짱이라는 것은 내가 겨우 대여섯 살 때까지 부르던 호칭이다. 어머니가 걱정스러운 눈길로 아버지를 쳐다보았다.

"여보."

"괜찮아. ……사키, 아빠 말 잘 들어. 인생에는 몇 번의 시련이 닥치는 법이지. 친구와의 이별도 그중 하나야."

나는 아버지의 말을 가로막고 소리쳤다. "슌은 어떻게 됐죠?"

아버지는 곤란한 표정을 지으며 얼굴을 찡그렸다. "지금 행방불명이야."

"왜요?"

"며칠 전 솔바람마을에서 큰 사고가 있었거든. 그 후에 슌과 부모님이 어디 있는지 감감무소식이야."

"무슨 사고요? 사고가 있었다는 말은 처음 들어요. 지금까지 한 마디도 없었는데 어떻게……?"

그때 어머니가 날카롭게 소리쳤다. "사키, 이제 그만해!"

"하지만……."

"우린 네가 걱정돼서 죽겠어. 사키, 말대꾸하지 말고 아빠, 엄마 말 잘 들어. 더 이상 쓸데없이 캐고 다니면 안 돼."

나는 마지못해 고개를 끄덕이고 자리에서 일어났다. 식당에서 나가려고 할 때, 뒤쪽에서 엄마의 눈물 어린 목소리가 쫓아왔다.

"사키, 부탁해. 난 다시는…… 아니, 너만은 잃고 싶지 않아. 제발 엄마가 시키는 대로 해."

"알았어. 오늘은 피곤하니까 그만 잘게."

"사키, 잘 자거라."

아빠는 그렇게 말하며 눈시울을 훔치는 엄마의 어깨를 껴안았다.

"안녕히 주무세요."

2층 계단을 올라가는 내내, 귀 속에서 엄마의 말이 메아리쳤다.

'난 다시는…… 아니, 너만은 잃고 싶지 않아.'

그 소리는 예전에 들은 또 하나의 비통한 외침과 겹쳐졌다.

'난 이제 아이를 잃고 싶지 않아!'

침대에 들어간 다음에도 온갖 생각이 머릿속을 뛰어다녀서 좀처럼 잠들 수 없었다.

나에게 언니가 있었던 게 아닐까 하는 생각은 예전부터 했었다. 맨 처음 그런 의혹이 싹튼 건 열 살 전후의 일이다. 어머니가 우연히 서재에 놓아둔 옛날 옥편(제3분류)을 본 것이 계기였다. 와키엔의 수업 시간에 아이의 이름에는 부모의 기대와 희망이 담겨 있다는 이야기를 듣고, 내 이름의 '사키(早季)'에 어떤 뜻이 담겨 있는지 알고 싶었던 것이다.

'조(早)' 자에는 새벽, 이르다, 어리다는 세 가지 뜻이 있었는데 왠지 이해가 되지 않았다. 어린아이니까 어린 것은 당연하지 않은가. 다음에 '계(季)' 자를 찾아보았다. '계' 자에는 어리다, 젊다, 때, 작다……. 너무 시시하다고 생각한 순간, 마지막 뜻이 눈에 들어왔다.

막내…….

물론 그것만으로 내가 막내였다고 단정할 수는 없다. 하지만 어머니는 누구보다 한자 뜻에 예민한 사람이다. 만약 내가 장녀였다면 '계' 자는 사용하지 않았으리라.

그렇게 생각하는 사이에 유년기의 아련한 기억이 천천히 되살아났다. 내가 두세 살 때 항상 내 곁에서 나를 귀여워해준 사람이 있었다. 그 사람은 나보다 나이가 많고 키도 컸지만 어머니에 비하면 훨씬 작았다. 부모님은 나를 '사 짱', 그 사람을 '요 짱'이라고 불렀다.

그렇다. 언니의 이름은 요시미였다.

이것이 자기 암시에 의한 기억의 날조가 아니라는 증거는 어디에도 없다. 하지만 두 *번 다시* 아이를 잃고 싶지 않다는 엄마의 비통한 외침과 겹쳐진 순간, 나에게 언니가 있었다는 가정은 현실로 다가왔다. 만약 그것이 현실이라면 지금은 왜 언니가 없는 것일까? 역시 부적격하다는 이유로 처분된 것일까? 아니면 슌에게 일어난 일과 관계가 있는 것일까?

아무리 생각해도 결론이 나지 않고, 사고는 다람쥐 쳇바퀴처럼 빙빙 맴돌았다. 그때 창문을 두들기는 소리가 들렸다. 나는 깜짝 놀라서 고개를 들었다. 열어둔 커튼 사이로, 달빛을 받으며 2층 창문 밖에 떠 있는 사람이 눈에 들어왔다.

한순간 초자연적인 존재에 대한 공포에 휩싸이며 그 자리에 주저앉을 뻔했지만, 달빛에 비치는 새빨간 머리카락 덕분에 마리아라는 사실을 알았다.

나는 즉시 창문을 열면서 물었다. "이런 시간에 무슨 일이야?"

"미안해. 공원에 들렀는데 아무도 없어서. 조금 전에 집에 가서 눈물이 나올 만큼 혼났어."

"빨리 들어와."

부모님에게 들키면 곤란하다. 나는 마리아를 2층 창문에서 안으로 들어오게 했다.

"왜 이렇게 늦었어? 친구들에게 얘기를 듣기만 하면 되잖아."

말이 끝나기도 전에 마리아가 내 목을 껴안았다.

"무슨 일 있어?"

"무서워. 하마터면 우리도 살해됐을지 몰라."

"설마! 무슨 일이 있었는지 알아들을 수 있도록 말해봐."

마리아는 잠시 바들바들 떨더니, 조금 안정되었는지 침대에 걸터앉아 말하기 시작했다.

어이없게도 그들은 처음에 순과 친했던 아이들을 닥치는 대로 만나러 다녔다고 한다. 마모루는 물건이나 사람을 찾아내는 능력이 있어서, 그런 방법이라도 두세 명에게는 이야기를 들을 수 있었다. 하지만 단서는 하나도 얻을 수 없었다.

그러는 사이에 기묘한 사실을 깨달았다. 슌에게는 우리 1반 말고도 같은 솔바람마을에 사는 친구들이 있었는데, 대부분이 결석을 하거나 겨우 만난 아이도 입을 꼭 다문 채 아무 말도 하지 않는 것이었다.

그 이후 솔바람마을로 가려고 하다, 나와 사토루가 이미 간 것을 떠올리고 전인학급으로 돌아갔다고 한다. 그런데 수업이 끝나고 몇 시간이 지나서 그런지, 학생들은 거의 보이지 않았다. 그냥 집에 가려고 했을 때, 예전에 슌과 사토루가 하던 이야기가 떠올랐다. 전인학급의 정원에 몰래 들어가자 창고처럼 생긴 기묘한 건물이 있고, 암모니아 같은 이상한 냄새와 함께 짐승의 신음이 들렸다는 이야기다.

"그래서 정원을 조사해보기로 했어. 물론 그걸로 슌의 행방을 알수 있다는 확신이 있었던 건 아니지만, 단서라도 잡을 수 있지 않을까 해서……."

아무래도 마리아와 마모루 콤비는 오직 요행을 기대하며 돌진하는 것이 주특기인 듯했다.

"그런데 정원에는 어떻게 들어갔어? 슌과 사토루는 빗장의 배치를 기억하고 있었는데……."

"잊어버렸어? 난 공중에 뜰 수 있잖아. 그래서 아무에게도 들키지 않게 조심조심 담을 넘었어. 내가 먼저 들어가 빗장을 열어서 마모루를 들어오게 했는데, 슌의 말이 맞았어. 작은 빗장이 열 개 정도 방사상으로 뻗어 있고……."

지금 빗장이 문제인가. 나는 그녀의 다음 말을 재촉했다.

"그보다 뭐가 있었어?"

"사토루와 슌이 들어갔을 때처럼 아무것도 없었어. 안쪽에 벽돌 오두막집 같은 게 다섯 개 나란히 있는 것 말고는."

슌이 와키엔에도 똑같은 것이 있었다고 했던 말이 떠올랐다.

"오두막집에는 나무문이 붙어 있었는데, 되게 튼튼해 보였어. 두 께 4~5센티미터는 됨직한 떡갈나무 판자를 새카만 합금 끈으로 묶고, 더구나 손잡이는……."

나는 조바심을 견디지 못하고 소리쳤다. "문은 됐으니까 뭐를 봤는지 요점만 말해!"

그녀는 옛날부터 집중력과 관찰력은 탁월하지만 요점을 정리해서 말하는 건 젬병이었다.

"미안해. 우리는 안에 뭐가 있는지 보고 싶었지만, 문을 부수지 않고는 볼 수 없었어."

"나야말로 미안해. 뭐를 봤는지 빨리 알고 싶어서……."

"괜찮아. 그때 소리가 들려서 문에 귀를 대봤어."

"어떤 소리였는데?"

"나지막한 신음 같은 거였어. 그리고 커다란 생물이 소리를 내지 않고 왔다 갔다 하는 기척이 느껴졌는데, 그쪽도 우리가 있는 걸 눈치챈 것 같았어."

"잠깐만! 창고처럼 생긴 오두막집 안이 그렇게 넓어?"

"아니야. 그건 입구에 불과하고, 지하에 커다란 창고나 감옥 같은 게 있는 것 같아. 기척도 지하에서 들리는 듯했어."

"흐음, 어쨌든 결국 소리의 정체는 못 본 거지?"

"지레짐작하지 마. 그 후에 봤으니까. 물론 전체를 똑똑히 본 건 아니지만."

나는 그것이 가장 빠른 길이라고 깨닫고, 되도록 말허리를 자르지 않고 잠자코 듣기로 했다.

"나와 마모루가 오두막집 안의 모습을 살펴보고 있을 때, 갑자기 빗장 열리는 소리가 들렸어. 누군가가 정원으로 들어오려는 거야. 달리 숨을 곳이 없어서 우리는 순간적으로 오두막집 뒤에 숨었지. 위기일발이었어. 이윽고 정원의 문이 열리고 누가 들어오더군."

"누구였는데?"

"얼굴은 못 봤어. 하지만 말소리로 볼 때 전부 세 명이었어. 한 명은 아마 태양왕이었을 거야. 나머지 두 명은 남자와 여자였고……. 여자는 우리가 하계 캠프에서 돌아왔을 때 만난 교육위원회 사람과 목소리가 비슷했어."

나는 마른침을 집어삼켰다. "그 사람들이 어떤 얘기를 했는데?"

"드문드문밖에 못 들었는데, 남자가 서둘러야 한다고 말했어. 완전히 업마화하기 전에 결판을 내야 한다, 만약 실패하면 되돌릴 수 없는 일이 벌어진다고. 업마화라는 게 무슨 말인진 모르지만……."

마음 한구석에서 예상은 하고 있었다. 그래도 나는 쇠망치로 머리를 얻어맞은 듯한 충격에 휩싸였다. 업마화라는 것은 업마가 된다는 말이 아닌가?

나는 목에서 간신히 목소리를 짜냈다. "……그다음엔 무슨 말을 했지?"

전율로 인해 마리아의 목소리는 높고 날카로워졌다.

"여자가, 당장 부정고양이를 보내는 수밖에 없다고 했어. 그러자 태양왕이, 지금 사용할 수 있는 건 검은색과 얼룩무늬뿐이라고 대답했고. 그런 다음에 그들은 문을 열었어. 두 번째와 네 번째 오두막집 문을. 그러자 안에서 커다란 짐승이 천천히 걸어나왔지. 오두막집 뒤에서 언뜻 봤는데, 옛날에 동물원에 있던 사자 정도의 크기였어. 그보다는 사지가 더 길고 가늘었지만⋯⋯."

"그 생물⋯⋯ 부정고양이는 너희 기척을 느꼈다고 했잖아."

"그래. 하지만 세 사람이 즉시 주력으로 부정고양이를 꼼짝 못하게 한 후에 어디론가 데려갔어. 그래서 세 사람은 우리가 있는 걸 모르고 밖으로 나갔지. ⋯⋯하지만 중요한 건 그다음이야! 태양왕이 부정고양이를 누구에게 보낼지 이름을 말했어. 그렇게 우수한 애였는데 유감이라고 하면서."

그 애가 누구인지, 나는 그녀가 말하기 전에 이미 알고 있었다.

"내 귀로 똑똑히 들었어, 아오누마 슌이라고 하는걸!"

3

그 후에 마리아를 어떻게 달랬는지는 기억나지 않는다. 어쨌든 슌에게는 지금 당장 절박한 위험이 닥치지 않을 거라고 그녀를 설득했다. 나는 사토루처럼 거짓말하는 재능은 타고나지 않았지만 궁하면 통한다고 해야 할까, 내일 아침 다 같이 슌을 찾으러 가기로 약속한 후에야 가까스로 그녀를 돌려보낼 수 있었다.

한 사람보다 두 사람이 마음 든든하다는 것은 알고 있었다. 하지만 살아 돌아올 수 있다는 확신이 없는 상태에서 친구까지 위험하게 만들 수는 없지 않은가.

나는 그녀를 돌려보내고 나서 재빨리 준비에 착수했다. 스웨터 위에 바람이 통하지 않는 점퍼를 입고 고무줄로 머리를 묶었다. 야외 수업이 많은 덕분에 상처에 바르는 약이나 붕대 등 구급용품이나 방위자석 등은 가지고 있었다. 나는 그것들을 냅색에 쑤셔넣어 등에 멘 뒤, 문득 생각이 나서 순이 준 부적을 목에 걸었다.

나는 살며시 창문을 통해서 지붕으로 빠져나왔다. 그리고 아직 마리아처럼 공중 부양을 할 수 없는 탓에 진언을 외며 힘껏 뛰어내렸다. 주력을 발동한 순간, 공기 저항이 물처럼 무거워지며 신체에 급제동이 걸리더니 꿈속에서 떨어지는 듯한 느낌이 들었다. 땅에 착지할 때 균형을 잃고 발을 헛딛는 바람에 간담이 서늘해졌지만, 다행히 접질리지는 않았다.

우물쭈물할 시간이 없다. 나는 즉시 일어나서 발소리를 죽이고 집 뒤쪽으로 돌아갔다. 그리고 배를 기둥에서 푼 후 캄캄한 수로를 향해 나아갔다. 처음에는 어떻게든 소리를 내지 않도록 하고, 집에서 충분히 떨어졌다고 생각한 후에는 전속력으로 전진했다.

늦지 않았다는 확신은 없다. 오히려 앞이 보이지 않는 가운데 무모하리만큼 스피드를 내고 있어서, 조금이라도 배를 잘못 조종하면 무언가에 부딪혀서 침몰할 수도 있다. 그래도 망설일 시간은 없었다. 반드시 순을 구해내겠다. 어떤 일이 있어도, 무슨 짓을 해서라도······. 그를 구하겠다는 일념밖에 다른 생각은 털끝만큼도 들지 않았다.

어두운 수로 위를 활주하고 있노라니 기묘한 기시감이 온몸을 휘감았다. 하계 캠프의 첫날, 슌과 둘이 나이트카누를 했을 때였다. 슌이 주력으로 물살을 없애자 강 표면은 새카만 거울처럼 하늘의 별을 비추었다.

그가 백련 4호의 속도를 올린 순간, 별빛은 무수한 조각으로 부서지며 물결 사이로 녹아들었다. 강의 흐름도, 강기슭의 경치도 흐릿한 어둠과 하나가 되면서 명확하게 보이지 않았다. 그러자 속도 감각이 없어졌다. 지금 내 배가 그러한 것처럼.

나는 내 배에 그때의 카누와 똑같은 백련 4호라는 이름을 붙였다. 똑같은 이름은 등록할 수 없어서 선체에 써넣을 수는 없지만, 나에게 백련 4호 이외의 이름은 생각할 수 없었다.

상식을 벗어난 속도로 달려와서 그런지, 어느새 솔바람마을로 향하는 수로의 분기점에 도착했다. 나는 일단 배를 세웠다. 낮에는 몇 척의 배가 지키고 있었지만, 한밤중에 가까운 시간이라서 그런지 그곳에 있는 것은 한 척뿐이었다. 배 위에는 화톳불이 켜져 있지만 사람은 보이지 않았다.

대낮처럼 우회해서 육로로 갈 시간은 없었다. 여기를 돌파하는 수밖에 없는 것이다. 나는 천천히 앞으로 나아가면서, 모든 주력을 파도 소리를 없애는 데 사용했다. 백련 4호는 미끄러지듯 불빛 속을 나아가서 진입 금지 밧줄 밑을 통과했다. 지금 누가 배에서 고개를 내밀면 만사 끝장이다. 상대 쪽에서 봤을 때 백련 4호의 모습이 어둠 속으로 완전히 사라질 때까지 나는 계속 숨을 죽였다. 감시하는 배도 누가 명령을 어기고 솔바람마을로 들어가리라곤 상상도 하지 못하리라. 그렇지 않으면 이렇게 쉽게 감시를 통과할 수 없을 테니까.

백련 4호는 조용히 항행하면서, 이윽고 두 번째 경계선인 팔정표식의 금줄 밑을 통과했다. 여기에는 감시하는 배도 보이지 않았다. 그때 달빛을 받은 커다란 소나무 두 그루가 눈에 들어왔다. 이제 거의 중심부에 도착한 것이리라. 어둠에 시선을 고정하자 기슭에 자리한 집들의 그림자가 눈에 들어왔는데, 모든 불빛이 끊어진 솔바람마을은 무인지대로 변한 듯했다.

나는 북쪽으로 이어진 좁은 수로로 들어갔다. 순이 어디 있는지 정확하게 알고 있는 것은 아니다. 하지만 어느 쪽으로 갔는지 대강은 짐작이 되었다. 그의 집은 솔바람마을에서도 북쪽 변두리에 있었다. 만약 아무도 없는 곳에 오두막을 지었다면, 인가가 많은 마을 중심부나 다른 마을로 가는 길목은 피할 가능성이 높다. 아마 곧장 북쪽으로 가서 팔정표식을 넘어간 것이 아닐까? 방향은 자석을 보면 알 수 있다. 문제는 그곳에서 얼마나 더 가느냐다.

좁은 수로에서 500미터쯤 갔을 때 더 이상 앞으로 갈 수 없었다. 좁은 선착장에 발 디딜 틈 없이 배들이 들어서 있었기 때문이다. 나는 백련 4호를 말뚝에 묶고, 배 위를 통통 뛰어서 육지로 올라갔다. 그러는 도중에 배 안에 있는 멋진 횃불이 눈에 띄었다. 우리가 주로 사용하는 소나무가 아니라 갈라진 대나무를 묶어 만든 기다란 통에 못 쓰는 천과 메밀, 마그네슘 철사 등의 연료가 채워져 있다. 주력으로 불을 붙이자 눈부신 불길이 타오르며 순식간에 시야가 밝아졌다.

솔바람마을의 지리를 잘 몰라서 현재의 정확한 위치는 알 수 없지만, 나는 일단 북쪽으로 가기로 했다. 횃불을 받은 솔바람마을은 문자 그대로 폐허로 변해 있었다. 사람들이 떠나고 나서 그렇게 오래되지는 않았을 것이다. 그럼에도 길 위에는 쓰레기와 나뭇조각이 난무하고, 건물은 모두 썩어가고 있는 것처럼 보였다. 그런 음침한 거리조차 끊어지자 돌연 불안이 온몸을 휘감았다.

횃불의 강한 광도로 인해 시야가 반경 몇 미터로 한정되면서, 들판으로 이어진 길은 전혀 보이지 않았다. 반면에 눈부신 횃불을 치켜들고 걸어가는 내 모습은 몇 미터 앞쪽에서도 알아볼 수 있으리라.

위험하다는 이성적 경고와 모처럼 손에 넣은 횃불을 버리고 싶지 않다는 본능적 욕구가 치열한 각축전을 벌였다. 주력을 이용해서 횃불의 강도를 약하게 하려고 했지만, 불길을 키우거나 끄는 건 쉬워도 적당한 크기로 유지하는 건 극히 어려운 기술이라는 사실을 깨달을 뿐이었다.

그때 우연히 발밑에 떨어져 있던 메마른 소나무 가지를 주워 들었다. 이거라면 작은 빛을 유지할 수 있으리라. 처음부터 이런 것을 선택할 걸 그랬다고 후회하면서 나는 횃불을 껐다. 그러자 시야가 캄캄한 어둠 속에 갇히며 빨간색과 초록색의 낙서 같은 것들이 어지러이 춤을 추었다.

나는 소나무 가지 끝에 불을 붙였다. 다음 순간, 눈앞에 검은 고양이가 나타났다. 크다고 할 정도는 아니었지만 마리아의 말처럼 사자 정도의 크기였다. 사지와 목이 몹시 길고 체구에 비해 작은 머리는 표범 정도 되었으며, 번들번들 인광을 내뿜는 두 눈동자가 내 눈과 비슷한 높이에 있었다.

검은 고양이는 애교를 부리듯 *끄륵끄*륵 목을 울리며 다가오더니, 발을 내밀어 내 어깨에 앞발을 올렸다. 기겁하며 놀란 순간, 내 머리는 이미 검은 고양이의 커다란 입 안으로 들어가 있었다. 뿌드득뿌드득 고양이의 이빨 부딪치는 소리가 들렸다. 마치 최면술에 걸린 것처럼 머릿속이 새하얘져서 진언을 읊을 수 없었다. 이것이 부정고양이인가……. 공포로 마비된 머릿속을 뛰어다닌 생각은 오직 그것뿐이었다.

뜨거운 입김이 머리카락을 흔들고, 침이 목을 타고 뚝뚝 떨어지는 것이 느껴졌다. 고양이 족속 특유의 암모니아 냄새 같은 악취가 코를 찔렀다. 그 순간, 내가 아직 의식을 유지하고 있다는 사실을 깨달았다.

부정고양이는 엄청난 이빨의 힘으로 내 목을 조였지만 아직 경동맥을 끊지는 못했다. 슌이 준 고양이제거 부적 덕분이다. 두터운 가죽과 금속 줄로 된 튼튼한 목줄이 뇌로 이어지는 피의 흐름을 확보해서 의식의 차단을 막아준 것이다.

정신을 차린 순간, 나는 반사적으로 진언을 읊어서 내 목을 물고 있는 부정고양이의 턱을 열려고 했다. 한 번 물면 위아래 이빨이나 턱관절이 맞물리는 구조로 되어 있는지 쉽게 열리지 않았지만, 주력의 힘을 한없이 높이자 마침내 뼈가 이상한 소리를 내며 부러졌다. 결국 부정고양이의 아래턱이 부서지면서 내 목이 자유로워졌다.

　나는 몇 걸음 뒤로 물러나서 아직 불이 붙어 있는 소나무 가지를 들어올렸다. 그러자 작은 불꽃을 받은 부정고양이의 얼굴이 적나라하게 드러났다. 커다란 눈으로 나를 노려보며 목 안쪽에서 뱀을 연상케 하는 소리를 내뿜었다. 내 목을 물고 있던 태고의 검치호 같은 위턱 이빨에서는 엄청난 양의 피가 뚝뚝 떨어지고 있었다.

　나는 허공에 금강역사처럼 강인한 두 팔의 이미지를 만들었다. 그리고 한 손으로 부정고양이의 목을 잡고, 다른 한 손으로 몸을 잡으며 걸레를 짜듯 비틀었다. 허리뼈가 부러지는 메마른 소리가 울려퍼진 후, 부정고양이는 격렬하게 몸을 떨더니 이윽고 더 이상 움직이지 않았다.

　나는 잠시 그 자리에 주저앉아서 거친 숨을 몰아쉬었다. 눈물이 멈추지 않았다. 목이 아파서 만져보니 그렇게 튼튼했던 목줄이 비틀어진 듯했다. 쇠장식이 변형되어 빠지지 않아서, 주력으로 억지로 비틀어 목줄을 뜯어냈다. 겨우 기력을 짜내 일어서고는 부정고양이의 시체를 확인했다. 그것은 학교 괴담을 통해 전해지던 거짓고양이의 모습과 똑같았다. 길이는 한 3미터쯤 되리라. 호랑이나 사자에 비해 몸통은 날씬하고, 머리와 사지가 놀라울 만큼 길었다. 얼굴은 평범한 집고양이처럼 생겼지만, 입은 훨씬 뒤쪽까지 찢어져 있었다.

　나는 커다란 활을 그리며 입에서 삐져나와 있는 이빨을 만져보았다. 아마 15센티미터는 넘으리라. 상어 피부처럼 거칠고, 단면은 타원형이었다. 평소에는 접어서 위턱 뒤쪽에 숨길 수 있게 되어 있는 듯하다. 검치호와 다른 점은 아래턱에도 똑같이 기다란 이빨이 있다는 것이다. 이빨 끝은 뾰족하지 않았다. 사냥감에 이빨을 꽂는 게 아니라 목의 경동맥을 압박함으로써 순간적으로 기절시킨 다음에 죽이는 것이리라.

그런 식으로 죽이는 이유는 한 가지밖에 생각할 수 없다. 어린아이를 납치해가는 거짓고양이의 전설처럼, 현장에 피를 흘리지 않고 희생자의 시체를 가져감으로써 살해 증거를 없애기 위해서다. 부정고양이는 아무리 봐도 사람을 죽이기 위해 만들어졌다고밖에 생각할 수 없다.

나는 바닥에 주저앉아 배 속에 있는 것을 모두 게워냈다. 크고 따뜻한 피를 가진 짐승을 죽였다는 생리적 혐오감도 있었다. 하지만 그보다 더 충격적이었던 건 이 저주받은 생물의 존재를 알았다는 사실이다.

나는 한 시간쯤 걸어서 겨우 순의 집이 묻혀 있는 절구 모양의 구덩이에 도착했다. 서둘러야 한다. 땀뿐만 아니라 스웨터 밑으로 흐르는 끈적거리는 부정고양이의 침이 가슴에서부터 속옷, 양말까지 흠씬 적시는 바람에 추운 것은 물론이고 기분이 나빴지만, 걸음을 멈추고 닦는 시간이 아까웠다. 하마터면 죽을 뻔했던 조금 전 교훈을 통해서 횃불은 들지 않았다. 눈이 밝음에 순응한 상태에서는 불을 끈 순간 시력이 완전히 없어진다. 그럴 바에야 차라리 불완전하게 보이더라도 어둠에 순응하는 편이 나은 것이다.

자석을 보면서 오직 북쪽을 향해 걸어왔지만, 방향이 맞는다고 확신한 것은 달빛에 희미하게 떠오른 거미줄을 봤을 때였다. 그물 눈의 모양이 일그러지면서 군데군데 사람의 얼굴이나 글자 같은 기이한 모양이 나타나 있었다. 그때는 아직 몰랐는데, 이런 경우에 자연계에서 가장 민감하고 맨 처음 변화가 나타나는 것이 거미줄 이라고 한다.

팔정표식을 넘은 주변부터 나무들이 눈에 띄게 변형되어 있었다. 마치 1년 내내 강풍에 시달린 지역처럼 대부분의 나무가 일정한 방향으로 비틀어져 있는 것이다. 조금 전부터 막연한 불안과 불쾌감이 나를 엄습해왔다.

집에 가고 싶다. 지금 당장 여기서 도망치고 싶다. 그것은 본능의 목소리였다. 단 1초라도 이 자리에 있고 싶지 않은 것이다. 하지만 순을 떠올리며 죽을힘을 다해 스스로를 달랬다. 지금 되돌아갈 수는 없다. 그를 구할 수 있는 사람은 나밖에 없는 것이다.

어쨌든 나는 앞으로 나아갔다. 자세히 쳐다보니 기괴하게 비틀린 식물이 길의 표시 역할을 톡톡히 했다. 위에서 내려다보면 숲이 소용돌이 모양으로 변형되어 있을 거라는 생각이 들었다. 그렇다면 순은 그 한가운데에 있지 않을까?

나무들이 무수한 촉수를 가진 문어 괴물 같은 실루엣으로 변해 있었다. 나는 끊임없이 꿈틀거리는 촉수를 따라가듯 걸음을 내디뎠다.

어느새 주위에는 우유처럼 짙은 안개가 피어올랐다. 이제 아무리 시선을 고정해도 10센티미터 앞도 내다볼 수 없었다. 귀에는 속삭임 같은 소리가 끊임없이 들려왔다. 바람 소리나 웃음소리 같기도 하고, 가끔은 말소리처럼 들리기도 하지만 알아들을 수는 없었다. 오감이 받아들이는 모든 정보가 변질되면서 감각은 더욱 모호해졌다. 신발 바닥에 전해지는 대지 감촉조차 부드럽고 물컹물컹했다. 자석의 바늘조차 빙글빙글 헛돌기만 했다.

이윽고 앞이 보이지 않고 밝은지 어두운지조차 판단할 수 없게 되면서, 나는 시공간적 감각을 완전히 잃어버렸다.

여기는 어디일까?

마치 커다란 집게로 머리를 조이듯 격렬한 통증이 머리를 내질렀다. 생각하는 것 자체가 점점 힘들어지면서 나는 그 자리에서 꼼짝도 할 수 없었다. 이미 신체 감각까지 사라지고, 서 있는지 앉아 있는지도 알 수 없었다.

여기는 대체 어디일까?

나는 주위가 떠나가라 소리를 질렀다.

"슌! 어디 있어?"

내 목소리가 귀에 닿는 순간만 의식이 또렷해졌다가 이내 다시 몽롱해졌다. 이대로 정신을 잃는 게 아닐까 생각한 순간, 슌의 목소리가 들렸다.

"사키, 여기서 뭐하는 거야?"

"잘 모르겠어. 내가 지금 어디 있는지도……."

다음 순간, 눈앞을 덮고 있던 안개가 무엇인가에 빨려 들어가듯 사라졌다. 발밑에는 단단한 대지가 부활했다. 그리고 20미터쯤 앞에 서 있는 소년의 모습이 눈에 들어왔다.

"슌!"

쓰이나 의식에서 신시가 쓰는 무구의 가면을 쓰고 있었으나, 조금 전에 들은 건 틀림없이 그리운 슌의 목소리였다.

"여기 오면 안 돼. 빨리 집에 가!"

"싫어."

고개를 가로젓는 나를 쳐다보며 그가 땅을 가리켰다.

"이거 봐."

처음에는 어두워서 보이지 않았지만 주위가 희미하게 빛나기 시작하자 무수한 벌레의 꿈틀거리는 모습을 똑똑히 볼 수 있었다. 벌레들은 모두 숨을 쉴 수 없을 만큼 기이하게 변해 있었다. 크고 작은 모기는 날개가 줄어들어 그물의 눈처럼 변하고, 기이하리만큼 몸이 부풀어서 날 수 없었다. 죽마를 타고 있는 것처럼 보이는 벌레는 발이 몹시 긴 먼지벌레로, 왼쪽 다리가 길어진 탓에 똑바로 걷지 못하고 커다란 원을 그리며 빙글빙글 맴돌았다. 그보다 더 기이한 것은 지네였다. 머리와 꼬리가 이어져 원으로 변한 탓에 무수한 다리를 움직이면서 무의미하게 맴돌고 있었다.

"이렇게 되고 싶지 않으면 지금 당장 돌아가."

나는 단호하게 거부했다. "싫어! 설명해줘. 대체 무슨 일이 있었는지…… 안 그러면 여기서 꼼짝도 하지 않을 거야."

그가 날카롭게 소리쳤다. "바보 같은 소리 하지 마!"

"바보라도 좋아. 난 널 구하기 위해 여기까지 왔어. 도중에 부정 고양이가 공격해와서 죽을 뻔하면서도."

파르르 떨리는 내 목소리에 울음이 짙게 배었다.

"고양이를 만났어?"

"그래, 네가 준 부적 덕분에 살았어. 하지만 하나 더 있을 거야."

"그랬구나……." 슌은 깊은 한숨을 쉬면서 덧붙였다. "알았어. 10분이야. 딱 10분만 여기 있어. 그동안 최대한 설명해줄게. 하지만 10분이 지나면 집에 가야 해."

여기서 입씨름해봤자 소용없으리라. 나는 할 수 없이 고개를 끄덕였다. 그때 갑자기 조명을 비춘 것처럼 주위가 밝아졌다. 고개를 들자 아름다운 오로라가 하늘을 온통 뒤덮었다. 옅은 초록색 빛이 거대한 커튼을 연상케 하는 주름을 만들고, 그 위에 빨간색과 핑크색, 보라색 빛이 스며들었다.

"이걸 어떻게……? 슌이 만든 거야?"

오로라가 남극과 북극에밖에 나타나지 않는다는 것 정도는 나도 알고 있었다. 태양풍이라든지 플라즈마라는 단어는 이해할 수 없었지만 일본의, 그것도 간토 지역에 오로라가 나타나게 하는 기술은 가부라기 시세이 씨도 불가능하리라.

"……얘기하다가 부정고양이의 공격을 받기는 싫어. 안으로 들어갈래?"

슌은 등 뒤에 있는 건물을 턱으로 가리켰다. 그때야 비로소 그런 것이 있었다는 사실을 깨달았다. 오로라의 아련한 빛을 받은 오두막은 조악한 렌즈를 통해서 보는 것처럼 기묘하게 일그러져 있었다. 언뜻 봐도 기둥이 휘어지고 대들보가 비틀어져 있는 걸 알 수 있을 정도다. 더구나 이엉을 덮은 지붕은 이엉 하나하나가 중력을 거부하듯 곤두서서, 마치 머리끝까지 화가 치민 것처럼 보였다.

"집이 이상하게 생겼어."

"이래봬도 계속 원래 모습으로 수정하고 있어."

그는 비뚤어진 입구를 통해 안으로 들어갔다. 나는 종종걸음으로 그런 그의 뒤를 따랐다.

"10분…… 정도는 그럭저럭 억제할 수 있겠지."

안으로 들어가자 바닥에 있던 수많은 구슬이 허공으로 떠올랐다. 그러자 꿀벌의 둥지 안으로 들어간 것처럼 웅웅거리는 시끄러운 소리가 주위를 가득 메웠다.

"이게 뭐야? 시끄러워서 견딜 수 없어."

"할 수 없어. 잠시만 참아."

그는 살풍경한 방을 가로질러 커다란 나무 테이블 앞에 앉았다. 네 구석이 비틀어져서 울퉁불퉁한 나무 테이블에는 10여 권의 책과 대량의 종이다발이 놓여 있었다.

"너도 저기 앉아."

그는 나에게 반대편에 있는 의자를 권했다. 나는 고개를 가로저으며 방 안을 둘러보았다. 본래 딱딱했을 목재나 석재가 모두 흐물흐물하게 변형돼 있었다. 그것을 보고 있노라니 신경에 거슬릴 뿐 아니라 현실감까지 희박해지는 듯했다.

"무슨 얘기부터 해야 좋을까? ……모든 문제는 인간의 마음에서 생겼어."

그가 무슨 말을 하는지 몰라서 나는 얼굴을 찡그렸다.

"인간의 마음 중에 의식은 빙산의 일각에 불과해. 수면 밑에 있는 무의식이 훨씬 광대하지. 그래서 자기 마음도 쉽게 이해할 수 없는 거야."

"난 지금 심리학 강의를 들으러 온 게 아니야. 내가 알고 싶은 건 너에게 무슨 일이 일어났느냐는 것뿐이야."

그는 분명하지 않은 목소리로 대답했다. "지금 그걸 설명하려는 거야."

"슌, 왜 그런 가면을 쓰고 있어? 가면 벗으면 안 돼? 불안해서 못 견디겠어."

그러나 그는 냉정하게 거절했다. "안 돼. 그보다 시간이 없어. ……내 말 잘 들어. 인간은 아무리 노력해도 자기 마음을 완벽하게 제어할 수 없어. 의식에서는 완벽하게 조종할 수 있다고 생각해도 무의식에서는 상상도 할 수 없는 일이 벌어지곤 하지. 그게 가장 현저하게 나타나는 게 주력이야."

"무슨 뜻이야?"

"물리적인 행동을 하는 경우, 마음에 그린 것이 실제로 일어날 때까지는 몇 가지 단계를 거쳐야 해. 동기는 무의식이라도 행동으로 옮기기 전까지는 의식의 영역을 통과해야 하기 때문에 이성에 의해 중지하거나 수정할 수 있지. 하지만 주력의 경우에는 생각과 그 생각이 실현되는 게 거의 동시잖아. 그래서 가령 잘못이란 걸 알더라도 수정할 시간이 없는 거야."

"하지만 우리는 정해진 순서에 따라 분명한 이미지를 떠올리고 나서 주력을 발동하잖아."

"그 이미지에도 명확하게 의식하는 것과 무의식의 어둠 속에 숨어 있는 게 있어."

방에 떠 있는 구슬들이 자아내는 시끄러운 소리가 조금 커졌다.

"무슨 말인지 잘 모르겠어. 마음 안쪽에 스스로 깨닫지 못하는 이미지가 있다고 해도 그것이 나타날 때까지는 강력한 제어 장치가 있잖아. 진언을 외지 않으면 주력은 발동하지 않으니까."

"넌 잘 몰라. 암시나 진언을 이용해 아무리 엄격하게 관리해도, 무의식에 뚫린 출구에서 반드시 누출된다는 걸."

"누출?"

"그래. 주력은 항상 새어나오고 있어. 어느 의미에서 보면 우리는 무의식의 명령에 따라 주변을 바꾸고 있는 거야."

"그럴 수가……!"

내 입에서는 그 뒷말이 나오지 않았다. 말도 안 된다고 생각했지만 즉시 반론을 제기할 수 없었던 것이다.

"사키, 팔정표식이 무엇 때문에 있는 줄 알아? 외부에서 무엇인가가 덮쳤을 때, 그 금줄이 막을 수 있다고 생각해?"

머리가 혼란스러워서 터질 것 같았다.

"잘 모르겠어. 그건 또 무슨 말이야?"

"팔정표식은 외부의 적이 아니라 내부의 적에 대처하기 위해서 만든 거야. 이 경우의 적은 끊임없이 새어나오고 있는 우리의 주력이지. 악귀든 업마든, 우리의 공포는 내부에서 찾아오니까."

조용한 그의 목소리와 반대로, 허공에 정지한 채 회전하고 있던 구슬은 더욱 심하게 흔들렸다.

"물론 새어나오는 주력은 극히 미약해서 하룻밤 사이에 무슨 일이 일어나는 건 아니야. 하지만 오랫동안 사람들의 사념이 계속 새어나오면 그 영향력은 헤아릴 수 없을 정도로 커지지. 그래서 그걸 밖으로 향하게 할 필요가 있었어."

"어떻게?"

"외부 세계에 대한 공포는 어릴 때부터 우리 무의식에 심어져 있었어. 거대한 암흑세계의 이미지는 우리 안에 있는 또 하나의 어두운 우주, 무의식과 똑같지. 마음속으로 무의식을 외부 세계와 직결시킴으로써 새어나오는 주력을 팔정표식 밖으로 내보내는 거야. 팔정표식은 더러움, 즉 새어나온 주력을 밖으로 방출하기 위한 심적 장치인 거지."

그의 말은 너무 어려워서 쉽게 이해할 수 없었다.

"……그러면 밖으로 내보낸 주력은 어떻게 되지?"

"아마 여러 가지 영향을 미치겠지. 실제로 조사한 사람이 없어서 나도 잘 모르지만."

그가 손을 펼치자 구슬들은 천천히 방 안을 떠돌기 시작했다. 그 모습을 보면서 그가 말을 이었다.

"하지만 이 세상에 풀 수 없는 수수께끼는 없어. 예를 들자면 미노시로야. 불과 1,000년 전에는 그런 생물이 없었잖아. 진화의 척도로 보면 1,000년은 어제나 마찬가지야. 미노시로의 조상은 바다에 있는 갯민숭달팽이겠지만, 어떻게 이토록 짧은 시간에 그렇게까지 큰 생물로 진화할 수 있었을까?"

"우리에게 새어나온 주력이 미노시로를 만들었다는 거야?"

"미노시로뿐 아니야. 호랑이집게도, 띠둥지만들기도 마찬가지야. 나는 지난 1,000년 동안에 나온 생물도감을 대충 살펴봤어. 상식을 초월한 속도로 진화한 건 극히 한정된 장소, 즉 팔정표식 주변

뿐이야."

그의 말은 너무도 황당해서 도저히 믿을 수 없었다.

"……하지만 새어나온 주력은 제각기 다른 사념의 집합체에 불과하잖아. 그게 어떻게 미노시로 같은 하나의 형태를 만들어낸다는 거지?"

"인간의 집합적 무의식에는 공통의 틀에서 태어난 유형 같은 게 많이 존재하지. 융 심리학에서는 그것을 원형이라고 불러. 그림자라든지 태모라든지, 노현자라든지, 트릭스터라든지. 전 세계 신화에서 공통된 캐릭터를 볼 수 있는 것도 그런 원형이 투영된 결과인 것 같더군. 미노시로나 띠둥지만들기가 어떤 원형의 영향을 받고 태어났는지 조사해보면 재미있겠지."

나는 지금 들은 이야기를 곱씹어보았지만 제대로 이해했는지는 자신이 없었다.

"그 설이 맞는지 틀린지는 잘 모르겠어. 하지만 솔직히 말하면 그건 아무래도 상관없어. 지금 내가 알고 싶은 건 너한테 무슨 일이 일어났느냐는 거야."

그는 계속 침묵을 유지했다.

"슌, 네가……."

그때 방구석에서 무엇인가가 비척비척 다가왔다. 그것이 시야에 들어와도 처음에는 무엇인지 알 수 없었다. 잠시 후, 내 입에서 비명이 새어나왔다.

"괜찮아, 스바루야."

그가 스바루 옆으로 다가가서 턱 밑을 만져주었다.

"맙소사! 스바루에게 무슨 짓을 한 거야?"

"아무 짓도…… 난 정말 아무 짓도 하고 싶지 않았어."

구슬이 미친 듯 온 방 안을 날아다녔지만 그가 힐끗 쳐다보자 즉시 조용해졌다.

"이제 알겠지? 이게 나한테 일어난 일의 결과야."

딱딱한 등딱지와 가시 모양의 돌기로 뒤덮인 스바루는 아르마딜로의 괴물 같은 모습으로 변해 있었다.

나는 목이 터져라 소리쳤다. "아니야…… 아니야, 거짓말이야!"

그는 가시에 찔리지 않도록 조심하면서 스바루를 껴안았다.

"유감스럽지만 사실이야. 여기 있는 책은 전부 제4분류, 영원히 매장되어야 할 지식으로 되어 있는 것들이야. 평소에는 도서관의 비밀 지하실에 보관돼 있는데, 네 엄마가 특별히 빌려주셨어."

"우리 엄마가?"

"업마화 현상에 관한 지식을 얻으려면 이 책을 읽는 수밖에 없으니까. 이게 내가 알고 있는 모든 거야."

오래되어서 거무칙칙해진 책 표지에는 제4분류 서적을 나타내는 각인이 새겨져 있었다. 제1종의 '요(訞)'는 '괴이한 말', 제2종의 '재(災)'는 '재앙', 그리고 가장 위험한 제3종에 속하는 '앙(殃)'은 '신의 재난이나 문책, 그것에 의해 죽음에 이르러야 할 것'을 의미한다.

"이 책을 빌리는 조건으로 나는 계속 나 자신의 기록을 쓰고 있어. 조만간 가장 새로운 증상으로 여기에 내 이름이 들어가겠지."

"그런 말 하지 마! 그보다 치료할 방법은 없어? 어떻게 하면 낫는 거야?"

을 낀 채 그가 죽어가는 걸 보고 있을 수는 없지 않은
…….

됨직한 부정고양이는 마치 슌에게 키스하듯 몸을 뻗
입을 벌렸다. 나는 주력을 발동하려고 했다.

닷없이 무서운 포효를 지르며 스바루가 부정고양이
했다. 부정고양이는 스바루를 힐끔 쳐다보더니, 재빨
로 일격을 날렸다. 면도날처럼 날카로운 발톱이 스
으며 사방팔방으로 핏방울을 튀겼다. 하지만 단단
시로 뒤덮여 있어서인지 치명상에 이르지는 못했
는 조금도 약해지지 않고, 부정고양이의 숨통을
달려들었다. 부정고양이는 거대한 체구에 어울리
을 피하려고 했지만, 스바루는 자신의 열 배가
을 물어뜯었다.

할 수 없다. 오랫동안 거듭된 품종 개량으로 인
성격이 없어졌다고 하지 않았던가? 실제로 내
른 개들이 짖어도, 아니 물고 매달릴 때조차
했다. 불쾌한 표정을 지은 일조차 없다고 해도
도 그때 스바루의 내부에서 무슨 일이 일어
상의 전매특허였던 피비린내 나는 투쟁 본

보다 수십 배 큰 상대를 향해 맹렬히 돌진
훨씬 강대한 소나 곰에게 대항했다는 전설
바루는 강인한 턱을 악물고 좌우로 흔들

"지금으로선 치료할 방법이 없어."

그가 내려놓자 스바루는 비척비척 내 쪽으로 걸어왔다.

"하시모토 아펠바움 증후군은 처음에 정신분열증의 일종이라
고 여겼는데, 지금은 그 설을 부정하는 사람이 많아. 뇌 안에서 일
어나는 건 오히려 공황 장애에 가까운 것 같아." 슌은 다른 사람의
일처럼 담담하게 말을 이었다. "현실이 확고하고 움직이지 않는다
면 망상이나 공포증은 치료할 수 있겠지. 하지만 불안정한 마음의
움직임에 따라 계속 현실이 변하면 어쩔 도리가 없잖아. 망상과 현
실 사이에서 이른바 부(負)의 피드백, 즉 악순환이 일어나는 거야.
더구나 전부 무의식의 차원에서 일어나니까 대처할 도리가 없는
거지."

"네 주력을 봉인할 수 없어?"

"봉인은 의식적으로 주력을 사용할 수 없게 방해할 뿐, 무의식의
구멍을 막지는 못하는 것 같아. 그래도 심리적 굴레를 만들어 주력
의 누출을 줄이기 위해 무신 대사에게 시술을 받았는데, 결과적으
론 아무 효과가 없었어. 내 주력은 뭐랄까, 뚜껑이 망가진 상태라
서 봉인할 수 없대."

나는 경악해서 멍하니 입을 벌릴 수밖에 없었다.

"혹시…… 내가 잘못된 방법으로 네 주력을 부활시켜서, 다시는
봉인할 수 없게 된 거 아니야?"

그때 슌은 사토루와 달리 의식 수준도 떨어지지 않고, 최면술에
걸린다는 사실도 알고 있었다. 더구나 진언도 이미 기억하고 있었
다. 그런 상태에서 억지로 봉인을 풂으로써 그의 마음에 채워져 있

던 암시의 보루가 없어진 게 아닐까?

"아니야, 지금 말한 것처럼 원래 봉인에는 대단한 효력이 없어. 네 탓이 아니야."

눈에서 눈물이 흘러넘쳐, 나는 내 곁으로 다가온 스바루의 턱을 만져주는 수밖에 없었다.

"이제 10분이 지났어. 그만 가는 게 좋겠어."

나는 울면서 고개를 흔들었다.

"극히 짧은 시간이라면 이상 누출을 억제할 수 있어. 단순하면서도 집중력이 필요한 과제에 모든 주력을 쏟으면 되니까. 그사이에는 거의 이상 현상이 일어나지 않아. 나는 지금 700개의 구슬을 조종함으로써 너에게 영향이 미치는 걸 막고 있어. 다만 이렇게 할 수 있는 건 겨우 10분이나 15분이야. 피곤해서 집중력이 떨어지면 언제 폭주할지 몰라……."

"싫어! 난 안 갈 거야! 너랑 같이 있을래."

다음 순간, 순의 말이 내 가슴을 관통했다.

"사키, 난 이 병 때문에 부모님을 죽음으로 몰아넣었어. 부모님은 어떻게든 나를 구하려고 했지. 하지만 결국 어쩔 도리가 없었어. 나는 의지의 힘으로 주력이 폭주하는 걸 막으려고 했는데, 그건 최악의 방법이었지. 결국 반동이 강해지는 바람에……."

"순……."

"땅이 울리는 소리가 나더니 갑자기 대지가 액체로 변해서 집을 집어삼켰어. 내가 살아난 건 아마 부모님 중 한 분이 순간적으로 주력을 사용해 집에서 내던졌기 때문일 거야."

가면 안쪽에서 눈물이 흘러니

"그러니까 돌아가. 내가 이

사람이 죽는 건 더 이상 보고

나는 천천히 일어섰다. 절

나는 순을 구할 수 없다.

나는…….

잠시 후, 나는 문을 열

"순, 내가 할 수 있는

그는 천천히 고개를

나 오두막 안으로 들

얼룩무늬의 부정

부정고양이는 나이

을 향해 똑바로 ㄱ

날카로운 눈빛

편으로는 적의

긋한 걸음걸이

은 한순간 이

양이가 인ㄱ

허를 찔

도 빨랐ㅏ

그때

만둬!

그

이대로 팔정

가? 하지만

3.5미터는

더니, 커다란

그때였다.

를 향해 돌진

리 오른쪽 앞발

바루의 등을 찢

한 등껍질과 가

다. 스바루의 기

향해 일직선으로

지 않게 재빨리

넘는 고양이의 앞발

나는 지금도 이

해 불도그의 흉악한

가 아는 스바루는

초연한 태도로 일관

괴언이 아니다. 그럼

난 것일까? 왜 돌연

능이 되살아난 것일까

죽음을 각오하고 자

하는 모습은, 자기보다

적인 투견처럼 보였다.

었다. 위쪽을 향해 들려 있는 들창코는 아무리 상대의 몸에 깊숙이 이빨을 꽂아도 숨 쉴 수 있으리라.

부정고양이가 고통스러운 비명을 질렀다. 하지만 인간을 사냥하도록 만들어진 고양이는 보통 교활한 게 아니었다. 스바루에게 물린 앞발과 다른 앞발을 이용해서 스바루를 교묘하게 뒤집은 것이다.

"안 돼!"

내가 목이 터져라 소리쳤을 때는 이미 날카로운 부정고양이의 발톱이 스바루의 부드러운 배를 가르고 있었다. 그 후에 일어난 일련의 사건은 도저히 현실 세계에서 일어난 일이라곤 생각할 수 없었다.

부정고양이가 하늘다람쥐처럼 사지를 활짝 펴고 천장 근처까지 날아올랐다. 부정고양이는 열여덟 개의 발톱과 20센티미터쯤 되는 상하 네 개의 이빨을 드러내며 주위가 떠나가라 소리를 질렀지만, 몸은 십자가에 걸린 것처럼 경직되어 있었다.

잠시 후 주위에 반짝반짝 빛나는 무수한 결정이 나타나더니 부정고양이의 온몸을 뒤덮었다. 이윽고 결정끼리 융합하면서 온몸이 보석처럼 반투명해진 순간, 눈앞이 아찔할 만큼 현란한 빛이 뿜어나왔다. 그리고 다음 순간에는 더 이상 부정고양이의 모습을 찾아볼 수 없었다.

돌연 허공에서 태어난 진공 상태로 공기가 흘러들면서, 주위에 작은 소용돌이가 발생했다. 대체 순이 어떻게 한 것일까? 부정고양이는 다른 차원으로 날아갔다고밖에 생각할 수 없었다.

손을 대지 않고 물체를 움직이는 주력은 어느 의미에서 물리 법칙을 초월할지도 모른다. 하지만 일반적으로 머릿속에 떠올릴 수 없는 현상을 나타나게 만들 수는 없지 않을까?

바야흐로 업마로 변한 슌은 무의식의 문을 여는 것에 의해 비록 단시간일지라도 어떤 달인도 능가하는 능력을 손에 넣은 것이다. 정신을 차리자 그는 애견의 시체 앞에서 무릎을 꿇고 있었다.

"가엾게도……."

스바루는 이미 숨을 쉬지 않았다. 바닥에는 따뜻한 피가 흥건하게 고여 있었다. 부정고양이의 발톱은 불도그의 복부에서 심장까지 단숨에 도려낸 것이다.

"슌."

내가 그의 옆에 몸을 숙이자 그는 작은 목소리로 말했다.

"스바루는 나를 구하려고 했어. 아무리 죽을힘을 다해 발버둥쳐도 구할 수 없는데. 몇 번이나 두고 오려고 했어. 하지만 끝까지 따라왔지. ……아니 사실은 내가 더 외로웠을지 몰라. 스바루가 없으면 정말로 외톨이가 되어버리니까." 그는 스바루의 턱밑을 어루만졌다. "더 빨리 결정을 내려야 했어. 내가 결정을 미루는 바람에 스바루가 이런 꼴을 당한 거야."

"너 때문이 아니야." 나는 그렇게 말하는 것이 고작이었다.

"그 고양이에게도 잘못은 없어. 다만 위에서 시키는 대로 나를 처리하러 온 것뿐이니까. ……내가 결정할 타이밍을 조금 늦췄기 때문이야." 그는 벽 쪽에 있는 선반을 가리켰다. "저기 있는 병에 알약이 들어 있어. 여기에 오기 직전에 주더군. 여러 종류의 독을 섞은 알약이야. 이별의 선물치곤 너무 끔찍하지 않아?"

그러면 어른들은 슌에게 스스로 목숨을 끊으라고 한 건가? 그렇게 생각해도 아무런 감정이 솟구치지 않았다. 너무도 충격적인 일이 잇따라 일어나는 바람에 감수성이 마비된 것일까?

"먹지 않길 잘했어. 그냥 버리지 그랬어."

"먹었어."

"뭐?"

"그런데 효과가 없었어. 내가 너무 늦게 결심해서 그래. 원래 분자성 독은 쉽게 변하나 봐. 하지만 비소 효과까지 사라지는 걸 보고 깜짝 놀랐어. 죽고 싶지 않다는 무의식이 원소까지 바꾼 거야."

나는 말없이 손을 내밀어 그의 손을 잡았다.

그가 혼잣말처럼 중얼거렸다. "……오는 것 같아."

"오다니, 뭐가?"

그가 내 손을 잡아당겨 일으켜 세웠다. "사키, 어서 여기서 나가!"

다음 순간, 쿠구궁 하는 커다란 소리가 귓속으로 파고들었다. 어느새 바닥에 떨어져 있던 구슬이 진동으로 날아올랐다 탁탁 떨어졌다.

"지난번과 똑같아. 대지가 우리 집을 집어삼켰을 때……. 우습지 않아? 축령과 너무나 똑같아서. 이건 축복을 주기는커녕 죽음을 안겨주는 저승사자이지만." 그가 내 등을 밀었다. "자아, 어서 가!"

나는 저항하려고 했지만 그는 어떤 말도 하지 못하게 했다.

"이젠 정말로 끝내고 싶어. 정말로……."

내 눈앞에서 단단한 토벽이 흐물흐물 일그러지더니 이리저리 흔들렸다. 물거품이 연달아 나타났다 사라졌다. 멍하니 지켜보기만

해도 미칠 듯한 광경이었다. 다시 격렬한 두통이 머리를 내달렸다.

"사키." 순이 나를 문에서 밀어내면서 조용히 말했다.

뜨거운 열도 없는데, 그가 쓰고 있는 무구의 가면이 흐늘흐늘 녹기 시작했다.

"널 계속 좋아했어."

"그런 말을 왜 지금 하는 거야? 순, 나는……."

"안녕……."

다음 순간, 내 몸은 지상 수백 미터 높이에 떠 있었다.

아득한 아래쪽에 아름다운 달빛을 받고 있는 순의 오두막이 보였다. 눈에 들어오는 모든 대지가 절구 모양으로 움푹 들어갔다. 오두막이 있었던 곳을 향해 주위에서 토사가 해일처럼 밀려들었다. 저주파 같은 땅울림에 뒤섞여 나무들이 뿌리째 뽑히고 부러지는 소리가 들렸다.

세계의 종말 같은 끔찍한 광경이 조금씩 내 눈앞에서 멀어졌다. 내 몸이 커다란 포물선을 그리며 뒤쪽으로 날아가는 것이 느껴졌다. 세찬 바람을 받고 점퍼가 파르르 떨렸다. 고무줄이 날아가면서 머리카락이 밤하늘에 나부꼈다. 이대로 어딘가에 떨어져서 죽는 것도 나쁘지 않으리라. 그런 생각에 휩싸이며 나는 조용히 눈을 감았다. 하지만 이내 다시 눈을 떴다. 순은 마지막 힘을 모두 사용해서 나를 구해주었다.

나는 살아야 한다.

앞에서 세찬 바람이 얼굴을 때렸지만 이제 눈을 감지 않았다. 눈물이 뒤쪽으로 날아갔다. 착지점은 아무것도 없는 넓은 초원이 될 것 같았다. 순은 나를 던졌을 때, 그것까지 생각했을까?

땅이 천천히 눈앞으로 다가왔다. 기나긴 꿈을 꾸고 있는 도중인 것처럼 천천히.

2권으로 이어집니다